말테의 수기

릴 케

일신서적출판사

말테의 수기

차례

말테의 수기

■ 툴리에 거리. 9월 11일

그래, 그랬었던가. 이곳에 사람들이 오는 것은 살기 위해서였던가. 나는 오히려 여기서는 모든 것이 죽어간다고 말하고 싶을 정도이다. 나는 밖을 걸어다녔다. 나는 보았다 —— 여러 개의 병원을. 나는 어떤 사람을 보았다. 비틀비틀 쓰러질 지경이었다. 사람들이 둘러싸는 바람에 나는 더 이상 볼 수가 없었다. 나는 또 애기 밴 여자를 보았다. 햇볕을 받아 따뜻해진 높은 담을 따라 무거운 몸을 느릿느릿 움직이고 있었다. 이따금 손을 뻗어 담을 더듬었다. 아직도 담이 그곳에 있는가 하고 확인하듯이. 분명 담은 아직 그곳에 있었다. 그 안은? 나는 지도를 찾아보았다 —— 산원(產院). 하긴, 몸을 가볍게 해주기는 하겠지 —— 그것을 위한 장소니까. 그 앞은 생자크 거리. 둥근 지붕의 큰 건물이 있다. 지도에 발르드 글라스 육군 병원이라고 되어 있었다. 그런 것을 알 필요는 처음부터 없었다. 하나 어쨌든 좋다. 뒷골목으로 들어서니 주위에서 이상한 냄새가 풍기기 시작했다. 냄새를 식별해낼 수 있는 한도 내에서 말한다면 요드포름 냄새가, 감자 튀기는 기름 냄새가, 그리고 불안이 풍기고 있었다. 어떤 거리이고 여름이면 냄새가 풍기는 법이다. 다음에 나는 야릇하게 흑내장(黑內障, 눈병)을 연상시키는 한 채의 집을 보았다. 지도에는 없었다. 그러나 문 위에 쓰인 글을 아직도 제법 뚜렷이 읽을 수가 있었다 —— 간이 숙박소(簡易宿泊所). 입구 옆에 요금표가 붙여져 있었다. 읽어보았다. 비싸지는 않았다. 그 밖에는? 아무도 돌보지 않는 유모차 속에 있는 어린아이 —— 퍼렇게 부어서 이마에 드러난 종기가 있었다. 자세히 보니 다 나은 자국이라 아픈 것 같지도 않았다. 어린아이는 잠이 들어 있었다. 입을 벌리고 요드포름 냄새를, 감자 튀김 냄새를, 불안을 호흡하고 있었다. 어떻게 해볼 수도 없는 일이 아니겠는가. 중요한 것은 살아 있다는 것이다. 그것이 중요한 일이다.

창문을 열어둔 채 잠자는 버릇을 고칠 수가 없다니. 전차가 종소리를 울리며 내 방을 요란하게 뚫고 지나간다. 자동차가 나를 치고 달려간다. 문짝이 하나 쾅 하며 닫힌다. 어디선가 유리가 떨어져 깨어진다. 큰 파편은 큰소리로 웃고 조그만 조각은 킬킬거리며 웃는다. 그러자 별안간 다른 방향에서 희미한 소리가 난다. 집 안이다. 누군가가 층계를 올라온다. 온다, 어디까지고 올라온다. 올라왔다. 움직이지 않는다. 그러다가 지나간다. 그러자 또 길거리에서 처녀의 날카로운 쇳소리가 들린다 —— 네, 그만두세요, 이제 그만둬주세요. 전차가 미친 듯이 거칠게 달려온다. 그 목소리를 치고 달려간다. 누군가가 외친다. 사람들이 달린다. 발소리가 어지럽게 들린다. 개가 짖는다. 정말 마음이 놓이는구나 —— 개가 있을 줄이야. 새벽녘에는 닭도 운다. 이것은 한없는 위안이다. 그리고 별안간 나는 잠 속으로 떨어진다.

이것은 모두 소리이다. 허나 여기에는 더 무서운 것이 있다 —— 정적(靜寂). 큰 화재가 났을 때 흔히 이런 극도로 긴장된 순간이 있는 법이다. 쏟아져나오는 물이 끊어지고 소방수는 이미 사닥다리에 오르지 않으며 아무도 꼼짝하지 않는다. 소리도 없이 거뭇거뭇한 추녀 끝이 앞으로 기운다. 타오르는 불길을 등지고 높은 담이 소리없이 무너진다. 사람들은 모두 넋을 잃고 선 채 어깨를 움츠리고 눈을 치뜨며 무서운 타격을 기다린다. 이곳의 정적의 한순간은 바로 그런 것이다.

나는 보는 것을 배우고 있다. 내 자신도 어떻게 된 셈인지는 모르나, 모든 것이 전에없이 깊숙이 내 속으로 들어와 여느때 같으면 막다른 곳에 이르러 막히게 될 곳에서 막히지 않는다. 나에게는 내 자신도 몰랐던 마음의 내부가 있는 것이다. 모든 것이 지금 그곳을 향해 들어온다. 거기서 무엇이 일어나고 있는지 나는 모른다.

나는 오늘 편지를 썼다. 그때 깨달은 일이지만, 나는 아직 이곳에 온 지 불과 삼 주일밖에 안 되는 것이다. 다른 장소에서의 삼 주일, 이를테면 시골에서는 삼 주일이 마치 하루같이 여겨졌던 일도 있다. 그러나 여기서는 그것이 여러 해에 해당된다. 이제 편지도 쓰지 않겠다. 내가 변해가고 있다는 것을 무엇 때문에 남에게 말하지 않으면 안 된단 말인가? 변해가고 있는 것이라면 나는 이미 지난날의 내가 아닐 것이다. 이전과 다른 내가 되어 있다면 나에게 한 사람의 지기(知己)도 없다는 것은 명백하다. 내가 알지 못하는 사람들에게, 나를 알지도 못하는 사람들에게 편지를 쓸 수는 없다.

벌써 이야기했던가? 나는 보는 것을 배우고 있다. 그렇다. 나는 시작했다. 아직 제대로 잘 되지 않는다. 그러나 이 일에 나는 내가 가진 시간을 쓰려고 생각한다.

예를 들면, 이제까지 깨닫지 못하고 있었던 일이지만 세상에는 얼마나 많은 얼굴들이 있는지 모르겠다. 많은 사람들이 있다. 그러나 그보다 더 많은 얼굴이 있다. 누구나가 여러 개의 얼굴을 갖고 있기 때문이다. 몇 년이고 하나의 얼굴을 가지고 다니는 사람들도 있다. 그 얼굴은 여행하는 동안 끼고 다니던 장갑처럼 낡고 더러워지고 쭈글쭈글해져 있다. 그들은 얌전하고 단순한 사람들이다. 얼굴을 바꾸려 하지 않고 세탁을 하러 보내려고도 않는다. 그래도 좋아, 하고 그들은 주장할 것이고, 그래서는 안 된다고 누가 말할 수 있겠는가? 다만 이러한 의문이 당연히 남는다. 그들도 그 외에 몇 개인가의 얼굴을 갖고 있으면, 그 외의 얼굴을 어떻게 할 것인가? 간직해두는 것이다. 아이들에게라도 줄 작정으로. 하나 그들이 키우는 개가 그 얼굴을 달고 밖을 나다니는 일이 있을는지도 모른다. 왜 없겠는가? 얼굴은 얼굴인 것이다.

그러나 한편 무서울 만큼 재빠르게 연거푸 얼굴을 바꾸고 버리는 사람들도 있다. 처음에는 얼마든지 바꾸는 수도 있을거라고 생각되지만, 그럭저럭하다가 마흔 살이 될까말까할 때 벌써 마지막 얼굴이 되고 만다.

물론 여기에는 그 나름대로의 비극이 있다. 그들에게는 얼굴을 소중히 하는 습관이 없다. 마지막 얼굴도 한 주일만에 닳아버린다. 구멍이 뚫어지고 여기저기 종잇장처럼 얄팍해져서 어느덧 점차 안이 드러난다. 이렇게 되면 이미 얼굴이라고는 할 수 없다. 그래도 그들은 그것을 달고 어정거리고 돌아다니는 것이다. 허나, 그 여자는 글쎄, 그 여자—— 여자는 몸을 구부리고 두 손에 얼굴을 묻고 있었다. 노틀담 드 샹 거리의 모퉁이였다. 나는 그 여자를 보자 발소리를 죽이고 지나가려 했다. 불쌍한 사람들이 생각에 잠겨 있는 것을 방해해서는 안 된다. 무슨 좋은 일을 생각해낼지도 모르는 것이다.

그러나 그곳에는 행인들이 너무 없었다. 한길은 따분할 만큼 텅 비어 있어서 내가 걸어가는 발소리가 마치 나막신 소리처럼 여기저기에 울렸다. 여자는 깜짝 놀라 구부리고 있던 몸을 폈다. 몹시 급해서 세찬 몸짓을 했으므로 얼굴이 두 손 안에 남고 말았다. 거기에 얼굴이, 얼굴의 움푹한 모양이 뚜렷이 남아 있는 것을 나는 보았다. 두 손에만 눈길을 보내고 손에 얼굴이 담긴 머리 쪽을 보지 않으려고 나는 말할 수 없는 노력을 해야 했다. 얼굴을 안쪽에서 본다는 것은 무시무시했다. 그러나 얼굴이 없이 드러난, 마치 상처 같은 머리는 더욱더 무서웠다.

나는 무서워서 견딜 수가 없다. 무섭다면 어떻게든지 그 공포에 맞서지 않으면 안 된다. 여기서 병에 걸리기라도 한다면 얼마나 비참한 마음이 될지 모른다. 누군가가 재빨리 나를 시립병원으로 싣고 간다. 만약 그렇게라도 되는 날에는 나는 틀림없이 거기서 죽어버릴 것이다. 이 병원은 시설이 잘 된 병원이라 굉장히 번창하고 있다. 병원의 위치가 노틀담 사원 앞 광장이었기 때문에 사원의 정면을 구경하려는 사람들은 어지간히 조심하지 않으면, 전속력을 내어 병원으로 달려가는 마차에 자칫하면 치일지도 모른다. 노상 방울을 울려대는 조그만 승합마차(乘合馬車)지만, 아무리 보잘것없는 서민이라도 죽음에 임박하여 '하느님의 집'이라는 이름의 이 병원에 정신없이 달려가려고 마음먹었다면 그것이 마지막이므로 설사 사강 대공(大公)이라 할지라도 자가용 마차를 멈추지 않으면 안 될 것이다. 다 죽어가는 사람이란 고집이 센 법이다. 마르티르 거리의 고물상, 르그랑 부인 따위라도 이 시테 섬〔島〕의 어느 광장에 달려왔다고 하면 파리 전체의 교통이 두절되어버리고 만다. 내친 김에 말하지만 이러한 고약한 승합 마차에는 매우 호기심을 끄는 젖빛 유리창이 달려 있다. 그 배후에 있는 근사한 고뇌의 장면이 떠오르는 것이다. 그 상상을 위해서는 접수구(接受口)에 있는 여자 정도의 상상력이면 충분하다. 상상력이 더 풍부해서 그것을 더욱 다른 방향으로 진전시킬 수가 있으면 이것저것 억측은 실로 끝이 없게 될 것이다. 나는 그 밖에 무개(無蓋) 역마차가 도착하는 것도 보았다. 시간에 따라 요금을 받는 역마차이므로 규정된 요금으로 달린다. —— 임종의 한 시간이 2프랑이 되는 셈이다.

이 훌륭한 병원은 매우 오래 되어서 이미 클로드비히 왕 때부터 이곳의 몇 개인가의 침대에서 사람이 죽어갔다. 지금은 5백 59개의 침대에서 죽어간다. 물론 공장에서 생산되는 것 같은 그런 식이다. 이런 대량 생산으로는 하나하나의 죽음이 그리 정성껏 만들어질 리가 없다. 하지만 그런 것은 문제도 되지 않는다. 문제는 양(量)인 것이다. 지금 세상에 도대체 누가 정성들여 완성시킨 죽음을 비싸게 살 것인가? 그런 사람이 있을 턱이 없다. 공들인 죽음을 하려고 생각만 한다면 할 수도 있는 부자들마저 될 대로 되라는 무관심을 가지기 시작하고 있다. 자기 자신의 죽음을 갖고 싶다는 소망은 점점 더 없어져가고 있다. 이제 조금만 더 있으면 그러한 죽음은 자기 자신에게 적합한 생(生)과 마찬가지로 거의 눈에 뜨이지 않게 되고 말 것이다. 당초에 무엇이든지간에 눈앞에 진열되어 있는 세상인 것이다. 태어난다. 어떻게든지 하나의 살 길을 발견한다. 이미 만들어진 삶, 그것을 몸에 걸치기만 하면 된다. 이 세상에서 떠나고 싶다고 생각한다. 혹은 그렇게 강요당한다 —— 아니, 문제없는 일이다 —— Voilà votre mort, monsienr(거기에 당신의 죽음이 있습니다, 손님). 운명에 따라 죽어간다. 몸에 들어온 병이 시키는 대로의 죽음을 주는 셈이다(이것은, 모든 병이라는 병을 판별할 수 있게 된 이래로, 온갖 최후의 결말은 병이 짓는 것이지 인간 자신의 뜻대로 되는 것이 아닌 것으로 되었기 때문이다. 병자는 말하자면 무엇 하나 할 수 있는 일이 없는 것이다).

요양소에서는, 환자들은 그야말로 무조건 복종하여 의사나 간호사에게 감사까지 해가며 죽어가지만, 실은 요양소 지정의 죽음이라고도 할 수 있는 일이므로 보는 이도 그것을 좋아하는 법이다. 그러나 자기 집에서 죽게 되면 자연히 예법에 맞는 상류 계급의 죽음을 택하게 된다. 즉, 그것과 동시에 제일급의 매장이나 그것에 따르는 일련의 화려한 의식이 이미 시작된 거나 다름없는 그러한 죽음이다. 그럴 때 가난한 사람들은 그 집 앞에 서서 마냥 바라본다. 가난한 사람들의 죽음은 말할 필요도 없이 평범해서 거추장스런 일은 일체 없다. 몸에 대충 맞는 죽음이 발견되기만 하면 만족이다. 다소 크더라도 상관없다 —— 인간은 언제든지 약간은 커질 수 있는 법이다. 다만 품이 맞지 않는다든가 목이 답답하다든가 하면 좀 곤란하지만.

이제는 이미 아무도 없는 고향의 집으로 생각이 달려갈 때, 예전이라면 이렇지 않았을텐데, 하고 나는 생각한다. 옛날 사람들은 알고 있었다(알지 못했다 할지라도 느끼고는 있었다). 마치 과실이 핵을 갖듯이 사람은 자신의 속에 죽음을 갖는 것이라고. 아이들은 조그만 죽음을, 어른들은 커다란 죽음을 갖고 있었다. 여자들은 뱃속에, 남자들은 가슴속에 자기의 죽음이라는 것을 갖고 있었다. 그리고 죽음을 갖고 있다는 그 자체가 그들에게 독특한 위엄과 조용한 긍지를 주고 있었다.

나의 할아버지, 늙은 시종(侍從) 브릿게에게도, 말하자면 그는 하나의 죽음이 자기 내부에 깃들고 있음을 알고 있었다. 그것은 어떤 종류의 죽음이었을까 —— 두 달 동안 내내 고래고래 고함을 질러 그 외침 소리는 멀리 떨어진 농장까지 들릴 정도였었다.

그토록이나 길고 유서 깊은 그 저택도 이 죽음이 살기에는 너무나 좁아서 옆채를 더 늘려 지어야 하지 않을까 하는 생각이 들었다. 시종의 몸은 자꾸 뚱뚱해져갈 뿐인데다, 온종일 이 방 저 방으로 옮겨다니기를 원했기 때문이다. 그리고 날이 아직 채 저물기도 전에 벌써 방마다 다 누워보았다면서 맹렬히 노여움을 폭발시키는 것이었다. 그러자 하인, 시녀 그리고 개들, 늘 그가 병상에서 시중들게 하던 자들을 거느린 행렬이 층계를 오르고, 청지기를 앞장세워 이제는 돌아가시고 없는 그의 어머니가 임종한 방으로 향했다. 그 방은 23년 전에 그녀가 이곳을 떠났을 즈음 그대로 보존되어 있었으며 평소에는 아무도 발을 들여놓지 못하게 하던 곳이었다. 그곳에 지금 폭도의 한 무리가 들이닥친 것이다. 커튼이 들추어지자, 황량한 빛이 겁이 나 놀라는 가구들을 일일이 비추며, 드러난 거울 속에서 딱딱하게 반전(反轉)했다. 사람들의 동작도 이것과 똑같았다. 호기심에 차서 손을 어디다 대고 있는지조차 모르고 있는 하녀, 흘끔흘끔 둘레를 둘러보는 젊은 급사, 그리고 서성대면서, 다행히도 이제 막 들어올 수가 있었던 이 출입금지의 방에 대해 들은 이야기를 하나도 남김없이 생각해내려고 애쓰고 있는 나이 먹은 하인들.

그러나 특히 개들은 모든 물건이 곰팡내를 풍기는 방 안에 있는 것에 대해 이상한 자극을 느끼는 것 같았다. 키가 크고 늘씬한 러시아 산의 그레이하운드들은 안락 의자 뒤를 부지런히 뛰어다니면서 춤을 추듯이 다리를 뻗었다가 몸을 흔들었다가 하며 방을 가로질러 가느다란 앞발을 백금색 창틀에다 대고 흡사 문장(紋章) 속의 개처럼 일어서서 뾰죽한 얼굴을 긴장시키고 이마를 뒤로 젖히면서 이리저리 안뜰을 살펴보고 있었다. 장갑을 연상케 하는 몸집이 작은 누런색 다크스훈트들은 아무 일도 없다는 듯한 표정으로 창가에 놓여진 폭 넓은 비단 의자에 앉아 있고, 기분이 나빠보이는 붉은 털의 포인터는 금빛 다리가 달린 테이블 모서리에다 등을 비벼대고 있어 그 채색된 테이블 위에서 세브르 산(産) 도기(陶器) 찻잔이 가느다랗게 떨리고 있었다.

분명 멍청하고 게으르게 잠을 자고 있었을 이 물건들로서는 무서운 한순간이었다. 누군가의 부산한 손이 서투르게 펼쳐보는 책에서 장미꽃잎이 미끄러져 떨어져 짓밟혔다. 조그맣고 연약한 물건이 움켜쥐어졌으나 곧 깨뜨려져서 재빨리 본래 자리로 되돌려지기도 하고 손상을 입은 온갖 물건들이 커튼 뒤에 숨겨지기도 했다. 그뿐이랴. 난로를 둘러친 금빛 쇠그물 뒤에 던져지기도 했다. 이따금 무엇인가가 떨어졌다. 융단 위에 조용한 소리를 내며 떨어지거나 모자이크 바닥에 날카로운 울림 소리를 내며 떨어졌다. 여기저기서 물건이 깨졌다. 날카로운 소리를 내고 깨지기도 하고 혹은 거의 소리도 없이 깨졌다. 조심조심 다루어져온 물건들은 떨어지기만 하면 영락없이 깨지는 것이었다.

누군가가 문득 생각이 나서 이렇게 물었다고 하자. 이 소동의 원인은 과연 무엇인가, 무엇이 조심조심 지켜온 이 방 가득히 파괴를 불러들였는가 —— 대답은 하나밖에 없었을 것이다 —— 즉 죽음이었던 것이다.

울스고르의 시종, 크리스토프 데틀레우 브릿게의 죽음이었다. 그는 암청색(暗靑色) 시종복(侍從服)에서 거의 삐져나와 바닥 한복판에 누운 채 움직이지 않았다. 퉁퉁 부어 괴상한 모습이 되어서 이제는 알아볼 수 없게 된 얼굴 속에 두 눈은 문을 닫아놓은 것처럼 감겨져 있었다 —— 그곳에서 일어나고 있는 일을 그는 보고 있지 않았다. 사람들은 처음에 그를 침대에 눕히려고 했는데 그가 거부했던 것이다. 병이 더해가기 시작한 그 처음의 밤부터 지금껏 그는 침대를 싫어하고 있었다. 게다가 위층의 이 침대는 너무 작다는 것도 알고 있었다. 그래서 융단 위에 눕히는 수밖에 별도리가 없었다. 아래층에는 도무지 내려가려 하지 않았으니까.

그러한 까닭으로 그는 그곳에 누워 있었다. 죽지 않았나 하는 생각도 들었다. 차츰 어두워지기 시작하자 개들은 한 마리 두 마리 문틈으로 빠져나갔다. 다만 털이 빳빳한, 기분 나쁜 표정을 한 한 마리만이 주인 곁에 웅크리고 앉아 굵직한 털북숭이 앞발 하나를 크리스토프 데틀레우의 큼직한 잿빛 손바닥 위에 얹어놓고 있었다. 하인들도 이제 거의 방을 나가 흰 벽의 복도에 서 있었다. 그곳이 방 안보다 밝았다. 그러나 아직도 방 안에 머물러 있던 패들은 방 한복판에 누운 채 점차 거무스름해져가는 커다란 덩어리를 이따금 훔쳐보고는, 이제 적당히 썩은 물건을 가리는 커다란 의복(衣服)에 지나지 않게 되어주었으면 하고 바라고 있었다.

그러나 아직 남아 있는 것이 있었다. 그것은 목소리였다. 7주일 전까지는 누구 한 사람 들은 적도 없었던 목소리 —— 왜냐하면 그것은 시종의 목소리가 아니었기 때문이다. 목소리의 주인은 크리스토프 데틀레우가 아니었다. 그 주인은 크리스토프 데틀레우의 죽음이었던 것이다.

크리스토프 데틀레우의 죽음은 벌써 여러 날 전부터 울스고르에서 살면서 누구에게나 말을 걸고 많은 것을 요구하고 있었던 것이다. 실려갈 것을 요구하고 푸른 방을 요구하고 작은 객실을 요구하고 홀을 요구했다. 개들을 요구하고, 사람들에게 웃고 이야기하고 놀고 조용히 할 것을 요구했으며 다른 모든 것을 함께 요구했다. 친구를 만나고 싶다, 여자들과 죽은 사람들을 만나고 싶다고 요구를 하고 자기도 죽고 싶다고 요구했다 —— 덮어놓고 요구했다. 요구를 하고 그러고는 고함을 질렀다.

밤이 되어 피로에 지친 하인들 중 불침번(不寢番)이 아닌 사람들이 잠을 자려고 하면 그때마다 정해놓은 듯 크리스토프 데틀레우의 죽음이 고함을 질러댔다. 외치고 신음하며 으르렁댔다. 그 목소리는 기다랗게 쉴새없이 계속되었으며 처음에는 함께 짖어대던 개들도 끝내는 입을 다물고 드러누울 용기마저 없어 길고 가느다란 다리를 벌벌 떨며 움츠린 채 겁을 집어먹는 것이었다. 그리고 널따랗게 은빛으로 빛나는 덴마크의 여름 밤들을 꿰뚫고 그 죽음이 외치는 소리를 들을 때마다 마을 사람들은 폭풍을 만났을 때처럼 후닥닥 뛰어 일어나 옷을 입고, 말도 하지 않고 램프 둘레에 둘러앉아 외침 소리가 그치기를 기다렸다. 해산이 임박한 여인들은 제일 깊숙한 안방의, 특히 가장 두꺼운 칸막이가 있는 침실에 눕혀졌다. 그래도 외침 소리는 들렸다. 마치 자기 뱃속의 외침 소리처럼 들렸다. 그러면 그녀들은 자기도 함께 일어나 있겠다고 애원을 하여 큼직한 흰 옷을 입고 나와 표정을 잃은 얼굴을 한 채 사람들 옆에 앉았다. 마침 그 무렵에 해산 기미가 있는 암소들은 구해줄래야 구해줄 길도 없이 태(胎)가 막힌 채였다. 어떤 암소는 아무래도 새끼가 나오지 않아 결국 죽은 태아와 함께 내장까지 후벼내게 되고 말았다. 누구나가 일의 절차를 잊어버려 간초(干草)를 들여놓는 것조차 잊어버렸다. 낮이면 밤이 오는 것을 두려워하고, 밤은 밤대로 여러 밤 불면이 계속되거나 또는 느닷없이 위협을 받고 일어나곤 하기 때문에 사람들은 완전히 지쳐서 무엇 하나 생각을 정리할 수가 없게 되었던 것이다. 일요일날 사람들은 하얀 평화로운 교회에 모이면 이제 울스고르에 어르신네는 필요 없습니다, 하고 기도했다 —— 이 어르신네는 무서운 주인이었던 것이다. 그리고 모두가 속으로 생각하고 기도한 것을 목사까지 꼴사납게 설교단에서 지껄였다. 목사도 밤마다 시간을 빼앗겨서 하느님의 뜻을 모르게 되어 버렸던 터이므로, 교회의 종도 같은 말을 하고 있었다. 무서운 강적(強敵)이 나타나 밤새도록 고함을 질러대는 바람에 종이 그 주물(鑄物)의 있는 힘을

14

다하여 울어대봤자 아무 소용도 없었다. 정말이지 누구의 입에서 나오는 말이나 다 똑같았다. 젊은이들 가운데는 저택 안에 침입하여 쇠고랑으로 주인님을 때려 죽인 꿈을 꾼 자까지 나타났다. 기진맥진하여 극도로 흥분해 있던 사람들은 모두가 젊은이의 꿈이야기를 귀에 기울이며 이 사람이 그런 일을 할 수 있을 만큼 어른이 되어 있었던가 하고 저도 모르게 그쪽을 바라보는 형편이었다. 주위 일대에 있는 사람들은 불과 두세 주일 전까지만 해도 시종을 사랑하고 딱하게 생각하고 있던 일을 잊어버리고 누구나가 똑같은 심정이 되어 모이기만 하면 그 이야기를 했다. 그러나 그 이야기를 주고받아본들 어떻게 되는 것도 아니었다. 크리스토프 데틀레우의 죽음은 울스고르에 살면서 허둥대지 않았다. 죽음은 십여 일 작정으로 찾아와서는 꼭 그만큼만 머물렀다. 그 동안 이 죽음은 일찍이 크리스토프 데틀레우 브릿게가 그러했던 것 이상으로 이곳의 주인이었다. 훗날까지 두고두고 폭군이라고 두려움을 받고 전해 내려오는 임금과도 흡사했다.

그것은 일개 수종병(水腫病) 환자의 죽음은 아니었다. 시종이 그 일생 동안 지녀왔으며 자기의 피와 살로 키운 것이니만큼 악의에 가득 찬 왕후 (王侯)의 죽음이었다. 그 자신이 그 편안한 날에 다 쓰지 못했던 긍지며 의지며 남은 지배력의 모두가 그 죽음에게로 옮아가 그 죽음이 이제 울스고르에 버티고 앉아 그것을 탕진한 것이었다.

이것과는 다른 죽음을 죽어야 한다고 그에게 요구하는 자가 있다고 한다면 시종 브릿게는 어떤 얼굴을 하고 그 사람을 바라보았을 것인가. 그는 실로 그다운 무거운 죽음을 죽은 것이었다.

내가 나의 눈으로 본 사람, 또 소문으로 들은 사람 등 온갖 다른 사람들에 대한 것을 생각해봐도 —— 모두 다 매한가지인 것이다. 누구나가 저마다 자기의 죽음을 가지고 있었다. 갑옷 속 깊숙이 포로를 포섭하듯이 죽음을 갖고 있던 남자들, 늙어서 조그맣게 시든 몸을, 이윽고 무대를 연상케 하는 어처구니없이 큰 침대에다 눕히고 가족 모두, 하인들, 개들까지 지켜보는 가운데 조용히 그러나 여주인다운 위엄을 갖고 세상을 떠난 여자들, 아니 아이들도, 아직 어린 젖먹이들까지도 어디서나 있는 아이의 죽음을 죽은

것은 아니었다. 그들 역시 각오를 하고 이제까지 이루어져 있는 자기라는
것, 그리고 좀더 명이 길었더라면 그렇게 되어 있었을지도 모를 자기라는
것을 포함해서 자기 나름대로의 죽음을 죽어간 것이다.

그리고 여자들이 임신을 하고 일어설 때, 그것은 그녀들에게 어쩌면
그렇게도 슬픈 아름다움을 주고 있었던 것인지. 가냘픈 두 손이 저도 모르게
만지고 있던 그 불룩한 뱃속에는 두 개의 과실이 잉태되어 있었다——
태아와 죽음이. 그녀들의 해맑은 얼굴에 떠오른 그 섬세한 미소는 때로
뱃속에 이 두 개의 것이 자라고 있다고 남몰래 생각하고 있었기 때문은
아니었을까?

나는 공포를 거역해보았다. 하룻밤 내내 자지 않고 일어나 계속 글을
썼다. 나는 지금 울스고르의 들판을 멀리 걷고 난 뒤처럼 피로하다. 그러나
그러한 모든 것이 이미 없어지고 그 오래 된 기다란 저택에는 알지도 못하는
사람들이 살고 있다고는 좀처럼 생각할 수가 없다. 박공(牔栱)이 있는 지붕
밑의 흰 다락방에는 지금 하녀들이 잠을 자고 있을지도 모른다. 저녁부터
아침까지의, 무겁고 습기찬 잠에 떨어져 있는지도 모른다.

그리고 여기에 아는 이도 없고 소지품도 없이 트렁크 하나, 책보따리
하나만을 들고 아무런 호기심도 없이 세계를 떠돌아다니는 남자가 있다.
이것은 도대체 어떻게 된 생활인가——집도 없고 집안에 전해내려오는
가구도 없고 개도 없이. 하다 못해 추억이라도 가졌더라면. 하나 누가
추억이라도 가질 수 있단 말인가? 어린 시절은 있었겠지. 그러나 그것은
땅 속 깊숙이 묻혀져 있다. 그 모든 것에 다다를 수 있게 되려면 아마도
해를 거듭하지 않으면 안 될 것이다. 나이를 먹고 싶다고 나는 생각한다.

오늘은 아름다운 가을다운 아침이었다. 나는 튈르리 공원을 빠져나왔다.
동쪽 편의 태양을 등진 쪽은 모든 것이 눈부시게 빛을 가로막고 있었다.
빛을 받고 있는 쪽은 안개가 자욱이 끼여, 마치 밝은 잿빛 커튼에 싸여
있는 것 같았다. 아직 안개가 걷히지 않은 뜰 안에서는 잿빛 그늘에 잠긴
잿빛 입상(立像)이 빛을 받고 있었다. 기다란 화단에 심어진 꽃들이 여기
저기서 눈을 뜨고 깜짝 놀란 목소리로 빨갛다 하고 외쳤다. 그때 무척 키가

크고 야윈 사나이가 샹젤리제 쪽에서 모퉁이를 돌아오고 있었다. 사나이는 목발을 옆에 끼고 있었으나 이미 겨드랑이에 갖다대지도 않고 —— 가볍게 앞으로 내밀며 이따금 의식(儀式)을 맡아보는 관리의 지팡이처럼 소리가 날 만큼 힘을 주어 땅을 짚었다. 사나이는 기쁨의 미소를 누를 수가 없어 지나치는 길의 모든 것에, 태양에, 나무에 미소를 보냈다. 사나이의 발걸음은 마치 어린아이처럼 조심스러웠으나 옛날에 걷던 걸음걸이의 추억에 가득 차서 이상하게 가뿐하였다.

저렇게 조그만 달에게 어쩌면 모든 것을 변화시키는 그런 힘이 있는 것일까. 주위의 것 모두가 투명해지고 가벼워져 밝은 대기 속에 보일락말락 흐려졌다가 더욱 뚜렷이 보이는 그런 밤이 있다. 가까이 있는 것이 금방 아득한 색조를 띠고 멀어져가서 다만 그 존재만이 나타날 뿐, 손에는 닿기 어려운 것이 된다. 아득함과 관계를 갖는 것 —— 강, 다리, 기다란 거리, 혹은 아낌없이 사방으로 통하는 광장 등이 이 아득함을 배후에 받아들이고 그 위에 마치 비단에 색칠을 한 것같이 그려진다. 그런 때 퐁 네프를 건너가는 연두색 마차, 뚜렷이 어떻게 포착하기 어려운 붉은 것, 혹은 늘어선 진줏빛 집들을 에워싸는 방화벽(防火壁)에 붙어 있는 한 장의 포스터마저도 어떤 의미를 나타내는지 그것을 말하기가 어려울 정도이다. 모든 것이 단순화되어 마네의 초상화 얼굴처럼 몇 개인가의 정확하고 밝은 면으로 요약된다. 무엇하나 부족하거나 남는 것이 없다. 강가의 헌책장수가 상자 속의 짐을 펼치고 있다. 가본(假本)으로 된 선명한 노랑, 퇴색한 노랑, 장정본(裝幀本)의 보랏빛 나는 갈색, 좀더 큰 화첩(畵帖)의 녹색 —— 그 모두가 잘 조화되고 어둠에서 전체의 부분이 되어 부족함이 없는 하나의 조화를 이루어낸다.

창밑을 이러한 배합된 한 쌍이 지나간다 —— 여자가 밀고 있는 조그만 손수레. 그 앞쪽에 세로로 실은 손풍금. 바로 앞에 옆으로 비스듬히 어린아이를 넣는 광주리. 그 속에 아직 어린 젖먹이가 발을 버티고 서서 모자를 쓰고 좋아하며 가만 앉아 있지 않는다. 이따금 여자가 손풍금을 돌린다.

그러면 어린아이가 또 광주리 속에서 일어서서 발을 굴러댄다. 초록색 나들이옷을 입은 어린 소녀가 춤을 추면서 위의 창문들을 향해 탬버린을 쳐댄다.

보는 것을 배우고 있는 이상, 나는 이제야말로 무엇인가 일을 착수하지 않으면 안 된다고 생각한다. 나는 스물여덟 살, 지금까지 무엇하나 일다운 일을 하지 않았다. 돌이켜보니 —— 나는 카르파치오에 대해 논문을 하나 썼다. 서투른 것이다. 희곡이 하나, 〈결혼〉이라는 제목으로. 잘못된 것은 애매한 방법으로 억지 이론을 붙이려 한 것이다. 그리고 시(詩). 이게 뭐란 말인가. 시는 젊을 때 써가지고는 별것이 될 수가 없다. 그러려면 기다리는 것이 필요하다. 일생 동안, 그것도 되도록 긴 일생을 두고 의미(意味)와 감미(甘美)를 모아야 한다. 그래야만이 비로소 훌륭한 열 줄의 시를 쓸 수 있을 것이다. 왜냐하면 시는 사람들이 생각하고 있는 것과는 달리 감정이 아니라(감정 같으면 처음부터 충분히 갖고 있을 것이다.) —— 시는 체험인 것이다. 시 한 줄을 쓰기 위해 사람은 많은 도시를 보지 않으면 안 된다. 사람들과 물건을 보지 않으면 안 된다. 짐승들을 알지 않으면 안 된다. 새들이 나는 방법을 느끼지 않으면 안 되며 조그만 꽃들이 아침에 피어날 때의 몸짓을 알지 않으면 안 된다. 낯선 고장의 길을, 뜻하지 않은 해후(邂逅)를, 서서히 다가오는 별리(別離)를 생각해낼 수 없어서는 안 된다 —— 아직도 밝혀지지 않은 어렸을 적의 나날을, 기쁘게 해주려고 했건만 그것을 이해하지 못해 알지 못하는 사이에 상처를 입혔던 부모에 대한 것을(다른 아이 같았으면 기뻐했을 텐데……), 그토록이나 기묘하게 시작되어 그토록이나 많은 깊고 무거운 변화를 가진 어릴 때의 병을, 조용하고 잠잠한 이 방 저 방에서 지낸 나날의 일을, 해변의 아침을, 바다 그 자체를, 그 바다 이 바다를, 하늘 높이 웅성대며 온 하늘의 별들과 함께 날아간 나그네길의 밤들을 생각해내지 못해서는 안 된다 —— 그러나 그러한 모든 것을 상기할 수 있는 것만으로는 아직 충분치 않다. 사람은 수많은 사랑의 밤들의, 하룻밤 하룻밤이 각각 달랐던 사랑의 밤들의 추억을, 진통의 괴로움에 헐떡이는 여인들의 외침 소리나, 육체가 닫혀지기를 기다리며 잠드는, 가뿐하고 하얀 산후(產後)의 여인들의 추억을 갖지 않으면 안 된다. 그러나 또 임종하는 사람들의 머리맡에 있었던 일도 없어서는 안 되며 창문이 활짝 열리고 소리가 멎었다가 다시 나곤 하는 방에 죽은 사람들과 함께 앉아 있었던 일도 없어서는 안 된다. 그리고 더구나 추억을 갖는다는 것만으로는 충분하지 않다. 추억이 많아지면 그것들을 잊어버릴 수 없어서도 안 되는 것이다. 그리고 그 추억들이 망각의 저편에서 다시금 되살아나는 때를 기다리는 깊은 인내를 가지지 않으면 안 된다. 왜냐하면 추억 그 자체는 그대로 존재할 가치가 없는 것이니까. 추억이 우리들의 내부에서 피가 되고 눈길이 되고 몸짓이 되어 이름이 없는 것, 이미 우리들 자신과 구별되지 않는 것이 되는 그때에야 비로소 어떤 지극히 드문 시간에 시 한 줄의 첫 단어가 그러한 추억들의 중심에서 일어나 추억 속에서 걸어나오는 일이 생길 수 있는 것이다.

그런데 내 시는 그 어느 것도 그렇게 생겨난 것이 아니다. 그러므로 시가 아니다── 희곡을 썼을 때만 해도 나는 글쎄 얼마나 잘못을 저질렀는지 모른다. 서로가 고뇌를 주는 두 인간을 그리려고 하면서 거기에 제삼자를 필요로 한 것은 나도 역시 어리석은 모방자였던 까닭일까? 분별없이 나는 함정에 빠지고 있었다. 세상과 문학의 도처에서 횡행하고 있는 제삼자, 끝내 실제로는 존재한 적이 없는 이 제삼자라는 망령이, 실은 아무런 의미도 없으며 부정하지 않으면 안 되는 것이라는 것을 나는 알고 있어야만 했을 것을. 제삼자란, 그 가장 깊숙한 내부의 비밀을 인간들의 눈에서 벗어나게 하려고 항상 애쓰는, 그 자연의 평계의 하나인 것이다. 진짜 드라마가 연출되고 있는 것을 숨기는 칸막이인 것이다. 참다운 갈등의 소리도 없는 정밀(靜謐)의 입구에서 떠들어대는 소음인 것이다. 문제의 두 사람만 이야기한다는 것은 지금까지 누구에게 있어서나 너무 어려웠다고 생각된다. 제삼자는 가정(假定)의 존재이니만큼 오히려 과제(課題)로서 쉽다. 그것이라면 누구나 할 수 있었다. 그러한 희곡에서는 처음부터 벌써 제삼자의 등장을 기다리는 초조감이 느껴진다. 거의 기다리고 있는 셈이다. 제삼자가 나타난다. 그러면 만사가 잘 진행된다. 허나 그 등장이 늦어지기라도 하면 말할 수 없이 따분해진다. 그것없이는 아무것도 일어날 수 없으므로 모든 것이 정지하고 지체되어 기다려진다. 그런데 어떻게 될까, 만약 이 지체와 정지와 지연이 그대로 계속된다면?

어떻게 될까, 극작가 선생이여, 그리고 인생에 대해 밝은 관객 여러분이여, 만약 어떤 결혼에도 짝 열쇠처럼 꼭 들어맞는 인기자인 이 방탕아 혹은 불손한 애송이가 소식불명이 되었다면, 예를 들어 그가 악마에게 납치라도 되었다면? 글쎄 그렇게 가정을 해보자. 갑자기 누구나가 다 극장이라는 인공(人工)의 공허함을 깨닫는다면, 극장이라는 극장은 위험한 구덩이처럼 판자로 둘러쳐져 구분된 관객석 구석에서 다만 옷좀나방만이 허무하게 텅 빈 극장 안을 하늘하늘 날아다닐 것이다. 이렇게 되면 극작가 선생은 별장에 편안히 앉아 있을 수는 없을 것이다. 온갖 공공(公共)의 첩보기관이 그들을 위해 어떤 세계의 끝까지라도 희곡의 줄거리 그 자체였던 이 둘도 없는 제삼자를 찾아다니게 될 것이다.

그러나 그때에도 이 '제삼자' 아닌 요긴한 두 사람은 세상 사람들에 섞여 살고 있는 것이다. 믿기 어려울 만큼 많은 말을 할 것 같으면서도 아직 아무 말도 하지 않고 있는 이 두 사람은 고뇌하고 행위하며 자기들을 어떻게 구원해야 할지 모르는 채로.

우스꽝스러운 일이다. 나는 이 조그만 방에 앉아 있다. 나 브릿게, 스물여덟 살이 된 이 나를 알고 있는 사람은 아무도 없다. 나는 여기에 앉아 있다. 나는 전혀 아무것도 아니다. 그러나 그 아무것도 아닌 존재가 생각을 하기 시작한다. 층계를 다섯 개 올라온 방에서 잿빛으로 흐려지는 파리의 어느 오후, 이런 생각에 잠기는 것이다.

이런 일이 있을 수 있을까 하고 그 아무것도 아닌 존재가 생각한다. 이제까지 무엇 하나 참다운 것, 소중한 것을 보여주지도 못하고 인정도 받지 못하고 말도 들어보지 못했다는 사람이, 사물을 보고 통찰하고 적어두는 것이 몇천 년에 걸쳐 이루어졌건만, 그 몇천 년을 마치 버터빵과 사과 한 개를 먹는 국민학생의 점심 시간처럼 허무하게 흘러가는 대로 내맡겨두었다. 대관절 그런 일이 있을 수 있을까?

그렇다, 그것은 있을 수 있는 일이다.

인류는 온갖 발전과 진보를 이루고 문화와 종교와 철학을 가졌음에도 불구하고 생(生)의 표면에 머물러 있을 뿐이라는 것이 과연 있을 수 있는 일일까? 그 표면만 하더라도 어쨌든 무엇인가는 했을 텐데, 믿을 수 없을 만큼 어처구니없는 물질로 덮여져 마치 여름 휴가 동안에만 사람들이 모이는 살롱의 가구처럼 변해버렸다. 그런 일이 있을 수 있는 것일까?

그렇다, 그것은 있을 수 있는 일이다.

세계의 모든 역사가 오해되어왔다. 그런 일이 있을 수 있는 것일까? 과거의 모두가 잘못이었다 —— 길 가다가 쓰러진 남자의 주위에 사람들이 떼를 짓는 바로 그때, 이미 그 남자는 알지 못하는 사람이고 이미 죽어버렸으니까 문제도 되지 않고, 이야기의 중심이 되는 것은 오로지 주위의 군중이듯이 과거는 언제나 어중이떠중이에 대해서만 이야기되어온 것이니까 —— 하고. 그런 일이 있을 수 있는 것일까?

그렇다, 그것도 있을 수 있는 일이다.

자기가 태어나기 전에 일어난 일을 낱낱이 돌이키지 않으면 안 된다고 믿는다. 그런 일이 있을 수 있는 것일까? 누구나 다 지나간 세대의 모든 것으로부터 태어난 것이니까 옛날에 일어난 일은 알고 있지 않으면 안된다. 다른 것이라면 알고 있을지도 모르는 딴 사람들에게 말참견시킬 필요는 없다고 한 사람 한 사람에게 설명하며 돌아다니지 않으면 안 된다. 그런 일이 있을 수 있는 것일까?

그렇다, 그것도 있을 수 있는 일이다.

그 사람들은 모두가 있지도 않은 과거에 정통(精通)하고 있다. 그런 일이 있을 수 있는 것일까? 현실에 일어난 일은 모조리 그들에게 있어 무의미하며 그들의 인생은 빈 집에 걸려 있는 시계처럼 무슨 일에도 관련됨이 없이 끝나버린다. 그런 일이 있을 수 있는 것일까?

그렇다, 그것도 있을 수 있는 일이다.

지금 살고 있는 소녀들에 대해 무엇 하나 알지 못하고 있다. 그런 일이 있을 수 있는 것일까? '여자들'이라고 말하고, '아이들'이라고 말하고, '소년들'이라고 말하면서, 그러한 말이 벌써 오래 전에 복수형(複數形)을 상실하고 다만 무수한 단수(單數)를 나타내고 있다는 것을 깨닫지 못한다 (아무리 교양이 깊더라도 깨닫지 못한다). 그런 일이 있을 수 있는 것일까?

그렇다, 그것도 있을 수 있는 일이다. '하느님'이라고 하여, 그것이 무언가 우리들에게 공통된 것이거나 한 것처럼 생각하는 사람들이 있다. 그런 일이 있을 수 있는 것일까? —— 두 국민학생을 보라, 하나가 칼을 산다. 그 옆의 하나도 같은 날에 같은 칼을 산다. 한 주일이 지난 뒤 두 아이는 서로의 칼을 보여준다. 그런데 이게 어찌된 일일까, 칼은 전혀 다르게 변해 있다 —— 따로따로의 손 안에서 이토록 다른 것으로 변해버린 것이다.(그런 때 어느 쪽인가의 어머니가 말할 것이다 —— 정말 너희들은 무엇이든지 못 쓰게 만들어버리는구나 ——) 그것도 또 그렇다 —— 사용도 하지 않는데 하느님을 가질 수가 있다고 믿다니, 그런 일이 있을 수 있는 것일까?

그렇다, 그것도 있을 수 있는 일이다.

그러나 이러한 모든 일이 있을 수 있다고 한다면, 설사 겉으로만 보이는 것이라 할지라도 가능성이 있다고 한다면 —— 그때에는 이 세상의 무슨 일에든지 무엇인가 일어나지 않으면 안 된다. 이건 불안한 생각을 품은 사람이라면 누구라도 좋다, 등한하게 내버려두었던 일을 완수하기 위해 당장에라도 시작하지 않으면 안 된다. 특별한 인간이 아니더라도 더구나 거기에 가장 적합한 인간이 아니더라도 —— 달리 없다면 하는 수 없다. 이 젊은이, 이렇다 할 쓸모도 없는 이 이방인 브릿게라도 6층의 이 방에 틀어박혀 쓰지 않으면 안 될 것이다. 낮이고 밤이고 —— 그렇다, 그는 쓰지 않으면 안 될 것이다. 그것이 궁극의 것일 것이다.

그때 나는 열두 살인가, 고작해야 열세 살쯤 되었을 것이다. 아버지는 나를 우르네크로스터에 데리고 갔다. 어떻게 되어서 아버지가 장인을 찾아갈 생각이 났는지 나는 모른다. 이 남자들 두 사람은 나의 어머니가 세상을 떠난 이래 몇 년이나 만나지 않았었다. 아버지 자신, 브라에 백작이 만년에 조용히 은거한 그 오래 된 저택을 방문한 적은 아직 없었다. 나는 이 기묘한 집을 그 뒤 두 번 다시 보지 못했다. 조부가 세상을 떠났을 때 이 집은 남의 손에 넘어가버렸다. 어린 마음에 남은 추억을 더듬어보아도 이 저택은 도무지 집 같은 모양을 가지지 못했었다. 그것은 내 마음속에서 아주 산산이 흩어져 있다. 여기 방 하나 저기 방 하나, 여기에 복도의 한 부분, 그것도 그 두 방을 연결짓는 복도가 아니라 그것만이 독립되어 단편(斷片)으로서 추억에 남겨져 있다. 모든 것이 이런 식으로 내 마음속에 흩어져 있는 것이다 —— 방들, 거창하고 웅장하게 아래층으로 통하고 있는 계단, 다른 좁다란 나선형 계단, 그 어두컴컴한 곳을 혈관을 도는 것처럼 지나갔다. 탑 속의 방, 높다랗게 튀어나온 발코니, 조그마한 문에서 밀려나가면 뜻하지 않게 눈앞에 있는 노대(露臺) —— 그런 모든 것이 나의 내부에 지금껏 존재하고 있으며 앞으로도 끊임없이 존재할 것이다. 마치 이 저택 전체가 무한한 높이에서 나의 내부로 추락하여 내 마음 밑바닥에 부딪쳐 부서진 것 같다.

내 마음속에 고스란히 보존되어 있다고 여겨지는 것은 다만 그 홀뿐이다. 밤마다 7시가 되면 저녁을 먹기 위해서 모두가 거기로 모이는 것이 습관이었다. 나는 그 방을 낮에 본 적은 없었다. 창이 있었는지, 창이 어느 쪽을 향해 있었는지 그것조차 생각나지 않는다. 가족들이 그 방에 발을 들여놓을 때는 언제나 묵직한 나뭇가지 모양의 촛대에 촛불이 타고 있었고, 몇 분인가 지나는 동안 누구든지 지금이 몇 시인지를 잊어버리고 밖에서 본 모든 것을 잊어버리는 것이었다. 천장이 높은, 분명히 아치형을 하고 있던 그 방은 무엇보다도 강한 마력을 지니고 있었다. 위로 올라갈수록 어둠을 더하는 천장, 한 번도 빛을 본 적이 없는 네 개의 구석, 그 암흑의 넓이는 사람의 마음에서 온갖 영상(映像)을 빨아올리고는 다시 돌려보내 주지 않았다. 누구나가 얼빠진 사람처럼 거기에 앉아 있었다. 의지도 의식도 즐거움도 거부도 완전히 잃고 있었다. 누구나가 공허한 좌석이나 마찬가지였다. 지금도 똑똑히 기억하고 있지만 사람을 얼간이로 만드는 이러한 상태는 처음 얼마 동안은 나에게 메스꺼웠다. 뱃멀미 같은 기분이었다. 나는 한쪽 다리를 뻗어 맞은편 자리에 앉아 있는 아버지의 무릎에 갖다대고는 가까스로 그것을 참았다. 아버지는 이 기묘한 소행을 이해해주었다. 혹은 적어도 참아주었던 것 같다고, 나는 뒷날에 가서야 비로소 깨달았다. 아버지와 나 사이는 거의 냉정하다 해도 좋을 정도였으니까 이런 태도는 이해할 수가 없었을 것이다. 어쨌든 나에게 긴 식사 시간을 견뎌내는 힘을 준 것은 이 은근한 접촉이었다. 그리하여 몇 주일인지 몸이 자지러지는 듯한 인내를 겪고 나자 나는 어느덧 아이들이 갖는 무제한이라 해도 좋을 순응력(順應力)의 덕분에 기분 나쁜 이 회식에도 익숙해져 두 시간 동안 식탁에 앉아 있는 일에 아무런 고통도 느끼지 않게 되었다. 그렇게 되고 보니 이제는 거기 있는 사람들을 관찰하는 데에 정신이 팔려 그 두 시간은 오히려 금방 흘러가버리기도 했다.

조부는 그곳에 모이는 사람들을 가족이라고 부르고 있었다. 다른 사람들도 같은 호칭을 하는 것을 나는 들었는데 이것은 정말 제멋대로의 말투였다. 왜냐하면 그 네 사람은 서로가 먼 친척 관계였다고는 하지만 아무리 봐도 함께 합쳐진 사이는 아니었기 때문이다. 내 옆에 앉은 백부는 이미 늙은이다. 굳어져서 햇빛에 그을은 얼굴에 몇 군데 검은 점이 있었다. 들은 바에 의하면 화약 폭발로 받은 상처 자국이라고 했다. 기분이 나쁜 불평쟁이였던 이 백부는 육군 소령으로 퇴역하여 지금은 이 저택의 내가 알지 못하는 한 방에서 연금술(鍊金術) 비슷한 실험에 몰두하고 있었다. 하인들이 말하기를, 어느 감옥과 연락이 되어 있어 1년에 한 번이나 두 번 그곳에서 시체가 보내져오면 밤낮없이 며칠이고 시체와 함께 방에 들어박혀서 그것을 토막내기도 하고 그것의 부패를 막는 비밀 조치를 하기도 한다는 것이었다. 그의 맞은편은 마틸데 브라에 양의 자리였다. 나이를 잘 알 수 없는 사람으로 우리 어머니의 먼 친척 동생 뻘이었으나, 말을 들으면 놀데 남작이라 자칭하는 오스트리아의 교령술자(交靈術者)와 줄곧 편지 교환을 하고 있다는 것 외에는 아무것도 몰랐다. 그녀는 이 사나이에게 완전히 반해 있어 미리 그의 동의라기보다는 오히려 축복 같은 것을 받지 않는 한 아무리 조그만 일이라도 손을 대지 않는다고 했다. 그 무렵엔 유난히 뚱뚱해서 부드럽고 나른하게 풍만한 육체가 헐렁한 밝은 그 옷 속에, 말하자면 꾸밈새없이 쏟아넣어진 것 같은 그런 모습이었다. 그녀의 행동은 나른해보여 분명치가 않고 그 눈에는 언제나 눈물이 어려 있었다. 그런데 이 사람에겐 어딘지 모르게 나의 어머니의 부드럽고 가냘픈 모습을 연상케 하는 것이 있었다. 그녀를 보면 볼수록 세상을 떠난 이래 뚜렷이 생각나지 않던 어머니의 아름다운 은근한 모습을 그 표정에서 남김없이 발견할 수가 있는 것이었다. 마틸데 브라에와 날마다 얼굴을 마주 보게 된 지금, 나는 다시금 돌아가신 어머니의 모습을 생생하게 생각해낼 수 있었다. 아니 그때 비로소 알았다고 하는 편이 좋을는지도 모른다. 토막토막으로 남아 있던 죽은 사람의 인상이 이제 겨우 내 마음속에서 하나의 모습으로 만들어졌다. 그 모습은 이제 어디로 가나 내게서 떠나지는 않는다. 뒷날에 가서, 브라에 양의 얼굴에는 실제의 어머니 모습이라고 할 수 있는 특징의 하나하나가 남김없이 갖추어져 있었던 것을 분명히 알았다 —— 다만, 그 이목구비 사이에 또 하나 눈에 익지 않은 얼굴 때문에 그 특징의 어느 것이나 모두 산산이 사이가 뜨고 비뚤어져 서로가 연결되지 않았을 뿐이었다.

그 부인 옆에는 친척뻘 되는 어느 여자의 어린 아들이 앉아 있었다. 나와 거의 비슷한 나이의 소년이었으나 나보다 키가 작고 연약했다. 주름장식이 달린 깃에서 가느다란 창백한 목이 내다보이다가 기다란 턱 밑으로 사라지고 있었다. 입술은 얄팍하고 굳게 다물어져 있었다. 콧방울이 잘디잘게 떨렸으며 아름다운 암갈색 눈은 한쪽밖에 움직이지 않았다. 이따금 조용히 슬픈 듯이 내 쪽을 바라보았으나 움직이지 않는 쪽의 눈은 누군가에게 팔아버려 이젠 아무래도 좋다는 그런 모습으로 늘 같은 한구석으로 향해진 채였다.

식탁의 맨 윗자리에는 조부의 엄청나게 큰 안락 의자가 놓여 있었다. 단지, 그 일만이 소임인 하인이 그 의자를 조부를 위해 당겨서 권하는 것이었으나 노인은 그 속에 불과 얼마 안 되는 자리를 차지할 따름이었다. 귀가 먼 거만한 이 늙은 신사를 각하니 의전관(儀典官)이니 하고 부르는 사람들이 있었고 장군이라고 부르는 자도 있었다. 확실히 그는 이 칭호를 어느 것이나 다 갖추고 있었으나 관직을 물러난 지 벌써 꽤 오래 되므로 이제는 어느 호칭도 이해가 가기 어려운 것으로 여겨졌다. 나는, 조부처럼 어떤 때는 몹시 명료해지는가 하면 금방 또 애매해져버리는 인품에는 도대체 일정한 명칭이 고정되기 어려운 것이라고 생각했다. 가끔 가다가는 나에게도 친절하게 가까이 불러서 내 이름에 이상야릇한 억양을 붙여서는 재미있어하기도 했으나 나는 아무래도 할아버지라고 부를 결심이 생기지 않았다. 어쨌든 백작에게는 가족의 누구나가 다 일종의 외경(畏敬)과 두려움이 뒤섞인 태도로 대하고 있었는데 에릭 소년만은 이 늙은 가장과 어떤 친밀한 사이로 지내고 있었다. 그의 움직이는 쪽의 눈이 이따금 재빠른 묵약(默約)의 눈길을 보내면 조부도 곧 그것에 응했다. 또 지루하게 계속되는 오후 같은 때, 깊숙한 화랑(畵廊) 너머에 두 사람이 나타나 손을 마주 잡고 거무스름한 오래 된 초상화 앞을 걸어가는 모습을 볼 수 있었다. 그들은 말을 주고받고 있지는 않았으나 분명히 다른 몸짓으로 서로가 이해하고 있다는 것을 알 수 있었다.

나는 거의 온종일 정원이나 저택 밖의 너도밤나무 숲이나 들에 나가 지냈다. 다행하게도 우르네크로스터에는 개가 있어 나를 따라왔다. 군데군데 소작인의 농가나 낙농장(酪農場)이 있어 거기에 가면 밀크나 빵이나 과일을 얻어 먹을 수가 있었다. 나는 나의 자유로운 시간을 꽤 내 마음대로 즐긴 것같이 생각된다. 적어도 나머지 몇 주일은 저녁 식사 모임을 생각하고 불안해하는 일도 없었다. 나는 거의 누구하고도 말을 하지 않았다. 혼자 있는 것이 나의 즐거움이었기 때문이다. 다만 개들하고는 짧은 말을 나누는 일이 있었다 —— 그들하고는 특히 기분이 잘 통했던 것이다. 말이 적은 것은 원래 우리 집의 특징이기도 했다. 아버지가 그랬으며 나도 그것에는 익숙해 있었다. 그러므로 만찬을 하는 동안 거의 이야기 같은 이야기가 교환되지 않아도 이상하게 생각지 않았다.

물론 우리가 금방 도착했을 무렵에는 마틸데 브라에가 굉장히 수다스럽게 굴었다. 아버지에게 외국의 도시에서 사는 옛 친지들의 소식을 묻고, 먼 옛날의 인상을 회상하며 죽은 여자 친구들이나 또는 남자들을 생각해내고 눈물을 흘릴 만큼 감동했다. 그녀의 이야기에서 짐작하건대 그 남자 쪽에서는 그녀를 사랑했는데 그녀는 그 열렬한 짝사랑에 응하려 하지 않았던 것 같다. 아버지는 예의바르게 귀를 기울이며 이따금 동의하는 듯이 끄덕이고는 지극히 필요한 말만 대답하고 있었다. 백작은 식탁 윗자리에서 입술을 축 늘어뜨린 채 연방 미소짓고 있었으나 그 얼굴은 여느때보다 크게 보여 탈이라도 쓰고 있는 것 같았다. 그 자신도 이따금 말참견을 했다. 그 목소리는 누구에게 향해지고 있는 것도 아니었다. 그러나 무척 나직했던 그 목소리는 홀 구석구석까지 들렸다. 어딘지 한결같이 무관심하게 시간을 새기는 듯한 시계의 걸음걸이와도 흡사한 목소리였다. 그 목소리를 에워싸는 정적(靜寂)에는 어떤 음절(音節)에도 항상 변함없는 일종의 독특한 허허로운 반향이 따르는 그런 느낌이 있었다.

브라에 백작은 아버지에게 그의 죽은 아내, 즉 나의 어머니에 대해 이야기하는 것을 특별한 예의라고 생각한 것 같다. 그녀를 시빌레 백작 영양이라 부르며 무엇인가 말을 끝낼 때마다 그 소식을 묻는 투가 되었다. 왠지 나는 화제에 오르고 있는 사람이 순백의 의상을 입고 있는 아직도 어린 어떤 소녀처럼 느껴졌다. 방금이라도 그 방에 들어오지나 않을까 하고 생각될 만큼. 그가 이 말과 꼭같은 어조로 '우리들의 귀여운 안나 소피'에 대해 이야기하는 것을 들었다. 어느 날 조부가 특별히 마음에 들어하는 것 같은 이 영양에 대해 물어보았더니, 조부가 말하고 있는 것은 재상 콘라드 레벤틀로우의 딸에 대한 것이었다. 그녀는 신하의 신분으로 고 프리드리히 4세의 비(妃)가 되었는데, 벌써 백오십 년 전에 로스킬데에 묻혀진 사람이라는 것이었다. 시대의 순서 따위는 조부에겐 아무런 의미도 없었다. 죽음은 사소한 우연으로 완전히 무시되었다. 일단 추억 속에 깃든 인물은 언제까지나 계속 존재하였으며 죽더라도 사태는 조금도 변하지 않았다. 몇 년 뒤, 그것은 이 늙은 주인이 세상을 떠난 뒤의 일이지만, 사람들은 그가 미래의 일도 이것과 똑같은 완고함으로 현재의 일로서 받아들이고 있었다고들 말했다. 어느 때 그는 젊은 부인을 보고 그녀의 아들들의 일을, 특히 그 가운데 한 사람의 여행에 대한 것을 이것저것 이야기했다는 것이다. 젊은 부인은 마침 첫 아이를 임신한 지 겨우 석달째여서 놀라움과 두려움으로 거의 실신할 지경이 되어 지껄여대는 노인 곁에 앉아 있었다고 한다.

그러나 그것은 내가 웃음을 터뜨린 것이 발단이 되었다. 나는 큰소리로 웃어댔는데, 나 자신 억제할 수가 없었다. 어느 날 밤 마틸데 브라에가 모습을 보이지 않았을 때의 일이다. 늙어서 이젠 완전히 장님이 되다시피 눈이 먼 급사가 그녀 자리에 오자 걸음을 멈추고 상대도 없는데 요리 그릇을 내밀었다. 한참 동안 그 자세대로 있었다. 이윽고 그는 만족스러운 듯이 위엄을 보존하고 만사 여느때와 같다는 태도로 앞으로 나갔다. 나는 이 광경을 관찰하고 있었다. 보고 있는 동안은 우습지가 않았다. 그런데 한참 뒤 음식을 한입 입에 집어넣는 순간 생각지도 않은 큰 웃음이 치밀어올라 그만 나는 순식간에 목이 콱 막히게 되어 당치도 않은 큰소리를 내고 말았다. 이런 지경에 빠져들어 나 자신 역시 기분이 나빴기 때문에 어떻게든지 침착하려고 애를 썼으나 웃음은 여전히 솟구쳐올라 나를 완전히 지배하고 있는 것이었다.

아버지는 나의 실수를 얼버무리려고 그랬었는지 언제나의 굵직하고 낮은 목소리로 "마틸데 양은 기분이라도 좋지 못한가요?" 하고 물었다. 조부는 늘 그러듯이 독특한 미소를 띠었으나 이윽고 무엇인가 짤막하게 대답했다. 나는 나의 실수에 마음을 빼앗기고 있었기 때문에 잘 듣지 못했으나 "아니 크리스티네를 만나고 싶지 않을 뿐인 거야." 이렇게 말한 것 같았다. 그래서 나는 옆 자리의 갈색 얼굴빛을 한 소령(少領)이 일어서서 무언지 분명치 못한 말로 우물우물 사과를 한 뒤 백작에게 절을 하고 홀로 나갔을 때도 그것이 조부의 말 때문이라고는 생각지 않았다. 다만 그가 가장(家長)의 등 뒤에 있는 문께에서 다시 한 번 뒤돌아보고 에릭 소년에게, 그리고 또 굉장히 놀랍게도 갑자기 나에게까지 손짓, 고갯짓을 하며 따라오라고나 하는 듯한 몸짓을 한 것이 납득이 가지 않았다. 나는 어리둥절하여 웃음의 발작마저 멎어버렸다. 그러나 나는 그뿐 소령에게 주의를 기울이지 않았다. 나는 소령이 좋지 않았고 에릭 소년도 그를 무시한 것을 눈치챘기 때문이었다.

식사는 언제나처럼 천천히 진행되었는데 마침 디저트에 들어가려 할 때였다. 나의 시선은 홀 안쪽의 컴컴한 데서 일어난 움직임에 붙잡혀 꼼짝달싹할 수가 없었다. 다락으로 통하고 있다고 들은 문이, 나는 그곳에는 언제나 쇠가 채워져 있는 줄만 알았는데 그 문이 서서히 열리기 시작했던 것이다. 호기심과 경악이 뒤섞인, 이제까지 느껴본 적이 없는 심정이 되어 그것을 바라보고 있노라니 이윽고 뻐끔히 입을 벌린 어둠 속에 희끄무레한 의상을 입은 호리호리한 여인의 모습이 나타나더니 천천히 우리들 쪽을 향해 걸어왔다. 나는 내가 몸을 움직였는지 비명을 질렀는지 기억이 없다. 의자 넘어지는 소리가 나는 바람에 가까스로 나는 이 무시무시한 모습에서 눈을 돌렸다. 보니 아버지가 의자에서 일어나 얼굴이 죽은 사람처럼 파랗게 질린 채 움켜쥔 두 손을 늘어뜨리고 여자 쪽으로 다가가려 하고 있었다. 그러는 동안에도 여자는 이러한 광경에는 거들떠보지 않고 한 걸음 한 걸음 우리들 쪽을 향해 움직이고 있었다. 이미 백작의 자리에서 얼마 떨어지지 않은 곳까지 와 있었다. 그러자 백작은 느닷없이 벌떡 일어나 아버지의 팔을 움켜잡고 식탁으로 도로 끌고와서 그대로 붙잡고 있었다. 그동안에 낯선 여인은 천천히 주위에는 전혀 무관심하게, 이제는 누구 하나 방해하는 사람도 없는 홀을 가로질러 지나갔다. 한 걸음 한 걸음, 말할 수 없는 정적 속을 지나갔다. 다만 어디선지 글라스 하나가 떨면서 울리고 있었다. 여자는 방의 반대쪽 벽의 문으로 사라졌다. 그 순간 나는 낯선 여인의 뒤에서 몸을 깊숙이 꾸부리면서 그 문을 닫은 것이 에릭 소년이라는 것을 알았다.

식탁에 앉은 채로 있었던 것은 나뿐이었다. 나는 마치 뿌리가 박힌 듯이 안락 의자 속에 앉아 있었으므로 혼자서는 일어설 것 같지가 않았다. 잠시 동안은 막연히 허공을 보고 있었다. 문득 아버지의 일이 머리에 떠올랐다. 나는, 노인이 아직도 아버지의 팔을 잡은 채로 있는 것을 보았다. 아버지의 얼굴은, 이제는 노여움 때문에 시뻘개져 있었으나 조부는 사나운 날짐승의 하얀 발톱처럼 손가락을 세워 아버지의 팔을 움켜잡은 채, 그 탈바가지 같은 언제나의 미소를 띠고 있었다. 이윽고 그가 무엇인가 말하는 것이 들렸다. 한 마디 한 마디 잘라가며 하는 그 말의 뜻을 나로서는 알아들을 수가 없었다. 그러나 그의 말은 나의 청각에 깊숙이 배어 있었던 모양이다. 2년쯤 전의 어느 날 나는 그 말을 기억의 밑바닥에서 발견했던 것이다. 그 이후로 나는 그것을 잊어버릴 수가 없다. 그는 이렇게 말했던 것이다. "당신은 과격한 사람이오, 시종, 그리고 무례합니다. 왜 사람 저마다에게 볼일을 보게 내버려두지 않습니까?" "저건 누굽니까?" 아버지의 묻는 말이 채 끝나기도 전에 그는 외쳤다. "여기 있어도 괜찮을 여잡니다. 남이 아닙니다. 크리스티네 브라에에요." 그러자 또 그 기묘하게 엷은 정적이 흘렀다. 또다시 글라스가 떨리기 시작했다. 그러자 아버지는 단숨에 팔을 뿌리치고 홀에서 달려나갔다.

나는 아버지가 밤새도록 자기 방을 돌아다니는 소리를 들었다. 나는 잠을 잘 수 없었던 것이다. 그러나 새벽녘 가까이 그래도 얼마간 잠이 들었던 듯한 나는 갑자기 눈을 떴는데 무언가 허연 것이 내 침대에 앉아 있는 것을 깨닫고 심장이 멈출 만큼 무서움을 느꼈다. 이제 틀렸어, 하고 나는 마지막 힘을 쥐어짜서 머리를 이불 속에 틀어박았다. 불안한 나머지 나는 그대로 울음을 터뜨리고 말았다. 갑자기 울부짖고 있는 눈앞이 서늘하게 밝아졌다. 나는 아무것도 보지 않으려고 눈물이 솟구치는 대로 두 눈을 꽉 감았다. 그러나 그때, 바로 가까이에서 부드럽고 달콤한 목소리가 내 얼굴에 와 닿았다. 귀에 익은 목소리였다 —— 마틸데 양의 목소리였던 것이다. 나는 금방 안심을 했으나 울음을 완전히 거두고 나서도 한참 동안 위로하는 대로 맡겨두고 있었다. 이 상냥함은 너무 달콤하다고 생각했으나, 그래도 기분이 좋길래 그대로 응석을 부리면서, 왜 그런지 그런 위로를 받아도 괜찮을 이유가 있다고 생각했다. "아줌마." 하고 나는 나중에 말하면서 그녀의 멍청한 얼굴에서 어머니의 모습을 찾아내려고 했다. "아줌마, 그 사람은 누구예요?"

"아, 그건 말이야." 하고 브라에 양은 한숨을 쉬며 말했다. "불쌍한 사람이란다. 아가야, 불쌍한 사람이야."

그날 아침 나는 한방에서 짐을 꾸리고 있는 하인들의 모습을 보았다. 돌아가는 모양이구나 하고 짐작하고 지금 떠나는 것은 매우 당연하다고 생각했다. 아마 아버지도 그렇게 생각했을 것이다. 그런 일이 있은 날 밤 이후 아버지가 여전히 우르네크로스터에 머물 작정을 하고 있는 것은 어떤 이유에서였는지 끝내 물어보지 못하고 말았다. 그러나 어쨌든 우리들은 떠나지 않았다. 다시 8주일인지 9주일, 우리는 저택에 머무르면서 그 집의 짓누르는 듯한 답답한 온갖 무서움을 참았고, 그리고 크리스티네 브라에를 그 뒤 세 번 보았을 뿐이었다. 그 당시의 나는 그녀의 신상에 대해 아무것도 알지 못했다. 그녀는 먼 옛날 두 번째 아이를 낳고 죽었으며, 그때 태어난 사내아이는 자라서 불길하고 무참한 운명을 만났다는 것이었으나 그런 이야기는 알지도 못했다. 그녀가 고인(故人)이었다는 것조차 알지 못했다. 그러나 아버지는 알고 있었다. 기질이 과격하고 사물의 도리와 명확함을 존중한 아버지였으나 이 이상한 일에 한해서만은 자제를 하여 아무 말도

하지 않고 참으려고 스스로에게 강요했던 것일까? 나는 이해하지 못한
채 아버지가 고민하는 모습을 보았다. 그리고 아버지가 끝내 극기(克己)하는
모습을 잘 모르기는 하나 이 눈으로 보았다. 이것은 우리들이 크리스티네를
마지막으로 만났을 때였다. 이때는 마틸데 양도 식탁에 모습을 보이고
있었다. 그러나 그녀의 태도는 여느때와는 달랐다. 우리들이 이곳에 온 처음
무렵처럼 줄곧 밑도 끝도 없는 말을 지껄여댔다. 지껄이면서도 신경이
가라앉지 않는 모양인지 연방 머리나 옷에 손을 보냈다. 그러고는 별안간
날카로운 비명을 지르며 펄쩍 뛰어일어나 자취를 감추었다.

그 순간, 나의 시선은 나도 모르게 그 문 쪽으로 향하고 있었다. 과연—
— 크리스티네 브라에가 나타나는 참이었다. 옆 자리의 소령이 심하게 몸을
떨었다. 몸의 떨림이 나에게 옮아왔다. 그러나 그는 일어설 기력마저 잃은
것 같았다. 그는 점투성이의 갈색의 늙은 얼굴을 돌려 그 자리에 있던
사람들을 차례차례 훑어보았다. 입은 헤벌린 채였고 굳어진 혀가 삭아빠진
이빨 뒤에 엿보였다. 그러자 별안간 이 얼굴이 사라졌다. 그의 잿빛 머리만이
식탁에 엎어져 있었다. 두 팔은 산산이 떨어진 것처럼 하나는 식탁 위에
놓이고 하나는 식탁 밑으로 늘어졌는데, 말라빠진 기미투성이 손이 부들부들
떨고 있었다.

그리고 지금, 크리스티네 브라에가 지나가려 하고 있었다. 한 발 한 발
병자처럼 천천히 비길 데 없는 정적 속을 지나가는 참이었다. 잠잠한 방
안에 늙은 개의 끙끙대는 소리와도 흡사한 소리가 들렸다. 그러나 수선화를
가득 담은 백조형(白鳥形)의 커다란 은그릇 왼쪽에 나타난 것은 언제나의
잿빛 미소를 띤 노인의 가면(假面)이었다. 노인은 와인 글라스를 아버지를
향해 쳐들었다. 바로 그때 나는, 아버지가 마침 크리스티네 브라에가 그
의자 뒤를 지나갔을 때 자기 글라스에 손을 뻗쳐 무언가 몹시 무거운
것이라도 쳐드는 듯이 두세 치 가량 쳐드는 것을 본 것이다.

그리고 그날 밤으로 우리는 떠났다.

■ 국립도서관

나는 앉아서 한 사람의 시인을 읽고 있다. 열람실에는 많은 사람들이 있었지만 도저히 그렇게는 느껴지지 않는다. 누구나가 책 속에 있는 것이다. 이따금 페이지와 페이지 사이에서 몸을 움직인다. 자다가 꿈과 꿈 사이에서 몸을 뒤척이는 사람처럼. 아아 책을 읽는 사람들 사이에 있다는 것은 얼마나 기분좋은 일인지 모르겠다. 왜 사람들은 언제나 그렇지 않을까? 누구에게라도 좋으니 다가가서 살며시 건드려보라 —— 상대는 아무것도 느끼지 않는다. 또는 일어나려다가 옆 사람에게 살짝 부딪쳐 사과를 해보라. 상대는 당신의 목소리가 나는 쪽으로 고갯짓을 할 뿐이지 얼굴은 당신 쪽을 향해 있어도 실은 보고 있지 않다. 그 사람의 머리칼은 자고 있는 사람의 머리칼 같다. 얼마나 마음이 편안한가 말이다. 나는 이렇게 여기에 앉아 한 사람의 시인을 갖고 있다. 이 무슨 기이한 운명인가. 열람실에는 어쩌면 3백 명이나 되는 사람들이 있는 것일까. 누구나가 책을 읽고 있다. 그러나 한 사람 한 사람이 저마다 한 사람씩의 시인을 가진다는 것은 있을 수 없다(그들이 무엇을 갖고 있는지 누가 알 것인가). 3백 명이나 되는 시인이 있을 리는 없다. 그러나 글쎄 이게 무슨 기이한 운명일까. 이 내가, 여기서 책을 읽고 있는 사람들 가운데 아마 제일 비참하고 더구나 외국인인 내가 —— 한 사람의 시인을 갖고 있다니. 가난한 나. 옷은 언제나 입고 있어 여기저기 해지기 시작하고 구두 역시 닳아서 낡아빠졌다.

분명히 내 칼라는 깨끗하고 속옷도 깨끗하다. 이대로 어느 카페에라도 들어갈 수 있을 것이고 번화가의 카페에라도 들어갈 수 있을 것이다. 나의 손은 주저없이 과자 그릇에 뻗쳐 과자 한두 개를 집어낼 수도 있을 것이다. 아무도 그것을 수상하게 여기지 않을 것이고 나를 탓하거나 쫓아내거나 하지는 않을 것이다. 어쨌든 이건 가문 좋은 사람의 손이다. 하루에 네댓 번은 씻고 있는 손인 것이다. 물론 손톱에 때도 끼여 있지 않다. 펜을 잡는 손가락에 잉크가 묻어 있는 것도 아니다. 특히 손목은 말할 나위도 없다. 가난한 사람들은 도저히 거기까지는 씻지 않는다. 이것은 주지(周知)의 사실이다. 그래서 손목의 청결함을 보면 대강 판단이 간다. 실제로 그런 판단 방법이 있다. 상점에서는 흔히 그런 방법으로 보는 것이다. 그러나, 예를 들어 생미셸 거리나 라시느 거리에 가면 그런 것에 미혹(迷惑)되지 않고 손목의 깨끗함 같은 것은 문제삼지 않는 패들이 있다. 그들은 나를 보자마자 당장에 간파한다. 나는 원래 그들의 동류(同類)지만 다만 희극을 조금 연출하고 있을 뿐이라고 알아채는 것이다. 마침 사육제(謝肉祭) 기간이다. 그들은 나의 즐거움을 망가뜨리지 않으려고 한다. 입을 조금 일그러뜨리고 히죽 웃으며 눈을 찡긋해보인다. 누구 하나 그것을 눈치챈 사람은 없다. 그 밖의 점에서는 그들은 나를 의젓한 신사로서 대우한다. 곁에 한 사람이라도 사람이 있을 경우에는 공손하게 절까지 해보인다. 마치 털가죽 외투를 입고 자가용 마차라도 몰고 있는 사람에게 하는 태도이다. 그들에게 2수를 줄 때도 있지만 그런 때 나는 거절당하지 않을까 하고 불안해한다. 분명히 받기는 한다. 다만 그런 뒤에 다시 한 번 입을 일그러뜨려 히죽 웃고는 눈을 찡긋한다. 그것만 없다면 이쪽도 지극히 편한 기분으로 있을 수 있으련만. 이 패들은 도대체 어떤 자들일까? 나를 어떻게 하려는 것일까. 나를 기다리고라도 있는 것일까? 어디서 나를 안 것일까? 확실히 나의 수염은 다소 손질을 게을리하고 있는 것같이 보이니까, 그것이 그들의 병들어보이고 늙어서 빛바랜 수염, 언제나 나에게 강한 인상을 주는 그 수염을 조금은 연상케 하지 않는 것도 아니다. 그러나 자기 수염의 손질을 하건 말건 그것은 내 자유가 아닌가? 바쁜 사람이란 대개 그런 것이고 그렇다고 해서 아무도 그 사람을 꼭 패잔자(敗殘者)로 취급하려고는 하지 않을 것이다. 아니, 나는 알고 있다. 그 패거리야말로 거지일 뿐 아니라 패배자인 것이다. 아니, 아니, 그들은 결코 거지 같은 것이 아니다. 이것을 똑똑히 구별해두지 않으면 안 된다. 그들은 쓰레기다. 운명이 뱉어버린 인간의 찌꺼기다. 운명의 침이 발린 채 그들은 담에, 가로등에, 광고탑에 철썩 달라붙고 또는 뒷골목을 축축하게 흘러가며 시커멓고 더러운 자국을 남긴다. 대관절 그 노파는 나더러 어떻게 하라고 말할 작정이었을까?

단추며 바늘이 몇 개 굴러 있는 침실용 테이블의 서랍을 빼어들고, 어딘가의
움막에서 기어나온 그 노파는? 왜 언제까지나 나를 따라다니며 나를
찬찬히 보고 있었던 것일까? 곪아서 짓무른 눈으로 나의 정체를 간파
하려고 한 것 같았으나 그 눈은 마치 병자의 시퍼런 가래를 충혈된 눈꺼풀
속에 뱉어놓은 것 같았다. 그리고 그의, 키가 작은 회색 머리의 여인은
왜 15분 동안이나 쇼윈도 앞에서 내 곁을 떠나려 하지 않았던 것일까?
여자는 품위없는 두 손 안에서부터 한 자루의 기다란 헌 연필을 무척
느릿느릿 내밀어보였다. 나는 쇼윈도 속에 장식된 물건들을 보느라고 아
무것도 깨닫지 못하는 척했다. 그러나 여자는 내가 자기를 보았다는 것을
알고 있었다. 내가 선 채로, 사실은 여자가 무엇을 하고 있는가 하고 생각을
집중시키고 있는 것을 알고 있었다. 당초에 연필이 문제가 아니라는 것쯤은
나도 잘 알고 있었던 것이다 —— 이것은 신호이다. 동료끼리의 신호, 패
잔자들이라면 곧 그것을 알 수 있는 무엇인가의 신호라는 것을 나는 눈
치채고 있었다. 그 여자가 나에게 아무 데로 가라, 무엇인가를 해라, 하고
암시하고 있는 거라고 나는 추측하고 있었던 것이다. 하나 무엇보다도
기괴했던 것은, 나 자신, 줄곧 어떤 감정에서 벗어나지 못하고 있었다는
사실이다. 무언가 미리 약속되어 있으므로 이 신호도 있는 것이니까. 이
광경은 결국 내가 피할 수가 없는 것이 아니었을까, 하는 기분이 들었던
것이다.

　이것은 이 주일 전의 일이다. 그러나 지금에 와서는 이런 종류의 사건에
부딪치지 않는 날은 하루도 없다고 해도 과언이 아니다. 저녁 나절이거나
대낮에 사람들이 들끓는 길거리에서나 일어나는 것이다. 몸집이 작은 사
나이, 또는 늙은 여자가 느닷없이 나타나 고개를 끄덕이고 나에게 무엇
인가를 보이고는 이것으로 필요한 일은 모두 끝났다는 듯이 자취를 감춘다.
그러다가 그들은 내 방까지 쫓아올 궁리를 하게 될지도 모른다. 내가
살고 있는 곳쯤은 그들은 틀림없이 알고 있을 것이다. 문지기에게 들키지
않고 지나가는 따위의 요령은 알고 있을 것이다. 하나 여기 있는 한 그렇다,
아무리 너희들이 밀어닥쳐본들 나는 안전하다. 이 열람실에 들어오려면
특별한 카드가 필요하다. 그 카드만은 너희들이 갖고 있지 않을 것이다.

하긴 나는 다소 겁을 먹고 긴 거리를 걷는다. 그러나 일단 이곳의 유리문 앞에 서기만 하면 나는 내 집에 돌아온 듯한 기분으로 그것을 열고 다음 문간에서 내 카드를 내보인다(정말이지, 너희들이 나에게 너희들이 갖고 있는 것을 보이는 것과 똑같은 식이다. 다만, 곧 상대가 내 기분을 이해하고 알아주는 점이 다르긴 하지만). 이윽고 나는 책과 책 사이에다 몸을 두고 마치 죽어버린 사람처럼 너희들에게서 멀리 떨어져와 한 사람의 시인을 읽는 것이다.

시인은 어떤 것인가. 너희들은 모르리라 —— 베를렌……아무도 모른다고? 생각이 나지 않는다고? 그럴 것이다. 너희들은 너희들이 알고 있던 사람 가운데서 이 시인을 구별한 적은 없었겠지? 도대체가 너희들은 구별이라는 것을 하지 않는다. 그러나 내가 읽고 있는 것은 다른 시인이다. 파리에는 살고 있지 않는 전혀 다른 시인이다. 산 속에 조용한 집을 갖고 있는 시인인 것이다. 이 사람의 울림은 맑디맑은 대기 속의 종소리 같다. 자기 방의 창문에 대해 이야기하고, 호감이 가는 고독한 풍경의 펼쳐짐을 생각에 잠긴 듯이 비추고 있는 책장의 유리문에 대해 이야기하는 행복한 시인. 나 자신 그렇게 될 수만 있다면 되고 싶었던 바로 그 시인인 것이다. 왜냐하면 이 사람은 소녀들에 대한 것을 아주 잘 알고 있다. 나도 그녀들의 일이라면 여러 가지로 알고 싶었다. 이 사람은 백 년이나 전에 살았던 소녀들의 일을 알고 있다. 오래 전에 죽어버렸다는 것조차 아무런 상관이 없다. 모든 것을 환히 알고 있는 것이니까. 오히려 그러는 편이 중요한 것이다. 그는 처녀들의 이름을 소리내어 읽어본다. 가느다랗고 긴, 오래 된 듯한 꽃글씨로 가냘프게 씌어진 은밀한 울림의 이름, 또 그녀들보다 다소 손위의 여자 친구들의 희미한 운명의 그림자, 환멸과 죽음의 그림자가 그 울림 속에 섞여 아련하게 들리는 어른스러운 이름 등을. 아마 그의 마호가니 책상 서랍에서는 그녀들의 퇴색된 편지며 철(綴)한 곳이 풀려진 일기장의 몇 페이지인가가 간직되어 있을 것이다. 거기에는 생일날에 대한 것, 여름날에 멀리 놀러갔던 일, 그리고 또 생일에 대한 것, 그런 것들이 적혀 있을 것이다. 또는 침실 안에 놓여진 불룩한 오동 장롱에는 그녀들의 봄옷을 넣어놓은 서랍이 있을지도 모른다. 부활제때 처음으로 입은 순백의 의상, 얼룩무늬의 망사 비단으로 된, 사실은 여름 것인데 기다릴 수가 없어 입어버린 의상 등. 오오, 얼마나 행복한 운명일까. 선조 때부터 전해내려오는 집의 조용한 방에 차분한 옛날 그대로의 가구들만으로 둘러싸여 앉아서 창밖 화창한 연두색 뜰에 올들어 처음 나오는 박새가 서투르게 울어대는 소리를 들으며 멀리 마을의 시계가 때를 알리는 것을 듣는다는 것. 가만히 앉아 오후의 따뜻한 햇살의 줄무늬에 눈길을 멈추고 옛날 소녀들에 대한 것을 많이 알며, 그리고 시인이라는 것. 이렇게 하고 있으면 나도 이 세상 어딘가에, 예를 들어 누구 하나 돌보는 사람 없는, 흔히 있는 못질된 어느 산장 같은 데라도 살 수 있었다면 그런 시인이 될 수 있었을는지도 모른다는 생각이 든다. 나에게는 방 하나만 있어도 되었을 것이다.(박공이 있는 지붕 밑의 밝은 다락방이다) 그 방에 들어앉아 나는 오래 된 가구, 가족의 초상, 몇 권인가의 책과 함께 지냈을 것이다. 하나의 안락 의자, 화초, 개, 그리고 자갈길을 산책할 때 짚는 지팡이, 그런 것만 있으면 다른 것은 아무것도 필요없을 것이다. 다만 상아빛 가죽 장정의, 오래 된 꽃무늬를 찍은 표지의 노트가 한 권 있으면 —— 거기다 나는 써보았을 것이다. 왜냐하면 나는 온갖 생각과 많은 사람들의 추억을 가졌을 테니까.

그러나 현실은 그것과는 달라지고 말았다. 그 이유는 하느님만이 아는 것이다. 나의 낡은 가구는 양해를 얻어 넣어둔 광 속에서 삭을 대로 삭아가고, 나 자신 그렇다. 나 자신 몸을 담을 지붕 하나 갖지 못했다. 비는 내 눈 속에 쏟아지는 것이다.

가끔 가다 나는 세느 거리 근처에 들어선 조그만 점포 앞을 지나간다. 쇼윈도에 물건을 잔뜩 쌓아올린 고물상, 조그마한 헌 책방, 동판화상(銅版畫商). 그런 점포에는 손님이 들어 있는 예가 없으며 보는 바 장사를 하고 있는 것같이 생각되지 않는다. 그러나 가게 안을 들여다보면 틀림없이 주인이 앉아 있다. 한가롭게 앉아서 책을 읽는다. 내일을 걱정하는 것도 아니고 팔리지 않는 것을 신경쓰지도 않는다. 개를 키우고 있다. 주인 앞에 기분좋은 듯이 앉아 있다. 또는 고양이가 책이 나란히 꽂혀 있는 책장 앞을 훌쩍 지나간다. 문득 책 표지에 새겨진 글씨가 지워지는 것 같아, 그것이 정밀(靜謐)한 분위기를 더욱 깊게 한다.

아아, 이것으로 해결될 수만 있다면……나도 때로 쇼윈도째 고스란히 사서 그 안에서 개와 함께 한 20년쯤 앉아 있고 싶다고 바라기도 할 것을.

"아무것도 아니었어." 하고 큰소리로 말해본다. 그것도 좋겠지. 다시 한 번 "아무것도 아니었어." 하고. 그러나 보람이 있을까?

스토브가 또 연기를 내기 시작해서 나는 밖으로 도망치지 않으면 안 되었다. 그러나 그것이 불행했다는 것은 아니다. 피로해서 감기 기운이 있는 것도 별로 의미있는 것은 아니다. 온종일 뒷골목을 어정거리며 돌아다니고 있던 일도 따지고 보면 내가 나쁜 것이다. 그럴 마음만 있으면 루브르 박물관에 앉아 있을 수도 있었던 것이니까. 아니 역시 그렇게는 할 수 없었을 것이다. 거기에는 거기대로 몸을 녹이려는 어떤 종류의 패거리들이 와 있다. 비로드로 된 걸상에 앉아 스팀의 창살 위에 두 다리를 걸쳐놓고 있다. 마치 큼직한 빈 장화가 나란히 놓여진 것 같다. 훈장을 잔뜩 단 검은 제복을 입은 감시원들이 잠자코 묵인해주는 것만으로도 고마워하는 아주 얌전한 사나이들이다. 그런데 내가 들어가면 이 패거리들은 빙긋 웃는다. 입을 실룩이고 웃으며 고개까지 약간 끄덕여보인다. 그리고 내가 그림 앞을 왔다갔다하는 것을 노려본다. 혼탁한 눈으로 언제까지나 집요하게 내 모습을 살피는 것이다. 루브르에 가지 않았던 것은 잘한 일이었다. 그래서 나는 줄곧 쏘다녔던 것이다. 얼마나 수많은 도시를, 거리를, 묘지를, 다리를, 그리고 골목길을 돌아다녔는지 모른다.

어디서였던가, 나는 한 사나이를 보았다. 사나이는 야채 수레를 밀고 있었다. 슈플뢰르, 슈플뢰르 하고 외치고 있었다. 그 말의 마지막 모음이 기묘하게 음울하게 들렸다. 사나이 곁에 억세고 추한 여자가 붙어 있으면서 이따금 사나이를 쿡쿡 찌르자 사나이가 외쳤다. 자기 쪽에서 외치는 일도 있었으나 그것은 헛일이라 곧 다시 외치지 않으면 안 되었다. 사줄 만한 집 앞에 왔기 때문이었다. 사나이는 장님이었다고, 내가 벌써 말했던가? 아직 말하지 않았으면 말하지만, 사나이는 장님이었다. 사나이는 장님이었고 그리고 외치고 있었다. 그러나 그것만으로는 내가 거짓말을 하고 있는 것이 된다. 사나이가 밀고 있던 수레에 대한 말을 빼놓았고 슈플뢰르(양베주)라고 소리를 지르고 있었던 일도 깨닫지 못했던 것 같다. 그러나 그것이 중요한 일일까? 설사 중요한 일이라 할지라도 이 일 전체가 나에게 있어 무엇이었던가 하는 것이 문제가 아닐까? 나는 한 사람의 늙은 사나이를 본 것이다. 사나이는 장님이었고 소리치고 있었다. 내가 본 것은 그것이었다. 그것을 보았던 것이다.

그런 집이 존재한다고, 사람들은 믿을 것인가? 아니 또 거짓말을 하고 있다는 말을 들을는지도 모른다. 그러나 이번에야말로 있는 그대로이다. 무엇 하나 빼지도 않고 물론 무엇 하나 덧붙이지도 않는다. 덧붙인다고 하지만 어디서 그것을 갖고 올 수가 있겠는가? 내가 무일푼이라는 것쯤은 누구나 다 알고 있다. 알고 있지 않은가. 집도 그렇고? 아니, 정확하게 말해서, 그것은 이미 집의 형체를 잃어버린 집들이었다. 위에서부터 아래까지 부숴진 집이었다. 있었던 것은 옆에 서 있던 다른 집, 높다란 옆집 쪽이다. 그것마저도 옆에 있던 모든 집이 헐리어 금방이라도 쓰러질 것같이 보였다. 기왓조각이 흩어진 집터와 앙상하게 드러난 벽과의 사이에 콜타르를 칠한 기다란 기둥의 뼈대가 비스듬히 박혀 있고 그것을 가까스로 받치고 있었다. 내가 말하고 싶은 것은 이 벽에 대한 것이라고 처음에 말을 했었는지 모르겠다. 어쨌든 이 벽은 지금 거기 있는 집들의 맨 앞의 벽(이라고 누구나가 생각할 것이 틀림없다)이 아니고, 예전에 있던 집들의 마지막에 남은 벽인 것이다. 즉 벽의 안쪽이 보이고 있었던 것이다. 각 층계마다에 가지가지로 구분된 방 벽이 보이고 있었다. 거기에는 아직도 벽지가 붙어 있고 여기저기에 바닥과 천장의 잔해가 남아 있었다. 방 벽과 더럽혀진 허연 공간이 가지런히 벽 전체에 걸쳐 남아 있고, 그 벽면을 꿰뚫고 말하기에도 꺼림칙한 구더기처럼 징그러운, 말하자면 흡사 꿈틀거리는 내장과 같은 움직임을 보이며 녹이 슬어 노출된 변소의 도관(導管)이 내려져 있었다. 등화용(燈火用) 가스가 통하고 있던 자국은 먼지가 낀 잿빛 힘줄이 되어 천장가에 남아 있었으며 그 힘줄은 여기저기에서 뜻하지 않은 구불거림을 보이다가 변색한 벽이나 거무튀튀하게 무참히 뚫어진 구멍 속으로 사라지고 있었다. 그러나 특히 잊을 수가 없는 것은 방마다의 벽 그 자체였다. 각기 방마다의 끈질긴 생활은 결코 짓밟혀 없어지지를 않는다. 생활은 아직도 거기에 존재하고 있었다. 튀어나온 못에 매달려 있는 듯싶었고 손바닥만큼 남은 마룻조각에 눌어붙어 다소나마 아직 실내의 여운을 남기고 있는 한 구석에 들어가 있었다. 생활은, 그것이 여러 해 되는 동안 서서히 변색시켜온 벽의 빛깔 그 자체에 스며 있는 것처럼 생각되었다 —— 파랑은 곰팡이가 생긴 녹색으로, 녹색은 회색으로, 노랑은 오래 되어 변질된 흰색으로, 해마다 조금씩 변화되어왔다. 생활은 또한, 거울이나 초상화나 벽장 뒤에 있었기 때문에 그다지 생채(生彩)를 잃고 있지 않은 곳에도 살아 있었다. 그것은, 이러한 가구들의 윤곽을 긋고, 또다시 고쳐 그어 거미줄과 먼지와 함께 이 물건 뒤, 지금에서야 드러나게 된 이러한 장소들에도 숨어 있었던 것이다. 생활은 벗겨진 벽판자 하나하나에도 남아 있고 벽지 아래 끄트머리에 생긴 습기가 차 불룩하게 부푼 속에도 살고 있었다. 찢어진 벽지 위에서 팔락이고, 오래 전에 생긴 더러운 얼룩에서 땀처럼 스며나오고 있었다. 그리고 이러한 것들, 예전에는 파랑이나 초록이나 노랑색이었던 벽, 지금은 흔적을 남겼을 뿐 부수어진 칸막이 벽으로 구분되어 있는 각각의 벽에서는 그러한 생활들의 숨결이 피어오르고 있었다. 어떠한 바람도 불어 날릴 수 없었던 끈덕지게 어려 있는 곰팡내나는 땅의 독기가. 거기에는 가지가지의 대낮과 병, 사람들이 뿜어낸 숨결, 오랜 세월의 연기, 겨드랑이 밑에서 배어나와 옷을 축축히 적시는 땀, 입에서 새어나오는 하품, 뜸질된 발의 푸젤 유(油) 냄새가 얽히어 있었다. 코를 찌르는 오줌, 퀴퀴한 냄새나는 그을음, 타붙은 감자 냄새, 오래 된 기름의 끈적한 냄새가 피어오르고 있었다. 아무도 돌봐주지 않는 젖먹이 어린아이의 코에 언제까지나 배어드는 달콤한 냄새, 학교에 다니는 어린이들의 불안한 냄새, 어른이 된 소년들의 침대에서 발산되는 음울한 냄새가 있었다. 게다가 온갖 고약한 냄새가 뒤섞여 있었다. 거리의 심연에서 무슨 냄새가 피어오르고 위에서는 거리에 내리는 더러워진 비와 함께 떨어지는 냄새가 있었다. 언제나 이 골목 안에 머물고 있는 가축처럼 길들여진 연약한 바람이 나르는 냄새가 있고, 어디서 오는지 모르는 아직도 많은 냄새가 있었다. 이 마지막 벽을 남겨놓고 다른 것은 모두 부수어졌다고 나는 아까 말을 했을 텐데…… ? 내가 기다랗게 말하고 있는 것은 모두

이 벽에 관한 일인 것이다. 꽤 오래 그곳에 서 있었구나, 하는 말을 들을는지도 모른다. 그러나 맹세해도 좋지만 나는 이 벽을 보자마자 뛰기 시작하고 있었다. 이 벽을 그것이라고 인정한 것, 그것은 무서운 일이었던 것이다. 나는 이 거리의 모든 것이 곧 그것이라는 것을 알아버린다. 그렇기 때문에 상대도 염치없이 내 속으로 들어온다 —— 나의 내부에 살게 되어버리는 것이다.

이런 일이 있은 뒤 나는 다소 피로해 있었다. 쇠약해져 있었다고 하는 편이 좋을는지도 모른다. 그러니까 거기다가 그 사나이에게 잠복 대기당했다는 것은 나로서는 가혹한 일이었다. 사나이는 내가 달걀 프라이라도 두 개쯤 먹으려고 들어간 조그만 간이식당에서 기다리고 있었다. 나는 배가 고팠다. 하루 종일 음식을 먹지 않고 있었다. 한데 이번에도 더 먹을 생각이 없어졌다. 계란이 채 익기도 전에 또 나는 무엇인가에 쫓기듯 거리로 뛰어나가지 않으면 안 되었다. 거리는 어디나 사람 무리의 두꺼운 흐름이 되어 나를 향해 밀어닥치고 있었다. 사육제의 밤인 것이다. 사람들은 모두 한가로이 속삭이며 걸었고 서로 몸이 스칠 정도로 붐비고 있었다. 그들의 얼굴은 극장에서 흘러나오는 불빛을 가득히 받았으며, 그 입에서는 마치 벌어진 상처에서 고름이 흘러나오듯 웃음이 터져나오고 있었다.

군중은 내가 초조하여 앞으로 나가려 하면 할수록 점점 더 웃음소리를 높이고 더욱더 떠밀었다. 어떤 여인의 숄이 어찌된 셈인지 나에게 걸렸다. 나는 그것을 질질 끌고 다녔다. 사람들이 나를 붙잡아 세우고 웃었다. 나도 웃는 편이 좋겠다고 느꼈다. 그러나 웃을 수가 없었다. 누군가가 내 눈에 한 줌의 콘페티(사육제 때 서로 던지는 조그만 석고, 또는 종이 뭉치)를 던졌다. 채찍으로 맞은 것처럼 쓰라렸다. 거리 모퉁이에서는 군중이 몸을 밀 시킨 채 얽혀서 쐐기가 박힌 듯 꼼짝을 못하고 있었다. 겨우 물결처럼 흐느적거리는 느릿한 기복이 전해질 뿐 모두가 선 채로 교합이라도 하고 있는 것같이 보였다.

이렇듯 군중이 앞으로 나가지 못해 애쓰고 있는 동안에 나는 간신히 차도 끝에 있는 한군데 틈을 발견하고 미친 듯이 달렸으나, 사실 움직인 것은 그들 쪽이고 나는 한 발도 앞으로 나가지 못했다. 달려본들 사태는 여전히 변함없었을 것이다. 위를 쳐다보니 한쪽은 끝없이 같은 집들이고 다른 쪽은 극장이었다. 혹은 모든 것은 움직이지 않는데 다만 나와 군중이 각을 일으켜 모든 것이 빙글빙글 돌고 있는 듯이 느꼈는지도 모른다. 그러나 그런 생각에 잠길 여유도 없었다. 몸은 땀으로 무거워지고 저린 아픔이 온몸을 스쳤다. 피 속에 무언지 터무니없이 거대한 것이 들어와, 그것이 돌아가는 곳곳에서 혈관을 벌리고 있는 것 같았다. 게다가 공기가 벌써 다 없어져 나는 내가 뿜어낸 것을 다시 들이마시는 것 같은 답답함을 느꼈다.

그러나 그것도 이제는 끝났다. 나는 뚫고 나왔다. 램프를 켜놓은 내 방에 앉아 있다. 약간 춥다. 스토브를 피워볼 용기는 없다. 또 연기를 내기 시작해서 다시 밖으로 나가야 한다면 어떻게 될까? 나는 앉아서 생각한다 — — 만약 내가 가난하지 않았다면 다른 방을 빌렸을 텐데. 가구가 딸린 방 하나를. 그 가구류도 이처럼 헌 것이 아니고, 이처럼 전에 세들어 살던 사람들의 생활이 배어 있지 않은 방 하나를. 처음에는, 머리를 이 안락의자에 기대는 것이 참으로 고통스러웠다. 초록색 등받이에는 기름때가 묻어 회색이 된 누구의 머리에도 맞을 만한 움푹한 자국이 남아 있었다. 꽤 오랫동안 나는 머리 밑에 손수건을 대도록 조심을 하고 있었다. 그러나 이제는 지쳐서 그렇게 할 생각도 나지 않는다. 그래도 물론 변함이 없었고, 이 조그맣게 꺼진 자국이 나의 뒤통수에 마치 치수라도 잰 것처럼 꼭 맞는다는 것도 알았다. 그러나 나는 만약 가난뱅이가 아니었으면 무엇보다도 먼저 스토브를 살 것이다. 그리고 연기를 내어 숨이 답답하고 머리를 몽롱하게 만드는 이따위 지독한 조개탄이 아니라 산에서 베어낸 신선한 나무향내가 나는 큼직한 장작을 지필 것이다. 그렇게 되면 요란한 소리를 내지 않고도 재를 긁어낼 수가 있고 내가 바라는 대로 불을 조절해주는 사람이 하나 있어야 할 것이다. 고작 15분 가량 스토브 앞에 웅크리고 앉아 몸을 뒤흔들고 있노라면 이마는 가까운 불길에 상기되어 쓰라려지고 눈은 열기 때문에 바짝 말라 그것만으로도 하루의 힘을 완전히 다 써버리고 만다. 그런 뒤에 사람들 틈으로 빠져나오는 나를 꼼짝 못하게 하는 것쯤은 쉬운 노릇이다. 혼잡이 심할 때는 마차를 세내어 유유히 달려갈 것이다.

날마다 듀발 같은 식당에서 식사를 할 것이다. 이젠 두 번 다시 그런 간이 식당에는 들어가지 않을 것이다 —— 그 사나이는 듀발 같은 곳에도 있을까? 아니다, 그런데서 나를 숨어 기다릴 수 없을 것이다. 다 죽어가는 사람을 들여놓을 리가 없다. 죽어가는 사람이라고? 그러나 나는 지금 내 방에 앉아 있다. 여기서라면 차분히 그 사건을 생각해볼 수도 있을 것이다. 무슨 일이고 애매하게 내버려두지 않는 것은 좋은 일이다. 그때 내가 들어갔을 때 느낀 것은 다만, 내가 곧잘 앉던 테이블에 누군지 다른 사람이 앉아 있다는 것뿐이었다. 나는 좁은 조리장(調理場)을 향해 인사를 하고 주문을 한 뒤 옆 테이블에 앉았다. 그런데 그때 나는 사나이의 존재를 의식했던 것이다 사나이는 꼼짝도 하지 않았지만, 아니, 바로 그때문에 나는 그를 의식하고 그 뜻을 단숨에 이해한 것이다. 사나이와 나와의 사이는 전광석화처럼 연결되어 있었다. 나는 사나이가 두려운 나머지 몸이 굳어 버렸음을 알았다. 공포가, 자기 몸 속에서 일어나고 있는 무슨 일인가에 대한 공포가 사나이를 위축시키고 있는 것 같았다. 사나이의 몸 속 어딘가의 혈관이 터진 것일까. 오랫동안 두려워하고 있는 그 어떤 독이 정녕 지금 사나이의 마음속에 들어간 것일까. 뇌수 속에 커다란 종기가 마치 태양처럼 올라가기 시작하여 사나이의 세계를 바꾸려 하고 있었던 것일까. 말할 수 없이 긴장하며 나는 사나이를 바라보려고 스스로에게 강요했다. 더욱더 나는 이것이 모두 망상에 지나지 않기를 바라고 있었기 때문이다. 그러나 다음 순간 재빨리도 나는 의자에서 일어나 밖으로 뛰어나가고 있었다. 나의 생각이 잘못된 것은 아니었던 것이다. 사나이는 두툼한 검은 겨울 외투를 입고 앉아 있었다. 흙빛으로 굳어진 얼굴이 털목도리 속에 깊숙이 파묻혀 있었다. 입은 거대한 중압(重壓)에 막힌 것처럼 다물어지고 있었다. 그 눈이 아직도 사물을 보고 있었는지 어땠는지 알 수 없었다 —— 뿌옇게 흐려진 안경의 렌즈가 눈을 가리고 조용하게 떨리고 있었다. 콧방울이 큼직하게 벌어지고, 생기 잃은 관자놀이에 드리워진 기다란 머리칼은 심한 더위에 탄 것처럼 푸석푸석했다. 두 귀는 길고 누르스름했으며 큼직한 그림자를 뒤에다 떨어뜨리고 있었다. 그렇다, 사나이는 자기가 지금 모든 것에서 멀리 떨어져 있다는 것을 알고 있었다. 다만 인간들에게서 멀어지려는 것만은

42

아니었다. 이제 한순간 뒤엔 모든 것이 그 의미를 상실할 것이다. 이 테이블, 이 찻잔, 가까스로 매달려 있는 이 걸상, 일상의 물건, 몸 가까이 있는 것 모두가 이해할 수 없는, 서먹서먹하고 무거운 것이 되어버릴 것이다. 사나이는 이렇듯 그곳에 앉아 그때를 기다리고 있었다. 이미 거역하고 있지는 않았다.

그러나 나는 아직도 거역한다. 나의 심장은 벌써 몸 밖에 드러나 매달려 있다. 나를 괴롭히는 사람들이 지금 나를 놓아준다. 그렇더라도 난 이제 이 이상 살아갈 수는 없다. 그것을 알고 있지만 아직도 나는 거역한다. 나는 말해본다 —— 아무것도 아니야, 하고. 나는 그 사나이를 이해할 수 있었다. 그것은 단지 내 속에서도 무엇인가가 일어나 나를 모든 것에서 멀리 떼어놓기 시작했기 때문인 것이다. 다 죽어가는 환자가 끝내는 사람의 얼굴을 알아보지 못하게 된다는 말을 사람들에게서 들을 때면 얼마나 무서운 생각이 들었는지 모른다. 그런 때 나는 베개에서 머리를 쳐들고 무엇인가를 찾는 고독한 하나의 얼굴을 상기했다. 낯익은 것을, 전에 내 눈에 띄었던 것을 찾아보아도 아무것도 없다. 이 공포가 그다지 큰 것이 아니라면, 나는 모든 것이 다르게 보이는 세계에서도 계속 살 수 있는 것이 불가능하지는 않다고 스스로를 위안할는지도 모른다. 그러나 나는 무서워서 견딜 수가 없다. 그 변화에 대한 나의 공포는 무엇이라고 표현해야 좋을지 모를 만큼 큰 것이었다. 나는 이대로도 괜찮다고 생각되는 이 세상에도 아직 전혀 익숙하지 않다. 그런 내가 다른 세계로 들어가서 어떻게 된단 말인가? 나는 나에게 호감이 가는 이 모든 의미의 세계에 어떻게 해서든지 머무르고 싶다. 아무래도 무엇인가가 변하지 않고는 안 된다면, 하다못해 개들 사이에 섞여서라도 살 수 있도록 허락해주기 바란다. 그들이라면 우리들과 혈연의 세계를, 같은 것들을 갖고 있는 것이니까.

앞으로 얼마 동안은 나도 이러한 모든 것을 쓰고 말할 수 있을 것이다. 그러나 언젠가는 내 손이 나에게서 멀리 떠나 내가 쓰라고 명령해도 내가 생각지 않은 말을 쓰는 그런 날이 찾아올 것이다. 다른 해석을 하는 때가 시작되고 말과 말은 연결되지 않으며 저마다의 의미는 구름처럼 걷잡을 수 없게 되어 물처럼 흘러가버릴 것이다. 그러나 나는 그러한 온갖 공포에도 불구하고 결국 무엇인가 커다란 것 앞에 서 있는 듯한 생각이 든다. 예전에 흔히 무엇인가 쓰기 시작하려 하기 전에 종종 이것과 비슷한 생각이 들었던 것이 생각난다. 그러나 이번에는 내 자신이 씌어지는 차례이다. 내 자신이 갖가지로 변용(變容)하는 인상인 것이다. 오오, 거기까지는 앞으로 불과 얼마 남지 않았다. 거기서만이 나는 모든 것을 이해하고 모든 것을 긍정할 수가 있을 것이다. 불과 한 걸음으로 나의 깊은 비참은 행복으로 바뀔 것이다. 그러나 이 한 걸음을 내디딜 수가 없다. 나는 넘어져서 산산조각이 나버렸다. 이제까지는 나는 늘 틀림없이 구원자가 나타나리라고 믿어왔다. 지금 내 앞에, 내가 매일 밤같이 기도한 말이 나 자신의 필적으로 씌어져 놓여 있다. 나는 이것을 책 속에서 발견하여 베꼈으며 그렇게 함으로써 이 기도가 내 몸 가까이 있는 것이 되고 내 자신의 손으로 이루어지는 나의 소산(所産)이 되어줄 것을 바랐다. 이것을 지금 다시 한 번 베끼자. 이것, 내 책상 앞에 무릎을 꿇고 이것을 쓰자, 그저 읽는 것보다는 마음속에 오래 남을 것이고 어느 말이고 영속(永續)되므로 울려서 사라지는 데도 그만한 시간이 걸릴 테니까.

'사람들 모두에게 불만이 있고 내 자신에게 불만이 있어 밤의 정적과 고독 속에 나는 스스로를 회복하고 조금이라도 나 스스로를 사랑하고 싶다고 바란다. 내가 사랑한 사람들의 영혼, 내가 노래한 사람들의 영혼이여, 나를 굳세게 해다오, 지탱할 수 있게 해다오. 내게서 이 세상의 미망(迷妄)과 부패한 악덕을 멀리해다오. 그리고 그대 나의 주 하느님, 당신의 은총으로 내게 아름다운 시구를 두어 줄 내려주십시오. 내가 인간 가운데에서 가장 보잘것없는 자가 아니며 내가 경멸하는 사람들보다 뒤떨어지는 사람이 아님을 내 자신에게 밝힐 수 있도록.'(보들레르의 산문시 《파리의 우울》 속의 〈밤의 한 때에〉의 끝 구절)

그들은 이 땅에서 가장 천하고 어리석은 경멸된 자의 자식들, 이제 나는 그들의 놀림감이 되고 조롱거리가 되었다.
……그들은 내 위를 짓밟고 지나갔다……
……나를 얕보기는 지극히 쉬운 노릇이니 그들은 어떠한 수단도 쓰지

않았다.

……그런데 이제 나의 영혼은 내 몸에 물처럼 떨어지고 고뇌의 날이 나를 사로잡는다.

밤이면 나의 뼈와 살은 군데군데 저며지고 나를 쫓는 자 끝내 쉬지 않네.

들들 볶이어 내 의복은 해어졌네. 그들은 그 해어진 옷자락으로 나를 묶었으니……

내 간장은 들끓어 편한 날 없고 고뇌의 날 나를 엄습하는구나……

내 거문고는 비탄으로 변하고 내 피리는 흐느낌 되었네.

(구약성서 《욥기》 제31장에서 뽑음)

의사는 나를 이해해주지 않았다. 무엇 하나 알아주지 않았다. 하긴 세밀하게 이야기하는 것도 어려웠던 것이다. 전기요법을 시도해보자고 했다. 좋겠지. 나는 종이 쪽지를 받았다 —— 1시에 살페트리에르 병원으로 오라고 한다. 나는 갔다. 바라크 건물의 병동(病棟)이 늘어선 곁을 지나고 여러 개의 안뜰을 빠져나가 먼 길을 걸어가지 않으면 안 되었다. 안뜰 여기저기에는 흰 모자를 쓴 사람들이 죄수처럼 가지가 앙상한 나무 밑에 서 있었다. 가까스로 다다른 곳은 길고 어두컴컴한 복도 같은 방인데, 한쪽 편에 초록빛 나는 흐린 유리창이 네 개 나란히 있고 그 하나 하나의 사이에 폭 넓은 검은 벽이 있었다. 그 앞에 기다란 나무 벤치가 놓여졌는데 안쪽으로 이어지고 있었다. 그 벤치에는 나를 알고 있는 그 패거리들이 앉아서 기다리고 있었다. 그렇지. 그들은 모두 여기 와 있었던 것이다. 방 안의 어둠에 눈이 익자 어깨와 어깨를 바싹 붙이고 죽 늘어앉은 이 패거리들에게 섞여 다른 사람들도 몇 사람인가 와 있다는 것을 알았다. 직공, 하녀, 짐마차의 마부, 그러한 유의 영세민들이었다. 복도가 좁아진 안쪽의 특별 의자에는 두 사람의 뚱뚱한 여자가 볼썽사납게 몸을 벌리고 앉아 지껄여대고 있었는데 아마 접수구(接受口) 여자들이리라. 나는 시계를 보았다. 1시 5분 전이었다. 5분만 지나면 아니 늦어도 10분 안에는 내 차례가 오겠지. 그 정도라면 참을 수가 있다. 공기는 나빴으며 의복과 숨결 냄새가 묵직하게 괸 것처럼

탁하게 어려 있었다. 어디선지 문틈으로 에테르의 코를 찌르는 강렬한
냉기가 흘러들어왔다. 나는 어정어정 걸어다니기 시작했다.

문득 나는 짚이는 데가 있었다. 여기 오라는 말을 들었다. 이 따위 패
거리들과 뒤섞여서 이렇게 혼잡한 일반 진찰 시간에. 이건 말하자면 내가
패배자들 중의 한 사람이라는 최초의 공식적인 증명이었다.

의사는 척 보자마자 그렇다는 것을 알았던 것일까? 그러나 나는 꽤
좋은 옷을 입고 진찰을 청했을 텐데. 명함도 내보였다. 그런데도 의사는
왠지 그것을 알았던 것이 틀림없다. 혹은 내 스스로 그것을 눈치채도록
했던 것일까. 그것은 어쨌든간에 일단 그렇게 되어버린 이상에는 나도 화를
내지는 않는다.

사람들은 묵묵히 앉은 채 나에게 주의를 기울이지 않았다. 욱신욱신
쑤시는 한쪽 다리를 조금이라도 편하게 하려고 흔들고 있는 사람들, 뒤
통수에 두 손을 편평하게 깍지끼고 있는 가지각색의 사람들, 무거운 얼굴을
옷 속에 파묻고 잠들어 있는 남자들. 목이 빨갛게 부어오른 뚱뚱한 남자
하나가 앞으로 구부정하게 앉아서 마룻바닥을 노려보다가 이따금 어떤 한
점에다 툇 하고 침을 뱉었다. 그 얼룩이 사나이에겐 침을 뱉기에 적당하다고
생각되는 모양이었다. 구석 쪽에서 아이가 울어대고 있었다. 빼빼마른 기
다란 두 다리를 벤치 위에 올려놓고 있었는데, 이젠 마치 그것과 헤어지지
않으면 안 되기라도 하는 듯한 태도로 그 다리를 끌어안고 자기 몸에
밀어붙이고 있었다. 동그란 검은 꽃장식을 단 크레이프 모자를 머리 위에
비스듬히 쓰고 있는 몸집이 자그마한 안색이 나쁜 여자는, 가난으로 생긴
듯한 일그러진 미소를 짓고 있었다.

그러나 그 진무른 눈꺼풀에는 쉴새없이 눈물이 괴어 있었다. 그 여자
로부터 그리 멀지 않은 장소에 매끈한 둥근 얼굴의 소녀가 튀어나온 무
표정한 눈을 하고 앉아 있었다. 입은 벌어진 채이고 희끄무레하고 끈적한
잇몸과 더럽고 발육이 좋지 못한 이빨이 내다보였다. 그 외에는 온통 붕
대투성이였다. 이젠 누구의 것이라고도 할 수 없는 단 하나의 눈만 남겨
놓고 머리를 몇 겹으로 칭칭 감고 있는 붕대. 그 밑에 있는 것을 숨기고
있는 붕대, 아니 오히려 역력히 보여주고 있는 붕대, 풀려져서 더러운 침대

같은 붕대 속에 이젠 손이라고는 말할 수 없는 손이 하나 뒹굴고 있었다. 붕대를 감아놓아서 사람 하나 몫만큼의 크기로 줄에서 삐져나와 있는 한 개의 다리. 나는 왔다갔다하면서 마음을 가라앉히려고 애를 썼다. 맞은편 벽에 주의를 집중시켜보았다. 그 벽에는 한쪽으로만 여는 문이 몇 개인가 달려 있었는데 천장까지는 닿지 않았으며, 그때문에 이 복도는 옆에 있을 듯한 방들과는 완전히 격리되어 있지는 않다는 것을 알았다. 나는 시계쪽을 보았다. 벌써 한 시간이나 왔다갔다한 셈이었다. 한참 있노라니 의사들이 나타났다. 먼저 몇 사람인가의 젊은 의무원(醫務員)이 무관심한 표정으로 지나가고 마지막으로 내가 찾아갔던 의사가 밝은 빛깔의 장갑, 실크햇, 더할 나위 없이 좋은 외투차림으로 지나갔다. 그는 나를 보자 모자를 약간 쳐들고 희미하게 미소지었다. 나는 이제 곧 불리겠지 하고 한시름 놓았다. 그러나 다시 한 시간이 지났다. 어떻게 해서 그 한 시간을 보냈는지 생각도 나지 않는다. 하여간 한 시간이 지났다. 얼룩진 앞치마를 입은 간호인인 듯한 노인이 나타나 내 어깨에 손을 댔다. 나는 옆에 있는 한 방에 들어갔다. 아까 그 의사와 젊은 의무원들이 테이블 둘레에 앉아 나를 바라보았다. 의자를 권했다. 그러고 나서 나의 용태가 어떤지 말을 하라고 한다. 제발 짤막하게. 선생들은 그렇게 시간이 없는 것이니까. 나는 이상한 기분이 들었다. 의무원들은 앉은 채, 몸에 익은 그 거만스레 전문가인 체하는 호기심에 찬 눈으로 나를 바라보았다. 나와 안면이 있는 의사는 뾰죽한 검은 수염을 쓰다듬으며 희미하게 미소짓고 있었다. 나는 당장이라도 울음이 북받쳐 나오지나 않을까 하는 생각이 들었다. 그러자 나도 모르게 프랑스어로 말을 하고 있는 자신을 발견했다. "제가 말씀드릴 수 있는 것은 벌써 선생님께 다 말씀드렸습니다. 이분들께서도 아셔야 할 필요가 있다고 생각하신다면 잘 알고 계시는 선생님께서 간단하게 말씀해주십시오. 저로서는 매우 이야기하기 어려우니까요." 의사는 공손한 미소를 띠고 일어서자 조수들과 함께 창가로 가서 손을 수평으로 자꾸만 흔들면서 두세 마디 무엇인가 이야기했다. 3분 뒤에 젊은 의무원 가운데 근시에다 성급한 사람 하나가 테이블로 돌아와 나를 엄격하게 바라보려고 애쓰면서 말했다. "잠은 잘 주무십니까?" "아닙니다. 잘 못 잡니다." 그러자 그는 또 그들

쪽으로 뛰어돌아갔다. 거기서 한동안 토의가 계속되더니 이윽고 의사가 내쪽을 돌아다보며 다시 부르도록 하겠다는 것을 알렸다. 나는 1시에 오라고 하지 않았느냐고 의사를 보면서 말했다. 의사는 미소를 짓고 조그만 하얀 손을 성급하게 내둘렀다. 몹시 바쁘다는 뜻인 듯했다. 그래서 나는 또 복도로 돌아왔다. 공기는 더욱 탁해져 있었다. 나는 곧 죽을 지경으로 기진맥진해 있었으나 또 어정어정 걷기 시작했다. 마침내 쌓이고 쌓인 습기찬 악취 때문에 현기증을 느꼈다. 나는 입구의 문께에서 걸음을 멈추고 문을 빠끔히 열었다. 밖은 아직 오후라 얼마간 햇빛도 남아 있었다. 무어라 말할 수 없이 상쾌한 기분이 들었다. 그러나 그렇게 1분이나 서 있었을까, 나는 등 뒤에서 누군가 나를 부르는 소리를 들었다. 두 걸음 가량 떨어진 곳에 조그만 테이블을 향해 앉아 있던 한 여자가 나더러 무엇인가 잔소리를 하고 있는 것이었다. 누가 나더러 문을 열라고 했느냐는 것이었다. 공기가 나빠서 견딜 수가 없다고 나는 말했다. 아니 그건 당신 자유다, 그러나 문은 닫아두지 않으면 안 된다고 한다. 그렇다면 창문을 어느 것이든지 열어도 괜찮으냐고 묻자 그것도 금지되어 있다고 한다. 나는 또 오락가락 거닐 수밖에 도리가 없었다. 그렇게 하면 어떻게든 무감각으로 있을 수가 있고 누구에게도 폐는 되지 않으리라고 여겨졌던 것이다. 그러나 이번에는 그것도 그 조그만 책상 앞에 있던 여자의 마음에 들지 않았다. 어디 앉을 장소가 없느냐고 책망을 했다. 아무 데도 없다고 대답하자, 하여튼 그렇게 어정거리는 것은 허락되어 있지 않다, 어디 앉을 자리를 찾아라, 한 자리쯤은 아직 있을 것이라고 말했다. 여자가 하는 말은 옳았다. 실제로 눈이 튀어나온 소녀 옆에 금방 자리가 발견된 것이다. 나는 거기에 앉기는 했으나, 이상태는 분명히 무슨 무서운 일이 일어나는 징조임에 틀림없다는 느낌에 사로잡혔다. 왼쪽에는 잇몸이 썩어가는 소녀가 있었고 내 오른쪽의 사람은 처음 한참 동안은 어떤 사람인지 분간을 할 수가 없었다. 그것은 사람이라기보다 움직이지 않는 하나의 덩어리 같았다. 얼굴이 하나 달렸고 커다랗고 육중한 움직이지 않는 손이 하나 달려 있는 것이었다. 내쪽에서 보이는 옆얼굴은 얼빠져보여 아무런 표정도 추억도 전혀 나타내고 있지 않았다. 또 입고 있는 것이 입관하기 전에 입는 수의 같아서 기분이 나빴다. 좁다란 검정 넥타이가 마찬가지로 헐렁하게, 살아 있는 몸에 매어졌다고는 생각될 수 없는 모양으로 칼라 둘레에 둘러져 있고 윗저고리는 그게 누군가 다른 사람의 손에 의해 이 의지를 상실한 육체에 입혀진 것이라는 걸 알 수가 있었다. 손은 바지 위에 누군가 놓아준 그대로 놓여져 있고 머리도 시체를 염하는 노파가 빗겨준 것같이 박제된 짐승의 털처럼 엉성하게 빗겨져 있었다. 나는 이러한 모든 것을 주의깊게 관찰했다. 그리고 과연 이것이 나를 위해 마련된 장소라는 생각이 문득 떠올랐다. 왜냐하면 끝내 나는 내 인생의 도정(道程)에서 내가 머물러 앉게 될 그런 지점에 다다른 것이라고 생각했던 것이다. 실로 운명이란 뜻하지 않은 길을 더듬어가는 것이다.

별안간 바로 가까이에서 아이의 겁을 먹은 듯한 거역하는 울부짖음 소리가 잇달아 들렸다. 그리고는 이윽고 나직하고 억제된 울음소리로 변했다. 어디서 나는가 하고 몸을 굽히는 동안 또다시 조그맣게 억제된 외침 소리가 들렸다. 무엇인가 아이에게 묻는 목소리며 명령하는 나직한 소리도 들렸다. 이윽고 무엇인가 싸늘한 기계가 소리를 내기 시작했는데, 그 소리는 주위도 아랑곳없이 마구 울려댔다. 겨우 나는 그 절반의 높이밖에 안 되는 벽을 생각해내고 그 소리는 모두 문 저쪽에서 들리는 것이고 거기서 치료가 행해지고 있다는 것을 똑똑히 알았다. 그러고 보니 얼룩투성이의 앞치마를 입은 아까 그 간호사가 이따금 나타나서 손짓을 하고 있었다. 나는 이미 그가 나를 부를지도 모른다는 것 따위는 잊어버리고 있었다. 이번에는 나일까? 그렇지는 않았다. 두 남자가 휠체어를 밀고 나타났다. 그들은 아까 그 덩어리를 번쩍 들어 거기에다 태웠다. 그때 비로소 그것이, 늙어서 손발이 말라비틀어진 노인이었다는 것을 알았다. 노인은 한쪽에 더욱더 조그맣게 시든, 인생에 오래 사용되어 닳아빠진 반쪽의 얼굴, 음울하고 슬픈 한쪽 눈을 뜨고 있는 옆얼굴을 갖고 있었다. 남자들은 노인을 싣고 갔다. 내 옆자리가 널찍하게 비었다. 나는 거기 앉은 채, 왼쪽에 있는 백치 같은 소녀는 어떻게 될까, 역시 울부짖을까 하고 생각했다. 벽 너머의 기계는 마치 공장에서처럼 기분좋은 소리를 내었는데, 그 소리에는 사람을 불안하게 만드는 울림은 전혀 없었다.

　그러나 그때 별안간 주위가 잠잠해졌다. 기괴하게 조용해진 가운데 자만심에 찬 듯한 건방진 투의 목소리가 들렸다. 나는 귀에 익은 목소리라고 생각했다.

　"웃어봐요！" 침묵. "웃어봐요, 자, 어서 웃어봐요." 내쪽에서 웃음을 터뜨리고 있었다. 저 안에 있는 남자가 왜 웃으려고 하지 않는지 이해가 가지 않았다. 무언지 기계가 덜컥덜컥 소리를 내기 시작했다. 그러나 곧 또 멎었다. 무슨 말인지 말이 오고갔다. 그러자 또 아까 그 위세좋은 목소리가 들리더니 명령했다. "자, '아방'이라는 말을 해봐요." 한 마디 한 마디 자르면서 "아―바―ㅇ……." 정적. "안 들려요. 다시 한 번……."

　그리고 벽 너머에서 미지근하고 후줄그레한 목소리가 무엇인가 중얼거렸다. 바로 그때였다 —— 그때 몇십 년이나 세월이 지난 지금, 또다시 그것이 생생하게 거기 있었다. 어렸을 적에 내가 열에 들떠서 누워 있었을 때 내 마음에 맨 처음으로 깊은 공포를 심어준 것 —— 그 커다란 것이. 그렇다, 모두들 내 침대를 둘러싸고 나의 맥을 짚으며 무엇이 무섭니, 하고 물었을 때 나는 언제나 한결같이 말했었다 —— 저 커다란 것이 무섭다, 하고. 의사를 불러오고 그가 머리맡에서 여러 가지로 타일러주어도 역시 나는 애원하는 것이었다. 저 커다란 것을 내쫓아주세요, 다른 것은 다 괜찮아요, 하고. 그러나 의사도 다른 사람들과 똑같이 그것을 쫓아낼 수는 없었다. 그 무렵만 해도 아주 어렸던 나를 달래는 것은 쉬운 일이었을 텐데.

　그것이 지금 또 거기에 있었던 것이다. 그 뒤 거짓말처럼 자취를 감추고 열이 있는 밤마다에도 두 번 다시 나타나는 일이 없었던 것이, 지금 열도 없는데 거기에 있었다. 생생하게 그곳에 있었던 것이다. 지금 그것은 커다랗게 자라서 혹처럼, 또 하나의 머리처럼 나에게서 빠져나와, 그렇게 커서는 도저히 내것이라고는 할 수가 없겠지만 역시 나의 일부였다. 그것은 거대한 죽은 짐승처럼 거기에 있었다. 일찍이 살아 있었을 때 내 손이고 내 팔이었던 짐승처럼. 내 피는 나와 그것의 양쪽을 한 몸뚱이를 흐르듯이 순환했다. 내 심장은 이 커다란 것에 피를 보내기 위한 과중한 혹사로 하여 헐떡이고 있었다 —— 당초에 그만한 피가 있을 턱도 없었다. 피는 마지못해 그 커다란 것으로 흘러들어가 병에 걸리고 더러워져서 돌아왔다. 그러나 커다란 것은 더욱더 부풀어서 푸르스름하고 뜨뜻한 혹처럼 내 코끝에서 자라 입가를 지나, 그 위쪽 끝은 마지막으로 남은 눈 위에 그림자를 떨어뜨릴 만큼 재빨리도 자라났던 것이다.

그 많은 안뜰을 어떻게 지나왔는지 나는 전혀 생각이 나지 않는다. 저녁 나절이었다. 나는 알지도 못하는 낯선 거리에서 방향을 잃어버렸다. 큰 길을 헤매다녔다. 끝없이 이어지는 집들의 담을 따라 같은 방향으로 걸었다. 그러나 암만 가도 끝이 없어서 다시 되돌아나와 어떤 광장으로 나갔다. 거기서 다른 거리로 접어들었는데 알지도 못하는 수많은 여러 거리가 나타났다. 이따금 전차가 지나치게 밝은 빛을 흩뿌리면서 종소리를 요란하게 울리고 덜컹거리면서 미친 듯이 달려갔다. 행선(行先)을 표시하는 문자판에는 내가 모르는 거리의 이름이 새겨져 있었다. 나는 지금 어느 거리에 있는지, 이 거리의 어딘가에 나의 하숙이 있는지 어떤지, 이 이상 걷지 않도록 하려면 어떻게 해야 되는지 나로서는 도무지 알 수가 없었다.

그리고 지금 또, 이제까지 언제나 기괴하게 나를 사로잡았던 이 병에 걸렸다. 이 병은 부당하게도 가볍게 여겨지고 있다고 나는 생각한다. 마치 다른 온갖 병의 뜻이 지나칠 만큼 거창하게 생각되고 있는 것과 잘 어울리는 한 쌍이다. 이 병에는 특히 이렇다 할 증상이 없다. 병에 걸린 사람 저마다의 특성에 따라 나타난다. 말하자면 몽유병은 비슷한 정확성으로 사람마다의 내부에서 이미 옛날에 사라져버렸다고 생각하고 있던 모든 위험을 끌어내어 또다시 당장에라도 되살아날 것같이 눈앞에다 들이댄다.

이를테면 국민 학교 시절, 어떤 부끄러운 나쁜 장난을 하고, 그것을 알고 있는 것은 보잘것없지만 단단한 자기의 손뿐이었다고 생각하고 있었는데 느닷없이 옛날의 자기가 다시 되살아나기도 하는 것이다. 어렸을 때 나아버렸던 병이 또 도진다. 혹은 오래 전에 잊어버린, 예를 들면 몇 년 전의 좀 주저하면서, 머리를 조심조심 뒤로 젖히는 습관이 또다시 나타난다. 그리고 이러한 현상에 얽혀져 마치 바다에 빠진 물건에 미끄러운 해초가 달라붙듯이 헝클어진 추억의 찌꺼기가 떠오른다. 경험했을 리도 없는 온갖 생활이 떠올라 실지로 있었던 것과 뒤섞여 정말로 눈으로 보아 알고 믿고

있었던 과거의 모습을 밀어젖혀버리고 만다 —— 처음으로 머리에 떠오르는
것에는 충분하게 휴식을 취한 새로운 힘이 있지만 늘 마음속에 있던 것은
거듭되는 추억으로 인하여 피로가 서려 있는 것이다.

나는 5층 꼭대기에 있는 이 방의 침대에 누워 있었다. 아무 일도 일어나지
않는 나의 하루는 마치 바늘없는 시계의 문자판 같다. 오랫동안 눈에 뜨이지
않던 것이 어느 날 아침 문득 본래 두었던 장소에서 발견되는 때가 있다.
상하지도 않고 깨끗하게, 잃어버렸을 때보다 오히려 더 새것으로, 마치
누군가의 모르는 사람 손에 고이 간직되어 있었던 것처럼 —— 꼭 그런
식으로 내가 덮고 있는 담요 위 여기저기에 어렸을 때 잃어버린 물건들이
흩어져 있고 그것이 아무리 봐도 새것이다. 잊고 있던 불안의 모두가 또다시
지금 여기 있는 것이다.

담요 가장자리에서 비죽이 나와 있는 실밥 하나가, 어쩌면 단단하지나
않을까, 강철 바늘처럼 단단하고 날카롭지나 않을까 하는 불안. 내 잠옷의
조그만 단추가 어쩌면 내 머리보다도 크지 않을까, 크고 무겁지나 않을까
하는 불안. 지금 침대에서 떨어지는 빵 부스러기가 혹시 유리라서 바닥에
부딪쳐 산산이 부서지지나 않을까 하는 불안. 그것과 더불어 모든 것이
박살이 나 돌이킬 수 없게 되는 것이나 아닐까 하는 짓누르는 듯한 근심.
찢어버린 편지 조각이 누가 보아서도 안 되는 비밀문서나 되는 듯이 말할
수 없이 귀중한 것처럼 방 어느 구석에다 감추어도 안심할 수 없을 것
같은 불안. 잠이 들었다가 스토브 앞에 있는 석탄이 입 속으로 튀어들어
그걸 삼키게 되면 어쩌나 하는 불안. 숫자의 하나가 나의 뇌수 속에 큼직하게
들어앉기 시작하여 나중에는 내 온몸 속에 꽉 차버리지나 않을까 하는
불안. 내가 누워 있는 곳이 화강암이나 아닐까, 회색 화강암 위가 아닐까
하는 불안.

지금 당장에라도 내가 고함을 질러, 사람들이 문 앞에 몰려들어 끝내는
발길로 문을 차부수지나 않을까 하는 불안. 어쩌다가 입을 열게 되어 무엇이
무서운지를 모조리 지껄여버리지나 않을까 하는 불안. 아니면 모든 것이
말로는 하기가 어려워 아무것도 말하지 못하는지도 모른다는 불안……그
밖에도 또 숱한 불안……불안.

나는 어린 시절을 원했다. 사실 다시 그 유년 시절은 돌아왔다. 그리고 나는 그것이 지금껏 옛날 그대로 무겁고 음울하다는 것을, 어른이 되어도 아무 소용도 없다는 것을 느끼는 것이다.

어제부터 열은 상당히 내렸다. 오늘은 아침부터 봄기운이 돈다. 정녕 그림에서 보는 봄 같다. 국립 도서관에라도 가서 오랫동안 만나지 못했던 나의 시인을 만나보고 올까 생각한다. 또는 그런 다음 천천히 공원을 산책할 수 있을는지도 모른다. 정말 물 같은 물이 차 있는 그 커다란 연못 수면에는 바람이 지나가고 있을는지도 모른다. 빨간 돛을 단 배를 띄우고, 넋을 잃고 보고 있는 어린이들의 모습도 볼 수가 있을 것인지.

오늘 일들은 예기치도 않았다. 나는 자연스럽고도 퍽 가벼운 마음으로 기분좋게 외출을 했다. 지극히 당연한, 지극히 단순한 기분이었다. 그런데도 역시 또 나를 기다리고 있는 것이 있어 나를 또다시 종이 조각처럼 뚤뚤 뭉쳐서 내던져버렸다. 들어보지도 못한 무참한 사건이 나를 기다리고 있었던 것이다.

생미셸 대로(大路)는 인기척도 없이 널찍했었다. 편평한 언덕은 가볍게 내려갈 수가 있었다. 위쪽에 있는 여닫이 유리창이 요란한 소리를 내면서 열리면 거기에 반사된 햇빛이 하얀 새처럼 길 위를 날았다. 빨간색 바퀴를 단 마차가 지나갔다. 아래쪽에는 연두색 짐을 나르는 사람의 모습이 보인다. 말이 마구(馬具)를 번쩍거리면서 물을 뿌린 뒤의 거무스름한 상쾌한 차도를 달려갔다. 차도는 깨끗이 청소되어 있었다. 바람은 싱그럽고 상쾌하며 부드러웠다. 온갖 것이 대기 속으로 피어오르고 있었다. 무엇인가의 냄새, 부르는 소리, 종소리.

나는 어느 카페 앞을 지나갔다. 밤이면 빨간 옷을 입은 가짜 집시들이 음악을 연주하는 카페였다. 열어젖뜨린 창문들로부터 밤샘한 공기가 부끄럽기라도 한 듯이 빠져나오고 있었다. 머리를 기름으로 반질반질 빗어 붙인 보이들이 문 앞을 쓸고 있는 참이었다. 한 사람은 몸을 구부정하게 하고 서서 누르스름한 모래를 움켜쥐고는 테이블 밑에 뿌리고 있었다. 그러자 또 한 사람이 지나가면서 그 보이를 쿡쿡 찌르며 한길 아래쪽을 손가락질했다. 얼굴이 시뻘건 아까 그 보이는 잠시 그쪽을 물끄러미 바라보고 있더니 이윽고 그 수염없는 얼굴에 저도 모르게 쏟아지기라도 한 것처럼 웃음이 번졌다. 그는 다른 급사들에게도 신호를 하고 웃는 얼굴을 그대로 몇 번이나 분주하게 이러저리 돌렸다. 동료들을 불러들이고 싶기도 하고, 자기도 빠짐없이 보고 싶기도 한 눈치였다. 모두들 그렇게 하고 선 채, 아래쪽을 보았다가 찾았다가 했다. 엷은 웃음을 띠는 자가 있는가 하면 무엇이 우스운지 아직 발견을 하지 못해 답답해하고 있는 자도 있었다.

나는 몸속에 불안의 그림자가 싹트는 것을 느꼈다. 무엇인가가 나에게 길 저편으로 옮겨가라고 재촉했다. 그러나 나는 그대로 걸음을 빨리하면서 나도 모르게 내 앞을 걷고 있는 몇 명의 모습에 눈길을 보냈는데, 특히 색다른 것은 보지 못했다. 아니 한 사람, 푸른 앞치마를 입고 빈 광주리를 어깨에 짊어진 물건 배달하는 젊은이가 누군가를 바래다주고 있는 것이 보였다. 젊은이는 그만 했으면 됐다고 생각하자 늘어선 집들 쪽으로 돌아보고, 웃고 있는 한 점원에게 이마 앞으로 손을 올려, 그 누구나가 하는 식의 몸짓을 해보였다. 그리고 그는 검은 눈을 빛내며 만족스레 몸을 흔들면서 내쪽을 향해 걸어왔다. 눈앞이 트이자 나는 틀림없이 무엇인가 이상한, 눈에 띄는 모습이 보일 것이라고 기대했다. 그러나 내 눈앞에는 단지 한 사람, 거무스름한 외투를 입고 부드러운 검은 모자를 짧고 윤기없는 블론드의 머리 위에 얹은, 키가 크고 야윈 사내가 걸어가고 있을 뿐이었다. 나는 이 사나이의 의복에도 거동에도 아무런 우스운 점이 없다는 것을 확인하자 이 사나이로부터 훨씬 더 한길 저 너머로 눈길을 옮기려 했다. 그때 사나이의 발길에 무엇인가 채였다. 나는 바로 뒤를 걷고 있었기 때문에 발밑을 주의해 보았으나 그 장소에는 아무것도 없었다. 깨끗하게 아무것도 없었다. 우리들, 즉 사나이와 나는 그대로 계속 걸었으며 두 사람의 거리는 변함없었다. 그러는 동안 교차로에 이르렀다. 그러자 사나이는 두 다리를 어색하게 놀려서 보도(步道)의 단을 뛰어내렸다. 아이들이 걸어가면서 곧잘 기뻐하며 폴짝폴짝 뛰는 그 동작과 비슷했다. 건너편 보도에 올라갈 때는, 사나이는 풀쩍 단번에 뛰어올랐다. 그런데 올라갔나 싶자 곧 한쪽 다리를 겨우 끌어당기며 다른 한쪽 다리로 풀쩍 뛰더니 연달아 뛰고 또 뛰었다. 이번의 이 갑작스런 동작도 만약 그곳에 사소한 방해물, 과일 씨라든가 미끌미끌한 껍질이라든가, 무엇인가 있었다고 생각한다면 또 그것이 발에 걸린 탓이라고 생각해도 좋았다. 우스운 것은 이 사나이 자신 그곳에 무엇인가 방해물이 있었다고 믿고 있는 것같이 보이는 점이었다. 왜냐하면 사나이는 풀쩍풀쩍 뛸 때마다 반쯤 화나는 듯한, 반쯤 나무라는 듯한, 누구나가 그런 때에 하는 눈초리로 그 못마땅하게 생각되는 장소를 뒤돌아보았기 때문이다. 또다시 무언가가 나더러 길 저편으로 옮겨가라고 경고했다. 그러나 나는 그것에 따르지 않고 그대로 사나이의 뒤를 따라 걸으면서 사나이의 두 다리에다 모든 주의력을 집중시켰다. 거의 스무 걸음 가량이나 그 뛰는 버릇이 나타나지 않는 것을 보자 나는 솔직히 말해서 이상하리만큼 마음이 놓였다. 그런데 이번에는 눈을 들자 이것과는 다른 못마땅한 일이 사나이에게 일어나고 있다는 것을 알았다. 그의 외투깃이 접혀 있었다. 한 손을 쓰다가 두 손을 쓰다가 아무리 애를 써도 그 깃은 본래대로 펴지지 않는 것이었다. 어쨌든 그렇게 보였다. 그것뿐이라면 별로 나를 불안하게 만들지는 않았을 것이다. 그러나 바로 그뒤 나는 이 사람이 열심히 놀리고 있는 두 손 안에 두 개의 움직임이 있다는 것을 깨닫고 기이한 생각을 금할 수가 없었다 —— 깃을 본래대로 고치려고 하는 그 면밀하고 끈질긴, 말하자면 면밀하게 한 자 한 자 자모(字母)를 더듬는 듯한 몸짓 외에 또 하나 깃을 아무도 몰래 세워버리려는 내밀한 재빠른 동작이 있었던 것이다. 이것을 눈치채자 나는 몹시 어리둥절하여 약 2분이나 걸려서 겨우 이 사나이의 목 언저리, 접혀 있는 외투깃과 신경질적으로 꿈틀거리는 두 손과의 배후에 이제 방금 두 다리를 떠난 거나 조금도 다름없는 그 무서운 잇달은 경련이 숨어 있다는 것을 깨달은 것이었다. 이 순간부터 나는 사나이에게 매어지고 말았다. 이 경련이 사나이의 체내(體內)를 돌아다니면서 돌파구를 찾아 여기저기에 부딪치고 있다는 것을 나는 잘 알 수 있었다. 사람들의 눈을 두려워하는 그의 불안을 이해했으므로, 나 자신까지 지나가는 사람들이 아무것도 눈치채지 말았으면 좋겠다고 마음을 쓰기 시작했다. 사나이의 다리가 별안간 잠깐 경련을 일으키듯 뛰자 내 등골에 한기가 스쳤다. 그러나 아무도 그것을 보지는 않았다. 누군가가 눈치챌 성싶을 때는 나도 약간 걸려 넘어지는 척해주려고 생각했다.

그러면 호기심 많은 사람들도 그곳에 눈에 보이지 않을 정도의 조그만 방해물이 있어 우연히 우리 두 사람이 그것을 밟은 것이라고 믿을 것이다. 내가 그런 식으로 사나이를 도울 수단을 궁리하고 있는 동안 사나이 쪽에서는 그럴듯한 새로운 방법을 생각해내고 있었다. 말하는 것을 잊고 있었지만, 사나이는 단장을 짚고 있었다 —— 그렇지, 그저 손잡이를 둥그렇게 굽혔을 뿐인 거무스름한 목재로 된 지극히 단순한 단장이었다. 불안에 쫓기면서 어떻게라도 했으면 하고 초조해하던 사나이는 문득 이런 것에 착안한 것이다. 이 단장을 먼저 한쪽 손으로(이미 한쪽 손이 무엇에 필요하게 되는지 누가 알 것인가) 등에다 단다. 등뼈를 따라 똑바로. 그리고 그것을 허리의 선골(仙骨)께에서 단단히 누르고 둥근 손잡이 끝을 깃 속으로 밀어넣는 것이다. 이렇게 하면 목덜미와 제1 척추골과의 사이에 든든한 받침이 생긴 것같이 느껴진다. 이거라면 남의 눈에 뜨이지 않을 모습이다. 기껏해야 명랑한 녀석이라고 여겨질 따름일 것이다. 뜻하지 않게 봄기운이 도는 날이니까 변명도 된다. 아무도 뒤돌아보려고는 않는다. 그럭저럭 잘 되었다. 아주 잘 되었다. 다음 교차로에 접어들었을 때 분명히 예의 도약이 두 번 가량 나타났다. 그러나 조그만, 반쯤 억제한 도약으로 실로 사소한 것이었다. 다만 한 번은 또렷이 눈에 뜨일 만큼 뛰었으나 마침 보도에 소화용(消化用) 호스가 가로놓여 있어 희한하게 사람 눈을 속일 수가 있었던 것이다. 아무런 염려도 없었다. 그렇지, 또 모든 것은 잘 되어갔다. 이따금 다른 한쪽 손이 단장을 잡고 단단히 다시 눌러서 위험을 곧 넘어설 수가 있었다. 그래도 나는 불안이 커져가는 것을 어쩔 수가 없었다. 사나이가 이렇게 하여 걸으면서 끝없이 애를 써서 아무렇지도 않은 듯 방심한 태도를 지으려 하고 있는 동안에도 그 육체 속에 숨어 있는 무서운 경련이 수북하게 쌓여가는 것을 나는 감지했다. 경련이 더욱더 커지는 것을 느끼는 사나이의 불안이 그대로 내 속에도 있었던 것이다. 경련이 사나이의 내부에서 떨리기 시작한다. 그러면 사나이가 단장에 매달리는 것이 내눈에 역력히 비쳤다. 그런 때 사나이의 두 손의 동작은 용서없는 엄숙한 것이 되어 나는 그의 의지가 엄청난 것임에 틀림없다고 생각하고 그의 의지에 희망을 걸었다. 그러나 이럴 경우 한 사람 의지가 얼마만한 것이겠는가. 그 힘이 다하는 순간은 반드시 올 것임에 틀림없었다. 머지않아 올 것이 틀림없었다. 나는 심장을 두근대며 사나이의 뒤를 따라가면서 얼마 안 되는 나의 힘을 잔 돈처럼 긁어모아 사나이의 두 손을 바라보면서 필요하다면 이것을 써달라고 애원하고 싶은 심정이었다.

　나는 사나이가 그것을 받아주었다고 믿는다. 하지만, 그 이상 힘을 낼 수 없었으니 내가 어떻게 할 수 있었겠는가.

　생미셸 광장은 탈것과 바삐 오가는 사람들로 붐비고 있었다. 우리들은 몇 번이나 두 대의 마차 사이에 끼어서 한참 동안 서 있었다. 그러면 사 나이는 숨을 마시고 쉬는 듯이 다소 긴장을 푼다. 그러면 경련이 발과 목에 약간이긴 하지만 나타나는 것이었다. 그것은 아마도 사나이 속에 갇힌 병이 이윽고 사나이를 정복하겠다고 꾀하는 간계(奸計)였을 것이다. 의지는 이미 그 두 군데서 허물어지고 있었다. 이 굴복이 경련에 사로잡혀 있던 근육에 약간의 유혹의 자극과 그 거역하기 어려운 잇달은 도약을 남기고 있었던 것이다. 그러나 아직 단장은 본래 자리에 있고 두 손은 약이 올라 성을 내고 있는 듯싶었다. 우리는 다리 위를 걸었다. 잘 되어갈 것 같았다. 그대로 잘 되어갈 것 같았다. 그러나 그때 그의 걸음걸이에 무엇인지 확실치 않은 것이 보였다. 그러자 사나이는 두어 걸음 뛰었나 싶더니 그 자리에 딱 멈추어 섰다. 왼손이 살며시 단장에서 놓여지자 천천히 위로 올라갔다. 그 손이 허공에서 떨리고 있는 것이 보였다. 사나이는 모자를 약간 젖히고 이마를 닦았다. 약간 머리를 돌렸다. 시선이 하늘을 즐비한 집들을, 강의 수면을 넘어 목표없이 헤매었다. 그리고 사나이는 굴복했다. 단장이 내던져지고, 사나이는 하늘을 날려고나 하는 것처럼 팔을 벌렸다. 경련이 마치 자연의 힘처럼 사나이에게서 쏟아져나와 사나이를 넘어뜨렸다가는 일으켜 목을 흔들고 기웃거리게 하여 사나이로부터 무도(舞蹈)의 힘을 끌어내어 군중의 한복판에다 내동댕이쳤다. 어느덧 수많은 사람들이 사나이를 둘러싸고 있었다. 이미 사나이의 모습은 보이지 않았다.

　이 뒤에 어디론가 가본들 무슨 의미가 있었겠는가. 나는 공허감을 느꼈다.

바람에 나부끼는 한 장의 백지처럼 나는 즐비한 집들을 따라 큰 거리를
다시 위쪽으로 거슬러올라가고 있었다.

  달리는 어떻게 할 수도 없었던 이별을 한 뒤, 사실은 아무것도 없지만
나는 너에게 편지를 쓰기도 한다. 역시 나는 쓰고 싶은 것이다. 아니, 쓰지
않으면 안 된다고 생각하는 것이다. 팡테옹에서 성녀의 그림을 보고 그런
생각이 들었다. 고독하고 성스러운 성녀, 지붕과 문, 그 속에 차분한 밝음의
테두리를 펼치고 있던 램프, 아득한 저편에 감도는 도시, 강, 그리고 달빛
속에 흐릿하던 원경(遠景). 성녀는 눈을 뜨고 잠든 거리를 수호하고 있는
것이다. 나는 울었다. 그러한 모든 것이 느닷없이 너무나 뜻밖에 그곳에
있었기 때문이다. 그것을 앞에 두고 나는 울었다. 눈물이 나 견딜 수가
없었다.
  나는 파리에 있다. 그런 말을 들으면 누구든지 기뻐해준다. 대개의 사람은
나를 부러워한다. 그것은 잘못은 아니다. 여기는 대도시, 크고 눈부신 유혹에
넘쳐 있으니깐. 나 역시 자백하지 않으면 안 되겠지만 어떤 점에서 유혹에
지고 있다. 그렇다고밖에는 달리 말할 길이 없으리라고 생각한다. 나는
그러한 가지가지의 유혹에 져서 그 결과 어떤 변화가 일어나고 있다. 나의
성격이라고까지는 말할 수 없더라도 나의 세계관에, 어쨌든 나의 사는
방법에 그 영향의 원인으로 모든 사물에 대한 이제까지와는 전혀 다른
파악 방법이 나의 내부에 조성되었다. 거기에 어떤 종류의 단락(段落)이
생겨 그것이 여태까지의 그 무엇보다도 더 나를 사람들로부터 떼어놓는
것이다. 완전히 변한 세계, 새로운 의미에 가득 찬 새로운 삶.
  지금 나에게는 아직 다소 어렵다. 모든 것이 너무 새로운 것이다. 나는
이러한 내 몸에 관련되는 새로운 환경의 풋내기이다.
  바다를 한 번 볼 수는 없을까?
  그래, 하지만 내 쪽에서는 네가 와주지 않으려나 하고 생각했었지. 너
같으면 틀림없이 적당한 의사를 가르쳐주었을 텐데. 나는 그걸 너에게 묻는
것을 잊고 있었다. 하여튼 이제는 벌써 그럴 필요도 없어졌다.
  너는 보들레르의 그 심상치 않은 시(詩) 《시체》라는 시를 기억하고

있는지? 이제야 그것을 잘 이해할 수 있게 된 것도 수긍이 가는 일인 것이다. 마지막 구절은 조금 문제가 있지만 그는 옳았다. 그러한 사건을 만나 그는 어떻게 해야 좋았겠는가? 그런 공포에도 불구하고 다만 불쾌하게 보이는 것만이 온갖 존재물(存在物) 가운데에서 특히 존재하는 가치를 가진다는 것을 간파하는 것이 그의 과제였다. 거기에는 선택도 거부도 있을 수 없다. 플로베르가 수도사(修道士) 성 줄리앙을 쓴 것을 너는 우연에 지나지 않는다고 생각하는가? 문둥이 곁에 누워서 밤마다 사랑이 변치 않는 따뜻한 마음으로 따스하게 해주는 거기까지 결심할 수 있느냐 어떠냐가 결정적인 점이 아닐까고 나는 생각한다. 그런 행위는 반드시 좋은 결과를 낳게 되는 것이다.

내가 여기서 환멸에 괴로워하고 있다고는 생각하지 말아주기 바란다. 전혀 반대인 것이니까. 설사 제아무리 사악한 것일지라도 진실로 존재하는 것을 위해서라면 일체의 기대를 버릴 각오가 되어 있다는 것에, 나는 내 스스로도 놀란 적이 있을 정도이다.

아, 이 심정을 약간이나마 서로 나누어 가질 수가 있으면, 그러나 현실을 과연 친구와 나누어 가질 수 있는 것일까? 아니, 이 심경도 단지 고독의 대가로서만 얻어지는 것이다.

공기의 성분 하나하나에 숨어 있는 무서운 것의 존재. 너는 그것을 투명한 것과 함께 빨아들인다. 그러나 그것은 너의 체내에 침천되고 응고되어 기관(器管) 사이에 날카로운 기하학적 형태를 취한다. 그것은 형장(刑場)이나 고문실(拷問室)에서, 정신병원이나 수술실에서, 또는 늦가을의 다리 밑에서 고민과 공포로 화한 일체의 것 —— 그 모두가 강인한 불멸성을 갖추고 자기를 주장하며 온갖 존재물에 질투의 눈길을 집중시키면서 스스로 무서운 현실성에 매달려 있기 때문이다. 인간들은 그 대부분을 잊을 수가 있었으면 싶다. 잠은 이러한 고민들과 공포가 머릿속에 파놓은 흔적을 부드럽게 깎아내린다. 그러나 꿈이 잠을 밀어내고 그 모양을 다시금 본뜬다. 인간들은 눈을 뜨고 헐떡이며 한 가닥의 촛불을 어둠 속에 흘려넣고 설탕물을 마시듯이 그 희미한 빛의 평안을 마신다. 그러나 아아, 이 위안 역시 모서리 위에 있는 것이 아니겠는가. 약간 방향을 바꾸면 재빨리도 시선은 눈에 익은 것, 정든 것에서 또다시 벗어나게 되고 이제껏 그토록이나 위안을 주던 것의 윤곽은 반대로 공포의 테두리가 되어 더욱더 생생하게 눈에 비치는 것이다. 불빛을 조심하라. 그것은 오히려 방 안의 헛된 모양을 두드러지게 만든다. 뒤를 돌아보아서는 안 된다. 자지도 않고 웅크리고 있는 네 뒤에 주인인 척하는 하나의 그림자가 일어서지나 않을까 하고.

오히려 어둠 속에 머물러 경계지어지지 않는 네 마음을, 구별할 수 없는 모든 무거운 마음을 만들려고 노력하는 것 이상은 없을는지도 모른다. 그때 너는 스스로의 속에 몸을 웅크려 두 손 안에 시들어가는 자기를 눈앞에 보고 이따금 애매한 몸짓으로 스스로의 얼굴 선을 더듬어본다. 네 속에는 이미 공간이 없다. 이토록 비좁은 나의 속에 거대한 것이 들어올 여지가 없다고 생각하면 마음도 진정될 것이다. 터무니없는 것이 그 내부에 생기지 않으면 안 된다 할지라도 이 사정에 따라 조그맣게 변하지 않을 수가 없는 것이다. 그러나 밖은 망망하고 끝없이 넓다. 그 밖에서 철썩철썩 차오르는 것이 있다. 그러면, 그것은 너의 내부에도 차오른다. 어느 정도까지는 마음대로 되는 맥관(脈管)이나, 혹은 평안한 기관의 분비물이 저절로 불어나는 것과는 다르다 —— 가지에서 가지로 갈라진 너의 생명의 끝에서 끝에까지 관(管)을 타고 빨아올려서 모세관(毛細管) 속에 차오는 것이다. 그러면 그것은 몸뚱이를 쳐들고 너를 타고 넘쳐나 네가 최후의 보루로 생각하고 도망쳐 피한 호흡보다도 더욱 높이 올라가는 것이다. 아아, 이 이상 어디로, 어디로 달아날 수가 있겠는가? 너의 심장은 너를 몰아내고 네 뒤를 쫓아다닌다. 너는 거의 몸 밖으로 나가버려 이제는 본래대로 되돌아올 수도 없다. 짓밟힌 딱정벌레처럼 너는 자기 밖으로 넘쳐나간다. 사소하게 남는 단단한 외피(外皮)나 적응력 따위는 전혀 아무 의미가 없는 것이다.

오오, 아무것도 걷잡을 수 없는 밤이여. 오오, 밖을 향해 몽롱하게 흐릿한 창문이여. 조심스레 닫혀진 문이여. 옛날부터 이어내려져 그대로 믿기면서도 끝내 완전히 이해된 적이 없는 가지가지의 가재(家財)들. 오오, 계단을 차지한 정적, 인접한 방마다에서 살그머니 다가오는 정적, 천장에서 높이 떠도는 정적이여. 오오, 어머니. 일찍이 어렸던 날에 이러한 정적들을 남김없이 말해주신 유일한 분. 그 답답하고 무서운 정적을 스스로 한 몸에다 맡으시고, 무서워하지 말라고 말씀하셨던 당신. 한밤중에 무서워하는 어린 아들을 위해, 무서움으로 자지러진 어린 아들을 위해 정적을 혼자 도맡으려고 하신 늠름한 당신. 당신이 불을 켜면, 벌써 그 소리는 당신의 것이다. 불빛을 손으로 가리고, 나다, 무서워하지 마라 —— 하고 말씀해주신다. 그리고 그 등불을 천천히 내려놓는다. 이제는 의심할 것도 없이 —— 확실히 당신이다. 친숙하게 마음이 통하는, 아무 생각없이 그곳에 있는 것들을 비추는 빛은 부드럽고 꾸밈이 없는, 틀림없는 당신인 것이다. 벽 어딘가에서 나는 소리, 또는 마룻바닥을 밟는 발소리 —— 그러면 당신은 미소지을 뿐이다. 당신은 미소짓는다. 무언가 말을 물어보고 싶은 듯이 당신을 쳐다보는 겁먹은 얼굴을 들여다보고, 얼굴을 활짝 허물어뜨리며 웃음을 띤다. 당신은 어떤 불안스런 소리와도 몰래 마음을 맞추어 미리 의논하여 양해가 되어 있다고나 하는 듯이. 이 세상의 권위있는 어떠한 힘이 당신의 힘에 비길 수 있겠는가? 왕들마저도 누운 채 어둠을 응시한다. 밤시중을 드는 시종자도 그 마음을 달랠 수는 없다. 총희(寵姬)의 향기러운 유방을 어루만진다 할지라도 공포는 그들 위를 기어다니고 전율케 하여 정욕마저 위축시키고 만다. 그러나 어머니, 당신은 오셔서 무서운 것을 등 뒤에다 멈추게 하고 그 앞에 의연하게 막아 서신다. 여기저기 열어젖혀 엿보이는 휘장 따위와는 종류가 다른 것이다. 아니, 당신을 찾는 외침 소리를 향해 그 무서운 것을 앞질러서 당신은 오셨다. 머지않아 올 모든 것보다 훨씬 앞질러서, 그 등 뒤에는 서둘러 오신 발자취, 영원히 변치 않는 당신의 길. 당신의 사랑의 비상(飛翔), 단지 그것만이 있는 듯이.

내가 날마다 그 앞을 지나는 석고 가게 주인이 입구 옆에 두 개의 마스크를 걸어놓고 있었다. 익사한 젊은 여인의 얼굴. 자기의 죽은 얼굴의 아름다움을 알고 있었는가 하고 문득 착각을 일으키게 하는 그런 미소를 띠고 있었기 때문에 시체 수용소에서 떼어진 마스크. 그리고 그 마스크 밑에 예지에 가득 찬 한 남자의 얼굴. 딱딱하게 긴장된 감각의 이 강인한 마디. 쉴새없이 발산해가려는 음악을 가차없이 응결시켜놓은 얼굴. 자기 존재의 소리 외에는 어떤 소리도 듣지 못하게 하기 위해 어떤 신이 그 청각을 닫아버린 자의 얼굴. 잡음과 혼탁과 무상(無常)에 미혹(迷惑)당하지 않게끔 신이 만든 사람의 얼굴, 소리의 맑음과 영속성을 내부에 간직하고 있던 그것은 다만 그에게 울림이 없는 감각만의 세계를, 소리도 없이 긴장되어 기다리는 세계를, 음악 창조를 앞둔 미완성의 세계를 가져오게 하기 위해서였다.

세계를 완성하는 자여. 대지에, 하천에 비가 되어 쏟아지는 자, 우연처럼 힘차게 쏟아져내리는 자. 어느덧 더욱 눈에 보이지 않는 것이 되어 자연의 법칙을 기뻐해가며 다시금 만물에서 소생하여 공중으로 올라가 떠돌면서 하늘을 형성한다 —— 실로 그러하듯이 그대로 말미암아 우리들 인간의 침전물(沈澱物)이 끓어올라 세계를 음악의 궁륭(窮隆)으로 에워싼 것이다.

당신의 음악 —— 그것은 우리들 주변에 머무를 것이 아니라 세계 그 자체를 에워쌌어야만 했던 것이다. 당신을 위한 피아노는 테베(上部 이집트 지방)의 사막 속에 놓여졌어야만 했던 것이다. 그랬더라면 그 고독한 악기 앞으로 한 천사가 당신을 인도했을 것이다. 왕들, 유녀(遊女)들, 은자(隱者)들이 휴식하는 황량한 몇 겹 산맥을 넘어서. 그러나 그 천사마저 당신이 피아노를 치기 시작하는 것을 두려워하여 당신을 두고 날아가버리기라도 한 것일까.

이윽고 당신은 흘러 넘쳤으리라. 도도히 흐르는 자여, 이 아무도 듣는 이 없는 황야의 한복판에서 만유(萬有)에게 만유만이 견딜 수 있는 것을 돌려주었을 것이다. 아라비아인들은 미신적인 공포에 쫓겨 아득한 지평선을 달려갔을 것이다. 대상(隊商)들은 당신을 폭풍으로 느끼고 그 음악이 울리는 가장자리에 몸을 엎드렸을 것이다. 다만 여기저기 사자들이 밤에 당신을 멀찍이 둘러쌌을 것이다. 그들은 스스로 공포를 느끼고 설레는 자기 자신의 피에 위협을 받으리라.

이제 와서 도대체 누가 인간들의 더럽혀진 귀로부터 당신을 되찾아올 수 있는가? 누가 과연 돈에만 눈이 어두워 간음할 뿐 결코 잉태(孕胎)하는 일이 없는 불모(不毛)의 귀를 가진 음탕한 무리들을 음악의 전당에서 몰아내겠는가? 음악의 정기가 쏟아져나오면 그들은 창부처럼 그 밑에 누워 그것을 희롱하는 데에 지나지 않는다. 혹은 그들이 그곳에 배를 대고 엎드려 미수(未遂)로 끝나는 자위(自慰)에 열중하는 그동안 정액은 오난의 그것처럼 헛되이 사람들 사이에 떨어질 뿐이다.

그러나 주여, 아직껏 더러움에 물들지 않은 귀를 가진 동정(童貞)의 청년이 당신의 음악 곁에 눕는다면 —— 그는 복되게 숨이 끊어질 것이다. 혹은 이 무한한 것을 잘 견딜 수 있다 할지라도 성숙한 그 뇌수는 끝내 임박한 분만(分娩)으로 하여 금이 가고 갈라지지 않으면 안 될 것이다.

하찮은 일이라고는 여기지 않는다. 오히려 용기가 필요한 일이다. 누군가 그들의 뒤를 미행해볼 이른바 사치스런 용기를 갖는다고 한다면 어떨까. 그들이 그 뒤 어디로 기어드는지, 하루의 다른 시간에는 무슨 일을 하는지, 밤에는 잠을 자는지 어떤지 확인을 할 수 있을 것이다(아니, 이러한 일은 일단 알고 나면 두 번 다시 잊어버리거나 혼돈하거나 할 수 있는 것이 아닐 것이다). 특히 똑똑히 하지 않으면 안 될 것은, 도대체 그들이 잠을 자느냐 어떤가 하는 것이다. 그러나 용기만으로 될 수 있는 것은 아니다. 보통 사람들 같으면 미행을 하는 것도 쉽겠지만 그들은 그런 방법으로는 나타나지 않기 때문이다. 방금 나타났다 싶으면 벌써 사라지고 없다. 놓였다가 치웠다가 하는 납병정과 흡사한 것이다. 그들이 발견되는 것은 약간 떨어진 변두리이지만 결코 건물 뒤 같은 곳은 아니다. 풀숲이 물러나고 길이 잔디를 끼고 약간 구부러지는 —— 그런 곳에 그들은 서 있다. 그 주위에 투명한 공간이 퍼져 유리 뚜껑을 씌운 것 같다. 생각에 잠겨 산책하고 있는 모습으로도 보인다. 이 눈에 뜨이지 않는 사나이들은 몸집이 자그마하고 어느 점으로 보나 얌전한 것 같다. 그러나 그렇게 생각하는 것은 잘못이다. 사나이들의 왼손을 보았는가? 낡은 외투에 비스듬히 달린 호주머니에서 무엇인가를 더듬고 있다. 손에 잡혀지자 꺼내서 무엇인지 조그만 것을 어설픈 손짓으로 공중에 쳐드는 것이다. 그러자 순식간에 두 마리, 세 마리, 작은 새들이 모여온다. 신기한 듯이 푸드득 날아온 참새들. 그들의 매우 정확한 부동의 관념에 잘 맞출 수 있도록만 성공한다면, 벌써 참새들에겐 더 가까이 다가가지 못할 이유는 없어진다. 마침내 최초의 한 마리가 날아올라 쳐들려진 손 둘레를 잠시 동안 신경질적으로 날아 돌아다닌다. 그 손엔 무엇인가 먹다 남은 달콤한 빵 조각 같은 것이 욕심없고 분명히 체념한 듯한 손가락 끝에 끼여 있는 것이다. 그러는 동안 사람들이, 물론 적당한 거리를 두고 있긴 하지만 사나이의 둘레에 모여든다. 그럴수록 사나이는 더욱더 사람들과는 이질적인 것이 되어가는 것이다. 촛대처럼 사나이는 그곳에 서 있다. 다 타버리려고 마지막 남은 심지를 태우는, 그 때문에 몹시 따뜻하며 불꽃도 이젠 꼼짝도 하지 않는 촛대처럼. 사나이가 얼마나 유혹을 하고 있는지, 얼마나 열심히 유혹하고 있는지, 조그맣고 어리석은 이 많은 새들은 모른다. 구경꾼들이 떠나가고 사나이를 혼자 언제까지나 그 자리에 세워둔다면 느닷없이 천사마저 나타나 그 신분도 잊고 사나이의 위축된 손에서 오래된 달콤한 빵부스러기를 받아 먹을 것이라고 나는 믿는다. 그것을 새들만이 모여 오도록 하려고 마음을 쓴다. 그들은 그것으로 충분히 만족하며, 사나이도 그 밖에는 아무것도 기대하고 있지 않다고 그들은 우긴다. 정말이지, 비바람에 바랜 낡아빠진 인형, 내 고향의 조그만 뜰 같은 데서 볼 수 있는 뱃머리 상(像)같이, 땅바닥에 약간 비스듬히 꽂힌 인형이 이 이상 무엇을 기대하겠는가. 이 자세부터가, 예전에 어딘가에서 가장 심하게 흔들리는 인생의 뱃머리에 서 있었던 그 탓 때문은 아닐까? 지금 이렇게도 퇴색되어 있는 것도 본래는 다채롭게 있었기 때문은 아닐까? 인형에게 물어보면 어떨까?

다만 여자에게는 아무것도 물어보지 않는 것이 좋다. 여자가 모이를 주고 있는 것을 발견하더라도. 여자들 같으면 미행을 해볼 수도 있을 것이다. 지나는 길에 하고 있을 뿐이니까 쉬울 것이다. 그러나 내버려두는 것이 좋다. 그녀들은 어찌된 영문인지도 모르고 모이를 주고 있다. 한꺼번에 많은 빵이 광주리 속에 있다. 그런 때 그녀들은 얄팍한 짧은 외투로부터 큼직한 빵조각을 내미는 것이다. 그 빵조각은 약간 씹혀서 축축해 있다. 여자들로서는 자기 침의 조금이라도 세계에 섞이는 것이, 새들이 이 침의 풍미(風味)를 나르면서 날아다니는 것이 기쁜 것이다. 새들 쪽에서는 물론 그러한 맛 같은 것은 곧 다시 잊어버리겠지만.

그 무렵 나는 당신의 작품을 앞에 놓고 앉아 있었다. 완고한 작가여. 그리고 당신을 하나의 정리된 것으로 만들지 않고 부분 부분을 받아들여 만족하고 있는 다른 사람들과 마찬가지로 그것으로 당신을 읽었다는 생각을 했었다. 그 무렵의 나는 아직 명성이라는, 기실은 성장되어가고 있는 자의 건축 현장에 군중이 쏟아져들어가 모처럼 쌓아올려놓은 초석(礎石)을 떠내려보내버리는 것에 지나지 않는 이 공공연한 파괴를 이해하지 못했던 것이다.

어딘가에 있는 무명(無名)의 청년이여, 마음속에 무엇인지 스스로를 전율케 하는 것이 생겼다면, 아무도 그대를 모른다는 그 한 가지만을 의지하여라. 그대를 무엇이라고도 인정하지 않는 무리들이 그대를 거역하고, 그대가 사귀는 사람들마저 그대를 버리고, 그대가 품은 사상 때문에 그대를 매장해버리려 하더라도 이 노골적인 위험은 도리어 그대를 그대의 내부에다 응집(凝集)시키는 것이다. 뒷날에 오게 될 명성이라는 적의(敵意), 그대를 산만하게 만듦으로써 해(害)없는 것으로 만들어버리는 그 교활한 적의에 비한다면 그것이 대관절 무엇인란 말인가.

누구에게도 그대를 평가해달라고 부탁하지 말라. 설사 모멸할 만한 평판이 아닐지라도. 세월이 흘러 그대의 이름이 세상 사람들에게 알려졌다는 것을 깨닫더라도, 사람들의 입에 오르는 이런 저런 평판을, 그것을 곧이 들어서는 안 된다. 그 이름은 더럽혀져버렸다고 생각하고 벗어버리는 것이 좋다. 다른 이름은, 무엇이든간에 밤에 하느님께 불릴 수 있는 다른 것으로 몸에 붙이는 것이 좋다. 그 이름은 누구에게도 숨겨두는 것이 좋을 것이다.

고독한 이탈의 작가여, 세상 사람은 당신의 명성을 타고 당신을 따라 붙이지 않았던가. 그들이 당신에게 마음속으로부터 거역한 것은 얼마 만큼 옛날 일이었던 것일까. 이제 그들은 당신을 자기의 동류로서 취급하고 있다. 당신의 언어를 참람(僭濫)이라는 우리에다 넣어서 데리고 다니며 광장마다에서 구경거리고 삼고, 안심할 수 있다는 것을 알고 약간 화가 나도록 해본다, 마치 맹수와도 같은 당신의 언어들을.

내가 당신을 정말로 읽었다고 할 수 있었던 것은, 그러한 맹수들이, 절망한 자들이 나를 향해 우리를 뛰어나와 나를 나의 황야에다 쓰러뜨렸던 그때가 처음이었다. 그 절망하는 태도는 결국 당신 자신의 태도였던 것이다. 당신의 궤도(軌道)는 어느 지도에도 잘못 기입되어 있다. 한 줄기의 균열(龜裂)과도

비슷하여 천공(天空)을 가로지르는 당신의 길은 절망의 쌍곡선을 그리며,
오로지 꼭 한 번 우리들 곁에서 휘어지면서 경악을 남기고 떠나간다. 당
신에게 있어 그것이 무엇이었겠는가, 여자 하나쯤 머무르든 떠나든, 사람
하나쯤 현기증을 일으키든 광기에 사로잡히든, 죽은 자가 살고 산 자가
죽어보이든 간에⋯⋯그것이 당신에게 있어 어떤 의미를 가졌겠는가. 모든
것이 당신에게는 당연한 일이었다. 현관을 빠져나가듯이 그 자리를 지나가며
걸음을 멈추려고 하지 않았다. 그러나 그러한 당신이 발을 멈추고 몸을
구부리는 장소가 있었다. 그것은 우리들 인간 세계의 현상이 들끓고 침
전하고 변색하는 그 내부였었다. 일찍이 그 누구도 발을 들여놓은 적이
없는 깊숙한 내부였던 것이다. 하나의 문이 당신을 위해 열려져 있었다.
신은 바야흐로 불꽃의 반짝임을 받고 증류기(蒸溜器) 옆에 있었다. 의심많은
당신은 그곳으로 아무도 데리고 가지 않았다. 당신은 그곳에 앉아 온갖
과정을 분석했다. 그리고 거기서 원래 조형에도 서술에도 관심이 없었고
오로지 고발(告發)에만 흥미를 느꼈던 당신은 그래서 어마어마한 결심을
굳힌 것이다. 처음에는 렌즈를 통해서만 볼 수 있었던 이 지극히 작은 세계를
혼자의 힘으로 즉시 몇천 명이나 되는 사람의 눈에 비치게끔 확대시켜,
만인이 알 수 있는 거대한 것으로 변화시키려 했다. 당신의 극장이 설립
되었다. 당신은 몇천 년이나 원한을 품어 물발울에까지 응집(凝集)된, 이미
공간을 갖지 못하는 인생이 다른 방법으로 발견되기를 기다리고 있을 수는
없었다. 적은 수이긴 하나 점차 같은 견해로 다가가는 사람들을 위해, 그리고
마침내 다같이 고귀한 평판이 눈앞에 있는 무대의 비유에서 확증되는 것을
보고자 원하는 사람들을 위해 이 인생이 천천히 시각화되어가는 것을 기
다릴 수는 없었다. 그렇게 되기를 기다릴 수가 없어 당신은 그곳에 스스로
나타났다. 당신은 거의 측정하기 어려운 것 —— 예를 들면 저울 눈을 반쯤
올라가는 감정의 움직임, 거의 무게도 없는 의사(意思)가 저울대의 접시를
희미하게 기울게 하는, 눈을 바싹 가까이 대지 않고는 알아볼 수도 없을
정도의 각도, 동경(憧憬)의 한 개의 물방울에 섞여 있는 어렴풋한 혼탁.
그리고 신뢰하는 원자(原子)에 생긴 전혀 없다고도 할 수 있는 색채의
변화 —— 그러한 것을 측정하고 기록하지 않으면 견딜 수 없었다. 왜냐하면

이제는 이와 같은 추이(推移)에서만 인생이 존재하기 때문이다. 우리들 인생은, 우리들의 내부 깊숙이 미끄러져가들어가 안으로만 물러나 이미 추측도 할 수 없는 깊은 곳에 틀어박혀버렸기 때문이다.

그 본성 그대로 고발을 일삼고, 시대의 흐름에서 벗어난 비극 시인이었던 당신은, 이 모세관현상(毛細管現像)을 일순간에 가장 설득력있는 몸짓으로 가장 실체적인 사물로 바꾸어놓지 않으면 안 되었다. 그 때문에 당신은 당신의 작품에서 볼 수 있는 그 비길 데 없는 폭력에 착수했다. 점점 더 해가는 초조에 쫓기며 더욱더 절망의 깊이를 더하면서 눈으로 볼 수 있는 세계 속에서 자기 안에서 일어나는 현상과 같은 가치의 것을 찾아내려고 애썼던 것이다. 집토끼와 다락방이, 누군가가 쉴새없이 오가는 홀이 그것과 관련되어 있었다. 옆방 유리창이 부딪는 소리, 창 밖의 불길, 그리고 태양도. 교회와, 교회와 비슷한 바위의 골짜기가 나타났다. 그러나 그것만으로는 부족했다. 마침내는 수많은 탑이, 산맥의 전체가 운반되지 않으면 안 되었다. 그리고 풍경을 메워버린 눈사태는 손에 쥘 수 있는 것을 가득히 쌓아올린 무대를 찌그러뜨리고 예측할 수 없는 세계를 나타나게 했다. 거기에서 당신의 힘은 없어졌다. 신이 꼭 잡아 연결시키고 있던 양끝이 심하게 퉁겼다. 당신의 미친 듯한 힘은 퉁겨진 막대기로부터 나동그라졌고 당신의 작품은 사라져버렸다.

그렇지 않고는, 당신이 만년(晩年)에 옛날 그대로의 완고함으로 창가에서 떠나려 하지 않았던 것을 누가 이해하겠는가. 당신은 지나가는 사람들을 보려고도 했다. 또 새로운 출발에의 결심이 생겼을 때, 그들에게서 무엇인가를 창조해낼 수가 없는 것일까, 당신은 그런 생각을 했던 것이다.

그 무렵에 나는, 그 누구도 한 명의 여인을 표현할 수 없다는 것을 비로소 깨달았다. 누구든 여자 이야기를 할 때는 그 여인에 대한 것은 공백 그대로 남겨버리고 만다는 것을 깨달은 것이다. 딴 이야기만 늘어놓는다. 이름을 대고 환경, 장소, 물건의 종류 등, 자질구레하게 묘사하지만 어느 지점까지 가면 문득 끝나버린다. 그 여자를 에워싸고 있는 회미하여 결코 본뜰 수 없는 윤곽이 남을 뿐, 말하자면 숨을 죽이듯이 스르르 사라져버린다. 그 여자, 어떻게 생겼어? 하고 물어본다. "블론드야, 자네같이 말이야." 하고는 그 밖에 알고 있는 것을 사람들이 이것저것 떠들어댄다. 그러나 그러는 동안 그 여자의 모습은 완전히 애매해져버려 그만 아무것도 머리에 떠올릴 수가 없게 돼버리는 것이다. 사실 생생하게 여자를 그려볼 수가 있었던 것은 어머니를 자꾸만 졸라서 듣곤 했던 그 이야기 때뿐이었다.

──그때 어머니는 개가 나오는 장면에 오면, 언제나 눈을 감고 차분히 가라앉은, 그러면서도 빛으로 모두 채워져 있는 얼굴을 왠지 모르게 고통스러운 듯이 두 손으로 괴는 것이었다. 싸늘해진 손을 관자놀이에 대고 계셨다. "나는 그걸 보았단다, 말테." 하고 그녀는 맹세하듯이 말했다. "정말 이 눈으로 보았단다." 내가 이 이야기를 들은 것은 이미 어머니가 돌아가실 즈음이었다. 그 무렵에 어머니는 벌써 아무도 만나고 싶어하지 않으셨고 여행을 하실 때도 항상 발이 고운 조그만 은제(銀製) 체를 갖고 다니면서 마실 것은 무엇이든지 그것으로 걸러 잡수셨다. 딱딱한 음식은 아무것도 입에 대지 않으셨다. 비스킷이나 빵 종류는 별도였으나, 그것도 어머니 혼자 계실 때는 마치 어린아이가 먹듯이 잘디잘게 부수어서 한 입 한 입 잡수셨다. 바늘을 무서워하는 마음이 그 무렵에 이미 완전히 그녀를 사로잡고 있었던 것이다. 다른 사람들에게는 그저 이런 식으로 말하며 사과했다. "이젠 아무것도 통 먹을 수가 없어요. 하지만 너무 신경쓰지 마시고 잡수세요. 난 이렇게 하고 있으면 아주 기분이 좋으니까요." 그러나 나에게는 갑자기 얼굴을 돌리고(나도 약간은 철이 들었으니까) 억지고 웃으려고 애쓰면서 말씀하시는 것이었다. "어쩌면 이렇게 바늘이 많을까, 말테. 온통 이 근처에 모두 바늘투성이구나. 그리고 빠져 달아나기 쉬운 바늘이라 생각하니……." 어머니는 애써 농담 비슷하게 말하려 하셨다. 그러나 잘 꽂아두지 않은 바늘이 언제 어디서 떨어질지도 모른다고 생각하며 공포에 몸을 떠는 것이었다.

그런데 잉게보르크의 이야기를 시작하기만 하면 어머니는 갑자기 기운이 났다. 그때는 병든 몸을 염려하는 것조차 잊어버렸다. 목청을 돋구어 잉게보르크의 웃음소리를 생각해내고 당신도 웃었다. 잉게보르크가 얼마나 아름다웠는가를 알려주려고 하는 것이었다. "그애는 우리 모두를 즐겁게 해주었어." 하고 그녀는 말했다. "너희 아버님까지 말야. 말테, 정말 즐거운 듯이 하고 계셨어. 한데 아주 가벼운 병인 줄만 알고 있었는데, 이젠 틀렸다는 말을 듣고 우린 모두 그 말에 대해서는 언급을 하지 않고 숨기고 있었는데, 그애가 글쎄 어느날 침대에 일어나 앉아 혼잣말처럼 이런 말을 하잖겠어. 마치 자기 목소리가 어떻게 들리는지 들어보려고 하는 사람 같았어. '모두들 그렇게 걱정해주시지 않아도 괜찮아요. 네, 안심하세요. 될 대로 돼도 상관없어요. 나 이젠 살고 싶지 않은 걸요.' 알겠니, 그애가 '이젠 살고 싶지 않은 걸요' 했단 말이야. 모두들 즐겁게 해주던 그애가 말이지. 너도 그 일을 언젠가는 알게 되는지 모르겠구나. 말테, 크면 말이야, 이담에 생각해보렴. 깨닫게 될 때가 오는지도 모른다. 이런 일을 아는 사람이 있다는 것은 틀림없이 좋은 일일 게다."

'이런 일'만을 어머니는 혼자 계실 때면 생각하셨다. 특히 만년에는 언제나 혼자 계셨던 것이다. "나로서는 도저히 거기까지는 안 돼, 말테." 하고 그녀는 가끔 가다 언제나의 이상하게 대담한 미소를 띠고 말씀하시는 것이었다. 누구에게도 보여주기를 싫어하시던, 미소짓는다는 그것만을 위한 미소였다. "하지만 아무도 그걸 알려고 하지 않다니. 만약 내가 남자였다면, 그래, 남자이기만 했었더라면, 이런 걸 곧잘 생각해보았으련만. 순서 바르게 처음부터 말이야. 하지만 처음이란 반드시 있는 건 아니겠니? 처음 실마리를 잡는 것만해도 굉장한 것이 아니겠니? 안 그래? 말테, 우린 언젠가는 없어져버리게 되는 거지만, 나로서는 모두가 건성으로 이것저것 바빠하고 있을 뿐이지 죽어간다는 것에 대해 제대로 마음도 두고 있지 않은 것같이 생각되는구나. 유성이 떨어져가는 것같이 아무도 그걸 깨닫지 못하고, 누구 한 사람의 희망을 걸려고도 않는단 말이야. 잊어서는 안 된다. 말테, 무엇인가 희망을 갖도록 해야 한다. 희망을 갖는 걸 포기해서는 안 돼. 도저히 이루어질 수는 없겠지만 언제까지나 일생 동안 계속되는 희망이란 있는 법이란다. 그렇게 되면 이루어지건 말건 그런 건 아무래도 좋은 거야."

어머니는 잉게보르크의 소유물이었던 자그마한 책상을 위층 자기 방에다 날라다 놓았는데 그 앞에 앉아 있는 어머니의 모습을 나는 자주 보았었다. 어머니 방에, 나는 특별한 허락을 얻지 않고도 들어갈 수 있었다. 나의 발소리는 융단에 완전히 흡수되어 들리지 않았으나 어머니는 기척으로 곧 나라는 것을 알고 한쪽 손을 벌써 이쪽 어깨 너머 나 있는 곳으로 내미는 것이었다. 그 손에서는 무게가 조금도 느껴지지 않았다. 입을 맞추면, 밤마다 자기 전에 내놓는 상아 십자가에 닿는 듯한 느낌이 들었다. 뚜껑을 쳐들면 앞이 열리는 이 나지막한 책상에, 어머니는 피아노를 향한 듯이 앉아 있었다. "이 속에는 햇빛이 가득히 있단다." 하고 그녀는 말했다. 사실 그 내부는 이상하게 밝았으며, 오래되어 누르스름해진 검정 바탕에 꽃무늬가 그려져 있었다. 꽃은 정해놓고 빨강과 파랑의 한쌍이었다. 세 개 가지런히 있을 경우는 한가운데 보랏빛 꽃이 있어 그 두 개를 떼어놓고 있었다. 이 빛깔과 가느다랗게 수평으로 그려진 당초(唐草) 무늬의 초록색과는 바탕인 검정이 특히 맑지도 않건만 빛을 깃들이고 있는 것과 대조적으로 침침하게 잠겨 있었다. 그 때문에 색조(色調)는 미묘하게 서로 부드러워져 특히 두드러지지도 않고 안쪽 깊숙이에서 서로 조화되고 있는 것이었다.

어머니는 조그만 서랍을 열었으나 어느 것이나 빈 것이었다.

"어마, 장미꽃이구나." 하고 그녀는 말하며 아직도 채 없어지지 않은 아련한 향기 속에 약간 몸을 구부렸다. 그럴 때 그녀는 언제나 아직 어딘가에 아무도 생각지 못한 비밀 서랍이 있어 거기서 뜻하지 않은 무엇인가가 나온다, 그 서랍을 열려면 어딘가에 숨겨진 용수철을 누르면 된다, 이런 식으로 공상을 하는 것이었다. "별안간 튀어나올지도 몰라, 보고 있거라." 하고 그녀는 진지한 얼굴로 불안스레 말하고는 부리나케 서랍을 모두 열어 보는 것이었다. 그러나 실제로 서랍 속에 남겨져 있던 편지 종류는, 읽어보지도 않은 채 소중히 간직되어 있었다. "나로서는 알 수 있을 것 같지가 않구나, 말테, 내게는 너무 어려워." 어머니는 무엇이든지 자기에겐 너무 복잡하다고만 생각하고 있었다. "인생에는 1학년이 갈 수 있는 반이 없구나. 언제나 갑자기 너무 어려운 걸 배우게 되거든." 어머니는 누이의 갑작스런 죽음 이래 그렇게 되어버린 거라고 나는 들었다. 누이는 윌레고르스켈 백작 부인으로, 무도회에 나가기 전에 촛대가 달린 거울 앞에 앉아 머리에 꽂은 꽃을 고치려다가 불에 타죽은 것이었다. 그러나 만년의 어머니에게 가장 이해하기 어려웠던 것은 잉게보르크의 일인 것 같다.

여기에다 그 이야기를 어머니에게 졸라서 들은 대로 적어보기로 하자. 그것은 여름도 한창인, 마침 잉게보르크의 매장이 끝난 뒤의 목요일의 일이었단다. 늘 차를 마시도록 되어 있던 테라스의 그 장소에서는 큰 느릅나무 사이로 집안 대대의 묘소(墓所)인 박공 지붕이 보이고 있었지. 테이블은 이제까지 그곳에 또 한 사람이 앉아 있었다는 것 따위는 생각나지 않게끔 마련되었고, 우리들도 모두 편안하게 자리를 널찍이 잡고 그 둘레에 앉아 있었다. 모두들 각기 책이랑 뜨개질 광주리를 갖고 왔기 때문에 그래도 조금 비좁을 정도였었어. 아베로네(어머니의 막내 여동생)가 차를 나르고 모두들 무엇인지 서로 분주하게 건네주고 있었어. 할아버지만이 자기 안락의자에서 집 쪽을 보고 계셨지. 때마침 우편이 올 무렵이었어. 여느때 같으면 대개 식사 지시를 하느라고 늦게까지 집 안에 남아 있던 잉게보르크가 그걸 갖다주기로 되어 있었지. 하지만 그애가 병이 들어 여러 주일 지나는 동안 그애를 기다리는 습관도 어느덧 잊어버리고 있었다. 왜냐하면 그애가 나올 수 없다는 것을 모두 알고 있었으니까 말이야. 그런데 그날 오후는 말이야, 말테. 정말 이젠 나올 수 있을 리가 없었는데도 잉게보르크가 나왔어. 틀림없이 우리가 잘못했어. 우리들이 그애를 불러낸 거야. 왜냐고, 지금도 똑똑히 기억하고 있지만 나는 방금 자리에 앉은 것 같은 기분이 들어 열심히 무엇이 여느때와 다를까 하고 생각하기 시작했단다. 무엇일까 —— 난 까맣게 잊고 있었던 거야. 눈을 드니 다른 사람들도 모두 집쪽으로 얼굴을 돌리고 있었어. 어디라고 별로 눈에 뜨이는 기색도 없이 보통 모양으로 침착하게 여느때와 마찬가지로 그애가 나오기를 기다리고 있었던 거야. 그때 나는 ——(그걸 생각하면 말테, 지금도 등골이 오싹해진다) 정말이지 당치도 않은 일이지만, 나는 지껄이고 있었던 거야. "무얼 꾸물대고 있지 ——." 그때는 벌써 우리집 개 카발리어가 여느때와 마찬가지로 테이블 밑에서 뛰어나가 그애를 맞으러 달려나갔단다. 난 그걸 보았지, 말테, 정말로 내 눈으로 보았단다. 그애는 오지 않는데 카발리어는 맞으러 뛰어갔어. 개의 눈에는 그애가 오는 것이 보였던 모양이지. 우린 카발리어가 그애를 향해

달려갔다는 걸 잘 알 수가 있었어. 개는 두 번이나 우리들 쪽을 돌아보고
무엇인가 물어보고 싶은 듯한 눈치를 했었지. 그 뒤 여느때와 마찬가지로,
그래, 말테, 여느때와 똑같았어. 미친 듯이 그애를 향해 뛰어갔었어. 개는
그애 곁에 갔는지 빙빙 돌며 뛰기 시작했어. 말테, 아무것도 없는데 그
둘레를 뛰고 있었단다. 그리고 그애를 핥으려고 똑바로 일어서서 더구나
기뻐하며 킹킹거리는 소리가 들렸어. 높직하게 몇 번이나 연거푸 뛰는 걸
보고 있노라니 뛰고 있는 개 뒤에 정말로 그애가 서 있지나 않을까 싶어질
정도였단다. 한데 그때 컹 하고 한 마디 짖는 소리가 들리더니 개는 제바람에
허공에 나둥그러져서는 이상하게 어색한 모양으로 동댕이쳐진 듯이 땅바
닥에 쓰러져 묘하게 납작하게 뻗은 채 꼼짝 못하게 되어버리고 말았어.
그때 저쪽에서 하인이 편지를 들고 집에서 나왔어. 한참 망설이는 듯한
태도였단다. 우리들 모두가 얼굴을 돌리고 있는데 성큼성큼 걸어온다는
게 틀림없이 어색하게 느껴졌겠지. 그리고 아버지도 그곳에 머물러 있으라고
신호를 하셨어. 너의 아버지는 말이야, 말테, 짐승을 싫어하셨단다. 하지만
이때만은 개 있는 데로 걸어가시더구나. 내가 볼 때는 굉장히 천천히 걸
어가시는 것같이 생각되었지만서도. 그리고 개 위에 몸을 구부리고 계셨어.
무언인가 하인에게 말씀을 하셨어. 아주 짧은 한 마디 같았어. 보고 있으니
하인이 카발리어를 안아 일으키려고 달려오더구나. 하지만 그땐 벌써 아
버지가 손수 개를 안고, 그대로 어디로 가야 하는가를 분명히 아시는 듯한
발걸음으로 집 안으로 들어가셨단다.

언제였던가, 이 이야기에 귀를 기울이고 있는 동안 저물어 땅거미가
주위에 지고 있을 때 나는 어머니에게 그 '손' 이야기를 하고픈 생각이
들었다 —— 이 순간에라면 잘 이야기할 수 있었을 것이다. 나는 크게 숨을
들이마시고 입을 열려고 했다. 그런데 그때 문득 모두들 다같이 이쪽을
향해 있는 것을 보고 걸음을 멈춘 하인의 심정을 참으로 잘 알 것 같은
기분이 들었다. 그리고 내가 본 그 광경을 어머니도 본다면 어떨까 하고,
나는 어둠 속이었는데도 어머니의 얼굴이 무서워졌다. 얼른 다시 한 번
숨을 들이마시고 별로 무슨 말을 하고 싶지도 않다는 듯한 몸짓을 했다.

그로부터 이삼 년 뒤, 우르네크로스터의 화랑에서 만난 기묘한 밤의 사건이 있은 뒤, 며칠 동안이나 에릭 소년에게 이 말을 털어놓고 싶어 그것만을 골똘히 생각하고 있었던 일이 있다. 그러나 그는 나와 말을 주고받은 그날 밤 이래 다시 아주 쌀쌀한 태도로 돌아가 나를 피하고만 있었다. 아마 나를 경멸했던 것이리라. 하지만 그렇기 때문에 나는 그에게 그 '손' 이야기를 하고 싶었던 것이다. 내가 이걸 정말로 체험한 것이라고 알아만 준다면 반드시 그도 나를 좋아하게 될 것이라고 생각했다(아니, 어찌된 까닭에 서인지 나는 그것을 간절히 원했다). 그러나 에릭은 교묘하게 나를 피하여 끝내 그 기회는 오지 않았다. 우리들 쪽에서도 그 뒤 곧 떠나고 말았던 것이다. 때문에 참으로 묘한 일이지만, 이것이 이제 와서는 먼 옛날의 유년 시절에 내가 만난 사건을 이야기하는(그런데도 결국은 나 자신에게만 이야기하는) 최초의 기회인 것이다.

그 무렵의 내가 아직 얼마나 어렸는지는, 그림을 그리는 책상에 알맞게 닿기 위해 안락 의자 위에 무릎을 꿇지 않으면 안 되었던 것으로도 알 수 있다. 겨울 밤이고, 아마 시내에 있는 집이었다고 생각된다. 책상은 내 방의 창문과 창문 사이에 놓여져 있었다. 방 안에는 램프가 하나 켜져 있을 뿐이고 그것이 나의 미술용지와 가정교사의 책을 비추고 있었다. 가정교사는 내 곁에서 조금 물러앉아 책을 읽고 있었다. 책을 읽기 시작하니, 그녀는 나에게서 먼 존재가 되었다. 아니, 정말로 책을 읽고 있었는지 어떤지 일단 읽기 시작하자 몇 시간이고 그대로 있었다. 책장을 넘기는 일도 드물었다. 나는 고개를 숙이고 있는 그녀 밑에서 책장이 점점 부풀어, 그녀는 그것을 바라보며 거기 씌어져 있지 않는 자기에게 필요한 말을 연방 덧붙이고 있지나 않나, 하는 그런 인상을 받았다. 그림을 그리면서 나는 그렇게 생각한 것이다. 나는 천천히 그리고 있었다. 뚜렷이 무엇을 그리겠다는 목표도 없었다. 어떻게 그려야 할지 모르게 되면 머리를 약간 오른쪽으로 갸우뚱하며 전체를 바라보았다. 그러면 대번에 빠져 있는 것이 생각나는 것이었다. 말을 타고 싸움터로 달려가는 장교들의 그림이기도 했다가 한창 싸우는 장면이기도 했다. 그렇게 하려면 화면 가득히 그저 무럭무럭 피어오르는 흙먼지만 그리면 되었기 때문에 훨씬 쉬웠다. 하긴, 어머니는 내가 그리고 있었던 것은 섬이었다고 늘 우겨댔다. 큰 나무랑 성(城)이랑 돌층계랑 기슭에 꽃이 있는 섬으로, 그것이 물에 비치고 있지 않으면 마음에 들지 않는다는 것이었다. 하지만 그것은 어머니의 공상이었다고 나는 생각한다. 혹은 그 뒤에 그렸던 그림이었는지도 모른다.

그날 밤, 나는 확실히 한 사람의 기사(騎士)를 그리고 있었다. 이상한 옷이 입혀진 말을 탄 기사를 한 사람만 굉장히 선명하게 그린 것이었다. 기사는 여러 가지 색으로 화려하게 칠해져서 나는 몇 번이나 크레용을 바꾸지 않으면 안 되었다. 특히 빨간색이 많이 필요해서 나는 몇 번이나 그것에 손을 뻗쳤다. 한데 또 빨간색이 필요하게 되었을 때였다. 빨간 크레용이 어찌된 셈인지(지금도 눈에 선하지만) 불빛을 받은 종이 위를 굴러서, 깜짝 놀라 손을 내밀 틈도 없이 책상 가장자리에서 내 옆으로 떨어져 보이지 않게 되고 말았다. 나는 빨간색이 당장 필요했기 때문에 그걸 주우러 의자에서 내려가지 안으면 안 되는 것이 화가 나 견딜 수가 없었다. 나는 둔했기 때문에 아래로 내려가는 데도 상당히 시간이 걸렸다. 내 발이 내가 생각해도 너무 긴 것같이 여겨졌다. 무릎 밑에서 끄집어내느라고 애를 먹었다. 오랫동안 무릎을 꿇은 자세로 있었기 때문에 발목이 저렸다. 어디까지가 내 발이고 어디서부터가 의자인지 알 수가 없었다. 이상하게 혼란된 채 그래도 간신히 내려서니 아래는 모피(毛皮)였다. 모피는 책상 밑의 벽 가까이까지 깔려 있었다. 한데 거기서 또 새로운 곤란에 부딪쳤다. 책상 위의 밝음에 눈이 익은데다 흰 종이에 칠한 색채에 완전히 현혹되어 있던 내 눈은 책상 밑에 있는 것의 형태를 아무것도 분간할 수가 없는 것이었다. 새까만 것이 잔뜩 차 있는 것 같아 그것에 부딪칠 것만 같은 불안을 느꼈다. 나는 어림으로 왼손을 짚고 몸을 구부리자 오른손을 뻗쳐 차갑고 긴 털로 된 깔개를 더듬었다. 모피는 무척 친숙한 감촉으로 손가락에 닿았다. 그러나 크레용에는 닿지 않았다. 상당한 시간이 지난 것같이 여겨졌다. 그래서 가정교사를 불러 램프를 들어달라고 부탁하려고 할 때였다. 나도 알지 못하는 사이에 응시하고 있던 눈에 어둠이 차츰 투명한 도수를 더해가는 것을 깨달았다. 벽의 아래 끝이 밝은 빛깔의 벽지가 이어져 있는 것이 벌써 눈에 띄었다. 책상 다리가 있는 곳도 짐작이 갔다. 무엇보다도 손가락을 벌린 내 손이 보였다. 그 손은 마치 물고기처럼 흐느적대며 저절로 움직여 물 속을 더듬고 있었다. 지금도 기억하고 있지만 나는 그 손의 움직임을 호기심에 가까운 심정으로 바라보고 있었다. 이제까지 본 적도 없는 움직임으로 제멋대로 더듬거리고 있는 그 손을 보고 있노라니, 그 손이 나의 의사와는 관계도 없는 일을 해치우지나 않을까 하는 생각이 들었다. 나는 손이 움직이는 대로 눈으로 쫓고 있었다. 그것이 재미가 있어 이젠 어떤 일이 일어나도 놀라지 않을 준비가 되어 있었다. 하지만, 갑자기 그 손을 향해 벽 쪽에서 또 하나의 손이 나타날 줄이야, 어떻게 예상할 수 있었겠는가. 그건 내가 본 적도 없는 괴상하게 여윈 큼직한 손이었다. 그 손은 똑같은 동작으로 저쪽에서 더듬거려왔다. 손가락을 벌린 두 개의 손이 맹목적으로 서로 마주 나가고 있었다. 나의 호기심은 다시 한참 동안은 남아 있었다. 그러나 그것도 갑자기 없어지고 뒤에는 공포만이 남았다. 나는, 그 손의 한쪽이 내 손이고, 그 손이 무어라 말할 수 없는 어찌할 수 없는 사태에 휘말리고 있는 것을 느꼈다. 내가 가지고 있는 당연한 권리를 가지고 나는 그 손의 움직임을 중지시키고, 손을 서서히 끌어당겼다. 그렇게 하면서도 나는 여전히 더듬거리고 있는 다른 한쪽의 손에서 눈을 떼지 않았다. 그 손이 움직임을 멈추지 않으리라는 것을 나는 알고 있었다. 어떻게 해서 다시 의자에 기어올라갔는지 기억이 없다. 나는 안락 의자에 깊숙이 몸을 파묻고 이빨을 마주치면서 떨고 있었다. 얼굴에서 핏기가 사라지고 눈의 푸른 빛도 엷어져 있지나 않을까 하는 생각이 들었다. 마드무아젤(가정교사) —— 하고 부르려고 했으나 목소리가 나오지 않았다. 그러나 그녀 쪽에서 깜짝 놀라 책을 내던지고 의자 옆에 무릎을 꿇자 내 이름을 불렀다. 또 나를 흔들기도 했다. 그러나 나는 의식만은 또렷했다. 한두 번 침을 삼켰다. 까닭을 이야기하려고 생각했던 것이다.

그러나 어떻게 이야기를 했으면 좋았을까? 나는 어디다 비길 데 없을 정도로 마음을 집중시켰다. 그러나 남이 알아줄 만큼 표현할 수는 없었다. 이런 일을 나타내는 말이 있었다 할지라도, 그것을 발견하기에는 내가 너무나 어렸다. 그리고 나는 갑자기 그런 말이 나의 연령을 초월하여 느닷없이 눈앞에 나타나지나 않을까 하고 불안에 사로잡혔다. 그렇게 되면 그걸 아무래도 말하지 않으면 안 된다. 그것이 무엇보다도 두렵게 여겨졌다. 책상 밑에서 일어난 생생한 일을 다시 한 번 체험한다, 다른 방법으로, 형태를 바꾸어서 처음부터. 더구나 그것을 스스로 자기가 이야기하는 것을 듣는다. 그런 힘은 이미 내게는 남아 있지 않았다.

만약 내가 지금, 이미 그때 무엇인가가 내 인생에 밀려들어왔음을, 그 때부터 혼자서 언제까지나 짊어지고 가지 않으면 안 될 무엇인가가, 다름 아닌 나의 인생에 들어왔음을 느꼈다고 주장한다면 그것은 상상에 불과한 것이라고 말할지도 모른다. 울타리가 달린 조그만 침대에 누워서 잠도 자지 않고, 살아간다는 것이 이런 것일까 하고 막연하게 생각하며 응시하고 있던 어린 내가 눈에 떠오른다 —— 이 세상은 특별한 일로 가득한 것이다. 무 엇이고 그 사람 하나를 위해 있으며, 말로 할 수는 없는 것이다. 확실한 것은 내 속에 차츰차츰 슬픈, 그리고 무거운 긍지가 머리를 들기 시작한 것이었다. 나는 누구나가 다 마음속을 가득 채우고 묵묵히 인생을 걸어가는 것이리라고 상상했다. 나는 어른들에게 깊은 동정을 느꼈다. 그들은 대단 하다고 곰곰이 생각하여, 그 기분을 그들에게 전해주고 싶다고 생각했다. 기회가 있는 대로 가정교사에게 그 말을 하고 싶다고 생각했다.

그 뒤에 찾아온 것이, 이 '손'의 사건이 내 독자적인 체험의 최초가 아니었다는 것을 나에게 알게 만든 그 병의 하나였다. 열이 나의 체내(體內) 를 휘젓고 내부 깊숙한 곳에서 생각지 않은 체험이며 환영(幻影)이며 사실의 가지가지를 끌어냈다. 나는 그러한 내 몸의 까닭도 모를 것들에 짓눌린 채 가만히 누워 있었다. 그리고 그 하나하나를 다시 한 번 차곡차곡 순서있게 내 속에 간직하도록 하라는 명령이 내려질 때를 기다리고 있었다. 내 스스로 시작해보기도 했으나 그것들은 내 손 안에서 점점 자라나 반항을 했고 어쨌든 너무 많았다. 그러는 동안 분노가 나를 사로잡았다. 나는 모든 것을 수북하게 포갠 채 나의 내부에 내던져 마구 눌러댔다. 그러나 아무래도 뚜껑이 닫히지 않았다. 그래서 뚜껑을 반쯤 연 채로 나는 소리질렀다. 덮어놓고 외쳤다. 그리고 내 자신에게 파묻히면서 밖을 살펴보니 모두들 벌써 꽤 오래 전부터 내 침대를 둘러싸고 내 손을 쥐고 있는 것이었다.

촛불이 한 개 켜져 있고 사람들의 커다란 그림자가 뒤에서 흔들거리고
있었다. 아버지가 무슨 일이 있었는지 말하라고 나에게 명령했다. 부드럽고
조용한 명령이었다. 그러나 명령임에는 틀림이 없었다. 내가 잠자코 있자,
아버지는 짜증을 냈다.

어머니는 밤중에는 한 번도 와주지 않았다 —— 아니 그렇지, 꼭 한 번
와주었다. 나는 덮어놓고 외치고 있었다. 가정교사가 달려오고 가정부인
시버센이, 마부인 게오르크가 달려왔다. 그래도 어쩔 수가 없었다. 그래서
결국 무도회에 가 있던 부모를 찾으러 마차를 보냈다. 아마 황태자가 베푼
대무도회였다고 생각한다. 갑자기 안뜰에 들어오는 마차 소리가 들렸다.
나는 잠잠해져서 침대 위에 일어나 앉아 문 쪽을 바라보았다. 그러자 방들
앞을 지나오는 옷자락 스치는 소리가 희미하게 들리더니 아랫자락이 넓은
야회복을 입은 어머니가 들어왔다. 야회복 따위는 아랑곳없다는 듯이 뛰
다시피하여 다가오자 흰 모피 외투를 뒤로 벗어던지고 드러난 팔로 나를
안았다. 나는 어머니의 머리칼에 닿았다. 이제까지 알지 못했던 놀라움과
기쁨을 느꼈다. 나는 화장한 조그만 얼굴에 닿았고, 귀에 드리운 싸늘한
보석에, 어깨 둘레의 비단에 닿았다. 꽃향기가 났다. 우리는 서로 껴안은
채 정답게 눈물을 흘리며 입을 맞추었다. 문득 깨닫고 보니 아버지가 곁에
와 있어 떨어지지 않으면 안 되겠다고 느꼈다. "굉장한 열이에요." 하고
어머니가 조심조심 말하는 소리가 들렸다. 아버지는 내 손을 잡고 맥을
셌다. 아버지는 주렵관(主獵官)의 제복을 입고 폭 넓은 푸른 바탕에 물결
무늬를 넣어 짠 아름다운 코끼리 훈장의 끈을 달고 있었다. "그만 일에
우리를 부르다니, 바보 같은 녀석." 아버지는 내 얼굴도 보지 않고 내뱉었다.
아버지와 어머니는 대단한 일이 없으면 다시 돌아가겠다고 약속하고 왔었다.
대단한 일 따위는 없었다. 나는 모포 위에 어머니의 무도회 카드와 흰
동백꽃이 떨어져 있는 것을 발견했다. 처음 보는 꽃이었다. 나는 꽃이 차다는
것을 깨닫자 그걸 눈두덩 위에 얹었다.

그런데 이런 병으로 누워 있는 오후처럼 길고 지루한 것은 없었다. 잠을
이룰 수 없어 괴롭던 밤이 밝아 아침이 될 무렵이면 틀림없이 잠에 떨어졌다.

잠이 깨어 다음날 아침이 밝았는가 하고 생각했지만 실은 아직도 그날의 오후였다. 언제까지나 지겨운 오후가 계속되었다. 그런 때, 단정하게 정리된 침대에 누워 있으면 몸의 마디마디가 조금 늘어난 것 같아 무엇을 생각하려 해도 피로가 심해서 되지 않았다. 내가 할 수 있는 일이라고는 고작 설탕으로 조린 사과맛이 언제까지나 입 속에 남아 있는 것을 무의식적으로 꼭꼭 씹으면서 그 산뜻한 새콤한 맛을 사고(思考) 대신 몸 속에 선회시키는 것뿐이었다. 얼마 뒤 조금 기운이 회복되어, 베개와 이불을 뒤에 쌓게 하여 그것에 기대앉아 납병정을 가지고 놀 수도 있었다. 그러나 침대 위에 쌓아놓은 판자 위에서 병정들은 금방 와르르 쓰러지는 것이었다. 그럴 때마다 처음부터 고쳐 늘어세우는 데는 정말 진력이 났다. 갑자기 그런 놀이가 싫어져서 어서 빨리 모두 치워달라고 떼를 썼다. 그리하여 치워진 모포 위에 약간 멀리까지 내던져진 내 두 손을 다시 바라보고 있는 것만으로도 마음이 부드러워졌다.

이따금 어머니가 30분 가량 곁에 와서 동화를 읽어주었는데(아주 긴 낭독은 시버센의 역할이었다) 그 동화 읽기는 구실에 지나지 않았다. 두 사람 다 동화를 싫어하는 점에서는 일치하고 있었다. 우리는 이상함이라는 것을 좀더 다르게 생각하고 있었다. 모든 일이 평범하게 움직이면 그것이 무엇보다도 이상한 일이라고 생각하고 있었던 것이다. 하늘을 나는 것도 대단한 일이라고는 생각되지 않았다. 요정(妖精)도 우리를 실망시켰다. 무엇인가 다른 것으로 모습을 바꾸는 것도 그저 겉만의 변화로 생각되었다. 그래도 우리는 무언가 하고 있는 척하기 위해 조금 읽기는 읽었다. 누군가가 방에 들어왔을 때 무엇인가 하고 있는 중이라는 것을 우선 설명하지 않으면 안 되는 것이 싫었던 것이다. 특히 아버지에 대해서는 두 사람 다 어색할 만큼 뚜렷이 행동했다.

오직, 아무에게도 방해될 염려없이 밖에 땅거미가 끼기 시작할 그럴 때만 우리는 추억에 잠겨 있을 수 있었다. 우리들 두 사람에게 공통된 추억으로서 서로간에 다 먼 옛일같이 생각되어 미소지으면서 이야기할 수가 있었다. 두 사람 다 그 무렵에다 비한다면 많이 성장해 있었던 것이다. 한때, 내가 이런 사내아이가 아니고 사랑스러운 계집아이였으면 하고 어머니가 바랐던 시기가 있었던 것 등이 생각났다. 내 쪽에서도 어떻게 해서 그러한 어머니의 마음을 알아차리고 이따금 오후가 되면 어머니의 방문을 두드려야겠다고 생각한 적이 있기도 했었다. 어머니가 누구니 하고 물으면 밖에서 "소피예요." 하고 큰소리로 대답하는 것이 나에게는 기뻤다. 나는 내 어린 목소리를 사랑스럽게 꾸미려 하다 보면 몸이 간질간질했다. 방에 들어가면 (본래 나는 소매 끝을 짤막하게 접은 계집아이 옷 같은 짧은 평상복을 입고 있었다) 나는 완전히 어머니의 사랑스러운 소피가 되어 있었다. 소피는 집안 일을 부지런히 돕고 어머니더러 머리를 두 갈래로 땋아달라고 했다. 그 장난꾸러기 말테가 돌아오더라도 쉽사리 알아볼 수 있게 하기 위해서였다. 말테가 돌아오다니 당치도 않은 일이었다. 어머니에게도 소피에게도 말테는 없는 편이 좋았다. 두 사람의 이야기는(소피는 언제나 한결같은 날카로운 목소리로 이야기했다) 대개 말테의 짓궂은 장난을 들추어서 둘이서 그 흉을 보는 것이었다. "정말이지 말테는." 하고 어머니는 탄식을 했다. 소피는 사내아이가 할 만한 나쁜 짓은 무엇이든 다 알고 있어서 마치 사내아이 친구를 많이 가지고 있기라도 한 것 같았다. "소피는 그 뒤 어떻게 되었을까, 궁금하구나." 하고 어머니는 더런 것을 생각해내면서 갑자기 말하는 것이었다. 이 말에는 물론 말테도 대답을 할 수가 없었다. 그러나 어머니가 그애는 틀림없이 죽었을 거야, 하고 말을 꺼내면 말테는 완강하게 반대하며 아무리 모르더라도 그런 것은 믿지 말아달라고 애원하는 것이었다.

지금 와서 생각하니, 용케도 이러한 열(熱)의 세계에서 그때마다 무사히 빠져나왔던 것이 이상하게 여겨진다. 모두 다 다정한 사람 곁에 있다는 감정에 안도감을 얻고, 이해해주는 사람 속에서 서로가 기분을 맞추어 가려고 마음을 쓰는, 그러한 어디까지나 남과의 공동생활 속으로 돌아갈 수가 있었는지. 그래서 무엇인가를 기대하면 그렇게 되든가 안 되든가 둘 중 하나이지 제 삼의 경우는 있을 수가 없었다. 또한 아주 슬픈 일이 있고 즐거운 일이 있고, 그리고 아무래도 좋은 하찮은 일이 있었다. 그러나 기쁘게 해주려고 하면 그것은 좋든 싫든 기쁨이기 때문에 거기에 따르는 행동을 하지 않으면 안 되었다. 결국 그러한 것은 모두 간단한 일이었으므로 요령을 알고 나면 그 뒤에는 저절로 잘 되었다. 무엇이든지 다 이러한 형식적인 테두리 안에 짜여져 들어가게 되는 셈이었다. 밖에 여름이 와 있을 무렵의 길고 단조로운 수업시간, 나중에 프랑스 어로 말하지 않으면 안 되는 산책, 손님이 왔다고 부르러 오는 누군가의 방문. 손님은 남이 못마땅하게 여기고 있는데도 그 태도를 우스워하며 천성이라 어쩔 수 없는 슬픈 표정을 한 새를 놀리듯이 남의 일을 재미있어하는 것이다. 게다가 그 생일날, 잘 알지도 못하는 아이들을 초대해주기 때문에 상대방도 서먹서먹하고 이쪽도 곤란해져버린다. 그 중에는 뻔뻔스러운 아이가 있어 남의 얼굴을 할퀴기도 하고 방금 준 축하 선물을 못쓰게 망가뜨리기도 하고, 그런가 하면 남의 장난감 상자 서랍을 열어놓은 그대로 부리나케 돌아가버린다. 그러나 언제나처럼 혼자서 놀고 있을 때는 어느 사이엔지 이 형식적인, 전체적으로 해(害)없는 세계를 밟고 넘어서 전혀 다른, 또는 뜻밖의 경지에 빠져 있을 때도 있었던 것이다.

　마드무아젤(가정교사)에게는 편두통의 지병(持病)이 있어, 그것이 이따금 유난히 심하게 나타났다. 그런 날이면 나는 숨어서 좀처럼 나타나지 않았다. 아버지가 나의 행방을 묻거나 하면 마부가 정원으로 찾아나서던 일 등을 기억하고 있다. 그러나 나는 뜰에는 없었다. 나는 이층 객실 한 방에서 그가 뛰어나가 긴 가로수 길목에서 나를 부르고 있는 광경을 보고 있었다. 울스고르에는 객실이 박공 지붕 밑에 가지런히 붙어 있었는데, 그 무렵에는 손님도 극히 드물어 거의 언제나 텅 비어 있었다. 한데 그 객실에 인접하여 나를 강하게 끌어들인 그 커다란 구석방이 있었던 것이다. 거기에는 아마 유르 제독(덴마크의 해군 제독)의 것이었다고 생각되는 오래 된 흉상(胸像)이 하나 놓여져 있을 뿐이었다. 그러나 주위의 벽에는 유서 깊은 짙은 잿빛 벽장이 빈틈없이 들어차 있고, 하나밖에 없는 창문도 그 벽장 위에 허옇게 칠해졌을 뿐 아무것도 걸려 있지 않은 벽에 만들어져 있었다. 나는 벽장에 걸린 자물쇠 하나에 꽂힌 채로 있는 열쇠를 발견했는데, 그 열쇠로 다른 벽장도 다 열었다. 그래서 나는 단번에 그 속을 모두 조사를 하고 말았다 —— 바느질된 은실 때문에 싸늘한 촉감을 주는 18세기 시종(侍從)의 예복(禮服), 그것과 짝이 되는 아름답게 수놓은 조끼. 다네브로크 훈장(코끼리 훈장과 함께 덴마크의 2대 훈장의 하나)이며 코끼리 훈장이 달린 정장(正裝), 그것은 처음에 여자 의상이 아닌가 싶을 만큼 화려하고 복잡한 디자인에다 안감의 감촉도 무척 부드러웠다. 그 다음이 진짜 부인용 야회복이었다. 안을 뜯어내고 겉감만 빳빳하게 매달려 있는 광경은, 이젠 아주 유행이 지나가버린 대규모의 인형극에 사용했던, 머리는 딴 데 쓰기 위해 떼어져버린 마리오네트 같았다. 그 옆 벽장 속은 열어보니 어두컴컴했다. 칼라가 높은 제복이 들어 있는 탓이었는데, 그 어느 것이나 다른 옷들보다 낡은 것 같아 보존해두는 것조차 거추장스러운 물건처럼 보였다.

이것들을 모두 꺼내어 밝은 데다 늘어놓고 이것 저것 몸에 대보기도 하고 걸치기도 했다고 해서 이상하게 여길 사람은 아무도 없을 것이다. 몸에 맞을 만한 옷이 있으면 부리나케 입어보고 그대로 호기심과 흥분에 가슴을 두근거리면서, 옆 쪽 객실의 짙고 옅은 색색의 유리를 짝맞춘 기다란 창문 사이의 거울 앞으로 달려갔다. 아아, 이런 옷을 입는 것은 얼마나 몸이 떨리는 흥분이었는지 모른다. 그 인물로 바뀐다는 것이 얼마나 마음을 사로잡는 매혹이었을까, 흐릿한 거울 속에서 희미한 모습이 다가온다. 다가가는 내 자신보다는 느릿한 걸음으로. 왜냐하면, 거울은 못 믿겠다는 듯한 태도로, 잠이 미처 깨지 않은 채 이쪽에서 거는 말에 금방 대답을 하려 하지 않았기 때문이다. 그러나 나중에는 물론 그렇게 하지 않으면 안 되었다. 그러나 그곳에 나타난 것은 놀랄 만큼 괴상한 모습이라 도무지 예상조차 하지 않았던 것이었다. 무엇인가 당돌한 것, 독립된 것이라고 얼핏 보고 나는 생각했다. 그러나 다음 순간, 역시 나 자신의 모습을 발견하고 일종의 아이러니를 느꼈는데, 하마터면 모처럼의 즐거움을 망가뜨릴 뻔했다. 그러나 곧 말을 걸고 절을 했다가 눈짓을 했다가 뒤를 돌아보고 돌아보며 멀어졌다가 그런가 하면 또 결심을 하고 흥분으로 몸에 열을 올리면서 다가갔다가 하노라면 싫어질 때까지 마냥 공상을 할 수가 있는 것이었다.

그런 짓을 되풀이하고 있는 동안에 나는 어떤 특정한 의상에서 직접 흘러나오는 듯한 영향이라는 것을 깨달았다. 그러한 의상 하나를 몸에 걸치자마자, 대번에 그 힘의 지배를 받게 되는 것을 인정하지 않을 수 없었다. 그 힘은 나의 몸짓, 얼굴 표정, 아니 마음의 움직임까지 규정하려

들었다. 레이스 달린 소매가 아무리 추켜올려도 푹 내려덮히는 내 손은
이제 전혀 여느때의 내 손이 아니었다. 그 손은 배우처럼 저절로 움직였고,
아니 이렇게 말하면 과장되게 들릴는지도 모르나 자기의 연기에 황홀해
있다고 해도 좋았다. 그러나 이러한 가장(假裝)도 나 자신을 생판 딴사
람처럼 느끼게 할 정도의 것은 아니었다. 그렇기는커녕, 갖가지 모습을
바꾸면 바꿀수록 나는 나 자신을 그만큼 더 강하게 지각하는 것이었다.
나는 점점 더 대담해져서 더욱더 몸짓을 크게 놀렸다. 연기의 요령을 포
착하는 나 자신의 재주가, 어떠한 의심도 숨기고 있었던 것이다. 나는 갑자기
커지는 이 자신감 뒤에 숨어 있는 유혹을 깨닫지 못했다. 그리하여 어느
날 드디어 큰 일이 벌어졌다. 이제까지 안 열린다고만 생각했던 마지막
벽 장문이 가까스로 열렸던 것이다. 그 안에는 뻔히 알고 있는 의상 대신
처음 보는 갖가지 가장 무도회 의상이 들어 있었다. 걷잡을 수 없는 환상적인
것이 나의 볼을 상기시켰다. 무엇이 있었던지, 도저히 모두 다 헤아릴 수는
없다. 바우타(^{18세기에 시작된 베네치아의 假裝})가 한 벌 있었던 것을 기억하고 있는데, 그 밖에
색색의 도미노(^{소매가 넓고 긴, 비단의 가장의상})가 있고 금단추가 잘랑대는 부인용 상의(上衣)도
있었다. 피에로의 옷도 있었으나 나에게는 천하게 느껴졌다. 그 밖에 주름이
많은 터키식 바지며, 좀약을 넣은 조그만 주머니가 굴러떨어지기도 하는
페르시아 모자, 빛깔이 바래어서 무표정한 보석을 박은 왕관 등이 있었다.
어느 것이나 모두 다 나는 약간 경멸했다. 현실감이 몹시 희박하고 얼빠진
듯이 초라하게 드리워져 있어 햇빛 속으로 끄집어내니 꼴사납게 축 늘어
져버리는 것이었다. 그러나 나를 일종의 도취경으로 끌어들이는 것도 있
었다. 헐렁한 망토며 목도리, 숄과 베일 등, 모두가 다 보드랍고 큼직한
제감 그대로의 천으로, 간지러울 만큼 보들보들한 감촉의 것이며, 쥐지도
못할 만큼 미끌미끌한 것, 바람처럼 사뿐히 착 달라붙는 것, 또는 손으로
만지면 묵직한 느낌을 주는 것 등이었다. 이러한 물건들 속에서 나는 비로소
정말로 자유로운, 한량없이 변화할 수 있는 가능성을 발견했다 —— 팔려
가는 노예 계집이 될 수 있을 것 같았다. 잔다르크도, 늙은 왕이나 마법사도
될 수 있을 것 같았다. 모두가 이제 내 수중에 있었고 그뿐이랴, 가면(假面)
까지 그 속에 있었던 것이다. 크고 무서운 얼굴, 놀란 표정의 얼굴에 진짜

수염과 숱이 많은 눈썹, 또는 꼬리가 치켜올라간 눈썹이 달려 있었다. 나는 그때까지 가면이라는 것을 본 적이 없었다. 그러나 가면이 필요한 이유를 곧 알았다. 나는 가면을 쓴 것 같은 생김새의 개가 집에 있다는 생각이 나서 저절로 웃음이 났다. 자기의 털북숭이 얼굴을 언제나 안쪽에서 바라보고 있는 듯한 그 개의 성실한 눈초리가 생각났다.

나는 변장을 하면서 웃음이 멎지 않아 도대체 내가 무엇을 연출하려 하는지를 깡그리 잊어버리고 말았다. 그것도 좋으리라. 나중에 거울 앞에 섰을 때에 그것을 정하는 것도 다시 신선한 긴장감을 마음에 불러일으켰다. 얼굴에 달아 맨 가면에선 기묘하게 공허한 냄새가 났다. 얼굴에 꽉 닿아 답답했으나 밖은 잘 보였다. 가면을 쓰고 나자 나는 이것저것 헝겊을 골라서 터반처럼 머리에다 감았다. 가면의 아랫부분을 큼직한 누런 망토 속으로 밀어넣어서 이것으로 위쪽과 둘레의 가장자리도 거의 모두 가리워졌다. 마침내 그 이상 더할 것이 없어져 변장은 이만하면 충분하다고 생각했다. 그래서 나는 긴 지팡이 하나를 집어들었는데 되도록 팔을 쭉 뻗고, 걸음을 걷기가 거북했지만 내 딴에는 위엄있게 망토 자락을 길게 끌어가며 객실의 거울 앞으로 걸어갔다.

그런데 사태는 실로 모든 기대를 넘어서는 굉장한 것이었다. 거울은 당장에 내 모습을 비춰주었다. 좋고 싫고가 없었던 것이다. 몸을 지나치게 움직일 필요도 없었다. 가만히 있는 것만으로도 이 영상(映像)은 완벽했었다. 그러나, 내가 도대체 누구인가를 알 필요가 있으므로 나는 조금 몸을 돌려서 끝내는 두 손을 쳐들어보았다 —— 큼직한, 말하자면 선서하는 몸짓, 나는 당장 느낀 것이지만, 이것이 이 자리에 어울리는 유일한 동작이었던 것이다. 그런데 이 엄숙한 순간에, 가면을 썼으므로 잘 들리지는 않았으나 바로 옆에서 요란스런 소리가 났다. 나는 너무 놀라 거울 속의 존재도 시야에서 사라졌다. 무언지는 잘 모르나 몹시 깨지기 쉬운 것을 얹어놓은 조그만 둥근 테이블을 넘어뜨렸다는 것을 깨닫고 나는 갑자기 마음이 우울해졌다. 나는 될 수 있는 대로 등을 구부렸다. 최악의 예상이 들어맞고 있었다 —— 모든 것이 두 동강이 나버린 듯한 광경이었다. 호화스러운 짙은 보랏빛 도기(陶器)로 된 앵무새 한 쌍도 저마다 심술사납게 망가져 있었다. 작은 상자에서는 봉봉과자가 굴러떨어져 비단 고치에 싸인 번데기 같았다. 그 뚜껑은 먼 데까지 퉁겨나가 그걸 찾아냈을 때는 반으로 깨어진 한 조각뿐이었고 나머지는 도무지 찾을 길이 없었다. 그러나 가장 화가 났던 것은 박살이 난 향수병으로서, 쓰다 남은 향료가 튀어 반들반들하게 닦아놓은 모자이크 마룻바닥에 보기 흉한 얼룩을 만든 것이었다. 나는 당황하여 몸에 걸친 천으로 닦아보았으나 그 얼룩은 점점 더 거무스름해져서 불쾌하게 될 뿐이었다. 나는 그만 어떻게 해야 좋을지 분간을 할 수 없게 되었다. 몸을 일으켜 무언가 속이는 데 도움이 될 만한 물건이 없을까 하고 찾아보았다. 그러나 아무것도 눈에 뜨이지 않았다. 게다가 물건을 보는 데도 몸을 놀리는 데도 자유스럽지가 않아 내가 빠져든 이 까닭 모를 어처구니없는 사태에 나 자신 화가 치밀었다. 무턱대고 여기저기 잡아당겨보았다. 그러나 점점 더 꽉 죄어질 뿐이었다. 망토의 끈은 목을 죄고, 머리 위의 것은 더욱더 무겁게 눌러댔다. 그러는 동안 공기마저 탁해졌는데, 쏟아진 액체의 오래된 향기 때문에 더욱더 흐려지는 것 같았다.

  성이 나 온몸에 열을 발끈 올리고 나는 거울 앞으로 달려가, 가면 밑으로 간신히 밖을 내다보고 내 손놀림을 알아보려고 했다. 그러나 거울은 그것을 기다리고 있다. 거울로서는 보복의 순간이 와 있었던 것이다. 자꾸자꾸 죄어지는 고통을 참으면서 나는 어떻게 해서든지 이 가면에서 빠져나오려고 버둥거리고 있었다. 그때 거울은 어떤 수단을 써서, 억지로 내 얼굴을 위로 쳐들게 하여 하나의 상(像)을, 아니 하나의 현실을, 알지도 못한 불가해(不可解)한 괴물 비슷한 현실을 나에게 보여주는 것이었다. 나는 끝내 거역하지 못하고 이 현실에게 끌려갔다 —— 이제는 거울이 강자(强者)이고 내가 거울을 대신하고 있었던 것이다. 나는 눈앞에 버티어 서는 이 거대한 무서운 미지의 존재를 노려보다가, 이것과 단둘이 있다는 생각을 하니 몸에 소름이 쫙 끼치는 것 같았다. 그런 생각을 하는 순간, 사태는 드디어 정해졌다 —— 나는 지각(知覺)이라는 지각을 온통 잃게 되고 나의 존재가 순식간에 떨어져나가는 것이었다. 약 1초 동안, 나는 내 자신에 대한 형언할 수 없는 비통한, 그리고 무익한 동경을 느꼈다. 그 뒤는 오직 그만이 존재했다. 존재하는 것은 그뿐이었다.

84

나는 도망치듯이 뛰었다. 그러나 지금 뛰고 있는 것은 그였다. 그는 여기저기에 부딪쳤다. 그는 집안 구조를 모르는 것이다. 어디로 가야 할지를 몰랐다. 그는 계단에서 굴러떨어져 복도에서 부딪친 누군가의 위에 쓰러졌다. 상대는 비명을 지르며 뿌리치고 달아났다. 문이 열리더니 몇 사람인가 사람이 나왔다 —— 아아, 아아, 이 사람들을 안다는 것이 얼마나 반가웠는지 모른다. 시버센, 친절한 시버센이었다. 게다가 하녀도, 은그릇 담당의 하인도 있었다. —— 이제 모든 것이 처리되겠지. 그러나 그들은 달려와 구해주려고는 하지 않았다. 그들은 무자비했다. 그들은 거기 선 채로 웃고 있었다. 이게 웬일일까. 그들은 선 채로 웃고 있을 수 있었던 것이다. 나는 울었다. 그러나 가면이 눈물을 가로막았다. 눈물은 가면 뒤에서 내 얼굴을 타고 흐를 뿐, 금방 말랐다가 또 흐르고 그리고 또 말랐다. 마침내 나는 그들 앞에 꿇어 엎드렸다. 이제까지 이토록 깊숙이 고개를 숙여 무릎을 꿇은 사람은 없을 것이다. 나는 무릎을 꿇고 두 손을 그들에게 내밀며 애원했다. "아직 늦지 않았다면 이 가면에서 나를 빼내줘. 나를 내버려두지 말고." 그러나 그들에게는 들리지 않았다. 나는 이제 목소리가 나오지 않았던 것이다.

시버센은, 내가 얼마 만큼 납작하게 꿇어 엎드렸던가를, 모두들 그것도 놀이의 계속인 줄만 알고 얼마나 오래오래 웃었던가를, 죽을 때까지 얘깃거리로 삼았다. 그들은 나의 그러한 장난에 습관이 들어 있었던 것이다. 그러나 나는 그 길로 쓰러진 채 영영 대답조차 하지 않았다는 것이다. 그리하여 결국 내가 까무러쳐서 갖가지 천에 뚤뚤 뭉친 채, 무슨 덩어리처럼, 그저 무슨 덩어리처럼 쓰러져 있다는 것을 알았을 때의 그들의 놀라움은 굉장한 것이었다고 했다.

세월은 눈 깜짝할 사이에 흘러 어느덧 벌써 목사인 예스페르젠 박사가 손님으로 찾아왔을 때의 이야기가 된다. 그분이 오신 날의 아침 식사는 주객 서로에게 어색하고 긴 것이었다. 언제나 목사님을 위해서라면 하고, 몸도 마음도 녹을 듯한 신앙심 깊은 사람들에게 그는 익숙해져 있다. 그도 우리집에 오면 아주 형편이 달라졌다. 육지에 올려진 생선 모양으로 입을 뻐끔거리고 있었다. 몸에 달고 있는 아가미 호흡이 곤란해져서 거품을 내뿜으며, 만일의 경우에는 남에게 폐를 끼칠 그런 위험스런 태도였었다. 식탁의 화제는 엄밀히 말한다면 아무것도 없는 거나 다름없었다. 팔다 남은 물건을 믿을 수 없을 만큼 싼 값에 거래를 하여 그 남은 물건을 있는 그대로 처분한다는 그런 식이었다. 예스페르젠 박사는 우리집에서는 한낱 사사로운 사람으로서의 대접을 달게 받지 않으면 안 되었다. 그러나, 이것이야말로 그로서는 전혀 짐작도 못할 입장이었던 것이다. 그는 적어도 자기 딴에는, 영혼이란 부문의 일에 종사하며 살고 있다고 생각하는 것이었다. 영혼은 그에게 있어 일종의 공공(公共) 기관이며, 그는 그 대표로서 아마 어떠한 경우에도 이 직무에서 이탈하려 하지 않았으리라. 설마 그의 아내, 라바터 (스위스의 프로테스탄트 목
사로 문필가이며 인상학자)가 다른 경우에 한 말을 빌면 '그의 겸허하고 정절한 분만 (分娩)에 의해 행복으로 이르는 레베카'와 교합을 할 때마저도 상주 근무의 원칙을 따랐을 것이다.

'아버지에 대한 것을 여기서 말한다면 아버지의 신에 대한 태도는 아주 착실하여 나무랄 데 없이 정중한 것이었다. 교회에서 이따금 나는, 아버지가 선 채로 가만히 기다리며 고개를 숙이는 것을 볼 때 그가 신의 주렵관 (主獵官)이 아닐까 하는 생각조차 들었던 것이었다. 그러나 어머니에겐, 인간과 신이 정중하게 교제할 수 있다는 것은 거의 모욕처럼 여겨졌던 것이다. 만약 몇 시간이고 무릎을 꿇고 몸을 땅에 엎드려 가슴과 어깨 언저리에 과장된 성호를 긋는, 그러한 위엄있는 관습을 갖는 종교에 귀의할 수 있었더라면 아마 어머니는 행복해질 수가 있었을 것이다. 원래 어머니는 나에게 기도하는 방법을 가르쳐주지는 않았다. 그러나 내가 걸핏하면 무릎을 꿇고, 두 손을 포개거나 똑바로 손을 맞잡거나, 그때그때의 기분에 맞는 방법으로 기도한다는 것은, 어머니로서는 역시 마음 편한 일이었다. 거의 방임된 채로 자란 나는 일찌감치 계속되는 발전의 과정을 지나왔으나 그 것을 나는 훨씬 뒤의 절망의 한 시기에 비로소 신과 연관지었다. 특히 그때의 신이 생성됨과 거의 동시에 궤멸되어버릴 정도로 격렬한 것이었다. 당연히 나는 그 뒤 완전히 처음부터 새출발하지 않으면 안 되었다. 그 무렵, 나는 어머니가 있어주었더라면 하고 여러 번 생각했었다. 하기야 물론 나 혼자서 개척해나가는 것이 옳은 길이긴 했지만 그리고 그때는 벌써 어머니는 오래

전에 세상을 떠나고 없었다(이 부분은 원고의 여백에 적어두었던 것이다).'

예스페르젠 박사에 대해 어머니는 곧잘 제멋대로라고 해도 좋을 정도의 태도를 취했다. 어머니가 그와 이야기를 시작한다. 그는 곧이듣고 이야기를 하는 동안 자기 목소리에 도취된 듯이 자랑스럽게 지껄여댄다, 그러면 어머니는 "이제 알겠어요." 하고는 마치 그가 돌아가고 없기라도 한 것처럼 갑자기 그의 존재를 까맣게 잊어버리는 것이었다. "그분은 그래가지고도 어떻게." 어머니는 이따금 그에 대한 말을 했다. "여기저기 뛰어다니다가 사람이 임종을 맞을 때면 용케도 맞추어 가거든."

그는 어머니의 임종 때도 재빨리 찾아왔다. 그러나 벌써 어머니에게는 그가 보이지 않았을 것이다. 어머니의 감각은 하나하나 없어져갔는데, 그 맨 처음의 것이 시각이었다. 가을이라 모두들 서서히 도시에 있는 집으로 돌아가려 하고 있었다. 사실 그런 때에 어머니는 몸져누웠던 것이다. 몸져누웠다기보다도 바로 죽음으로 접어들었다는 편이 나을는지도 모르겠다. 서서히, 회복될 가망도 없어 몸의 표면부터 죽어간 것이었다. 어느 날 있는 대로의 의사가 다 모이게 되자 집 안은 온통 그들에게 점령되어버렸다. 두세 시간 동안의 일이었으나, 집 안은 마치 추밀 고문관(樞密顧問官)인 의사와 그의 조수들의 것이 된 것 같아 이젠 우리들이 참견할 여지가 없는 것같이 여겨졌다. 그러나 바로 그 뒤 그들은 완전히 흥미를 잃어버리고 이따금 체면상 찾아와서는 담배 한 개비, 포도주 한 잔을 드는 것이었다. 그리고 어머니는 그러는 동안 세상을 떠났다.

그 뒤에는 어머니의 단 하나뿐인 형제 크리스티안 브라에 백작의 도착을 기다릴 뿐이었다. 이분은, 아직도 기억하고 있는 사람도 있겠지만, 한동안 터키의 궁정에 종사하고 있었으며 언제나 들려오는 말에 의하면 그곳에서 상당한 지위에 올랐다는 것이었다. 그는 어느 날 아침, 좀 색다른 하인을 데리고 도착했는데 얼핏 보아 아버지보다 키가 크고 또 연상으로 보여 놀랐다. 두 사람은 곧 두세 마디 말을 주고받았다. 아마도 어머니에 관한 말인 듯했다. 말이 끊어졌다. 이윽고 아버지가 말했다. "얼굴이 너무나 추하게 변해버려서." 나는 무슨 말인지 알 수가 없었다. 그러나 그 말을 듣고서 나는 오싹하게 소름이 끼쳤다. 아버지가 이 말을 입에 담기까지는 어지간한 용기가 필요했으리라는 생각이 들었다. 그러나 어머니의 변한 얼굴을 봄으로써 고통을 느낀 것은 무엇보다도 아버지의 자존심이었음에 틀림없다.

그로부터 몇 년이 지난 뒤, 나는 겨우 크리스티안 백작의 소문을 다시 듣게 되었다. 우르네크로스터에 있었을 때의 일로서, 그의 이야기를 특히 하고 싶어하던 사람은 마틸데 브라에였다. 그러나 그녀는 하나하나의 에 피소드를 마구 제멋대로 꾸민 것이 틀림없다고 여겨진다. 외삼촌의 생활 이라는 것이, 언제나 단순히 소문으로만 세상 사람들에게 또는 가족들 귀에 들어갈 뿐이어서 본인이 반박할 길이 없는 그러한 소문은, 정녕 아무렇 게라도 해석될 수 있는 것이었기 때문이다. 우르네크로스터는 지금 그의 소유로 되어 있다. 그러나 그가 지금 그곳에 살고 있는지 어떤지는 아무도 모른다. 어쩌면 지금도 여전히 옛날처럼 여행으로 세월을 보내고 있는 것이나 아닐는지. 지금쯤, 그의 죽음의 통지가 그 이국의 하인 손으로 서툰 영어나 혹은 아무도 알 수 없는 말로 적혀서 어딘지도 모르는 먼 곳에서 오고 있는 중인지도 모른다. 아니, 그는 어느 날 혼자가 되고서도 아무 소식을 알리지 않는지도 모른다. 어쩌면 두 사람 다 오래 전에 이 세상에서 사라져, 다만 소식 불명의 기선 선객 명부에 이름을 바꾸어 실려 있을 뿐인지도 모른다.

확실히 그 당시는, 우르네크로스터에 마차가 들어오기라도 할 때면 나는 언제나 그 분이 내려서는 모습이 보이지나 않을까 하고 가슴이 설레고 심장이 이상하게 두근거리기도 했었다. 마틸데 브라에가, 그는 그런 식으로 찾아온다, 누구나 모두 설마할 때 느닷없이 모습을 나타내는 것이 그분의 늘 하는 방법이라고 곧잘 말하곤 했던 것이다. 그는 끝내 돌아오지 않았다. 그러나 나의 상상력은 몇 주일 동안이나 그에 대한 것만을 생각했고, 나는 우리들이 서로 어떤 끊을 수 없는 인연을 맺고 있는 듯한 느낌마저 품게 되어 그의 확실한 소식을 알 수 있다면 얼마나 좋을까 하고 생각하는 것이었다.

그러나 그럭저럭 하는 동안 나의 흥미는 일변하여, 여러 가지 사연도 있고 해서 완전히 크리스티네 브라에에게로 옮아가버렸지만 기묘하게도 이 여인의 생애에 대해 자세한 것을 알고 싶은 생각은 도무지 나지 않았다. 그 대신 그녀의 초상이 어쩌면 화랑에 걸려 있을지도 모른다는 생각이 나를 초조하게 만들었다. 그것을 확인하고 싶은 생각이 한결같이 쌓여, 괴로워서 잠 못 이루는 여러 밤이 지나간 뒤, 마침내 어느 날 밤 나는 나도 모르게 벌떡 일어나서 겁먹은 듯이 떨고 있는 촛불을 손에 들고 층계를 올라간 것이었다.

나는 내 딴에는 별로 무섭다고 생각하지는 않았다. 생각하는 것을 잊고 그저 걸었다. 높직한 문짝이 내 앞, 내 머리 위에서 이상할 만큼 쉽게 열렸고, 지나가는 방들은 괴괴하도록 고요했다. 드디어 얼굴에 스쳐가는 공기의 느낌으로 화랑에 들어왔음을 알았다. 오른편에 밤을 짊어진 창문들을 느꼈다. 왼쪽에 초상화가 나란히 걸려 있을 것이었다. 나는 손에 든 촛불을 될 수 있는 대로 높이 쳐들어보았다. 과연 —— 거기 초상화가 걸려 있었다.

처음에 나는 여인만을 찾을 작정이었다. 그리고 보아나가는 동안 울스고르에도 걸려 있던 똑같은 그림이 하나 발견되어, 그것을 아래에서부터 비추니 꿈틀거리며 불빛 쪽으로 나오고 싶어하는 것 같아, 하다 못해 그때까지라도 기다려주지 않는다는 것은 매정한 일같이 느껴졌다. 또 보니, 아름답게 땋은 장식 머리를 풍만한 볼 옆에 드리운 크리스티안 4세(四世)가 있었다. 아마도 그 왕비들인 듯한 여성들도 있었다. 그 가운데 크리스티네 뭉크만은 나도 알고 있었다. 갑자기 엘렌 마스빈 부인이 눈에 익은 과부의 상을 입고, 높다란 모자의 가장자리에 언제나와 똑같은 진주 타래를 단 차림으로 못마땅한 듯이 나를 바라보았다. 크리스티안 왕의 자녀들도 있었다 —— 연거푸 맞아들인 후실에서 태어난 새로운 자녀들. 크리스티안 4세의 딸인 엘레오노레가 불행을 만나기 전 달리는 백마를 타고 있는 한창 때의 모습도 있었다. 길덴뢰브 가문의 사람들 —— 늘 화장을 하고 있다고 스페인 여자들이 생각했을 만큼 혈색이 좋았던 한스 울릭과, 한 번만 보면 잊을 수 없는 울릭 크리스티안. 게다가 울펠 가문의 거의 모든 사람들. 그리고 여기 있는 이 눈언저리가 거무스름한 애꾸눈 남자는 아마 헨릭 홀크일 것이다. 서른세 살로 제국 백작(帝國伯爵)이 되어 원수(元帥)가 된 사람인데, 그에게는 이런 이야기가 있다── 그는 힐레보르크 크라프세 양을 찾아가는 도중, 신부 대신 칼집에서 뽑은 칼을 받는 꿈을 꾸었다. 그것을 근심하다가 그는 그대로 되돌아와 그 뒤부터 앞뒤를 가리지 않는 생활을 하게 되었는데, 결국 페스트에 걸려 짧은 일생을 마쳤다는 것이다. 이러한 사람들을 나는 모조리 알고 있었다. 님베겐의 회의에 참석한 사신들의 초상도 울스고르의 집에 있었다. 모두 다 같은 시기에 그렸기 때문에 저마다 어딘지 모르게 비슷했으며, 모두가 짤막하게 자른 가느다란 수염을, 무엇인가를 바라보는 듯한 관능적인 입술 위에 붙이고 있었다. 내가 울리히 대공(大公)이며 옷토브라에, 클라우스 도 집안의 마지막 사람인 스텐 로센스파르 등을 바로 분간할 수 있었던 것도 이상할 것 없다. 그들의 초상은 모두 다 울스고르의 홀에도 있었고, 또는 오래된 화집(畵集) 속에서 그들을 그린 동판화(銅版畫)를 본 적도 있었으니까.

그러나 그 밖에 아직 본 적이 없는 사람들도 많이 있었다. 여자들은 적었으나 아이들이 여러 명 있었다. 내 팔은 벌써 지친 지 오래 되어 덜덜 떨리고 있었다. 그러나 나는 아이들의 초상을 보기 위해 몇 번이나 촛불을 쳐들었다. 손바닥에 새를 앉혀놓고도 그것을 잊어버리고 있는 어린 소녀들, 나는 그 아이들의 기분을 잘 알 수 있었다. 그 발 밑에는 강아지가 웅크리고 있거나 공이 굴러 있거나 했다. 한옆 테이블 위에는 과일과 꽃이 놓여져 있었다. 뒤에 있는 둥근 기둥에는 조그맣게 아무렇게나 그루베 가문, 빌레 가문, 혹은 로센크란츠 가문 등의 문장(紋章)이 걸려 있었다. 수많은 보상이 필요하기 때문이라는 듯이 온갖 것이 그 아이들의 둘레에 수집되어 있었던 것이다. 그러나 소녀들은 처녀다운 의상을 입고 순진하게 거기 서서 기다리고 있을 뿐이었다. 기다리고 있다는 것을 잘 알 수 있었다. 그러자 여자들의 초상에 대한 것이 다시 머리에 떠올랐다. 크리스티네 브라에가 생각나서, 그녀를 찾아낼 수 있을까 하는 생각이 들었다.

나는 일단 저쪽 끝까지 뛰어갔다가 거기서부터 되돌아오면서 찾아볼 생각이었다. 그런데 그때 나는 무엇인가에 부딪쳤다. 깜짝 놀라 뒤돌아보니 그것은 에릭 소년이었고, 그도 내가 그러는 바람에 뒤로 물러서며 "촛불을 조심해." 하고 속삭였다.

"너였구나."하고 나는 숨도 제대로 쉬지 못하고 말했다. 이것이 좋은 징조인지 나쁜 징조인지 내게는 판단이 가지 않았다. 그는 그저 웃을 뿐이었다. 그 뒤에 어떻게 될 것인지 나는 잘 알 수가 없었다. 내가 든 촛불은 파르르 리고 있었기 때문에 그의 얼굴 표정을 똑똑히 볼 수가 없었다. 어쨌든 그가 여기 있는 것은 필경 좋은 일은 아닐 것이다. "그분의 초상화는 여기 없어. 우리는 언제나 위층에서 찾고 있어." 목소리를 죽여 이렇게 말하면서 그는 한쪽 눈으로 어딘지 위쪽을 가르키는 시늉을 했다. 다락방을 두고 하는 말인 것을 알 수 있었다. 그러나 문득 나는 기이한 상념에 사로잡혔다.

"우리들이라고?" 하고 나는 물었다. "그럼 그분은 위에 있니?"

"그럼." 하고 그는 고개를 끄덕이며 내 옆에 바싹 다가붙었다.

"그분도 직접 같이 찾니?"

"그럼, 우리는 함께 찾는 거야."

"그럼 그림은 누가 벌써 떼어버린 모양이지?"

"글쎄, 그렇단다." 하고 그는 성난 듯이 말했다. 그러나 그로서는 그녀가 자기의 초상화를 찾아 어떻게 하려는 것인지 이해할 수가 없었다.

"그분은 자기 자신을 보고 싶어한단다." 하고 에릭 소년은 바로 귓전에 대고 소곤거렸다.

"그래?" 하고 나는 아는 척하며 말했다. 그러자 그는 내가 든 촛불을 혹 불어 꺼버렸다. 나는 그가 밝은 불빛 테두리 속에 몸을 내밀면서 눈썹꼬리를 치켜올리는 것을 보았다. 다음 순간 캄캄해졌다. 나는 나도 모르게 뒷걸음질쳤다.

"왜 이래?" 하고 나는 숨죽인 목소리로 외쳤다. 목이 바싹 말라붙었다. 그는 나에게 달려들어 팔에 매달리자 킥킥 웃었다.

"왜 이러는 거야?" 나는 물어뜯을 듯이 외치고 그를 떼어버리려고 했으나 그는 꼭 매달린 채 떨어지지 않았다. 나는 그가 내 목에 팔을 감는 것을 막을 수가 없었다.

"가르쳐줄까?" 하고 그는 이빨 사이로 속삭였다. 침이 내 귀에 조금 튀었다.

"응, 빨리 빨리 말해줘."

나는 내가 무슨 말을 하고 있는지조차 몰랐다. 그는 나를 꼭 껴안은 채 발돋움을 했다.

"나 말이야, 그 여자에게 거울을 갖다줬더랬어." 그는 이렇게 말하고는 또 킥킥 웃었다.

"거울?"

"그래, 초상화가 없으니까 어떡하니."

"그렇지만." 하고 나는 외쳤다.

그는 다짜고짜 나를 창문 쪽으로 끌어당겼다. 나는 두 팔을 꽉 잡히어 비명을 질렀다.

"그분은 거울에 비치지 않는단다." 하고 그는 숨결을 내 귀에다 불어댔다.

나는 나도 모르게 그를 떠밀고 있었다. 그의 몸 속에서 무엇인가 딱 하는 소리가 나서 나는 그를 납작하게 짓눌러버리지나 않았나 하는 생각이 들었다. "그런 소리 집어치워." 하고 나는 말했으나 갑자기 우스워져서 웃음을 터뜨렸다. "안 비치다니, 무엇 때문에 안 비치는 거야?"

"넌 바보야." 하고 그는 성을 내며 대꾸했다. 이제는 속삭이지도 않았다. 그의 목소리는 딴판으로 달라져서 무엇인가 새로 써놓은 각본 한 막이라도 연출하는 듯한 투였다. "비친다면." 하고 그는 제법 어른티를 내며 구술 (口述)이라도 하듯이 말했다. "여기엔 없어. 여기 있다면 비칠 리가 없어."

"물론이지." 하고 나는 잘 생각해보지도 않고 빠른 말로 대꾸했다. 그렇게 하지 않다가는 그 아이가 나 혼자만 남겨두고 가버릴 것 같은 불안을 느꼈던 것이다. 나는 그를 붙잡으려고 손을 내밀기까지 했다.

"우리, 친구가 되지 않을래?" 하고 나는 말을 꺼내보았다. 그는 모르는 척하고 있더니 "아무래도 좋아." 하고 건방지게 말했다.

나는 친구다운 태도를 가지고 싶었다. 그러나 그를 끌어안을 용기는 없었다. "이봐, 에릭." 하고 겨우 불렀을 뿐, 그의 몸 어딘가를 조금 건드리는 데 그쳤다. 나는 갑자기 굉장히 피곤해졌다. 나는 주위를 둘러보았다. 어떻게 여기까지 왔는지, 무섭다고 생각하지도 않았다는 것이 이상하게 생각되었다. 어느 것이 창문이고 어느 것이 초상화인지조차도 잘 알 수가 없었다. 함께 걸어나가면서 나는 그에게 손을 잡아달래지 않으면 안 되었다.

"초상이 너를 어떻게 할 리가 없잖아." 하고 그는 대담하게 승낙을 하고는 또 킥킥거리며 소리없는 웃음을 웃었다.

그리운, 그리운 에릭. 역시 너만이 나의 단 하나뿐인 친구였었는지도 모르겠다. 나는 이제까지 친구다운 친구를 가져본 적이 없었으니까. 내가 우정이라는 것을 무시했다는 것은 유감스럽다. 나는 너에게라면 여러 가지 하고 싶은 이야기도 있었는데, 너하고라면 어쩌면 사이좋게 지낼 수가 있었을는지도 모를 텐데. 그렇지 않았을까. 그때 너의 초상화가 그려지고 있던 것을 나는 기억하고 있다. 할아버지가 누군가를 집에다 초대했던 것이었다. 그 사람이 너를 그렸다. 매일 아침 한 시간씩. 화가가 어떤 모습을 하고 있었는지, 그것은 생각나지 않는다. 이름도 잊어버렸다. 마틸데 브라에가 노상 입에 담고 있던 이름이었었는데.

그 화가도 지금 내가 뚜렷하게 머리에 떠올리는 그대로의 네 모습을 보고 있었던 것일까? 너는 연보랏빛 비로드 옷을 입고 있었다. 마틸데 브라에가 그 옷에 열중하기도 했었지. 그러나 그런 것은 아무래도 좋다. 오직 화가가 너를 제대로 보고 있었던 것인지 어떤지, 나는 그것이 알고 싶다. 그가 참된 화가였다고 가정해보기로 하자. 그림을 완성하기도 전에 네가 죽어버리리라고는 생각하지 않았다고 해보자. 그림의 주제를 센티멘탈하게 보지 않고 한결같이 일에 열중했다고 해보자. 너의 갈색의 두 눈의 불균형함에 매혹되어 움직이지 않는 한쪽 눈에 위축감을 느낀 적 따위는 잠시도 없었다고, 또 테이블 위에는 약간 기대는 듯싶게 놓여진 네 손 외엔 아무것도 덧붙이지 않을 만한 분별을 갖고 있었다고 그렇게 가정해보기로 하자—— 그 밖에 필요한 모든 것을 가정하고, 그대로 수행되었다고 생각해보자. —— 그 결과 여기에 하나의 초상화가 있다. 우르네크로스터의 화랑에 걸릴 마지막 그림이다.

'만약 그 화랑에 가서 나란히 걸려 있는 초상화를 모두 살려본다면 거기서 또 하나의 소년의 초상화를 보게 될 것이다. 그 순간, 이건 누구일까 하는 생각이 들리라. 브라에 집안의 한 사람이 틀림없다. 검정바탕에 줄을 그은 방패의 문장(紋章)과 공작의 깃털이 그려져 있을 것이다. 이름도 적혀 있다.

에릭 브라에, 처형된 그 에릭 브라에(^{스웨덴 사람. 당시 귀족의 전제하에 있던 왕권 부
흥을 도모하는 음모에 가담했기 때문에 처형당함})가 아닐까? 물론 그것은 누구나 다 아는 사건이다. 그리고 이 초상이 그 사람의 것일 리가 없다. 이 소년은 소년 시절에 죽었다. 언제였던지는 아무래도 좋다. 그 그림이 너에게는 안 보이는 것일까?'

손님이 와서 에릭이 불려가면, 그때마다 마틸데 브라에 양은, 이 아이는 정말 믿기지 않을 만큼 나의 외할머니 브라에 백작 부인을 쏙 빼어닮았다고 되풀이하는 것이었다. 그 백작 부인은 아주 훌륭한 귀부인이었다고 한다. 나는 그분을 모른다. 그러나 울스고르의 사실상의 주인이었던 친할머니는 나도 잘 알고 있다. 그녀는 어머니가 주렵관의 아내로서 이 집에 시집온 것을 탐탁하게 여기고 있지 않았으며, 어쨌든 이 집의 여주인은 끝까지 이 할머니였었다. 어머니가 시집온 뒤부터 그녀는 언제나 집안 일에 물러난 척, 자질구레한 일은 일일이 하인을 시켜 어머니에게 물으러 보내면서도 중요한 용건은 언제나 자기 멋대로 결정을 하고 아무에게도 해명하는 일 없이 처리를 하는 것이었다. 어머니로서는 그건 고마운 일이었을 것이다. 어머니에게는 큰 살림을 맡아볼 수완이 없었다. 아무렇게나 해도 좋은 일과 중대한 일을 아무래도 구별할 수가 없는 것이었다. 남에게 무슨 말을 듣게 되면 그만 그것으로 늘 머리가 꽉 차게 되어 그 바람에 아직 끝나지도 않은 다른 용건을 잊어버리는 것이었다. 어머니가 시어머니인 할머니의 일로 투덜거린 적은 한 번도 없었다. 하기는 누구에게 대고 투덜거릴 수 있었을까? 아버지는 할머니에 대해 지극히 유순한 아들이었고 할아버지는 통 말씀이 없으신 분이었으니까.

할머니 마르가르테 브릿게 부인은 내 기억으로는 키가 큰, 언제나 접근하기 어려운 노부인이었다. 할아버지보다 훨씬 연상으로 보였던 것밖에 생각해낼 수가 없다. 할머니는 우리들 가족 한가운데서 자기의 생활을 관철해나갔고 아무에게도 양보하지 않았다. 가족의 누구도 의지하는 일 없이, 언제나 일종의 말벗으로서 오크세 백작 영애라는 초로(初老)의 여자를 가까이 두고 있었다. 할머니는 이 여자에게 무슨 은혜를 베푼 적이 있었던 모양으로 언제까지나 자기의 시중을 들게 했었다. 할머니는 남에게 은혜를 베푸는 인품이 아니었으므로 이것은 유일한 예외였던 것에 틀림없다. 할머니는 아이들을 싫어했고 동물들도 곁에 오지 못하게 했다. 그 밖에 무엇인가 사랑하는 대상이 있었는지 어떤지는 모르지만, 그 말을 들으니 젊은 처녀 시절에 미남인 펠릭스 리히노브스키와 약혼한 사이였는데 그 사람은 나중에 프랑크푸르트에서 무참한 죽음을 했다는 이야기였다. 그녀가 죽은 뒤 후작의 초상이 한 장 나왔었는데, 내 기억이 틀림없다면 아마 그것은 후작 가문으로 반환되었을 것이다. 지금 와서야 생각하는 것이지만 어쩌면 그녀는, 울스고르의 시골 생활이 해가 갈수록 속세를 떠난 듯한 것이 되어감에 따라, 그것과는 다른 화려한 생활 —— 그녀에게 어울리는 자연스러운 생활을 그만 떠날 수밖에 없었던 것이 아니었을까. 그녀가 그걸 슬퍼했는지 어떤지는 간단하게 말할 수가 없다. 그런 생활이 찾아오지 않았으니까. 재치와 수완으로써는 그렇게 살아갈 도리가 없었다. 그런 만큼 오히려 그녀는 그러한 생활을 경멸하고 있었는지 모르는 것이다. 그녀는 그러한 개운치 않은 감정은 죄다 마음속 깊이 간직하고 그 위에다 껍질을 씌우고 있었다. 거칠거칠한, 얼핏 금속을 연상시키는 광택의 껍질을 여러 겹 치고 있었는데, 그 맨 위에 덮인 껍질은 새롭고 싸늘한 느낌을 주고 있었다. 그러나 때때로는 충분한 존경을 받지 못하고 있다는 마음속의 불만을, 어린애 같은 초조감으로 터뜨리기도 했었다. 내가 있었을 때도 식탁에서 갑자기 짐짓 기침이 나는 것처럼 꾸며서 사람들의 관심을 끌어가지고 사교계에서 구하고 싶었던 것이었을 센세이셔널하고 자극적인 역할을 적어도 그 순간에 이루려 하는 것이었다. 그러나, 이 너무나도 빈번한 우연을 진지하게 받아들인 사람은 아버지뿐이 아니었을까. 아버지는 공손하게 몸을 구부리고 할머니를 지켜보며 자기의 정상적인 기관(氣管)을 드려서 그걸 마음대로 쓰게 해드렸으면 하는 듯한 심정을 가지고 계신 듯했다. 물론 시종직에 계셨던 할아버지도 식사하던 손을 멈추고 있었다. 그는 포도주를 한 모금 마시기만 하셨고 아무런 의견도 말씀하시지 않으셨다.

그런 할아버지가 단 한 번, 식탁에서 아내에게 자기 고집을 꺾지 않으신 일이 있었다. 벌써 굉장히 오래 된 일이지만 이 이야기는 그 무렵에도 여전히 남몰래 짓궂게 전해지고 있었다. 어디를 가나 아직 들은 적이 없는 사람이 있었기 때문이다. 말을 들으니 언젠가 할머니는, 실수로 식탁보에 쏟은 포도주의 얼룩을 기를 쓰며 책망했다고 한다. 그런 얼룩은 어떤 계기로 생겼던 간에 재빠르게 발견되어 할머니의 심한 책망 때문에, 말하자면 드러나는 것이었다. 그것이 어느 날 여러 사람과 이름있는 손님이 자리를 같이 하고 있을 때에도 일어났다는 것이다. 한두 곳 보잘것없는 얼룩도 그녀의 과장 앞에 드러나게 되면 언제나 신랄한 책망의 재료가 되는 것이다. 할아버지가 아무리 애를 쓰며 남모르는 신호나 농담 비슷한 말로 주의를 주려 해도 할머니는 아랑곳없이 계속 비난을 퍼붓고 계셨다. 그런데 이 때만은 할머니도 잔소리를 하다 말고 입을 다물지 않으면 안 되었다. 이제까지 있었던 적이 없는, 전혀 이해할 수 없는 사태가 일어나고 있었던 것이다. 시종이, 마침 급사가 돌리고 있던 포도주병을 받아들자 한껏 주의를 하며 손수 잔에 따르기 시작하고 있었다. 그런데 기묘하게도 잔은 벌써 넘쳤는데도 여전히 따르고 있는 것이었다. 주위가 차츰 잠잠해지는 가운데서 그는 천천히 신중하게 계속 따랐다. 마침내 참을성없는 어머니가 웃음을 터뜨려 그것이 동기가 되어 모두가 웃는 바람에 이 일도 처리가 되었다. 모두 다 이것으로 마음을 놓고 화기애애하게 되었는데, 할아버지도 얼굴을 들자 급사에게 술병을 돌려주었다.

그 뒤, 할머니에게 또 다른 버릇이 생겨나기 시작했다. 집에 병자가 있으면 견디지를 못하는 것이었다. 어느 때 식모가 다쳐서 손에 붕대를 감고 있는 것을 우연히 보고 나서, 그녀는 온 집안에 요드포름 냄새가 난다고 우겨 대어, 그런 일로 고용인을 해고할 수는 없다고 해도 막무가내였다. 병이라는 것을 생각하는 것이 싫었던 것이다. 누군가가 조심성없이 할머니 앞에서 기분이 좀 나쁘다고 했다가는 그녀는 그것을 자기에 대한 화풀이처럼 여기고 언제까지나 꽁하게 생각하는 것이었다.

어머니가 세상을 떠난 그 해 가을, 할머니는 소피 오크세와 둘이서 방에 들어앉은 채 우리들과 일체 내왕을 끊었다. 아들에게조차 만나는 것을 허락하지 않았다. 분명히 어머니의 죽음이 너무 이른 것만은 사실이었다. 어느 방이고 추웠고 난로는 연기를 내고 있었으며 온 집 안에 쥐들이 판을 치고 있었다. 마르가르테 브릿게 부인은 어머니가 죽은 그 자체에 대해 화를 내고 있었던 것이다. 입에 담기조차 싫었던 것이 이제는 날마다의 일과에 짜여져 있었다. 언제라고 아직 뚜렷이 날을 정한 것은 아니었으나 언젠가는 죽을 터인 자기를 제쳐놓고 건방지게도 젊은 부인이 먼저 가버렸다. 그것이 분노의 원인이었던 것이다. 그녀 역시 언젠가는 죽어야 할 몸이라는 것은 종종 생각하고 있었다. 그러나 재촉을 당하는 것은 싫었다. 자기 기분이 내킬 때에 죽어준다. 그런 뒤에 모두들 제멋대로 죽으면 되지 않나, 그런데 뭘 그렇게 서두르느냐는 생각을 갖고 계셨던 것이다.

어머니의 죽음을 할머니는 끝내 완전히 용서해주시지는 않았다. 어쨌든 그녀는 그해 겨울 동안에 부쩍 늙어버렸다. 걸을 때는 아직 꼿꼿했으나 안락 의자에 앉으면 쓰러지듯이 푹 주저앉았다. 귀도 이내 멀어져가고 있었다. 마주앉아서 그 얼굴을 눈도 깜박이지 않고 바라보고 있어도 할머니는 몇 시간이고 알아채시지 못하셨다. 그녀의 마음은 어딘가 몸 깊숙한 곳에 들어가 있었다. 텅 빈 생명의 빈 집이나 다름없는 감각(感覺)의 거처로 되돌아오는 때가 있긴 하나, 그건 극히 드물고 또 눈깜짝할 사이의 일이었다. 그런데 그녀는 솔을 바로 걸쳐주는 백작 영애에게 무엇인가 말했다. 그리고 마치 물이라도 엎질러졌거나, 곁에 있는 우리가 불결하기라도 한 듯이, 갓 씻은 그 큼직한 손으로 자기 옷자락을 끌어당기는 것이었다

할머니는 봄이 될 무렵, 도시에 있는 집에서 밤중에 돌아가셨다. 소피 오크세는 방문을 열어두었는데도 아무 소리도 듣지 못했다. 아침이 되어서 할머니의 죽음을 알았을 때, 그녀는 이미 유리처럼 싸늘했다.

그 직후, 할아버지의 그 무겁고 무서운 병이 시작되었다. 아무 유감없이 자기에게 부과된 죽음을 죽는 것처럼 그는 할머니의 마지막을 기다리고 있었기라도 한 것 같았다.

내가 아베로네의 존재를 처음으로 알게 된 것은 어머니가 돌아가신 다음 해였다. 아베로네는 늘 집에 있었다. 이것은 그녀로서도 어지간히 손해보는 일이었다. 게다가 아베로네는 내 마음에 들지 않았다. 언제였는지 오래 전에 나는 우연히 그렇게 생각했는데 그 뒤에는 진지하게 고쳐 생각해본 일도

없었던 것이다. 아베로네에게 어떤 사정이 있는가를 물어본다는 것은 그때까지의 나에게는 오히려 우스꽝스럽게 여겨졌던 것이리라. 사람들은 모두들 제 마음대로 아베로네를 부려먹고 있었다. 그런데 어느 때 나는 갑자기 스스로에게 물었다 —— 아베로네는 왜 집에 있는 것일까? 우리는 누구나가 다 저마다 무엇인가 이유가 있어 집에 있다. 설사 언제나 오크세양의 역할만큼 명백한 것은 아니라 할지라도. 그러나 아베로네가 집에 있는 것은 무엇 때문일까? 언젠가, 그녀에게도 기분 전환을 시켜줘야 한다고 모두들 말한 적이 있다. 그러나 그것도 어느 샌지 모르게 잊혀져버렸다. 누구하나 아베로네의 기분 전환을 생각해주려는 사람은 없었다. 그녀가 기분 전환을 한다는 것이 어떤 것인지 아무에게도 전혀 짐작이 가지 않았던 것이다.

어찌 되었든 아베로네에게는 한 가지 좋은 점이 있었다 —— 그녀는 노래를 불렀다. 그것은 이따금 노래를 부를 때가 있었다는 뜻이다. 그녀에게는 무엇인가 강인하고 확고한 음악이 깃들어 있었다. 천사가 남자라는 것이 만약 정말이라면 그녀의 목소리엔 어딘지 남자다운 데가 있었다고 해도 좋을 것이다 —— 명랑하고 숭고한 남자다움이었다. 나는 일찍이 어려서부터 음악에 대해 불신감을 품고 있었는데(그것은 음악이 무엇보다도 강하게 나를 나자신으로부터 빼앗아가버리기 때문이 아니라, 나를 본래 있던 곳으로 데려다주지 않고 더욱 깊숙한 어딘지 혼돈된 미완(未完) 속으로 던져버린다는 것을 깨닫고 있었기 때문이었지만) 그러한 나도 아베로네의 음악만은 참을 수가 있었다. 그것을 듣고 있노라면 몸이 사뿐히 뜨는 것같이, 어디까지나 곧장 높이 올라가 나중에는 그전부터 여기는 천국이 아니었을까 하는 생각이 드는 것이었다. 아베로네가 나에게 또 다른 천국의 문까지 열어주리라고는 꿈에도 생각지 않았었다.

아베로네와 나의 관계는 그녀가 나에게 어머니의 처녀 시절 이야기를 해준 데에서 시작되었다. 그녀는 어머니가 얼마만큼 쾌활했던가를 나에게 알려주려고 열심이었다. 그녀가 장담하는 바에 의하면, 그 무렵에 무용이나 승마에서 어머니를 따를 사람은 하나도 없었다는 것이다. "누구보다도 용기가 있었고 지칠 줄을 모르는 분이었어. 그런데 그만 갑작스레 결혼을 해버렸지." 하고 아베로네는 그로부터 벌써 많은 세월이 흘렀는데도, 아직도 놀라는 얼굴을 하고 말하는 것이었다. "너무나 뜻밖이어서 모두들 멍청해져 버렸단다."

아베로네는 왜 결혼을 하지 않았을까. 나는 그걸 묻고 싶었다. 그녀는 벌써 나이가 많이 든 것같이 여겨졌다. 앞으로도 결혼할 수 있을 것 같지는 않았다.

"아무도 없었단다." 그녀는 그렇게만 대답했는데, 그 순간 무척 아름다워 보였다. 아베로네는 아름다운 사람일까? 나는 깜짝 놀라 스스로에게 물었다. 이윽고 나는 집을 떠나 왕립 학원(王立學院)에 들어갔다. 거기서 악의에 가득 찬 고약한 시기가 시작되었다. 그러나 그 솔레 ^(덴마크 셸란 섬 중부의)에서 친구들로부터 혼자 떠나 창가에 서 있었을 때 모두들 나를 한참 동안 내버려두어주었던 것인데, 나는 곧잘 밖의 나무들을 바라보고 있었다. 그런 때라든가, 또는 밤에, 아베로네는 아름답다는 확신이 내 마음속에서 자라갔다. 그리하여 나는 그녀 앞으로 수많은 편지를 쓰기 시작했다. 긴 편지, 짧은 편지, 여러 통이나 되는 이 비밀 편지에 나는 울스고르의 추억이며 나는 불행하다느니 하는 말들을 썼었다. 그러나 그것은 이제 와서 생각해볼 때 잘 알겠거니와 아마도 모두가 연애 편지였을 것이다. 처음 얼마 동안은 아무래도 찾아올 것 같지도 않던 방학이 드디어 시작되었을 때 우리들 두 사람은 마치 약속이라도 했던 것처럼 남의 눈에 뜨이지 않는 곳에서 재회(再會)를 했던 것이니까.

아무것도 약속 같은 건 하지도 않았었다. 그러나 마차가 뜰로 접어들었을 때 나는 내리지 않고는 견딜 수가 없었다. 어쩌면 그저 손님처럼 현관 앞까지 타고 가는 것이 싫었을 따름이었는도 모른다. 벌써 주위는 한여름이었다. 나는 오솔길로 뛰어들어가 금작화(金雀花) 나무 밑으로 걸음을 서둘렀다. 그곳에 아베로네가 있었다. 아름다운, 아름다운 아베로네.

그녀가 나를 지켜보았을 때의 그 모습을 나는 결코 잊지 않으리라. 얼굴을 치켜들고 그녀는 무엇인가 나약한 것이라도 받아들이듯 나를 바라보고 있었다.

아아, 울스고르의 기후는 그때 조금도 변치 않았을까? 그 근처 일대는 우리 두 사람의 체온으로 부드럽게 변한 것이 아니었을까? 지금 그 뜰에 피는 장미꽃 몇 그루는 12월에 접어들어도 여전히 피어나고 있는 것은 아닐는지?

아베로네, 나는 너에 대해 아무것도 이야기하고 싶지 않다. 우리들이 서로 속이고 있었기 때문이 아니라 —— 너는 그때에 여전히, 한 번도 잊어본 적이 없는 한 사람을 사랑하고 있었다. 사랑받지 아니하고 사랑을 주는 여인이여. 그리고 나는 여자라면 누구라도 좋았다 —— 그러한 우리 두 사람이었기 때문이 아니라, 이야기하면 손상되어버리는 것이 있기 때문이다.

여기 벽걸이가 있다. 알록달록하게 짠 천으로 된 벽걸이다. 여기에 네가 있다. 나는 문득 그런 생각에 사로잡힌다. 여섯 장의 벽걸이. 자, 같이 천천히 구경하기로 하자, 그러나 처음에는 조금 물러서서 전부를 한눈에 바라보자. 얼마나 조용한가? 변화다운 변화는 거의 없다. 어느 것에나 타원형의 그 푸른 섬이 차분한 빨간 바탕에 떠 있다. 땅에는 꽃이 만발하고 무심한 태도의 조그만 동물들이 살고 있다. 다만 저기, 마지막 벽걸이만은 섬이 약간 위쪽으로 삐져올라가 있다. 가볍게 떠오른 것 같기도 한 느낌이다. 섬에는, 어느 섬에고 한 사람의 모습이 있다. 귀부인으로서 각기 다른 옷을 입고는 있으나 모두 똑같은 사람이다. 가끔 그 옆에 그보다 작은 모습이 대기하고 있다. 시녀인 것이다. 게다가 어느 것에나 문장(紋章)이 찍힌 기(旗)를 지탱하는 커다란 짐승이 있다. 귀부인과 함께 섬에 있으면서 이 극(劇)에 참가하고 있는 것이다. 왼편에 사자, 오른편에 밝은 색깔의 외뿔 짐승. 그들은 똑같은 기를 머리 위에 높이 쳐들고 있다 —— 빨간 바탕을 가로 자르면 푸른 띠 속에 돌아오르는 세 개의 은빛 달(銀月은 비스토／가문의 문장) —— 알겠지, 그럼 처음부터 하나 하나 보아나가자.

귀부인이 매에게 먹이를 주고 있다. 얼마나 화려한 의상인가. 그녀는 새를 바라보면서 시녀가 내미는 발 달린 그릇에 손을 넣어 먹이를 주려하고 있다. 그 오른쪽 밑 치맛자락 위에 비단결 같은 털을 한 강아지가 앉아서 그녀를 올려다보며 자기 생각도 좀 해달라는 듯한 태도. 그것을 너는 깨달았을까. 섬 뒤는 나직한 장미 울타리로 구분을 짓고 있구나. 기를 받쳐든 짐승들은 자못 문장(紋章) 식으로 오만하게 앞발을 쳐들고 있다. 망토 역시 같은 깃발이다. 아름다운 브로치가 앞에 달려 있다. 바람이 불고 있다.

다음 벽걸이로 다가가려다가 귀부인이 생각에 잠겨 있는 것을 눈채채니, 저도 모르게 발소리를 죽이게 되는구나. —— 그녀는 화환(花環)을 엮고 있다. 꽃으로 만드는 동그랗고 조그만 관(冠)이다. 지금 손에 든 꽃을 실에 꿰면서 다음은 무슨 빛깔로 할까 하고 시녀가 내미는 얕은 수반 속의 패랭이꽃을 신중하게 고르고 있다. 그 뒤에 있는 걸상에는 장미꽃으로 그득한 광주리가 아직 손도 대지 않은 채 놓여 있다. 원숭이 한 마리가 그것을 막 발견한 참이다. 지금 손에 들고 있는 화환은 패랭이꽃으로 만들려는 것이리라. 사자(獅子)는 벌써 모르는 척하고 있다. 그러나 오른쪽 외뿔 짐승은 그녀가 하고 있는 것을 훤히 알고 있다.

이 고요 속에 음악이 들려오지 않을 리가 있을까? 이제는 음악을 막을 수가 없는 것이다. 엄숙하고 조용한 차림새로 꾸미고 귀부인은(어쩌면 저렇게도 여유있는 발걸음일까?) 휴대용 작은 오르간 쪽으로 다가가 선 채로 연주하는 것이다. 맞은편에서 풀무질을 하고 있는 시녀와의 사이를 파이프의 열(列)이 가로막고 있다. 그녀는 이제까지보다도 더욱 아름답다. 머리는 색다르게 두 갈래로 땋아서 앞으로 돌려 머리 장식 위에 묶어놓았는데 묶은 매듭에서 그 양쪽 끝이 투구의 깃털 장식처럼 삐죽이 나와 있다. 사자는 불쾌한 표정으로 으르렁대고 싶은 것을 억제하며 마지못해 이 소리에 귀를 기울이고 있다 그러나 외뿔 짐승 쪽은 율동에 흔들리고 있는 것처럼 아름답다.

섬이 넓어진다. 천막이 쳐져 있다. 푸른 공단 천막으로 금실로 된 불꽃 무늬가 새겨져 있다. 사자와 외뿔 짐승이 그 천막 자락을 쳐들고 있고 호화로운 의상을 입은 귀부인이 순진하게 앞으로 걸어나온다. 하기야 그녀 자신에 비한다면 몸에 장식한 진주가 무엇이란 말인가. 시녀가 조그만 궤짝을 열고 있다. 귀부인은 지금 거기서 사슬 하나를 꺼내는 참이다. 묵직하고 아름다운 보석의 사슬. 오랫동안 깊숙이 간직되어 있었던 것이다.

강아지가 그녀 옆에 놓여진 높은 단 위에 앉아 그 사슬을 바라보고 있다. 그리고 너는 그 천막 위 가장자리에 적힌 말을 알아보았는지? —— '나의 유일한 소망에게'라고 씌어 있다.

무슨 일이 생긴 것일까. 왜 저 밑의 아기토끼가 깡총깡총 뛰고 있는 것일까, 왜 토끼가 뛰고 있다는 것을 대번에 알게 되어버리는 것일까? 화면 전체가 어떻게 해야 할지 몰라 아주 난처해하고 있다. 사자는 이제 할 일이 없다. 귀부인이 손수 기를 들고 있는 것이다. 어쩌면 기에 몸을 기대고 있는 것일까? 그녀는 다른 한쪽 손으로 외뿔 짐승의 뿔을 붙잡고 있다. 이것은 슬픔일까, 슬픔이 이렇게도 의연한 자세를 할 수 있는 것일까. 그리고 그 어떤 상복이 군데군데 빛깔이 바랜, 이 거무스름한 녹색 비로드만큼이나 말없는 슬픔에 잠긴 인상을 줄 수 있는 것일까?

그러나 언젠가는 또 축제가 닥친다. 누구 하나 초대되어 있지는 않다. 여기서는 기대해야 할 필요성은 없다. 모든 것이 갖추어져 있으니까. 모두가 영원히 존속하는 것이다. 사자는 위협하듯이 주위를 노려보고 있다 —— 그 누가 와도 안 되는 것이다. 이제까지 귀부인에게 피로한 기색은 보이지 않았다. 그녀는 피로해서 지친 것일까? 아니면 무엇인가 무거운 것을 들고 있기 때문에 잠시 앉아 있을 뿐인 것일까? 성체 현시대(聖體顯示臺)인지도 모른다. 그러나 그녀는 다른 한쪽 팔을 외뿔 짐승 쪽으로 기울이고 있다. 외뿔 짐승은 응석부리듯 일어서서 그녀의 무릎에다 앞발을 얹고 허리를 쭉 펴고 있다. 그녀가 들고 있는 것은 거울이다. 저것 봐요 —— 그녀는 외뿔 짐승에게 그 모습을 비쳐주고 있는 것이다 ——.

아베로네, 나는 네가 여기 있는 것 같은 생각이 든다. 알아줄는지 몰라, 아베로네. 틀림없이 알아주리라고 나는 생각한다.

이제는 이 외뿔 짐승과 귀부인의 벽걸이도 부사크($^{중부\ 프랑스}_{에\ 있는\ 도시}$)의 고성(古城)에는 없다. 모든 것이 저택에서 떠나가버리는 시대인 것이다. 이젠 아무것도 가까이 놓아둘 수는 없다. 확실성보다도 위험 쪽이 확실한 것으로 되어버렸다. 거기에서 델르 비스트 가문의 사람들과 나란히 걸어다니는 일도 없어지고 그 핏줄을 이어받은 사람도 없다. 모두가 과거의 사람이 되고 말았다. 네 이름을 입에 담는 사람도 없다. 피에르 도뷔송(프랑스의 성직자 1423~1503) 이여, 유서 깊은 가문의 위대한 기사 단장(騎士團長)이여. 모든 것을 찬미하면서 무엇 하나 내버릴 것 없는 이 벽걸이의 도안은 아마도 그대의 뜻에 따라 짜여진 것이었을 텐데.(아아, 이제까지 시인들은 여인의 모습을 이것과는 다르게 묘사해왔다. 아무리 많은 말을 썼어도 그것으로 정확하게 표현해낼 수는 없었다. 무슨 이런 일이 있었을까. 분명 우리들은 이 벽걸이가 말하고 있는 이상의 것을 알 필요가 없었던 것이다) 이렇게 하여 우리들은 우연히 이 벽걸이 앞에 걸음을 멈춘다. 그리고 자신이 초대를 받지 못했음을 알고 거의 모두가 깜짝 놀라는 것이다. 그러나 아무렇지도 않게 그냥 지나가버리는 사람들도 적지 않다. 젊은이들은 이런 저런 특징에 대해 이러한 벽걸이들을 한번 보아두는 것이 자기들의 전문 분야에 필요한 것이 아닌 이상에는 거의 걸음을 멈추려고도 하지 않는다.

하기는 젊은 처녀들이 그 앞에 서 있는 것을 흔히 볼 때가 있다. 미술관에는 벌써 그 누구도 붙잡아둘 수 없는 집을 뛰쳐나온 처녀들이 많이 오는 법이다. 그녀들은 이 벽걸이 앞에 발을 멈추고 잠시 스스로의 처지를 잊는다. 이런 생활이, 아직 한 번도 완전하게 해명된 적이 없는 편안한 몸짓을 갖는 이러한 은밀한 생활이 전에는 있었다는 것을 처녀들은 언제나 느끼고 있었다. 그리고 자기들에게도 그런 생활이 기다리고 있을 거라고 생각했던 시기가 있었다는 것을 희미하게 생각해내는 것이다. 그러나 그녀들은 문득 생각난 듯 부리나케 노트를 꺼내어 아무 거라도 그려보려 한다. 꽃 하나, 또는 즐거워보이는 작은 동물을 베끼기 시작한다. 그리는 것은 아무래도 좋다는 말을 들어왔던 것이다. 사실 무엇을 그리든 상관은 없다. 무엇인가를 그린다는 것이 중요한 일이다. 오직 그림을 그리기 위해서 어느 날 뿌리치듯 집을 나와버린 것이었으니까. 좋은 가문의 처녀들일 것이다. 그리고 지금 그림을 그리느라고 팔을 드는 통에 의복의 뒤가 여며져 있지 않거나 단추가 한두 개 안 채워진 것이 눈에 뜨인다. 손에 닿지 않는 단추가 몇 개 있는 것이다. 그 옷을 지을 무렵에는, 설마 갑자기 혼자 집을 뛰쳐나오리라고는 꿈에도 생각지 않았을 것이었다. 집에 있을 때는 언제나 누군가가 단추를 채워주었다. 그러나 여기서는, 그렇지, 이렇게 큰 도시에서,

대관절 그런 걸 해줄 사람이 누가 있겠는가. 여자 친구 하나쯤은 벌써 생겼을는지 모른다. 그러나 그 친구 역시 모두 비슷한 처지이다. 서로 옷의 단추를 채워주는 게 고작이겠지. 하지만 그런 일이 어쩐지 우습다고 생각되고 게다가 생각하고 싶지 않은 가족들을 무심결에 생각해내기도 하는 것이다.

그림을 그리면서, 문득 그대로 집에 머무를 수는 없었을까 하는 생각이 떠오르는 것은 어쩔 수 없는 일이리라. 얌전하게 들어박혀 있을 수 있었더라면. 진정으로 얌전하게 다른 사람들과 같은 템포로 지낼 수가 있었더라면. 그러나 사람들과 같이 억지로 어울리려 하는 것은 도저히 의미 없는 일로 여겨졌던 것이다. 웬일인지 길이 좁아져버린 것이다 —— 이제 가족들과 함께 하느님에게로 갈 수도 없는 것이다. 그래서 그 밖의 잡다한 것만을 겨우 나누어가질 수밖에 없게 되었다. 그러나 그것조차도 정직하게 나눈다면 각자의 몫은 부끄러울 만큼 적었었다. 분배를 속이면 말다툼이 벌어졌다. 그래, 역시 아무거라도 좋으니까 그림을 그리고 있는 편이 훨씬 낫다. 시간을 들이면 언젠가는 진짜와 비슷하게 되겠지. 게다가 역시 이런 기술도 배워두면 차츰 언젠가는 부러움을 받을 만하게 되는 것이다.

그리고 이 젊은 처녀들, 일단 마음을 정한 일에 몰두하고 있는 처녀들은 이제 얼굴을 들려고도 하지 않는다. 그녀들은 이렇듯 그림에 열중하면서, 실은 이 벽걸이에 짜여져 있는, 표현할 수 없는 무한의 모습처럼 찬연히 펼쳐지는 이 영원한 생활을 오히려 마음속에서 억눌러버리려고 하고 있다는 것을 깨닫지 못한다. 그녀들은 이러한 생(生)을 믿고 싶지가 않다. 이렇게도 온갖 것이 변해가는 지금의 시대에 자기들도 변하고 싶다고 생각한다. 그녀들은 자칫 본래의 자기를 버리고, 처녀들이 없는 곳에서 남자들이 뒷공론하는 그런 모습으로 자기를 생각하려 하고 있다. 그것이 자기들의 진보같이 여겨지는 것이다. 인간은 향락을 추구한다. 그러나 곧 이어 또 하나 더 강한 향락을 구하는 법이라고, 하찮게 살아서 인생을 잃는 것이 싫다면 향락으로 사는 수밖에 없는 것이라고 굳게 믿어버린 것일까. 처녀들은 벌써 주위를 돌아보며 직접 찾기 시작하고 있다. 예전에는 남에게 발견되어 사랑받는 것을 기다리는 것이 항상 그녀들의 강한 점이었건만…….

생각컨대 이것도 그녀들이 피로해서 지쳐버렸기 때문인 것 같다. 몇 세기나 걸쳐서 그녀들은 사랑만으로 살아왔다. 대화의 모두를, 두 사람 몫의 긴 대화를 항상 여자들이 연출해왔다. 남자들은 그것을 서투르게 흉내낼 뿐이었다. 그뿐인가, 산만함과 나태함과 역시 나태의 한 가지인 질투로 여자들의 사랑의 공부를 방해해온 것이다. 그래도 그녀들은 밤에도 낮에도 꾹 참으며 사랑과 슬픔을 더욱 깊게 만들었던, 그리하여 그 속에서 무한한 고난의 중압에 짓눌리면서 그 강인한 사랑의 여성이 나타난 것이다. 그녀들은 남자들에게 호소하면서 남자를 초월했다. 남자들이 돌아오지 않아도 남자를 초월하여 성장했다. 가스파라 스탐파(이탈리아 베네치아의 여류 시인, 1523~54)처럼 또는 포르투갈의 여인(마리아나 알코포라도를 말함. 포르투갈의 프란시스코회 수녀. 1640~1723)처럼. 그녀들은 참고 견디어 마침내 그 고민은 벌써 손에 잡을 수 없는 엄숙한 이름 같은 영광으로 변모한 것이다. 우리는 이와 같은 여성을 몇 사람인가 알고 있다. 기적처럼 보존될 수 있었던 편지가 남아 있기 때문이다. 남자에게 호소하고 한탄하는 수많은 시를 수록한 책이, 또는 문득 어떤 화랑에서 눈물에 젖은 눈동자를 통하여 우리를 지그시 바라보는 초상화가 아직껏 남아 있기 때문이다. 그러한 그림도 화가가 그 슬픔을 몰랐기 때문에 그릴 수 있었던 것이리라. 그러나 그 밖에도 사랑의 여성은 수도 없이 많이 있었다. 편지를 불태워버린 여인들. 편지를 쓸 기력조차 없어진 기진맥진한 여인들, 늙어서 앙상하게 되어가지고도 몸 속 깊숙이 맛좋은 과심(果芯)을 숨기고 있던 늙은 여인들. 보기 흉하게 뚱뚱해져버린 여인들, 근심걱정하던 나머지 반대로 살이 쪄서 의식적으로 남자들을 닮게 되어버린 그런 여인들도, 마음속으로 그녀들이 사랑 때문에 애를 쓰던 그 어둠 속에서는 전혀 다른 모습을 하고 있었던 것이다. 아이 낳기를 싫어하면서도 여전히 낳다가 끝내는 여덟 번째 아이를 낳고 산욕(産褥)의 자리에서 죽어간 여인들, 그녀들에게도 사랑을 꿈꾸는 소녀의 몸짓과 경쾌함이 남아 있었다. 그리고 또, 광포한 사내들, 주정뱅이 사내들 곁에 언제까지나 붙어 자던 여인들, 그녀들은 자기 집에서만이, 다른 어디서보다도 사내들로부터 멀리 떨어져 있을 수 있다는 것을 발견하고 있었던 것이다. 그녀들은 사람들이 모인 곳에 나가더라도 그 비밀을 채 감추지 못하고 항상 천상(天上)의 사람들과 교합을 하고 있기라도 하는 듯이 아련하게 내풍기는 것이었다. 그런 여인들이 얼마나 많이 있었는지, 어느 여인이 그러했는지 누가 말할 수 있겠는가. 그녀들은 꼬리가 잡힐 만한 말 따위는 미리 지워버리고 말았으니까.

그러나 이렇듯 많은 것이 변모해가는 지금, 변해야만 할 것은 우리 남자들이 아닐까? 우리들을 다소 발전시켜서 사랑의 일의 일부를 천천히 조금씩이라도 우리가 맡는다는 식으로 시도해볼 수는 없는 것일까? 우리들은 지금까지 사랑의 모든 괴로움에서 자유스러웠다. 그러나 그 때문에 사랑은 남자들에게 있어 하나의 유희로 전락하고 말았다. 마치 어린아이의 장난감 상자에 휩쓸려 들어간 레이스 조각이 한껏 희롱당한 끝에 싫증이 나서 끝내는 잡동사니나 쓰레기 속에 처박힌 채 무엇보다도 하찮은 것이 되어버리는 것과 똑같은 운명을 만나고 있는 것이다. 우리는 모든 딜레탕트들과 똑같이 경박스런 향락의 해독을 입고 오입쟁이라는 뜬소문을 자랑스레 여기고 있다. 그러나 그런 성공이라면 차라리 내버리는 것이 어떨까? 이제껏 대신해주던 사랑의 일을 완전히 처음부터 다시 배우는 게 어떨까? 많은 것들이 변모해가는 지금, 우리 남자들이 앞장서서 초심자(初心者)가 되는 것이 어떨까?

어머니가 말아놓은 레이스 조각을 하나씩 펼쳐보실 때의 태도도 나는 훤히 기억하고 있다. 어머니는 잉게보르크의 작은 책상 서랍을 하나만 자기 것으로 쓰고 있었다.

"이걸 한 번 구경할까, 말테." 하며 어머니는 그 노란 칠을 한 작은 서랍에 들어 있던 레이스 뭉치를 방금 얻은 것처럼 기쁜 듯한 얼굴을 하고 말하는 것이었다. 그리하여 기대에 마음이 부풀어 얇은 포장지를 풀지도 못하고 있었다. 언제나 내가 대신 풀어주지 않으면 안 되었다. 이렇게 말하는 나도 완전히 열중되어 있었다. 레이스는 나무 막대에 감겨 있었는데 막대도 온통 레이스에 감추어져 전혀 보이지 않았다. 우리는 그것을 천천히 풀면서 눈앞에 펼쳐지는 무늬를 바라보았다. 한 필이 끝날 때마다 우리는 조금 놀랐다. 너무나도 갑자기 끊어지는 것이었다.

먼저 이탈리아제의 가장자리에 다는 레이스가 나타났다. 코바늘로 뜬 튼튼한 것으로 똑같은 무늬가 뚜렷하게 되풀이되었는데, 농가의 정원을 보는 것 같았다. 그 다음에는 뜻밖에도 베네치아의 자수 레이스가 나왔는데, 언제까지나 격자 무늬에 눈앞이 가로막혀 있노라니 마치 우리들 자신이 수녀원이나 감옥에 있는 것 같은 기분에 사로잡혔다. 그러나 이윽고 시야가 열리고 이번에는 멀리 여러 개의 정원이 나타나는 것이었다. 정원은 차츰 인공적인 것이 되어 나중에는 온실에라도 있는 듯이 눈앞이 후끈해져왔다 —— 생전 처음보는 화려한 식품이 커다란 잎사귀를 펴고 있었고 덩굴은 현기증이라도 일으킨 듯이 서로 얽혀 있었으며 이 달랑송 레이스의 짜임새마다에 큼직하게 핀 꽃은 꽃가루를 사방에 몽롱하게 뿌리고 있었다. 갑자기 우리는 기진맥진하게 지쳐서 멍한 채 발랑시엔느(프랑스 북부에 있는 도시로 레이스의 산지)의 긴 거리로 나가 있었다. 겨울의 이른 아침이라 서리가 내려 있었다. 눈을 뒤집어쓴 방슈(벨기에의 프랑스 국경에 가까운 도시, 또는 거기서 생산되는 레이스를 말한다)의 숲속을 헤쳐나가니 아직 아무도 지나간 흔적이 없는 넓은 광장으로 나섰다. 나뭇가지가 기묘한 모양으로 드리워져 있었다. 그 밑에는 무덤이 있는 듯했으나 우리는 서로 입에 올리지는 않았다. 한기가 더욱 심해져왔다. 그리하여 마침내 조그만, 섬세하기 그지없는 뱅글뱅글 틀어 짠 레이스가 나타나자 어머니는 말했다. "어머나, 속눈썹에 얼음 꽃이 달리겠네." 정말 그 말대로였다. 우리들의 마음속은 무척이나 따뜻했으니까.

레이스를 도로 감으면서 우리는 한숨을 쉬었다. 그건 시간이 걸리는 일이었지만 아무에게도 맡기고 싶지가 않았다. "어떨까, 이걸 만약 자기 손으로 만들어야 한다면?" 하며 어머니는 깜짝 놀라는 얼굴을 해보였다. 나로서는 상상도 할 수가 없었다. 나는 문득, 조그만 짐승을 키워서 실을 잣게 하는 그런 광경을 머리에 떠올렸다. 아니, 이걸 만든 것은 물론 여자들이었다. "이걸 만든 사람들은 틀림없이 천국에 가 있을 거예요." 하고 나는 감탄하며 내 생각을 말했다. 그때 나는 내가 오랫동안 천국에 대해 묻지 않았음을 깨달았었다는 것을 기억하고 있다. 어머니는 휴 하고 한숨을 쉬었다. 레이스는 본래대로 다 감겨져 있었다.

　한참 뒤 이젠 내가 잊어버렸을 무렵에 어머니는 아주 천천히 말씀하셨다.
"천국에 갔다고? 나는 그 사람들이 모두 이 레이스 속에 있다고 생각해.
그렇게 생각하면 —— 이것 또한 영원한 행복일는지도 몰라. 그런 데 대
해서는 잘 모르지만 말이다."

　흔히 손님이 오면, 쉴린 가문에서는 몹시 절약하는 생활을 하고 있다는
이야기가 나왔다. 오래 된 큰 저택이 이삼 년 전에 화재로 타버린 뒤부터
집안 사람들은 양쪽에 남은 비좁은 옆채에서 지내며 가계(家計)를 절약하고
있는 것이었다. 그러나 손님을 좋아하는 성미는 이집 식구들의 피 속에
배어 있었다. 이것을 그만둘 수는 없었다. 우리집에 느닷없이 들르는 사람이
있었지만 그건 대개 쉴린 씨 댁에서 돌아오는 길인 듯했고, 또 우리집에
왔다가 갑자기 시계를 보고는 부리나케 뛰어나가는 손님은 반드시 리소
타거에 있는 쉴린 씨 댁에 약속이 있는 것이었다.
　어머니는 이제 아무 데도 나가지 않는 습관이 들어 있었다. 그러나 쉴린
네 사람들은 이해해주지 않았다. 아무래도 거절할 수가 없어, 어쨌든 한
번 찾아가지 않으면 안 되었다. 12월의, 계절보다 빠른 눈이 여러 번 내리고
난 뒤였었다. 썰매는 3시에 떠나도록 부탁해두었었다. 나도 같이 가기로
되었다. 한데 우리집에서는 시간대로 떠나본 예가 없었다. 마차가 왔다고
알리는 것을 싫어하는 어머니는 대개 일찍부터 아래층에 내려와 있었는데
아무도 와 있지 않은 것을 보면 언제나 오래 전에 끝냈어야 할 일을 생각해
내고는 이층에서 물건을 찾거나 치우기를 시작하시는 것이었다. 그래서
이번에는 어머니의 모습이 보이지 않는 것이다. 나중에는 모두들 일어선
채 기다리고 있었다. 그런가 하면 겨우 어머니가 타고 나서 모포로 몸을
감싼 뒤에야 무언가 잊은 것이 있다는 걸 깨닫는다. 그러면 시버센을 불
러야만 했었다. 시버센밖에 그 장소를 모르기 때문이었다. 그런데 시버센이
채 돌아오기도 전에 마차는 갑자기 움직이기 시작하는 것이었다.
　그날은 끝내 맑게 개지 않았다. 나무들은 안개 속에 어쩔 줄을 몰라하며
서 있었다. 그 속으로 썰매를 달린다는 것은 무언가 외고집을 느끼게 하는
것이었다. 그러는 동안 또 소리도 없이 눈이 내리기 시작했다. 그렇게 되니

남아 있던 마지막 것까지 지워지는 것 같아 마치 온통 새하얀 페이지 속으로
썰매를 모는 느낌이 들었다. 방울 소리만이 울리고 도대체 어디를 달리고
있는지 짐작조차 할 수가 없었다. 그 방울 소리가 문득 그치는 순간이
있었다. 마지막 방울 소리까지 다 울려버린 것처럼 느껴졌다. 그러나 이윽고
그 소리는 다시금 모여서 하나가 되어 온통 넘칠 듯이 사방으로 울려퍼지는
것이었다. 왼쪽의 교회의 탑은, 마음속으로만 그것이리라고 짐작할 수가
있었다. 그러나 공원의 윤곽이 별안간 눈앞에 드러났다. 눈앞에 높직하게
나타나 그걸 깨달았을 때는 벌써 그 긴 가로수길 속에 있었다. 방울 소리는
땅에까지 채 떨어지질 않고 양쪽의 나무들에 주렁주렁 걸리는 것 같았다.
이윽고 썰매는 한바탕 흔들리더니 어떤 모퉁이를 돌아 오른쪽에 무엇인가
있는 데를 지나서 가운데쯤에 멎었다.

마부인 게오르크는 집이 이미 그곳에 없다는 것을 까맣게 잊고 있었다.
우리들 모두도 한순간은 집이 그곳에 있는 것처럼 생각했었다. 우리는
이전의 테라스로 통하는 바깥 계단을 올라갔다. 단지 그곳이 깜깜한 것이
의심스러웠다. 갑자기 등 뒤 왼쪽 밑에서 문이 하나 열렸다. "이쪽이야!"
하는 소리가 나더니 흐릿한 등불을 쳐들고 흔들어보였다. 아버지가 웃으며
"이런 데를 어정어정 올라가다니 마치 유령 같구나." 하며 우리가 다시
계단을 내려가는 것을 도와주었다.

"하지만 방금까지 여기 집이 있었는데." 어머니는 이렇게 말하며 정답게
웃으면서 달려나온 비에라 쉴린에게 갑자기는 그리 정이 가질 않는 모양
이었다. 그러나 물론 바로 안으로 들어가야 했기 때문에 그런 집에 대한
것을 언제까지나 생각하고 있을 수는 없었다. 좁은 대기실에서 외투를 벗자
거기서 갑자기 램프가 켜지고 난롯불이 활활 타고 있는 방 한가운데로
안내되었다.

이 쉴린 댁은 어엿한 여자들만의 대가족이었다. 아들들이 있었는지 어
떤지는 기억이 나지 않는다. 생각나는 것은 세 자매가 있었다는 것뿐이었다.
맨 위의 딸은 나폴리의 어느 후작과 결혼을 했었는데 오랜 세월 복잡한
재판을 계속하다가 지금은 헤어져 있었다. 다음이 조에였는데, 이 사람은
도무지 모르는 게 없다는 소문이었다. 그리고 누구보다도 비에라, 그 따뜻한

마음씨의 비에라가 있었다. 그녀가 그 뒤 어떻게 되었는지, 그것은 알 길도 없다. 쉴린 백작 부인은 나리슈킨 가문 출신이었으나 오히려 딸들 중의 한 사람 같은 느낌이 들어 어떤 때는 맨 막내딸 같기도 했다. 아무것도 아는 것이 없어 노상 딸들에게 배워야만 했었다. 그리고 사람좋은 쉴린 백작은 이 여자들 모두와 결혼하고 있는 듯한 기분으로 여기저기 돌아다니면서 닥치는 대로 이 여자들에게 키스를 하는 것이었다.

먼저 그는 큰소리로 웃고 나서 자상하게 인삿말을 늘어놓았다. 나는 여자들의 손에서 손으로 넘겨져 만져지기도 하고 질문을 받기도 했다. 그러나 나는 이것이 끝나면 어떻게든지 여기를 빠져나가 그 집을 찾아 나서려고 굳게 결심하고 있었다. 오늘은 분명히 있다고 나는 확신하고 있었다. 빠져나가는 것은 그다지 어렵지 않았다. 여러 가지 의상이 걸려 있는 사이를 기어서 빠져나갔다. 대기실로 통하는 문은 아직도 반쯤 열린 채로 있었다. 그러나 그 앞에 있는 바깥 문은 아무래도 열리지 않았다. 사슬이며 빗장 같은 갖가지 장치가 있어 당황하고 있던 나는 어떻게 움직여야 좋을지 알 수가 없었다. 나는 밖으로 나가기도 전에 붙잡혀서 도로 끌려가고 말았다.

"가만 있어요, 이리로 달아나려 해봤자 소용없어." 하고 비에라 쉴린이 재미있다는 듯이 말했다. 그녀는 나에게로 몸을 구부렸다. 나는 따뜻한 느낌의 이 사람에게 아무 말도 하지 않으리라고 결심했다. 그런데 그녀 쪽에서는 내가 아무 말도 하지 않으니까, 다짜고짜 내가 오줌이 마려워 이 문까지 온 줄로 알았던 모양이다. 그녀는 내 손을 잡자 그 자리에서 걷기 시작했다. 반은 익숙하게 반은 새침한 태도로 나를 어디론가 데려가려고 하는 것이었다. 이 흉허물없는 오해는 나를 몹시 화나게 했다. 나는 손을 뿌리치자 성을 내며 그녀를 노려보았다. "집을 보러 가는 거예요." 하고 나는 큰맘 먹고 말했다. 그녀는 영문을 몰라 어리둥절해 있었다.

"바깥 계단께에 있는 큰 집 말이에요."

"이 바보." 하고 그녀는 말하며 재빨리 나를 붙잡았다. "집 같은 건 이제 없단다." 나는 있다고 우겼다.

"그럼 언제 낮에 보러 가도록 해요." 하고 그녀는 달래듯이 말했다.

"지금은 그런 데는 도저히 갈 수가 없어요. 구덩이가 여러 군데 있고 바로 뒤에는 파파의 물고기 연못이 있는데 얼지 않도록 해놓았거든. 빠지기만 하면 물고기가 되어버려요."

이렇게 말하면서 그녀는 나를 밀며 다시 밝은 방으로 데리고 돌아와 버렸다. 사람들은 의자에 앉아서 이야기를 하고 있었다. 나는 그들의 얼굴을 차례차례 바라보았다. —— 이 사람들은 그 집이 없을 때만 가보는 거겠지, 나는 이렇게 생각하고 경멸했다. 어머니와 내가 여기서 살고 있다면 언제든지 있을 텐데. 모두들 저마다 지껄이고 있는 가운데서 어머니는 멍해 있는 것같이 보였다. 틀림없이 그 집을 생각하고 계셨을 것이다.

조외가 내 곁에 와 앉아서 나에게 여러 가지를 물었다. 그녀는 단정한 용모를 하고 있었다. 그 얼굴에 이따금 번쩍 스치는 것이 있었으며 줄곧 무엇인가를 살피고 있는 듯한 느낌이었다. 아버지는 몸을 오른쪽으로 비스듬히 하고 앉아서 웃고 있는 후작 부인의 말에 귀를 기울이고 있었다. 쉴린 백작은 어머니와 자기 아내의 사이에 서서 무엇인가 지껄이고 있었다. 한데 그때 백작 부인이 이야기하다 말고 남편의 말을 가로막는 것이 내 눈에 띄었다.

"아냐, 그건 당신 마음 탓이야." 하고 백작은 부드럽게 말했다. 그러나 갑자기 그도 부인과 똑같은 불안스러운 표정을 띠더니 얼굴을 두 부인의 머리 위로 내밀었다. 백작 부인은 마음 탓이라는 말을 듣고도 그 근심에서 빠져나올 수가 없었다. 방해하고 싶지 않다고나 하는 듯이 잔뜩 긴장한 얼굴을 하고 있었다. 반지 낀 부드러운 두 손을 약간 놀려서 손짓을 했다. 누군가가 "쉬잇" 했다. 그 순간 주위가 잠잠해졌다.

사람들의 등 뒤에서 옛 저택에서 옮겨온 큼직한 가구들이 바싹 앞으로 들이닥치는 것 같은 생각이 들었다. 대대로 내려온 묵직한 은그릇이 빛을 띠며, 확대경을 통하여 들여다보듯이 커다랗게 굽었다. 아버지가 의아한 듯이 주위를 둘러보았다.

"마마가 냄새를 맡고 있어요." 하고 비에라 쉴린이 아버지 뒤에서 말했다. "우리 모두 조용하게 하고 있지 않으면 안 되요. 마마는 귀로 냄새를 맡으니까요." 이렇게 말하면서 그녀 자신도 눈썹 꼬리를 치키고 주의 깊게 온몸이 코가 된 것처럼 그 자리에 서 있었다.

쉴린네 사람들은, 화재를 당한 이래로 냄새에 대한 약간 독특한 반응을 보였다. 비좁고 너무 더운 방에서는 언제나 무슨 냄새가 났는데, 그럴 때마다 원인을 알아내려고 저마다 의견을 말하는 것이었다. 조외는 난롯가에서 이것저것 뒤집어 엎으며 부지런히 찾아내고 있었다. 백작은 돌아다니다가 구석마다 가서 잠깐 걸음을 멈추고 살펴보고는 곧 "여긴 아니야."라고 하는 것이었다. 백작 부인은 일어서긴 했으나 어디를 찾아봐야 좋을지 분간을 못하고 있었다. 아버지는 냄새가 뒤에서 난다고 말하고 싶은 듯이 천천히 뒤로 돌아섰다. 후작 부인은 처음부터 이건 고약한 냄새임에 틀림없다고 단정을 하고 손수건으로 얼굴을 감싸 누른 채 이제는 가라앉았나 하고 사람들의 얼굴을 차례로 돌아보고 있었다. "여기예요, 여기." 하고 비에라가 이따끔 냄새나는 곳을 찾아낸 듯이 큰소리를 질렀다. 그럴 때마다 그 말 하나하나의 둘레에 미묘한 정적이 퍼졌다. 나도 역시 어느 결엔지 사람들과 함께 열심히 냄새를 맡고 있었다. 그런데 갑자기(방의 더위 때문인지, 바로 가까이 켜져 있던 많은 불빛 때문이었는지) 나는 난생 처음으로 유령에 대한 공포에 사로잡혔다. 방금 서로 지껄이며 웃고 있던 점잖은 어른들이 모두 몸을 구부리고 우물쭈물하며 눈에 보이지도 않는 것을 상대로 필사적으로 싸우고 있다는 것을 나는 또렷이 알았던 것이다. 세상에는 그들이 모르는 무엇인가가 있다, 그렇게 그들은 고백하고 있는 셈이었다. 그리고 눈에 보이지 않는 그것이 어른들 누구보다도 훨씬 강하다는 것이 나는 무서웠다.

나의 불안은 점점 커졌다. 사람들이 찾고 있는 것이 갑자기 내 몸에서 종기처럼 불쑥 나오지나 않을까 하는 생각이 들었다. 그러면 사람들은 그것을 당장 발견하고 일제히 나를 가리킬 것이다. 나는 어떻게 하면 좋을지 몰라 어머니 쪽으로 눈을 보냈다. 어머니는 이상하게 꼿꼿한 자세로 앉아 계셨다. 나를 기다리고 있는 것이라고 나는 생각했다. 다짜고짜 나는 그녀 곁으로 달려갔는데, 그녀가 마음속으로 떨고 있음을 느꼈다. 그때 나는 그 집이 이번에야말로 정말로 없어져버린다고 깨달았던 것이다.

"말테, 겁쟁이." 하고 어디선가 웃는 소리가 났다. 비에라의 목소리였다.

그러나 우리는 떨어지지 않고 함께 그것을 견뎌내고 있었다. 우리 두 사람, 어머니와 나는 그 집이 이번에야말로 완전히 없어져버릴 때까지 가만히 그대로 꼭 껴안고 있었다.

그러나 이해할 수 없는 경험을 가장 많이 가져다준 것은 역시 생일날이었다. 인생은 무슨 일에든 구별이라는 것을 짓고 싶어하지 않는다는 걸 진작부터 알고 있었지만, 이날만은 아침에 일어날 때부터 기대에 가슴을 두근거리며 그것을 당연한 권리로서 의심치 않았다. 이 권리의 감정은 극히 이른 시기에 길러진 것 같다. 무엇에나 손을 뻗쳐 그 모두를 자기것으로 할 수 있었던 시절, 방금 손에 잡은 것을 망설임없는 상상력으로 그때그때의 욕망의 강렬한 원색으로 물들일 수 있었던 그 시절에.

한데 그러는 동안 어느덧 그 진기한 생일날이 오게 된다. 기대에 대한 권리 의식이 확고한 것으로 되어 있으니만큼, 주위 사람들이 초조해보이는 것이다. 이쪽은 이제까지와 마찬가지로 나들이옷을 입었으면 싶고 그 뒤 차례차례 근사한 대접을 받았으면 하고 생각한다. 그런데 아직 눈도 채 뜨기 전에 누군가가 방 밖에서 아직 케이크가 오지 않았다고 큰소리로 말하는 것이 들린다. 또한 선물을 테이블 위에 꾸미고 있는 옆방에서 무엇인가 깨지는 소리가 난다. 누군가가 방으로 들어가며 문을 활짝 열어두었기 때문에 아직 봐서는 안 될 것을 죄다 보게 되고 만다. 이건 마치 수술을 받을 때 같은 순간이다. 짧은, 미칠 듯이 아픈 수술. 그러나 집도(執刀) 솜씨는 숙련되어 정확한 것이다. 단번에 끝나버린다. 끝났다 싶으면 벌써 그런 일이 있었다는 것조차 잊어버린다.

어른들의 행동거지를 잘 보고 그 실책을 막아 모든 것이 순조롭게 진행되고 있다고 생각하는 그들의 환상을 북돋아주는 것이 중요한 것이다. 어른들 상대이므로 그것은 그리 쉽지가 않다. 그들은 말할 수 없이 서툴러서 멍텅구리라고 해도 결코 과언이 아니다. 다른 사람에게 가야 할 꾸러미를 갖고 들어온다든가 하는 식으로 실수를 하는 것이다. 나는 그걸 받으려고 뛰어간다. 그러나 곧 뛰어다니고 싶어서 방 안을 달렸을 뿐이지 별로 무슨 목적이 있었던 건 아니라고 꾸며대지 않으면 안 된다. 그들은 남을 놀라게

해주려고 짐짓 기대에 찬 표정을 꾸미면서 장난감 상자를 연다. 그것이
공교롭게도 밑바닥에서 나무 부스러기만 나온다. 그런 때에도 그들의 곤혹을
덜어주지 않으면 안 된다. 또는 태엽을 장치한 장난감 같은 것을 자기가
금방 줘놓고 그걸 감아주다가 자기 손으로 대번에 태엽을 끊어버린다.
그러므로 태엽이 끊어진 장난감 쥐 같은 것을 눈에 뜨이지 않도록 발로
몰래 움직이는 방법을 일찌감치 연습해두는 게 상책이다 —— 때로는 이런
방법으로 어른들의 눈을 속여 부끄러워 얼굴을 붉히지 않도록 그들을 구해
줄 수도 있을 테니까.

　이런 일은 어떤 일이건 특별한 재능이 없더라도 희한하게 해낼 수 있는
일이었다. 단지 아무래도 천분(天分)이 필요했던 것은 선물하는 사람이 애를
써서 골라가지고 거창스레 친절하게 갖다주기는 했지만, 멀리서 한 번
보기만 해도 그건 전혀 다른 아이가 좋아할 만한, 아주 어색한 선물 ——
—— 아니, 이런 것이 도대체 어떤 아이에게 어울릴는지 짐작도 못할 만큼
엉뚱한 선물이 있을 때이다.

　이야기한다, 분명하게 이야기한다. 사람들이 정말 이야기할 수 있었던
것은 내가 알지 못하는 옛날 일이었을 것임에 틀림없다. 나는 이제까지
남이 이야기하는 것을 들어본 적이 없다. 아베로네가 나에게 어머니의
젊었을 때 이야기를 해주었을 때만 해도 그녀에게 이야기할 힘이 없었던
것만은 분명했었다. 브라에 백작만은 그나마 그걸 할 수가 있었던 것 같다.
아베로네에게서 들은 이야기를 여기다 써보기로 하자.

　아베로네는 젊은 처녀 시절에 여러 모로 다감한 시절을 보냈을 것이
틀림없다. 브라에 댁은 그 무렵 거리의 큰길가에 위치하고 있었는데 손
님들의 출입이 상당히 잦았었다. 밤늦게 자기 방으로 올라가면 그녀도 다른
사람들과 마찬가지로 피로를 느꼈다. 그러나 그런 때 그녀는 문득 창문의
존재를 느꼈다. 내가 잘못 들은 것이 아니라면, 그녀는 그대로 몇 시간이든지
밤을 앞에 두고 서 있곤 했었다고 한다. 그리고, 지금 밤은 나와 관계를
맺고 있다 —— 그런 생각에 사로잡혔다는 것이다. "죄수처럼 그곳에 서
있었어." 하고 그녀는 말했다.

"별이 자유 바로 그것처럼 여겨졌어." 그 무렵 그녀는 녹초가 되지 않고도 잠자리에 들 수가 있었다. 잠에 떨어진다는 표현은 그 나이의 처녀에게는 어울리지 않는다. 그런 시절의 잠은 무언가 몸이 송두리째 떠오르는 것, 가끔 눈을 떠보면 그때마다 언제까지나 끝나지 않는 새로운 높이에 누워 있는 느낌을 주는 것이다. 이윽고 잠이 깨어도 새벽 전이었다. 다른 사람들이 잠이 채 가시지 않는 얼굴을 하고 느지막한 아침식사 자리에 뒤늦게 나오는 겨울에도 그것은 변함없었다. 저녁때 어두워지면 켜는 불은 늘 가족 공동의 것이라고 할 수 있다. 그러나 이 새벽녘 해뜨기 전 만상이 다시금 숨쉬기 시작하는 컴컴한 새로운 촛불은 나직한 양다리 촛대에 꽂혀서, 장미꽃 무늬가 비쳐보이는 조그만 타원형 비단 갓 너머로 조용한 빛을 던지고 있었다. 타들어감에 따라 이따금 갓을 움직이지 않으면 안 되었다. 그것이 귀찮은 일은 아니었다. 마음이 급할 건 조금도 없었으며, 또한 편지를 쓰거나 일기를 적거나 하는 동안에는 가끔 눈을 들어 이것저것 생각을 정리하지 않으면 안 되는 일도 있었기 때문이다. 일기는 언젠지 모르나 예전부터, 지금과는 전혀 다른 조심스러운 예쁜 글씨로 씌어지기 시작했다.

브라에 백작은 딸들과는 아주 떨어져 살고 있었다. 남들이, 생활을 다른 누군가와 함께 하고 있다고 말하기라도 하면, 그는 그런 것은 망상에 지나지 않는 거라고 생각했다("흥, 같이 살고 있다고." ……그는 이렇게 말했다). 그러나 사람들이 딸들 이야기를 하는 걸 듣는다는 것은 과히 싫지 않았다. 마치 딴 도시에 사는 사람들의 소문을 듣는 것처럼 주의 깊게 귀를 기울이는 것이었다.

그러므로 그가 어느 날 아침 식사를 마친 뒤에 아베로네를 손짓해 불러서 "아마 나와 너는 같은 습관을 갖고 있는 것 같다. 나도 아침 일찍 일어나 글을 쓰거든. 언제 좀 거들어주겠니." 하고 말을 건 것은 정말 전례없는 일이었다. 아베로네는 그것을 마치 어저께 일처럼 기억하고 있었다.

벌써 그 이튿날 아침부터 그녀는 아버지의 서재로 따라가게 되었다. 들여다보는 것도 허락되지 않던 방이었다. 천천히 둘러볼 겨를도 없이 곧 백작과 마주보는 책상 앞에 앉도록 명령받았다. 그녀에게는 책상이 평원(平原)같이, 그 위에 있는 책이나 서류는 촌락(村落)같이 여겨졌다.

백작은 구술했다. 브라에 백작이 회고록을 쓰고 있다는 소문이 나돌았는데 그것은 전혀 근거없는 것은 아니었다. 다만, 세상 사람들이 크게 기대하고 있던 그런 정치 또는 군사에 관계되는 회상록은 아니었다. "그런 것은 잊어버리기로 했지." 하고 늙은 주인은 누구든지 그런 문제에 대해 묻는 사람이 있으면 무뚝뚝하게 대답했다. 그러나 그에게는 아무래도 잊어버리기 싫은 것이 있었다. 그것은 그의 유년 시절이었다. 그는 그것을 소중하게 생각하고 있었다. 그리하여 멀고 먼 그 옛시절이 지금 그의 내부에서 압도적인 힘을 가져, 눈을 내부로 돌리면 그것이 북국(北國)의 밝은 여름밤에 휩싸인 듯이 말똥말똥하게 잠도 자지 않고 누워 있는 것도, 그의 의견에 의하면 지극히 당연한 일인 것이었다.

이따금 그는 갑작스레 일어서서 촛불에 대고 말을 지껄이는 바람에 불이 흔들렸다. 혹은 받아쓰게 한 문장을 깡그리 지워버리라고 하고는 거칠게 방 안을 돌아다니면서 짙은 초록빛 비단 가운 자락을 휘날렸다. 곁에 또 한 사람, 스텐이라는 남자가 대기하고 있었다. 오래 전부터 백작 밑에 있는 유틀란트 출신의 하인으로 할아버지가 일어설 때마다 책상 위에 흩어지는, 빈틈없이 메모한 종잇조각을 부리나케 두 손으로 누르는 것이 그의 역할이었다. 영감님은 요즘 종이는 아무 쓸모가 없고 너무 가벼워서 건드리기만 해도 날아가버린다고 생각하고 있었다. 기다란 상반신밖에 보이지 않는 스텐도 똑같은 의심을 품고 있었다. 불빛에 눈이 먼 엄숙한 얼굴의 부엉이처럼 그는 두 손으로 책상 가장자리를 짚고 있었다.

스텐은 일요일 오후에는 스웨덴보르크(스웨덴의 철학자이자 신비주의자, 1688~1772)의 책을 읽고 지냈다. 하인들은 누구나 다 그의 방에 발을 들여놓고 싶어하지 않았다. 그가 마귀를 불러낸다는 소문이 나 있기 때문이었다. 스텐의 가족은 옛적부터 영(靈)들의 소식을 물었다.

"가끔 찾아오나, 스텐?" 하고 그는 친절하게 말하는 것이었다. "그래, 그거 괜찮군."

구술은 이삼 일 순조롭게 진행되었다. 그런데 어느 날 아베로네는 '에케른푀르데(독일의 항구 도시)'라는 글자를 쓸 수가 없었다. 고유 명사였으나 들어본 적이 없는 이름이었다. 내심으로 벌써 오랫동안 자기 추억의 빠른 속도에 따라오지 못하는 이 필기를 그만두게 할 구실을 찾고 있던 백작은 기분 나쁜 얼굴로 말했다.

"이애는 이 정도의 글도 못 쓰나." 하고 그는 날카롭게 말했다. "그래 가지고는 다른 사람이 읽으려도 못 읽겠다. 도대체 그래가지고 내가 말하는 걸 어떻게 눈에 선하도록 인식시키겠나?" 하고 그는 성난 듯이 계속하며 아베로네를 쏘아보았다.

"이 생제르맹(프랑스의 사기꾼)만 하더라도 그렇지, 사람들의 눈에 선하게 떠오를 것 같으냐?" 하고 그는 그녀를 꾸짖어댔다. "대관절 우리가 생제르맹이라고 불렀겠니? 지워라. 폰 벨마르 후작이라고 써라!"

아베로네는 지우고 다시 썼다. 그러나 그 뒤는 백작이 어쩌나 빨리 지껄이는지 따라갈 수가 없었다. "이 탁월한 벨마르는 아이를 끔찍이 싫어했었다. 내가 아직 어린 때였다. 나만은 무릎에다 안아주었다. 그러자 나는 후작의 다이아몬드 단추를 깨물어보고 싶어졌다. 후작도 재미있어하였다. 웃으며 내 얼굴을 쳐들게 하고는 둘이서 눈과 눈을 마주보았다. '아주 좋은 이빨이구나.' 하고 그는 말했다. '무엇인가 저지를 이빨이다……' 그러나 나는 그의 눈을 잊을 수가 없다. 뒷날 여기저기를 돌아다녔다. 온갖 눈을 다 보았다. 그러나 정말이지 그런 눈은 두 번 다시 만나 볼 수가 없었다. 그 눈으로서는 외계(外界)가 존재할 필요성이 없었을 것이다. 모든 것을 내부에 끌어들이고 있는 눈이었다. 너는 베네치아 이야기를 들은 적이 있겠지? 흠, 그 눈이라면 틀림없이 이 방에다 베네치아를 갖고 와서 책상처럼 분명하게 존재시킬 수도 있었을 것이다. 나는 언젠가 방구석에 앉아 그가 우리 아버지에게 페르시아 이야기를 하는 걸 들은 적이 있었다. 지금도 이따금 그 냄새가 두 손에 남아 있는 듯한 기분이 들 정도이다. 우리 아버지는 그를 존경하고 있었다. 영주전하(領主殿下)마저도 그에 대해서는 제자처럼 행동하셨다. 그러나 물론, 후작은 과거에 관해서는 오직 자기 속에 있는 것밖에 믿지 않는다고 그의 험담을 하는 자도 많이 있었다. 그런 사람들은 사소한 추억일지라도 그것이 정말 몸에 배어들면 깊은 뜻을 가지게 된다는 것을 이해하지 못했던 것이다."

"책 같은 건 공허한 거다." 하고 백작은 격분한 몸짓으로 벽을 향해 외쳤다. "피다. 귀중한 것은 피다, 피에서 사리를 읽어내지 못하면 안 돼.
그는, 벨마르라는 사람은 자기 피 속에다 기괴한 이야기와 괴상한 삽화를
기록하고 있었다. 그는 바라는 대로 어느 페이지든지 펼칠 수도 있었다.
펼치면 반드시 무엇인가 씌어 있었다. 그의 피의 어느 페이지도 넘겨버릴
수 있는 것은 없었다. 그는 가끔 집 안에 들어박혀 혼자 스스로의 피의
페이지를 뒤적였다. 그러면 연금술이며 보석, 색채에 대해 쓴 대목이 나왔다.
그러한 사연들이 어떻게 거기 씌어지지 않았겠는가? 반드시 어딘가에
씌어져 있는 것이다."

"이 사람이 만약 혼자 있었다면 진실이라는 상대와 얼굴을 맞대고 살아갈
수도 있었을 것이다. 그러나 이 애인과 단둘이 있다는 것은 쉬운 일이
아니었다. 게다가 그는, 사람들을 초대하여 진실과 함께 있는 자기를 보여
줄 만큼 몰취미한 사람은 아니었다. 애인에 대한 것이 사람들의 입에 오르는
것을 좋아하지 않았다. 그 점에 있어, 그는 너무 지나친 동양인이었던 것이다.
'헤어집시다, 마담.' 하고 그는 진실에 대해 솔직하게 말했다. '또 만납시다.
천 년쯤 지나면 서로가 더 굳센, 주위에 방해받지 않는 사람이 되어 있
겠지요. 아니, 당신의 아름다움은 드디어 지금부터라고 생각되니 말입니다,
마담.' 이렇게 그는 말했던 것이다. 그건 결코 겉치레 인사만은 아니었다.
그렇게 말하고 나자 그는 집을 버리고 세상에 나가 그 나름의 독특한
동물원을 만들었다. 무척 많은 종류의 허위를 모은 일종의 동물원으로
우리들 그 누구도 아직 본 적이 없는 것이었다. 또 과장(誇張)을 재배하는
현대 식물 온실이며 가짜 신비(神祕)를 심어서 깔끔하게 손질한 무화과
과수원을 만들었다. 사람들이 사방에서 모여들면 그는 끝에 다이아몬드가
달린 구두를 신고 이리저리 돌아다니면서 손님을 맞이하느라 바빴다."

"겉만의 생활……그럴까? 아니다, 마음속 깊이에서는 역시 애인이었던
진실에 대한 기사 정신이 존재하고 있었다. 이 점, 그는 상당히 정절을
지켰던 것이다."

벌써 조금 전부터 노인은 아베로네를 향해 말하고 있는 것이 아니었다.
그녀 따위는 까맣게 잊어버리고 있었다. 그는 실성한 사람처럼 이리저리
돌아다니면서 도전하는 듯한 눈초리를 스텐에게 던졌다. 흡사 어느 한 순간,

스텐은 자기 상념에 떠오르는 인물로 변모시키고야 말겠다는 그런 격한
태도로. 그러나 스텐은 아직 변하려고는 하지 않았다.

"자기 눈으로 보지 않고는 모를 게다." 하고 백작은 무엇에 홀린 듯이
말을 이었다. "그의 모습이 역력히 눈에 비칠 때가 있었다. 사방의 도시에서
그가 받은 편지는 누구 앞이라 씌어 있지도 않았고 봉투에는 주소가 씌어
있을 뿐, 다른 글자는 하나도 적혀 있지 않았지만. 그러나 나는 이 눈으로
그를 보았다."

"그는 잘생기지는 않았었다." 백작은 숨이 막힐 듯이 괴상하게 기침을
하고서는 웃었다. "세상에서 중요하다든가, 고귀하다든가 그렇게 불릴 만한
인물도 아니었다 —— 주위에 더 고귀한 사람들이 늘 있었다. 그는 부자
였었다 —— 그러나 그것은 그의 경우, 일시적인 것이나 다름없어 믿을 수는
없었다. 그는 다부진 체격을 갖고 있었다. 그러나 다른 사람들은 더 튼
튼했었다. 그 무렵의 나로서는, 그가 재기발랄했던지, 세상에서 가치있다고
일컫는 여러 가지 특질을 갖추고 있었던지, 그 판단은 물론 할 수가 없었다.
—— 그러나 어찌 되었든간에 그는 존재하고 있었던 것이다."

백작은 선 채로 몸을 바르르 떨며 존재하는 그 무엇인가를 눈앞에다
세우는 듯한 몸짓을 했다.

그때 그는 아베로네의 존재를 깨달았다.

"네게는 그가 보이니?" 하고 그는 고함을 질렀다. 그리고 갑자기 양다리
은촛대 하나를 집어들자 눈이 아찔해질 만큼 아베로네의 얼굴 가까이에
바짝 들이댔다.

아베로네는 한순간 뚜렷이 그를 보았다고 나에게 말했다.

계속 며칠 동안이나 아베로네는 규칙적으로 불려갔다. 구술은 이런 일이
있은 뒤부터 반대로 훨씬 더 온화하게 계속되었다. 백작은 여러 가지 문서
를 참고로 하여, 그의 아버지도 함께 중요한 역할을 맡았던 베른스토르프
(덴마크의 정치
가 1735~1797)의 교우 관계에 대한 아주 어렸을 때의 추억을 정리했다. 아
베로네도 이제는 주어진 일의 특성을 잘 이해했으므로 이 두 사람을 보면
누구든지 서로 도우며 일을 해나가는 정말로 정다운 부녀의 모습이라고
생각하기가 쉬웠다.

어느 날 아베로네가 그만 물러가려고 하자, 노백작이 그녀 쪽으로 다가가 뒷짐진 손에 무언가를 숨긴 듯이 사람을 놀래줄 때와 같은 태도를 보였다. "내일은 율리 레벤틀로우에 대한 걸 쓰자." 그는 이렇게 말하고 스스로 자기가 한 말을 음미하듯이 덧붙였다. "그녀는 성녀(聖女)였어."

아마 아베로네가 못 믿겠다는 얼굴을 하고 그를 바라보았던 것이리라.

"아무렴, 지금 세상에도 성녀는 있으니까." 하고 그는 명령하는 듯한 말투로 주장했다. "어떤 것이든지 세상에는 있다, 안 그래, 아벨 백작 영애."

그는 아베로네의 두 손을 잡고 책처럼 그것을 폈다.

"그녀에게는 성흔(聖痕, 십자가에 못박힌 그리스도의 상처로 두 손과 두 발의 못자국과 창으로 쩰린 옆구리의 상처를 말함)이 있었다." 하고 그는 말했다. "여기 와 여기." 그리고 그는 싸늘한 손가락으로 그녀의 손바닥을 꼭 찔렀다.

성흔이라는 표현을 아베로네는 알지 못했다. 장차 알게 되겠지, 하고 그녀는 생각했다. 더구나 아버지가 그 눈으로 보았다는 이 성녀 이야기가 어서 듣고 싶어서 그녀는 무척 기다려졌다. 그러나 그 이후로 그녀는 불려가지 않았다. 이튿날도 또 그 이튿날도.

"레벤틀로우 백작 부인에 대해서는 그 뒤에도 흔히 너희 집에서 화제가 되었단다." 아베로네는, 내가 더 이야기해달라고 애원을 해도 그렇게 짤막하게 말하고는 입을 다물어버렸다. 그녀는 피로한 것 같았다. 이젠 거의 다 잊어버렸다고도 우겼다. "하지만 여기를 꼭 찔렀을 때의 감각만은 지금도 가끔 생각난단다." 하고 그녀는 미소짓고 저도 모르게 끌려들어가듯이 아무런 상처도 없는 자기 손바닥을 신기한 듯이 바라보는 것이었다.

아버지가 죽기 전에 이미 모든 것이 변하고 있었다. 울스고르는 벌써 우리집 소유가 아니었다. 아버지는 도시에 있는 집에서 죽었다. 나에게는 적의가 있는 것 같아 불쾌하게 여겨졌던 아파트였다. 그때 나는 이미 외국에 있었기 때문에 아버지의 임종을 볼 수가 없었다.

아버지의 관은 안뜰로 면한 방에 키 큰 촛불이 두 줄로 나란히 놓여진 사이에 안치되어 있었다. 꽃에서 풍기는 향기가 한꺼번에 떠들어대는 목소리처럼 뒤섞이어 분간할 수가 없었다. 두 눈이 꼭 감겨진 아버지의 아름다운 얼굴에는 무엇인가를 생각해내는 듯한 정중한 표정이 있었다. 주렵관

(主獵官)의 제복이 입혀졌는데 무슨 까닭인지 푸른 것이 아니고 흰 훈장끈이 얹혀 있었다.(주렵관의 제복에 다는 것은 본래 코끼리 훈장의 푸른 끈이다.) 두 손은 가슴 위에 모아지지 않고 비스듬히 밑에 포개어져 있어 무슨 흉내 같아 무의미하게 보였다. 몹시 고통을 받았다는 말을 간단하게 들었다 —— 그러나 그런 흔적은 조금도 보이지 않았다. 그 이목구비는 사람이 떠난 뒤의 객실 가구처럼 다시 정돈되어 있었다. 문득 이제까지도 수차 아버지의 죽은 모습을 본 적이 있는 듯한 기분이 들었다 —— 그만큼 낯익은 표정이었다.

다만 주위의 상황만이 새롭고 기묘해서 야릇하게 불쾌했다. 답답한 그 방이 어색하게 느껴졌다. 맞은편에 창문이, 아마도 남의 집의 것일 창문이 보였다. 시버센이 가끔 들어오지만 무엇을 하는 것도 아니었다. 그것이 새롭고 기묘한 일이었다. 시버센은 폭 늙어버렸다. 곧 식사를 하라고 했다. 몇 번이나 아침 식사 준비가 되었으니 먹으라고 알려왔다. 이런 날에 아침을 먹을 생각은 전혀 나지 않았다. 모두들 나를 여기서 내보내고 싶어한다는 것을 나는 눈치채지 못했던 것이다. 내가 나가려 하지 않으므로 결국 시버센은 의사가 와 있다는 것을 비쳤다. 무엇 때문인지 나로서는 알 수가 없었다. 아직 덜 끝난 게 있는 모양이지요, 하며 시버센은 벌겋게 핏발선 눈을 긴장시키고 나를 바라보았다. 그때 약간 허둥대는 태도로 두 신사가 들어왔다 —— 그것이 의사였다. 앞선 사람이 머리를 폭 숙였다. 뿔을 내밀고 덤벼들기라도 할 듯한 모습이었다. 그리고 안경 너머로 앞에 있는 우리를 바라보았다 —— 먼저 시버센, 이어서 나를.

그는 학생처럼 딱딱하게 절을 했다. 주렵관님의 희망이 또 한 가지 남아 있어놔서요, 하고 그는 방에 들어왔을 때와 똑같은 투로 말했다. 이상하게 허둥거리고 있다는 느낌이 또 들었다. 나는 어떻게든지 그가 안경을 통해서 똑바로 이쪽을 볼 수 있도록 만들려고 했다. 또 한 사람의 동료는 뚱뚱하고 피부가 얇은 금발의 남자였다. 이런 사람은 걸핏하면 얼굴을 붉힐 것이라고 나는 생각했다. 잠시 침묵이 흘렀다. 주렵관이 지금 이 마당에서까지 여전히 소망을 갖고 있다는 것이 기묘했다.

나는 나도 모르게 다시 한 번 아버지의 아름다운 단정한 얼굴을 바라보았다. 그러자 나는, 아버지가 확실성을 바라고 있다는 것을 깨달았다. 그것은 아버지가 마음속으로 늘 바라고 있던 것이었다. 지금이야말로 그걸 이루어주지 않으면 안 된다.

"심장에 주사를 놓기 위해 오셨군요. 어서 하십시오."

나는 가볍게 절을 하고 뒤로 물러섰다. 두 의사는 같이 절을 하고는 곧 일에 대한 타협을 하기 시작했다. 촛불은 누군가가 벌써 한옆으로 치워 놓았었다. 그런데 나이 든 의사가 다시 한 번 두세 걸음 내게로 다가왔다. 마지막 몇 걸음을 아끼는 듯이 얼마간 앞에 와 멈추어 서더니 거기서 몸을 앞으로 내밀고 성난 듯이 나를 바라보았다.

"그럴 필요는 없습니다만." 하고 그는 말했다. "아니죠, 그러는 편이 낫지 않을까 해서요……당신이 여기를……."

그 쩨쩨하고 성급한 태도가 과연 경험이 적은 사람인 듯 피로한 느낌을 주었다. 나는 또 한 번 머리를 숙였다. 저절로 또 한 번 머리를 숙이게끔 되었던 것이다.

"뭐, 염려하실 건 없습니다." 하고 나는 짤막하게 대답했다. "방해는 하지 않을 테니까요."

나는 그걸 참고 볼 수 있으리라고 생각했다. 그런 장소에서 빠져나갈 이유는 없을 것 같았다. 이렇게 되어야만 했던 것이다. 이것이 말하자면 지금의 사태 전체의 의미이리라. 그리고 심장에 주사를 놓으면 어떻게 되는지 나는 아직 본 일이 없었다. 이런 신기한 경험이 강요도 하지 않았는데 무조건 찾아온 것을 물리친다는 것은 이치에 맞지 않는 일로 여겨졌다. 그 당시 나는 이미 환멸 같은 것은 믿지도 않았었다. 때문에 아무것도 무서워할 건 없었던 것이다.

아니다. 이 세상에는 아무리 하찮은 사소한 일일지라도 상상만으로 끝낼 수 있는 것은 없다. 무슨 일이든 예측할 수 없는 무수한 세부적인 짜임새가 있는 것이다. 공상 속에서는 자질구레한 일은 그냥 지나쳐서 황망한 가운데 탈락되어도 깨닫지를 못한다. 그러나 현실은 완만한 것이다. 말로 다 할 수 없을 만큼 세밀하게 되어 있는 것이다.

이를테면, 육체가 이토록 저항할 줄을 누가 예상했겠는가. 떡 벌어진

불룩한 가슴이 드러나자 몸집이 작은 성급한 사내는 재빨리 겨냥할 장소를
확인하고 있었다. 그러나 잽싸게 찌른 주사는 쉽사리 들어가려 하지 않았다.
갑자기 시간이라는 시간이 온통 방에서 사라져버린 느낌이 들었다. 누구나가
다 그림 속의 인물 같았다. 그러나 이윽고 시간은 희미하게 미끄러지는
듯한 소리를 내며 우르르 몰려들 듯이 쫓아가기 시작하여 아무리 써도
다 못 쓸 정도의 시간이 가득 넘쳤다. 갑자기 어디선가 두드리는 소리가
났다. 이렇게 두드리는 소리를 나는 들어본 적이 없었다 —— 뜨뜻미지근한,
속으로 기어드는 이중으로 울리는 소리였다. 나의 청각(聽覺)이 그것을
전달했다. 나와 동시에 내 눈은 의사가 주사를 가슴 밑바닥까지 푹 찌른
것을 보았다. 그러나 이 두 가지의 지각(知覺)이 내 속에서 결합되는 데는
다소의 시간이 필요했다. 아하 옳지, 하고 나는 생각했다. "이제 들어갔
구나." 두드리는 방법은 그 템포가 어쩐지 잔학을 즐기는 것 같았다.
　나는 아까부터 벌써 뻔한 정체로 알고 있었던 사람을 새로이 다시 보았다.
웬걸, 조금도 침착성을 잃고 있지 않았다 —— 재빨리 척척 일을 진행시키는
신사가 아닌가. 즐기거나 만족해하거나 하는 기색은 조금도 없었다. 단지
왼쪽 관자놀이에 머리카락이 두세 가닥 흩어져 있는 것이 무언가 오래된
본능을 연상케 했다. 그는 신중하게 주사를 뽑았다. 찌른 자국이 입처럼
벌어져 피가 두어 방울 흘러나왔다. 두어 마디 말을 중얼거린 것 같았다.
젊은 금발의 의사가 재빠르게 우아한 동작으로 피를 솜으로 닦았다. 상처는
꼭 감겨진 눈처럼 조용해졌다.
　나는 그 때에 틀림없이 또 한 번 절을 했던 것이다. 그러나 이번에는
넋을 잃고 있었다. 어쨌든 나는 내가 혼자 있는 것을 깨닫고 깜짝 놀랐다.
제복은 누군가의 손으로 단정히 고쳐지고 그 위에는 본래대로 흰 훈장끈이
놓여져 있었다. 그러나 이제야말로 주렴관은 죽어 있었다. 그리고 죽은 것은
그 한 사람뿐이 아니었다. 이제야말로 심장이 꿰뚫려 있었다. 우리들의 심장,
우리들 집안의 심장이. 모든 것은 끝났다. 이것은 즉 한 집안의 투구의
임종이었다. "오늘로서 브릿게는 영원히 멸망했다." 하고 내 속에서 말하는
자가 있었다.
　내 심장에 대한 것은 조금도 떠오르지 않았다. 뒷날 이것이 생각났을

때 나는 비로소 내 자신의 심장 따위는 이 경우 아무런 의미도 갖지 않는다는 것을 똑똑히 깨달았다. 그것은 홀로 고립된 심장이었다. 그 심장은 벌써 모든 것을 처음부터 다시 시작하려 하고 있었던 것이다.

당장에 이곳(글 속의 길 이름과 그 밖의 것으로 볼 때 덴마크의 수도 코펜하겐이다)을 떠날 수는 없다고 생각한 것을 나는 기억하고 있다. 우선 모든 것을 정리해야 한다고 나는 스스로에게 되풀이했다. 무엇부터 손을 대야 좋을지 나는 분간을 할 수가 없었다. 아무것도 할 것이 없는 것 같은 생각도 들었다. 나는 길거리를 어슬렁어슬렁 돌아다니면서 겉모양이 깡그리 변해버린 것을 확인했다. 묵고 있는 호텔을 나서서, 지금은 어른들의 거리로 바뀌어져 나에게 마치 외국인을 대하듯이 점잖은 태도를 취하는 이 거리의 모습을 본다는 것은 나로선 기분좋은 일이었다. 모두가 전보다 작아져 있었다. 나는 해안 거리를 나서서 등대 밑까지 산책을 하고는 다시 되돌아오는 것이었다. 아말리에 거리께에 이르면, 물론 예전에 여러 해 동안이나 잘 알고 있던 모든 것들이 어디선지도 모르게 빠져나와 그 힘을 다시 한 번 휘둘러보려는 듯한 일도 있었다. 나를 잘 알고 있고, 그래서 나를 위협하려고 하는 이러저러한 구석 창문, 덧문, 또는 각등(角燈) 등이 있었던 것이다. 나는 그러한 것들의 얼굴을 똑바로 쳐다보며 푀닉스 호텔에 머무르고 있는 것이다. 언제든지 떠날 수 있다고 단단히 깨닫게 해주려고 했다. 그러나 그렇게 하고 있으면서도 나의 양심은 편안하지 못했다. 이러한 온갖 것들의 영향이나 관계의 그 어느 것 한 가지도 아직 실제로는 극복하지 못한 게 아닌가 하는 의문이 마음속에 싹트는 것이다. 그러한 것들은 어느 날 은밀하게 미숙한 채로 내버려진 그대로인 것이다. 유년 시절이라는 것도, 그러므로 만약 영원히 잃어진 것이라고 단념하고 싶지 않다면, 말하자면 다시 한 번 새로이 성취하지 않으면 안 될 것이다. 나는, 자신이 어렸던 나날을 잃어버린 채로 있다는 것에 대해 뼈저린 아픔을 느끼면서도 동시에 자기의 존재를 증명해주는 것이 이밖에는 아무것도 없지 않을까라고도 생각하는 것이었다.

나는 매일 두세 시간을 드로닌겐스 트베르 거리에 있는 그 좁은 방에서 지냈다. 사람 죽은 셋방이 어디나 다 그렇듯이 여기에도 무엇인가 상처받은

느낌이 있었다. 나는 책상과 타일이 발린 큼직한 난로 사이를 왔다갔다
하며 주렵관의 서류를 불태웠다. 먼저 몇 뭉치로 묶어놓은 편지류를 그대로
불 속에 던졌다. 그러나 조그만 다발은 단단히 끈으로 묶어두었기 때문에
가장자리만 탈 뿐, 좀처럼 불이 붙지 않았다. 나는 용기를 내어 그것을
풀었다. 편지 뭉치는 각기 강렬하고 집요한 냄새를 퍼뜨리며 나에게도
마음속의 추억을 되살리려는 듯이 얼굴에 확 풍겨왔다. 나에게 추억이 있을
리가 없었다. 가끔 가다 딴 것보다 무거운 사진들이 미끄러져 떨어지는
적도 있었다. 사진은 믿을 수 없을 만큼 천천히 탔다. 어째서였는지 이미
기억은 없으나 나는 문득 이 속에 잉게보르크의 사진이 있을는지도 모른
다는 공상을 했다. 그러나 어느 것을 보아도 성숙하고 당당한 선명하게
아름다운 부인들뿐이어서 나를 다른 회상으로 유인하는 것이었다. 나에게도
전혀 추억이 없었던 것은 아니었다. 자란 다음 아버지를 따라 거리를 걷고
있노라면 흔히 나를 찬찬히 살펴보는 눈을 느꼈었는데, 사진 속의 눈이
흡사 그것과 같았다. 마차 속에서도 나를 바라보았는데 그 시선에 사로
잡히면 좀처럼 벗어날 수가 없는 것이었다. 그때 겨우 안 일이지만 그
여자들의 눈은 나와 아버지를 비교하고 있었던 것이다. 비교가 나에게
유리할 리는 없었다. 확실히 유리하지는 않았다. 비교를 두려워하지 않을
만큼 아버지는 미남자였으니까.

아버지가 무엇을 두려워하고 있었던가, 지금 같으면 나도 말할 수 있을
것 같다. 어떻게 해서 그런 억측을 하게 되었는가를 여기다 써보기로 하자.
아버지의 지갑 속에서 종이 쪽지 한 장이 나왔다. 오랫동안 접어두었던
듯 너덜너덜하게 되어 접힌 데는 닳아 떨어져 있었다. 나는 불태우기 전에
그걸 읽어보았다. 아버지의 필적으로, 정성을 들인 것인 듯, 균형잡힌 야무진
글씨로 씌어져 있었다. 그러나 나는 곧 그것이 무언가를 베낀 것에 지나지
않는다는 것을 깨달았다.

"죽기 세 시간 전에"라는 서두로서 크리스티안 4세(덴마크 및 노르웨이 왕)에 대한
것이 씌어져 있었다. 물론 그 내용을 한 자 한 자 여기 되풀이할 수는 없다.
죽기 세 시간 전에 크리스티안 4세는 일어나고 싶다고 말했다. 시의(侍醫)와
시신(侍臣) 보르뮤스가 왕을 부축해 일으켰다. 왕은 약간 비틀거렸으나

그래도 일어섰다. 두 사람은 왕에게 수놓은 잠옷을 입혔다. 그러자 왕은 갑자기 바로 앞의 침대가에 앉아서 무엇이라고 말했다. 잘 알아들을 수가 없었다. 시의는 왕이 침대에 쓰러지지 않도록 줄곧 왕의 왼손을 붙들고 있었다. 그대로 두 사람은 앉아 있었다. 왕은 간간이 괴로운 듯이 더듬거리며 그 알아들을 수 없는 말을 되풀이했다. 끝내 시의 쪽에서 말을 걸어보았다. 왕이 하고자 하는 말을 조금씩 추측해보려고 생각한 것이다. 한참 뒤 왕은 그를 가로막았다. 그리고 갑자기 아주 또렷이 말했다. "아아, 시의, 시의, 이름이 뭐라고 했지?" 시의는 얼떨결에 자기 이름이 생각나지 않았다. "슈페르린그라 하옵니다, 국왕 폐하."

그러나 그 이름을 묻고 싶은 것은 아니었다. 이 말을 듣고 아직은 자기 말을 이해해줄 성싶다는 것을 알자 왕은 하나 남아 있던 오른쪽 눈을 크게 부릅뜨고 온 얼굴을 입으로 하여 하나의 말을, 이 여러 시간 동안 그것을 말하려고 혀를 굳히고 있던 말, 임종의 마당에서 오직 하나 남아 있던 말을 내뱉었던 것이다. "죽음", 그는 말했다. "죽음"이라고.

종이 쪽지에 씌어 있던 것은 그것뿐이었다. 나는 그것을 불태우기 전에 여러 차례 거듭 읽었다. 그리고 아버지도 최후에는 몹시 괴로워했다는 것을 떠올렸다. 사람들이 나에게 그렇게 이야기했던 것이다.

이때부터 나는 죽음의 공포에 대해 여러 가지로 생각했다.

내 자신의 몇 가지 경험도 아울러 생각해보았다. 나 역시 죽음의 공포를 느낀 적이 있다고 말해도 좋으리라고 생각한다. 그것은 사람으로 가득한 길거리에서 군중의 한복판에서 종종 아무 근거도 없이 나를 엄습했다. 물론 원인이 위주가 되어 일어나는 경우도 흔히 있었다. 이를테면 누군가가 벤치 위에서 숨진다. 사람들이 주위에 서서 그걸 보고 있다, 그 사람은 이미 공포의 영역을 넘어서고 있었다 —— 그런 때, 나는 그 사람의 공포를 내 몸에 느꼈다. 혹은 나폴리에 있었을 무렵 —— 그 젊은 처녀는 시내 전차 안에서 내 바로 맞은편에 앉은 채 죽었다. 처음에는 빈혈을 일으킨 것같이 보였다. 전차는 한참 동안 그대로 계속 달렸다. 그러나 사태는 의심할 길이 없어져 전차를 멈추지 않으면 안 되었다. 뒤에 여러 대의 전차들이 꼼짝을 못하게 되어 이젠 이 방향으로는 움직일 수 없게 되었다. 창백한 얼굴빛의 뚱뚱한 처녀는 옆 자리의 부인에게 기댄 채 편안하게 죽을 수 있었다. 그러나 그녀의 어머니는 편안하게 내버려두지 않았다. 온갖 수단을 다하여 방해를 했다. 처녀의 옷을 보기 흉하게 풀어헤쳤고, 이미 아무것도 받아들이지 않는 그 입에다 무엇인가를 흘려넣었다. 이마에 누군가가 갖고 온 액체를 문지르다가 그 때문에 눈알이 옆으로 움직이면 그걸 바로 하기 위해 처녀의 몸을 흔들어대는 것이었다. 어머니는 들리지도 않는 딸의 눈에 대고 외쳐대며 그 온몸을 인형처럼 잡아당겼다 흔들었다 했다. 끝내는 손을 쳐들어 죽어선 안 된다면서 토실토실한 딸의 얼굴을 힘껏 때렸다. 그때에도 나는 공포를 느꼈다.

그러나 나는 훨씬 더 전에는 공포에 사로잡혔던 기억이 있다. 이를테면 나의 개가 죽었을 때이다. 나에게 죄가 있다고 생각된 채로 죽은 그 개, 심한 병에 걸려 있었다. 나는 온종일 개 옆에 쭈그리고 앉아 있었다. 갑자기 개가 짖었다. 짤막하게 띄엄띄엄 짖었다. 낯선 사람이 방에 들어왔을 때 짖는 그런 소리였다. 말하자면 낯선 사람이 들어왔을 때는 이렇게 짖기로 되어 있었던 것이다. 나는 무의식중에 문 쪽을 보았다. 그러나 그것은 이미 개의 몸 속에 들어가버렸던 것이다. 나는 불안스러워져 개의 시선을 찾았다. 개도 내 눈을 찾았다. 그러나 이별을 고하기 위해서는 아니었다. 개도 딱딱하고 의아한 눈초리로 나를 보았다. 내가 그것을 쉽사리 들여보내 버렸다는 것을 비난하는 눈빛이었다. 나라면 그걸 막을 수 있었으리라고 개는 믿고 있었던 것이다. 언제나 나를 지나치게 의지하고 있었다는 것을 그제야 겨우 알았다. 그러나 설명해줄 여유는 이미 없었다. 개는 힘이 다할 때까지 나를 의심스럽다는 듯이 고독하게 응시하고 있었다.

혹은 또 가을에 밤의 냉기(冷氣)가 계속되기 시작한 뒤, 파리가 방 안에 날아들어와 그 온기로써 다시 한 번 약해진 몸을 지탱하려 할 때에도 나는 죽음의 공포를 느꼈다. 파리들은 이상하게 바짝 말라서 자기 날개 소리에도 겁을 먹고 있었다. 이미 스스로 자기가 하고 있는 짓을 모르고 있다는 것을 알 수 있었다. 몇 시간이고 한군데 달라붙은 채 꼼짝도 않고 있다. 그러다가 문득 자기가 아직 살아 있다는 것을 생각해낸다. 덮어놓고 마구 몸을 던지듯이 날기 시작하는데, 앞으로 어떻게 해야 좋을지를 모른다. 이윽고 파리 떨어지는 소리가 들린다. 여기서도 저기서도 들리게 된다. 나중에 파리들은 여기저기 기어다니다가 서서히 온 방에 그 시체를 드러내는 것이었다.

그리고, 나 혼자 있을 때도 때로는 죽음의 공포가 나를 따라다녔다. 어떻게 그런 밤들이 없었던 체 꾸며댈 수 있겠는가. 나는 죽음의 불안 때문에 겁을 먹고 벌떡 일어나, 앉아 있다는 것은 적어도 아직 살아 있다는 것의 증거라고 —— 죽은 사람이 앉을 수는 없을 것이라고, 그런 생각에 매달려 있었다. 그것은 반드시 내가 임시로 묵던 방에서 일어났다. 객지의 방들은 일단 내가 비참한 처지에 떨어지면, 나의 불유쾌한 사건 때문에 심문을 받거나 말려든다는 것은 딱 질색이라는 듯이 금방 나를 돌보지 않았다. 나는 그저 앉아 있었다. 틀림없이 무서운 모습을 하고 있었을 것이다. 무엇 하나 나에게 편들어줄 용기를 갖는 것들이 없었다. 내가 방금 이 손으로 켜준 촛불마저 나를 아는 체하지 않았다. 텅 빈 방에 켜져 있는 것처럼 그저 멍하니 타고 있었다. 나의 마지막 희망은 이렇게 되면 언제나 창문이었다. 저 밖에는 나에게 연관될 무엇인가가 있다. 지금 죽음을 앞에 놓고 갑자기 깨닫는 이 가난함 속에서도, 하고 나는 덧없는 희망을 이었다. 그러나 그쪽을 바라보는 그 동안에도 벌써 나는 창문이 벽과 똑같이 칠해져버렸으면 좋겠다고 원하는 것이었다. 이제 창 밖에도 역시 마찬가지 싸늘한 것이 펼쳐져나가고 있다. 저 바깥에도 나의 고독 외의 아무것도 없다는 것을 알기 때문이었다. 내 스스로가 불러들인 고독. 그 크기에 비해 나의 심장은 이미 너무나도 작았다. 일찍이 작별을 고한 사람들을 상기할 때, 나는 어떻게 내가 사람들을 버리고 올 수가 있었는지 알 수가 없었다.

하느님, 나의 하느님이여, 여전히 이러한 밤이 내 앞에 막아선다면 하다못해 나에게 이제까지 내가 때때로 생각한 적이 있었던 사상(思想)의 하나를 허락해주십시오. 내가 원하는 것은 그다지 이치에 어긋난 것은 아닙니다. 나의 공포가 너무나도 컸기 때문에, 정녕 그 공포 자체에서 생겨난 사상인 것이니까요. 내가 어렸을 때 모두들 나의 따귀를 때리며 겁쟁이라고 욕을 했습니다. 그것도 나의 겁내는 태도가 너무나 졸렬했기 때문입니다. 그러나 그로부터 나는 진정한 공포를 가지고 무서워하는 방법을 배워왔

습니다. 진정한 두려움이란 오직 그것을 낳는 힘이 불어날 때에만 증대되는
것이었습니다. 그리고 이 힘은 우리들 자신의 공포에 의해서 밖에 나타날
수가 없는 것입니다. 왜냐하면, 이 힘은 전혀 우리들의 이해에 넘치는, 완전히
우리들에게 적대하는 것이기 때문에 이것을 생각하려고 하면, 당장에 우
리들의 뇌수가 바스러져버리기 때문입니다. 그러나 그럼에도 불구하고 나는
요즘 생각합니다. 이거야말로 우리들의 힘이라고, 지금은 아직 우리들에게
너무 지나치게 강렬하다고는 하나 역시 모두가 우리들의 힘인 것이다, 하고.
우리가 이 힘을 모르고 있다는 것은 사실입니다. 그러나 우리들이 이 힘에
대해 아는 바가 아무것도 없으므로 오히려 그것은 우리들 자신의 것이
되지 않을까요? 이따금 나는, 천국과 죽음은 어떻게 해서 생겨났을까 하고
생각합니다 —— 그것은 우리가 우리의 가장 귀중한 것을, 그 밖에 더 빨리
치워버리지 않으면 안 될 것이 많이 있다, 우리들처럼 바쁜 사람 곁에
놓아두어서는 안전하지 않다고 하며 멀리 밀어내버렸기 때문입니다. 그대로
긴 세월이 흘렀습니다. 우리는 사소한 일에만 구애를 받아왔습니다. 우리
들은 벌써 우리에게 고유한 것을 잊어버리고 오직 그 공포가 지나치게
큰 나머지 두려워서 떨 뿐입니다. 그런 것이 아닐까요?

어쨌든 나는 이제야 지갑 속에 깊숙이 임종의 광경을 적은 종이 쪽지를
간직하고 평생 동안 지니고 다닌 사람의 심정을 이해할 수 있게 되었다.
특히 일부러 꾸민 것 같은 임종일 필요는 전혀 없다. 어떤 임종에도 진기한
어떤 것이 있기 때문이다. 이를테면 펠릭스 아르베르(프랑스의 시인, 극작가. 1806~1850)의 죽음
의 광경을 베끼는 사람을 상상할 수는 없을는지? 병원에서의 일이었다.
임종 때의 그는 온화하게 침착해져 있었다. 그것을 본 간호사 수녀는, 사실은
아직 숨이 있었는데도 벌써 그 전에 가버린 줄 알았던 모양이다. 거리낌없는
큰소리로 어디어디에 무엇무엇이 있다고 밖을 향해 외쳐대며 지시를 했다.
좀 교양이 부족한 수녀였다. 이때 Corridor(복도)라는 말을 쓰지 않을 수가
없었는데 그녀는 그 글자를 본 적이 없었다. 그래서 이러면 되는 줄 알고
Collidor라고 말해버렸다. 그러자 아르베르는 죽음을 조금 뒤로 미루어야
겠다고 생각했다. 우선 이걸 설명해주어야겠다고 그는 생각했던 것이다.

그는 완전히 의식을 되찾고 Corridor라고 그녀에게 가르쳐주었다. 그리고 그는 죽었다. 그는 시인이었기 때문에 어중간한 것을 싫어했던 것이다. 어쩌면 그저 사실을 사실대로 말하고 싶었을 뿐이었는지도 모른다. 혹은 임종 때에 이르러, 세상이란 이다지도 흐지부지 지나가는 것이라는 마지막 인상을 가지고 저 세상에 가는 것이 싫었던 것일까. 지금은 그 어느 쪽 이라고도 정하기가 어렵다. 다만 이것을 현학적(衒學的) 취미로 생각해서는 안 될 것이다. 이것을 가지고 현학이라고 한다면 저 성(聖) 장 드 디외 (^{16세기 포르투}_{갈의 성직자})에 대해서도 마찬가지 비난을 돌리는 게 될 것이다. 단말마의 괴로움에 짓눌리어 눈도 귀도 멀어 있으면서 어떻게 알았을까, 방금 뜰에서 목맨 남자가 있는 걸 알고 느닷없이 빈사 상태의 몸을 벌떡 일으켜 그 새끼줄을 끊어 가까스로 그 남자를 구해냈다. 그 역시 오직 바른 것을 바르게 하고 싶었을 뿐이었던 것이다.

눈에 띌 뿐이라면 전혀 불쾌하지도 아무렇지도 않다. 거의 마음에도 두지 않고 금방 잊어버린다. 그러나 눈에는 보이지 않으면서도 우연한 기회에 귀에 들리기 시작하면 청각 속에서 날뛰기 시작하여, 말하자면 알에서 깨어난 병아리처럼 기어나오는 그러한 일이 있는 법이다. 그것은 자칫하면 뇌수에까지 침입하여 마치 개의 코끝으로 숨어드는 폐렴균처럼 그 기관을 마구 좀먹으면서 번식하는 그런 일조차 있는 것이다.

이렇게 말하는 것은 즉 이웃 사람을 두고 하는 말이다.

나는 이렇듯 혼자만의 방황을 계속하게 된 이래로 헤아릴 수 없을 만큼 많은 이웃 사람을 만났다. 위층의 이웃 사람, 아래층의 이웃 사람, 오른쪽의 이웃, 또는 왼쪽의 이웃. 때로는 이 네 가지 이웃 사람을 한꺼번에 갖는 때도 있었다. 나는 쉽게 이웃 사람 이야기를 쓸 수 있을 것이다. 필생(畢生)의 대작이 될 것이다. 물론 그것은 그들이 나의 몸 안에 일으킨 병적 현상의 이야기가 되어버리기 쉬울 것이다. 생각컨대 이웃이란 우리들의 체내 조직에 일어나는 여러 가지 고장에 의해서만 실증될 수 있는 미생물의 종류나 마찬가지인 것이다.

나는 변덕스러운 이웃 사람을 만났고 굉장히 착실한 이웃 사람도 만났었다. 나는 앉아서 변덕스러운 이웃 사람들의 법칙을 찾아내려고 애썼다. 그들에게도 그들 나름대로의 법칙이 있는 것만은 분명했기 때문이다. 그리고 꼬박꼬박 시간대로 돌아오는 사람들이 밤이 되어도 방을 비워두고 있으면 나는 그들의 신상에 닥친 변사(變事)를 여러 가지로 생각하느라고 불을 켜놓은 채 젊은 아내처럼 불안해했다. 나는 서로 한창 미워하는 이웃 사람을 만났었고 깊은 사랑으로 얽혀 있는 이웃 사람들도 만났다. 또는 밤중에 미움이 사랑으로 급변하는 기적도 들었다. 그런 때는 물론 잠을 잔다는 것은 생각도 할 수 없었다. 결국 잠이라는 것은 여느때 생각하고 있는 만큼 자주 있는 것이 결코 아니라는 것을 알게 되는 것이었다. 이를테면 페테르스부르크(지금 소련의 레닌그라드)에 있을 무렵의 양쪽 이웃 사람들도 잠 따위는 그다지 소중하게 생각하고 있지 않았다. 한 사람은 서서 바이올린을 켜고 있었다. 생각컨대 그는 이 세상같이 여겨지지 않는 8월의 한밤중, 언제까지나 환하게 불을 켜놓고 잠도 자지 않는 집들을, 바이올린을 켜면서 바라보고 있었던 것이리라. 또 한 사람, 오른쪽의 사람은 누워 있었던 것만은 분명하다. 내가 옆 방에서 살 때 그는 끝내 한 번도 일어나려고 하지 않았다. 눈마저 감고 있었다. 그러나 잠을 자고 있다고는 할 수가 없었다. 그는 누워서 긴 시를 읊조리고 있었다. 푸시킨이나 네크라소프의 시를 아이들이 어른 앞에서 암송할 때와 같은 투로 되풀이하고 있었다. 그리고 옆쪽 남자가 아무리 바이올린을 켠다 할지라도 내 머릿속에 번데기처럼 도사리고 있는 것은 실은 이 시를 읊조리는 사나이 쪽이었다. 만약 가끔 그를 찾아오던 그 학생이 어느 날 문을 잘못 알고 내 방으로 들어오는 일이 없었던들, 그 번데기는 어떤 벌레가 되어 기어나왔을는지 짐작도 할 수가 없었다. 학생은 이 사람에 대한 이야기를 나에게 해주었다. 그 말을 듣고 나는 다소 마음이 놓였다. 어쨌든 그것은 말한 그대로 지극히 명백한 이야기로서 나의 망상의 벌레들은 대번에 죽어버리고 말았다.

옆방의 이 하급 관리는 어느 일요일 기묘한 문제를 풀어볼 생각을 했다. 자기는 꽤 장수하리라고 그는 가정(假定)했다. 이를테면 앞으로 50년이라고나 할까. 자기에게 이토록이나 인심 좋게 베풀고 나니, 그는 눈부실 정도로 유쾌한 기분이 되었다. 그러나 좀더 늘릴 수는 없을까 하고 욕심을 냈다.

그는 이 50년이라는 세월을 날수로 고치고 분(分)으로 바꾸고, 아니 끈기만
계속된다면 초(秒)로라도 바꿀 수 있을 것 같다는 생각이 들었다. 그는
계산에 계산을 거듭하여 마침내 본 적도 없을 정도의 어마어마한 숫자에
이르렀다. 눈이 아찔했다. 한숨 돌리지 않으면 안 되었다. 시간은 금이라고
늘 들어오긴 했지만, 이처럼 막대한 시간을 가진 사람을 전혀 호위도 딸리지
않고 내버려둬도 괜찮은가, 이상한 생각이 들었다. 언제 도둑을 맞을 것인지
모를 일이다. 그러나 곧 다시 천성인 좋은 기분, 들떴다고 해도 좋을 기분이
돌아왔다. 그는 어느 정도 풍채 좋고 근사하게 보이기 위해 털외투를 입었다.
그리고 이 옛이야기 속에나 나올 법한 거액의 자금을 고스란히 자기에게
증정할 양으로 허리를 나직이 굽혀 자기에게 말을 걸었다.

"니콜라이 쿠스미치." 하고 그는 정답게 부르고는, 또 하나의 자기가
털외투도 입지 않고 비쩍 말라 궁상스런 모습으로 말총을 채운 소파에
앉아 있는 꼴을 눈앞에 떠올렸다. "난 말이야, 니콜라이 쿠스미치." 하고
그는 말했다. "이만한 재산을 얻었다 해서 우쭐해하실 당신은 아닐 줄
압니다. 재산만이 귀중한 게 아니라는 걸 잊지 말아주십시오. 가난하더라도
존경할 만한 사람은 얼마든지 있지요. 거리를 돌아다니며 행상을 하고 있는
몰락한 귀족이며 장군 따님도 있습니다." 그리고 이 자선가는 거기에 덧
붙여서 거리에서 누구나 다 만나는 여러 가지 예를 들어보였다.

말총을 채운 소파에 앉은, 선물을 받는 쪽의 니콜라이 쿠스미치는 아직
교만한 티는 조금도 보이지 않았다. 분별을 잃는 일은 없으리라고 보아도
무방할 것 같았다. 사실 그는 평소의 조심성있고 규칙바른 생활 태도를
조금도 바꾸지 않았다. 그리고 일요일이 되면 수입 지출의 계산을 맞추느라
그 날을 다 소비하는 것이었다. 그런데 이삼 주일 지난 뒤에 벌써 지출이
믿기지 않을 만큼 많은 액수로 되어 있다는 걸 깨달았다. 절약을 해야만
하겠다고 그는 생각했다. 그는 이제까지보다 일찍 일어나 세수도 하는 둥
마는 둥 선 채로 차를 마시고 달음질쳐서 직장으로 갔는데, 도착하고 보니
너무 일렀다. 그는 모든 일에 조금씩 시간을 절약했다. 그러나 일요일이
되고 보면 절약한 뜻은 아무 데도 남아 있지 않았다. 속았다는 것을 겨우
알아차렸다. 세월을 잔돈으로 바꾸지 않았으면 좋았을 걸, 하고 그는 중

얼거렸다. 1년 단위로 한다면 얼마나 시간 여유가 많겠는가. 그런데 어떤가, 쓸모없는 잔돈이 되고 보면 어느 사이엔지도 모르게 사라져버린다. 이렇게 하여 그는 어느 불유쾌한 오후 소파 가장자리에 앉아 털외투의 신사를 기다렸다. 자기 시간을 돌려받을 작정이었다. 돌려줄 때까지는 문에 빗장을 걸고 달아나지 못하도록 할 셈이었다. "지폐로 해서 돌려다오." 할 작정이었다. "10년짜리 지폐도 좋으니까." 10년짜리 지폐 넉 장과 5년짜리 지폐 한 장, 나머지는 그 녀석에게 주어버리겠다. 장담해도 좋다. 사실 일이 까다롭게 되지 않게끔 나머지는 그 사나이에게 줄 작정이었다. 초조해 하면서 그는 말총 소파에 앉아 기다리고 있었다. 그러나 그 신사는 나타나지 않았다. 그 니콜라이 쿠스미치는 요 이삼 주일 전까지만 해도 여기 앉아 있는 자기를 쉽사리 볼 수가 있었는데, 지금 이렇게 현실에 앉아 있어보니 또 한 사람의 니콜라이 쿠스미치, 털외투를 입은 그 인심 좋은 신사를 아무래도 머리에 떠올릴 수가 없는 것이었다. 그 사람이 어떻게 되었는지 도통 알 수가 없었다. 어쩌면 사기가 들통나서 지금쯤 어딘가에서 체포라도 된 것인지. 그놈에게 당한 것이 나 혼자만이 아닌 것은 확실하다. 그런 사기꾼은 언제나 거창하게 해치우는 법이다.

그는 문득, 지금 갖고 있는 보잘것없는 1초짜리 화폐라도 갖고 가면 적어도 얼마쯤은 바꿔줄 관청이, 시간 은행이라고 할 만한 것이 있어야 마땅하다는 생각이 들었다. 어쨌든 간에 진짜 화폐인 것이다. 그런 시설에 대해서는 이제껏 들어본 적도 없었으나 주소록을 찾아보면 틀림없이 그런 종류의 것이 발견될는지도 모른다. '시간 은행'이니까 '시'자 줄에 있을까. 은행 난에 있을지도 모르겠다. 그렇다면 '은'을 찾아보면 문제없다. 어쩌면 '국'의 항목도 생각해보아야만 할 것이다. 국립 기관일 수도 있는 것이니까. 중요성으로 본다면 국립인 편이 낫다.

뒤에 니콜라이 쿠스미치가 거듭 확언한 바에 의하면, 그는 그 일요일 밤 몹시 기분이 우울했던 것만은 사실이었으나 술은 한 방울도 입에 대지 않았다고 한다. 그러므로 다음과 같은 뜻밖의 진기한 일이 일어났을 때도 그는 완전히 맑은 정신이었던 것이다. 일어났다고는 하나 그건 말로서만 표현할 수 있을 뿐인 이야기지만. 그는 이렇듯 방 한구석에 앉은 채 잠시 스르르 잠이 들었던 모양이다. 그건 흔히 있을 법한 일이다. 짧기는 했으나 이 수면이 우선 그의 기분을 상쾌하게 해주었다. "나는 숫자에 사로잡혀 있었던 것이야." 하고 그는 스스로에게 일러주었다. "한데 나는 아무래도 이 숫자가 질색이거든. 그렇다고 뭐 숫자를 그다지 지나치게 평가할 것은 없을 것 같다. 숫자란 말하자면 국가와 질서를 위한 하나의 편의에 지나지 않는 거야. 생각해봐도 종이 쪽지가 아닌 다른 데서 숫자를 만날 사람 따위가 있을 리가 없지. 이를테면 어떤 모임에서 7을 만났다느니 25와 사귀게 되었다느니 하는 그런 터무니없는 일은 절대로 없다. 즉 숫자 같은 것은 원래 존재치 않은 것이다. 그렇다면 이 사소한 착각 —— 시간과 돈, 이 양자의 구별을 할 수가 없다는 그런 착각은, 단지 머리가 흐릿해졌기 때문에 일어났을 뿐인 거야." 니콜라이 쿠스미치는 하마터면 웃음이 터져나올 뻔했다. 그건 그렇고 침략을 간파했다는 것은 다행한 일이었다. 그것도 좋은 기회에. "아니, 기회란 중대한 것이다. 앞으로는 절대로 그렇게는 하게 하지 않겠다. 시간이니 뭐니 정말이지 불쾌한 일이다. 하지만 이런 변을 당한 것이 나 하나뿐일까? 시간은 다른 사람들에게도 내가 발견했던 대로 초(秒)를 새겨가며 지나가는 것이 아닐까, 설사 아무도 그걸 깨닫지 못하고 있다 하더라도 말이야."

니콜라이 쿠스미치는 심술궂은 기쁨을 억누를 수가 없었다 —— 얼마든지 흘러가렴 —— 하고 그는 생각하려고 했다. 갑자기 얼굴에 불어닥치는 것이 있었다. 귓전을 스쳤다. 두 손에도 그걸 느꼈다. 그는 눈을 떴다. 창문은 굳게 닫혀져 있었다. 그대로 눈을 크게 뜨고 어두운 방에 앉아 있는 동안, 차츰 알게 되었다. 지금 느끼고 있는 것이 바야흐로 흘러가는 진짜 시간인 것이라고. 1초 1초의 모두가 생생하게 형태있는 것으로 느껴지게 되었다. 모두가 한결같이 따뜻하게, 그러나 재빨리 지나간다. 초(秒)들은 그에게 무슨 짓을 저지르려는 것일까. 바람 같은 것이 스치기만 해도 모욕을 느끼는 바로 그 사람에게 이런 진기한 일이 일어날 줄이야. 이대로 쭉 앉아 있어도 시간은 이 바람처럼 일생 동안 불어댈 것이다. 그는 그러고 있는 동안에 걸릴 신경통을 남김없이 예견(豫見)하고 화가 난 나머지 제정신을 잃었다. 그는 벌떡 일어났다. 그러나 깜짝 놀랄 일은 아직도 계속되고 있었다.

발치에서도 무엇인가 꿈틀거리는 기척이 있었던 것이다. 더구나 단일한 움직임이 아니라 여러 가지 기묘하게 뒤섞여 흔들거리는 움직임이었다. 그는 놀란 나머지 굳어졌다 —— 지구가 움직이는 것일까? 그렇다, 그것은 지구였다. 지구란 움직이는 것이니까. 학교에서 그걸 배웠다. 그 점에 대해서는 아무렇게나 지나쳐버렸고 어른이 되어서도 어물어물 넘겨버리기 일쑤였다. 그 점에 대해 말하는 것은 좋아하지를 않았었다. 그런데 지금 날카로워지고 보니 지구의 움직임이 느껴지는 것이었다. 다른 사람들도 느끼고 있는 것일까? 아마 겉으로 나타내지 않을 뿐인 것이다. 뱃사람에게는 예사인지도 모른다. 그러나 니콜라이 쿠스미치는 특히 배〔船〕에 약했다. 그는 갑판 위에 있듯이 방 안에서 비틀비틀 걸으면서 이리저리 매달리지 않으면 안 되었다. 거기다 재수 사납게 지축이라는 것이 기울어져 있다는 것까지 생각났다. 안 되겠다, 그렇게 여러 가지 동요에 견뎌낼 수는 없다. 그는 비참한 기분이 들었다. 누워서 가만히 있는 게 좋다고 어디선가 읽은 적이 있다. 그래서 이때부터 니콜라이 쿠스미치는 누운 채로 지냈던 것이다. 그는 누워서 눈을 감고 있었다. 때로는, 말하자면 흔들림이 적은 날도 있어 견딜 수가 있었다. 그런 날에 그는 시를 읊조릴 것을 생각해 낸 것이었다. 그것이 얼마 만큼 도움이 되었는지 남이 믿어주지 않을 것이다. 시를 한 수 천천히 입에 올린다, 압운(押韻)을 균일한 가락으로 더듬어나가면서 그러면 거기, 물론 마음속에서지만 또렷이 눈으로 잡을 수 있는 어떤 부동(不動)의 것이 생기는 것이었다. 그러한 시의 어느 것이나 다 기억하고 있었다는 것은 다행한 일이었다. 언제나 그는 문학에 특별한 관심을 갖고 있었던 것이다. 그와 오랜 교제를 하고 있는 학생은, 그는 자기의 처지를 한탄하고 있지는 않다고 다짐했다. 다만, 시간과 더불어 그의 마음에는 이 학생처럼 여기저기 돌아다니면서 지구의 동요를 태연히 견뎌재고 있을 수많은 사람들에 대한 과장된 감탄의 관념이 생기고 있었다.

이 이야기를 내가 이토록 정확하게 기억하고 있는 것은, 그것이 내 기분을 여간 가라앉혀주지 않았기 때문이다. 나는 그 뒤, 이 니콜라이 쿠스미치만큼 호감이 가는 이웃 사람을 두 번 다시 만날 수 없었다. 이것은 지나친 말이 아니다. 그는 틀림없이 나까지도 그 감탄의 대상으로 삼았을 것이다.

이 경험이 있은 뒤, 나는 이와 비슷한 경우에는 언제나 곧 사실에 부딪쳐 가려고 결심했다. 사실이란 억측에 비해 얼마나 단순하고 안심이 되는 것인가 하는 걸 깨달은 것이다. 그러나 이렇게 말하면 마치 우리들의 인식 따위는 모두 다 뒤늦은 것으로서 결국에 가서는 장부의 결산 외에 아무것도 아니라는 것을 내가 모르고 있었던 것 같지만, 어쨌든 그 결산 뒤에는 곧 새로운 페이지가, 앞에서 아무것도 넘어온 것도 없이 시작되는 것이다. 지금 내가 놓여져 있는 이 상황에 있어서도, 쉽사리 알아낼 수 있었다. 그런 얼마 안 되는 사실 같은 것이 대관절 무슨 소용이 있을까. 그것을 지금부터 설명할 작정인데 그 전에 먼저, 지금 나를 사로잡고 있는 생각을 한 마디 말해버리겠다 —— 즉 그러한 사실은 오히려 그대로도 괴로운(여기서 나는 털어놓지만) 나의 상태를 한층 더 귀찮은 것으로 만드는 데에 불과했을 뿐이었다는 것이다.

나의 명예를 위해 말해두지만, 나는 요 며칠 동안 많은 글을 썼다. 열병에 걸린 것처럼 써댔다. 그러나 일단 외출을 하면 때가 되어도 집에 돌아오고 싶은 생각은 없었다. 일부러 길을 돌기까지 하며, 글쓰는 데 예정했던 반 시간을 낭비하기도 했다. 그것이 나의 약점이라는 것을 나도 인정한다. 그러나 한번 방에 들어앉으면, 나는 내가 생각해도 한 점 나무랄 데가 없었다. 나는 썼다. 나는 내 자신의 생활을 가졌다. 그리고 옆방에는 내가 알 바 없는 전혀 다른 생활이 있었다 —— 시험 공부를 하고 있는 의과(醫科) 학생의 생활이. 내 앞에 시험 같은 것은 없었다. 그것만으로 벌써 결정적인 차이였었다. 그 밖의 점에서도 우리들의 경우는 어디까지나 틀린 것이었다. 그러한 모든 것은 나도 잘 알고 있었다. 그러나 그것도, 또 그것이 시작되는구나, 하고 생각되는 그 순간까지였었다. 그때가 되면 나는 우리들 사이에 아무런 공통성도 없다는 것을 잊어버렸다. 나는 가만히 귀를 기울였다. 심장이 몹시 두근거릴 정도였다. 나는 모든 것을 내버리고 귀를 기울였다. 그러면 이윽고 시작되는 것이었다 —— 나의 예감이 틀린 적은 한 번도 없었다.

대개의 사람은 어떤 양철로 된 둥근 것, 이를테면 깡통 뚜껑 같은 것이 손에서 미끄러졌을 때의 소리를 알고 있을 것이다. 보통 결코 큰소리를 내며 떨어지지는 않는다. 탁 떨어져서 도르르 굴러간다. 그리고 정말 기분 나쁜 소리를 내기 시작하는 것은 그 회전이 스르르 약해져서, 멎기 전에 비틀비틀하며 테두리를 여기저기 바닥에 부딪칠 때인 것이다. 그런데 —— 이것이 지금 말하려는 것과 비슷한 것이다. 그런 양철로 된 물건이 옆방에 떨어져서 굴러가다가 멎는다. 그리고 그 사이에 일정한 간격을 두고 제자리 걸음 소리가 들려오는 것이었다. 되풀이해서 귀에 들리는 소리가 항상 그렇듯이 소리에도 어떤 내적(內的) 구조가 있었다. 한 번 돌 때마다 변하여 결코 같은 소리를 내지도 않는다. 그리고 이 변화야말로 그 소리가 자체의 법칙성을 가지고 있다는 이야기가 되는 것이다. 날카로울 때도, 부드러울 때도, 우울하게 들릴 때도 있었다. 말하자면 급히 달려갈 때도 있고 끝없이 굴러가다가 겨우 멎을 때도 있었다. 그리고 마지막의 진동은 어느 경우에도 갑작스러웠다. 그것에 반해 이것에 따르는 바닥을 구르는 소리에는 무엇인가 기계적이라 해도 좋을 느낌이 있었다. 그러나 그것은 그 소리를 언제나 다른 데서 끊고 있었다. 그것이 그 임무인 것처럼도 생각되었다. 나는 이러한 연유를 이제서야 좀더 잘 음미할 수가 있다. 옆은 빈 방이다. 의학생은 시골 집으로 돌아갔다. 휴양을 취하도록 하라는 말을 들은 것이다. 나는 맨 위층에 살고 있었다. 오른편은 딴 집이고, 아래층 방에는 아직 아무도 이사를 오지 않는다 —— 내게는 이웃 사람이 없는 것이다.

지금 심정으로 말한다면, 나는 왜 무슨 일이든 좀더 마음편하게 받아들이지 않았던가 하고, 이상한 생각이 들 정도이다. 무슨 소리가 나기 시작할 때는 반드시 내 예감이 경고해주지 않았던가. 그걸 잘 이용해야 했을 것이다. 겁내지 마라, 하고 나는 스스로에게 타일렀어야만 했던 것이다. 저것 봐, 시작한다, 하고. 결코 예감이 틀리는 일이 없다는 것을 알고 있었으니까. 그러나 아마 우연히 듣고서 알게 된 그 사실 때문이었으리라. 그것을 알자 나는 더욱 무서워졌다. 의학생이 책을 읽고 있으면 오른쪽 눈까풀이 저절로 내려와 감겨버리는 그때의 희미하고 느릿한, 소리도 없는 움직임이 그 소동을 일으킨다는 것을 알고 나는 요괴(妖怪) 같은 공포를 느낀 것이다. 의학생에 대한 긴요한 점은 이 점이었는데, 이것은 하찮은 일이라고도 할 수 있었다. 그는 벌써 여러 차례 시험을 치렀으니 그의 명예심도 초조해져 있었을 것이고, 고향 사람들도 편지를 보낼 때마다 독촉을 하고 있었을 것이리라. 그렇다면 마음을 차분히 가라앉히고 버티는 수밖에 달리 무슨 수가 있었겠는가. 그런데 마지막 두세 달을 앞두고 이 병적인 나쁜 버릇이 나타난 것이다. 이 사소한 뜻밖의 피로 현상, 그것은 창문의 커튼이 걷어올려도 걷어올려도 드리워지는 것과 흡사한 우스꽝스러운 현상이었다. 그로서는 몇 주일 동안은 이걸 반드시 극복해낼 수 있을 것으로 믿었으리라고 나는 확신한다. 그렇지 않고야 내가 나의 의지(意志)를 그에게 제공하겠다는 생각을 어떻게 할 수가 있었겠는가. 그것은 어느 날 내가 그의 의지가 극도에 다다랐다는 것을, 깨달은 뒤였다. 그때부터 나는 그것이 시작될 것 같다고 느낄 때마다 이쪽 벽에 서서 그에게 나의 의지를 써달라고 부탁했던 것이다. 그러는 동안 그가 그 청을 받아들이는 것을 나는 알 수 있었다. 어쩌면 그가 그렇게 해서는 안 되었는지도 모른다. 특히 그런 것은 원래 아무 소용이 없다는 것을 생각해본다면, 만일 우리 두 사람의 힘으로 이 발작을 얼마간 미룰 수 있었다 할지라도 그가 이렇게 해서 얻은 약간의 시간을 참으로 잘 사용할 수 있었을는지 어떤지는 역시 의심스럽다. 게다가 나의 부담도 차츰 벅차오기 시작했다. 이런 일이 언제까지나 계속되어도 괜찮을까, 하고 스스로에게 물었던 것을 나는 기억하고 있다. 그런데 바로 그날 오후, 누군가가 우리들 층에 이사를 왔다. 이 조그만 집은 계단이 좁아 사람이 드나들면 반드시 온갖 불안한 잡음을 불러일으켰다. 한참 뒤 누군가가 옆방에 들어간 것 같았다. 우리들의 방문은 복도 끝에 있었는데 그의 방문은 내 방문과 나란히 붙어 있었다. 그러나 나는 그의 방에 가끔 친구들이 찾아온다는 것도 알고 있었고, 아까도 말했듯이 그의 생활에 아무런 관심도 갖고 있지 않았다. 그의 방문이 그 뒤 몇 차례 여닫히고 복도를 왔다갔다하는 발소리가 들리는 것 같았다. 그러나 나로서는 거기까지 관여할 수는 없었다.

그날 밤의 소동은 지금까지와는 비교도 할 수 없는 것이었다. 아직 그다지 시간이 늦지는 않았으나 나는 피곤해서 일찍 잠자리에 들어갔었다. 이대로 잠이 드는지도 모른다는 생각이 들었다. 그때 나는 누가 나를 흔드는 것 같아 벌떡 일어났다. 금방 소동이 벌어졌다. 펄쩍펄쩍 뛰고 뒹굴고, 어딘가에

138

충돌하고, 비틀거리며 맞부딪는 소리가 났다. 발을 구르는 소리도 굉장했었다. 그러자 아래층에서 분명히 홧김에 천장을 두드리는 소리가 들려왔다. 말할 것도 없이 새로 이사온 사람은 잠을 잘 수 없었던 것이리라. 저것봐 —— 저건 이사온 사람이 문을 여는 소리에 틀림없다. 놀라울 만큼 조심스레 열고 있었으나 잠이 깨어버린 나에게는 그 문소리가 들릴 것만 같았다. 다가오는 기척이 들렸다. 틀림없이 어느 방에서 나는 소린가를 확인할 작정이리라. 이상한 것은 이사온 새 이웃이 지나치게 조심스럽다는 것이었다. 이런 아파트에서 그다지 조심할 필요가 없다는 것쯤은 미리 알고 있을 것이다. 대관절 무엇 때문에 발소리를 죽이고 있는 것일까? 그는 한참 동안 내 방문 앞에 서 있는 것 같았다. 이윽고 나는 틀림없이 그 발소리가 옆방으로 들어가는 기척을 들었다. 그는 스스럼없이 옆방으로 들어간 것이다.

그런데 이게 어찌 된 일일까(정말, 이걸 어떻게 표현하면 좋을까)? 갑자기 아무 소리도 없이 잠잠해졌다. 고통이 스르르 가신 것 같은 조용함. 마치 상처가 나을 때 피부에 느끼는 일종의 독특한 그 근질근질함 같은 조용함. 나는 곧 잠이 들 수도 있었을 것이다. 한숨을 크게 한 번 몰아쉬고 잠이 들 수도 있었을 것이다. 그러나 놀라움이 나를 그대로 붙잡아두었다. 옆방에서 이야기 소리가 들렸다. 그러나 그 이야기 소리 또한 고요함의 일부였다. 이 고요함이 어떤 것이었던가는 체험해보지 않고는 모른다. 도저히 글로는 다 표현할 수가 없는 것이다. 주위에는 부드러운 편안함이 충만되어 있었다. 나는 자리에 일어나 앉아 귀를 기울였다. 시골에 있는 것 같았다. 아아, 하고 나는 생각했다. 어머니가 와 있구나, 하고. 그의 어머니가 촛불 옆에 앉아 있다. 아마 그는 어머니의 어깨에 살며시 머리를 기대고 있으리라. 얼마 안 있어 어머니는 그를 침대로 데리고 갈 것이다. 나는 그제야 겨우 복도에서 나던 조심성스러운 발소리의 뜻을 이해했다. 아아, 이런 일이 있을 줄이야. 문까지도 우리들 앞에서 열릴 때와 전혀 다르게 열리는, 그 같은 존재가 있을 줄이야. 그렇다. 이렇게 하여 우리는 잠을 잘 수가 있었던 것이다.

나는 이 이웃 사람에 대한 것을 거의 잊어버리고 말았다. 내가 그에 대해 품은 동정심이 올바른 것이 아니었다는 것을 잘 알 수 있다. 아래층을 지나칠 때면 이따금 물어도 본다. 그로부터 소식이 있는지. 있다면 어떤 소식인가 하고. 좋은 소식이라면 물론 반갑다. 그러나 이것은 나의 지나친 행위다. 원래 그런 것을 알 필요가 내게는 없는 것이다. 가끔 가다 옆방에 들어가 보고 싶은 갑작스런 유혹을 느끼기는 해도, 이건 벌써 그와 관계있는 것은 아니다. 옆방 문은 내 방문에서 불과 한 걸음밖에 안 되었고 그 방에는 쇠도 채워져 있지 않다. 방 안이 어떤 식으로 되어 있는지, 이것이 나의 흥미를 끄는 것이리라. 어떤 방이라도 마음속에 상상하는 건 쉽다. 대개는 거의가 생각했던 대로이다. 그런데 내 옆방만은 언제나 상상하고 있는 것과는 전혀 다른 것이다.

내가 그 방에 이끌리는 것은 그런 이유 때문일 것이라고 스스로에게 말해본다. 그러나 거기서 나를 기다리고 있는 것은 무슨 양철로 된 물건이라는 것도 나는 잘 알고 있다. 그건 무슨 깡통 뚜껑일 거라고 나는 내 멋대로 생각해버렸다. 하지만 물론 틀렸는지도 모른다. 그럼 그래도 상관 없다. 그저 깡통 뚜껑이라고 해두는 것이 내 성미에 맞는 것이다. 그가 그걸 안 가져갔다고 생각해도 좋겠지. 아마 방은 치워져서 뚜껑은 본래대로 깡통에 닫혀 있을 것이다. 그래서 양자는 합쳐져서 깡통이라는 개념, 정확하게 말하면 둥그런 깡통이라는, 단순해서 누구나가 다 알고 있는 개념을 만들어낸다. 나는 깡통을 성립시키고 있는 이 양자가 벽난로 위에 놓여진 광경까지 상상할 수가 있을 것 같다. 아니, 그뿐이 아니라 거울 앞에 서 있기도 한다. 그러기 때문에 배후에 또 하나 실물로 오해할 만큼 똑같은 허상(虛像)의 깡통이 생겨나는 것이다. 우리들에게는 아무 가치도 없는, 그러나 이를테면 원숭이 같으면 이것을 움켜쥐려들지도 모르는 깡통이. 그렇다, 두 마리의 원숭이가 움켜쥐려한다고도 할 수 있을 것이다. 난롯가에 기어오른 순간 원숭이도 두 마리가 될 터이니까. 그것은 어쨌든간에 옆방에서 쭉 나를 노리고 있는 것은 이 깡통 뚜껑인 것이다.

누구에게도 이의(異議)는 없을 것이다 —— 깡통 뚜껑이라는 건, 그것이 정상적인 깡통으로, 깡통 가장자리가 뚜껑과 꼭 맞도록 굽어 있는 그러한 깡통의 뚜껑이라면 이 깡통에 끼워져 있는 외의 소망을 가질 턱이 없지 않을까. 이거야말로 뚜껑으로서는 그지없는 행복으로서 더없는 만족이며 소망이라는 소망이 모두 실현된 상태라고도 할 수 있을 것이다. 끈기있고 부드럽게 한결같은 힘으로 돌려져서 조금은 팽창한 기운 위에 안주(安住)하고 그리고 파고드는 깡통 가장자리를 몸뚱이에 느끼면서 닫히기 전의 자기 테두리의 느낌과 똑같이 부드럽게 팽창되는, 이것은 분명 이상적이라 할 수 있는 상태이다. 그리고 이 행복의 고마움을 특히 아는 뚜껑이 얼마나 적은지 모른다. 이것으로 보더라도 물건들이 인간과의 교섭에 의해 얼마만큼 혼란당하고 있었는가를 알 만하다. 즉, 지금 가령 인간들을 이런 뚜껑에다 비유한다면, 그들은 자기들의 일 위에 마지못해 거북살스럽게 올라앉아 있다고 할 수 있는 것이다. 너무 허둥대다가 자기에게 적합한 일을 만나지 못했기 때문이기도 할 것이다. 홧김에 삐뚤어진 채로 씌워졌기 때문이기도 하리라, 맞포개어져 테두리가 각기 제멋대로의 방향으로 굽었기 때문이기도 하리라. 꾸미지 않고 정직하게 말한다면 —— 인간들의 마음속에는, 틈만 있으면 뛰어내려 뒹굴며 깡통 같은 요란한 소리를 내려고 벼르고 있다는 생각밖에는 없는 것이다. 그렇지 않다면 이른바 그 기분 전환이니, 그것이 빚어지는 턱없는 소란이니 하는 모든 것이 도대체 무엇 때문에 생겨난다는 말인가?

물건들은 벌써 몇 세기나 지난 옛날부터 이 모양을 보아왔다. 그들이 타락한 것도, 그들이 원래 가지고 있던 조용한 용도(用途)에 대한 흥미를 상실하고 주위의 인간들의 흉내를 내어 쾌락의 생활을 탐하려는 것도 이상할 것은 없다. 물건들은 그 사용 용도(使用用途)에서 달아나고 싶어만 한다. 의욕을 잃고 자포자기하게 된다. 사람들도 물건들이 도망치는 현장을 목격해도 도무지 놀라지 않는다. 스스로에게 경험이 있기 때문이다. 하기는 자기들 쪽이 강자이고 즐거움을 누릴 권리도 더 많다고 생각하므로 자기 흉내를 냈다고 느끼기 때문에 일단 화를 내기도 한다. 하지만 결국에 가서는 자기들이 형편되어가는 대로 내버려두는 것과 마찬가지로 그런 사태를 보고도 못 본 척 내버려둔다. 그러나 어딘가에 생각을 깊이 하는 사람, 이를테면 어떤 고독한 사람이 있어 스스로를 토대로 듬직하게 자리를 잡으려고 날마다 날마다 염원한다면, 대번에 타락한 기물(器物)들의 반항, 욕지거리, 증오를 불러일으키게 될 것이다. 그들은 양심의 거리낌 때문에 생각을 집중시켜 스스로의 본연의 의의(意義)에 투철하려고 애쓰는 자의 존재를 이제는 더 이상 견뎌낼 수가 없는 것이다. 그래서 그들은 고독자를 방해하기 위해, 위협하기 위해, 속이기 위해 결속한다. 그들은 그것이 가능하다는 것을 알고 있는 것이다. 그래서 그들은 서로 눈짓을 주고받으며 유혹하기 시작한다. 유혹은 순식간에 한없이 부풀어올라 모든 존재, 끝내는 하느님마저도 자기 쪽에 끌어들여 오직 한 사람에게 대항하는 것이다. 틀림없이 그 유혹에 이기고야 말 한 사람 —— 성자(聖者)에게.

이제 와서 나는 그 기괴한 일련의 그림을 잘 이해할 수 있다. 거기서 물건들은 답답하고 틀에 박힌 용도에서 빠져나와, 정욕에 사로잡혀 기분 전환을 하는 이 우연한 음탕에 전율하면서 신기한 듯이 서로 유혹하고 있다. 부글부글 끓으면서 뒹굴고 있는 냄비들, 무엇인가를 생각해낸 프라스코 따위, 그리고 무료한 채로 구멍에다 몸을 틀어박고 자위하는 깔때기 등. 생각을 할 겨를도 없이 거기에 섞이는 것은 질투심 많은 무(無)에 의해 내던져진 사지(四肢)며 몸뚱이, 물건들 사이에서 미적지근한 것을 토해내는 얼굴, 물건들에 추종하여 피리를 부는 엉덩이.

그리고 성자(聖者)가 허리를 구부려 몸을 움츠리고 있다. 그러나 그 눈에는 이 광경이 있을 수 있는 일이라고 인정하는 눈빛이 아직도 남아 있었다 —— 그는 보고 만 것이다. 벌써 그의 감각은 영혼의 맑은 용액(溶液) 속에서 가라앉는다. 이미 그의 기도는 낙엽이 져서 시들어버린 관목처럼 입에서 튀어나와 흩어졌다. 그 심장은 뒤집혀서 혼탁 속으로 흘러나온다. 그의 채찍은 파리를 쫓는 소의 꼬리처럼 힘없이 그의 몸에 맞을 뿐이다. 그의 성(性)은 다시금 육체의 한 군데에 응집되어, 여인이 풍만한 유방을 가진 앞가슴을 드러내고 지저분한 게으름 속에서 똑바로 다가오자 손가락처럼 가늘게 일어선다.

나에게는 이러한 그림들이 고리타분하게 여겨졌던 시기가 있었다. 그림에 의심을 느낀 것은 아니다. 성자들에게도, 어떤 일이 있더라도 다짜고짜 하느님부터 시작하려 했던 이들 열렬하고 성급한 사람들에게도 이런 일은 일어날 수 있었으리라고 나는 생각했었다. 그러나 우리는 이미 이 성급함을 스스로에게 기대할 수는 없다. 우리에게는 하느님은 너무나 어려워서 우리와 하느님과의 거리를 만드는 긴 일을 천천히 완수하려면 잠시 하느님을 뒤로 미루지 않으면 안 된다는 예감이 드는 것이다. 그러나 지금이야말로 나는 이 일을 성자로서 사는 것과 조금도 다름없는 각오로 떠맡지 않으면 안 되는 것이라고 깨닫는 것이다. 일찍이 동굴 속 공허한 잠자리에서 하느님을 섬기던 은자(隱者) 주위에 일어났던 일들은 지금 이 일을 위해 모든 고독한 사람들을 에워싸고 다시금 생겨나는 것이라고 생각하는 것이다.

고독한 사람에 대해 이야기할 때, 사람들은 항상 지나친 전제를 두는 법이다. 사람들은 고독한 사람이 어떤 존재인가를 알고 있는 줄 안다. 아니다. 그들은 모른다. 그들은 한 번도 고독한 사람을 본 일이 없다. 그를 알지 못하고 오직 미워해왔을 뿐이다. 그들은 그를 한 번 이용하는 이웃 사람이었으며 그를 유혹하는 옆방의 목소리였던 것이다. 사람들은 물건들을 부추겨서 그에게 거역하게 하고, 그 소음으로 고독의 목소리가 사라져 버리게 했다. 그가 철부지였을 무렵, 아이들은 떼를 지어 그를 못살게 굴었다. 커감에 따라 그는 어른들을 적으로 돌리지 않으면 안 되었다. 그들은 흡사 사냥개처럼 숨어 있는 그를 찾아내었으므로 그의 긴 청춘에 금렵기(禁獵期)는 없었다. 그래도 그가 용케도 지치지 않고 이 박해에서 벗어나자 그들은 그가 남긴 것에 조소를 퍼붓고 그것을 욕하면서 중상했다. 그 소리에도 듣는 체 만 체하고 있으니 그들은 더욱 노골적으로 그의 음식을 빼어먹고 그의 공기를 깡그리 흡수하여 그의 가난에 침을 뱉어 견딜 수 없는 것으로 바꾸려 했다. 전염병 환자를 대하듯이 그에 대해 터무니없는 소문을 내고 돌팔매질을 하며 한시바삐 쫓아버리려고 했다 —— 그는 틀림없이 그들의 적이었던 것이니까.

그러나 그토록까지 해도 여전히 그가 눈을 들지 않고 있자 그들은 생각에 잠겼다. 어떠한 박해도 끝내는 그의 의도에 따를 뿐이고 그가 혼자 있는 힘을 강하게 하여 그로 하여금 영원히 그들로부터 결별하게끔 재촉할 뿐이라는 예감이 들었다. 그래서 그들은 태도를 바꾸어서 생각지도 못한 최후의 수단, 완전히 다른 반항 방법을 생각해냈다 —— 그것이 명성(名聲)이었다. 이 떠들썩함을 만나면 거의 누구나가 다 얼굴을 들었고 마음이 어지러워지고 말았던 것이다.

아마 내가 어렸을 때 가지고 있었던 조그만 초록빛 책이 오늘밤에 다시금 내 마음속에 떠올랐다. 그 책이 원래 마틸데 브라에의 것이었던 것처럼 생각되는 것은 무엇 때문인지는 확실히 모르겠다. 책을 얻었을 때는 별로 흥미도 없고 해서 몇 년이나 지난 뒤에 비로소 나는 그 책을 읽었다. 울스고르에 돌아가 있던 휴가 때였다고 생각된다. 그러나 그 책은 처음 한 번 보았을 때부터 나에게 중요하게 여겨졌다. 손에 들고 보기만 해도 어디라고 할 것없이 마음끌리는 것으로 가득 차 있었다. 장정의 초록빛부터 무엇인가 뜻이 있을 것 같아 곧 내용 또한 그러리라는 생각이 들었다. 마치 약속이나 한 듯이 우선 그 매끈매끈한 흰 바탕에 흰 물결무늬를 아로새긴 면지(面紙)의 페이지가 나타났다. 그 다음이 짐짓 비밀을 지니고 있는 것같이 보이는 목록 페이지였다. 삽화가 있을지도 모른다. 문득 그런 생각이 들었다. 그러나 삽화는 한 장도 없었다. 하나 그것도 그런 대로 좋다고, 다소 미련을 남기면서도 인정하지 않을 수가 없었다. 어딘가에서 가느다란 서표(書標) 리본이 발견되면 무언지 모르게 보상을 받은 것 같은 기분이 들었다. 이미 실오라기가 닳아서 너덜너덜하게 끼워져 있었지만, 아직도 장미빛이 바래지 않고 선명하게 남아 있는 것이 대견스러웠다. 도대체 언제부터 그 페이지 사이에 끼워져 있었던 것일까. 어쩌면 한 번도 쓰여지지 않았는지도 모른다. 제본공(製本工)이 바쁜 통에 제대로 잘 보지도 않고 총총히 거기에다 집어넣은 것일까. 하지만 그건 우연한 것이 아니겠지. 누군가가 거기까지 읽고 책을 놓았다가 다시 손에 들지 않았다. 그런 일도 있을 수 있는 것이다. 마침 그때 운명이 문을 두드려 그를 책과는 전혀 인연이 먼 바쁜 생활 속으로 몰아넣은 것이다. 책은 결국 생활 그 자체는 아닌 것이니까. 이 책의 앞 부분이 읽혔는지 어떤지는 똑똑히 알 수가 없었다. 이 대목을 여러 번 펼쳤으리라. 단지 그것뿐이었다고 생각된다. 아니면 때로 밤늦게야 비

144

로소 책과 마주할 수가 있었는지도 모른다. 어찌되었든 나는 이 리본이 끼워져 있던 두 페이지에 대해 누군가 사람이 서 있는 거울을 볼 때와 같은 어떤 거리낌을 느꼈다. 그 대목을 나는 끝내 읽지 않고 말았다. 애당초 전부를 통독했는지 어떤지조차도 기억에 없다. 별로 두꺼운 책도 아니었다. 그러나 거기에는 많은 이야기가 실려 있었다. 오후에 읽을 때면 특히 그렇게 느꼈다. 그런 때, 반드시 아직 모르는 이야기가 나오곤 하는 것이었다.

그 가운데의 두 가지는 아직도 기억하고 있다. 어떤 이야기였던가를 여기에 써보기로 하자 —— 그리샤 오트레피요프(러시아의 가짜 황제 드미트리 1세)의 최후와 용감한 샤를르 대공(大公 부르고뉴 공)이 몰락한 이야기를.

읽었을 당시에 감명을 받았는지 어떤지는 벌써 잊어버렸다. 그러나 그로부터 몇 년이나 지난 지금 와서 나는 가짜 황제의 시체가 군중들 속에 내던져져 사흘 동안이나 뜯기고 찔려 얼굴에는 가면을 쓴 채 버려져 있던 광경의 묘사를 생생하게 생각해내는 것이다. 그 조그만 책을 언제 다시 손에 잡아볼 기회가 있으리라고는 물론 생각되지 않는다. 그러나 그 대목이 똑똑히 보아두어야 할 대목이었다는 것만은 틀림없다. 될 수만 있으면 모태후(母太后)와의 대면의 경위를 다시 읽어보고 싶은 생각도 든다. 그녀를 모스크바로 불러들였을 때, 그에게는 어지간히 자신이 있었던 것 같다. 그때의 그는 자기를 너무 강하게 믿은 나머지 정말로 자기 어머니 같은 생각으로 부르려 했던 것이라고 내게는 여겨지는 것이다. 그리고, 비참한 수녀원에서 밤을 낮삼아 달려온 이 마리 나고이(이반 4세의 황비) 역시 그를 자기 자식으로 인정했기 때문에 사실 모든 것을 맘대로 할 수 있는 위치로 돌아갈 수 있었던 것이다. 그러나 그 자신은 그녀가 그를 인정한 바로 그 때에 흔들리기 시작한 것이 아니었을까? 그의 변신(變身)의 힘은 정녕 누구의 자식도 아니라는 그 자체 속에 있었던 거라고 믿어도 좋다고 생각한다.

'이것은 결국 집을 뛰쳐나온 모든 젊은이들의 힘인 것이다(이것은 원고의 여백에 쓰어진 것이다).'

민중들은 황제란 어떤 것인가를 생각도 해보지 않고 그저 그를 황제로 삼고 싶어했기 때문에 그의 가능성을 더한층 자유자재로 무한정하게 만든 것이었다. 그러나 설사 모태후의 인정이 납득이 가는 기만이었다 할지라도,

그것은 오히려 그를 비소(卑小)하게 만드는 힘을 갖고 있었다. 그것은 그를 풍만한 허구의 세계에서 따돌려버렸다. 그리고 그를 무기력한 모방의 틀에다 묶어버렸다. 그를 그가 아닌 한 명의 고립자(孤立者)로 전락시켰다 —— 그를 사기꾼의 처지로 끌어내린 것이다. 거기다 이제 마리나 므니체크(그리사 의 아내)까지 끼어서 은밀히 그의 힘을 해체시켰다. 그녀는 그녀 나름대로 그를 부인했다. 뒤에 가서 알게 되었듯이 그녀는 그를 믿은 것이 아니라, 상대가 누구라도 좋았던 것이다(가짜 황제가 살해된 뒤에 나타난 가짜 드미트리 2세까지도 그녀가 자기 남편으로 인정한 사실을 가리킨다). 물론 나는 이런 여러 가지 사태가 그 이야기 속에서 어느 정도까지 고려되었는지 보증할 수 없다. 그러나 아무래도 씌어져 있지 않으면 안 될 이야기였다고 나는 생각하는 것이다.

하지만 그건 고사하고라도 이 사건은 지금도 결코 낡아빠진 것은 아니다. 지금 여기에 어떤 작가가 있어, 마지막 몇 순간에 세심한 주의를 기울이려 한다고 생각해보자. 그의 생각이 잘못되었다고는 할 수 없을 것이다. 그 마지막 순간에는 수많은 사건이 일어나는 것이다 —— 그는 편안한 꿈에서 깨어나 창가로 뛰어가 창틀을 넘어 안뜰의 위병(衛兵)들 사이에 뛰어내린다. 그는 혼자서는 일어설 수가 없다. 위병들에게 부축되어 일어난다. 필경 발을 삐었을 것이다. 두 남자에게 부축을 받으면서 그는 그들이 그를 믿고 있다는 것을 느낀다. 그는 둘레를 둘러본다. 다른 사람들도 자기를 믿고 있다. 문득 그는 이 친위대(親衛隊)의 거인들을 가엾게 느끼기조차 한다. 이토록이나 신뢰하고 있었을 줄이야 —— 그들은 이반 뇌제(雷帝)를 직접 보고 알고 있었다. 그런데도 자기를 믿고 있을 줄이야. 그들에게 설명해줄 수 있으면. 하지만 입을 열면 다만 비명 소리만이 튀어나올 것이다. 발의 아픔이 심해서 이 순간 그는 스스로의 처지까지 생각할 수가 없었다. 의식에 떠오르는 것은 발의 아픔뿐이다. 게다가 이제 그럴 여유도 없다. 군중들이 닥쳐오고 있다. 슈이스키(바실리 4세 1552~1612, 가짜 황제에 대한 민중 봉 기의 선두에 서서 제위에 올랐으나 뒤에 추방되었다)의 모습이 보이고 그 뒤에 모든 군사가 있다. 이제 끝장이다, 하고 생각할 때 근위병들이 그의 둘레를 둘러싼다. 그를 지키려 하는 것이다. 그리하여 기적이 일어난다. 이들 노병(老兵)들의 신뢰가 전파되어 갑자기 아무도 감히 더 앞으로 나오려고 않는다.

그의 바로 눈앞까지 다가와 있던 슈이스키는 어쩔 줄을 몰라 어느 창문을 올려다보고 외친다. 그는 돌아보지 않는다. 그 창문에 누가 서 있는지 알고 있는 것이다. 주위가 조용해진다. 갑자기 단절된 것처럼 잠잠해지는 그 기척을 그는 이해한다. 이제야말로 목소리가 들릴 것이다. 그때 이내 귀에 익은 그 목소리가, 억지로 힘을 준 거짓이 뒤섞인 날카로운 목소리가 들린다. 그의 귀는 황제의 모태후가 그를 부인하는 것을 듣는다.

여기까지는 사건이 저절로 진행된다. 그러나 이제부터는 작가가 필요해지게 된다. 그 다음에 남아 있는 몇 줄의 이야기에서는 어떠한 항변이라도 짓누를 만한 세찬 힘이 쏟아져나오지 않으면 안 되기 때문이다. 말하고 않고는 별문제로 치고라도, 그 목소리와 권총 소리 사이에 다시 한 번 모든 것이 되고자 하는 의지와 기력이 무섭게 압축되어 그의 가슴속에서 타오른 것을 의심할 수는 없다. 그렇지 않고서는 사람들이 잠옷 바람의 그의 시체를 마구 찔러 살아 있는 한 인간의 억센 반응을 시험해보려는 듯이 온몸을 찔러 벌집처럼 만들어버린 사실이 얼마나 철저하고 훌륭한 결말이 되느냐는 것을 이해할 수는 없을 것이다. 더구나 그는 죽고 나서도 여전히 사흘 동안이나 스스로 이미 거의 단념하고 있던 그 황제의 가면을 계속 쓰고 있었던 것이다.

지금 생각해볼 때 같은 그 책에 평생을 통해서 계속 하나의 존재였던 불변(不變)의 사람, 화강암같이 견고하여 바꿀 수가 없었으며, 그를 견뎌내던 주위의 사람들 모두에게 더욱더 무겁게 짓눌릴 뿐이었던 그 인물(샤블르 대공)의 최후가 씌어져 있었던 것도 역시 무슨 인연이라고 생각된다. 디종(부르고뉴의 옛 수도)에 그의 초상이 한 폭 남아 있다. 그러나, 그가 키가 작달막하고 비뚤어진 성품에 옹고집이고 자포자기적인 사람이었다는 것도 또한 사람들이 잘 아는 바이다. 다만 그의 손에 대해서는 어쩌면 아무도 생각하지 않았을는지도 모른다. 기분 나쁘게 열이 나는 손이라 줄곧 식히고 싶어했다. 손가락마다 바람이 통하게끔 벌리고 언제나 서늘한 물건 위에 올려놓고는 했었다. 보통 머리에 피가 오르듯이 그의 경우는 이 손에 피가 모여, 움켜쥔 그 주먹은 사실 미치광이의 머리처럼 부풀어올라 온갖 변덕이 그 속에서 날뛰는 것이었다.

이런 피와 함께 사는 것에는 비상한 조심성이 필요했다. 공(公)은 이 피와 더불어 스스로의 속에 갇혀 있었다. 가끔 가다 이 피가 그의 주위를 우울하고 어둡게 꿈틀거리며 도는 것을 느끼면 그는 공포를 느꼈다. 그 자신 통 아는 바 없는 이 성급한 포르투갈 혼혈의 피가, 스스로도 무서울 만큼 이상하게 여겨질 때가 있었던 것이다. 잠자는 동안에 이 피가 자기를 엄습하여 갈가리 찢어놓지나 않을까 하고 자주 불안에 사로잡혔다. 그는 피를 잘 길들이고 있는 척했다. 그러나 그는 항상 공포 속에서 살고 있었다. 피가 질투에 미쳐 날뛰는 것을 두려워하여 한 번도 여자를 사랑하려 하지 않았다. 그리고 피의 격렬함을 생각한 나머지 포도주에 입술을 댄 적도 없었다. 술을 마시는 대신 장미잼으로 이 피를 달래려 했다. 아니, 꼭 한 번 마신 일이 있다. 로잔(스위스의 레만 호수의 북쪽 기슭의 도시) 교외의 막사(幕舍)에서 그랑송(로잔에서 북으로 30킬로, 뇌샤텔 호반)이 적의 손아귀에 떨어졌을 때였다. 그때 그는 병을 앓고 있었는데 막사에 틀어박힌 채 진한 포도주를 많이 마셨다. 그러나 그때는 그의 피가 잠자고 있었다. 그가 바른 정신을 잃고 있던 만년(晩年)에는 피가 때로는 이와 같은 무거운 짐승 같은 잠에 곯아떨어질 때가 있었던 것이다. 그런 때, 그가 얼마만큼 이 피의 폭압(暴壓)에 굴하고 있는지를 잘 알 수 있었다. 피가 잠이 들어버리면 그는 무(無)나 다름없었다. 그렇게 되면 측근이라 할지라도 아무도 그의 곁에 들어오는 것을 허락하지 않았다. 그들이 하는 말들이 그에게는 이해가 되지 않았던 것이다. 외국의 사신(使臣) 앞에 폐인으로 변한 그런 모습으로 나타날 수도 없었다. 그는 그저 앉은 채 피가 눈을 뜨기를 기다렸다. 그러는 동안 피는 대개 갑자기 후닥닥 일어나 심장에서 쏟아져나와 날뛰며 짖어대는 것이었다.

이 피 때문에 그는 스스로도 아무 가치도 없다고 생각하는 많은 물건을 끌고 다녔다. 세 개의 큼직한 다이아몬드와 온갖 보석, 플랑드르(현재의 벨기에 및 남부 네덜란드에 해당됨, 중세의 모직물 공업의 중심지)의 레이스와 아라스(북 프랑스의 도시, 직물 생산지)의 양탄자 등을 수북이 쌓아 가지고 다녔다. 금실로 꼬아 만든 끈이 달린 전용 비단 천막과 종자들을 위한 천막이 4백 벌. 판자에 그린 초상화와 순은으로 새긴 그리스도의 열두 제자상 그리고 타랑의 왕자, 클레브 공, 바덴의 필립, 샤토기용의 성주(城主)

등. 그는 스스로의 피에게 자기가 황제이며 천하에 자기 위에 설 자가 없다는 것을 인식시키려고 했다── 이렇게라도 하면 자기를 두려워할 줄 알았던 것이다. 하지만, 이토록 증거를 보여주었는데도 불구하고 그의 피는 그를 믿지 않았다. 의심많은 피였다. 그래도 얼마 동안은 반신반의로 내버려둘 수가 있었는지도 모른다. 그러나 그는 우리의 뿔피리 때문에 정체가 탄로나고 말았다(우리는 스위스의 써. 스위스의 그 랑송, 모라에서 패한 것을 말한다.) 그 이래, 피는 자기가 한 패배자의 몸 안에 있다는 것을 알고 밖으로 흘러나가려 했다.

지금에 와서 나는 이런 식으로 생각하고 있다. 그러나 그때에 가장 강한 인상을 받은 것은 사람들이 그를 찾아낸 공현절(公顯節 동방 박사 세 사람이 베들레헴을 찾아온 축일. 1월 6일. 샤를르 대 공이 전사한 것은 1월 5일이었다) 날의 사건이었다.

그 전날 로트링겐의 젊은 영주(로렌 공 르네 2세)는 기묘할 만큼 어처구니없이 끝난 싸움의 바로 직후 비참하게 짓밟힌 영지 안의 도시 낭시(당시의 로렌 써 동프랑스의 수도)로 말을 몰아서 아직 날도 채 새기 전부터 측근의 사람들을 깨워 샤를르 공의 행방을 물었다. 사자(使者)를 연달아 내보내 그 스스로도 이따금 창가에 침착하지 못한 초조한 모습을 나타내었다. 마차나 들것에 운반되어오는 사람들 모두를 그가 식별할 수 있었던 것은 아니었다. 그러나 공이 아니라는 것만은 알았다. 부상자들 속에도 없었다. 쉴새없이 끌려오는 포로들도 누구 하나 공을 본 사람은 없었다. 그러나 도망자들이 가는 곳마다 제멋대로의 소문을 퍼뜨려 그들은 언제 공과 마주치게 될지 모르는 공포 때문에 당황하고 겁을 먹는 것이었다. 이미 날은 저물었다. 여전히 공의 행방은 알 수가 없었다. 공이 행방불명이라는 사실은 긴 겨울 밤 내내 차츰 퍼져갔다. 그리하여 그것이 알려지는 곳곳에서 사람들의 마음에는 공은 아직 살아 있다는 갑작스럽고 지나친 확신이 생겨나는 것이었다. 아마도 일찍이 이날 밤만큼 공이 사람들의 상상 속에 생생하게 살아 있었던 적은 없었을 것이다. 집집마다 사람들은 자지 않고 공을 기다렸으며 그가 문을 두드리는 소리를 환상 속에서 들었다. 그리고 그가 오지 않으면 벌써 지나가버린 때문이라고 생각하는 것이었다.

그날 밤은 얼음이 꽁꽁 얼었다. 그가 이 세상에 있다는 상념까지 얼어붙은 것 같았다. 이 상념은 그만큼 굳은 신념으로 변하고 있었다. 그것이 풀리려면

길고 긴 세월이 흘러야만 했었다. 사람들은 누구나가 다 똑똑히 그의 생존을
확신하지 못한 채 완고하게 그의 생존을 고집하고 있었다. 공이 그들 위에
가져온 운명은, 오직 그의 '살아 있음'을 통해서만 견딜 수 있는 것이었다.
공의 존재에 익숙해지도록 노력하는 데에 사람들은 굉장한 고통을 치러
왔다. 한데 그것이 가능해진 지금, 그들은 공은 그들에게 있어 언제까지나
마음에 새겨두고 싶은 잊을 수 없는 존재가 되어버렸다는 것을 깨닫는
것이었다.

그래도 날이 새어, 1월 7일 화요일 아침이 되자 또다시 수색이 시작되었다.
이번에는 안내역이 따랐다. 공의 시동이 주인이 말에서 떨어지는 광경을
멀리서 보았다는 것이다. 그래서 그 장소로 안내를 시키기로 하였다. 시동
자신은 아무 말도 하지 않았다. 캄포바소 백작(나폴리 용병 대장, 샤를르 대공에게 종사
했으나 당시 전투에서 배반했다고 한다)이
그를 동반하고 대신 설명을 한 것이었다. 이렇게 해서 시동이 앞장을 서고
다른 사람들이 그 뒤에 따랐다. 변장을 하여 야릇하게 불안스러워보이는
시동의 모습은 그것이 정말로 그 소녀같이 아름답고 날씬한 몸매의 장
바티스타 콜론나이리라는 것이 좀처럼 믿어지지가 않았다. 그는 추위에
오들오들 떨고 있었다. 대기(大氣)는 어젯밤에 얼어붙어 굳어졌고, 발 밑
에서는 이빨을 가는 듯한 소리가 났다. 어쨌든 누구나 모두 몸이 얼어
있었다. 단지, 루이 11세라는 별명을 가진, 공에게 고용된 어릿광대만이
이리저리 돌아다니고 있었다. 개 흉내를 내며 앞섰다 뒤로 돌아왔다 하기도
하고 한참 동안 네 발로 소년 곁을 깡충깡충 달라붙듯이 뛰기도 했다. 그러나
멀리에 시체라도 발견하게 되면 냉큼 뛰어가 몸을 구부리고, 그런 흉한
꼴을 하고 있지 말고 우리가 찾고 있는 분이 되어달라고 말했다. 잠시 생각할
여유를 주었다가는 다시 기분 나쁜 태도로 모두들 있는 데로 되돌아와,
위협을 하고 저주를 하며 죽은 사람들의 고집과 태만을 욕하는 것이었다.
이렇게 하여 무척 멀리까지 걸어갔는데 언제 끝이 날지 알 수가 없었다.
거리는 이제 거의 보이지 않았다. 추위는 심한데도 하늘이 어느 사이엔지
구름이 잔뜩 끼어서 침침하여 앞이 잘 보이지 않았던 것이다. 평야는 평
탄하고 무관심하게 펼쳐져 있었다. 그리고 이 얼마 안 되는 사람의 무리는
앞으로 나아갈수록 더욱더 길을 잘못 들어선 것 같았다. 누구 하나 입을

여는 사람도 없었다. 단지 종종걸음으로 따라오는 노파 하나가 입을 맷돌처럼 우물거리다가 고개를 설레설레 내젓고 있을 뿐이었다. 어쩌면 기도라도 드리고 있었던 것이리라.

갑자기 앞장선 시동이 멈추어 서더니 주위를 둘러보았다. 그리고 공의 시의(侍醫)인 포르투갈인 루피를 돌아보고 앞쪽을 가리켰다. 몇 걸음 앞에 온통 얼음이 언 곳이 있었다. 웅덩이나 못인 듯했다. 거기에는 반쯤 빠진 듯한 꼴로 열 명인지 열두 명의 시체가 뒹굴고 있었다. 옷을 벗겨가 모두 벌거숭이가 되어 있었다. 루피는 몸을 구부리고 주의 깊게 하나하나 조사했다. 사람들도 각기 보고 다니는 동안 과연 올리비에 드 라 마르슈(年代記 작가, 시인. 1425~1502)와 사제(司祭)가 발견되었다. 그러자 그때 그 노파는 눈 속에 무릎을 꿇고 통곡을 하며 큼직한 손 위에 몸을 구부리고 있었다. 그 손은 손가락을 크게 벌리고 굳어진 채 내밀어져 있었다. 사람들은 그 쪽으로 뛰어갔다. 루피가 하인들에게 거들게 하여 시체를 반듯이 눕히려고 했다. 얼어버렸던 것이다. 그러나 얼굴은 엎어진 채 얼어붙어 있었다. 그것을 억지로 잡아떼니 한쪽 볼의 살이 약간 떨어져나갔다. 다른 한쪽 볼은 개나 승냥이한테 물어뜯겨버렸다는 것도 알 수 있었다. 귀밑에서부터 깨어진 상처로 인해 얼굴 자체가 도저히 얼굴이라고 할 수가 없을 지경이었다.

한 사람, 또 한 사람, 모두들 뒤를 돌아보았다. 누구나가 다 등 뒤에 로마 카톨릭 교회의 명예를 짊어진 공, 그 사람의 모습이 서 있는 것같이 느꼈다는 것이다. 그러나 눈에 들어오는 것은 화가 나서 피투성이가 되어 뛰어오는 어릿광대의 모습뿐이었다. 그는 입고 있는 망토를 당겨올리자 무엇인가를 털어내듯이 흔들어댔다. 그러나 망토에서는 아무것도 떨어지지 않았다. 모두들은 시체의 특징을 찾기 시작했다. 몇 가지를 찾아내었다. 사람들은 불을 피우고 더운 물과 포도주로 시체를 씻었다. 목덜미의 흉터가 나타나고 두 개의 큼직한 종기 자국이 나왔다. 시의는 이미 의심하지 않았다. 그러나 사람들은 다시 다른 데도 살펴보았다. 어릿광대 루이 11세는 두세 발자국 앞에서 커다란 검정말 모로의 시체를 발견했다. 공이 낭시 전투가 있던 그날 타고 있었던 말이었다. 공은 이 말에 올라타고 짤막한 다리를 드리우고 있었던 것이다. 말의 코에서 나는 피가 여전히 입 속으로 흘러들고 있어,

자기 피를 맛좋게 빨아먹고 있는 것같이 보였다. 좀 떨어진 곳에 있던 하인 하나가 공의 왼쪽 발톱 하나가 살 속으로 파고들듯이 자랐을 것이라고 말했다. 모두들 그 발톱을 찾기 시작했다. 그러자 어릿광대는 누가 자기 몸을 간지르기나 하는 듯이 몸을 뒤틀며 외쳤다. "아아, 주인님, 이 어리석은 사람들이 당치도 않는 당신의 상처를 드러내고 있는 것을 용서하십시오. 당신의 유덕(遺德)이 나타나 있는 저의 이 슬픈 얼굴을 보고서도 여전히 당신을 분간할 수가 없다고 하고 있습니다."

'대공의 유해가 안치되었을 때 그 방에 맨 먼저 들어간 것도 이 어릿광대였다. 거기는 게오르그 후작인지 하는 사람의 집이었다. 왜 그 집이 선택되었는지 아무도 몰랐다. 관에는 아직 황포가 씌워져 있지 않았다. 그때문에 어릿광대는 이 광경의 감명을 고스란히 자기 것으로 만들 수가 있었던 것이었다. 조끼의 순백과 망토의 짙은 붉은색이 천개(天蓋)와 깔개 양쪽의 검정 사이에서 어색하고 쌀쌀한 감을 주어 동떨어진 느낌을 주었다. 바로 앞에 금을 입힌 큼직한 박차가 달린 붉은빛 승마용 구두가 이쪽을 향해 놓여져 있었다. 저쪽 윗목에 위치하고 있는 것이 머리라는 것은 왕관을 봐도 의심할 여지가 없었다. 갖가지 보석을 박은 대공(大公)을 위한 커다란 왕관이었다. 어릿광대 루이 11세는 그 자리를 돌아다니면서 모든 것을 세밀히 조사했다. 잘 알지도 못하지만 공단을 만져보았다. 고급 공단이리라. 어쩌면 부르고뉴 왕가의 물건치고는 다소 검소한 것인지도 몰랐다. 그는 다시 한 번 뒤로 물러서서 전체를 바라보았다. 눈[雪]의 반사 때문에 색채가 서로 동떨어진 것같이 보였다. 그는 그 하나하나를 마음속에 새겼다. "훌륭한 의상이다." 나중에는 감탄조로 중얼거렸다. "좀 지나치게 화려 할는지는 모르겠지만." 그에게는 죽음이 인형극의 인형조종사같이 여겨 졌다. 갑자기 대공의 인형이 하나 필요하게 된 거겠지 하고(이것은 원고의 여백에 씌어진 것이다).'

이제는 어떻게도 변할 수 없는 일이라면 그 사실을 슬퍼하거나, 혹은 비판하거나 하지도 말고 그대로 순순히 인정하는 것이 현명한 방법일 것이다. 이를테면 내가 진정한 독서가(讀書家)가 아니었다는 것도 요즘 와서 겨우 알게 되었다. 어렸을 때의 나에게는 독서가 무슨 노동의 한 가지처럼 여겨졌던 것이다. 언젠가 좀더 커져서 연달아 온갖 일이 생기게 될 때, 여하간에 이 독서라는 일을 맡게 될 수도 있을 거라고 생각하고 있었던 것이다. 언제 그렇게 되는가 하는 것에 대해서는 솔직하게 말해서 뚜렷한 생각이 있는 것도 아니었다. 생활이 조금 변하여 그때까지 안쪽에서 다가오고 있던 것이 한결같이 밖에서 밀어닥치게 되면 자연히 저절로 그걸 깨닫게 될 거라고 어렴풋이 생각하고 있었을 따름이다. 그때가 되면 모든 것이 분명해져서 틀릴 리가 없다고 생각했던 것이다. 결코 단순하지는 않지만 반대로 몹시 까다롭고 복잡해서 나에게는 어려운 일이더라도 어쨌든 내 눈에 똑똑히 보일 것이라고 생각하고 있었다. 유년 시절이라는 것이 갖는 그 독특한 끝이 없고 아무런 관계도 없고 전망이 없는 —— 그러한 것도 그때에는 극복될 것이라고 생각했던 것이다. 물론 어떻게 해서 그렇게 되는지는 짐작도 할 수가 없었다. 결국 그러한 사태는 더욱더 길어질 뿐, 출구가 없었다. 밖을 내다보려고 하면 할수록 반대로 마음의 내부를 어지럽히는 결과가 되었다 —— 왜 그랬었는지는 알 수 없다. 그러나 아마 그러한 상태도 어느 극한까지 부풀어오르면 그 뒤 뚝 끊어지는 것이리라. 어른들이 그런 일에 마음을 끓이고 있지 않다는 것은 쉽사리 알 수 있었다. 그들은 유유히 돌아다니며 판단을 하고 행동하고 있었다. 비록 곤란을 당하더라도 그것은 바깥 사정 때문인 것이었다.

그런 변화가 시작되기까지 나는 독서라는 것을 연장시키고 있었던 것이다. 그때가 되면 책과도 친구처럼 사귈 수가 있겠지. 독서를 위한 시간, 꼭 정해져 있는 한결같이 기분좋게 지나가는 시간이 내가 원하는 만큼 거기에 있게 되겠지. 물론 몇 권의 책과 특별히 친해질 수도 있으리라. 그걸 읽는다고 정신이 빠진 나머지 때로는 산보나 약속이나 연극의 개막 시간을 어기거나 급한 편지를 30분이나 미룬다. 이런 일이 절대로 없다고는 할 수 없다. 그러나 마치 책 위에 누워 있었기라도 한 듯이 머리칼이 헝클어지고, 귓불이 타오르듯 화끈거리는 반면에 손은 금속처럼 싸늘하거나 기다랗던 초가 한쪽 옆에서 다 타붙어 촛대에서 푸지직 소리를 내는 그런 일은, 다행하게도 그때에는 완전히 없어져 있으리라.

이와 같은 세밀한 현상을 특별히 여기에서 얘기하는 것도, 울스고르에 돌아가 지내던 그 휴가 때, 내 자신 상당히 기이한 생각을 품으면서 경험한 일이었기 때문이다. 그때 나는 갑자기 독서에 몰두하게 되었다. 그리고 곧 나는 진정한 독서란 할 수 없는 것이라고 깨닫게 되었다. 확실히 내가 전부터 예상했던 것보다 빨리 시작된 셈이었다. 그러나, 거의 같은 나이 또래의 객지 소년들하고만 지낸 솔레에서의 그 1년 동안의 생활이, 나의 그런 식의 계획과 포부를 회의적으로 만들어버렸던 것이다. 솔레에서는 연달아 생각도 하지 못한 경험이 나를 엄습했다. 그리고 그 어느 것이나 다 나를 어른으로 취급하고 있다는 것을 똑똑히 알았다. 어느 것이나 다 인생 그 자체와 같은 크기의 경험으로서, 있는 그대로의 무게로 나를 짓눌러왔다. 그러나 내가 그러한 것들을 내 눈앞의 현실로서 이해하면 할수록, 그만큼 역시 내가 도리어 어리다는, 아직도 해결되지 않은 또 하나의 현실에 대해서도 눈이 뜨여져가는 것이었다. 아직 어른이 채 되지 않았다는 것과, 그와 동시에 나의 미숙함이 더 계속될 것 같다는 걸 나는 알아야만 했다. 인생의 시기를 나눈다는 건 당연히 저마다의 자유라고 나는 스스로에게 말해보았다. 그러나 그것은 연구를 해서 정해야 하는 일이었던 것이다. 그리하여 그것을 생각해내기에는 내가 아직 미숙하다는 걸 알 수 있었다. 구획을 지으려고 시도할 때마다, 인생은 그렇게 해서 알 수 있는 것이 아니라는 걸 깨닫게 되었다. 그러나 나는 나의 유년 시절은 이미 지나간 것이라고 완고하게 믿으려 했다. 그러나 그 순간, 와야 할 미래까지 흔적도 없이 사라지고 오직 납병정을 세우기 위한 발 밑의 추(錘) 정도의 것밖에 남아 있지 않는 것이었다.

이 발견이 나를 더욱 다른 소년들로부터 떨어지게 만들었다는 것은 당연한 것이다. 그것은 내 마음을 내부로 돌리게 하고, 일종의 어떻다고도 할 수 없는 기쁨으로 나를 가득 채웠다. 그 기쁨은 나의 연령을 훨씬 초월하는 것이었으므로 오히려 슬픔이라고 느껴졌다. 지금도 기억하고 있지만, 이렇게 한 가지도 뚜렷하게 구분을 짓고 예정을 세울 수가 없다면, 자칫하다가는 여러 가지 할 일을 잊어버리지나 않을까 하고 불안한 생각이 들기도 했다. 이런 심정으로 울스고르로 돌아간 나는 집에 있는 장서(藏書)를 보자 갑자기 독서를 하기 시작한 것이다. 무언가 양심의 가책 비슷한 것을

느껴가면서까지 급히 읽었다. 뒷날 종종 느꼈던 것을 그 즈음에 벌써 나는
어슴푸레하나마 느끼고 있었던 것 같다 —— 즉, 책이라는 책을 깡그리 읽을
만한 각오가 없다면 한 권이라 할지라도 책을 펼 권리가 없을 것이다, 하는
그런 심정이었던 것이다. 한 줄 한 줄 읽어나갈 때마다 비로소 세계에 닿는
듯한 느낌이 들었다. 책을 읽기 전에 세계는 완전무결한 것이었다. 책을
다 읽고 난 뒤에도 세계는 다시 완전무결한 모습으로 돌아가리라. 그러나
아직도 제대로 읽을 줄도 모르는 내가 어떻게 그 모든 책을 향할 수가
있었겠는가? 검소한 서재인데도 책은 다 읽을 수도 없을 만큼 수없이
꽂혀 있었다. 나는 반항적인 기분으로 덤벼들어 무엇인가 분수에 넘치는
일을 저지르려는 사람처럼 책장과 책장 사이를 뚫고 지나갔다. 그때 내가
읽은 것은 실러(독일의 시인, 극 작가. 1759~1805), 바게센(덴마크의 시인, 문 학가. 1764~1826), 엘렌실래거(덴마크의 문학 가, 1779~1850)
와 샤크 슈타펠트(독일계 덴마크 시 인. 1769~1826) 서재에 있던 월터 스콧(영국의 시인, 소 설가. 1771~1832)의 책
전부와 칼데론(스페인의 극작 가. 1600~1681) 등이었다. 벌써 진작 읽었어야 할 종류의 책도
몇 권인가 손에 들어왔으나 그 나머지도 어느 것이나 모두 도저히 읽기에는
너무 이른 것뿐이었다. 당시의 나의 나이에 꼭 맞는 책은 거의 한 권도
없었다. 그런데도 불구하고 나는 읽었다.
　뒷날, 나는 가끔 밤중에 잠을 깨는 일이 있었다. 별들이 놀랄 만큼 또
렷하게 반짝이며 의미있는 듯이 하늘을 돌고 있었다. 나는 어떻게 해서
이렇게도 수많은 세계를 무시하고 태연히 있을 수가 있는가 싶어 이해가
되지 않는 기분이었다. 지금 생각하니 자신없이 읽고 있던 책에서 얼굴을
들어 한여름이 와 있는 창 밖을 내다볼 때마다 느낀 것이 이것과 똑같은
뉘우침이었던 것 같다. 밖에서 아베로네가 부르고 있었다. 그녀는 나를
부르지 않을 수가 없는 듯했고, 나는 결코 대답하려 하지 않았다. 그런
일이 전혀 뜻밖에 우리 두 사람 사이에 생겼던 것이다. 그것은 우리들이
가장 행복했던 시기에 일어났다. 아무튼 나는 책에 달라붙어 거만스레
고집을 부리며, 매일 둘이서 지낼 수 있었을 휴가에서 달아나 숨어 있었던
것이다. 자연스럽게 기쁨을 나눌 수 있을 때가 얼마든지 있었는데, 어리고
서툴었던 나는 대개는 눈에 뜨이지 않는 그런 기회를 이용할 줄도 몰랐다.
점점 서먹해져가는 우리 두 사람의 화해의 시기를 뒷날로 미루어 그리면서,

그런 대로 즐겁게 생각하고 있었던 것이다. 그것은 앞으로 미루면 미룰수록 반대로 안타깝게 마음을 죄는 것이었다.

그것은 어쨌든간에, 나의 몽유병 같은 독서열은 그것이 시작되었을 때와 마찬가지로 어느 날 갑작스레 식어버렸다. 그리하여 우리들은 서로가 마음속으로부터 화를 냈다. 아베로네가 이제는 사정없이 나에게 조소와 우월감을 보여주었기 때문이다. 그리고 정자에서 만나도 그녀는 책을 읽고 있는 중이라고 상대도 하지 않으려 드는 것이었다. 어느 일요일 아침 과연 책이 그녀 곁에 덮인 채 놓여져 있었다. 그러나 그녀는 책은 읽지도 않고 구즈베리의 빨간 열매를 유난히 바쁜 듯이 까고 있을 뿐이었다. 포크를 가지고 조심조심 조그만 송아리에서 열매를 빼고 있는 것이었다.

그것은 7월에 흔히 있는, 잠을 푹 자고 난 것 같은 신선한 이른 아침 한때였음에 틀림없다. 그런 때에는 곳곳에서 뜻밖의 즐거운 일이 일어나는 법이다. 몇백만이나 되는, 조그맣지만 억누를 수 없는 것의 움직임이 모여서, 정확한 반응이 있는 생존의 모자이크를 만들어낸다. 모든 것이 이리 저리 날면서 대기 속에서 흐르고 있다. 그 시원한 기운이 뚜렷한 그림자를 드러내고 햇빛을 경쾌한 영적(靈的)인 반짝임으로 바꾼다. 뜰 안에는 이렇다할 눈에 띄는 것은 없어진다. 온갖 것이 여기저기 흩어져 있다. 아무것도 놓치고 싶지 않다면 모든 사물로부터 몸을 숨기지 않으면 안 될 것이다.

아베로네의 그 사소한 태도 속에는 이러한 자연 전체가 고스란히 그대로 나타나 있었다. 틀림없이 이와 같은 일을 열심히 하고 있는, 특히 지금 그녀가 하고 있는 바로 그런 몸짓으로. 그것이 얼마나 행복하게 보였던 것인지. 그림자 속에서 한층 더 맑아보이는 그녀의 손은 두 손 모두 경쾌하게 움직였고, 포크로부터는 둥근 열매가 기쁜 듯이 이슬을 머금은 포도잎이 깔린 접시 속으로 뛰어들어가고 있었다. 접시에는 벌써 빨강이며 금빛 윤기나는 투명한 열매가 수북이 쌓였다. 열매는 훌륭한 씨를 새큼한 과육(果肉)으로 감싸고 있었다. 이런 것을 나는 그저 황홀하게 언제까지나 보고 있고 싶었다. 그러나 꾸지람을 들을 것 같았고, 또 아무렇지도 않은 척하기 위해 나는 그녀 곁의 책을 집어들자 테이블 맞은편에 앉아서 페이지를 뒤적이다가 아무 데서나 읽기 시작했다.

"차라리 소리를 내고 읽는 게 어때? 책벌레 씨." 하고 아베로네는 한참 있다가 말했다. 그 목소리에는 이미 싸움 투의 울림은 없었다. 게다가 나도 슬슬 진지하게 화해할 시기라고 생각했으므로 곧 소리를 내고 읽기 시작 했다. 단숨에 한 대목을 끝까지 읽고 나서 다시 읽어나가려고 먼저 베티 네에게 —— 하고 표제를 읽었다.

"아니야, 답장은 안 읽어도 돼." 하고 아베로네는 나를 가로막고, 갑자기 피로한 듯이 조그만 포크를 내려놓았다. 그러고 나서 곧 그녀는, 그녀를 바라보는 내 얼굴을 보고 웃었다.

"어쩌면 그렇게 서투르게 읽지, 말테."

그 말을 듣고, 나는 전혀 건성으로 읽었다는 것을 인정하지 않을 수가 없었다. "빨리 그만 읽게 해줬으면 하고 있었으니까 그렇지 뭐." 하고 나는 털어놓고서 화끈해지는 얼굴로 페이지를 들치고 책의 표제를 읽었다. 비로소 무슨 책이었던가(베티네의《괴테와 한 소녀와의 편지》)를 알았다. "왜 답은 안 읽어도 돼요?" 하고 나는 흥미를 느끼고 물었다.

아베로네는 듣지 못한 것 같았다. 그녀는 밝은 빛깔의 옷에 감싸여 거기에 앉아 있었다. 그녀의 눈동자가 그늘졌다. 그와같이 그녀의 마음속도 온통 어두워진 것같이 여겨졌다.

"이리 좀 줘봐." 하고 그녀는 갑자기 성난 듯이 말하고 내 손에서 책을 받아들자 펴고 싶은 데를 금방 폈다. 그러고서 그녀는 베티네의 편지 하나를 읽었다.

내가 얼마나 이해했던가는 기억에 없다. 그러나 이 모든 것을 언젠가는 깨달을 수 있게 된다고 엄숙하게 서약을 받은 듯한 기분이었다. 그녀의 목소리는 점차 높아지고 마침내는 귀에 익은, 그 노래를 부를 때 같은 어조로 커져감에 따라, 나는 내가 우리들의 화해를 너무나도 대단찮게 생각하고 있었던 것을 부끄럽게 느꼈다. 이것이 바로 화해란 것을 나는 잘 알 수가 있었다. 그러나 그것은 지금 내가 닿을 수 없는 아득한 머리 위, 어딘지도 모르는 커다란 공간에서 이루어지고 있었던 것이었다.

서약은 지금도 여전히 이루어지고 있다. 언제부터인지 이 책은 나의 장서의 한 권이 되었다. 그 책은 내가 손에서 놓을 수 없는 얼마 안 되는 책의 하나로 나는 지금은 생각하는 장면을 자연스럽게 펼 수가 있다. 그런 대목을 읽으면서 나는 내가 베티네를 생각하고 있는지 아베로네를 생각하고 있는지 구별을 할 수 없는 것이다. 아니 베티네야말로 내 마음속에서 더욱더 생생한 실체(實體)가 되었다. 내가 실제로 알았던 아베로네는 그네에게 이르는 하나의 준비였는지도 모른다. 이제 그녀는 베티네의 모습이 융합함으로 해서 그녀 본래의 필연의 존재로 돌아간 것같이 생각된다. 이렇게 말하는 것은, 이 놀라운 베티네가 이러한 수많은 편지에 의해 광대한 공간에 끝없는 모습을 남기고 있기 때문이다. 그녀는 처음부터 마치 죽은 뒤처럼 만유(萬有)로 변신(變身)하고 있었다. 곳곳에서 그녀는 그 몸을 깊숙이 존재 속에 숨기고 존재 그 자체와 결합하고 있었다. 그녀에게 일어나는 것은 바로 그대로 자연 속의 영원한 발생이었다. 거기서만이 그녀는 스스로를 인식하고 고통스러울 만큼 세찬 힘으로 그곳에서 스스로를 해방시켰다. 인습을 벗어나듯이 고생해가며 그 깊이에서 스스로를 찾아서 흡사 정령(精靈)처럼 스스로를 불러내어 그 스스로를 유지했다.

　베티네, 당신은 바로 얼마 전까지 존재하고 있었던 것이 아닐까. 나는 당신을 분명히 느낀다. 대지는 아직도 당신의 체온으로 해서 따뜻하고 새들 역시 당신의 목소리를 위해 공간을 남기고 있는 것이 아닐까. 이슬이야 다르다 할지라도 별들은 여전히 당신의 밤에 반짝이던 그 별이다. 아니, 처음부터 이 세계 그 자체나 당신으로부터 유래되는 것이 아니었을까? 왜냐하면, 당신은 얼마나 여러 번 당신의 사랑의 불길을 이 세상에 놓아서 세계가 활활 타오르고 또 다 타는 것을 보았으며, 사람들이 잠든 틈에 그것을 은밀하게 새로운 세계와 바꾸어놓았던 것일까. 하느님께서 만드신 모든 것을 위해, 저마다가 제 자리를 얻게 하기 위해 아침마다 새로운 대지(大地)를 하느님께 요구한 당신은, 그때 하느님과 뜻이 통하는 것을 알고 있었던 것이다. 세계를 아끼거나 꾸민다는 것이 당신에게는 비참한 일로 여겨졌다. 당신은 세계를 다 써버리고 그때마다 새로운 세계를 원하여 두 손을 내밀었다. 당신의 사랑에는 어떠한 일이라도 해내는 힘이 있었던 것이다.

　아직도 당신의 사랑을 이야기하지 않는 사람이 있는 것은 어찌된 것일까? 도대체 그 이후 그 이상의 기억할 만한 무슨 일이 일어났단 말인가?

사람들은 무슨 일에 마음을 빼앗기고 있단 말인가? 당신 자신은 스스로의
사랑의 가치를 알고 있었다. 당신은 그 사랑을 소리높이 당신의 최대의
시인(피테를 가리킴)에게 알렸다. 그러면 아직도 자연의 원소 그대로인 그 사랑을
인간 세상의 것으로 바꾸어질까 하고 바랐던 것이다. 그러나 시인은 당
신에게 답장을 씀으로써 그것을 세상사람들에 대한 훈계로 삼았다. 사람들은
이 답장을 읽고 오히려 그쪽을 믿었다. 그들에게는, 자연보다도 시인 쪽이
더 이해하기가 쉬웠던 것이다. 그러나 여기에 이 시인의 위대함의 한계가
있었다고, 언젠가는 밝혀질 것이 틀림없다. 사랑에 산 이 여성은 말하자면
그의 과제(課題)였다. 그것에 그는 견뎌내지 못했다. 그가 그 사랑에
응하지 못했다는 것은 도대체 무엇을 뜻하는 것일까? 이와 같은 사랑은
어떠한 보답도 필요로 하지 않는다. 그것은 스스로의 속에 유혹의 목소리와
해답을 가지고 있다. 스스로 듣는 수밖에는 없는 것이다. 그러나 시인은
이 사랑 앞에 최대한의 위엄을 갖추고 머리를 숙여, 그 옛날 요한이 파토모스
섬에서 하느님의 계시를 썼듯이(파토모스는 그리스의 섬. 열두 제자의 한 사람인 요한이 유 배되었던 곳. 그는 여기서 신약성서의 《묵시록》을 썼다.) 무릎을
꿇고 두 손으로 사랑이 불러주는 말을 받아 썼어야만 했을 것이다. '천사의
직무를 수행하는' 이 목소리에 대해서는 어떠한 선택도 있을 수가 없었다.
그 목소리는 그를 에워싸기 위해 그를 영원의 나라로 데려가기 위해 있던
것이다. 그 목소리는 그가 불길로 화해 승천하기 위한 수레로 와 있었다.
그의 죽음을 위해 어둠에 싸인 신비한 신화가 마련되어 있었다. 그러나
그는 그것을 허무하게 버렸던 것이다.

운명은 무늬나 도형을 만들어내기를 좋아한다. 그 어려움은 복잡성에
있다. 그러나 생활 자체의 어려움은 오히려 그것이 단순하기 때문에 생긴다.
우리들이 미칠 수 없는 것은 두세 가지 커다란 것뿐이다. 성자는 운명을
거부해가면서 하느님에게 향하기 위해 이 얼마 안 되는 것을 택한다. 그러나
여성 또한 태어날 때부터의 본성으로 남자에 대해 이것과 비슷한 선택을
하는 수밖에 없다. 이 사실이 온갖 사랑의 관계의 불행을 불러일으키는
것이다. 여성은 결연히 운명을 떠나 영원한 존재처럼 늘 변화하는 남자의
곁에 선다. 사랑하는 여성은 항상 사랑받는 남성을 능가한다. 삶은 운명보다

더한층 위대하기 때문이다. 그녀는 끝없이 헌신하고 싶어한다 —— 그것이 그녀의 행복인 것이다. 그리고 그녀의 말할 수 없는 괴로움은 항상 이 헌신을 억제하게끔 요구당하는 사실, 그 한 가지에서 비롯한다.

일찍이 여자들의 한탄은 이 한탄을 빼고는 달리 없었다. 엘로이즈(프랑스의 철학자이자 신학자인 피에르 아벨라르의 여제자. 1101~64)의 맨 처음 두 통의 편지를 가득 채우는 것도 한결같이 이 한탄이고, 5백 년 뒤에 저 포르투갈 여인(마리아나 알코포라도를 말함. 포르투갈의 프란시스코회 수녀)의 편지에서 피어오르는 것도 이와 똑같은 한탄이다. 사람들은 다시금 새의 지저귐 소리 같은 그 목소리를 분간해낸다. 문득 알게 되는 이 인식의 밝은 공간을 홀연히 저 사포(기원전 612년 무렵에 태어난 그리스 최대의 여류 시인)의 아득히 먼 모습이 지나간다. 몇 세기 동안의 사람들이 운명 속에서 찾았기 때문에 발견할 수 없었던 그 모습이.

나는 아무래도 저 사내로부터 신문을 살 용기가 나지 않는다. 뤽상부르 공원 밖을 저녁 나절 내내 어슬렁어슬렁 왔다갔다하고 있는 사내의 모습을 보면, 저래가지고 정말 신문을 몇 부쯤 갖고 있을까 하고 의심이 든다. 철책에 등을 돌리고 손은 철봉을 묻은 돌 축대 가장자리를 만지고 있다. 그는 달라붙듯이 엎드려 있기 때문에 날마다 그의 모습을 보지도 못한 채 지나치는 사람들도 많다. 하기는 사나이의 몸 속에 아직도 목소리는 조금 남아 있어서 외치기는 한다. 그러나 그 목소리는 램프나 난로가 내는 소리, 혹은 동굴에 기묘한 간격으로 떨어지는 물방울 소리와 다를 것이 없다. 그런데도 세상은 심술궂게 그가 입을 다무는 동안에만 사람들이 그 옆을 지나가도록 마련해놓은 듯했다. 그는 움직이고 있는 그 무엇보다도 조용하게 움직였다. 시계바늘같이, 그 바늘의 그림자같이, 아니, 시간 그 자체와 같이 소리도 없이 이리저리 움직였다.

나는 사나이를 보는 것조차도 싫었다. 내가 왜 그런 잘못된 생각을 했는지 모르겠다. 고백하기에 부끄러운 일이지만 나는 종종 그의 곁을 지나갈 때면 다른 사람들의 걸음걸이를 흉내내어 모르는 척했다. 그러면 그자가 입속말로 "신문" 하는 소리가 들렸다. 그러자 바로 잇달아서 다급한 간격으로 두 번, 세 번. 한옆에 있던 사람들은 주위를 둘러보며 그 목소리를 찾았다. 나만은 다른 사람들보다 걸음을 빨리 하여 못 들은 척했다. 생각에 몰두해 있는 것처럼.

아니, 사실 생각에 잠겨 있기도 했다. 사나이의 모습을 마음속에 그리려고 나는 열중해 있었던 것이다. 사나이의 신상을 상상하는 작업을 시작하여 긴장한 나머지 땀이 솟아났다. 그를 만들어내는 것은 벌써 아무런 확증도 구성 요소도 없는, 결국 가서는 철두철미 마음속에서 조립하는 수밖에 없는, 죽은 사람의 모습을 만드는 것과 같은 일이었기 때문이다. 고물상 가게라면 어디라도 굴러 있는, 줄이 생긴 상아제(製)의 십자가에서 내려진 그리스도의 상(像)을 여러 가지로 상상하니 조금 도움이 되는 것 같았다. 피에타상(_{예수그리스도의 시체를
안은 슬퍼하는 마리아상})이 문득 내 마음에 떠올랐다가 사라졌다. 이것은 모두 필경 그저 사나이의 길쭉한 얼굴이 나타내는, 약간 기울어진 경사와, 움푹 파인 볼에 난 듬성한 수염, 거기다 비스듬히 위로 쳐든 채 감겨진 표정의 그 결정적으로 애처로운 장님의 눈, 그러한 것들을 불러일으키는 순서에 지나지 않았을 것이다. 그러나 그 밖에도 그의 특징은 많이 있었다. 무엇 하나 소홀하게 할 것이 없다는 것을 벌써부터 나는 깨닫고 있었던 것이다. 윗도린지 외투인지 뒤가 다 낡아버려 칼라가 송두리째 보이는 모습, 불룩 튀어나와 움푹 꺼진 목 둘레에 헐렁하고 큼직한 반원을 만들고 있는 그 칼라, 그러한 전체를 느슨하게 죄고 있는 녹색빛 나는 검정 넥타이. 특히 낡고 운두 높은 딱딱한 펠트 모자. 그는 그것을 장님 특유의 방법으로 쓰고 있었다 —— 얼굴의 주름살과 아무런 관련도 없이, 이 부가물(付加物)과 자기 자신과의 하등의 새로운 조화를 만들어낼 가능성도 없이 —— 버릴 수는 없어서 형식적으로 머리에 썼을 뿐 그와는 인연없는 물건에 지나지 않았다. 사나이 쪽을 볼 용기가 없어 질려 있는 동안, 어느 사이엔지 사나이의 모습은 아무런 원인도 없는데 종종 내 마음속에 고통스러울 만큼 심하게 무참한 비참으로 엉키게 되어서, 나는 마침내 견딜 수가 없어졌다. 더욱더 치밀해지는 나의 상상력을 눈앞의 사실로써 위협하여 부수어버리려고 결심했다. 저녁이 되었다. 곧 사나이 앞을 조심조심 지나가려고 나는 생각했다.

그런데 계절이 마침 봄으로 접어들려 할 무렵이었다는 것을 말해두지 않으면 안 되겠다. 온종일 불어대던 바람이 자고, 골목은 길게 몸을 눕히고 있었다. 그 골목 모퉁이 근처의 집들이 금방 잘라낸 하얀 금속의 단면처럼

아련히 반짝이고 있었다. 그것은 놀랄 만큼 가벼운 금속이었다. 폭넓게
끝없이 이어지는 한길은 오가는 사람들의 무리로 붐비고 있었다. 어쩌다가
지나가는 마차를 눈여겨보는 사람도 거의 없었다. 일요일이었던 게 틀림
없다. 생쉴피스(1733년에 건립한 사원) 탑의 꼭대기장식이, 바람이 잔 조용한 하늘에 상
쾌하게 뜻밖의 높이로 나타나, 좁다란 로마식 골목 안에서 계절이 퍼져
나가는 것이 보이는 듯했다. 공원 안도 그 앞도 사람들의 왕래로 가득 차서
당장에는 사나이의 모습도 눈에 뜨이지 않았다. 어쩌면 처음에는 사람들의
무리에 뒤섞이어 그걸 분간할 수가 없었던 것일까?

나는 금방 나의 상상이 전혀 가치없다는 것을 알았다. 생각이나 공상
으로는 조금도 사로잡을 수 없는, 스스로의 비참에 몸과 마음을 완전히
내맡긴 그 모습은 나의 수단을 훨씬 넘어서고 있었다. 사나이의 경사진
자세의 각도도, 눈까풀 속에 줄곧 넘쳐흘러 사나이에게 가득 차 있는 듯한
공포도 나는 모르고 있었다. 하수도의 배수 구멍처럼 움츠러진 사나이의
입매를 나는 생각도 해보지 않았다. 틀림없이 그도 추억을 갖고 있었을
것이다. 그러나 이제는 이미, 날마다 닳도록 손을 쓰다듬고 있는 등 뒤의
돌축대 가장자리의 그 무형(無形)의 감촉 외엔, 그의 영혼에 덧붙여지는
것이란 아무것도 없었던 것이다. 나는 걸음을 멈추고 있었다. 이 모든 것을
거의 순식간에 간파하면서 나는 사나이가 여느때와 다른 모자를 쓰고,
틀림없이 나들이용 넥타이를 매고 있다고 느꼈다. 그것에는 노랑과 자색의
격자 무늬가 엇비슷이 새겨져 있고 모자는 어떤가 하면 녹색 리본이 달린
싸구려 새 보릿짚 모자였다. 물론 그런 빛깔 같은 것은 아무래도 좋다.
내가 그것을 기억하고 있는 것도 시시한 일이다. 단지 나는 이 넥타이와
모자가 사나이의 몸차림 가운데서 마치 새의 제일 부드러운 가슴 부분같이
여겨졌던 것을 말하고 싶을 뿐이다. 나 자신이 특히 그걸 갖고 싶었던 것은
아니다. 하물며 지나가는 사람들의 그 누가 (나는 주위를 둘러보았다) 이
나들이 차림이 자기네를 위한 것이라는 걸 알았겠는가?

나는 끓어오르는 감동과 더불어 깨달았다. 하느님, 당신은 이런 식으로
존재하고 계셨다. 당신의 존재의 증거는 여러 가지가 있다. 나는 그것을
죄다 잊어버렸고 일찍이 필요하다고 느낀 적도 없다. 왜냐하면 당신 존재의

확증을 위해서는 얼마만큼 터무니없는 의무를 짊어져야 할지 모르기 때문이다. 그러나 이제야말로 그 증명이 나에게 보여졌다. 이것이 당신의 취미인 것이다. 이렇게 하여 당신은 만족하신다. 무엇보다도 끝까지 견디는 것, 그리고 판단을 내리지 않는 것, 이것을 우리는 배워야만 할 것이다. 무엇이 고통일까? 무엇이 은총일까? 당신만이 그것을 아는 것이다.

다시금 겨울이 찾아와 나에게 새 외투가 필요하게 되거든 —— 적어도 그것이 새것일 동안 만이라도 내가 그것을 '그 장님과 같은 방법으로' 입도록 해주십시오.

내가 그들보다 나은, 처음부터 내것인 옷을 입고 나돌아다니며 어디든지 거처를 갖고 싶어한다 해서 그것은 내가 그들과 다르다는 것을 알리기 위해 하는 것은 아니다. 나는 감히 그렇게 할 수는 없다. 그들과 같은 생활을 할 용기가 없는 것이다. 손이 마비되면 나 같으면 그 손을 감출 것이다. 그러나 그녀는(하지만 나는 이 일 외에 그녀가 누구였는지 알지도 못하지만), 날마다 카페의 테라스 앞에 나타나서는, 굉장히 귀찮은 일이었는데도 망토를 벗고, 괴상망측한 누더기며 속옷으로부터 자기 몸뚱이를 끌어내는 것이었다. 고생스러운데도 싫어하지도 않고 벗고 꺼내고 하느라 몹시 시간이 걸려, 보고 있는 쪽에서 거의 견딜 수가 없을 정도였다. 이윽고 그녀는 우리들 앞에 말라비틀어진 팔을 드러내고 얌전하게 섰다. 그 팔은 보기만 해도 신기한 물건이었다.

아니, 나는 나자신을 각별히 그들로부터 구별짓자는 것은 아니다. 그러나 그들과 똑같고 싶다고 한다면 이것 역시 건방진 생각이다. 나는 그렇게는 될 수 없다. 나에게는 그들만큼의 강인성도, 그들만큼의 절도도 없는 것이다. 나는 하루에 세 끼니 식사를 할 수 있고 남들처럼 살고 있으므로 아무런 비밀도 없다. 그러나 그들은 마치 영원한 존재처럼 살고 있다. 11월이 되어도 여전히 날마다 서 있던 거리 모퉁이에 나타났고, 겨울을 앞두고도 비명조차 올리지 않는다. 안개가 자욱이 끼어 그들의 모습을 어렴풋이 희미하게 만든다. 그래도 그들은 개의치 않는다. 나는 여행을 떠나 병에 걸려 많은 것을 잃었다. 그러나 그들은 죽지 않고 살아 있었다.

'나는 사실 학교에 가는 어린이들이 그 잿빛 냄새로 우울해진 썰렁한 방에서, 대관절 어떻게 일어날 수 있는지 그것조차 모르는 것이다. 뼈만 남은 앙상한 어린이들이 허둥거리며 어른들의 거리로, 밤의 찌꺼기가 음울하게 남아 있는 새벽 속으로, 언제 끝날지도 모르는 학교의 수업을 받으러 뛰어간다. 언제까지나 조그만 어린이 그대로, 언제나 불안한 예감에 가득 차서 언제나 지각을 하며. 도대체 누가 그 일에 힘을 빌려주는 것일까. 나는 쉴새없이 소비되는 그 수많은 조력(助力)을 상상도 할 수가 없는 것이다(이것은 원고의 여백에 씌어진 것이다).'

이 도시는 서서히 그들의 처지로 떨어져가는 사람들로 가득 차 있다. 대개의 사람은 처음 얼마 동안은 반항하며 버둥거린다. 그러나 이윽고 도달하는 곳이 이 윤기를 잃은 늙은 처녀들의 처지인 것이다. 이미 저항하는 것도 잊어버리고 저도 모르게 윤락에 몸을 내던지는 처녀들, 마음의 가장 깊은 곳만은 침범당하지 않은, 아직 한 번도 사랑을 받아본 일이 없는 강인한 처녀들.

끝내는 하느님, 당신께선 나에게 모든 것을 버리고 그녀들을 사랑하라고 말하실지도 모른다. 그렇지 않다면 나를 앞질러가는 그녀들의 뒤를 쫓지 않는 것이, 왜 이토록이나 내 마음을 무겁게 하는 것일까? 왜 나는 문득 더없이 감미로운 밤의 정적보다도 더 은밀한 말을 생각해내는 것일가? 내 목소리는 부드럽게 목과 가슴 사이에 치밀어오르는 것이다. 그리고 왜 나는 그녀들을 말할 수 없이 상냥하게 나의 이 숨결로 감싸주고 싶다고 생각하는 것일까. 그녀들은 말하자면 인생에 희롱당한 인형이다. 오는 봄마다 다만 허무하게 팔만 이리저리 잡아당겨서 어깻죽지마저 느슨해지고 말았다. 그녀들은 그렇게 높은 희망에서 떨어진 것은 아니다. 그래서 산산이 부수어지지는 않았지만 한껏 얻어맞아 이미 인생에는 쓸모없는 존재가 되었다. 길잃은 고양이가 저녁때 그녀들의 방으로 숨어 들어와 발톱을 세우고 그녀들의 배 위에서 잠드는 것이다. 이따금 나는 그런 처녀의 뒤를, 골목을 둘씩이나 돌면서 미행해본다. 그녀들은 집의 처마 밑을 따라 지나간다. 끊임없이 오는 사람들이 그 모습을 감추면, 그 등 뒤에서 그녀들은 흔적도 없이 사라져버린다.

그러나 나는 알고 있다. 설사 누군가가 그녀들을 사랑하려고 해도, 그녀들은 너무 많이 걸어서 이젠 한 걸음도 더 갈 수 없는 사람처럼 무겁게 그 사람에게 몸을 기댈 뿐일 것이다. 그녀들이 견뎌낼 수 있는 것은, 오직 아직도 사지(四肢)에 부활의 힘을 간직한 예수뿐이라고 나는 믿는다. 그리고 그로서는 그녀들 따위는 아무래도 상관이 없다. 예수를 유혹할 수 있는 것은 오직 사랑에 사는 여자들뿐이다. 사랑을 받기 위한 부족한 재능을 불꺼진 램프처럼 켜들고 기다릴 뿐인 그런 여자들이 아니다.

만약 내가 극도로 비참하게 살게끔 운명지어져 있다면 아무리 좋은 옷으로 위장을 해봤자 아무 소용이 없다는 것쯤은 나도 잘 알고 있다. 그는 (프랑스 왕 샤를르 6세) 왕권의 중심에 있었으면서도 가장 비참한 운명으로 전락하지 않았던가. 그는 영화의 계단을 오르는 대신 구렁텅이까지 떨어져버리지 않았던가. 왕궁의 정원이 이제 와서 무슨 증명이 되는 것도 아니지만, 나는 분명히 가끔 다른 왕다운 왕을 생각하고 그 존재를 믿었다. 그러나 지금은 밤이다. 그리고 겨울이다. 나는 추위에 떨고 있다. 비참한 왕밖에 지금은 믿을 수가 없다. 왜냐하면 영광은 한순간에 지나지 않는 것이니까. 그리고 우리들은 비참보다 더 오래 지속되는 것을 일찍이 본 일이 없기 때문이다. 왕이 영속되어야 할 것이라면 그것이야말로 왕이어야 하기 때문이다.

이 사람이야말로, 유리 뚜껑 밑에 있는 납으로 만든 꽃처럼 광기(狂氣)의 덮개 밑에 언제까지나 자기 몸을 지탱하고 있던 이 사람이야말로 유일한 왕이 아니었을까? 다른 왕들을 위해서 사람들은 교회에서 장수를 빌었다. 하지만 그를 위해서는 소르본 대학의 총장이었던 장 샤를리에 제르송(프랑스의 신학자 1363~1429)이 기원했을 뿐이다. 그즈음 그는 이미 가장 불행한 사람이 되어, 왕관을 쓴 채 파멸되어 심한 곤궁에 빠져 있었던 것이다.

얼굴을 시꺼멓게 칠한 괴상한 사나이들이 우르르 그의 침대에 들이닥쳐 그의 몸뚱이에서 고름이 묻혀 썩어 있는 속옷을 벗겨야만 했던 것은 그 무렵의 일이었다. 그 더러운 속옷을 그는 오래 전부터 자기 몸의 일부인 줄만 알고 있었다. 침실은 어두워져 있었다. 사나이들은 그의 뻣뻣한 팔 밑에서 너덜너덜 삭아빠진 헝겊을 닥치는 대로 쥐어뜯었다. 이윽고 한 사람이 촛불을 내민다. 그러자 그들은 비로소 왕의 가슴에서 고름이 솟아나는 종기 구멍을 발견하는 것이었다. 거기에는 쇠로 된 부적이 묻혀 있었다. 밤마다 그는 그것을 그의 모든 정열을 다하여 가슴에다 끌어안고 있었기 때문이었다. 그것이 지금 살 속 깊숙이 파고들어가 테두리에 진주알 같은 고름으로 알알이 선이 둘려져 마치 성유물(聖遺物) 상자에 간직된 영험있는 유골처럼 굉장히 귀중한 것으로 보였다. 다부진 인부들을 모았을 터였다. 그러나 어지간한 그들도 들끓는 구더기가 플랑드르의 색색으로 짠 면포(綿布)에서 그들쪽으로 기어나와 주름 사이에서 떨어져 그들의 소매에라도 구물구물 기어오르는 데는 도저히 속이 뒤집히지 않을 수가 없었다. 왕의 용태는 작은 왕비가 있었을 때보다 분명히 악화되어 있었다. 그녀는 젊고 청순한 몸으로 여전히 왕 곁에서 거리낌없이 잤던 것이다. 이윽고 그녀는 죽었다. 그 뒤, 이제는 이 썩은 육체를 시중들 여인을 아무도 들여놓으려 하지 않았다. 작은 왕비는 왕의 괴로움을 덜어주는 사랑의 말이며 태도를 아무에게도 가르쳐주지 않았다. 이제는 누구 하나 이 정신의 황폐 속으로 들어가려는 사람은 없었다. 누구 한 사람 이 영혼의 깊은 구렁에서 그를 구하려는 사람은 없었다. 갑자기 그가 풀을 찾아 헤매는 짐승처럼 눈을 커다랗게 뜨고 걸어나와도 누구 하나 그 심정을 이해하는 사람은 없었던 것이다. 그런 때 그는 분주해보이는 쥬베날(프랑스의 정치가, 1360~1431)의 얼굴을 알아차리면 문득 최근의 나라 일에 대한 것이 생각났다. 그리하여 등한히했던 정무(政務)를 뒤늦게나마 처리하려고 하는 것이었다.

생각컨데, 그 시대에 일어난 여러 가지 사건에는 어딘지 조용히 이야기할 수 없는 점이 있었던 것이다. 무슨 일이건 일어나면 그것은 무거운 중압감을 가지고 발생했고 입에 올리면 한이 없이 긴 것으로 되는 것이었다. 이를테면 왕의 아우가 살해된 일에서(샤를르 6세의 아우, 오를레앙 공, 루이 1세, 1372~1407), 또 왕이 항상 사랑하는 누이라 부르고 있던 발렌티나 비스콘티(루이 1세의 아내)가 어제 그의 앞에 무릎을 꿇고 검은 상복의 베일을 쳐들어 애처롭게 호소와 탄핵(彈劾)을 하며 이지러진 얼굴을 든 일로부터 대관절 무엇을 빼야 좋단 말인가? 그리고 오늘은 끈덕진 잔소리꾼 변호사가 몇 시간이나 그의 앞에 버티고 서서 공의 살해자(부르고뉴 공, 1371~1419)의 정당성을 변론하는 것이었다. 마침내는 범죄 그 자체가 빛나는 것으로 변하여 휘황하게 하늘높이 날아오르지나 않을까 하는 생각이 들었다. 그리하여 공정(公正)하다는 것은, 결국 뭇사람의 변명을 인정하는 일이었다. 발렌티나 비스콘티는 복수를 약속받고도 너무 슬퍼한 나머지 죽고 말았다. 그리고 부르고뉴 공을 용서해본들, 아무리 용서해본들 도대체 무슨 소용이 있었던가. 절망의 어두운 격정에 사로잡힌 공은 벌써 몇 주일이나 전부터 아르질리의 숲속 깊숙한 천막에서 지내며 밤마다 사슴의 울음소리를 듣고 그나마 마음의 위안을 삼고 있다는 것이었다.

이러한 사건들을 짤막한 그대로 갈피를 잡지 못한 채 끝까지 생각해본다. 그러자 민중들은 그러한 왕의 모습을 보고자 원했고 사실 눈앞에 본 것이었다. 어찌할 바를 모르고 있는 왕을. 그러나 민중들은 이 광경에 환희를 느꼈다. 이분이야말로 왕이라고 이해한 것이다. 이 조용하고 인내심 강한 사람, 하느님께서 점점 더 실망을 하여 그를 무시하고 움직이기 시작했는데도 그저 그대로 팔짱을 끼고 구경만 하고 있는 이 사람을. 생폴 궁(^{파리 센 강 오른쪽} _{기슭에 있는 궁전}) 발코니에 서서 왕은 광기가 가신 순간 아마도 남모르는 스스로의 진보를 깨달았을 것이다. 숙부 베리가 손을 이끌어 그에게 최초의 결정적인 승리를 가져다준 로스베케(^{동부 벨기에, 플랑} _{드르의 한 마을})에서의 일이 생각났다. 그때 그는 이상하게도 저물지 않는 11월의 밝은 석양 속에서 헨트(^{벨기에} _{의 도시}) 거리 사람들의 겹겹의 시체를 바라보았다. 그들은 사방으로부터 기마대에게 습격당하여 스스로 몰려들었기 때문에 질식사한 것이었다. 거대한 뇌수처럼 서로 얽히어 그들은 산더미같이 높이 쌓여 죽어 있었다. 한 군데 포개어지기 위해 그들 스스로 이렇게 모였던 것이었다. 여기저기 질식사한 얼굴을 보니 이쪽까지 숨이 막히는 것 같았다. 절망에 짓눌린 이처럼 숱한 영혼이 갑작스레 물러남으로 인하여, 공기는 그들이 아우성치며 밀치는 바람에 아직도 선 채로 있는 시체 위쪽으로 떠밀려올라가버린 것이나 아닐까 하는 그런 상상을 물리칠 수가 없었다.

사람들은 이 광경을 그의 명성의 시작으로서 굳게 그들 마음에다 새겼다. 그는 그것을 잊지는 않았다. 그러나, 당시의 그것이 죽음의 승리였다고 한다면 지금 이 발코니에 나약한 다리를 세우고 민중 앞에 우뚝 선 모습——그것은 사랑의 신비라고나 할 만한 것이었다. 옛날의 싸움터가 아무리

무서운 것이었다 할지라도 그래도 그 싸움의 이유가 타당했다는 것은 사
람들의 태도에 나타나 있었다. 그러나 오늘, 지금의 비밀 의식만은 어떠한
이해도 초월하고 있었다. 틀림없이 지난날 상리스(파리의 북부 바
즈 현의 도시)의 숲에서 만
난 황금 목걸이를 단 사슴과도 흡사한 기적이었다. 다만 지금은 그 스스로가
신비(神祕)의 구현이 되어, 민중들의 응시를 받고 있는 것이었다. 그는,
사람들이 숨을 죽이고 그 여유 있는 기대로 가득 차 있다는 것을, 일찍이
그가 젊었을 때 사냥하던 날, 사슴의 조용한 얼굴이 그를 똑바로 쳐다보면서
나뭇가지를 헤치고 나타났을 때 느꼈던, 그런 여유를 갖고 있었다. 그의
눈앞에 나타난 신비는 그 부드러운 전신에 퍼져 있었다. 그는 자기 모습이
사라질까 두려워하여 꼼짝도 하지 않았다. 대범하고 단순한 얼굴에 떠오른
희미한 미소는 성자의 석상(石像)에서 볼 수 있는, 지속적인 자연스러움을
유지했고 부자연스러운 데가 없었다. 그대로 그는 우뚝 서 있었다. 그것은
영원을 줄여놓은 영원 그 자체라고도 할 수 있는 그런 순간의 하나였었다.
군중들은 거의 그것을 견뎌낼 수가 없었다. 힘이 솟아나고, 끝없이 커져가는
위안으로 마음이 부풀어 그들은 정적을 깨뜨리고 환호성을 질렀다. 그러나
그때 벌써 발코니 위에는 오직 쥬베날 데 쥬르장의 모습이 있을 뿐이었다.
그는 군중의 외침이 가라앉기를 기다렸다가 왕께서 생드니 거리의 수난극단
(受難劇團 : 그리스도의 수난과 죽음과 부활을 주제로 하는 종교극을 수난
극 또는 기적극이라 하며 그것을 위한 극단이 설립되어 있었다)으로 행차하셔서 기적극을
구경하시게 되었다는 것을 소리 높이 알렸다.

   그 무렵 왕은 온화한 맑은 정신으로 가득 차 있었다. 만약 당시의 화가가
천국의 생활을 그리기 위한 어떤 근거를 찾고 있었다면, 루브르 궁의 높은
창가에 어깨를 떨어뜨리고 서 있는 이 왕의 조용한 모습보다 더 완벽한
표본은 찾아낼 수가 없었을 것이다. 그는 크리스틴느 드 피장(프랑스의 여류 시
인. 1364~1430
무
렵)의 조그만 책을 펴들고 있었다. 《아득한 배움의 길》이라는 책으로서,
그에게 바쳐진 것이었다. 그는 전세계를 다스릴 수 있는 훌륭한 군주를
선출하려고 국민의회가 우의적(愚意的)으로 박학(博學)한 토론을 벌이는
이야기는 읽지도 않았다. 피장의 책에서도 언제나 단순한 페이지만을 읽
었다. 그 책에는 13년 동안이나 고민의 불길에 얹혀 있던 플라스크마냥
결국 자기 눈에서 나온 고뇌의 눈물을 증류시키는 것으로 그쳐버린 마음에

대해 씌어져 있었다. 참다운 위안이란 행복이 흔적도 없이 사라지고, 두 번 다시 돌아오지 않게 되었을 때 겨우 시작되는 것이라고 그는 깨닫는 것이었다. 이 마음 깊은 곳의 위안보다 더 그에게 친숙한 것은 없었다. 그리하여 시선은 망연히 저편 다리를 바라보면서 그는 쿠메(이탈리아 반도에 있었던 가장 오래된 그리스의 식민지)의 영묘(靈妙)한 무당에게 인도되어 넓은 세계에 도달한 크리스틴느의 마음을 통해서 세계를, 당시의 세계를 바라보기를 즐겼다. 위험을 무릅쓰고 정복한 바다, 먼 하늘의 무게에 짓눌린 낯선 탑들이 솟아오른 도시들, 첩첩 산중의 황홀한 적요(寂寥), 놀라운 회의 속에서 갓난아이의 무른 정수리마냥 바야흐로 여물어가는 이 천공(天空), 그런 것을 생각했다.

그러나 누군가가 들어오면 그는 깜짝 놀랐다. 그리고 서서히 그의 정신은 흐려지는 것이었다. 사람들이 하라는 대로 창가를 떠나고, 시키는 대로 행동했다. 그는 사람들이 원하는 대로 몇 시간이고 초상화집을 들여다보는 버릇을 들였다. 그는 그것에 만족했다. 단지 화집의 책장을 넘기려면 한 꺼번에 여러 장의 그림을 볼 수 없는 것과, 어느 것이나 모두 접어진 페이지로 고정되어 있는 것이 그의 신경에 거슬렸다. 그러자 누군가가 까맣게 잊어버렸던 카드놀이를 생각해냈다. 카드를 갖고 온 사나이는 왕의 총애를 받았다. 가지가지로 채색되어 한 장씩 놀릴 수도 있고 온갖 인물이 그려져 있는 이 두꺼운 카드는 얼마나 왕의 마음에 들었는지 모른다. 카드놀이는 궁정 사람들 사이에서 유행되었는데, 왕은 혼자 도서실에 들어앉아 카드 놀이를 했다. 우연히 킹이 두 장 연거푸 뒤집히는 식으로 하느님은 그즈음 그와 벤첼 황제(독일의 왕, 1361~1419)를 만나게 했다. 가끔 퀸이 죽었다. 그러면 그는 하트 A를 그 위에다 포개놓았다. 마치 묘비라도 세우듯이. 이 놀이에서 교황이 몇 명이나 나타나더라도 그는 이상하게 여기지는 않았다. 그는 테이블 건너편 끝에다 로마를 만들었다. 이쪽의 오른쪽 앞이 아비뇽이었다. 그에게는 로마는 아무래도 좋았었다. 웬지 로마는 둥근 곳이라고 정하고 그 이상은 관심이 없었다. 그러나 아비뇽은 그가 아는 고장이었다. 아비 뇽이라고 생각만 해도 높이 솟아오른 유폐된 궁전이 생생하게 기억에 되 살아나 숨이 답답해졌다. 그는 눈을 감고 깊숙이 숨을 몰아쉬지 않으면 안 되었다. 그런 날 밤은 고약한 꿈을 꿀 것 같아 무서웠다.

그러나, 그것은 전체적으로 역시 마음이 가라앉는 위안이었다. 그에게 거듭 이 놀이를 권한 사람들의 궁리는 적중했다. 그렇게 하는 몇 시간 동안 그는 그가 왕이라는 것을, 샤를르 6세라는 것을 확신할 수가 있었던 것이다. 그렇다고 과대 망상에 빠져 있었던 것은 아니다. 자기를 한 장의 카드 이상의 존재라고는 조금도 생각지 않았다. 그러나, 또한 너는 한 장의 카드다, 필경 보잘것없는, 홧김에 내던져진, 지고만 있는 카드다, 결코 다른 카드는 아니다, 그러한 확신이 마음속에 강하게 자리잡는 것이었다. 그러나 그런 평온한 자기 확신의 한 주일이 지나면 또다시 마음이 우울해졌다. 자기의 너무나도 선명한 윤곽을 갑자기 느낀 것처럼 이마나 목의 피부가 팽팽해졌다. 그가 얼마만큼 유혹에 굴했는지 모른다. 이윽고 그는 기적극에 대한 것을 묻고 그것이 시작되기를 기다리는 것이었다. 이 증세가 점점 악화되면서 벌써 생폴 궁의 거처보다도 생드니 거리에서 지내는 날이 더 많아졌다.

줄곧 보태지고 늘어나서 몇만 줄이나 되는 장시(長詩)가 되어 그 결과 극중(劇中)의 시간이 드디어 현실의 시간 그 자체와 맞먹게 된 것이 이 일련의 극시의 숙명이었다. 이를테면 지구의 크기가 똑같은 지구의(地球儀)를 만드는 거나 마찬가지였다. 무대 아래쪽에는 동굴 모양의 지옥이 있고, 위쪽에는 원주(圓柱)를 세워 꾸민 발코니의 뼈대가 천국의 지평을 나타내고 있다. 그러나 오히려 가상의 세계가 주는 꿈을 감소시킬 뿐이었다. 왜냐하면 그가 살았던 시대 그 자체가 천국과 지옥을 지상에서 나타내보이고 있었기 때문이다. 시대는 스스로를 초월하기 위해 이 양계(兩界)의 힘에 의해 살고 있었던 것이다.

그것은 한 세대 전에 요한 22세를 중심으로 결성된 그 아비뇽 그리스도교 시대의 일이었다. 너무나 갑자기 망명했었기 때문에 요한 22세가 죽은 뒤에야 그 교권(敎權)의 땅에 저 거대한 교황청이 섰던 것이다. 살 곳을 잃어버린 모든 영혼들이 마지막 근거지로 삼을 은신처로서 적당하게 굳게 닫힌 육중한 건물이었다. 그러나 몸집이 자그마하고 가벼웠던 정신이 왕성한 이 노인 자신은 그 궁전에서 살아보지도 못했다. 그는 이 땅에 도착하자마자 조금도 쉬지 않고 각 방면으로 활발하게 활동하기 시작했으나, 그러한 그를 식탁에서 기다리고 있었던 것은 독을 섞은 요리였던 것이다. 첫 술잔은 언제나 쏟아버리게 마련이었다. 시독(試毒)을 위해 적셔보는 외뿔짐승의 뿔 한 토막이 영락없이 불쾌하게 변색했기 때문이다. 어디다 숨겨야 좋을지 분간을 못 하고 어찌할 바를 몰라 이 칠십 난 노인은 자기를 저주하며 죽이기 위해 만들어진 여러 개의 납인형을 우물쭈물 들고 다녔다. 인형 속에 박혀 있는 기다란 침에 긁히기도 했다. 그런 건 불에 녹여버렸으면 되었던 것이다. 그리고 그는 비밀스러운 이 인형들에게 잔뜩 겁을 먹고 있었기 때문에 이 견고한 의지의 소유자도 수차에 걸쳐 그런 짓을 하다가는 나도 죽어버릴지 모른다, 불 속의 납처럼 순식간에 녹아버릴지도 모른다고 생각하는 것이었다. 조그맣게 위축된 그의 육체는 공포 때문에 더욱더 말라비틀어져 도리어 다부지게 되었다. 그런데 바야흐로 그의 왕국에도 위험이 들이닥치기 시작했다. 그것들은 그라나다(스페인 남부의 도시)로부터 유대인들이 그리스도교도를 근절하기 위해 보낸 물건들이었다. 특히 이번에는 이제까지보다도 더 무서운 앞잡이를 매수하고 있었다. 문둥이의 음모라는 소문이 나돌기 시작하자 누구 하나 그걸 의심하는 사람은 없었다. 그뿐이랴, 벌써 나균(癩菌)이 묻은 오물을 우물에 던져넣는 걸 보았다는 사람마저 나타났다. 이런 이야기를 대번에 곧이들은 것은 결코 사람들의 신앙이 가벼워서가 아니었다. 오히려 반대로 그들의 신앙은 너무나도 깊었다. 그랬기 때문에 그것은 겁에 떠는 민심에서 미끄러떨어져 우물 속 깊숙이 가라앉은 것이다. 초조해진 노교황은, 또다시 스스로의 피를 나독(癩毒)에서 지키지 않으면 안 되었다. 미신에 사로잡혀 있었을 무렵 그는 자기와 측근 사람들을 위해, 희미한 빛의 마(魔)를 막기 위해 안셀루스의 기도를 명한 일이 있었는데 지금 또 공포에 떠는 온 세계에서 저녁때마다 수호의 기도 종이 울리는 것이다. 그러나 이 기도 종을 빼면, 그가 띄우는 교서(敎書)나 서한은 모두 탕약이라기보다 오히려 향료나 포도주 따위라 할 수 있었을 것이다. 황제 측은 그의 처방에 따르려고 하지 않았다. 그러나 그는 꾸준히 황제의 국가가 병들어 있다는 증거를 제시하였다(항상 프랑스의 이익을 도모한 요한 22세가 신성 로마제국 황제 루드비히 4세와 다툰 것을 가리킨다). 그러는 동안 멀리 동방에서 이 횡포한 의사를 의지하겠다는 국가도 나타났다.

그러나 이때 믿을 수 없는 일이 일어났다. 만성절(萬聖節 : 카톨릭의 여러 성 인의 축일. 11월 1일) 날에 그는 유례없이 긴 열렬한 설교를 했다. 자기 자신을 다시 살펴보려는 듯이 갑작스러운 충동에 사로잡혀 그는 자기의 신앙을 고백했던 것이다 (요한 22세는 최후의 심판 이전에는 완전한 행복이란 있을 수 없다, 천국에 올라간 죽은 사람들에게도 있을 수 없다는 비관적인 신앙을 고백했다). 그 신앙을 그는 85년 동안 간직해두었다. 성궤(聖櫃)에서 있는 힘을 다해서 서서히 꺼내어 설교단 위에 갖다놓은 것이었다. 그러자 사람들은 그를 향해 외쳤다. 전 유럽이 그에게 욕을 퍼부어댔다. 그 신앙은 이단적이라고 악을 썼다.

교황은 한동안 자취를 감추었다. 며칠이나 그의 반응을 알 수가 없었다. 그는 기도실에 무릎을 꿇고 그의 영혼에 상처를 준 이 적대자들의 마음을 헤아려보았다. 마침내 그는 나타났다. 무거운 내성(內省)에 지쳐서 그는 그 신앙을 취소했다. 거듭 거듭 취소했다. 취소한 것이 그의 노년의 정신적 정열인 듯했다. 밤에 추기경들을 깨워가지고 자기의 회한(悔恨)에 대해 그들과 이야기를 나누는 일도 있었다. 어쩌면 그의 생명을 그토록 오랫동안 지탱하여 장수케 한 것도 결국은 그를 미워하여 얼씬도 하려 하지 않았다. 나폴레옹 오르시니(아비뇽 교황청에 대립하 는 로마 교황청의 추기경) 앞에 언젠가는 무릎 꿇을 날이 있겠지, 하는 희망 하나였는지도 몰랐다.

자크 드 카오르(요한 22세 를 가리킴)는 이렇게 하여 자기의 신앙을 취소했다. 그 바로 직후, 저 리니 백작의 아들이 하늘로 불려간 것은, 하느님 스스로 교황의 오류를 증명하시려 한 것이었다고도 생각할 수 있을 것이다. 이 소년은 천국의 영적 지각(靈的知覺)의 세계에 어엿한 한 남자로서 들어가기 위해서만 이 세상에서 성년이 되기를 기다린 것같이 여겨졌다. 추기경 때의 이 소년의 청순한 모습을, 청년이 되자마자 사교(司敎)가 되었고 열여덟 살이 될가말까해서 완성된 법열(法悅)에 싸여서 승천한 그 모습을 기억하고 있는 사람은 여전히 수많이 살고 있었다. 사람들은 죽은 사람들과도 만날 수가 있었는데 그의 무덤 위에서 부는 바람이 경쾌하고 순수한 생기를 머금고 죽은 자들의 시체에 영향을 미쳤기 때문이다. 그러나 이 조숙한 성화(聖化) 속에도 무언지 모르게 절망의 그림자가 비치고 있지는 않았을까? 이 순결한 영혼의 헝겊이 그 시대의 들끓는 붉은 염색 가마 솥에 적셔져 빛날 만큼 곱게 채색되게 하기 위하여, 오직 한결같이 그때문에 세상에서 살아가도록 한 것이라면, 그것은 속세의 모든 사람들에 대한 불공평은 아니었을까? 이 젊은 귀공자가 지상에서 사라져 정열적인 승천을 이루었을 때, 사람들은 무엇인지 모르는 반동 같은 것을 느끼지는 않았을까? 왜 광명에 빛나는 사람들은 부지런히 일하는 양초 직공소에 머무르지 않는 것일까? 요한 22세로 하여금 최후의 심판 이전에는 완전한 행복이란 있을 수 없다, 아무래도 천국에 오른 영혼들 사이에도 있을 수 없다고 주장하게 만든 것도, 바로 이 시대의 어둠이 아니었을까? 사실, 이 땅 위에 이토록 숨막히는 혼미(混迷)가 일어나고 있는데, 다른 어딘가에서 벌써 몇 개의 얼굴이 하느님의 빛을 받고 천사에게 기대면서 하느님에 대한 끊없는 희망으로 목마름을 위안받고 있다고 상상하려면 얼마나 고집스런 완고함이 필요했던 것일까.

추운 밤에도, 나는 여기 앉아서 계속 글을 썼다. 이러한 모든 것을 나는 잘 이해할 수 있기 때문이다. 이것도 다 필경은 내가 어렸을 때 그 사나이를 만났기 때문일 것이다. 굉장히 키가 큰 남자였다. 큰 것만으로도 사람 눈에 뜨였을 게 틀림없다고 생각될 정도였다.

있을 수 없는 일이지만, 어떻게 해서였는지 나는 저녁때 집을 빠져나갈 수 있었던 것이다. 나는 뛰어나가 모퉁이를 돌았다. 그러자 그 순간, 나는 그 사나이와 부딪친 것이다. 그때 일어난 일이 불과 5초도 못 되는 일이었다는 건 도저히 나로서도 이해가 가지 않는다. 아무리 줄여서 말하더라도 조금은 더 긴 시간이 걸릴 것이다. 뛰어가다가 부딪쳤기 때문에 아팠다. 나는 그때 어렸으니까 울지 않은 것만 해도 굉장한 일이라고 생각했다. 상냥한 말을 해줄 것이라고 나도 모르게 기대도 했다. 사나이가 잠자코 있으므로 난처해하고 있는 것이라고 생각했다. 열없는 처지에서 벗어날 농담이 생각나지 않아서 그러는 것이라고 상상했던 것이다. 나는 완전히 마음이 풀어졌기 때문에 같이 장단을 맞출 셈이었다. 그런데 그러기 위해서는 사나이의 얼굴을 볼 필요가 있었다. 아까 말했듯이 그는 체격이

큰 사나이였다. 그런데 사나이가 내 쪽으로 몸을 구부리고 있는 것이 마땅할
텐데 그렇게 하고 있지 않았다. 그래서 그의 얼굴은 내가 예상도 하지 못한
몹시 높은 곳에 있었다. 나는 다만 아까 부딪쳤을 대 느낀 윗저고리 냄새와
이상하게 뻣뻣한 그 딱딱함만을 알아챘을 뿐이었다. 갑자기 사나이의 얼굴이
보였다. 어떤 얼굴이었는지 지금은 생각나지 않는다. 생각해내고 싶지도
않다. 그것은 적의 얼굴이었다. 그리고 바로 그 얼굴 옆에 무서운 눈과
같은 높이에 가지런히 또 하나의, 흡사 머리 크기만한 사나이의 주먹이
쳐들려 있었던 것이다. 얼굴을 돌릴 겨를도 없이 나는 뛰어 달아나기 시
작했다. 사나이의 왼편을 빠져나가 인적이 없는 무서운 거리를 정신없이
달렸다. 쌀쌀한 거리, 무엇하나 용서하려고 하지 않는 거리였다.

　그때 나는, 지금에야 겨우 이해되는 일을 체험하고 있었던 것이다. 그
무겁고 거대한 절망의 중세기(中世紀)를. 화해한 두 인간의 입맞춤이 주위에
잠복하고 있는 암살자에게 보내는 암호와 다를 것이 없는(부르고뉴 공이
황태자와 화해를 하려고 했으나 황태자의 정신들에게 살해된 것을 가리키고
있다) 시대였다. 그들은 한 술잔의 술을 나누어 마시고 사람들이 보는
앞에서 한 말에 올라탔다. 밤에는 한 침대에서 잘 것이라는 소문까지 들렸다.
이렇게 서로 몸을 마주 대고 있는 동안에 두 사람의 적개심은 점점 더
깊어져서 마침내는 상대의 동맥이 뛰는 것을 볼 때마다 두꺼비를 보았을
때처럼 병적인 구토가 치미는 것이었다. 유산의 많고 적음을 이유로 친
형제를 습격하여 포로로 하는 시대였다. 하기야 왕은 비운을 만난 아우의
편을 들어 자유와 재산을 되찾아주기도 했다. 다른 큰 운명을 만난 형은
아우의 자유를 용인하고 편지를 써보내며 자기의 잘못을 뉘우쳤다. 그러나
아무리 잘 해줘도 자유로운 몸이 된 아우에게 두 번 다시 마음의 평정(平靜)
은 돌아오지 않았다. 순례자의 차림을 한 그가 더욱더 기이한 기원을 하며
이 사원 저 사원으로 방황하는 모습을 이 세기(世紀)는 남기고 있다. 부적을
잔뜩 가슴에 달고 그는 생드니 사원의 수도승에게 자기의 공포를 호소한다.
그 사원의 장부에는 그가 성 루이(프랑스 왕 루이 9세 聖人. 1214~1270)에게 바치려고 생각한 백
파운드짜리 큰 초에 대한 기록이 오랫동안 남아 있었다. 그러나 안정된
생활은 되돌아오지 않았다. 그는 끝까지 형의 질투와 노여움이 비뚤어진

성좌(星座)가 되어 마음에 걸려 있는 것을 느꼈다. 그리고 저 드 프아 백작, 사람들의 찬양의 대상이었던 가스통 퓌뷔스 드 프아 백작(가스통 3세. 미남이었기 때문에 퓌뷔스라 불렀다. 1331~1391)은 영국 왕에게 종사하여 루르드(프랑스 피레네 산기슭의 도시)의 대장(隊長)이었던 사촌 동생 에르노를 공공연히 살해하지 않았던가? 하나 이 명백한 살육도, 그가 노여움에 사로잡혀 정신없이 그 유명했던 아름다운 손을 잠자고 있는 아들의 노출된 목에 댔을 때, 예리한 작은 손톱깎이 칼을 쥔 채였다는 무참한 우연에 비한다면 무엇이란 말이겠는가? 방 안은 어두웠다. 피를 보기 위해서는 불을 켜지 않으면 안 되었다. 쉬임없이 흘러내려온 피는 피로에 지친 이 소년의 조그만 상처에서 남몰래 흘러나와 바야흐로 영원히 고귀한 일족을 떠나간 것이었다.

이런 시대에 그 누가 죽이고 싶은 충동을 자제할 수 있었겠는가? 아무리 극단적인 일이라도 피할 수 없다는 사실을 그 시대에도 모르는 사람이 없었던 것이다. 여기저기에서 백주에 호시탐탐하는 자객(刺客)의 눈길과 마주치게 되면 누구든 으스스한 예감에 사로잡힌다. 당장에 집으로 되돌아가 방에 들어박혀서 유서를 쓰고, 마지막으로 버들가지로 엮은 들것과 쾰레스틴파(교황 쾰레스티누스 5세가 1250년에 창설한 隱修士 단체)의 법복(法服)과 매장에 쓸 재를 준비시키는 것이었다. 이국의 음유시인(吟遊詩人)들이 그의 성으로 찾아들면 자못 군주다운 자비를 베풀었다. 그 노랫소리에 스스로의 막연한 예감에 일맥 상통하는 것이 있었던 것이다. 올려다보는 개의 눈초리에도 의혹의 빛이 있었다. 꼬리를 치고 싶어도 지금까지 없었던 불안이 느껴졌던 것이다. 일생 동안 좌우명으로 삼아왔던 격언에도 어느덧 명백한 새로운 제2의 뜻을 지니게 되었다. 수많은 오래된 관습이 고답적인 것으로 생각되고, 그러면서도 그것에 대신할 말한 것은 이제 나타날 것 같지도 않았다. 여러 가지 계획이 마음속에 떠오른다. 그러면 진정으로 믿을 마음이 없는데도 그것을 대규모로 상상하는 것이었다. 한편 몇 가지 추억은 뜻밖에 결정적인 의미를 띤다. 해질녘에 난롯가에서 그 추억에 마음을 맡겨볼까 생각한다. 그런데 창 밖의 밤이 바야흐로 낯선 것이 되어 그 정적이 갑자기 청각 속에 커다랗게 막아서는 것이었다. 평온한 날 밤, 또는 위험한 날 밤에 온갖 체험을 겪은 귀는 정적 하나하나의 단편을 분간해냈다. 그리고 이날 밤만은 달랐다.

어제와 오늘을 가르는 밤이 아니었다. 언젠가 다시 밝아질 밤이 아니었다. 밤 그 자체였다. 인자하신 하느님, 이제야말로 부활의 뜻을 알 것 같다. 이런 때는 지난날의 여인에의 찬미도 생각날 여지가 거의 없었다. 그녀들은 모두 사랑의 이별을 하여 기사(騎士)들의 연가(戀歌) 속에서 이지러졌으며 길게 되풀이되는 화려(華麗)라는 미명에 뒤섞여 이제는 걷잡을 수 없는 것이 되어버렸다. 기껏해야 그녀들과의 사이에 태어난 서자(庶子)들이 쳐다보는 여자 같은 동그란 눈동자만이 어렴풋이 어둠 속에서 생각날 뿐이었다.

그리고 또, 밤이 이슥했을 때 야식을 먹기 전에 은 대야의 물에 담근 두 손을 바라보고 잠기는 생각 —— 자기의 두 손이 두 손 사이에 어떤 맥락(脈絡)을 가지고 들어갈 수가 있을까? 쥐었다 놓았다 하는 그 동작에 어떤 순서나 연속을? 아니다, 모두가 저마다 반대의 행위를 하려고 했다. 모두가 서로 죽여댔고 행위는 아무것도 없었다.

행위는 어디에도 없었다. 전도 극단원(傳道劇團員)의 연기를 빼고. 왕은 그들의 춤을 보자 친히 그들을 위한 면허장을 만들었다. 왕은 그들을 사랑하는 형제들이라고 불렀다. 그에게 이토록 친근한 사람들은 아무도 없었다. 그들은 왕의 입으로부터, 그 임무를 짊어진 채 세속의 사람들과 교제할 것을 허락받았다. 왕에게는, 이렇게 된 바에는 그들이 많은 사람들의 마음을 감화시켜 질서라는 것이 아직도 남아 있는 그들의 강렬한 행위에로 이끌어주었으면 하고 바라는 소망밖에 없었던 것이다. 왕 자신도 그들로부터 배우고 싶다고 간절히 바랐다. 그 역시 그들과 마찬가지로 상징을 나타내는 부적과 의상을 몸에 걸치고 있었던 게 아니었던가? 그들의 춤을 볼 때마다 이거야말로 자기도 배워야만 한다고 믿어졌다. 등장하고, 퇴장하고, 이야기하고, 움직이는, 거기에는 아무런 의혹도 없었다. 터무니없는 희망이 왕의 마음을 뒤덮었다. 왕은 날마다 생드니 시료원(施療院, 종교극이 상연되던 곳)의 조명도 시원치 않은 야릇하게 어스름한 회당의 특별석에 앉아 극도로 흥분한 나머지 일어서기도 했고 또는 어린 학생처럼 긴장하기도 했다. 사람들은 모두 울고 있었다. 그러나 왕은 마음속으로는 눈물을 글썽이면서도 그것을 꾹 참고 싸늘한 손을 꽉 움켜쥘 따름이었다. 때로는 흥분이 지나쳐 대사를 끝낸 배우가 크게 부릅뜬 왕의 눈앞에서 홀연히 사라지자 왕은 얼굴을 들고 깜짝 놀라곤 했다. 도대체 언제 나타난 것일까. 성 미카엘(유대교, 그리스도교, 이슬람교 대천사의 하나)이 무대 위쪽의 발판 끝에 빛나는 은 갑옷으로 무장을 하고 서 있는 것이다.

그런 때면 왕도 일어섰다. 금방 판단이라도 내릴 것처럼 주위를 둘러보았다. 지금 여기 속세에서도 저 무대 위의 연극에 대응하는 극이 시작될 것 같은 생각이 들었고, 자기가 등장하는 현실의 극이 장대하고 불안한 세속의 수난극(受難劇)이 시작될 것이라고 생각한 것이다. 그러나 눈깜짝할 사이에 연극은 끝나갔다. 사람들은 의미없이 움직일 뿐이었다. 밝아진 불이 그의 앞에 켜지고 높다란 둥근 천장에 야릇한 그림자가 일렁거렸다. 낯선 사람들이 그를 잡아당겼다. 왕은 연기를 시작하고자 했다. 그러나 입에서는 한 마디 말도 나오지 않았고 손발의 움직임은 몸짓이 되지 않았다. 주위에 웅성거리며 닥쳐오는 사람들의 기척이 수상스러웠다. 십자가를 짊어지자는 것일까, 그런 상념이 마음에 떠올랐다. 그것이 운반되기까지 기다리자고 생각했다. 그러나 사람들의 힘쪽이 훨씬 강했다. 왕은 서서히 넓은 방 밖으로 밀려나갔다.

외면에서는 많은 것이 변했다. 어떻게 변했는가, 그것은 내가 알 바 아니다. 그러나 내면에서는. 그리고 하느님, 당신 앞에서는, 관객인 당신을 앞에 둔 마음속에서는, 우리들은 아직도 행위를 잃은 채로 있는 것이나 아닐까? 과연 우리들은 자기들이 연출해야 할 역할을 모르고 있다는 걸 발견하고, 거울을 찾으러 분장을 지우고 싶다고, 허위를 버리고 진실이 되고 싶다고 생각한다. 그러나 아직도 어딘가에 미처 씻지 못한 가장(假裝)의 찌꺼기가 남아 있는 것이다. 붓으로 그린 과장의 흔적이 눈썹에 남아 있다. 입매는 이지러진 채라는 것도 깨닫지 못한다. 이렇게 하여 우리들은 웃음거리가 되어 이것도 저것도 아닌 중간치로서 어정거리고 있는 것이다. 우리는 진실한 존재도, 연기자도 아닌 것이다.

오랑쥬(남프랑스의 도시, 옛 소공국. 고대 로마 시대에 번창한 도시. 당시의 원형 극장, 경기장, 개선문 등의 유적이 있다)의 원형극장(圓形劇場)을 찾아갔을 때의 일이었다. 지금 그 앞면을 이루고 있는 거칠게 깎은 돌로 쌓아올린 고적(古蹟)을 똑바로 쳐다보지도 않고 그저 의식의 한쪽 끝에 집어넣기만 하고, 나는 문지기가 있는 조그만 유리 문을 지나 안으로 들어갔다. 여러 개 옆으로 쓰러진 채로 있는 거대한 원주(圓柱)와 키가 작은 아루테아 나무들 사이로 걸어갔다. 그러나 곧 시계(視界)가 열리고 눈앞에 입을 벌린 조개껍질 같은 관람석의 사면(斜面)이 오후의 그늘로 구분이 되어 엄청나게 큰 우묵한 해시계처럼 가로놓여 있었다. 나는 종종걸음으로 그쪽으로 갔다. 즐비한 좌석 사이를 걸어올라가면서, 나는 이 광대한 환경 속에서 자신이 순식간에 작아져버리는 것을 느꼈다. 몇 단쯤 위쪽 높은 곳에 몇 사람의 외국인이 그 자리에 어울리지 않게 흩어져서 열의없는 호기심을 보이며 서 있었다. 그들의 옷은 불쾌할 만큼 선명했다. 그러나 그들의 키의 칫수는 말할 것까지도 못되었다. 그들 쪽에서도 잠시 나에게 눈길을 멈추자 내가 하도 작아보이므로 놀란 모양이었다. 그 기척을 느끼고 나는 무의식중에 뒤를 돌아보았다.

오오, 정말 예상도 하지 못한 광경이었다. 그곳에서 연극이 연출되고 있었다. 광대 무변한 초인간적인 드라마가 진행되고 있었다. 그 압도적인 무대의 벽 그 자체가 연출하는 드라마. 돌벽에 수직으로 붙인 움푹움푹 후벼 판 장식이 세 겹으로 튀어나와 있었다. 너무나 거대한 나머지 소리가 울려퍼지고 모든 것을 깡그리 파괴해버릴 듯이 보이면서도, 그 척도를 초월한 크기 속에서 뜻밖에 절도가 있는 것이었다.

나는 즐겁고 놀라워서 그만 망연해졌다. 그림자가 만드는 사람의 얼굴 비슷한 표정을 가지고 여기에 솟아 있는 것. 그 가운데는 암흑이 응집되어 입이 되고, 위 부분은 차양의 고수머리 같은 모양으로 구분이 되어 있다. 이거야말로 강력한 만물로 분장해마지않는 고대의 가면이었다. 그 배후에는 세계 그 자체가 얼굴 모양으로 응결되어 있었던 것이다. 이 커다란 활처럼 굽은 이쪽 원형 관람석에는 무엇인가를 기다리며 공허하게 모든 것을 흡수해버리려는 기백이 가득 차 있었다. 모든 사건은 저쪽 무대에서만 연출되고 있었다. 뭇 신들과 운명과 사건이. 그리고 저편으로부터(높이 쳐다보면) 경쾌하게 돌벽의 궁륭(穹窿)을 넘어 —— 영원한 등장자, 하늘이

178

등장하고 있었다.

이제야 알게 된 것이지만 그 순간부터 우리는 영원히 우리들의 극장으로부터 내쫓긴 것이다. 현대의 극장에서 무엇을 구할 수가 있겠는가? 무엇 때문에 벽이 없는 무대를 앞에 두고 앉아야만 하는 것일까. 그 벽은 (성자상을 늘어놓은 러시아 교회의 벽은) 이제 그 견고함에 의해 극의 진행을 방해당하고 만 것이다. 기체와 같은 그 이야기의 줄거리를 압축하여 기름이라도 흐를 만큼 풍만하고 묵직한 연극의 힘을 잃었다. 그래서 바야흐로 연극은 너덜너덜 다 떨어진 구멍 투성이 무대의 체로부터 걸러져 수북이 쌓이게 되어, 이제 그만 질색이라고 여겨지게 되면 버림을 받는다.

그러나 집 안과 거리에서 볼 수 있는 설익은 현실과 조금도 다름이 없다. 다른 것이 있다면 그것은 오직 거기에는 일상 세계에서 하룻밤에 일어나는 것보다 더 많은 일들이 모여 있다는 것뿐인 것이다.

'그렇지만 솔직하게 말하자. 우리들은 하느님을 갖고 있지 않는 것과 같이 주장도 갖고 있지 않다. 그것에는 정신의 공감이 필요한 것이다. 누구나 각기 자기 혼자만의 착상이나 집착을 가질 뿐이다. 남에게 자기의 편리한 부분만 보이려 한다. 우리들은 피차의 얕은 이해(理解)를 쉴새없이 골고루 미치게 하려고는 하나, 공통되는 고난의 벽을 향해 함께 외치려고는 하지 않는 것이다. 이 벽의 뒤에야말로 이해를 초월한 것이 서서히 응집되어 가득 차 있건만(이것은 원고의 여백에 씌어진 것이다).'

설사 우리들에게 극장이 있었다 할지라도 그때 당신은, 비극의 여인이여 (이탈리아의 여우 엘레오노라 도제를 가리키는 것 같다. 1859~1924), 여전히 그토록 가냘프고 적나라하게 허구(虛構)의 구실도 없이, 오직 당신이 드러내는 고통을 보고 그 성급한 호기심을 만족시키려는 사람들 앞에 설 수가 있었을까? 말할 수 없는 감동을 불러일으키는 여인이여, 당신은 당신의 고뇌가 역력히 현실화되는 것을 미리 알고 있었다. 베로나(이탈리아 북부의 도시)에서의 그 당시, 당신이 아직 어린 모습으로 무대에 서서 승화된 당신의 모습을 감추는 가면 비슷한 전경(前景)처럼 장미꽃 다발을 얼굴 앞에 쳐들고 있던 그때에 이미.

분명 당신은 배우의 딸다웠다. 당신 친척들의 연기(演技)는 사람들에게 보이기 위한 것이었다. 그러나 당신은 달랐었다. 당신에게 있어서 이 천직은, 마리나아 알코포라도(푸르투갈의 프란 시스코회 수녀)에게 있어 무의식적이었다고는 할지라도 수녀 생활이 그러했듯이 그것에 숨어 눈에 보이지 않는 영혼들이 행복하게 사는 것과 똑같은 절실함으로 거리낌없이 슬픔 속에서 살기 위한, 한껏 두꺼운 불변의 가장(假裝)이 될 직업이었던 것이다. 당신이 가는 도시마다에서 사람들은 당신의 연기를 찬양했다. 그러나 그들은 당신이 날마다 더해오는 절망 속에서, 행여나 내 몸을 감추는 실마리가 되지나 않을까 하고 거듭 허구(虛構)가 당신 앞에 그늘을 짓는 그 마음속을 이해하고 있지는 않았다. 자기의 머리카락과, 자기의 두 손과, 그 밖에 무엇이든지 빈틈이 없는 것을 가지고 훤히 들여다보이는 장소에 서서 당신은 감추어 보려고 했다. 투명한 것에는 숨을 불어 흐리게 했다. 아이들이 숨듯이 몸을 움츠려 숨었다. 결국 당신은 그 짤막한 즐거운 듯한 환성을 질렀다. 천사라면 당신을 찾아낼 수 있었을까. 그러나 살며시 눈을 들어보니 관객들이 당신을 바라보고 있었다. 흡사 추한 동굴처럼 눈만 번들거리는 그 관람석의 누구나가 당신을, 다른 사람 아닌 당신만을 쳐다보고 있었다.

그래서 당신은 움츠린 팔을 사람들 쪽으로 내밀고 손 끝을 뻗쳐 이 적의에 가득 찬 시선에 항거하려고 했다. 사람들에게 뜯어먹히는 당신의 얼굴을 빼앗으려고 했다. 당신 자신이 되고 싶었다. 공연자들은 질려버렸다. 암표범과 함께 우리에 갇힌 것처럼 그들은 무대 배경을 따라 납작 엎드렸고 차례가 오면 그저 당신을 노하게 만들지 않으려고 대사를 지껄이는 것이었다. 그러나 당신은 그들을 끌어내어 정면에 세워놓고 현실의 사람에게 대하는 것과 똑같이 그들에게 행동했다. 흔들흔들하는 문짝, 속임수의 휘장, 속이 비어 있는 소도구가 당신을 모순으로 몰아넣었다. 당신은 스스로의 마음이 멈출 줄 모르고 하나의 끝없는 현실로 높아져가는 것을 뚜렷이 느끼고 깜짝 놀라 다시 한 번 가을 하늘에 늘어지는 긴 거미줄처럼 달라붙는 사람들의 시선을 뿌리치려고 했다. 그러나 그 순간, 사람들은 진실 앞에 마주 놓이는 극도의 불안 때문에 벌써 터질 듯한 갈채를 보내는 것이었다. 자기들의 생활에 변화를 강요하는 경험을 마지막 순간에 회피하기 위해서인 것처럼.

  사랑받는 자는 어리석게도 위험을 당하며 산다. 아아, 그들이 스스로의
상태를 초월하여 사랑하는 자로 높아진다면. 사랑하는 자들의 주위에는
오직 한결같은 확실성이 있다. 이제 그 누구도 그들을 중상하는 자는 없다.
그들 스스로도 자기의 마음을 빼뜨릴 염려는 없는 것이다. 그들 속 깊숙한
비밀은 완전한 것이 되고, 그들은 그것을 빠짐없이 나이팅게일처럼 노래
한다. 그것에는 벌써 토막난 부분은 없다. 그들은 한 사람을 연모하며
한탄한다. 그리고 자연 전체가 그 목소리에 화답하여 그것은 어떤 영원한
존재를 구하는 탄식으로 변한다. 그들은 잃어버린 상대의 뒤를 쫓는다.
그러나 벌써 처음 몇 발자국으로 그들은 상대를 앞질렀고 그들 앞에 존
재하는 것은 오직 하느님만이 되는 것이다. 카우노스를 거쳐 리키아(고대
소아시아
의 지방)의 저쪽까지 쫓아갔다는 비블리스의 전설(기원전 3세기
무렵의 신화)은 다름 아닌
그들의 전설이었다. 들끓는 마음에 쫓기어 그녀는 수많은 나라를 넘어 그의
뒤를 쫓았다. 그리하여 끝내는 기진맥진해졌다. 그러나 그녀의 생명의 격
동은 여전히 지치지 않고 몸은 쓰러지면서도 죽음의 피안(彼岸)에 샘이
되어 되살아났다. 더욱 연모하여 마르지 않는 졸졸 솟아 흐르는 샘이 되어서.
  저 포르투갈 여인의 경우와 이것과 무엇이 다르겠는가. 그녀도 마음속
깊숙이 샘으로 화한 것은 아니었을까? 그리고 너 엘로이즈도? 또 우
리들의 귀에까지 그 한탄을 전하는 사랑의 여인들 —— 가스파라 스탐파여,
드 디 백작 부인과 클라라 당뒤즈(프랑스 여류
시인, 여배우)여, 루이스 라베(프랑스 론의
여류 시인)여, 마
르셀리느 데보르드(프랑스 여류
시인, 여배우)여, 엘리자 메르쾨르(프랑스의
여류 시인)여. 그러나 너 불
쌍하고 덧없는 아이세(코카서스 태생의 노예 소녀였으나 어릴 때 콘스탄티
노플의 외교관에게 팔려 파리에서 교육을 받았다)여, 너는 주저하며 재
빨리 굴복해버렸다. 피로에 지쳐버린 줄리레스피나스(프랑스 사교
계의 부인), 행복의
동산의 슬픈 이야기의 주인공 마리안느 드 클레르몽(마담 장리스의 소설 마드무와젤
클레르몽의 주인공인 것 같다).
  나는 지금도 똑똑히 기억하고 있지만 예전에 고향의 집에 있었을 무렵,
보석 상자를 발견한 일이 있다. 두 손바닥만한 크기의 부채꼴로 된 작은
상자로 짙은 녹색 모로코 가죽의 테두리엔 꽃무늬가 찍혀 있었다. 열어보니
빈 통이었다. 오랜 세월이 흐른 다음이기 때문에 이렇게 아무렇지도 않게
말할 수 있는 것이다. 그러나 그때는 뚜껑을 여는 순간 다만 공허함을 느끼게
하는 상자의 내부가 눈에 들어올 뿐이었다. 낡아버려서 이미 선명함을 잃은

비로드의 조그만 언덕. 생각 탓인가, 그곳에 줄지어 희미하게 슬픔의 자국을
남긴 보석을 끼우는 텅 빈 골짜기. 잠시 동안, 견디기 어려운 공허감이
밀려왔다. 사랑받다가 버림받은 사람들의 앞날이란 항상 그런 것이 아닐까.

옛날에 쓴 자신의 일기를 다시 한 번 읽어보라. 해마다 봄이 돌아올
무렵이면 움트기 시작한 새해가 반드시 비난하듯이 우리들의 가슴을 찌르는
일이 없었던가. 들뜨고 싶은 심정이 마음속에서 술렁인다. 그런데 널찍한
들로 나가보면 대기(大氣)에는 어딘지 서먹한 기미가 생기고 있는 것이다.
우리들은 걸어나감에 따라 배 위에 있는 것같이 발밑이 불안스러워진다.
정원에서는 싹이 트기 시작한다. 그러나 우리들은(이것이 바로 그 원인
이었던 것이다) 겨울을, 지난해를 그대로 그곳에 갖고 와 있었다. 우리
들로서는 봄이란 기껏해야 계속에 지나지 않았던 것이다. 영혼이 자연의
새로운 생기 속으로 녹아들기를 기다리면서, 우리들은 갑자기 사지(四肢)에
노곤한 무거움을 느낀다. 병에 걸릴 것 같은 걱정이 열려진 예감 속으로
뚫고 들어온다. 옷을 엷게 입은 탓일까 하고 생각한다. 어깨 언저리에
목도리를 여러 겹으로 감고 가로수 길을 저 끝까지 뛰어본다. 그리고 널찍한
둥근 화단 근처에 와서 가슴을 두근거리면서 만상(萬象)과 일체(一體)가
되려고 결심하고 멈추어 선다. 그러나 그때 한 마리 새가 노래하는 소리가
들렸는데 그것은 그것만으로서 거기에 있을 뿐 우리들을 거부하고 있었다.
아아, 그렇다면 우리들은 죽어버리는 것이 더 낫지 않았을까?

해(年)와 사랑을 극복하는 것, 그것은 아마도 그때마다 늘 새로운 일일
것이다. 식물은 꽃이 피고 열매가 맺어, 그것이 떨어질 때에는 무르익어
있는 것이다. 짐승들은 서로 접촉을 하고 발견해내는 그것으로 아주 만족해
하고 있다. 그러나 신을 귀결점(歸結點)으로 택한 우리 인간들은 끝내 만족할
줄을 모른다. 우리들은 우리들의 자연의 본성을 앞으로 잡아늘이고 있다.
우리에게는 많은 시간이 필요한 것이다. 우리들에게 있어 1년이 무엇이란
말인가? 모든 세월이 무엇이란 말인가? 우리들은 아직 하느님을 믿기
시작하기 전부터 벌써 하느님께 기도를 해왔던 것이다. 밤을 극복하게 해
주소서, 다음에는 병을, 그리고 사랑을 이기게 해주소서.

클레망스 드 부르쥬(16세기 론의 여성. 총명과 미모를 타고나 詩作과 음
악에 뛰어났으나 약혼자를 잃은 슬픔으로 죽었다), 그 꽃 필 나이로 죽
어야만 했다니. 비길 데 없는 처녀였다. 그 누구도 따라가지 못할 만큼
능숙하게 켜던 온갖 악기 중에서, 그녀 자신이 가장 아름다운 악기였다.
그녀의 목소리는 아무리 은밀한 울림이라도 잊을 수 없도록 연주되었다.
그 처녀다움은 거룩하고도 결연(決然)하였다. 그런 까닭에 도도히 넘칠 듯한
사랑의 여인(루이즈 라베. 프
랑스 여류 시인)이 싹트려는 이 마음에다 한 권의 소네트 집(集)을
바쳤던 것이다. 그 시의 어느 줄이고 가라앉지 않는 호소로 가득 찼었다.
루이즈 라베는 주저없이 이 젊은 처녀를 사랑의 무한한 고뇌로 두려워하
도록 만들었던 것이다. 그녀는 처녀에게 밤마다 높아지는 동경(憧憬)의
모습을 알려주었다. 이 고통이야말로 이 세상을 덮는 또 하나의 세계 공
간임을 가르쳤다. 그러나 그녀는 자기 체험을 노래하면서 이 처녀에게
아름다운 빛을 곁들이고 있는, 저 어두컴컴한 미지의 사랑을 꿈꾸는 슬
픔에는 자기가 미치지 못할 것임을 예감하고 있었던 것이다.

내 고향의 처녀들. 그대들 중에서 가장 아름다운 하나가 여름날 오후,
어둑어둑한 도서실에서 장 데 투르느가 1556년에 간행한 그 조그만 책
(루이즈 라베
의 작품집)을 발견한다면. 싸늘한 감촉을 주는 매끄러운 장정의 그 책을 손에
들고 벌레의 날개 소리가 붕붕거리는 과수원으로, 혹은 더 앞으로 나가
너무나 감미로운 향기 속에 향기의 진수 같은, 향기 자욱한 협죽도(夾竹桃)
꽃밭으로 나갔다면. 좀더 어렸을 때 발견했다면 좋았을 것이다. 두 눈이
자기를 인식하기 시작할 나이라고는 하나 아직도 어린 티가 남은 입에
크게 한 입 베어문 사과를 조금도 부끄러워하지 않는 그런 나이에.
그리고 머지않아 더 다감한 우정의 시기가 와서 처녀들이여, 서로가
비밀스럽게 디카라 부르고, 아나크토리아, 기린노, 아티스라고 부른다면.
아마 이웃 사람으로서, 청년 시절을 여행으로 지냈고 오랫동안 괴짜로
통하고 있는 이미 젊지 않은 남자가 있어 너희들에게 그런 이름을 남몰래
가르쳐주었다면. 때로는 너희들을 불러들여 그 근방에서 이름난 자기 뜰의
복숭아를 대접해주거나 이층의 흰 복도에 걸어놓은 리딩거의 동판화(銅
版畫), 너무나 사람들의 입에 오르내리고 있으므로 한 번은 봐두어야겠다고

생각했던 그 기마도(騎馬圖)의 연작(連作)을 보여주거나 한다면.

어쩌면 사나이를 설득하면 이야기를 해줄지도 모른다. 그대들 중에는 그를 졸라서 간직해둔 오래 된 여행 일기를 보게 되는 그런 아이도 있을는지 모르겠다. 그 처녀는 어느 날 사나이의 기분을 교묘하게 돋구어서, 사포의 시의 단편이 아직도 얼마쯤 전해지고 있다는 걸 듣게 된다. 더욱 여러 가지 묻는 동안, 마침내 비밀이라 해도 좋을 만한 일을 —— 속세를 떠나 조용히 사는 이 사나이가 예전에는 때때로의 여가를 그런 시구(詩句)의 번역을 하면서 보내기를 즐겼다는 것을 듣게 되는 것이다. 사나이는 그런 추억은 오랫동안 생각해보지도 않았다고 털어놓으며 번역되어 있는 것도 보여줄 만한 것이 못 된다고 우긴다. 그러나 자꾸만 졸라대면, 이 순진한 처녀들에게 시 한 구절을 읊어주는 것도 그에게는 역시 기쁜 일이다. 그리스 어의 억양이 생각나 소리내어 읽어본다. 왜냐하면 그는 번역은 원전(原典)의 맛을 전하지 못한다고 생각했고, 또 이 젊은 처녀들에게 뜨거운 불길 속에서 연마된 광석과도 흡사한 이 주옥 같은 말의 아름답고 티없는 순수한 조각을 알려주고 싶었기 때문이기도 한 것이다.

이런 일이 있은 뒤 사나이는 또다시 자기 일에 열중하기 시작한다. 아름다운 청춘의 나날과 똑같은 저녁나절이 그를 찾아온다. 이를테면 괴괴하게 잠드는 밤으로 이어지는 가을의 저녁나절에 사나이의 서재에 이슥하도록 불이 켜지게 된다. 그가 언제나 원고지 앞에 웅크리고 있는 것은 아니다. 이따금 의자 등받이에 기대어 눈을 감고 되읽은 시의 반 구절을 마음속으로 뒤쫓는다. 그 의미가 피에 섞여들어 몸 속을 돈다. 이때만큼 고대(고대 그리스를 말한다)를 확신할 수 있었던 적은 일찍이 없었다. 고대를 잃어버린 극(劇)으로 보고, 그것에 몸소 참가하지 못했던 것을 한탄한 몇 세기 동안의 사람들에게 미소를 보내고 싶을 정도의 심정인 것이다. 이 순간에 그는 그 옛날의 단일 세계(單一世界)의 역동적(力動的)인 의의를 파악한다. 인간이 시도했던 모든 것을 한꺼번에 새롭게 취급했다는 것이 고대 세계의 의의였던 것이다. 시종 일관된 문화가 거의 완전무결한 시각화(視覺化)를 수반했기 때문에 대부분의 후대(後代) 사람들의 눈에는 그것이 거의 완성된 문화처럼 보였고, 그 전체 그대로 과거의 것이 되어버린 것같이 생각되던 것도 이제 그를 미혹시키지 않는다. 마치 두 개의 완전한 반구(半球)가 완전무결한 황금구(黃金球)에 들어맞듯이, 사실 인생의 천상적(天上的)인 반구가 지상 생활의 반구상(半球狀)의 그릇에 꼭 맞추어졌다. 그러나 그 합일(合一)이 완성되자, 그 속에 갇혀 있던 영혼에게는, 이 남김없는 실현마저도 마침내는 단순한 비유에 지나지 않는다고 느껴졌던 것이다. 충일된 이 천체는 무게를 잃고 우주 공간으로 떠오르고, 그 금빛 구면(球面)에는 아직껏 완성되지 못한 세계에 대한 슬픔이 그것을 뒤쫓아가듯 흐르고 있는 것같이 비쳐보였다.

고요한 밤중에, 이 고독한 남자는 혼자 상념에 잠겨 멀리 생각을 달려 그러한 인식에 도달한다. 곧 그는 창문턱 위에 있는 과일 그릇을 깨닫는다. 저도 모르게 사과를 하나 집어 앞에 있는 책상 위에다 놓는다. 자기의 생활은 이 과일의 둘레를 어떤 식으로 돌고 있는 것일까 하고 그는 생각한다. 모든 완성된 것의 둘레에 아직껏 완성되지 않은 것이 높이 떠올라가는 것이다.

그러자 그때 갑자기 미완(未完)의 것의 꼭대기 위 높이, 저 조그마한 그러나 무한의 저편에까지 가득 찬 모습이(그리스의 의학자이자 철학자인 갈리엔의 증언에 의하면) 여류 시인이라고 하면 누구나가 염두에 떠올렸던 그 사람(사포를 가리킴)의 모습이 되살아나는 것같이 생각되었다. 그것은, 마치 헤라클레스(^{그리스 신}_{화의 영웅})가 이룩한 위업(偉業)의 배후에는 항상 온세계가 파괴와 재건을 바라고 일어섰듯이 그 뒷시대에 남겨진 유일한 유산이었던 모든 행복과 절망이 그녀의 마음의 행위에 의해 생(生)을 얻으려고 존재의 저장(貯藏) 속에서 서로 떠밀며 들이닥쳐왔기 때문이다.

사나이는 갑자기 완전한 사랑을 궁극에까지 성취하려고 각오한 이 결연(決然)한 마음을 인정한다. 사람들이 이 심정을 오해해온 것도 이상하다고는 결코 생각하지 않는다. 사람들은 너무나도 시대에 앞서서 살았던 이 사랑의 여인 속에서 오직 과잉만을 보았을 뿐 사랑과 마음의 고뇌와의 새로운 기준을 빠뜨리고 있었던 것이다. 그녀의 생애를 증명하는 비명(碑銘)이, 당시 사람들이 믿을 수 있는 한도 내에서 해석되어온 것도, 그녀의 죽음이 마침내 신의 심술궂은 지시를 받아 사랑을 받을 가망도 없이 끝없이 연모

(戀慕)에 몸을 불태운 여자의 죽음으로만 해석되어온 것도 의심스럽다고는 생각하지 않는다. 아마도 그녀의 가르침을 받은 여제자들 속에서 그녀가 그 행위의 높이에서 그녀의 포옹을 허무하게 버린 한 명의 남자를 구하여 한탄한 것이 아니라, 그녀의 사랑에 필적할 만한 이미 존재키 어려운 자에게 애소(哀訴)한 거라는 것을 이해 못하는 여자도 있었을 것이다. 한탄한 것이 아니라, 그녀의 사랑에 필적할 만한 이미 존재키 어려운 자에게 애소(哀訴)한 거라는 것을 이해 못하는 여자도 있었을 것이다.

생각에 잠긴 사나이는 일어서서 창가로 다가간다. 천장이 높은 그 방도 그에게는 너무 갑갑하게 느껴진다. 될 수만 있다면 별을 보고 싶다고 생각한다. 이런 감동에 충만되는 것도 이웃의 젊은 처녀들 속에 마음 끌리는 한 소녀가 있기 때문인 것이다. 그는 온갖 소원을 가진다(자기를 위해서가 아니라 그 처녀를 위해서). 그 처녀를 위해서 그는 흘러가는 이 밤의 한 순간에 사랑이 요구하는 바를 이해한다. 그녀에게는 아무 말도 안 하리라, 그렇게 마음에 다짐한다. 홀로 잠못 이루며 그녀를 위해 그 사랑의 여인 사포가 얼마나 옳았던가를 생각하는 것으로 만족할 수밖에 없다고 생각한다. 사포는 두 사람의 결합도 고독의 증대 이외의 아무것도 뜻하지 않는다는 것을 알고 있었다. 그리하여 성(性)의 일시적인 충동을 그 무한한 의미로써 타파하려고 했다. 포옹의 어둠 속에서 그녀가 몸부림치며 구했던 것은 충족이 아니라 동경이었다. 사랑하는 두 사람 중의 한편이 사랑하는 자이고 다른 한편이 사랑받는 자임을 경멸하고, 사람받는 것으로 그치는 약한 자들을 자기 침소로 데리고 와 스스로의 불길에 의해 사랑하는 자로 백열(白熱)케 만들어 자기 곁을 떠나보냈다. 이 거룩한 이별을 거듭함으로 해서 그녀의 마음은 자연 그것으로 변하고 있었다. 운명을 초월하여 그녀는 예전에 사랑했던 여자들을 위해 축혼(祝婚)의 노래를 불러주었다. 그 결혼을 찬양하며 접근해오는 남편을 지나칠 만큼 찬미했다. 그것에 의해 그녀는 여자들이 마치 하나의 신(神)을 맞이하듯이 정성껏 남편을 맞고, 나아가서는 빛나는 하느님에게도 잘 보답하라고 권했던 것이다.

이삼 년 전의 일이었을까, 아베로네. 나는 또 한 번 너를 마음속에 느끼고

186

너의 모습을 뚜렷이 보았다. 오랫동안 너에 대한 것을 생각하지 않았던 만큼 뜻밖의 체험이었다.

　가을에 베네치아에서의 일이었는데 나는 외국인 손님들이 여행중에 역시 외국인인 여주인 둘레에 모이는 그런 어느 살롱에 갔었다. 사람들은 홍차 찻잔을 들고 홀 여기저기에 흩어져 있었다. 이따금 뭐든지 잘 아는 옆 손님한테 말을 듣고는 재빨리 천연스러운 얼굴로 문간 쪽을 돌아본다. 그리고 자못 베네치아식으로 들리는 이름을 속삭인다. 그때마다 그들은 황홀해지는 것이었다. 어떤 이름을 듣게 되든 태연스럽다. 대체로 놀라는 일이 없는 것이다. 그것은, 평소의 생활이 아무리 건실한 것일지라도 이 거리에 있는 한 그들은 아무리 극단적인 공상에도 주책없이 몸을 내맡겨 버리기 때문이다. 여느때에는 낯선 것을 금제(禁制)와 착각을 하고 있는 그들인 만큼 지금 여기서 자기에게 허락된 굉장한 사건에의 기대로 부풀어 노골적으로 건방진 표정을 얼굴에 지어보이는 것이다. 고국에서라면 가끔가다 음악회라든가 혼자서 소설 읽기에 열중되어 있을 때만 마음을 스쳐가는 기분, 그것을 그들은 이 고장의 허물없는 환경에 이끌리는 대로 마치 당연한 권리처럼 주저없이 사람들 앞에 드러내고 있다. 음악을 듣고 있노라면 육체가 염치없이 탐하는 마비에 무의식중에 끌려들어가는 것과 마찬가지로, 아무런 마음의 준비도 없이 위험도 느끼지 않고 그 독약 같은 음악의 고백에 빠져버린다. 꼭 그것처럼 그들은 베네치아의 참다운 실체는 조금도 포착 못한 채 곤돌라의 고혹적인 우수(憂愁)에 몸을 내맡겨버리는 것이다. 여행하는 동안 내내 서로 증오에 가득 차서 으르렁대던, 이제는 신혼 시절의 그림자도 없는 부부가 여기에서 조용하게 타협한다. 남편은 이상(理想)에 지쳐 마음 편한 권태에 잠기고, 한편 아내는 젊은 기분이 되어 나른한 얼굴을 하고 있는 토박이들의 마음을 풀어줄 듯이 미소를 짓고 고개를 끄덕이고 있다. 설탕으로 되어 있는 듯한 그 이빨은 줄곧 녹고 있는 것같이 보인다. 아무 생각없이 듣고 있노라니, 그들은 내일 떠나느니 모래 떠나느니, 또는 이번 주말에 떠나느니 하고 있다.

　그래서 나는 이런 사람들 속에 섞여서 여기를 떠나지 않게 되었다는 것이 여간 기쁘지 않았다. 이제 머지않아 추워지리라. 병 같은 호기심을 가진 이방인들과 함께 그들의 편견과 필요가 자아낸 이 나약한 아편 같은 베네치아는 사라져 없어지고 어느 날 아침, 전혀 다른 현실이 싱싱하게 눈 뜬, 건드리면 와르르 깨어져 흩어져버릴 듯한 도대체 몽상할 여지조차도 없는 베네치아가 홀연히 나타나는 것이다. 물 속에 잠긴 숲 위에 세워지고 무(無)에서부터 계획되어 쌓아올려져 어느덧 이토록까지 철저하게 존재하는 베네치아. 밤을 도와 일하는 공장이 그 노역(勞役)의 혈액을 보내주는 한껏 필요한 데까지 아껴진 단련된 육체. 그리고 한없이 침투해들어가는 달콤한 남국의 꽃향기보다 더 강렬한 이 육체가 가지고 있는 예리한 정신. 소금과 유리의 가난한 자원을 여러 민족의 재보(財寶)와 교역한 암시의 나라. 장신구 속에까지 더욱 섬세한 신경이 되어 통하는 숨은 에네르기로 가득 차, 전세계와 멋지게 어울리는 이 베네치아가.

내가 그러한 것을 알고 있다는 생각이 들자, 잘못을 저지르고 있는 이런 사람들 속에 있는 나 자신에 대한 역겨움이 치밀었다. 나는 눈을 들고 어떻게 해서든지 내 마음을 사람들에게 전하고 싶다고 생각했다. 이러한 홀에 모여드는 사람들 속에 베네치아의 본질을 해명해주었으면 하고 기대하는 사람이 하나도 없다고 생각할 수 있을까? 여기에 펼쳐지는 것이 향락의 그림이 아니라, 세계 어디에서도 볼 수 없을 만큼 냉철하고 준엄한 의지의 범례(範例)임을 이해하는 청년이 그 자리에 한 사람도 없다는 것을 생각할 수가 있을까? 나는 빙빙 돌아다녔다. 내가 아는 진실이 나를 가만히 두지 않았다. 진실이 이 수많은 사람들 가운데서 나에게 옮아진 이상에는 역시 표명하고 변호하고 증명하고 싶다고 바라고 있었던 것이다. 이상한 상상이 내 마음속에 떠올랐다. 사람들의 입 끝에 올랐다가 흩어지는 오해를 미워한 나머지 별안간 내가 손뼉을 탁 쳐서 소리를 내고 싶어지지나 않을까 하고.

이런 야릇한 기분에 사로잡혀 있을 때 나는 그녀를 느꼈던 것이다. 그녀는 환하게 빛나는 창가에 혼자 서서 물끄러미 나를 바라보고 있었다. 성실하고 생각에 잠긴 듯한 눈길을 하고 있었는데, 나를 보고 있었던 것은 그 눈이 아니고 차라리 그 입이었던 것 같다. 그 입술은 내 얼굴에 떠올라 있던 노여움의 표정을 짓궂게 흉내내고 있는 것이었다. 나는 곧 내가 초조하게 긴장하고 있음을 깨닫고 냉정한 표정으로 돌아갔다. 그러자 따라서 그녀의 입매도 자연스럽게 되어 새침한 모양이 되었다. 그리하여 잠시 생각한 다음 우리는 은연중에 서로 미소를 지었다.

이렇게 말해도 괜찮다면 그녀에게는 바게센의 생애에서 어떤 역할을 했던 아름다운 베네딕테 폰 쿠아렌의 젊었을 때의 초상화를 연상시키는 데가 있었다. 어둡고 잔잔한 눈을 보고 있노라면 그 목소리도 맑을 것이 틀림없다고 생각되었다. 그건 그렇고 그녀의 머리를 땋은 모양이며 밝은 빛깔의 의상의 깃고대가 자못 코펜하겐식이었으므로 나는 그녀에게 덴마크 어로 말을 걸어보려고 결심했다.

그러나, 그녀와의 사이에 아직 약간의 거리가 있는 동안에 다른 방향에서 한 떼의 사람들이 그녀 쪽으로 우르르 밀려왔다. 손님을 좋아하는 이 집 주인인 백작 부인이 천성인 명랑하고 들뜬 분위기를 흩뿌리면서 한 무리의 원군을 거느리고 그녀 쪽으로 달려왔던 것이다. 그녀에게 이 자리에서 노래를 시키려는 것이었다. 나는 이 젊은 처녀가 여기 모인 사람들 중에는 덴마크 어의 노래를 듣고 싶어할 사람이 없을 거라고 말하며 거절할 게 틀림없다고 생각했다. 사실 사람들이 조용해지자 그녀는 그렇게 말했다. 그녀의 밝은 모습을 에워싼 무리들은 더욱 열심히 권했다. 이 사람은 독일어로도 노래를 부를 줄 안다고 아는 척하는 사람도 있었다. "이탈리아어도 알지." 하고 짓궂게 단언하고 웃는 목소리도 있었다. 그녀가 어떻게 말해야 좋을지, 나는 적당한 핑계가 떠오르지 않았으나 그녀가 끝까지 거절하리라는 것은 믿어 의심치 않았다. 억지 웃음 때문에 굳어진 설득자들의 얼굴에는 벌써 흥이 깨진 못마땅한 표정이 번져나갔고, 사람 좋은 백작 부인도 그녀의 형편을 생각해서 동정과 체면을 유지하며 한 발 물러섰다. 그런데 그때 이젠 전혀 그럴 필요도 없어진 마당에서 그녀는 양보하며 나섰다. 나는 실망한 나머지 얼굴이 창백해지는 걸 느꼈다. 나는 비난하듯이 그녀를 보았다. 그러나 나는 얼굴을 돌렸을 뿐이었다. 그녀에게 나무라는 빛을 보여본들 어떻게 되는 것도 아니기 때문이다. 그리고 그녀는 사람들을 뿌리치더니 갑자기 내 옆으로 왔다. 그녀의 옷 빛깔이 나에게 반사되고 따뜻한 체온의 향기가 나를 감쌌다.

"정말 한 번 불러보고 싶어요." 하고 그녀는 내 볼에 숨결이 닿을 정도로

가까이에서 덴마크 어로 말했다. "졸라대기 때문에라든가 제 체면 때문은
아니에요. 지금 꼭 노래가 부르고 싶기 때문이에요." 그녀의 억양에서는,
조금 전에 그녀가 나를 거기에서 해방시켜준 초조함과 같은 사람들의 그
옹졸함에 대한 노여움이 쏟아져나왔다.

그녀를 에워싼 채 딴 방으로 가는 사람들의 뒤를 따라 나는 천천히
걸어갔다. 그러나 나는 높다란 문 앞에서 걸음을 멈추고 사람들이 서로
자리를 양보했다 옮겼다 하는 광경을 뒤에서 바라보고 있었다. 나는 검게
번쩍거리는 문짝 안쪽에 기대서서 기다렸다. 누군가가 무슨 일이 시작되
느냐고, 노래라도 부르느냐고 나에게 물었다. 나는 모르는 척했다. 그렇게
거짓말을 하고 있는 동안 벌써 그녀는 노래를 부르기 시작했다.

내가 있는 곳에서는 그녀의 모습은 보이지 않았다. 노래가 시작되자
주위는 조수가 밀려가듯이 조용해졌다. 그것은 저 이탈리아 가곡의 하나
였다. 너무나 또렷한 이탈리아 어 발음이었으므로 듣고 있는 외국인들
에게는 굉장히 순수한 노래처럼 생각됐을 것이다. 그러나 노래부르고 있는
그녀는 그런 원칙을 믿고 있지는 않았다. 그녀는 열심히 노래를 불렀는데
너무 지나치게 엄숙한 곡조였다. 나는 슬퍼져서 그자리에 배겨낼 것 같지가
않았다. 좌중이 다소 술렁거렸다. 누구든지 나가는 사람이 있으면 나도
따라서 그 자리를 떠나려고 생각했다.

그러나 그때 주위가 갑자기 잠잠해졌다. 이 조용함을 지금 이때까지 그
누가 예측할 수 있었으랴, 정적은 계속되고 긴장되었다. 그리하여 지금 그
속에서 노랫소리가 일어났다. (아베로네, 나는 생각했다, 아베로네.) 이번
에는 그녀의 목소리가 힘차게 가득히 충만되었는데도 무겁지가 않았다.
혼연히 하나로 뭉치어 이음새도 붙임새도 없었다. 내가 모르는 독일의
가곡이었다. 그녀는 그것을 이상하게도 단순하게, 무엇인지 모르나 필연적인
것처럼 노래불렀다. 그녀는 노래불렀다.

밤에 눈물지으며 누워 있다고
나는 그대에게 말하지 않네.
요람처럼 나를 흔들어

잠 재우지 않는 그대여.
그대도 나에게 말하지 않네,
나로 하여 뜬 눈으로 밤을 지샌다고는——
아아, 그 얼마나 우리는 이 황홀함을
추억으로 삼고자 달래지 않고
가슴 깊이 참아왔던가?

짤막하게 사이를 두고 망설이듯이.

보라, 사랑하는 연인들을,
사랑을 고백함은
벌써 거짓의 시작.

또다시 정적. 누가 이 정적을 만들어낸 것이었을까. 이윽고 사람들은
몸을 움직여 서로 부딪고 사과를 하고 기침을 했다. 사람들은 벌써 온 홀
안에 퍼져나가는 웅성거림으로 옮아가려 하고 있었다. 그 순간, 노랫소리가
또다시 쏟아져나왔다. 결연하고 풍성하고 긴장한 음성——.

그대로 하여 이 몸은 혼자
그림자처럼 비치는 임의 모습을 쫓는다.
아련히 사라져 어느덧 바람이 되어
다시금 남김없이 향기가 되어 떠도네.
아아, 뭇사람이 다 이 팔 속에서 사라졌으되
되살아나는 이는 오직 그대뿐——.
잡을 수도 없는 그대를 이 가슴에 꼭 껴안으리.

누가 이런 노래를 기대하기나 했을까. 사람들은 모두 이 목소리에 압
도당한 듯 우뚝 서 있었다. 그리하여 마침내 이 목소리는 몇 년 전부터
틀림없이 이 순간에 노래부르게 되리라는 것을 미리 알고 있기라도 했었

다는 듯한 확신으로 가득 차 있는 것이었다.

이전에 나는 왜 아베로네는 그 뜨거운 감정의 열량(熱量)을 하느님에게로 돌리지 않았을까 하고 여러 번 의아하게 생각했다. 그녀가 스스로의 사랑에 어떠한 대상도 갖지 않겠다고 간절히 바라고 있었다는 것은 나도 잘 알고 있다. 그러나 그녀처럼 성실한 마음이 하느님은 오직 사랑의 방향이지 본래 사랑의 대상이 될 수 없다는 것쯤 몰랐을 리가 있었겠는가? 하느님으로부터 사랑이 되돌아올 기미가 조금도 없다고 알기라도 했단 말인가? 우리들 시간을 필요로 하는 자에게 마음먹은 일을 남김없이 완수시키고 초조해하지 않고 스스로의 기쁨을 유보하고 있는, 하느님이라는 이 탁월한 애인의 자제를 그녀가 모르기라도 했단 말인가? 아니면 그녀는 그리스도를 피하려 했던 것일까? 하느님에게로 향하는 도중 그리스도에게 저지를 받고, 그의 곁에서 사랑받는 자로 떨어질 것을 두려워한 것일까? 그랬기 때문에 율리에 레벤틀로우에 대한 것을 생각해내고 싶어하지 않았던 것일까?

메히틸트(독일의 수\n녀, 神秘家)와 같이 단순한 아빌라의 테레사(스페인의 신비 사상\n가, 성녀. 1515~82)같이 감동적인 또, 리마의 성녀 로사(도미니크회 수녀, 신\n비가. 1586~1617)와 같이 상심에 잠긴, 이 모든 사랑의 여인들이 하느님의 이 안이한 대역(代役) 밑에 굴복을 하고 뜻밖에도 사랑받는 자로서 끝난 사실을 생각해볼 때, 역시 그랬는지도 모른다는 생각이 든다. 아아, 약한 자들에게 있어서는 구세주였던 그리스도가, 이 굳센 여인들에게는 치욕에 지나지 않는다. 그녀들이 이미 하느님께 대한 무한의 길 외엔 아무것도 기대하지 않게 되었을 때 가슴을 설레며 다가가는 천국의 입구에서, 다시금 사람의 모습을 한 자가 다가와 휴식처를 주고 꾀어서 그 남성에 의해 그녀들을 착란시킨다. 굴절도가 강한 그의 마음의 렌즈가, 이미 평행선이 되어 하느님을 지향하고 있던 그녀들의 영혼의 광선을 다시 휘어들게 하였으며, 그리고 천사들이 이제 완전히 하느님을 위해 그 손을 잡을 수 있었다고 믿고 있던 그녀들은 메말라버린 스스로의 동경 속에서 활활 불타버리고 마는 것이다.

'사랑받는다는 것은 다 타버리는 것. 사랑한다는 것은 끝없이 기름을

부어 빛나는 것이다. 사랑받는다는 것은 사라져가는 것. 사랑한다는 것은
지속하는 것이다(이것은 원고의 여백에 씌어진 것이다).'

어찌 되었건, 아베로네가 뒷날 남몰래 다시 직접적으로 하느님과 교제를
가져보려고 마음속으로 사물을 생각하려 했다는 것은 상상하기에 어렵지
않다. 나에게는 아말리에 가리친 백작 부인의 세심하고 내성적인 느낌을
연상시키는 그런 편지가 그녀에게도 있을 것같이 여겨지는 것이다. 그러나
만약 그 편지가 여러 해 동안 그녀와 다정한 사이였던 사람 앞으로 씌어진
것이라면 그 사람은 그녀의 변한 모습에 얼마나 고민을 했을까. 자기가
변했다는 증거는 여러 가지가 있었는데도 그녀가 그 모두를 자기와는 전혀
관계없는 것처럼 줄곧 뿌리쳐버렸기 때문에 본인도 모르고 있는 그런 요
괴스러운 변화를 그녀 자신 역시 무엇보다도 두려워하고 있었을 거라고
나는 생각한다.

저 탕자(蕩者)의 비유(^{신약성서 《누가 복음》 15장 11절~30절.}^{이른바 탕자의 비유를 나타내고 있다})가 사랑받는 것을 거부한
자의 이야기라고 나는 굳게 믿고 있다. 그는 어릴 때부터 전 가족 모두에게
사랑을 받으며 자랐다. 커가는 동안에도 늘 가족들의 상냥한 마음씨에 젖어
있었다. 그래서 그는 세상이란 으레 그런 것이라고 생각했고, 습관처럼
그들의 사랑에 젖어 있었다.

그러나 소년이 되자 그는 자기를 에워싸는 습관을 버리려고 생각했다.
그것을 입 밖에 내어 말을 할 수는 없었을 것이다. 그러나 진종일 야외를
정처없이 방황하며 이제는 결코 개조차 데리고 다니려 하지 않았던 것은
그 개들마저 그를 사랑하고 있었기 때문이다. 그들의 눈길에도 주의와
관심과 기대와 배려가 가득가득 서려 있었기 때문이다. 그들 앞에서마저
무슨 일을 하건 기쁘게 하든가 상처를 주든가 하게 마련이었다. 그러나
그가 그 무렵에 마음 깊숙이 바라고 있었던 것은 그 무엇에도 구애받고
싶지 않다는 것이었다. 이를테면 아침 일찍 들에 나가거나 하면 흔히 그러한
무차별한 조용함으로 마을이 밝아올 때가 있었다. 그는 시간도 호흡도 잊고,
아침이 눈을 뜨는 이 경쾌한 순간보다도 더 가볍게 달려가는 것이었다.
그때까지 모르고 있었던 생활의 비밀이 그의 앞에 펼쳐져왔다. 그는

무의식중에 들길을 벗어나 두 팔을 벌리고 그 폭만큼 한꺼번에 여러 방향을 제것으로 만들 수 있는 듯한 생각을 하면서 정신없이 들을 달렸다. 이윽고 그는 어느 울타리 뒤에 몸을 내던졌다. 그를 간섭하는 사람은 아무도 없었다. 풀 줄기로 피리를 만들고 조그만 짐승에게 돌팔매질을 하고, 쪼그리고 앉아 딱정벌레가 억지로 도로 기어오르게 하며 놀았다. 그런 어린 장난이 결국 운명이 될 리는 없었다. 널찍한 하늘은 자연 그 자체 위를 지나가듯이 그의 머리 위를 흐르고 있었다. 그러는 동안 오후가 되면 가지가지 재미있는 생각이 연거푸 떠올랐다. 그는 토루투가 섬(^{서인도 제도 아이티 섬}
^{북쪽 해안에 있는 섬})에 농성하는 해적이 되었다. 그렇다고 해서 해적인 것에 어떤 의무가 있는 것도 아니었다. 캄페체(^{멕시코만 남쪽}
^{해안의 도시})를 공략 포위하고 베라크루스(^{멕시코만 서쪽}
^{해안의 도시})를 정복했다. 전 군사도, 말탄 한 명의 수령도, 바다에 뜬 함선도 될 수 있었다. 모든 것이 기분에 달려 있었다. 문득 생각이 떠올라 땅에 무릎을 꿇으면 순식간에 데오다트 드 고존이 되어 있었다. 큰 구렁이를 퇴치했는데도 사람들이 이 영웅적인 행위를 복종할 줄 모르는 교만한 소행이라고 수군거리는 소리를 듣고 흥분으로 몸에 열이 오르는 것이었다. 어쨌든 사건에 관계있는 사항은 하나도 빼지 않았던 것이다. 그러나 아무리 많은 공상을 해보아도 그 틈 사이에 역시 어떤 새가 되어도 좋으니까 한 마리의 새가 되고 싶다고 생각할 시간은 항상 남아 있었다. 다만 마침내는 아무래도 집으로 돌아가지 않으면 안 된다는 생각이 마음을 무겁게 내리누르는 것이었다.

아아, 그렇게 되면 모든 것을 훌훌 벗어버리고 일어나야만 했었다. 깨끗이 잊어버리는 것이 필요했었다. 그렇지 않으면 모두들에게 문책을 받았을 경우 까딱하다가 이 비밀은 드러나게 마련이었기 때문이다. 아무리 어정거리고 한눈을 팔며 걸어도 언젠가는 역시 집의 박공 지붕이 보이기 시작하는 것이었다. 위층의 맨 끝 창문이 그의 눈을 사로잡고 놓아주질 않았다. 아마도 누군가가 그곳에 서 있기라도 했던 것이리라. 온종일 잔뜩 기다리고 있던 개들이 나무 사이를 빠져 우르르 몰려와서 그를 그들이 생각하는 주인의 모습대로 되돌려놓았다. 그 뒤로는 집이 할 역할이었다. 온 집안에 서려 있는 그 냄새 속으로 한 발 들여놓는 그 일만은 벌써 대충은 끝난 것이나 다름없었다. 자질구레한 일이라면 아직도 어떻게 할 수가 있었다.

그러나 전체적으로 그는 이미 식구들이 생각하고 있는 대로의 그인 것이었다. 그 자신의 얼마 안 되는 과거와, 그들의 자기 멋대로의 소망으로 해서 판에 박힌 생활만이 허락되었던 그, 밤낮없이 그들의 사랑의 암시 아래, 그들의 희망과 그릇된 추측 사이에, 그들의 비난과 갈채 앞에 세워져 있었던 공유물로서의 그인 것이었다.

그러니까 말로 할 수 없을 만큼 조심조심 층계를 올라가본들 무슨 소용이 있었겠는가. 식구들이 방에 모여 있으리라. 문을 연다, 그러면 모두들 일제히 이쪽을 보는 것이다. 그는 어두컴컴한 데 멈추어 서서 식구들의 질문을 기다린다. 그러나 사태는 거기서부터 가장 나빠지는 것이다. 그들은 양쪽에서 그의 손을 잡고 식탁까지 데리고 간다. 거기 있는 사람들 모두가 진기한 듯이 램프 쪽으로 몸을 내민다. 그들은 편할 것이다. 어두컴컴한 데 앉아 있으니까. 그 혼자만에게 불빛과 더불어 얼굴을 드러내는 굴욕의 의무가 모두 짊어지워지는 것이다.

그는 그런 집에 머물러 있을까? 가족들이 강요하는 애매한 생활 방식을 겉으로만 흉내내다가 곧 얼굴 모양까지 그들을 닮아버리지는 않을까? 그의 의지의 섬세한 성실함과 그가 보아도 알 수 있는, 그 성실함을 비뚤어지게 만들 난폭한 기만과의 사이에서 부서지고 마는 것은 아닐까? 어리석고 약한 마음만을 가지고 있는 가족들을 언젠가는 해치고야 말 자기 자신이 되기를 체념해버리지는 않을까?

아니다, 그는 집을 버릴 것이다. 이를테면 그들이 모두 그의 생일을 위해, 그것을 기화로 모든 것을 원만하게 만들려고 서투르게 고른 선물을 테이블에다 꾸미느라 분주하게 돌아다니고 있는 동안에라도. 이제 다시는 돌아오지 않을 결심으로 떠나는 것이다. 훨씬 뒷날이 되어서야 비로소 그는, 자기가 사랑을 받는다는 무서운 상태에 남을 빠뜨리지 않기 위해서 결코 아무도 사랑하지 않으리라고 얼마나 굳게 마음속에 맹세했었는가를 알게 될 것이다. 몇 년이나 지난 뒤에야 이 일을 깨닫는다. 그러나 다른 여러 가지 계획과 마찬가지로 이것도 끝내 성취할 수 없는 결심이었다. 왜냐하면 그는 고독 속에서 사람을 사랑했다. 수없이 사랑했기 때문이다. 그때마다 스스로의 있는 힘을 남김없이 다 바쳤다. 상대방의 자유를 손상시키지 않기 위해 말할 수 없는 불안에 전율하면서. 그는 점차 사랑하는 상태를 사람을 불태워버리는 대신 스스로의 감정의 빛으로 상대를 빈틈없이 빛나게 하는 법을 배웠다. 그리하여 그는 더욱더 투명해져가는 애인의 모습을 통하여 그녀가 그의 무한의 소유욕 앞에 열어주는 아득한 넓이를 깨닫는 황홀감에 젖어들어간 것이었다.

그러나 그러면서도 그는 자기도 그런 빛에 잠겨봤으면 하는 동경으로 며칠 밤이나 울며 샜는지 모른다. 그러나 일단 사랑을 받고 몸을 맡기는 여인은 역시 사랑에 사는 여인들과는 거리가 멀었다. 오오, 쓸쓸한 밤들이여. 그가 베푼 넘칠 듯한 사랑은 조각조각 무상(無常)의 무게가 더해져서 되돌아올 뿐이었다. 그때 그는 자기들이 읊는 시를 남이 알까봐 무엇보다도 두려워했다는 저 음유 시인(吟遊詩人)들을 얼마나 그리며 부러워했던 것일까. 하다못해 이 따분함을 경험하지 않으려고 그는 저축해두었던 돈을 깡그리 써버렸다. 여자들이 그의 사랑을 받아들일지도 모른다는 공포가 나날이 커져갔다. 그는 예의에 벗어난 지불을 함으로써 그녀들을 모욕한 것이다. 이미 그는 자기의 구석구석을 비춰줄 사랑의 여성을 만나겠다는 희망을 버리고 있었던 것이었다.

가난이 나날이 새로운 가혹함으로 그를 위협하여, 그의 머리는 비참이 깃들어 사는 둥우리가 되고, 온몸에 종기가 시련의 어둠 속을 더듬는 일종의 눈처럼 솟아나, 오물이나 다름없다고 사람들이 그를 거름 속에 던져넣어 몸에 배어드는 그 똥 오줌의 더러움에 소름이 끼쳤던 그때에도, 그때에도 역시, 생각을 돌이켜보면 사랑을 받는 것이 그로서는 무엇보다도 큰 공포였다. 모든 것이 잃게 되는 딱 질색이었던 그 포옹의 비애에 비한다면 그 뒤에 오는 암흑의 모두가 도대체 무엇이었단 말인가. 눈만 뜨면 미래 없는 황량한 감정에 짓눌리지 않았던가? 위험을 구할 자격마저 상실하고 비틀비틀 방황하지 않았던가? 아직 못 죽는다, 아직은 죽을 수가 없다고 백 번 천 번 마음속으로 맹세해야만 하지 않았던가? 그의 생명이 수차 궤멸의 위험 앞에서도 끝내 살아남을 수가 있었던 것은, 어쩌면 이 되풀이되어 오직 한 점으로 되돌아오던 집요한 기억 때문이었는지도 모른다. 어쨌든 세상 사람들이 여기에서 다시금 그의 모습을 보는 것이다. 그리하여

196

그때에 비로소 목자(牧者)가 되어 되살아난 이 세월에 그의 수많은 과거도 가라앉은 것이다.

그 사이 그의 신변에 일어난 사건을 그 누가 교묘하게 서술할 수가 있겠는가? 어떤 시인이 그때의 그의 긴 나날을 짧은 인생과 연결시킬 역량을 가지고 있겠는가? 어떤 예술이 망토에 싸인 그의 비쩍 마른 모습과 그가 경과해온 저 거대한 밤들의 어두운 모든 공간을 동시에 그려낼 수 있을 만큼 광대할 수가 있겠는가?

그것은 그가 서서히 병이 회복되어가는 사람처럼 스스로를 평범한 무명(無名)의 존재라고 느끼기 시작한 시기였던 것이다. 그는 생존 자체에 대한 사랑 외에는 사랑을 갖지 않았다. 그가 몰던 양떼의 무관심한 사랑은 그에게 짐이 되지 않았다. 구름 사이로 비치는 햇빛처럼 양들의 사랑은 그의 주위에 흩어져 초원에 아련히 빛나고 있었다. 그들의 무심한 굶주림의 뒤를 쫓아 그는 묵묵히 온 세계의 목장을 돌아다녔다. 이국의 사람들은 아크로폴리스의 높은 언덕에 서 있는 그의 모습을 보았을 것이다. 어쩌면 그는 오랫동안 보 지방(프랑스의 지방)의 목자들 사이에 섞여 7과 3의 경사스러운 숫자를 모두 손에 넣고서도 끝내 그 문장(紋章)인 열여섯 줄기의 빛의 별을 극복하지 못한 채 멸망한 저 고귀한 일족을 초월하여 이제는 돌이 되어버린 시간이 남아 있는 모양을 보기도 했으리라. 또는 오랑쥬의 저 촌스러운 개선문에 몸을 기대고 쉬는 그를 상상하면 좋을 것이고 아니면 사자(死者)들이 잠드는 알리스캉의 그늘에 서서 소생한 자들의 무덤처럼 아가리를 벌린 그 묘석 사이에서 눈으로 한 마리의 잠자리 뒤를 쫓고 있는 그의 모습을 생각해 볼까?

그것은 아무래도 좋다. 나에게는 그의 모습 이상의 것이 보이는 것이다. 이때 하느님에 대한 아득한 사랑이라는 조용하고 끝없는 일을 시작한 그의 실존(實存) 그 자체가 영원히 스스로를 억제하고 살려던 그에게 그의 마음을 떠나지 않던 생각이 또 한 번 분류(奔流)처럼 되살아난 것이다. 더구나 이번에는 사랑을 받아줄 것을 원했다. 오랜 고독 속에서도 스스로의 앞날을 예감하고 마침내 그 무엇에도 미혹되지 않았던 그의 온몸과 온 영혼이, 지금 자기가 생각하는 그 상대야말로 투철하게 빛나는 사랑으로써 사랑할

줄 아는 존재라고 그로 하여금 믿게 했다 . 그러나 점차적으로 이토록
찬란하게 사랑을 받고 싶다고 간절하게 바라면서도 멀고 먼 아득함에 익
숙해진 그의 감정은, 하느님에게 이르는 길이 멀다는 것도 이해하는 것
이었다. 하느님을 향하기 위해 스스로의 몸을 광대한 우주에 내던지고
싶다고 그는 밤마다 생각했다. 대지에 발을 딛고, 스스로의 부푼 마음의
분류에 실어 그것을 높이 천공으로 밀어올릴 수 있는 힘을 몸 속에 느끼는
충만된 시간도 있었다. 그는 장려(壯麗)한 말을 처음으로 듣고 열에 들뜬
것처럼 그 말로 시를 쓰려고 결심한 사람과 다를 바 없었다. 그러나 이
말이 얼마나 어려운 것인가를 아는 놀라움이 아직 그의 앞에 기다리고
있었다. 처음에는, 별로 의미도 없는 최초의 짤막한 마음 내키는 대로의
문장을 만드는 데로 긴 일생이 지나가버릴지도 모른다는 것이 도저히 믿
어지지가 않았다. 달리기 선수가 경기에 참가하듯이 그는 곧장 이 말의
습득에 뛰어들었다. 그러나 극복하지 않으면 안 될 벽의 밀도가 그의 발
걸음을 둔하게 했다. 이 초심(初心)의 단계보다 그의 마음이 더욱 겸허해져
본 적은 전혀 없었다. 그는 현자(賢者)의 돌(중세의 연금술사가 사용한 신비의 돌)을 발견하기도 했
다. 그러나 순식간에 만들어진 행복의 황금은 줄곧 인종(忍從)의 납덩이로
바뀌어지지 않으면 안 되었다. 전에는 우주 공간에다 스스로의 몸을 포갤
수도 있었던 그가 이제는 한 마리의 벌레가 되어 출구도 방향도 없는 미로를
기어가지 않으면 안 되었다. 이렇게 해서 천신 만고 비탄에 짓눌리면서
사랑하는 일을 배웠던 그는 이제까지 성취해왔다고 생각한 모든 사랑이
얼마만큼 일시적이며 비천한 것이었던가를 깨닫게 되는 것이었다. 이런
사랑에서는 아무것도 생겨나지 않는 것이다. 사랑을 부지런히 완성하여
그것을 실현시키는 일을 진정으로 해본 일이 한 번도 없었기 때문이다.
　이 세월 동안, 그의 내부에는 커다란 변화가 일어나고 있었다. 하느님께
접근하려는 치열한 일에 너무나 열중한 나머지 그는 하느님 그 자체를
거의 잊어버렸다. 시간이 흐르면 혹시 도달할 수 있을지도 모른다고 바랄
수 있는 것은 오로지 '하나의 영혼을 참는 하느님의 인내'뿐이었다. 세상
사람들이 존중하는 운명의 모든 우연은 이미 오래 전에 그에게서 벗겨져
떨어져나갔다. 그리하여 이제는 피치 못할 쾌락이나 고통마저도 쓰라린

맛을 잃어버리고 그를 살찌우는 순수한 양식이 되었다. 그의 존재의 뿌리에서는 견고하게 겨울을 견뎌내는 풍만하게 무르익은 기쁨의 나무가 태어났다. 그는 자기의 내면 생활을 구성하는 하나하나를 완성하는 일에 몰두했다. 그는 어느 것 하나 뛰어넘으려고 하지 않았다. 그 몰두에 자기 자신의 사랑이 깃들고 성장하고 있다는 것을 의심치 않았기 때문이다. 그뿐이랴, 그의 평정한 마음은 더욱 광대한 영역으로 치달아, 일찍이 자기가 성취하지 못했던 것을, 오직 기다리고 바라기만 하고 그쳤던 일들에서 가장 중요한 것을 지금부터 되찾으려고 결심하는 것이었다. 그는 무엇보다도 먼저 어렸을 적의 나날을 생각했다. 조용한 마음으로 회상할 때마다 유년 시절이 더욱더 공허한 모습이 되어 되살아났다. 유년 시절의 추억은 어느 것이나 모두 예감처럼 막연히 지나가버렸기 때문에 마치 미래의 일처럼 여겨지기도 했다. 그 모두를 다시 한 번 이제야말로 내 몸에 주어졌다는 그것이 바로 오랫동안 고향을 떠났던 그가 고향으로 돌아간 이유인 것이었다. 그가 그대로 고향에 머물렀는지 어떤지 우리들은 모른다. 다만 그가 귀향했다는 것을 알 따름이다.

이 이야기를 전한 사람들은 여기서 그 집이 어떤 광경이었던가를 우리들에게 생각나게 하려고 한다. 왜냐하면, 거기서는 거의 시간다운 시간은 흘러가지 않았기 때문이다. 손을 꼽아 세어도 극히 얼마 안 되는, 가족들이라면 금방 몇 년이라고 말할 수 있을 정도의 세월밖에는. 개들은 늙었지만 아직 살아 있었다. 그 한 마리가 짖었다고 적혀 있다. 나날의 일에 열중되어 있던 사람들의 손이 일제히 중단된다. 여러 사람의 얼굴이 창가에 나타난다. 늙은 얼굴, 어른이 된 얼굴, 그러나 가슴이 뜨거워질 만큼 꼭 같이 닮은 얼굴이, 그리고 그 중 늙어버린 하나의 얼굴에 갑자기 그를 알아본 듯한 빛이 파리하게 스친다. 알아본 것일까? 정말로 단순히 알아보았을 뿐일까? 아니 그것은 용서였던 것이다. 무엇에 대한 용서였을까? 아니다, 그것은 사랑이었다. 오오, 사랑이었던 것이다.

아버지가 알아본 이 아들은 오랫동안 오직 한결같이 자기 자신의 길만을 헤매었으므로 어느덧 이 사랑을 잊고 있었던 것이다. 이런 사랑이 아직도 존재할 줄이야. 이 자리에 일어난 가지가지 사건 중에 오직 이것만이, 오로지 그의 몸짓만이 이야깃거리로 전해졌다는 것도 이상할 것은 없다. 이제까지 누구도 본 일이 없는 상상할 수 없는 몸짓이었다. 간절히 애원하는 몸짓이었다. 그 몸짓과 함께 그는 사람들의 발밑에 몸을 던졌다. 제발 사랑해 주지 말아달라고 절규하면서. 놀라 어쩔 줄 몰라 하면서 사람들은 그를 부축해 일으켰다. 사람들은 이 격렬함을 그들 나름대로 해석했다. 그들은 용서를 한 것이다. 그의 태도가 절망에서 나온 솔직한 것이었는데도 불구하고 가족 모두가 그를 오해했다는 것은, 그로서는 말할 수 없는 안도감을 주었음에 틀림없다. 아마도 그는 집에 머물 수 있었을 것이다. 왜냐하면, 그들이 서로 은밀하게 격려를 하면서 예상 착오의 위로에서 나타나는 이 사랑이 마침내는 그에게 조금도 상관없다는 것이 나날이 더 뚜렷해졌기 때문이다. 그들이 마음을 쓰는 것을 볼 때 그는 웃음을 참을 수 없었다. 이제는 도저히 가족들이 도달할 수 없는 위치에 그가 도달했음을 그는 확실히 알았기 때문이다.

그가 어떤 사람인지, 그들은 얼마만큼 알고 있었을까. 이제 와서는, 그는 놀라울 만큼 사랑을 받기 어려운 존재였다. 그는 자기 자신은 오직 한 사람에게서만 사랑받을 수 있다고 느끼고 있었다. 그러나 그 한 사람은 아직도 그를 사랑하려고는 하지 않았다.

수기(手記)는 여기서 끝난다.

하느님 이야기

친애하는 분이시여, 제가 이 책을 당신께 증정했을 때, 당신은 어느 누구보다도 저의 이 책을 마음에 들어하셨습니다. 그래서 저는 이 책은 당신을 위한 것이라 생각하게 되었습니다. 그러한 연유로 이번에 내는 신판에서는 당신에게 증정할 한 권뿐만 아니라 이번에 내는 신판의 모든 책에 당신의 이름을 적기로 한 것을 양해하여주시기 바랍니다.

저는 그 책에 이렇게 쓰고 싶습니다 ——.

"하느님 이야기는
엘렌 케이의 것이다."

1904년 4월 로마에서
라이너 마리아 릴케

하느님 이야기

▓ 하느님의 손 이야기

최근, 어느 날 아침 이웃에 사는 부인을 만났습니다. 그때 우리는 서로 인사를 나누었습니다.

"멋진 가을이군요."

잠시 간격을 두었다가 부인은 이렇게 말하면서 하늘을 쳐다보았습니다. 저도 부인의 눈길을 따라 하늘을 쳐다보았습니다. 실제로 그날의 아침 하늘은 시월의 하늘치고는 놀라울 정도로 맑게 개었으며 눈부셨습니다. 저도 갑자기 생각난 것이 있어서,

"정말 멋진 가을 날씨군요."라고 소리치면서 손을 흔들어보였습니다. 이웃집 부인도 나의 말에 동의라도 하듯이 고개를 끄덕여보였습니다. 저는 잠시 부인의 얼굴을 살펴보았습니다. 사람 좋아보이는 건강한 얼굴을 상하로 끄덕여보이는 것이 매우 호감을 느끼게 했습니다. 정말 밝은 얼굴이었는데 입술과 관자놀이 사이에는 작은 주름이 그늘져 있었습니다.

'어찌하여 이러한 표정을 짓고 있는 것일까?' 이렇게 생각하면서 나는 물었습니다.

"그런데 꼬마 아가씨들은?" 일순 부인의 얼굴에서는 주름이 사라지는 듯했으나 다시 본래 대로 주름이 나타나더니 더욱 어두운 색을 짙게 띠고 있었습니다.

"네, 덕분에 건강합니다. 하지만……."

부인은 발걸음을 옮기기 시작했으며, 나 또한 자연스럽게 그녀의 왼쪽에 서서 나란히 걷게 되었습니다.

"글쎄 뭐라고 할까요. 두 사람 다 하루 종일 질문만 하고 있는 낯새가 된 모양이지요. 하루 종일 말입니다. 그런데 그것은 밤까지도 계속되지요."

"그렇군요."라고 나는 중얼거렸습니다. "그런 시기가 있지요……."

그러나 부인은 내 말에는 개의치 않는다는 듯 말을 계속했습니다.

"그것도 가령 이 마차 철도는 어디까지 뻗어 있느냐든지, 별은 얼마나 있느냐든지, 1만은 많은 것보다 얼마나 더 많으냐느니 그런 것이 아닙니다. 그것과는 전혀 다른 이야기지요. 가령 하느님은 중국어로도 말할 수 있느냐느니, 하느님은 어떤 얼굴을 가지고 계시냐느니, 아무튼 온통 하느님에 대한 이야기뿐이지요. 그런데 그런 것을 누가 알고 있겠어요?"

"그야 물론 모르겠지요." 하고 나는 동의했습니다. "고작 상상이나 할 뿐이겠지요……."

"또는 하느님의 손이 어떻게 생겼을 것이라느니 하면서 말이에요."

나는 부인의 눈을 보았습니다.

"실례지만……." 하고 나는 정중한 어조로 다시 입을 열었습니다. "지금 하느님의 손이라 하셨지요?"

그러자 부인은 고개를 끄덕였습니다. 그때 부인은 적이 놀란 표정이었습니다.

"그래요." 부인은 서둘러 이야기를 계속했습니다. "손에 대해서는 좀 알고 있는 것이 있어요, 아주 우연한 기회에……."

부인의 눈이 뚱그레진 것을 보고 나는 서둘러 덧붙였습니다.

"정말 우연이었습니다. 저는……." 이때 나는 속으로 다 털어놓을 작정을 했습니다. "제가 알고 있는 것을 말씀드리겠습니다. 시간 여유가 있으시다면 댁까지 가는 길에 말씀드리겠습니다. 그만한 시간이면 충분하니까요."

"네 좋아요."

가까스로 그녀에게 이야기할 수 있는 차례가 되었을 때 부인은 말했습니다. 하지만 여전히 놀라는 기색이었습니다.

"하지만 아이들에게 직접 이야기를 들려주신다면……."

"제가 아이들에게요? 아니, 그것은 안 됩니다. 그것은 절대로 안 됩니다. 저라는 인간은 말이지요, 아이들에게 이야기를 해야 할 때면 언제나 그만 당황하게 되거든요, 아이들과 이야기를 하는 것이 나쁜 일이 아닌데도 말입니다. 아이들은 내가 당황해하는 것을 보고, 내가 그럴 듯하게 거짓말을 꾸며대지 못해서 쩔쩔매고 있다고 생각할지도 모릅니다……저로서는 이 이야기가 진실이라는 것을 중시하고 싶기 때문에……그 이야기는 부인께서 직접 아이들에게 해주시는 것이 좋겠습니다. 부인이 저보다는 훨씬 더 잘 말해줄 수 있을 테니까요. 그럴 듯하게 연결시키고 꼬리도 붙여가면서 말입니다. 저는 단순한 사실만을 극히 간단하게 전하겠습니다. 그래도 괜찮겠지요?"

"네…… 글쎄요." 하고 부인은 약간 애매한 대답을 했다.

나는 곰곰이 생각했습니다.

"처음에……." 하고 말하다가 곧 중단했습니다. "당신에게 이야기하는 경우에는, 어린 아이들에게는 꼭 해줘야 할 여러 가지 세세한 점에 대해서는 생략해도 되겠지요. 가령 창세기에 대한 것 같은 것은……."

그리고는 또 잠시 시간이 흘렀습니다.

"그렇군요……그리고 7일째에는……."

마음씨 착한 부인의 목소리가 큰소리로 울려왔습니다.

"잠깐!" 하면서 나는 부인의 말을 가로막았습니다. "훨씬 전날에 있었던 일을 생각해보기로 하지요. 이 이야기는 그 이전에 있습니다. 가령 하느님은 누구나 다 알고 있는 바와같이, 대지를 창조하고, 땅과 물을 갈라놓고 빛에 명령을 내리는 등 일을 시작했습니다. 그리고 매우 빠른 솜씨로 물건을 만들어갔습니다. 즉 지금 우리가 보고 있는 그대로의 큰 것들입니다. 바위라든가, 산이라든가, 나무 같은 것들입니다. 한 그루의 나무를 만들고, 그것을 견본으로 하여 많은 나무를 만들었습니다."

이 대목까지 얘기했을 때 우리들의 등뒤에서 한참 동안 발자국 소리가 들렸습니다. 그 발자국 소리는 우리를 앞지르지도 않고, 또 그렇다고 해서 멀어지지도 않았습니다. 그것이 어쩐지 마음에 걸렸고 어느샌가 창세기 이야기를 장황하게 계속하고 있었습니다.

"이 신속하고, 그러면서도 성공리에 끝난 이 일을 이해할 수 있으려면 하느님이 일을 시작하기 전에 오랜 시간 동안 심사숙고하여 모든 생각을 머리 속에 갖고 있었다는 점을 인정해두지 않으면 안 됩니다. 아무튼 사전에……."

바로 그때 예의 그 발자국 소리는 우리가 있는 위치까지 다가왔습니다. 그리고 결코 듣기 좋다고는 할 수 없는 목소리로 우리들에게 말하는 것이었습니다.

"어머 슈미트 씨에 대해서 이야기하시는군요, 죄송합니다……."

나는 불쾌한 생각으로 뒤에서 따라온 여인을 보았습니다. 이웃집 부인은 무척 당황해했습니다.

"저어 이것은, 저어……그래요 우리들의 이야기는, 저어……."

"멋진 가을이군요."

상대방 여자는 아무 일도 없었다는 듯 당돌하게 말했습니다. 그때 그녀의 빨갛고 작은 얼굴이 활짝 빛을 발했습니다.

"네에." 하고 이웃집 부인이 대답하는 소리가 나의 귀에 들렸습니다. "정말이에요, 휘퍼 부인. 정말 멋진 가을 날씨군요."

그런 다음 두 여인은 헤어졌습니다. 휘퍼 부인은 피식 웃으면서 말했습니다.

"아이들에게 안부 전해주세요."

이웃집 부인은 그 말에는 별로 관심이 없는 것 같았습니다. 그녀는 내 이야기를 듣고 싶어서 못 견디는 것 같았습니다. 그렇지만 나는 묘하게 경직되어서 이렇게 말했습니다.

"제가 어디까지 말했는지 그만 잊어버렸군요."

"하느님의 머리가 어떻다고 말씀하셨지요, 즉……."

이웃집 부인은 얼굴을 붉히면서 말했습니다.

그래서 저는 부인이 딱하다는 생각이 들어 서둘러 이야기를 계속했습니다.

"그렇게 하여 사물이 만들어지는 사이에 하느님은 끊임없이 하계(下界)를 내려다보고 있을 필요는 없었습니다. 지상에는 아무런 일도 일어나지 않았기 때문입니다. 바람은 갓 생겨난 산을 쓰다듬으며 지나갔습니다. 산은 바람이 전부터 알고 있는 구름과 형상이 비슷했으므로 바람으로서는 마음이 편했던 것입니다. 하지만 나뭇가지에 대해서는 바람도 일종의 불안감을 갖고 있어서 피해서 지나갔습니다. 하느님은 그것으로 좋다고 생각하고 있는 것 같았습니다. 말하자면 하느님은 이러한 것들을 잠이 덜 깬 상태에서 만들었으니까. 그러나 생물을 만드는 단계가 되자, 일에 무척 흥미를 느끼게 되었습니다. 하느님은 등을 구부리고 일에 몰두하여 눈을 치뜨고 대지에 시선을 던지는 일도 거의 없게 되었습니다. 이렇게 하여 대지를 완전히 잊었을 무렵, 이번에는 인간을 만들게 되었습니다. 그 복잡한 신체의 어느 부분을 만들고 있을 때인지는 모르겠으나 어쨌든 그 일에 몰두하고 있을 때 갑자기 가까이서 날개를 파닥거리는 소리가 들렸습니다. 한 천사가 허겁지겁 달려와서 '매사에 빈틈없는 분이시여'라고 말했습니다.

　하느님은 깜짝 놀랐습니다. 그리하여 하느님은 그 천사에게 벌을 내리셨습니다. 왜냐하면 이 천사의 노래는 거짓이었던 거지요. 하느님은 서둘러 하계를 내려다보았습니다. 그러자 예상했던 대로 돌이킬 수 없는 일이 일어나고 있었던 것입니다. 한 마리의 작은 새가 놀란 듯이 지상을 방황하고 있었습니다. 하느님은 새가 둥지로 돌아가도록 도와줄 수도 없었습니다. 그 불쌍한 작은 새가 어느 숲에서 나왔는지 보아두지 않았기 때문이지요. 하느님은 화를 내면서 말씀하셨습니다. '새들은 내가 있게 한 곳에 가만히 있어야 하지 않는가.' 그런데 하느님은 이때 지상에도 천사 비슷한 것이 있으면 좋겠다는 천사들의 소원을 받아들여 새에게 날개를 달아주기로 한 일들을 생각해냈습니다. 이렇게 생각하자, 하느님은 무척 기분이 언짢아졌습니다. 이런 불편한 심기를 치료하는 데 가장 좋은 방법은 일을 하는 것입니다. 실제로 인간을 제작하는 일에 다시 몰두하고 있는 사이에 하느님은 점차 마음이 편안해졌습니다. 하느님은 천사의 눈을 거울처럼 자기 앞에 두고 거기에 비친 자기 자신의 얼굴의 생김새를 계측했습니다. 그리고 무릎 위에 올려놓은 구체(球體)를 천천히, 그리고 꼼꼼하게 조각하여 최초의 얼굴을 만들었습니다. 우선 이마가 만들어졌습니다. 두 개의 콧구멍을 대칭적으로 완성시키는 것은 훨씬 더 어려운 일이었습니다. 더욱 허리를 구부리고 일사불란하게 일에 열중하고 있을 때 머리 위에서 다시 바람이 불었습니다. 하느님은 눈을 들었습니다. 그러자 아까와 똑같은 천사가 하느님의 머리 위를 빙빙 돌고 있었습니다. 이번에는 노랫소리도 들리지 않았습니다. 아까 거짓말을 한 벌로 소리가 나오지 못하도록 해놓으신 것입니다. 하지만 천사의 입을 보고 있으니까 여전히 그 입은 '모든 것을 살피시는 분이시여…….'라고 노래 부르고 있다는 것을 하느님은 알 수 있었습니다. 마침 그때 하느님께서 특히 소중히 아끼시는 성 니콜라우스가 가까이 다가와서 멋지게 기른 수염 사이로 이렇게 말하는 것이었습니다. '당신께서 창조하신 라이온들은 유연하게 앉아 있습니다. 라이온은 정말 기품 있는 동물입니다. 그렇게 말하지 않을 수 없습니다. 그런데 작은 개 한 마리가 지상의 한쪽 끝을 쫓아다니고 있습니다. 아마도 그것은 테리아일 것입니다. 그러나 그것은 지상에서 곧 떨어져버릴 것입니다.' 하느님이 살펴보시니, 과연 밝은 느낌의 하얀 것이 작은 빛처럼 스칸디나비아 방면을 이리저리 춤추듯이 돌아다니고 있는 것이 보였습니다. 지상도 그 방면은 무섭도록 둥글게 되어 미끄러지기 쉽습니다. 그래서 하느님은 화를 내면서 성 니콜라우스를 향하여 '나의 라이온이 마음에 들지 않는다면 직접 만들어 보라.'고 나무랐습니다.

성 니콜라우스는 하늘에서 물러나 쾅 하고 문을 닫았습니다. 그 기세에 놀라 별이 하나 떨어졌는데, 그것이 그만 테리아의 머리에 맞고 말았습니다. 이것으로 불행은 완전하게 되었습니다. 하느님은 모든 책임이 자기 자신에게 있음을 인정하지 않을 수 없었으며, 앞으로는 눈을 지상에서 떼지 말아야겠다고 결심했습니다. 그리고 실제로 그렇게 했습니다.

하느님은 양쪽 손이 현명하다는 것을 알고 있었으므로 그 양손에게 일을 맡겼습니다. 인간이 어떤 생김새로 되어 나타날지 무척 궁금했지만, 하느님은 곁눈질도 하지 않고 지상을 뚫어지게 감시하고 있었습니다. 그러나 이상하게도 지상에서는 나뭇잎 하나 까딱하지 않고 아무런 움직임도 보이지 않았습니다. 하지만 여러 가지로 괴로운 일들이 있던 다음이라 다소나마 기쁨을 맛보고 싶다는 생각에서 하느님은 자기의 두 손으로 인간이 완성되면 생명을 불어넣기 전에 잠깐 보여달라고 양손에게 명령해두었던 것입니다. 하느님은 마치 숨바꼭질을 하는 아이들처럼 몇 번이고 '이제 되었니?' 하고 물어보았습니다. 하지만 귀에 들려오는 것은 양손이 흙을 이기고 있는 소리뿐이었습니다. 하느님은 기다리고 있을 수밖에 없었습니다. 꽤 시간이 흐른 것 같았습니다. 그때 갑자기 공간을 가로지르며 무엇인가 떨어져내리는 것이 보였습니다. 무언가 시꺼먼 것이 하느님 곁에 떨어진 것 같았습니다. 하느님은 어떤 불길한 예감이 들어 양손을 불러들였습니다. 양손에는 온통 진흙이 묻어 있었고 흥분으로 몸을 떨면서 나타났습니다. '인간은 어디 있는가.' 하고 하느님은 큰소리로 양손을 보고 말했습니다. 그러자 오른손이 왼손에게 덤벼들었습니다. '네가 힘껏 누르고 있지 않았잖아.' '천만의 말씀.' 왼손도 화를 벌컥 내면서 '매사를 너 혼자서 하려 했던 것이 잘못이었어. 나한테는 한 마디 상의도 없었잖아.' 하고 되받아넘겼습니다. '인간을 꽉 잡고 있어야 하는 것이 네가 할 일이었지.' 오른손은 시근덕거리며 말했습니다. 그러나 마음을 고쳐먹고 싸움을 그쳤습니다. 양손은 앞다투어 말했습니다. '하지만 너무 성급했어. 그 인간이란 작자는 빨리 태어나고 싶어서 조바심이 났던 거야. 그러니 우린들 어떻게 손을 쓸 수가 있어야지. 정말 이것은 우리 책임이 아니야.'

그래도 하느님의 노여움은 풀리지 않았습니다. 하느님은 양손에게 썩 물러가라고 명했습니다. 양손이 방해가 되어 지상을 내려다볼 수가 없었던 것이지요. '너희들과는 이제 인연을 끊어야겠다. 그러니 앞으로는 너희 마음대로 하려무나.'라고 말했습니다. 그 이래로 양손은 그렇게 하려 했으나 무슨 일이고 착수할 수가 없었습니다. 하느님 없이는 무슨 일이고 완성시킬 수가 없었던 것입니다. 결국 양손은 기진맥진하여 허탈 상태에 빠지게 되었습니다. 그래서 양손은 하루 종일 무릎을 꿇고 참회했습니다. 적어도 듣기로는 그러한 상태였다 합니다. 그러나 우리로서는 하느님이 당신의 손이 저지른 일에 대해 너무 분노하셔서 일을 팽개치고 거들떠보시지도 않는 것 같았습니다. 그래서 지금까지도 제7일이 계속되고 있는 것입니다."

나는 한동안 입을 다물고 있었습니다. 내가 침묵하고 있는 사이, 이웃집 부인은 재빨리 눈치채고,

"그렇다면 절대로 화해가 이루어지지 않은 것이라고 생각하시나요?"

라고 물었습니다.

"아니, 그렇지 않습니다."라고 나는 말했습니다. "적어도 그럴 날이 오리라고 기대하고 있습니다."

"그것이 언제쯤일까요?"

"아마도 하느님의 뜻에 반하여 양손이 놓쳐버린 인간이 현재 어떤 모습을 하고 있는지 하느님께서 아시게 될 때가 되면 그렇게 되겠지요."

이웃집 부인은 한참 생각했습니다. 그러더니 깔깔거리며 웃음을 터뜨렸습니다.

"그렇다면 하느님께서 눈을 조금만 아래로 내려뜨면 될 것이 아니겠습니까……."

"실례지만……." 하고 나는 예의 바르게 말했습니다. "부인의 말을 들으니 부인은 매우 눈치가 빠른 분이라는 것을 알았습니다. 하지만 저의 이야기는 아직 끝나지 않았습니다. 그래서 양손이 물러가자 하느님께선 다시 지상을 내려다보시게 되었는데, 그 사이에 1분이 흘렀습니다. 이것을 다른 말로 바꾸어 말하자면 천 년이 흘러갔던 것입니다. 다 아시는 바와 같이 1분과 천 년은 결국 같은 말입니다. 하느님께서 다시 지상을 내려다보셨을 때는 한 인간이 아니라 무려 백만 명의 인간이 있었습니다. 하지만 모두 옷을 입고 있었습니다. 그 당시는 옷이라는 게 정말 망측스러웠고 인간의 얼굴도 일그러져 있었으므로 하느님은 인간에 대해서 매우 잘못된, 그리고(확실하게 말씀드리지만) 조악한 견해를 가지고 있었던 것입니다."

"아아." 이웃집 부인은 소리를 내어 무언가 말을 꺼내려 했습니다. 그러나 저는 그것에 개의치 않고 다음과 같이 힘주어 말을 끝맺었습니다.

"그러니까 인간의 참 모습이 어떤 것인지 하느님께서 알게 할 필요가 있습니다. 인간의 그러한 모습을 하느님께 알려드릴 수 있는 인간들이 있다는 것은 정말 반가운 일입니다……."

내가 이렇게 말했는데도 이웃집 부인은 별로 기뻐하는 것 같지 않았습니다.

"도대체 그것은 누구를 두고 하는 말이지요?"

"글쎄, 그것은 아이들이겠지요. 그리고 때로는 그림을 그리거나, 시를 쓰거나, 건축을 하거나 하는 사람들…….”

“도대체 무엇을 건축하는 것일까요, 교회일까요?”

“그렇습니다. 그리고 그 밖에도 여러 가지…….”

이웃집 부인은 천천히 고개를 끄덕였습니다. 역시 납득이 가지 않는 점이 있었던 모양입니다. 이렇게 얘기를 나누며 걷다보니 그만 부인의 집을 지나쳤기 때문에 우리는 천천히 되돌아서서 걸었습니다. 그때 부인은 갑자기 명랑해져서 소리내어 웃었습니다.

“하지만 이 얼마나 어처구니없는 일일까요. 하느님은 전지전능하다고 했습니다. 그렇다면 작은 새의 둥지가 어느 숲에 있다는 것쯤은 정확하게 알고 있어야 하는 것이 아닐까요?”

부인은 이렇게 말하면서 자못 승리감에라도 도취한 듯한 표정으로 나의 얼굴을 보았습니다. 정직하게 고백하지만 저는 한동안 당황했습니다. 그러나 다시 정신을 차려, 엄숙한 표정을 지어보이는 일에 성공했습니다.

“부인.” 나는 부인을 일깨워주려는 듯이 다시 말문을 열었습니다. “이것은 전부터 있어온 이야기 중의 하나입니다. 하지만 이것이 나의 발뺌에 지나지 않는다고 부인이 생각지 않도록(물론 부인은 그것을 강력하게 부정하려는 듯한 몸짓을 했습니다.) 간략하게 말씀드리기로 하겠습니다. 하느님께서는 모든 능력을 갖고 계십니다. 그것은 더 말할 것도 없습니다. 그 능력을 이 세계에 —— 말하자면 —— 적용하게 되기 이전에는 확실히 그 능력은 하느님의 유일한 큰 힘처럼 생각되었던 것입니다. 제가 하는 말을 잘 이해하시는지 어떤지는 모르지만 말입니다. 하지만 사물들과 상대하고 있는 사이에 하느님의 능력은 점점 작게 나누어져, 어떤 일정한 정도까지 능력이 의무적으로 되었던 것입니다. 하느님도 모든 의무를 마음속에 담고 있는 것은 여간 괴로운 일이 아니었습니다. 그래서 여러 가지로 번민이 생겼던 것이지요(지금 제가 하는 말은 부인께만 말씀드리는 것입니다. 절대로 아이들에게는 얘기하지 말아주십시오.)

“그건 저도 알고 있어요.”

부인도 그 말에 수긍해주었습니다. “알겠습니까? 천사가 바로 곁을 날아갈 때 ‘모든 것을 알고 계시는 분이시여’라고 노래하고 있으면 만사는 잘 풀려나갔을 것입니다."

"그렇다면 이 이야기도 필요없게 되겠군요."

"그렇습니다." 나도 그 점에 대해서는 인정했습니다. 그리고 부인과는 헤어지려고 생각했습니다.

"하지만 지금 얘기를 전부 기억하시겠습니까?"

"네, 기억하구말구요." 저는 엄숙할 정도로 이렇게 대답했습니다.

"그러면 오늘 아이들에게 얘기해주기로 하겠습니다."

"저도 듣고 싶군요. 그럼 안녕히 계십시오."

"네, 안녕히 가십시오." 하고 부인이 대답했습니다.

그런데 부인은 다시 되돌아왔습니다.

"하지만 어찌하여 특히 그 천사가……."

"부인!" 하고 나는 부인의 말을 가로막았습니다. "부인의 귀여운 두 따님이 콩이야 팥이야 하고 꼬치꼬치 캐묻는 것은 굳이 나이가 어린 탓으로만 돌릴 수 없을 것 같군요."

"그렇다면?" 부인은 무척 의아스런 표정으로 다그쳐 물었습니다. "그래요, 의사 선생님의 말인즉, 성격이 어머니에게서 유전된 것이라는……."

부인은 손가락질을 하며 나를 위협하듯 말했습니다. 하지만 우리는 사이 좋은 친구로 헤어졌습니다.

그 후 다시 이웃집 부인을 만났을 때(꽤 오랜 뒤의 일이지만) 그 부인은 다른 사람과 함께 있었던 탓으로 부인이 아이들에게 그 얘기를 해주었는지 또 그 반응이 어떠했는지에 대해서 물어볼 수가 없었습니다. 그런데 그 의문에 대하여 명확한 답변을 해준 것이 얼마 후 나에게 배달된 한 통의 편지였습니다. 나는 이 편지를 공표해도 좋다는 허가를 발신인으로부터 얻은 바 없었으므로 그 서신의 말미에 어떻게 씌어 있는지에 대해서만 소개하는 수밖에 없습니다. 그것을 보면 이 편지를 누가 쓴 것인지 곧 알 수 있을 것입니다. 그 편지는 이렇게 끝맺고 있었습니다.

"나와 다섯 아이들로부터. 이렇게 말씀드리는 것은 저도 그 중 한 사람이니까요."

나는 편지를 받은 즉시 다음과 같은 답장을 썼습니다.

"귀여운 어린이들에게

하느님의 손 얘기가 마음에 든 것 같아 기쁘게 생각합니다. 나도 이 이야기를 좋아합니다. 하지만 당신들의 집으로 찾아가는 것은 역시 단념하겠습니다. 나쁘게 생각지 말아주십시오. 내가 당신들의 마음에 드는지 어떤지 저로서는 전혀 알 수 없습니다. 나는 코가 유달리 못생겼고, 그런데다가 종종 있는 일이지만, 코끝에 빨간 부스럼이라도 나거나 하면, 당신들은 나를 만나는 동안 그 부스럼만 보면서 쑤근거릴 것이고, 내가 하는 얘기에는 전혀 신경을 쓰지 않을 것입니다. 만약 그런 일이 있다면 나는 마음이 편치 못합니다. 그래서 나는 다른 방법을 제안하겠습니다. 우리들은(어머니는 별도로 하고) 어린이가 아닌 공통의 지인(知人)이나 친구를 많이 가지고 있습니다. 그분들이 어떤 사람이라는 것은 여러분도 이미 알고 있을 것입니다. 기회가 있으면 내가 이 사람들에게 얘기해주기로 하겠습니다. 그러면 이들이 나를 대신하여 여러분들에게 얘기해줄 것이니 당신들은 그 얘기를 들을 수 있을 것입니다. 그리고 그들은 나보다도 훨씬 더 잘 얘기해줄 것입니다. 이들 중에는 유명한 시인도 있으니까요. 나의 얘기가 무엇에 대한 것인지에 대해서는 가르쳐줄 수 없습니다. 다만 여러분이 무엇보다도 바라는 것은 하느님에 대한 것이므로 하느님에 대해서 내가 알고 있는 점에 대해서는 적당한 기회에 언급할 생각입니다. 그 점에 대해서 무언가 의문점이 있다면 다시 멋진 편지를 보내주십시오. 아니면 어머님을 통하여 저에게 전해주어도 좋습니다. 분명히 말하지만 여러 가지 점에서 의문점이 있으리라 생각합니다. 내가 그 아름다운 많은 이야기를 들은 것은 매우 오래 전의 일이었으며, 그 이래로 나는 아름답지 못한 이야기도 많이 기억하지 않으면 안 되었으니까요. 인생에는 그런 일도 얼마든지 있게 마련입니다. 그러나 인생은 역시 매우 눈부신 것입니다. 그러한 점에 대해서도 이제부터 말하게 될 이야기 중에서 종종 언급할 작정입니다. 그러면 이만 줄이겠습니다. 나도 친구 중의 한 사람이므로, 그런 점에서 보자면, 친구 중의 한 사람으로부터."

■ 낯선 사나이

한 미지의 사나이로부터 편지를 받았습니다. 그 편지의 내용은, 유럽에 대한 것도 아니고, 모세에 대한 것도 아니며, 위대한 예언자나, 이름없는 예언자에 대한 것도 아니며, 러시아 황제에 대한 것, 하지만 그 무서운 선조인 이반 뇌제(雷帝)에 대한 것도 아니었습니다. 시장님에 대한 것도, 이웃에 살고 있는 구두 수선공에 대한 것도 아니며, 이웃 마을에 대한 것도, 또는 멀리 떨어져 있는 마을에 대한 것도 아니었습니다. 또한 제가 매일 아침 산책하는, 쓰레기가 가득 쌓여있는 숲에 대해서 쓴 것도 아니었습니다. 자기의 어머니나, 이미 결혼을 했음에 틀림없는 자매에 대해서 쓴 것도 아닙니다. 아마도 어머니는 이미 세상을 떠났을 것입니다. 그렇지 않았다면, 넉 장이나 되는 그 편지에 어머니에 대해서 한 마디도 쓰지 않았을 까닭이 없을 것입니다. 아니, 그 미지의 사나이는 더욱 중요한 것을 밝히고 있었습니다. 나를 마치 형제처럼 생각하고, 자기 자신의 괴로운 처지를 말하고 있었습니다.

그 미지의 사나이가 밤에 나를 찾아왔습니다. 나는 불도 켜지 않은 채 그 사람이 외투를 벗는 것을 거들어주고, 함께 차나 마시자고 권했습니다. 마침 차 마실 시간이 되었으니까요. 이처럼 친밀한 손님이 방문해왔을 때는 굳이 격식을 갖추어 딱딱하게 손님을 맞이할 필요는 없을 것입니다. 두 사람이 자리에 앉으려 할 때 나는 그 사람이 머뭇거리고 있는 것을 보았습니다. 얼굴은 수심으로 가득 차 있었으며, 손은 떨리고 있었습니다.

"그래요,"라고 나는 말을 꺼냈습니다. "이것은 당신 앞으로 쓴 편지입니다."

그리고 나는 차를 따랐습니다.

"설탕을 넣어드릴까요? 그리고 레몬은? 저는 러시아에서 차에 레몬을 넣어 마시는 것을 배웠거든요."

나는 불을 밝히고, 그 등불을 방의 한 구석 조금 높은 곳에 놓았습니다. 그러자 방 안은 여전히 침침했으나, 조금 전보다는 한결 따뜻한 빛이 감돌았습니다. 그러자 손님도 침착성을 되찾은 것 같았으며 훨씬 친근감이 느껴졌습니다. 그래서 나는 다시 한 번 환영의 말을 했습니다.

"저는 당신이 오시기를 무척 기다리고 있었습니다." 저는 그 사람이 깜짝 놀랄 틈도 주지 않고 그 이유를 설명했습니다. 실은 당신 이외의 누구에게도 말하고 싶지 않다고 생각하고 있는 이야기가 하나 있거든요. 그 이유는 묻지 말아주십시오. 그보다는 우선 제가 묻는 말에 대답해주시지요. 어때요, 앉으신 자리는 편안하신지요. 차에는 제대로 설탕을 쳐드렸는지 모르겠군요. 그리고 그 이야기는 듣고 싶으십니까?"

그 손님은 얼굴에 미소를 지었습니다. 그러더니 간결하게,

"네."라고 대답했습니다.

"세 가지 다?"

"네, 세 가지 다 듣고 싶습니다."

우리는 약속이나 한 듯이 의자에 등을 기댔습니다. 그러자 두 사람 모두 얼굴이 그늘에 가려져버렸습니다. 나는 찻잔을 탁자 위에 내려놓고 차가 금빛으로 반짝일 때까지 지켜보다가 다시 차를 마셨습니다. 이 즐거움이 차츰 사라질 때쯤 나는 느닷없이 물었습니다.

"아직도 하느님에 대한 것을 기억하고 있습니까?"

미지의 사나이는 한참 생각했습니다. 그의 눈길은 어둠 속으로 깊게 빨려들어가는 것 같았습니다. 그의 눈동자에 작은 빛의 점이 비치자 그 두 눈에는 공원 안의 두 개의 나무 그림자가 길처럼 보였습니다. 그 공원에서는 여름 햇빛이 가득 빛나고 있었습니다. 공원의 나무 그늘이 드리운 길도 역시 이런 식으로 시작되었습니다. 그 길은 희미하게 둥근 원통형을 이루고 있어서 안쪽으로 갈수록 어둠은 좁아지고 멀리 희미하게 빛의 점이 나타났습니다. 그것이 맞은쪽 출구에서 빠져나가자 한층 밝은 한낮의 가운데로 나가는 것이었습니다. 이런 것을 생각하고 있는데 그 사람이 조심스럽게 마치 자기의 목소리 내기를 꺼리듯이 대답했습니다.

"네, 하느님에 대한 것은 아직도 기억하고 있습니다."

216

"그것 참 다행이군요."하고 나는 감사를 표했습니다. "제가 말하려는 것은 바로 그 하느님에 대한 것입니다. 그러나 제가 얘기를 시작하기 전에 한 가지만 더 가르쳐주시겠습니까? 당신은 아이들과 종종 이야기를 나눌 때가 있는지요?"

"있구말구요. 길을 지나갈 때 같은 때는 적어도……."

"아마 이것에 대해서는 알고 계시겠지요? 하느님의 두 손이 하느님의 명령에 따르지 않고 어떤 일을 한 탓으로 만들어진 인간이 어떤 형상을 하고 있는지 하느님은 알고 있지 못하다는……."

"그 점에 대해서는 어디선가 들은 적이 있습니다. 누구한테서 들었는지는 지금 생각이 나지 않지만."
하고 손님은 대답했습니다.

그 손님의 이마에는 막연하나마 추억의 그림자가 몇 개나 가로지르고 있는 것 같았습니다.

"그것은 아무래도 좋습니다." 나는 그 손님의 기분을 억제시켰습니다. "그러면 그 이야기의 후일담을 들어주시지요. 하느님은 오랫동안 분명하지 않은 상태를 참고 있었습니다. 하느님은 힘도 세지만 인내심 또한 대단하시지요. 그런데도 하느님께서는 어느 땐가 지상과의 사이에 두터운 구름이 며칠이고 버티고 있어서 세계라든가, 인간이라든가, 시간 같은 것들은 다만 자기가 꿈에서 보았던 것이 아닌가 하는 의문이 생겨났습니다. 그래서 하느님은 오랜만에 오른손을 부르게 되었습니다. 오른손은 오랫동안 하느님의 알현이 허락되지 않아서 집안에 처박혀서 사소한 일을 하고 있었습니다. 오른손은 하느님의 부르심을 받자 기쁜 마음으로 달려갔습니다. 이제 하느님의 노여움이 풀렸음에 틀림없을 것이라고 오른손은 생각했던 것이지요. 하느님은 면전에 나타난 오른손이 아름답고 젊음이 넘치고, 힘이 넘치고 있는 것을 보자 오른손을 이제 용서해주어야겠다는 기분이 들었습니다. 그러나 그 말을 하기 전에 하느님께서는 생각을 고치셔서 오른손 쪽으로 고개를 돌린 채 명령을 내리셨습니다. '그대는 하계(下界)로 내려가거라. 그리고 인간들의 생김새를 보고 너도 그들과 같은 생김새로 되어 어떤 산 위에 벌거벗고 서 있거라. 내가 잘 관찰할 수 있도록 말이다. 그리고 우선 지상에 도착하거든 젊은 여자에게로 가서, 작은 목소리로 지상에서 태어나고 싶다고 말하거라. 그러면 처음에 너의 주위에는 작은 어둠이 생길 것이다. 다음에 너는 큰 어둠에 휩싸일 것이다. 그것이 유년 시대라는 것이다. 그 다음에 그대는 성인이 될 것이다. 그렇게 되었으면 내가 방금 전에 명했듯이 산 위에 서 있는 것이다. 이것은 모두 눈 깜짝할 사이에 할 일이다. 그럼 나가보거라.'

오른손은 왼손에게 작별을 고하고 왼손에게 갖가지 친숙한 이름을 붙였습니다. 아니, 그뿐 아니라 오른손은 왼손 앞에서 느닷없이 꾸벅 인사를 하면서 '그대 정령이여.'라고 말했다는 이야기조차 있습니다. 하지만 거기에 성 바오로가 나타나서 하느님의 오른손을 떼어냈습니다. 대천사의 한 사람이 그 오른손을 옷자락에 감싸서 가져갔습니다. 한편 하느님은 왼손으로 상처를 눌렀습니다. 피가 흘러내려 별들 위에 떨어지거나, 또는 거기에서 슬픈 방울이 되어 지상에 떨어지는 일이 없도록 하려는 배려에서였지요. 잠시 후 지상의 형편을 주의 깊게 살피시던 하느님은 인간들이 쇠로 만든 옷을 입고 어떤 산기슭에 모여서 무엇을 하고 있는 것을 보게 되었습니다. 그리고 그 산으로 당신의 오른손이 올라오는 것이 보이지나 않을까 고대하셨던 것이지요. 그런데 거기에 한 인간이 겉보기에 빨간 외투 같은 것을 입고 검고 흐느적거리는 것을 질질 끌면서 오는 것이 보였습니다. 바로 그 순간, 하느님의 왼손은 하느님의 피 속에 빠질 것 같아 불안해지기 시작했습니다. 그리하여 하느님이 막을 사이도 없이 왼손은 그 자리를 떠나 미친 듯이 별들 사이를 누비고 다니면서 소리쳤습니다. '오오 불쌍한 오른손이여, 나는 너를 도와줄 수가 없구나.' 이렇게 말하면서 왼손은 자기와 하느님을 이어주고 있는 왼손의 팔을 잡아당겨 자기를 떼어내려 했습니다. 그러나 지상 전체가 하느님의 피로 물들어버려, 거기에서 무슨 일이 일어나고 있는지 알 수가 없었습니다. 그때 하느님은 자칫하면 죽게 될 순간이었습니다. 하느님은 최후의 힘을 다하여 오른손을 다시 불러들였습니다. 오른손은 파랗게 질려서 부들부들 떨면서 돌아와, 병에 걸린 동물처럼 자기의 본래의 위치에 몸을 눕혔습니다. 그러나 그 왼손도 오른손이 빨간 외투를 입고 산 위에 나타났을 때, 지상에서 확실하게 오른손의 모습을 보았으므로 어느 정도의 사정을 알고 있었으나 그 후 그 산에서 어떤 일이 일어났는지 그 뒤의 이야기를 오른손에게 물어볼 수가 없었습니다. 그것은 매우 무시무시한 일이었음에 틀림없습니다. 그때 하느님의 오른손은 아직 쇼크에서 회복되지 않았으니까요. 양손에 대한 하느님의 노여움은 여전히 풀리지 않았으며, 그 점에 대해서도 오른손은 괴로워하고 있었고 그뿐 아니라 산 위에서 생긴 일도 그를 괴롭히고 있었던 것입니다."

이 대목에서 나는 잠시 휴식을 취했습니다. 미지의 사나이는 두 손으로 얼굴을 가리고 있었습니다. 그런 상태는 오랫동안 계속되었습니다. 그러더니 그 미지의 사나이는 입을 열었습니다. 그 목소리는 무척 저의 귀에 익은 소리였습니다.

"그런데 당신은 어찌하여 저에게 그 얘기를 해주시는 겁니까?"

"당신이 아니면 누가 내 이야기를 이해해주겠습니까? 당신은 신분도, 지위도, 세속의 명예도 갖고 있지 않으며, 자기의 이름도 제대로 밝히지 않은 채 나를 찾아주셨습니다. 당신이 안으로 들어오실 때 주위는 깜깜했는데, 그래도 나는 당신의 얼굴을 볼 수 있었으며 어딘지 하느님과 비슷하다는 생각이 들었습니다."

그 사나이는 무언가 더 물어보고 싶은 듯한 눈매로 저를 쳐다보았습니다.

"그렇습니다."라고 나는 조용한 그의 눈매를 보며 대답했습니다. "저는 늘 생각하지만 아마도 하느님의 손은 또 지상으로 여행을 떠난 것이 아닌가 하고 말입니다……."

아이들은 이 이야기를 들었습니다. 아이들도 잘 알아들을 수 있도록 이야기해준 것이 분명합니다. 아이들은 이 이야기가 재미있다고 했으니까요.

어찌하여 하느님은 가난한 사람들과 같이 있기를 바라실까.

이 전의 이야기가 매우 많이 주위에 퍼지게 되자 이웃에 사는 국민학교 선생은 매우 기분이 상했다는 표정으로 거리를 돌아다니고 있습니다. 나는 그런 기분을 잘 이해할 수 있습니다. 대개 선생들이란 자기가 얘기해주지 않은 것을 학생들이 알고 있거나 하는 것을 별로 좋아하지 않습니다. 선

생이란 판자에 난 하나의 구멍 같아서 그 안의 과수원을 들여다볼 수 있는
것은 모두 이 구멍을 통해 보아야만 한다고 생각하지요. 그 밖에도 여러
곳에 구멍이 나 있다면 아이들은 매일 다른 구멍이 나 있는 곳으로 가서
그 안을 들여다보는 일 자체에 질려버리게 되겠지요. 보통 같으면 굳이
이 비유를 여기에 끌어들이지는 않았을 것입니다. 이렇게 말하는 것은
자기가 하나의 구멍이란 사실에 대해서 동의하지 않는 선생도 있다고 생
각하기 때문입니다. 하지만 지금 내가 화재로 삼고 있는 선생은 나의 이웃에
살고 있는 분으로, 이 비유를 듣자, 그것은 매우 적절한 비유라고 말했습니다.
그러므로 다른 의견을 가진 분이 있다 하더라도 나는 나의 이웃에 살고
있는 선생의 권위에 따르려고 생각합니다.

선생은 내 앞에 서서 연신 안경을 움직이면서 말했습니다.

"누가 이런 이야기를 아이들에게 했는지 모르지만……. 어쨌든 아이들의
공상 세계에 이런 허황된 생각을 끌어들여 이상한 긴장을 조성시키는 것은
좋지 않습니다. 그것은 일종의 옛날 이야기 같아서……."

"저는 사람들이 그 이야기를 하는 것을 종종 들은 적이 있습니다." 나는
선생의 말을 가로막으며 이렇게 말했습니다. "이것은 거짓말이 아닙니다.
그날 밤 이후 이웃집 부인은 저에게 얘기해주었습니다".

"그랬습니까?"라고 선생은 말했습니다.

그것은 매우 생각해볼 문제라고 선생은 생각했던 모양입니다.

"그래서 그 이야기를 어떻게 생각하고 있습니까?" 하고 내가 머뭇거
리며 이렇게 묻자 선생은 매우 빠른 어조로 말을 계속했습니다.

"첫째로 종교적인, 특히 성서에 있는 소재를 분방하게 자기 멋대로 사
용하는 것은 좋지 않다고 생각합니다. 그러한 것은 모두 교리문답서에,
이보다 더 멋지게는 말할 수 없을 정도로 씌어져 있을 뿐더러……."

나는 무언가 말하려 하였으나 말을 하려는 순간, 선생이 '첫째로,'라는
표현을 사용한 것을 생각해냈습니다. 그렇다면 문법상으로 보더라도, 건강한
문장을 위해서라도 '다음에는'이 와야 하고 또 '그리고 마지막으로'라는
말이 계속되지 않으면 안 될 것입니다. 그리고 실제로 그렇게 되었습니다.
그런데 선생은 그 어떤 전문가라도 기쁘게 해줄 만한 깔끔한 구조를 가진

그때의 문장을 그 뒤 다른 사람들에게도 그대로 전해주고 있었으며, 그 사람들도 나와 마찬가지로 그 문장을 잊거나 하는 일은 없을 것으로 생각하므로, 나는 여기서 아름다운 전주 같은, '그리고 마지막으로'라는 문구의 다음에 말한 것, 어떤 서곡의 종결부처럼 말한 것만을 적어두기로 하겠습니다.

"그리고 마지막으로……(그 매우 공상적인 방법은 차치해두기로 하고) 소재를 충분히 처리하고 있지 못하다고 생각하고 있으며 여러 가지 면에 충분히 신경을 쓰고 있지 않은 것같이 생각합니다. 시간 여유만 있다면 제가 쓰겠지만……."

"그 이야기에 불만이라도 있다는 말입니까?" 나는 선생의 말을 가로막지 않을 수 없었습니다.

"네, 여러 가지로 불만이 있습니다. 즉, 문예비평적인 입장에서 여러 가지로 불만이 있습니다. 당신의 동료로서 이야기하는 것이 허용된다면……."

나는 선생이 말하는 의미가 잘 납득이 가지 않아 조심스럽게 말했습니다.

"친절은 고맙습니다만, 저는 한번도 교직을 가져본 적이 없어서……."

이때 나는 어떤 생각이 들어 갑자기 입을 다물었습니다. 그러자 선생은 냉정하게 말했습니다.

"한 가지만 말씀드린다면, 하느님이(그 이야기의 의미를 깊게 헤아려보려 해도) 하느님이 말입니다. ……즉……있는 그대로의 인간의 모습을 보려고는 그 이후 전혀 생각지 않게 된다고 저는 생각합니다……."

여기서 나는 선생을 다시 무마하지 않으면 안 되겠다고 생각했습니다. 나는 가볍게 머리를 조아리면서 말했습니다.

"선생이 사회 문제에 대해서 상당히 관여하고 있다는(이렇게 말해도 괜찮다면 상당히 성과를 올리고 있지만) 것은 세간에도 널리 알려져 있지요."

그러자 선생은 빙그레 웃었습니다. "그렇다면 지금부터 제가 말하려는 것은 선생의 관심과 가까운 것이고 좋다고 생각합니다. 그것은 선생의 매우 예리한 견해와 관련된 것이니까요."

선생은 깜짝 놀라 나를 쳐다보았습니다.

"어쩌면 하느님이……."

"그렇지요." 나는 맞장구를 쳐주었습니다. "하느님은 지금 새로운 시도를 하려 하십니다."

"정말입니까?" 선생은 저에게 덤벼들듯이 말했습니다. "그것은 정확하게 확인된 것입니까?"

"그 점에 대해서는 확실히 알 수 없습니다……." 나는 유감스런 표정으로 말했습니다. "저는 그런 쪽과는 연관이 없습니다. 그러나 저의 하찮은 이야기라도 들어주신다면."

"얘기해주신다면 고맙겠습니다."

선생은 안경을 벗더니 안경알을 정성껏 닦았습니다. 그 사이에 안경이 벗겨진 눈은 매우 수줍은 듯했습니다.

나는 이야기를 시작했습니다.

"어느 땐가 하느님은 큰 도시로 눈을 돌리게 되었습니다. 그리고 혼잡스런 것들이 너무 많아서 눈이 피로해졌습니다(그런 것 중에는 거미줄같이 쳐놓은 전깃줄도 적지 않은 영향을 주었으리라 생각합니다). 그래서 하느님은 잠시 동안 어느 고층 아파트 한 동에만 시선을 집중해야겠다고 작정했습니다. 그러는 편이 눈의 피로를 훨씬 덜어줄 것 같았던 것이겠지요. 이렇게 마음 먹은 순간 하느님은 살아 있는 인간을 있는 그대로 한번 보고 싶다는 전부터 품고 있던 소원을 상기했습니다. 그 희망을 이루기 위하여, 하느님은 차츰 시선을 위쪽으로 돌려 한 층마다 창문 안을 들여다보았습니다. 이층에 살고 있는 사람은(돈 많은 실업가와 그 가족이었는데 거의 의복만 잔뜩 가진 사람들이었습니다. 신체의 모든 부분이 값비싼 천으로 감싸 있었을 뿐 아니라 이 의복의 바깥쪽 윤곽을 여러 부분에서 그 밑에는 몸뚱이 같은 것은 없는 것 같은 형상이었습니다. 삼층도 비슷했습니다. 사층에 사는 사람들은 훨씬 검소한 옷차림을 하고 있었으나 너무나 지저분해서 하느님의 눈에는 그들의 얼굴에서 잿빛 이랑 밖에는 보이지 않았습니다. 자비심이 깊은 하느님은 그 이랑이 비옥한 밭이랑이 되라고 명하셨습니다. 그리고 마지막으로 지붕이 경사진 다락방에 싸구려 상의를 입고 있는 한 사나이가 있는 것을 하느님은 보았습니다. 그 사나이는 열심히 진흙을 반죽하고 있었습니다. '음음, 이것은 어디서 배웠는가?' 하고 하느님은 그 사나이에게 말을 걸었습니다. 사나이는 파이프를 입에 문 채 투덜대듯 말했습니다. '어디서 배웠냐구요? 저는 구두 수선공이라도 되려고 생각했지만…… 이렇게 쭈그리고 앉아서 쓰라린 생각만 하면서……' 그 다음에는 하느님이 무슨 말을 물어도 사나이는 기분이 언짢아서 대답도 하지 않았습니다. ……그런데 어느 날, 이 사나이는 이 도시의 시장으로부터 한 통의 훌륭한 편지를 받게 되었습니다. 그러자 그는 이번에는 묻지도 않았는데 하느님께 모든 것을 털어놓았습니다. 이 사나이는 상당히 오랜 동안 아무런 주문도 받지 못했었습니다. 그런데 지금 갑자기 시립공원에 세울 조상(彫像)을 만들어달라는 주문을 받았다는 것입니다. '진실'이란 제명으로 조상을 제작해달라는 주문을 받았던 것입니다. 예술가는 멀리 떨어져 있는 아틀리에에서 낮이나 밤이나 열심히 일했습니다. 그것을 보자 하느님께서는 옛날 일을 이것저것 생각하게 되었습니다. 하느님이 자기의 양손에 대한 분노를 지금이라도 갖고 있지 않다면 하느님도 무언가 다시 만들기 시작할지도 모릅니다. ……이렇게 하여 드디어 '진실'이란 제명의 조상이 완성되는 날이 왔습니다. 그것은 공원 내의 정해진 장소에 놓게 되었으며 하느님도 그 완성된 조상을 볼 생각이었습니다. 그러나 그때 큰 실수가 벌어지고 말았습니다. 시의 장로나 선생이나 그 밖의 유력자로 구성된 위원회가 일반시민에게 공개하기 전까지 그 조상은 부분적으로 덮어놓지 않으면 안 된다고 요구했던 것입니다. 하느님은 그 이유를 알 수 없었지만 어쨌든 예술가는 큰소리로 불평을 늘어놓았습니다. 장로나 선생이나 그 밖의 사람들은 그에게 벌을 내렸습니다. 그래서 하느님은 그 사람들에 대해서……그런데 당신은 기침이 심하시군요."

"아니, 괜찮습니다." 하고 선생은 밝은 소리로 말했습니다.

"그런데 다음에도 조금밖에 말씀드릴 것이 없습니다. 하느님은 아파트에서도 시립공원에서도 시선을 떼었습니다. 당신의 시선을 거두려고 생각했던 것이지요. 그것은 마치 드리웠던 낚싯대를 힘껏 낚아채어 무엇이 걸렸는지 살펴보는 것과 같았습니다. 정말이지 이 일에는 무언가 문제가 있는 것 같았습니다. 그것은 매우 허름한 집으로 그 안에는 몇 사람이 살고 있었습니다. 모두가 남루한 옷밖에는 입고 있지 않았습니다. 그들은 가난 했기 때문입니다. '흠, 이것이 인간이란 말인가?'라고 하느님은 생각하게 되었습니다. '인간들은 가난하지 않으면 안 된다. 그들은 생각하는 일도 가난할 것이다. 그러나 나로서는 그들이 셔츠도 입지 못할 정도로 가난하게 해줘야겠다.' 하느님은 이렇게 결심하셨습니다."

여기서 나는 이야기가 끝났다는 것을 암시하기 위하여 구분을 짓는 듯한 어조로 말했습니다. 선생은 만족하지 않았습니다. 이 이야기는 앞서의 이 야기나 마찬가지로 마무리가 없다는 것입니다. "그렇군요." ……저는 그의 말에 동의하기로 했습니다. ……"이럴 때 시인이라도 한 사람 있어주었 더라면 얼마나 좋을까. 그랬더라면 이 이야기의 멋진 결말을 생각해주었을 텐데. 실제로 이 이야기는 아직 끝나지 않았으니까요."

"그것은 어째서지요?"

선생은 이렇게 말하면서 나를 바라보며 나의 대답을 기다리고 있었습 니다.

"그런데 선생……." 나는 선생의 주의를 환기시키려는 듯 이렇게 말 했습니다.

"당신은 무척 기억력이 없는 것 같군요. 당신은 이곳 빈민구제회 이사가 아닙니까……."

"그렇습니다, 벌써 십 년 전부터 이사로 있는데, 그것이 어떻다는 겁 니까?"

"바로 그 점입니다. 선생과 그 협회가 하느님께서 그 목적을 달성시키려는 것을 방해하고 있습니다. 사람들에게 옷가지를 주고……."

"그러나, 말씀드리지만……." 하고 선생은 작은 소리로 말했습니다. "그것은 이웃 사랑이니까요. 이것은 하느님의 뜻에 합당한 일이니까요."

"아아, 그런 확신을 갖고 있다는 말이군요?" 나는 아무런 악의도 없이 이렇게 물었습니다.

"물론 그렇게 확신하고 있습니다. 나는 빈민구제협회 이사의 자격으로 갖가지 칭송도 들었습니다. 이것은 당신한테만 하는 말이지만, 다음 승진

때 이러한 나의 활동이 상당히 반영될 것 같습니다. 아시겠습니까?"

선생은 부끄러운 듯 얼굴을 붉혔습니다.

"성공을 빌겠습니다."라고 나는 대답했습니다. 우리는 악수를 나누었습니다. 선생은 자랑스러운 발걸음으로 그 자리를 떠났습니다. 그때 선생은 학교에 지각했음에 틀림없습니다.

나중에 들은 바에 의하면 선생이 이 이야기의 일부(어린이들에게 들려주어도 좋은 부분)를 어린이들에게 들려준 모양입니다. 이때 선생은 이야기에 마무리를 지었을까요?

어떤 경로로 배신이
러시아로 들어왔는가?

나에게는 이웃에 또 한 사람의 친구가 있습니다. 그것은 블론드 머리의 발이 아픈 사나이로, 겨울이고 여름이고 창가에 의자를 갖다놓고 늘 앉아 있었습니다. 그는 아주 젊게 보일 때가 있습니다. 그뿐 아니라 줄곧 밖을 내다보고 있는 사나이의 얼굴에는 소년 같은 표정이 떠오를 때도 종종 있습니다. 그런가 하면 아주 늙어보일 때도 있습니다. 1분1분이 1년의 무게를 가지고 그의 머리 위를 스치고 지나가고, 잠깐 사이에 노인이 되어버려 그 맥빠진 눈은 생기를 잃고 있습니다. 우리의 만남은 훨씬 오래 전부터입니다. 처음에는 얼굴만 마주칠 뿐이었으나 그러는 사이에 은연중 미소를 나누게 되었으며, 그 이후 1년간은 인사를 나누었습니다. 그리고 어느 새부터인가 이것저것 이야기를 나누게 되었습니다. 생각나는 대로 아무 이야기나 나누곤 하였습니다. 얼마 전에도 제가 지나가려니까 '안녕하십니까?' 하고 그가 말을 걸어왔습니다. 그의 창문은 풍성하고 조용한 가을을 향해 열려져 있었습니다.

"한동안 못만났군요."

"안녕하십니까, 에바르트 씨?" 나는 언제나처럼 그의 창가로 다가갔습니다.

"여행을 갔었지요."

"어디로요?" 그는 호기심으로 눈을 반짝거리며 말했습니다.

"러시아로요."

"그렇게 먼 곳까지?"……그는 의자에 등을 기대더니,

"어떤 나라지요, 러시아란? 굉장히 큰 나라지요?"

"그렇습니다."라고 나는 말했습니다. "크고, 게다가……."

"바보 같은 질문을 한 것일까요?" 에바르트는 미소를 지으면서 얼굴을 붉혔습니다.

"아니오, 에바르트 씨. 그 반대입니다. 어떤 나라냐고 당신이 물으시니 저의 머리에는 여러 가지 일들이 생생하게 떠오르는군요. 가령 러시아는 어디와 국경을 맞대고 있느냐 하는 것 같은."

"동쪽 말인가요?"라고 나의 친구는 입을 다물었습니다. 나는 한참 생각했습니다.

"아니오"

"그럼 북쪽입니까?" 하고 발이 아픈 친구는 캐물었습니다.

"알겠습니까?" 나는 생각난 듯이 말했습니다. "지도를 보는 사람이 인간을 망쳐놓고 있어요. 지도에서는 무엇이고 평면 위에 적어놓고 있습니다. 동서남북 네 개의 구분이 지어져 있으면 그래도 완전히 처리가 되는 듯한 기분이 들곤 합니다. 산이 있는가 하면 깊은 계곡도 있습니다. 그러니 위에도, 아래에도 어디와 경계를 접하고 있을 것입니다."

"흐흠……" 하고 나의 친구는 생각에 잠겼습니다. "당신이 말씀하는 대로입니다. 그렇다면 위와 아래의 양면에서 러시아는 어디와 경계를 접하고 있을까요?" 갑자기 병자는 소년 같은 표정이 되었습니다.

"당신은 알고 있겠지요."라고 나는 소리쳤습니다. "아마도 하느님과 접하고 있는 모양이군요."

"그렇습니다."라고 나는 인정했습니다. "하느님과요."

"그랬군요." 나의 친구는 고개를 끄덕였습니다. 그런데 그의 가슴속에는 약간의 의문이 솟아났습니다.

"도대체 하느님은 나라일까요?"

"그렇게는 생각지 않는데요."라고 나는 대답했습니다. "그러나 원시

민족의 말에는 많은 것들이 같은 이름을 가지고 있습니다. 그러니 어느 나라가 하느님이라는 이름을 가졌으며, 그 나라를 지배하고 있는 것도 역시 하느님일 수도 있습니다. 소박한 민족은 자기들의 나라와 자기들의 황제를 종종 구분할 수가 없지요. 양쪽이 다 위대하며 자비롭습니다. 무섭고 또 위대합니다.”

“알겠습니다.”라고 창가의 사나이는 천천히 말했습니다. “그리고 러시아에서는 자기들 나라의 이웃이라는 것을 사람들은 느끼고 있을까요?”

“그것을 느낄 기회는 많이 있지요. 하느님의 영향은 실로 강대한 것입니다. 유럽에서 어떤 것을 러시아로 가져오더라도, 서구에서 갖고 오는 것은 국경을 넘는 순간 돌이 되어버립니다. 때로는 값비싼 돌도 있지만 그것은 주로 돈많은 사람, 말하자면 교양있는 사람들에게만 쓸모가 있지요. 그러나 위에 있는 나라에서 국경을 넘어오는 것은 민중이 살아가는 데 필요한 빵입니다.”

“아마도 민중은 먹고도 남을 만큼 많은 빵을 얻을 수 있겠지요.”

……나는 머뭇거렸습니다. “아아니오, 그것은 다릅니다. 하느님으로부터 얻는 것은 그 어떤 사정으로 곤란해졌습니다.”

나는 에바르트를 그러한 사고방식에서 벗어나게 하려고 노력했습니다.

“하지만 저 광대한 이웃나라의 습관은 상당히 도입되고 있습니다. 가령 의식(儀式)에 관한 것 전체가 그렇습니다. 사람들은 황제에 대해서, 하느님에 대해서 똑같은 식으로 말합니다.”

“그렇습니까? 그렇다면 ‘폐하’라고는 말하지 않는군요.”

“말하지 않습니다. 어느 쪽이나 다 ‘아버지’라 부르고 있습니다.”

“누구 앞에서나 무릎을 꿇습니까?”

“누구 앞에서나 머리를 굽히고 이마를 땅바닥에 대고 눈물을 흘리고, 그리고 말합니다. ‘나는 죄 많은 사람입니다. 용서하여주십시오, 아버지시여.’라고. 그것을 보며 독일인은 수치심도 없는 노예 근성이라고 주장합니다. 이 점에 대해서 저는 다른 생각을 가지고 있습니다. 무릎을 꿇는다는 행위는 어떤 의미를 갖고 있는 것일까요? 그것은 ‘저는 공손한 기분으로

가득차 있습니다.'라고 선언하게 되는 것입니다. 그렇다면 모자를 벗는
것만으로도 충분할 것이라고 독일인은 말합니다. 확실히 인사나 목례 같은
것도 어느 정도 외경의 기분을 표현하는 것이기는 합니다. 하지만 그것은
약식(略式)이에요. 인간마다 땅바닥에 꿇어 엎드릴 정도의 여지를 갖지 못한
나라들에서 태어난 약식의 습관입니다. 하지만 약식이라는 것은 이내 타
성적으로 사용하게 되고 그 본래의 의미를 생각하지 못하게 되어버립니다.
그러니까 그만한 장소와 시간이 있는 곳에서는 생략기호를 정식 표기로
바꿔써서 '공순'이라는 실로 멋지고 중요한 말을 동작으로 나타내는 것은
좋은 일입니다."

"그렇군요. 저도 무릎을 꿇어보고 싶군요……."라고 발이 아픈 사나이는
꿈을 꾸듯이 말했습니다.

"하지만……." 하고 나는 잠시 뜸을 들였다가 말했습니다. "그 밖의 여러
가지 것도 하느님으로부터 러시아로 들어오지요. 무엇이고 새로운 것은
하느님으로부터 온다는 느낌을 사람들은 가지고 있습니다. 어떠한 의복도,
음식물도, 좋은 행위도, 그리고 어떠한 죄까지도 우선 하느님의 승인을 받고
일반에게 행해지게 되어 있습니다." 환자인 나의 친구는 놀랍다는 듯이
나의 얼굴을 보았습니다.

"아니오, 저는 다만 어떤 옛날 이야기를 참고로 내놓고 있을 뿐입니다."
라면서 나는 당황하여 그의 이야기를 무마했습니다. "말하자면 빌리네(러시
아의 국민적 서사시)이군요, 독일어로 말하자면 옛날 이야기지요. 그 이야기의 내용을
간단하게 말하지요. 제목은 어떻게 하여 배신이 러시아로 들어왔는가입
니다."

나는 창에 몸을 기댔습니다. 발이 아픈 사람은 눈을 감았습니다. 어떤
경우건 이야기를 시작할 때는 그렇게 하는 것이 그의 버릇이었습니다.

"이반 뇌제는 이웃 제후로부터 공물을 거두어들이려 하였습니다. 그리고
눈의 도시 모스크바로 돈을 보내오지 않으면 큰 전쟁을 일으키겠다고 위
협했습니다. 제후들은 협의를 계속한 결과, 의견의 일치를 보아 다음과 같이
건의했습니다. '우리는 당신께 세 가지 수수께끼를 내놓겠습니다. 우리가
정한 날에 동방의 흰 돌이 있는 곳까지 와주십시오. 우리가 그곳에 모여

있을 테니까, 그곳에서 세 가지 답을 말씀해주십시오. 그 해답이 맞는다면 희망하신 대로 12통의 황금을 바치겠습니다.'——황제인 이반 바실리에 비치는 즉각 머리를 짜내어 생각했습니다. 하지만 흰 도시 모스크바의 많은 종소리가 방해가 되어 생각을 정리할 수가 없었습니다. 그리고 문제에 대답할 수 없는 자는 불문곡직하고 붉은 대광장으로 끌어내어 목을 날리게 했습니다. 그것은 마침 붉은 광장에 대머리 바실리 황제를 위한 교회가 세워지고 있던 때였습니다. 그런 사이에도 시간은 자꾸 흘러 그는 황급하게 제후들이 기다리고 있는 동방의 흰 돌을 향하여 여행은 떠나게 되었습니다. 그러나 세 개의 수수께끼 중 어느 것 하나도 답을 찾아낼 수가 없었습니다. 말을 타고 하는 여행은 길었으므로, 여행하는 도중에 현자(賢者)를 만날 희망이 전혀 없는 것은 아닙니다. 왜냐하면 당시는 어느 제왕이나 모두 현자가 현명하지 못해보이면 곧 목을 날려버리는 습관이 있었던 관계로 많은 현자가 수난을 피하여 지방을 방랑하고 있었기 때문입니다. 그러한 현자는 드문데다가 좀처럼 만나기 어려웠으나 어느 날 아침, 교회를 짓고 있는 수염이 텁수룩한 한 늙은 농부를 발견했습니다. 농부는 지붕의 골조를 만들고 지붕을 씌우는 중이었습니다. 그런데 실로 이상하게 보인 것은, 그 늙은 농부는 아래에 쌓아놓은 판자를 들어올릴 때, 자기의 긴 상의에라도 싸서 몇 장이나 한꺼번에 들어올리면 좋으련만 그렇게는 하지 않고 일일이 지붕에서 내려와서 한 장씩 운반했던 것입니다. 그래서 연신 오르내려야 했습니다. 이런 식으로 한다면 도대체 사백 장의 널빤지를 언제나 다 끌어올려 깔 수 있을지 전혀 어림잡을 수가 없었습니다. 황제는 조바심이 났습니다. '게으름뱅이' 하고 그는 소리쳤습니다.(러시아에서는 대개 농부를 그렇게 부릅니다) '재목을 들 수 있는 정도로 여러 개를 가지고 올라가는 것이 좋지 않으냐. 그러면 훨씬 간단하게 할 수 있을 터인데…….' 마침 아래에 있던 농부는 걸음을 멈추고 손을 눈 위에 대고 대답했습니다. '그 일은 제가 하고 싶은 대로 내버려두시지요. 이반 바실리에비치 황제님, 누구든지 자기가 하는 일은 가장 잘 알고 있으니까요. 그것은 그렇고, 황제께서 이곳을 지나시니 그 세 가지 수수께끼의 답을 가르쳐드리겠습니다. 동방의 흰 돌은 여기에서 그리 멀지 않으니 그곳에 갈 때까지 해답을 알아내야 하겠지요.' 이렇게 말하더니 농부는 세 개의 해답을 차례차례 가르쳐주었습니다. 황제는 너무 놀라 제대로 인사의 말도 하지 못할 정도였습니다. '그대는 상으로 무엇을 받기를 원하는가.' 황제는 가까스로 이렇게 말했습니다. '아무것도 필요없습니다.' 농부는 이렇게 말하면서 판자 한 장을 들고 사닥다리를 오르려 했습니다. '잠깐' 하고 황제는 명령했습니다. '그러지 말고 무언가 희망을 말하라.' '그러면 말씀드리겠습니다. 동방의 제후들로부터 받게 되실 황금 12통 중 한 통을 제게 주십시오.' '좋다.' 하고 황제는 고개를 끄덕였습니다. '황금 한 통을 상으로 주리라.' 이렇게 말하고 황제는 서둘러 말을 달렸습니다. 어렵게 알아낸 해답을 잊으면 큰일이니까요.

그 후 황제는 황금 12통을 가지고 동방에서 돌아오자 모스크바에 있는 자기의 궁전, 즉 다섯 개의 문이 있는 크레믈린 안으로 들어갔습니다. 그리고 번쩍거리는 대청 마루 위에 한 통 한 통씩 쏟아놓으니 그야말로 황금의 산이 생겨 그것은 바닥 위에 검고 큰 그림자를 드리웠습니다. 황제는 깜박 잊고 열두 번째의 통도 쏟고 말았습니다. 황제는 그것을 다시 담으려 했으나 이 멋진 보물의 산을 헐어 다시 통에 담기가 아까워졌습니다. 황제는 밤에 정원으로 내려가서 잔 조약돌을 통에 담아 통의 4분의 3까지 채웠습니다. 그리고 안으로 들어가서 통의 나머지 부분을 황금으로 채워넣었습니다. 날이 밝자 사자를 시켜 광대한 러시아의 끝인, 그 늙은 농부가 교회를 세우고 있던 곳으로 그 통을 갖고 가게 했습니다. 농부는 사자가 오는 것을 보자 지붕에서 내려왔습니다. 지붕은 좀체로 완성될 것 같지 않았습니다. 농부는 말했습니다. '이쪽으로 가까이 오면 안 돼요, 그 통은 도로 갖고 가시오. 그 통 속에는 4분의 3이 자갈이고 4분의 1일 황금이오. 나는 그런 것 필요없으니 돌아가거든 황제께 전하시오. 이제까지 러시아에는 배신이라는 것이 없었다고. 그러나 앞으로 황제께서 사람을 믿지 못하게 되어버리면 그것은 황제 자신에게 책임이 있다고 알고 있어야 할 것이오. 황제 자신이 사람을 배신하는 방법을 몸소 가르쳤으니까. 그리고 앞으로 오는 세기도, 그 다음 세기도 러시아 전역에서 황제의 행위를 본뜬 사람이 많이 나올 것이오. 나는 황금 같은 것은 필요치 않소. 황금 같은 것은 없더라도 살 수 있으니까. 내가 황제에게서 바라는 것은 금이 아니라 진실과 성의오. 그런데 황제는 나를 속였소. 내가 이렇게 말하더라고 황제께 꼭 전하시오. 황제 이반 바실리에비치에게 말이오. 흰 도시 모스크바에서 부정한 마음을 먹고 황금의 옷을 입고 으스대는 황제에게 말이오.'

귀로로 들어서자 사자는 다시 한 번 뒤돌아보았습니다. 그러자 농부의 모습도 교제의 건물도 사라져버렸습니다. 높이 쌓여 있던 판자도 보이지 않았습니다. 그 주위에는 아무것도 없는 평평한 땅으로 되어 있을 뿐이었습니다. 사자는 덜컥 겁이 나서 모스크바로의 귀로를 재촉했습니다. 그는 숨을 헐떡이며 황제 앞에 나타나서 그간에 있었던 일을 상당히 두서없이 허겁지겁 말했습니다. 그리고 농부인 줄로만 알았던 그 사나이가 실은 바로 하느님 자신이었다고 말씀드렸습니다."

"그 사자의 말이 옳을까요?" 저의 이야기가 끝난 한참 후에 나의 친구는 작은 소리로 물었습니다.

"그럴 것 같습니다." 나는 대답했습니다. "그러나 민중이란……미신에 현혹되기 쉬우니까……그런데 저는 이제 가봐야 하겠습니다. 에바르트 씨."

"유감이군요." 발이 아픈 사나이는 진심으로 그렇게 말했습니다. "가까운 시일 내에 또 이야기를 들려주시지요."

"네, 기꺼이하지만 한 가지 조건이 있습니다."

이렇게 말하면서 나는 다시 한 번 창가로 다가갔습니다.

"그리고……." 에바르트는 깜짝 놀란 것 같았습니다. "이따금 이웃 아이들에게 저의 이야기를 들려주시기 바랍니다."

"그런데 아이들은 저에게는 자주 와주지 않는군요." 나는 그를 위로해주듯이 말했습니다.

"아니, 꼭 올 것입니다. 아마도 당신은 요즈음 아이들에게 이야기를 해줘야겠다는 마음이 없었던 것이겠지요. 이야깃거리가 없었든가 또는 너무 많아서 그랬는지도 모르지요. 하지만 진짜 이야기를 듣게 되면 더 이상 가슴속에 담아두지 못하는 것이 아닐까요? 그러한 이야기는 극히 자연스럽게 퍼지게 마련입니다. 특히 아이들 세계에서는……."

"그러면 이만, 안녕히 계십시오." 우리는 이렇게 헤어졌습니다.

아이들은 그날 중에 이 이야기를 들었던 모양입니다.

■ 티모페이 영감이
노래를 부르며 죽은 이야기

발을 쓰지 못하는 사람에게 이야기를 들려주는 것은 얼마나 즐거운 일일까요. 건강한 사람들이란 실로 애매하기 짝이 없습니다. 그들은 매사를 어떤 때는 이쪽에서, 또 어떤 때는 저쪽에서 보지요. 그들과 한 시간만 함께 걷거나 하면 오른쪽에서 서서 걷던 사람이 느닷없이 왼쪽에서 대답을 하거나 하는 일이 있습니다. 그것도 그렇게 하는 편이 정중하고 매너도 훌륭하다고 생각하고 있으니 더욱 기분이 좋지 않습니다. 그러나 발이 아픈 사람의 경우, 그런 걱정을 할 필요가 없습니다. 몸을 움직이지 못하기 때문에 그는 물건이나 다름이 없습니다. 사실 그는 물건과 친밀한 관계를 가지고 있습니다. 말하자면 그 자신이 다른 물건보다 더 좋은 '물건'이 되어 있습니다. 지그시 앉아서 상황을 살필 뿐만 아니라 이따금 작은 목소리로 뭐라고 말하거나 부드럽고 신심 깊은 마음을 가지고 기다리고 있는 것입니다. 저는 친구인 에바르트에게 이야기하기를 무엇보다도 좋아합니다. 그리고 그는 언제나 창가에 앉아서 저에게 말하지요.

"좀 물어볼 것이 있습니다."라고 말해 주었을 때 저는 기쁨을 감출 수 없었습니다.

저는 얼른 그의 곁으로 가서 인사를 했습니다.

"전번에 말씀해주신 이야기는 어디서 얻은 것이지요?" 그는 이렇게 물었습니다. "책에서 본 것인가요?"

"그렇습니다."라고 저는 슬픈 목소리로 대답했습니다. "그 이야기가 죽어버린 다음, 학자들이 책 속에 매장시켜버렸지요. 그러나 그리 오래된 것은 아닙니다. 백년 전에는 아직 이 이야기가 생겨나지도 않았었습니다. 아무런 거리낌도 없이 많은 사람들의 입에 오르내렸던 것입니다. 그러나

요즈음 사람들이 사용하는 말은 너무 무거워서 노래의 리듬을 타지 못하므로 이러한 말은 그 이야기에 있어서는 적이 아닐 수 없습니다. 그 덕분에 이 이야기를 말하는 사람은 한 사람 한 사람씩 줄어들어서 나중에는 완전히 위축되어 초라한 모습으로 되고 말았습니다. 이 이야기는 극소수 사람들의 바싹 마른 입술에 오를 뿐, 마치 쓸쓸한 과부 같은 생활을 하고 있는 듯한 상태였습니다. 결국 그 이야기는 사멸되고 상속자도 남겨놓지 않게 되었습니다. 그래서 전에 말씀드렸듯이 이 이야기는 학자들의 손에 의해 한 권의 책 속에 깊은 경의를 담아 묻혀버리고 만 것입니다. 그 책 속에는 같은 종족의 여러 가지 다른 이야기도 안치되어 있지요."

"그래서 죽었을 때는 매우 나이를 먹었었나요?" 나의 친구는 나의 이야기에 맞장구를 치면서 물었습니다.

"사백 세이던가 오백 세였을 것입니다." 나는 있는 그대로의 진실을 그대로 전해주었습니다. "같은 종족의 이야기 중에는 이보다 더 고령에 이른 것도 있었습니다."

"넷? 한 번도 책 속에 매장되지 않고서 말입니까?" 에바르트는 깜짝 놀라 말했습니다.

"제가 아는 한, 사람들의 입에서 입으로 여행을 계속했던 것입니다." 나는 그렇게 설명했습니다."

"전혀 잠도 자지 않았다는 말인가요?"

"물론이지요. 노래하는 사람의 입에서 내려서면, 어떤 때는 듣는 이의 마음속에 둥지를 틀고 잠시 머물러 있을 때도 있었습니다. 따뜻하고 어두운 마음속에 말이지요."

"사람들의 마음속에서 노래가 잠잘 수 있다니 옛날 사람들은 그처럼 조용했었나요?"

에바르트는 좀처럼 남이 하는 말을 믿으려 하지 않는 타입의 인간처럼 여겨졌습니다.

"틀림없이 그랬을 것입니다. 말수도 적었고, 춤도 요람을 흔드는 것처럼 느릿한 것이었으며, 거기에 무엇보다도 옛날 사람들은 소리내어 웃거나 하지 않았습니다. 지금은 일반적으로 문화가 향상되었음에도 불구하고 그러한 웃음을 듣는 것이 드물지는 않지만 말입니다."

에바르트는 다시 무언가 물어보려 했습니다. 하지만 그는 그것을 억제하고 미소를 지었습니다.

"너무 질문만 해서 미안하군요……그런데 당신은 이야기를 해주실 작정이시지요?" 그는 이렇게 말하면서 기대에 넘친 눈길로 저의 얼굴을 쳐다보았습니다.

"이야기라 하셨나요? 글쎄 어떨지. 제가 말하고 싶다고 생각한 것은, 이러한 노래는 모두 어떤 씨족에게 선조 대대의 유산으로 전해져왔다는 것입니다. 각 세대가 그것을 이어받아 다시 다음 세대로 전승시켜주었던 것입니다. 사용하지도 않은 채 전승시킨 것은 아니므로 늘 이용했던 흔적은 볼 수 있겠지만, 그러나 결코 파손시키거나 하지는 않습니다. 말하자면 옛 성서가 선조로부터 자자손손 계승되어오는 것과 같습니다. 상속권을 상실한 인간이 그 권리를 이어받고 있는 인간과 어떤 점이 다르냐 하면, 상속권이 없는 인간은 노래를 부르지 못한다는 점에 있습니다.

또한 그러한 사람은 아버지나 할아버지가 노래한 노래의 극히 일부밖에는 기억하지 못하며 그 밖의 노래는 거의 모두, 빌리네나 스카스키(閔)를 통하여 민중이 얻고 있는 큰 체험의 덩어리를 상실해버렸던 것입니다. 그래서 가령 예고르 티모페이에비치는 그의 아버지인 티모페이 영감의 의지에 반하여 젊고 아름다운 여인과 결혼했습니다. 그리하여 아내와 함께 신성한 도시 키예프로 갔습니다. 키예프에는 신성한 정교파(正敎派) 교회의 최대의 순교자들이 묻혀 있는 묘지가 있었습니다. 티모페이 영감은 여행하는데 열흘이나 걸리는 그 넓은 지역에서 그 지방 최고의 가수로 알려졌는데 그 영감은 자기의 아들을 저주하고, 그러한 아들이 있다고 생각지도 않은 때가 흔히 있었다고 이웃 사람들에게 말하곤 했습니다. 하지만 그는 결국 마음이 편치 않고 슬픈 마음이 들어 침묵하고 말았습니다. 노인의 초라한 집에는 먼지를 뒤집어쓴 바이올린처럼 잠자코 있는, 노인의 마음속에 들어 있는 많은 노래의 상속자가 되려고 많은 젊은이들이 몰려왔으나 영감은 그 젊은이들을 모두 쫓아보냈습니다. '영감님, 저희들에게 노래를 한 가지라도 가르쳐주십시오. 그러면 우리는 그 노래를 가지고 이 마을 저

마을로 돌아다니겠습니다. 그렇게 하면 어느 농가에서나 그 노래가 울려퍼질 것입니다. 해가 지고 우리 안의 가축들이 조용해지면 말입니다.' 난로 옆에 앉아있던 영감은 이제 귀가 멀어 말을 잘 듣지 못했습니다. 그래서 연신 집안을 들여다보면서 그의 집 주위를 서성거리고 있는 어떤 젊은이가 또 가르쳐달라고 왔을지도 모른다고 생각하며 백발을 흩날리면서 안 돼, 안 돼, 안 돼라고 말을 계속했습니다. 그러다가 마침내 잠이 들어버렸습니다. 잠이 든 다음에도 한동안은 안 돼, 안 돼라고 중얼거렸습니다. 영감은 젊은이들의 희망을 들어주고 싶었습니다. 자기의 마음속에 꽉 차 있는 산더미 같은 노래들이 자기가 죽게 되면 영원히 침묵 속에 묻혀버리게 될 것이니 자기 자신으로서도 여간 유감스런 일이 아니기 때문입니다. 그리고 그 영원한 침묵은 머지않아 닥쳐올지도 모릅니다. 하지만 그 젊은이들 중 어느 한 사람에게 노래를 가르치려 생각하니 영감은 아무래도 아들 예고르슈카를 생각지 않을 수 없었을 것입니다. 그도 그럴 것이 그가 침묵을 지키고 있었기에 모두 그의 눈물을 보지 않아도 되었던 것입니다. 어떤 말을 하더라도 그 배후에는 흐느낌이 기다리고 있었던 것입니다. 그는 언제나 일찌감치, 그리고 신중하게 입을 다물지 않으면 안 되었습니다. 그러지 않고는 곧 말이 눈물을 자아내게 하곤 했습니다.

티모페이 영감은 외동 아들 이고르에게 어려서부터 노래를 가르치고 있었습니다. 15세 때는 이미 이웃 마을의 어느 젊은이보다도 많은 노래를 알고 있었으며, 또한 누구보다도 정확하게 그 노래를 부를 수 있게 되었습니다. 하지만 아버지는 휴일 같은 때 술에 취하거나 하면 아들을 보고 말하는 것이었습니다. '예고르슈카, 사랑하는 아들아, 나는 너에게 많은 노래를 가르쳐주었다. 빌리네나 성인의 전설도 많이 가르쳐주었었지. 하루에 한 곡씩 가르쳐주었다고 해도 좋을 것이다. 그런데 말이다. 너도 알고 있듯이 나는 이 고장에서 제일 가는 가수다. 너의 할아버님은 러시아의 모든 노래를 알고 있다고 생각할 정도였으며, 특히 타타르 사람들의 이야기도 잘 알고 계셨지. 너는 아직 젊다. 그래서 너의 목소리는 흡사 이콘(러시아 교회의 성화상) 같아서 우리가 일상 쓰는 말과는 비교도 안 될 만큼 아름다운 최고의 빌리네는 아직 가르쳐주지 않았었다. 코사크든, 백성들이든 누가 듣더라도 눈물을 홀리지 않고는 못 배기는 그 노래의 창법은 아직 너에게 가르쳐주지 않았단 말이다.' 티모페이 영감은 이 말을 아들에게 몇 번이나 되풀이해서 말했습니다. 일요일마다, 러시아력에 따른 축제일마다. 왜냐하면 그 기회는 상당히 많았으니까요. 그러는 사이에 어느 날, 아들은 아버지와 심한 말다툼을 한 다음 가난한 농가의 딸인 아름다운 우스첸카와 함께 가출해버렸던 것입니다.

이 사건이 있은 지 3년째에 티모페이 영감은 병이 들었습니다. 그때 마침 넓은 러시아 각처에서는 키예프로 향하는 많은 순례대가 있었고 이 마을에서도 순례단이 떠나려는 시기였습니다. 이웃에 살고 있는 오시프가 환자를 찾아와서 말했습니다. '나도 순례단에 가담하여 떠나겠습니다, 티모페이 이바니치. 당신을 다시 한 번 끌어안게 해주지 않겠습니까?' 오시프는 티모페이와 좋은 사이는 아니었지만 먼 여행을 떠나게 되자 아버지에게 작별 인사를 하는 기분으로 티모페이에게 작별 인사하는 것을 당연한 것처럼 생각했던 것입니다. '나는 당신의 비위에 거슬리는 말을 너무 많이 한 것 같습니다.' 그는 훌쩍훌쩍 울면서 말을 계속했습니다. '용서해주시오. 그것은 다 술 때문이었으니까. 그놈의 술을 어쩌지 못한다는 것은 당신도 잘 알고 있을 테니까. 당신을 위해 기도도 할 것이고 촛불도 켜놓겠습니다. 그럼 안녕히 계십시오, 티모페이 이바니치 씨. 그리고 건강도 회복하시구요. 그렇게 되거든 다시 노래를 부르십시오. 당신이 노래를 부르지 않은 지도 퍽 오래 되었군요. 어떤 노래였더라. 음, 저 듀크 스테파노비치의 노래 같은 것. 나는 아직도 그것을 기억하고 있지요. 그 노래 전부를 정확하게 기억하고 있단 말입니다. 당신은 그 노래를 아주 멋지게 불렀습니다. 그것은 하느님이 당신에게 준 선물이었습니다. 다른 인간에게는 다른 신(神)이 선물을 주시겠지요. 가령 나에게는……'

난롯가에 비스듬히 기대어 있던 영감은 몸을 뒤척였습니다. 그리고 무언가 말을 하려 했습니다. 예고르라는 이름이 희미하게 들리는 것도 같았습니다. 아마도 티모페이 영감은 아들의 소식이라도 들으려 했었겠지요. 하지만 이웃집에 사는 오시프가 "뭐라고 그랬지요, 티모페이 이바니비치?" 하고 물었을 때 티모페이 영감은 다시 아까처럼 조용히 누워 백발의 머리를 설레설레 젓고 있을 뿐이었습니다. 어째서 그렇게 되었는지는 잘 모르지만, 오시프가 떠나간 지 일 년도 안 되어 예고르가 느닷없이 돌아왔습니다. 티모페이 영감은 아들이 돌아온 것을 곧 알아보지 못했습니다. 오두막 속은 캄캄했으며, 노인의 눈은 낯선 물체의 형상을 잘 알아보지 못했기 때문입니다. 그래도 그의 목소리를 듣자 티모페이 영감은 깜짝 놀라 난롯가에서 내려와 비틀거리며 걸어나왔습니다. 예고르는 아버지를 끌어안았습니다. 티모페이는 눈물을 흘렸습니다. "편찮으신 지 오래 되셨습니까, 아버님?" 하고 젊은이는 아버지에게 물었습니다. 티모페이는 마음을 진정하자 다시 난롯가로 가 앉더니 돌연 태도를 바꾸어 험상궂은 어투로 물었습니다. "그런데 네 아내는?"── 잠시 후 예고르는 내뱉듯이 말했습니다. "여편네는 내쫓아버렸습니다. 아이도 함께 보냈지요." 다시 잠깐 침묵을 지키더니 말을 계속했습니다. "언젠가 오시프가 저를 집으로 찾아왔더군요. '오시프 니키포로비치 씨입니까?'라고 물었더니, '그렇다.'고 대답하지 않겠습니까? '그래, 바로 나다. 그런데 너의 아버님이 많이 편찮으시더라, 예고르. 영감님은 더 이상 노래는 부르지 못할 것 같더라. 그래서 지금은 마을이 쥐죽은 듯 조용하고 사람 새끼 하나 살고 있지 않은 것 같아. 문을 두들기는 사람도 없고 움직이는 것도 없어. 눈물을 흘리는 사람도 없지. 웃을래야 웃을 건덕지가 없어.' 그래서 저는 생각했지요. 어떻게 하면 좋을까 하고 말입니다. 저는 아내를 불렀습니다. '우스첸카.' 하고 저는 말했습니다. '나는 집으로 돌아가야겠어. 이젠 아무도 노랠 부를 사람이 없다는군. 그러니 내 차례가 된 거야. 아버님이 병환 중이시래.' '좋아요.'라고 우스첸카는 말했습니다. '그러나 당신을 데려갈 수는 없소.'라고 저는 설명했습니다. '당신도 아다시피 아버님은 당신과 만나고 싶어하지 않으시니까. 나는 이제 당신 곁으로 돌아오진 않을 거요. 일단 마을로 돌아가면 노래를 불러야 하니까.' 우스첸카는 저의 마음을 이해해주었습니다. '그렇다면 하느님이 당신과 함께 하시길 빌겠어요. 지금 이곳에는 순례자들도 많이 있으니까 보시(布施))도 많이 하겠지요, 예고르.' 이렇게 해서 저는 떠나왔습니다. 그러니 아버님, 아버님이 알고 있는 노래를 전부 가르쳐주십시오.'

예고르가 마을로 돌아오자 티모페이 영감이 다시 노래를 부르기 시작했다는 소문이 퍼졌습니다. 하지만 그 해 가을은 바람이 몹시 불어 티모페이의 오두막 근처를 지나가는 사람들은 그 오두막집 안에서 정말 노래를 부르고 있는지 확인한 사람은 아무도 없었습니다. 누가 문을 두들겨도 문은 열리지 않았습니다. 아버지와 아들은 단둘이 있고 싶었던 것입니다. 예고르는 난로 옆에 앉았고 아버지는 그 옆에 누워 있었습니다. 아들은 이따금 아버지의 입에 귀를 갖다댔습니다. 티모페이는 정말로 노래를 부르고 있었던 것입니다. 그의 노쇠한 목소리는 탄력이 없었으며 떨리고 있었지만 그래도 모든 멋진 노래들을 예고르에게 전수해줄 수 있었습니다. 아들은 이따금 머리를 흔들거나 난롯가에 늘어뜨린 발을 움직이거나 하면서 자기도 함께 따라부르는 것 같았습니다. 이런 일이 며칠이고 계속되었습니다. 티모페이가 기억하고 있는 것 중에서 잇따라 꺼내놓는 노래는 그 어느 것이나 이제까지의 어떤 노래보다도 뛰어난 것들이었습니다. 그는 밤에도 잠자는 아들을 깨우곤 했습니다. 힘없이 떨리는 손으로 무언가 애매한 손짓을 하면서 그는 짧은 노래를 불렀습니다. 한 노래가 끝나면 또 하나, 그리고 또 하나, 이렇게 계속 노래하여 훤하게 날이 밝아올 때도 있었습니다. 그리고 가장 아름다운 노래를 부른 다음 티모페이는 숨을 거두었습니다. 그가 세상을 떠날 무렵에는 아직도 많은 노래들을 가슴속에 간직하고 있는데도 그것을 아들에게 다 전수할 시간이 없다고 무척 안타까워했습니다. 이마에는 깊은 주름이 잡힌 채 시름에 잠겨 누워 있었습니다. 그리고 그의 입술은 너무나 큰 기대로 떨리고 있었습니다. 그는 이따금 몸을 일으켜 잠시 동안 머리를 흔들거나 입을 움직이거나 했습니다. 그리고 간신히 힘을 내어 작은 목소리로 어떤 노래를 부르기 시작하는 것이었습니다. 그래도 최후에는 대개 특히 그가 좋아하는 듀크 스테파노비치의 이야기를 몇 번이고 되풀이해 불렀습니다. 아들은 아버지를 화나게 하지 않으려고 그럴 때마다 처음 들어보는 체하며 놀라는 듯한 표정을 보여주지 않으면 안 되었습니다.

티모페이 이바니치 영감이 죽은 다음, 예고르 혼자 살게 된 그 집은 한동안 굳게 닫혀져 있었습니다. 그러나 겨울이 가고 봄이 되자, 길게 수염을 기른 예고르 티모페이예비치는 집에서 나와 온 마을을 걸어다니며 노래를 부르기 시작했습니다. 그리고 다음에는 이웃 마을에까지도 발을 뻗치게 되었습니다. 농촌 사람들의 이야기로는, 예고르는 아버지 티모페이에 결코 뒤지지 않는 훌륭한 가수가 되었다는 것입니다. 예고르는 심각하고 비참한 영웅 전설을 무서우리만큼 많이 알고 있었으며, 코사크이든, 농부이든 눈물을 흘리지 않고는 들을 수 없던 그 선율을 몸에 익힐 수 있었습니다. 그것을 노래할 때 예고르는 어떤 가수에게서도 들어볼 수 없었던 부드럽고 구성진 가락을 멋지게 뽑아낼 수 있었다 합니다. 그리고 이 가락은 언제나 전혀 뜻밖에도 각연의 종결구에 나타났으며, 이에 따라 그 가락은 각별하게 감동적인 효과를 발휘했던 것입니다. 적어도 그것이 지금까지도 이야깃거리가 되어 있습니다.”

“예고르는 그 가락을 아버지한테서 배운 것이 아니었나요?” 나의 친구 에바르트는 한참 후에 말했습니다.

“그렇지 않아요.”라고 나는 대답했습니다. “그것은 어디서 입수했는지 모르니까요.”

내가 에바르트의 창가에서 떨어져 가자, 발이 아픈 그는 손짓을 하며 나에게 말했습니다.

“아마도 예고르는 아내나 아이 생각을 했겠지요. 그런데 그는 아버지가 돌아가신 다음 아내와 아이를 불러왔을까요?”

“아니오. 그러진 않았으리라 생각합니다. 적어도 그는 후에 혼자 외롭게 죽었으니까요.”

■ 정의의 노래

그 후, 또 에바르트의 창가를 지나갈 때, 그는 나에게 손짓하며 미소를 보냈습니다. 그리고,

“아이들에게 무언가 약속을 하셨습니까?”라고 물었습니다.

“그건 왜지요?” 나는 깜짝 놀라서 되물었습니다.

"아이들에게 예고르의 이야기를 해주었더니, 이 이야기에는 하느님이 나오지 않는다고 불평을 합니다." 나는 아연하지 않을 수 없었습니다. "뭐라구요? 하느님이 나오지 않는 이야기라니, 그런 이야기가 도대체 있을 수 있을까요?"

그렇게 말하고 나서 나도 생각해보았습니다.

"확실히 그렇군요. 잘 생각해보면 그 이야기에는 하느님에 대한 것은 한 마디도 없군요. 어찌하여 그런 일이 일어날 수 있었는지 모르겠군요. 하느님이 등장하지 않는 이야기는 일생 동안 생각하더라도 좀체로 좋은 생각이 떠오르지 않는다고 생각하지만……."

나의 친구는 내가 정색을 하면서 말하는 것을 보고 미소를 지었습니다.

"아이들 일로 그렇게 흥분할 필요는 없습니다." 그는 친절심에서인지 나의 말을 가로막았습니다.

"제가 생각하기로는 이야기가 완전히 다 끝나기 전에는 거기에 하느님이 나올지 어떨지 모르지 않을까요? 얘기의 끝머리에 두 마디의 말이 모자랄 때, 또는 이야기가 완전히 끝나고, 말하자면 종지부만 남아 있을 때도 하느님은 나타나실지도 모릅니다."

나는 그의 말에 수긍했습니다. 발이 나쁜 사람은 약간 어조를 바꾸어,

"그 러시아의 가수들에 대한 이야기를 더 알고 있는 것은 없으신지요?" 라고 말했습니다.

나는 무척 주저하지 않을 수 없었습니다.

"글쎄요. 하지만 하느님에 대한 것을 이야기하는 것이 좋지 않을까요. 에바르트 씨?"

그러자 그는 머리를 저었습니다.

"저는 그 *엉뚱한 사람들에 관한 이야기를 더 듣고 싶군요. 왜 그런지는 모르겠지만 만약 그런 사람이 저의 집에 들어온다면…… 하고 머릿속에 그려보게 됩니다."

에바르트는 이렇게 말하고 방 안쪽으로 고개를 돌리고 문으로 시선을 던졌습니다. 그러나 곧 겸연쩍은 듯 내가 있는 쪽으로 얼굴을 돌렸습니다.

 "하지만 그런 일은 없을 것입니다." 하고 그는 갑자기 자기의 말을 정 정했습니다.

 "어찌하여 없을까요. 에바르트 씨? 당신에게는 발을 자유롭게 쓸 수 있는 사람들에게서는 일어날 수 없는 일이 일어나고 있어요. 보통 사람들은 여러 가지 것들의 곁을 간단히 지나가고, 또 그곳에서 간단히 떠나버립니다. 에바르트 씨, 그곳에 가면 당신은 이 눈부신 세계의 한복판에서 부동의 점이 되고 있는 것처럼 하느님께서 정해놓으셨습니다. 모든 것이 당신을 중심으로 하여 돌고 있다는 것을 느끼지 못하시는지요? 다른 사람들은 하루하루를 쫓기고 있습니다. 그리하여 어느 하루에 이르게 되면 그만 숨이 끊겨 그 하루와 이야기를 나눌 수 없는 실정입니다. 그러나 에바르트 씨, 당신은 언제나 창가에 앉아서 기다리고 있군요. 기다리고 있는 사람에게는 언제나 무언가가 일어나고 있지요. 당신은 아주 독특한 운명을 갖고 계십니다. 한번 생각해보십시오. 모스크바에 있는 저 이베리아의 성모도, 그 상(像)이 안치되어 있는 예배당을 빠져나가 네 마리의 검정색 말이 끄는 마차를 차고 세례든, 장례식이든 어떤 제례를 올리려는 사람들이 있는 곳으로 향해 가지요. 그러나 당신이 있는 곳에는 무엇이고 저쪽에서 찾아오니까요……."

 "그렇습니다."라고 말하면서 보통때와는 다른 미소를 보였습니다. 하지만 저는 죽음을 향하여 나아갈 수가 없습니다. 많은 사람들이 도중에서 죽음과 만나게 됩니다. 죽음은 사람들의 집 안으로 들어가는 것을 싫어합니다. 그래서 사람들을 다른 나라로 불러내거나, 전쟁터에 나가게 한다든가, 높이 치솟은 탑 위나, 출렁거리는 다리 위나, 정글 속으로 유인하거나, 또는 광란하는 세계 속으로 끌어들이거나 합니다. 대부분의 사람들은 어딘가 밖에서 죽음을 손에 넣어 자기도 모르는 사이에 죽음을 어깨에 메고 집으로 돌아가지요. 왜냐하면 죽음이란 매우 게으름뱅이여서 사람들이 끊임없이 죽음에 대해서 간섭하지 않으면, 잠이 들어버릴지도 모릅니다."

 환자는 여기서 무언가 다시 잠시 생각하더니 이번에는 약간 우쭐대듯이 말을 계속했습니다.

 "하지만 저에게는 죽음 쪽에서 내가 필요할 때 찾아올 것이라 생각합니다.

죽음은 꽃들이 오래도록 시들지 않는 나의 작고 밝은 방으로 들어와서
이 낡은 융단을 밟고, 저 옷장 곁을 지나 책상과 침대 사이를 지나(이것은
매우 빠져나가기 어렵지만), 그리고 내가 좋아하는 푹신한 낡은 의자가
놓인 곳으로 오겠지요. 그때는 의자도 저와 함께 죽을 것이라 생각합니다.
말하자면 이것은 저와 함께 생활을 같이 해왔으니까요. 이러한 모든 것을
죽음은 일상의 방법대로 할 것이라고 생각하고 있습니다. 살금살금 소리가
나지 않게 무언가를 돌아보거나, 용케도 여기까지 왔다고 말하듯이 무언가
특별한 일을 시작하거나 하지 않고……. 이러한 덕분에 이 방은 저에게
있어서 이상하리만큼 친밀합니다. 이러한 일체의 것들이, 이 좁은 무대에서
벌어지겠지요. 그러므로 이 최후의 일도 지금 여기에서 일어나고, 앞으로
일어날 그 밖의 다른 일들과 별로 다른 것은 아닐 것이라고 생각합니다.
저는 어렸을 적부터, 사람들이 죽는 것과 다른 일과는 전혀 별개의 것처럼
말하는 것을 이상하다고 생각하고 있었습니다. 그것도 죽음 뒤에 무엇이
오느냐에 대해서 아무도 말하려 하지 않기 때문일 것입니다. 하지만, 도대체
진지하게 살면서 시간의 흐름에는 눈도 돌리지 않고 자기 안에 움츠려서
무엇인가 생각하고, 그것이 해결되지 않는다고 번민하고 있는 인간과, 사자
(死者) 사이에는 얼마만한 차이가 있는 것일까요. 세간 사람들의 틈에 끼어
있을 때는 주기도문조차 생각해낼 수 없게 마련입니다. 하물며 말이 아니라,
어떤 사건과 연관이 있는 무언가 확실하지 않은 일을 기억해낼 까닭이
없습니다. 그러한 연관을 포착하기 위해서는 사람들이 모여 있는 장소를
피하여, 사람들이 가까이 오지 않는 조용한 장소로 들어가지 않으면 안
됩니다. 아마도 죽은 자란 생에 대해서 깊은 사색을 하기 위하여 몸을 감춘
인간일 것입니다.”
　여기서 잠시 침묵이 흘렀습니다. 나는 그 침묵을 다음과 같은 말로 깨뜨려
버렸습니다.
　“지금 당신의 이야기를 듣고 있으려니까 어떤 여자 아이의 생각이 나
는군요. 그 여자 아이는 밝은 인생을 살아오는 17년 동안, 오직 사물을
관찰해왔다고 합니다. 그녀의 눈은 매우 컸으며, 독특한 관찰력을 가지고
있어서 그 눈이 보고 느끼는 모든 것은 그 눈 자신이 다 사용해버리는

것이었습니다. 그래서 이 젊은 인간의 몸 전체에 잠재해 있는 생명은 바깥 세상의 것들과 떨어져서 소박한 내부의 목소리에 힘입어 자라났던 셈입니다. 그런데 그 17년간이 끝날 무렵, 그 어떤 격렬한 사건이 일어나서 눈의 활동과 내부의 생명이라는 이중 구조를 가진 이 생명의 발걸음이 흐트러진 것입니다. 눈은 내부를 향하여 움푹 들어가, 바깥 세계의 무게 전체가 그 공동(空洞)을 지나 어두운 마음속으로 밀어닥쳤습니다. 그리고 하루하루가 무거운 중량으로 깊게 깎아지른 듯한 시선 속으로 떨어져서 깊은 계곡 같은 가슴속까지 이르자 유리 조각처럼 깨져버리는 것이었습니다. 그래서 그 여자 아이는 안색이 나빠지고, 잘 앓게 되고, 고독해지고 생각에 잠기게 되었습니다. 그리하여 그 소녀는 마침내 저 정적의 세계를 찾게 되었습니다. 이제는 모든 생각이 아무런 방해도 받지 않고 펼쳐질 수 있는 그 세계를 찾아냈던 것입니다."

"그 소녀는 어떻게 죽었지요?" 나의 친구는 작은 소리로 물었습니다.

"익사입니다. 깊고 조용한 못이었지요. 못의 수면은 많은 원을 그리면서 천천히 퍼져갔습니다. 그 원은 수련(睡蓮)의 흰 꽃 아래까지 번져갔기 때문에 물 위에 떠있는 꽃들이 흔들렸습니다."

"그것은 이야기입니까?" 에바르트는 이렇게 말하면서 내 말의 내면에 정적이 번져가는 것을 억제시키려 했습니다.

"아니오." 나는 대답했습니다. "이것은 감정입니다."

"그런데, 그것은 아이들에게도 전해질 수 있는 것인가요. ……그 감정이라는 것은?"

저는 생각했습니다.

"그럴 것입니다."

"그러면 어떤 식으로?"

"다른 이야기를 해주는 것이지요."

그렇게 말하고 나는 다시 이야기를 시작했습니다.

"남부 러시아에서 사람들이 자유를 위하여 싸우던 무렵의 일이었지요."

"미안하지만……." 하고 에바르트는 말했습니다. "그것은 어떤 일이었나요? 민중이 황제의 지배에서 벗어나려 했던가요? 만약 그렇다면 제가 러시아에 대해서 생각하고 있던 것과 맞지 않게 되고, 당신이 전에 얘기해주신 몇 가지 이야기와도 앞뒤가 맞지 않게 됩니다. 그렇다면 당신이 들려주시려는 그 얘기는 듣지 않는 것이 좋을 것 같군요. 저는 그 나라에 대해서 머릿속으로 생각하고 있는 이미지가 무척 저의 마음에 들거든요. 그러니 그것을 깨뜨리지 않고 소중하게 간직해두고 싶습니다."

나는 웃지 않을 수 없었습니다. 그래서 그를 안심시켜주기로 했습니다.

"남부 러시아에서는 말이지요(이것을 진작 말해주었더라면 좋았을 것을), 폴란드의 호족들이 지배자로 군림하고 있었지요. 우크라이나라는 이름이 붙여진 조용하고 쓸쓸한 초원도 지배하고 있었습니다. 이 지배자들의 폭압도 심했지만 유태인들의 소유욕도 대단해서, 교회의 열쇠 같은 것까지도 자기들이 보관했으며, 정교도(正敎徒)들에게도 수수료를 지불한 사람에게만 열쇠를 건네줄 상태였으므로, 키예프 부근이나 도니에프 강 상류 지방에 사는 젊은이들은 그것이 비위에 거슬려서 험상궂은 얼굴을 하고 있었습니다. 신성한 도시인 키예프는 처음에 4백 개나 되는 교회의 둥근 지붕을 갖고 있어서 러시아에서는 신앙심이 깊기로 유명한 도시였습니다. 그러나 그 도시도 점차 쇠퇴해져서 화재가 자주 일어나 황폐해졌고, 갑작스레 광란에 휩싸여서 끊없는 밤이 계속되는 것 같았습니다.

초원 지방에 사는 민중은 무슨 일이 일어났는지 확실히 알지 못했습니다. 하지만 기묘한 불안에 휩싸여, 노인들은 밤이 되면 오두막에서 나와 언제나 바람이 없는 높은 하늘을 말없이 바라보고 있었습니다. 낮에는 사람들의 모습이, 높은 둔덕이 나타나는 것이 보였습니다. 이러한 둔덕은 평탄한 원경(遠景) 앞에 무언가를 기다리고 있듯이 두툼하게 솟아 있었습니다. 그것은 죽어 대가 끊어진 씨족의 무덤으로, 지금은 뻣뻣하게 잠들어 있는 물결소리처럼 황야의 곳곳에서 그 형적이 보였습니다. 이 나라에서는 무덤이 산이며, 사람들이 골짜기였습니다. 민중은 깊고, 어둡게 침묵하고 있습니다. 그들의 말은 그들의 진짜 존재 위에 걸쳐 있는 위험한 다리에 지나지 않습니다. —— 때로는 검은 빛깔의 새들이 무덤에서 뛰어오를 때도 있었습니다. 때로는 야성적인 노래가 어두워지는 사람들의 마음속으로 흘러들어옵니다. 노래는 사람들의 마음 깊숙이 사라져가고 새들은 하늘 저편으로

244

사라져갔습니다. 어느 쪽을 보아도 모든 것이 끝이 없는 것같이 생각됩니다. 즐비한 가옥조차 그 끝없는 것으로부터 사람들을 지킬 수는 없습니다. 집들의 창은 이미 그것으로 가득차 있습니다. 다만 방 안의 어두컴컴한 구석에서 낡은 이콘이 하느님의 이정표처럼 서 있습니다. 작은 등불이 내뿜는 빛이 그 그림의 테두리를 빠져나가 그림의 세계로 들어서고 있습니다. 그 모양은 흡사 길을 잃은 어린아이가 별이 빛나는 밤에 걸어다니는 것을 연상케 합니다. 이 이콘은 단 하나의 의지처, 단 하나의 확실한 표지입니다. 이것 없이는 집도 서 있을 수 없습니다. 끊임없이 몇 개의 이콘이 필요해집니다. 어떤 그림이 너무 낡아 좀이 슬어 못 쓰게 되었을 때라든가 또는 누군가가 결혼해서 새로이 오두막 집을 지었을 때라든가. 또는 누군가가, 가령 아브라함 영감이 죽었을 때 기적의 인간 성 니콜라우스의 상을 합장한 손 안에 넣고 저 세상으로 갖고 가고 싶다고 말했을 때 같은 때 이콘이 필요해집니다. 하지만 성 니콜라우스의 상을 갖고 싶다고 하는 것은 아마도 천국에 가서 만나게 될 실물의 성인들과 그 초상을 대조해보고 특히 존경하고 있는 성 니콜라우스를 누구보다도 먼저 찾아내려고 하는 것이겠지요.

그러한 사정에서, 원래는 구둣방이 직업이었던 페터 아키모비치도 이콘을 그리게 되었습니다. 그는 한쪽 일에 지치게 되면 세 번 십자가를 그은 다음 또 다른 쪽의 일을 하는 것이었습니다. 꿰매거나 망치질을 하는 일에도, 그림을 그리는 일에도 양쪽에 다 경건한 마음을 가지고 종사하고 있습니다. 지금은 이제 노인이 되었지만 아직도 문제없습니다. 수선하는 장화 위로 구부리고 있는 등도, 그림 앞에 있을 때는 쭉 뻗습니다. 이리하여 그는 좋은 자세를 유지했고, 어깨와 허리에 어떤 종류의 균형을 만들어내고 있습니다. 그는 생애의 대부분을 혼자서 보냈습니다. 아내인 아크리나가 아이를 낳거나, 그 아이들이 죽거나, 결혼하거나 하는 일로 생긴 불안정한 상태에도 스스로 휘말리는 일은 없었습니다. 일흔 살이 되어서야 처음으로 그는 자기의 집에서 죽 함께 생활해온 인간들과 연관을 갖게 되었습니다. 그리하여 가까스로 그 사람들이 현실에 존재하고 있는 것으로 인정하게 되었습니다. 그 사람들이란 우선 아내인 아크리나. 조용하고 정숙한 여자로 아이들 일에 완전히 몰두하고 있는 것 같았습니다. 그리고 나이가 꽤 든 못생긴 딸과 아들 아료샤입니다. 이 아들은 딸보다 훨씬 늦게 태어났기 때문에 이제 겨우 열일곱 살이 되어 있었습니다. 페터는 이 아들을 화가로 키우고 싶었습니다. 왜냐하면 앞으로 자기 한 사람만으로는 그린 주문을 다 감당할 수 없을 것 같아서입니다. 그러나 그는 결국 아들에게 그림을 가르치는 것을 단념하고 말았습니다. 아료샤가 성모를 그렸을 때, 그 그림은 엄밀하고 정확한 본보기와는 전혀 비슷하지도 않았으며, 아들이 그린 것은 코사크의 고로코피텐코의 딸 마리아나의 상과 똑같았습니다. 즉 무척 죄가 많은 여자 같은 느낌이었습니다. 연로한 페터는 몇 번이나 십자를 그은 다음 그 상처 입은 화판에 서둘러 성 드미트리의 그림을 덧입혔습니다. 어찌된 영문인지는 몰라도 그는 이 성자를 다른 모든 성자보다도 더욱 존경하고 있었던 것입니다.

아료샤 역시 두 번 다시 그림을 시작하려 하지는 않았습니다. 아버지로부터 바탕색으로 금색 칠을 해달라는 부탁 같은 것을 받지 않는 이상, 아료샤는 대개 초원으로 나가 있었습니다. 그가 어디에 있는지 아무도 몰랐습니다. 어머니는 아이들의 기분을 알지 못하고 마치 타인이나 관리처럼 취급하고 있었기 때문에 아들과 말을 나누는 것을 두려워하고 있었습니다. 누나는 아료샤가 어렸을 적에는 이 동생을 무척 귀여워해주었으나 그가 성인이 되자 그를 경멸하기 시작했습니다. 동생이 자기를 돌보아주지 않는다는 것입니다. 마을 안에서 이 젊은이를 염려해줄 사람은 한 사람도 없었습니다. 코사크의 딸 마리아나는 아료샤가 그녀를 보고 결혼하고 싶다고 선언했을 때 그 청혼을 일소해버렸습니다. 그런데 아료샤는 다른 여자들에게는 자기와 결혼해줄 생각이 있는지 물어볼 생각은 없었습니다. 차포로겔 코사크들이 있는 곳에도 그를 데리고 가려는 사람은 없었습니다. 그는 누가 보아도 연약해보였으며 게다가 나이가 너무 어렸던 것입니다. 언젠가 아료샤가 가출하여 가까운 승원에 몸을 맡기려 한 적이 있었습니다. 그러나 승려들이 그를 받아주지 않았습니다. —— 그렇게 되고 보니 그에게 남은 것은 황야뿐이었습니다. 거칠게 물결치는 황야뿐이었습니다. 어느 때 사냥꾼이 그에게 낡은 총을 준 적이 있었습니다. 어떤 탄환인지는 모르겠으나 탄환도 장전되어 있었습니다. 아료샤는 언제나 이 총을 들고 다녔습니다. 그러나 단 한 번도 쏜 적은 없었습니다. 첫째로는 탄환을 소중하게 아껴야 했기 때문이며 둘째는 무엇을 겨냥하여 쏘아야 할지 몰랐던 때문입니다. 어느 초여름 따뜻하고 조용한 저녁때, 온 가족이 저녁 식탁을 둘러싸고 있었습니다. 식탁에는 보리죽이 놓여 있었고 그것을 페터가 먹고 있었습니다. 다른 사람들은 그가 먹고 있는 것을 보면서 그가 남겨주기를 기다리고 있었습니다. 그때 노인이 갑자기 스푼을 쳐든 채 넓은 이마를 들었습니다. 그 앞에는 한 줄기의 빛이 문틈으로 들어와서 탁자 위를 가로질러 저녁의 어둠 속으로 사라져갔습니다. 모두 귀를 기울이고 있었습니다. 오두막 바깥쪽 벽에서 무슨 소리가 났습니다. 밤새가 날개로 대들보를 살짝 문지르고 가는 듯한 소리였습니다. 그러나 그때는 태양이 막 진 때였습니다. 게다가 밤새들은 절대로 마을까지 날아오는 일이 없었습니다. 그러자 이번에는 무언가 다른 큰 동물이 오두막 주위를 벽에 기대어 돌아다니고 있는 듯한 느낌이 들거나 사방의 벽에서 동시에 그 동물이 무언가를 찾는 발자국 소리가 들리는 것 같기도 했습니다. 그때 아료샤가 슬그머니 의자에서 일어났습니다. 그 순간 무언가 키가 큰 시커먼 것이 나타나서 문을 가로막았습니다. 그것은 저녁을 쫓아내고 밤을 오두막 안으로 몰아넣었습니다. 그리고 커다란 몸집을 위험스럽게 앞쪽으로 옮겼습니다. "오스타프!" 하고 못생긴 딸이 메마른 목소리로 말했습니다. 그래서 모두 납득이 갈 것 같았습니다. 오스타프는 맹인 가수 중의 한 사람으로, 이미 연로했으나 12현짜리 반두라를 메고 마을을 돌아다녔으며, 코사크의 큰 명예나 그들의 용감성이나 충성심을 노래하고, 그들의 영웅인 키르자가나 쿠쿠벤코나 부르바나 그 밖의 용사들에 대해서 노래를 부릅니다. 그러면 모두 기꺼이 저를 기울였습니다. 오스타프는 성자 이콘을 모셔놓은 것으로 예상되는 방향을 향하여 세 번 깊은 인사를 했습니다(그가 인사를 한 방향에는, 그가 알지 못해지만 성 츠나멘스카야의 상이 있었습니다). 그러더니 오스타프는 난롯가에 앉아서 작은 소리로 물었습니다. "이곳은 어느 분의 집이지요?" "우리 집이에요, 영감님. 페터 아키모비치, 구둣방을 하는……."라고 페터는 친절하게 대답했습니다. 페터는 노래를 좋아했으므로 이런 뜻밖의 방문은

대환영이었습니다. "아, 페터 아키모비치 씨 댁이라구요? 그림을 그리는
분 말이군요."라고 장님 가수도 친근감을 담아서 말했습니다. 그러자 방
안은 조용해졌습니다. 반두라의 긴 여섯 개의 줄에서 소리가 울려나왔습
니다. 그 소리는 점점 커졌고 그리고 최후에는 짧은 여섯 개의 줄에 의해서
짧고, 말하자면 피로에 지친 듯한 본래의 침묵으로 돌아가는 것이었습니다.
마지막에는 굉장한 속도로 높아진 멜로디가 어디선가 굴러떨어지지 않을까
하는 불안감으로 모두 눈을 감지 않을 수가 없었습니다. 그러자 노래는
도중에서 끊기고 가수의 아름답고 무거운 음성으로 대체되었습니다. 그
노랫소리가 집안 전체를 가득 채우고 이웃 사람들까지 노랫소리를 듣고
몰려와서 문 밖에도 창가에도 사람들로 붐볐습니다. 그러나 그때의 노래는
영웅들의 노래는 아니었습니다. 브루바와 오스트라니차와 나리바이코의
명성은 이제 확고부동한 것으로 생각되었습니다. 어느 시대에나 코사크의
충성은 굳은 것으로 생각되었습니다. 그러한 코사크의 용감한 행위가 그날
노래의 제재는 아니었습니다. 노래에 귀를 기울이고 있는 사람들의 마음
속에서 점점 깊은 잠으로 빠져드는 것처럼 생각된 것은 춤이었습니다.
왜냐하면 아무도 발을 움직이지 않고 누구도 손을 들려 하지 않았습니다.
오스타프의 머리가 수그러지자, 따라서 듣는 이들도 머리를 숙였습니다.
머리를 받치고 있을 수 없을 정도로 슬픈 노래였습니다.

　'이 세상에 정의란 없다. 정의 같은 것을 누가 발견할 수 있겠는가. 이제
이 세상에 정의는 없다. 모든 정의는 부정한 법도의 지배하에 있다.'

　'요즘 세상에서는 정의가 비참한 포로의 신세다. 부정이 정의를 비웃고
있다. 우리는 그것을 보았다. 부정은 호족들과 함께 황금 의자에 앉아 있다.
부정은 황금의 방에서 호족들과 나란히 앉아 있다.'

　'정의는 문간에서 몸을 구부리고 구걸하고 있다. 호족의 집에서는 사악한
것과, 부정한 것이 손님이 되고 있다. 호족들은 미소를 지으면서 부정을
자기의 집으로 초대하고 술을 가득 따른 잔을 부정에게 바친다.'

　'오 정의여, 어머니여, 나를 낳아주신 어버이시여. 독수리 같은 날개를
가진 어머니시여. 아마도 또 한 사람의 정의의 사나이가, 정의를 내세우는
사나이가 나타날 것이다. 그때야말로 하느님이 그 사람을 도와주시리라!

248

그것은 하느님만이 할 수 있다. 정의로운 사람의 그날그날의 어깨의 무게를 가볍게 해줄 수 있다.'

숙이고 있던 모든 사람들의 머리가 고민 끝에 가까스로 들어올려졌습니다. 사람들의 이마 위에는 말로 다 표현할 수 없는 생각이 나타나고 있었습니다. 입을 열려던 사람들도 그것을 눈치채고 있었습니다. 잠시 엄숙한 침묵이 있은 다음 다시 반두라의 연주가 시작되었습니다. 이번에는 그 수가 더 늘어난 청중도 이해하여주었습니다. 오스타프의 정의의 노래는 세 번 불리어졌습니다. 그리고 세 번 모두 다른 노래였습니다. 처음에는 탄식조의 노래였으나 두 번째는 힐난하는 노래였으며 최후의 세 번째는 가수가 머리를 치켜들고 짧은 명령조의 문구를 잇따라 외쳐대는 노래였습니다. 그 떨리는 말에서는 격렬한 분노가 폭발하여 듣는 사람의 마음을 사로잡고 말할 수 없는 감동에 사로잡히게 했습니다.

"남자들은 어디에 모여 있습니까?" 가수가 자리에서 일어설 때 한 젊은 농부가 물었습니다. 코사크의 움직임에 대해서 다 알고 있는 그 노인은 이웃 마을의 이름을 들었습니다. 남자들은 서둘러 흩어져서 나갔습니다. 짧은 절규 소리가 들리고 무기가 부딪치는 소리가 났고 집집마다 문 앞에서는 여자들이 울고 있었습니다. 한 시간 뒤에는 일단의 농부들이 무장을 하고 모여 체르니고프로 향했습니다. 페터는 가수에게 사과술을 한 잔 가득 부어주었습니다. 이 노인에게 여러 가지를 더 듣고 싶었던 것입니다. 노인은 의자에 걸터앉아 사과주를 마셨습니다. 그러나 구둣방 주인이 묻는 질문에 대해서는 극히 간단한 대답밖에는 하지 않았습니다. 이윽고 노인은 인사를 하고 떠났습니다. 아료샤는 장님 노인을 문 밖까지 안내했습니다. 밤의 어둠 속으로 나가자 아료샤는 간청하듯이 노인에게 물었습니다. "누구든지 전쟁에 참가해도 좋은가요?" "물론 누구든지 참가할 수 있지"라고 노인은 대답하고 걸음을 빨리하여 어둠 속으로 사라져버렸습니다.

모두 잠이 들자, 옷을 입은 채 난롯가에 누워 있던 아료샤가 몸을 일으켰습니다. 그리고 예의 총을 들고 밖으로 나갔습니다. 밖으로 나가자 느닷없이 자기를 껴안고 머리에 키스를 하는 감촉을 느꼈습니다. 달빛에 그것이 아크리나라는 것을 알았습니다. 그녀는 서둘러 종종걸음을 쳐 집

안으로 들어갔습니다. "어머니." 하고 아료샤는 깜짝 놀라서 말했습니다. 그는 매우 묘한 기분이 되었습니다. 그는 잠시 머뭇거렸습니다. 어디선가 문 여는 소리가 들리고 가까이서 개짖는 소리가 들렸습니다. 아료샤는 어깨에 총을 메고 힘차게 걷기 시작했습니다. 새벽녘까지 선발대에 합류하기 위해서였습니다. 그러나 집 안에서는 모두 아료샤가 없는 것을 모르는 체했습니다. 다만 모두 식탁에 둘러앉았을 때 아료샤의 빈 자리를 인정하지 않을 수 없게 된 페터가 일어나 방의 한 구석으로 가서 성 츠나멘스카야의 상 앞에 촛불을 켰을 뿐이었습니다. 아주 가느다란 초였습니다. 못생긴 딸이 어깨를 움츠렸습니다.

그 사이에 장님 노인 오스타프는 이웃 마을을 돌아다니며 슬프고 부드럽게 호소하는 듯한 목소리로 정의의 노래를 부르고 있었습니다.

발이 아픈 사람은 잠시 기다리고 있었습니다. 그러더니 깜짝 놀라면서 나를 보고 말했습니다.

"그런데 어찌하여 이야기에 결말을 내리지 않는 거지요? 이것은 배신의 이야기와 같지 않습니까. 그 노인 가수는 하느님이셨지요?"

"글세요. 그건 잘 모르겠군요."

나는 몸을 부르르 떨면서 말했습니다.

■베니스 유태인 거리에서의 한 풍경

바움 씨 —— 이 사람은 집 주인이고, 군장(郡長)이며, 자주 소방단 단장이며, 그 밖에도 여러 가지 직함을 가지고 있는 사람이었는데, 아무튼 간단히 말해서 바움 씨는 나와 에바르트의 대화를 곁에서 들은 적이 있었음에 분명합니다. 그것이 그렇게 이상할 것은 없습니다. 이 집은 바울 씨의 소유이고 나의 친구 에바르트는 그 일층에 살고 있었으니까요. 바울 씨와 나는 오래 전부터 아는 사이였습니다. 길에서 어느 날 그를 만났을 때 군장은 발걸음을 멈추고 모자를 약간 들어보였습니다. 모자 밑에 작은 새 한 마리를 잡아넣었더라도 그 새가 충분히 도망쳐버렸을 정도로 들어올렸습니다. 군장님은 정중하게 미소를 짓더니 친근하게 입을 열었습니다.

"이따금 여행을 하십니까?"

"네, 이따금……." 나는 약간은 건성으로 대답했습니다. "그럴지도 모릅니다."

그러자 군장은 슬며시 털어놓듯이,

"이 마을에서 이탈리아에 가본 적이 있는 사람은 당신과 나 두 사람뿐이라고 생각합니다."라고 말했습니다.

"그렇습니까?" 나는 그의 주의를 더 끌려고 말했습니다. "그렇다면 우리들은 이야기를 나눌 필요가 있겠군요."

바움 씨는 빙그레 웃었습니다.

"그렇습니다. 이탈리아는……그곳은 대단한 곳이지요. 나는 언제나 아이들에게 얘기해주곤 하지요……가령 베니스 같은 곳을 예로 들면서 말입니다."

나는 걸음을 멈추었습니다.

"아직도 베니스를 기억하고 계십니까?"

"뭐 꼭 그렇다는 것은 아니지만……." 그는 약간 몸집이 비대해서 분노를 나타내는 데도 무척 힘이 들어보였습니다. "제가 어찌……아니 베니스를 한 번 본 사람이……그 광장을 잊을 수가……그렇겠지요."

"그렇겠군요."라고 나는 대답했습니다. "저는 배를 타고 운하를 지났던 그때가 무척 기억에 납니다. 역사가 새겨져 있는 건물 곁을 소리도 없이 미끄러지듯이 배는 지나갔지요."

"파라초 프란체티……." 그는 생각난 듯이 이름을 댔습니다.

"카 도로……." 저도 지지 않으려는 듯 말했습니다.

'어시장.' '파라초 벤드라민.', '리하르트 바그너가 머물던,' 그는 이렇게 덧붙이며 자신이 교양있는 독일인임을 은근히 과시했습니다. 나는 고개를 끄덕이며,

"그 큰 다리, 아시겠지요?"라고 물었습니다.

그는 웃으면서 또 덧붙였습니다.

"물론이지요, 그리고 박물관도. 또 아카데미도. 이것도 잊을 수 없습니다. 치치아노 같은 인물이……."

바움 씨는 일종의 시험을 치른 것 같았습니다. 그것은 무척 힘드는 일이었습니다. 나는 얘기를 들려주어 그 노고를 치하하고 위로해줘야겠다고 생각했습니다. 그리하여 즉각 얘기를 시작했습니다.

"리아르토 다리 밑을 지나 폰다코 데 투르키와 어시장 곁을 지났을 때, 곤돌라의 사공에게 '오른쪽으로'라고 말했더니 사공은 깜짝 놀란 듯한 얼굴로 '어느 쪽으로?' 하고 되물었습니다. 그래도 저는 오른쪽으로 가달라고 우겼습니다. 그리하여 지저분한 작은 운하가 얽혀 있는 수로로 들어서자 배에서 내렸습니다. 뱃사공과 운임 문제로 입씨름을 하고 나서 지저분한 거리며 검게 그을린 문을 몇 개나 지나 인적이 드문 광장으로 나갔습니다. 어찌하여 그런 곳으로 갔느냐 하면 이유는 간단합니다. 지금부터 들려드릴 이야기의 무대가 바로 거기이기 때문이었습니다."

이때 바움 씨는 나의 팔을 살짝 잡았습니다.

"실례지만 어떤 이야기지요?" 그의 눈은 의아스러운 듯 좌우로 움직였습니다.

저는 그를 무마했습니다.

"극히 사소한 이야기라서 이름을 붙일 만한 가치도 없는 이야기지요. 이것이 어느 시대의 이야기라고는 말씀드릴 수 없습니다. 어쩌면 아르비제 모체니고 4세 총독 시절의 일인 것 같지만, 또는 이보다 더 전의 일이든가 조금 뒤에 있었던 일일지도 모릅니다. 카르파치오의 그림은 몇 장 본 적이 있으시겠지요. 붉은색 비로드 위에 그려진 듯한 느낌이지요. 화면의 곳곳에 따뜻함이라 할지, 말하자면 숲속 같은 감촉이 퍼져 있었습니다. 그리고 깊숙한 빛 주위에 귀를 기울이고 있는 사람의 그림자가 떼지어 몰려 있었습니다. 조르조네는 금빛 바탕 위에, 치치아노는 검정색 수자직(繻子織)에 그려 있는데, 제가 얘기하려는 시대에는 흰 비단 위에 그리는 밝은 색깔의 그림이 인기가 있었습니다. 사람들이 언제나 가지고 놀던 이름 —— 그 이름이야말로 잔 바티스타 티에폴로입니다.

그러나 이런 것은 나의 이야기에는 나오지 않습니다. 이것은 현실적인

252

베니스의 이야기입니다. 궁전과, 모험과, 가면의 도시. 물의 도시의 밤. 그것은 다른 어느 도시의 밤에서도 볼 수 없는 독특하고 서정조의 노래를 담고 있습니다 —— 제가 이제부터 이야기할 부분의 베니스에서는 가난한 일상적인 소리만 들을 수 있습니다. 오는 날도, 오는 날도 같은 식으로 흘러갑니다. 마치 영원히 하루 해가 이어져 있는 것같이 느껴집니다. 거기에서 들을 수 있는 노래는 슬픔이 부풀어오르는 듯한 느낌의 것이었는데 그것은 결코 솟아오르는 것이 아니라 피어오르는 연기처럼 거리 위로 깔립니다. 저녁때가 되면 곧 민중들이 조심스럽게 걸어다니고 있습니다. 많은 아이들이 그 주변의 광장이나 좁고 싸늘한 집의 문을 자기들의 고향으로 삼고 있습니다. 그리고 형형색색의 유리 조각을 가지고 놀고 있습니다. 그 유리 조각은 장인(匠人)들이 산 마르코 사원의 묵직한 모자이크를 만들 때 사용한 것과 같은 것입니다. 신분이 높은 사람들은 이 유태인 거주 지역에 오는 일은 없습니다. 고작 유태인 처녀들이 샘물에 올 때나, 검은 망토로 몸을 감싸고 가면을 쓴 고귀해보이는 사람의 그림자를 볼 때가 이따금 있을 뿐입니다. 이 인물이 품속에 단도를 감추고 있다는 것을 경험으로 알고 있는 사람들도 있습니다. 이 젊은이의 얼굴이 달빛에 비친 것을 본 일이 있다고 말하는 사람도 있습니다. 그 이래로 검은 의상을 걸친 훤칠한 손님은 마르칸토니오 프리우리입니다. 어용 상인인 니콜로 프리우리를 아버지로, 미인으로 소문난 카타리나 미네리를 어머니로 갖고 있는 인물입니다. 이 사나이는 이사크 로소의 문 아래서 대기하고 있다가 지나가는 사람이 뜸해지면 광장을 가로질러 메르키세데치 노인의 집으로 들어간다는 것은 모두 알고 있습니다. 이 노인은 돈많은 금 세공사로 여러 명의 아들과 일곱 명의 딸이 있으며 손자도 많이 있습니다. 가장 나이 어린 손녀인 에스테르는 천장이 얕은 컴컴한 방에서 백발의 할아버지에게 몸을 기대고 그가 오기를 기다리는 것이었습니다. 방 안에는 여러 가지 물건들이 빛을 발하며 반짝이고 있습니다. 비단과 비로드가 그릇 위에 부드럽게 덮여져 있습니다. 그것은 마치 넘칠 듯한 금빛 불꽃을 가라앉히려 하는 듯이 보였습니다. 마르칸토니오는 이곳에 와서 백발의 유태인 발 아래 은실로 수놓은 쿠션 위에 앉아 아직껏 어디서고 들어본 적이 없는 옛날 이야기라도 하는 것처럼 베니스에 대한 이야기를 하는 것입니다. 연극에 대한 것, 베니스 군사들의 전투 상황, 외국에서 온 손님들에 관한 것, 회화나 조상(彫像)에 대한 것, 그리스도 승천제 날의 '센사'나 카니발에 관한 것, 그리고 자기의 어머니인 카타리나 미넬리의 미모 등에 대해서 이것저것 이야기하는 것이었습니다. 이러한 것이 그에게는 모두 비슷한 의미를 갖고 있습니다. 즉 권력과 사랑과 인생이란 것에 대한 갖가지 표현이 됩니다. 듣고 있는 두 사람의 입장에서 보자면 모두가 생소한 것뿐이었습니다. 왜냐하면 유태인들은 교제라는 것에서부터 엄격하게 배제되어 있었기 때문입니다. 돈 많은 메르키세데치조차도 원로회의의 일원으로 가담한 적이 없습니다. 그는 금 세공사로서 사람들로부터 존경을 받고 있었는데 당연히 그것을 바랄 만한 이유는 있었습니다. 지나간 인생 동안 이 노인은 자기를 아버지처럼 아껴주는 같은 종파의 사람들로부터 여러 가지 은전을 얻을 수 있도록 원로회의는 허락해주었습니다. 그러나 그런 만큼 언제나 그 반동도 감수해야 했습니다. 나라에 어떤 불행한 일이 생길 때마다 사람들은 유태인에게 보복을 했습니다. 베니스의 국민성이 유태인들과 유사해서 다른 민족처럼 유태인을 상거래에 이용하고 있다고 결론을 내릴 수가 없었지만 베니스의 국민은 어떤 일이 있을 때마다 유태인들에게 지출을 강요하며 그들의 재산을 빼앗았습니다. 그리하여 유태인 거리의 구역은 점점 좁혀졌기 때문에 가난한데도 인구만 늘어나는 유태인 가족들은 주거를 윗쪽으로 넓힐 수밖에 없었습니다. 즉 집의 지붕 위에 다시 집을 올려놓는 방법이었습니다. 이리하여 바다에 접하지 않은 그들의 도시는 천천히 하늘을 향해 뻗어갔습니다. 마치 다른 또 하나의 바다로 뻗어가는 것 같았습니다. 샘물이 있는 광장 주위에는 사방팔방으로 건물이 치솟았는데, 그것은 마치 거대한 탑의 벽면처럼 보였습니다.

　부유한 메르키세데치는 연로해지자 이상한 버릇이 생겨서 자기가 살고 있는 거리의 주민이나 자기의 아들이나 손자들에게 색다른 주문을 하고 있었습니다. 왜냐하면 여러 층을 포개어 지은 초라한 가옥이 이곳에는 빽빽하게 들어서 있었는데, 그는 가장 높은 층의 가옥에 언제나 살고 싶었던 것입니다. 사람들은 이 노인의 소원을 기꺼이 들어주었습니다. 아래쪽 담장은 점점 높아지는 건물을 받쳐줄 힘이 없게 되므로 위쪽의 층계는 가벼운 돌을 깔게 되어 바람은 벽이 있는 것도 모를 정도였습니다. 이렇게 하여 이 노인은 한 해에도 두세 번 이사를 했습니다. 할아버지와 떨어지기 싫은 에스테르도 언제나 할아버지와 함께 이사했습니다. 마침내 두 사람은 어떤 높이까지 도달하게 되었습니다. 하루는 좁은 방에서 평탄한 지붕에 나가보니 그들의 이마가 닿을 수 있는 높이에 또 하나의 나라가 시작되고 있었습니다. 그 나라의 습관에 관하여 노인이 신비로운 말로 찬송가라도 노래하는 것처럼 말하던 그 나라가 여기에서 시작되는 것이었습니다.

이 두 사람이 사는 집까지 가기 위해서는 상당히 먼 길을 올라가지 않으면 안 되었습니다. 알지 못하는 많은 사람들의 생활 속을 지나 미끄러지기 쉬운 경사진 계단을 오르고, 잔소리를 하는 부인들의 곁을 지나, 굶주린 아이들이 느닷없이 달려드는 것을 피하여 위로 위로 올라갔습니다. 올라가는 도중에 많은 방해를 받게 되어 두 사람을 찾아오는 사람의 수도 현저하게 줄어들었습니다. 마르칸토니오도 더 이상 찾아오지 않게 되었습니다. 에스테르는 그가 오지 않는 것을 별로 쓸쓸하다고 생각지 않았습니다. 그녀는 그와 단둘이 있을 때면 큰 눈으로 오랫동안 그를 바라보고 있었기 때문에 그때 그가 그녀의 검은 눈 속으로 추락하여 죽게 되자 그녀의 체내에서 그의 새로운 영원한 생명이 싹트고 있는 듯한 기분이 들었던 것입니다. 마르칸토니오는 그리스도교도였으므로 사후의 생을 믿고 있었습니다. 자기의 젊은 몸뚱이 속에 이처럼 새로운 느낌이 싹트는 것을 느끼면서 그녀는 하루 종일 지붕 위에 서서 바다를 바라보고 있었습니다. 그러나 집이 아무리 높다 하더라도 우선 눈에 뜨이는 것은 파라초 포스카리의 박공(博栱)이거나 어떤 탑, 교회의 돌이며, 더욱 먼 곳에 있는 둥근 지붕으로 모두 빛 속에서 얼어붙은 듯 서 있었습니다. 그리고 축축하고 떨고 있는 하늘 저쪽의 돛대와 대들보와 활대가 격자(格子)처럼 뒤엉켜 있는 것이 보였습니다.

그 해 여름도 다 갈 무렵, 노인은 계단을 오르내리는 것이 힘든데도, 그리고 모두 반대하는데도 그것을 뿌리치고 또 위로 집을 옮겼습니다. 어느 집 옥상에 새로 방을 들여 그곳이 다른 어느 집보다도 높았던 것입니다. 아주 오랜만에 노인은 에스테르의 부축을 받으면서 광장을 걸어갔습니다.

그러자 많은 사람들이 노인을 둘러싸고 그의 손을 잡으면서 여러 가지
점에 대해서 그의 조언을 들으려 했습니다. 사람들은 이 노인이 어떤 일정한
시간이 지나면 무덤에서 나온다는 사자(死者)처럼 여겨졌던 것입니다. 사
람들은 노인에게 베니스에 폭동이 일어나서 귀족이 위험하다는 것, 그리고
조금만 더 있으면 유태인 거주 구역의 경계가 철거되어 누구나가 평등하게
자유를 누릴 수 있다고 얘기해주었습니다. 그러나 노인은 아무런 대답도
하지 않았습니다. 그저 고개만 끄덕일 뿐이었습니다. 그런 것은 이미 다
알고 있는 듯한, 아니 더 많은 것도 알고 있다는 듯한 표정이었습니다.

노인은 이사크 로소의 집으로 들어갔습니다. 그 가장 꼭대기에 그의
새로운 주거가 있었던 것입니다. 노인은 거의 한나절이 되어서야 다 올
라갔습니다. 그 꼭대기에 있는 방에서 에스테르는 귀엽게 생긴 금발의
아기를 낳았습니다. 산후 조리를 하고 나자 그녀는 갓난아기를 안고 지
붕으로 나와 그 아기에게 금빛으로 빛나는 하늘을 처음으로 보여주었습니다.
그것은 말로는 다 형용할 수 없는 맑게 개인 가을 아침이었습니다. 땅 위의
것들은 알아볼 수 없을 정도로 멀어졌고 거의 반짝이는 것도 없었습니다.
몇 개의 빛줄기가 큰 꽃 위에 내려쪼이듯이 사물을 비출 뿐이었습니다.
그 빛은 잠시 그곳에 머물렀을 뿐 마침내 금빛 선으로 된 갖가지 모양의
윤곽을 넘어 하늘로 퍼져갔습니다. 그 빛이 사라지는 곳을 이 가장 높은
주거의 위치에서 보니 유태인 거리에서는 이제까지 본 적이 없는 것이
보였습니다. 그것은 중요한 은색 빛이었습니다. 그것은 바다였습니다.

에스테르의 눈이 이 멋진 광경에 익숙해지자 그는 지붕의 한쪽 구석에
메르키세데치가 있는 것을 알게 되었습니다. 노인은 두 팔을 쭉 뻗고 서
있었습니다. 시력이 아픈 눈을 크게 떠서 점점 퍼져가는 한낮의 광경을
보려고 안간힘을 썼습니다. 노인은 팔을 높게 쳐든 채였습니다. 그의 머
리에는 어떤 생각이 번뜩이고 있는 것 같았습니다. 무언가 희생의 제물을
바치고 있는 것 같았습니다. 그러더니 노인은 몇 번이나 몸을 구부려 머리를
모서리가 날카로운 돌에 짓이기고 있었습니다. 아래쪽 광장에는 군중들이
모여서 위쪽을 쳐다보고 있었습니다. 개중에는 여러 가지로 몸짓을 해보이는
사람도 있었으며, 뭐라고 소리치는 사람도 있었습니다. 그래도 혼자서 기

도를 올리고 있는 노인의 귀에는 전혀 들리지 않았습니다. 가장 연로한 노인과 가장 나이 어린 갓난아기가 구름 속에 살고 있는 것처럼 아래 있는 사람들에게는 보였습니다. 노인은 자랑스럽게 몸을 일으켰는가 하면 또 공손히 몸을 구부리는 동작을 언제까지나 계속하고 있었습니다. 아래에 모여 있는 사람들은 더욱 늘어났으며, 이 노인에게서 시선을 떼려 하지 않았습니다. 노인이 본 것은 바다였을까요? 아니면 영광 속에 서 있는 하느님이었을까요?"

바울 씨는 즉각 무언가를 말하려 하였습니다. 그러나 말이 바로 나오지 않는 모양입니다. 牒 牌 枝 枏 牒 牌 枝 枏

"바다겠지요." 그는 감정을 섞지 않고 말했습니다. "그것은 역시 얼른 알 수 있지요."

이렇게 말하면서 그는 자기의 머리가 매우 명석하다는 것을 보여주었습니다.

나는 급히 작별을 고했습니다. 그러면서도 멀어져가는 그를 부르지 않을 수 없었습니다.

"이 이야기를 아이들에게 해주는 것을 잊어서는 안 됩니다."

그는 한참 생각했습니다.

"아이들에게요? 하지만 거기에 나오는 젊은 귀족, 그 안토니오인가 뭔가 하는 사나이는 별로 좋은 인물 같지 않거든요. 그리고 아기가 태어나기도 하고. 이것은 아무래도……아이들에게는 어울리지 않는 이야기가 아닐까요?"

"아니……." 하고 나는 그를 진정시키려고 했습니다. "당신은 벌써 잊으셨군요, 아기는 하느님께서 주신 것이라는 것을. 에스테르에게 아기가 생겼다는 것을 아이들은 어찌하여 이상하게 생각하지요? 에스테르는 하늘과 가장 가까운 곳에 살고 있었거든요."

아이들은 이 이야기를 들을 수 있었습니다. 연로한 유태인 메르키세데치가 넋나간 사람처럼 보고 있던 것이 무어라고 생각하느냐는 물음에 아이들은 즉석에서 말했습니다.

"역시 바다였어요."

■ 돌에게 물어보는 사나이 이야기

나는 또 발이 나쁜 친구의 집에 갔습니다. 그는 독특한 웃음을 지으면서 말했습니다.

"그런데 이탈리아에 대한 것은 아직 얘기해주시지 않았습니다."

"그러니까 어서 빨리 그 구덩이를 메꾸라는 말이군요."

에바르트는 고개를 끄덕이더니 눈을 감고 이야기를 들을 준비를 했습니다. 나는 이야기를 시작했습니다.

"우리가 봄이라고 느끼고 있는 것은 하느님의 눈으로 볼 때 순간적으로 가벼운 미소가 대지를 건너가는 것 같은 것입니다. 대지는 무언가를 생각해내려는 것 같습니다. 여름이 되면 모두에게 그 추억을 말해줍니다. 가을이 되면 더욱 총명해져서 커다란 침묵 속에 잠기는데 바로 그 침묵에 의해서 대지는 고독한 사람들에게 자기의 마음을 털어놓는 것입니다. 당신과 내가 체험한 봄을 전부 합치더라도 하느님의 1초 동안을 채우기에도 부족하지요. 하느님께서 마음속에 담고 있는 봄이란 나무들이나 풀밭에 머무는 것이어서는 안 됩니다. 그것은 어떤 방법으로 인간의 내부에서 확고한 존재가 되지 않으면 안 됩니다. 그렇게 해야만이 봄의 광경은 말하자면 시간 속에서가 아니라 오히려 영원 속에서 하느님의 눈 앞에서 전개되게 됩니다.

옛날, 그러한 봄이 있었습니다. 그때 하느님의 눈길은 이탈리아의 하늘에 떠 있을 수밖에는 도리가 없었습니다. 눈 아래로 펼쳐진 나라는 밝고, 시간은 금처럼 빛나고 있었습니다. 그런데 그 대지를 가로질러 어두운 한 줄기 길처럼 어깨가 넓은 사나이의 그림자가 무겁고 느릿하게 뻗어 있었습니다. 그리하여 그 그림자의 훨씬 앞쪽에는 그 사나이의 손, 물건을 만들어내는 손의 그림자가 안정을 잃고 실룩실룩 움직이고, 어떤 때는 피사의 탑 위에, 어떤 때는 나폴리 위에 있고, 또 어떤 때는 변화 무쌍한 바다 위에 산산이 부서져서 흐르는 것이었습니다. 하느님은 이 손에서 시선을 뗄 수가 없었습니다. 그 손은 기도하는 사람의 손처럼 합장하고 있는 것같이 보였는데, 그 손에서 솟아난 기도가 오히려 두 손을 떼어놓고 있었습니다. 하늘 위에는 정적이 생겨났습니다. 성자들은 모두 하느님의 시선에 따라 하느님과 마찬가지로 이탈리아의 절반을 덮고 있는 그림자를 지켜보고 있었습니다. 천사들의 찬가는 그들의 얼굴에만 나타났을 뿐, 노랫소리로 나타나지는 않았습니다. 별들은 떨고 있었습니다. 그들은 무언가 죄가 되는 일을 했다고 생각하여 하느님의 질책을 떨면서 기다리고 있었습니다. 하지만 그런 일은 전혀 일어나지 않았습니다. 이탈리아 위에는 천국이 구석구석까지 화려하게 열렸습니다. 그래서 로마에서는 라파엘로가 무릎을 꿇고, 고인이 된 피에졸레의 프라 안젤리코는 구름 위에 서서 라파엘로의 모습을 보고 기뻐했습니다. 그때 많은 기도가 지상에서 천국으로 올라갔습니다. 하지만 하느님은 그 중에서 하나의 기도에만 마음을 두고 있었습니다. 왜냐하면 미켈란젤로의 기도의 힘이 포도밭에서 그윽한 향기가 피어오르듯이 하느님이 계신 곳까지 올라갔던 것입니다. 그래서 하느님은 그 사람이 내뿜는 힘이 자기의 생각을 충족시켜주는 것을 지그시 느끼면서 보고 계셨습니다.

　하느님은 다시 몸을 깊게 숙여 물건을 창조하고 있는 사나이의 모습을 보게 되었습니다. 사나이의 어깨 너머로 돌에게 물어보고 있는 두 손을 보고 깜짝 놀라셨습니다. '돌 속에 영혼은 있는 것일까?' 그러는 사이에 이번에는 그의 양손이 약동하기 시작했습니다. 그리고 무덤을 파듯이 돌을 파냈습니다. 돌 속에서 가녀린, 당장이라도 숨이 넘어가는 듯한 소리가 희미하게 울렸습니다. '미켈란젤로.' 하느님은 불안에 휩싸여서 소리쳤습니다. '돌 속에 누가 있는 모양이다.' 미켈란젤로는 귀를 쫑긋 세웠습니다. 그의 두 손은 떨리고 있었습니다. 그리고 그는 흐릿한 소리로 대답했습니다. '바로 당신입니다, 하느님. 당신 말고는 누가 그 속에 있을 수 있겠습니까? 그러나 저는 당신 곁으로 갈 수 없습니다.' 그렇게 말하자 하느님은 정말로 자기가 돌 속에 있는 것 같은 생각이 들어 가슴속이 답답해졌습니다. 천국 전체가 하나의 돌로 화하여 그 한가운데 하느님이 들어박혀 있는 것입니다. 그리하여 자기를 거기에서 해방시켜줄 미켈란젤로의 손길이 닿아주기를 기다리고 있습니다. 그 손의 울림은 들렸지만, 상당히 먼 곳 같았습니다. 거장은 다시 작업에 착수했습니다. 그는 끊임없이 이런 것을 생각하고 있었습니다. '너는 볼품없는 돌덩이에 지나지 않는다. 다른 사람 같았으면 네 안에서 인간을 발견하기란 좀체로 어려운 일이다. 그러나 나는 여기에서 인간의 어깨를 느낀다. 이것은 아리마타야의 요셉의 어깨다. 여기에는 마리아가 고개를 떨구고 있다. 마리아의 떨리는 손이 느껴진다. 십자가에 못박혀 방금 돌아가신 우리들의 주 예수의 몸을 떠받치고 있는 성모의 떨리는 손이다. 이 작은 대리석 속에 이 세 사람의 상(像)이 들어 있다고 한다면 또 큰 바위 덩어리라면 거기에서 잠자고 있는 일족을 몽땅 파낼 수도 있지 않을까?' 그리하여 그는 충분히 징을 박아 피에타의 세 사람의 상을 돌 속에서 해방시켰습니다. 하지만 세 사람의 얼굴에서 돌의 베일을 완전히 걷어내지는 않았습니다. 만약 그렇게 한다면 세 사람의 깊은 슬픔이 그의 손 위를 덮어씌워 손이 말을 듣지 않을까 걱정하는 모양이었습니다. 그것은 그냥 놔두고 그는 다른 돌로 달아났습니다. 그러나 그럴 때마다 그는 이마에 맑은 아름다움을, 어깨에 깨끗하고 풍만함을 주는 일에 주저하게 되었던 것입니다. 어떤 여자의 상을 만들 때는 입가에 결정적인 미소를 덧붙이는 일은 끝내 하지 않았습니다. 그 여자의 아름다움을 하나에서 끝까지 다 드러내놓고 싶지 않았던 것입니다.

바로 그때, 미켈란젤로는 율리우스 델라 로벨레를 위한 묘비를 설계하고 있었습니다. 이 철의 법왕의 유해 위에 작은 산을 쌓고, 그 산에 사는 일족을 그곳에 새겨넣으려는 구상이었습니다. 여러 가지로 막연한 계획을 안은 채, 대리석 채취장으로 향했습니다. 한 가난한 마을 뒤에 대리석층이 서 있었습니다. 올리브와 이끼 긴 암석에 에워싸여 싱그럽게 절개된 돌의 단면이 얼굴을 보였습니다. 그것은 마치 노쇠해가는 모발 아래 보일 듯 말 듯한 창백한 얼굴 같았습니다. 미켈란젤로는 오랜 시간 동안 덮여 있는 돌의 이마 앞에 멈추어 서 있었습니다. 그러자 갑자기 그 이마 아래 역시 돌로 된 두 개의 큰 눈이 있으며, 그것이 그를 보고 있는 것을 알게 되었습니다. 그 눈을 보고 있자, 자기의 눈이 점점 커지는 것을 느꼈습니다. 지금은 그도 역시 대리석이 치솟아 있는 층과 마찬가지로 사방을 제압하고 우뚝 서 있는 것 같았습니다. 그리고 영원한 옛날부터 이 산과 형제처럼 마주보고 서 있는 것만 같았습니다. 산에 오를 때처럼 평지는 점점 아래쪽으로 멀어져갔습니다. 집들은 가축 우리처럼 달라붙어 서 있었습니다. 그렇게 되면 될 수록 흰 돌의 베일에 가린 예의 그 바위 얼굴은 점점 가까이 다가와서 매우 친근한 것으로 보였습니다. 그것은 무엇인가를 기다리고 있는 듯한 표정을 짓고 있었습니다. 꼼짝도 하지 않고 있었으나 지금 당장이라도 움직이기 시작할 것처럼 보였습니다. 미켈란젤로는 생각에 잠겼습니다. '너를 부술 수는 없다. 너는 하나의 물체이다.' 그리고 큰소리로 말했습니다. '너를 완전한 것으로 만들고 싶다. 너는 나의 작품이다.' 그리고 그는 피렌체로의 귀로에 올랐습니다. 별이 하나 보이고 대사원의 탑이 보였습니다. 그의 발 아래로는 어둠이 깔리고 있었습니다.

　포르타 로마나가 있는 곳까지 오자, 그는 갑자기 머뭇거렸습니다. 길 양편에 있는 집들이 두 개의 팔처럼 그를 향해 뻗쳐왔습니다. 그러더니 그 집들은 그를 에워싸고 시내로 끌고갔습니다. 거리는 점점 좁아지고 어두워졌습니다. 그가 자기의 집에 들어섰을 때 그는 정체를 알 수 없는 손 안에 자기가 있는 것을 알게 되었습니다. 거기로부터는 도저히 도망쳐 나올 수가 없었습니다. 그는 대청으로 달아나서, 다시 천장이 얕고 두 발작 폭도 안 되는 방 안으로 들어갔습니다. 그곳은 그가 언제나 글을 쓰거나 하는 방이었습니다. 방의 사면의 벽이 그에게 달려들었습니다. 벽은 이상하게 커진 그의 몸과 싸워, 그를 이전과 같이 작은 몸집으로 되돌리려 하는 것 같았습니다. 그는 그것을 참고 견디었습니다. 무릎을 꿇고 몸을 구부려서 벽이 자기에게 손을 내미는 대로 그냥 내버려두었습니다. 그는 전에 느껴보지 못했던 얌전한 기분으로 되었습니다. 그리고 자기 스스로 어떻게 해서든지 작아지고 싶다는 소원을 갖게 되었습니다. 그러자 목소리가 들렸습니다. '미켈란젤로, 네 안에 있는 것은 누군가?' —— 좁은 방 안에 있는 사나이는 괴로운 듯 이마를 두 손으로 감싼 채 작은 소리로 말했습니다. '바로 당신입니다, 하느님. 다른 사람일 수는 없습니다.'

　그 말을 듣자 하느님은 자기의 주위가 훨씬 넓어지는 것을 느끼게 되었습니다. 그리고 이탈리아 쪽으로 돌렸던 얼굴을 편안하게 들어올려 사방을 두리번거렸습니다. 망토나 가운을 입고 성자들이 모여 있었습니다. 천사들은 빛이 반짝이는 샘물을 가득 담은 항아리라도 운반하듯이 노래를 부르면서 목이 마른 별들 사이를 왕래하고 있었습니다. 그야말로 천국임에 틀림없었습니다."

발이 아픈 친구는 눈길을 위로 치켜들었습니다. 저녁 노을이 그의 시선을 데리고 하늘 저너머로 달려가고 있었습니다.

"거기에는 정말로 하느님이 계실까요?"

하고 그는 물었습니다. 저는 잠자코 있었습니다. 잠시 후에 나는 그가 있는 쪽으로 몸을 기울이며 말했습니다.

"에바르트 씨, 우리는 도대체 이곳에 존재하고 있는 것일까요?"

우리는 마음을 담아 손을 맞잡았습니다.

■ 골무가 하느님에게 한 이야기

내가 창가에서 멀어져도 저녁 노을은 여전히 사라지지 않았습니다. 그들은 마치 기다리고 있는 것 같았습니다. 구름도 이야기를 듣고 싶어하는 것일까요? 나는 그들에게 제의했습니다. 하지만 나의 목소리가 그들에게는 들리지 않았습니다. 나의 기분을 알아주고 나와 구름 사이의 의사를 소통시키기 위하여, 나는 이렇게 소리쳤습니다.

"나도 저녁 노을 구름입니다."

구름들은 걸음을 멈춘 채 있었습니다. 그들은 나를 관찰하고 있었습니다. 그러더니 구름들도 나에게 그들의 멋진 구석구석까지 비친 불그스레한 날개를 내밀었습니다. 이것이 저녁 노을의 인사법입니다. 그들은 나의 존재를 알게 된 것이었습니다.

"우리는 대지에서 떨어져 위쪽에 있습니다." —— 구름들은 이렇게 설명했습니다 ——"더 정확하게 말하면, 유럽의 상공이지요. 그런데 당신은?"

262

나는 주저했습니다.

"여기에는 나라가 있습니다."

"어떤 나라지요?"라고 구름들은 물었습니다.

"그렇군요." 나는 대답했습니다. "저녁 노을에 감싸인 여러 가지 것들이 있습니다……."

"그것은 역시 유럽입니다."라면서 젊은 구름이 웃었습니다.

"그럴지도 모르지요." 나는 웃으면서 말했습니다. "하지만 저는 늘 이런 말을 들어왔습니다. 유럽의 것들은 다 죽어버렸다구요."

"그야 그렇겠지만……." 이번에는 다른 구름이 조소하듯 말했습니다. "생물이 살아 있다고 하는 것은 참으로 넌센스가 아닐까요?"

"아닙니다." 나는 정색하며 말했습니다. "저의 물체들은 살아 있습니다. 즉 거기에 차이가 있는 것입니다. 나의 물체들은 여러 가지로 변화할 수 있습니다. 연필이라든가 또는 난로 같은 형상으로 이 세상에 나와 있는 물체란 바로 그러한 성질 때문에 자기가 계속 살아간다는 점에 대해서 희망을 잃지는 않습니다. 연필은 지팡이가 될 수도 있으며, 경우에 따라서는 돛대가 되기도 합니다. 난로 또한 적어도 시(市)의 문이 될 수도 있지요."

"당신은 매우 단순한 저녁 노을의 구름 같군요."라고 조금 전에 건방진 투로 말하던 젊은 구름이 말했습니다. 두목격인 늙은 구름은 젊은 구름의 이런 버릇없는 표현으로 내가 언짢아하지는 않을까 하고 염려하는 것 같았습니다.

"그래요, 각양각색의 나라가 있지요……." 늙은 구름이 중재역으로 나섰습니다. "언젠가 저는 독일의 어느 작은 공국(公國)의 상공에 간 적이 있었는데, 저는 지금도 그곳이 유럽의 일부라고는 생각하지 않습니다."

나는 그 두목 구름의 말이 고마워서 이렇게 말했습니다.

"의견의 일치를 본다는 것은 참으로 어려운 일이지요. 그런데 양해를 구할 것은, 최근 저의 나라에서 보았던 것을 말씀드리고 싶다는 점입니다. 그러면 이해가 가리라 봅니다만……."

"어서 말씀해보시지요." 현명한 두목 구름은 그들을 대표해서 말했습니다.

나는 이야기를 시작했습니다.

"사람들이 한 방에 모여 있었습니다. 그때 저는 상당히 높은 곳에 떠 있었습니다. 그래서 제가 높은 곳에서 내려다보니 사람들은 마치 어린아이처럼 보였습니다. 그 사람들을 이제부터는 아이들이라 말하겠습니다. 이 아이들이 어떤 방에 모여 있었습니다. 두 명, 다섯 명, 여섯 명, 일곱 명의 아이들이었습니다. 그 아이들에게 이름을 묻거나 하면 시간이 너무 걸립니다. 이 아이들은 무언가 열심히 말을 주고받고 있는 것 같았습니다. 이런 경우 몇 아이의 이름은 자연히 알게 되지요. 그 아이들은 이미 꽤 오랫동안 자리를 함께 하고 있었던 것 같습니다. 왜냐하면 가장 나이가 많은 사람(제가 들은 바로는 그의 이름은 한스라 했습니다.)은 결론을 내리듯이 말했습니다. '결코 그것은 그냥 내버려둘 수는 없어. 내가 듣기로는 전에는 부모들이 아이들에게 밤에는 언제나 잠이 들 때까지 얘기를 해준 모양이야. 지금도 그렇게 하고 있을까?'—— 한참 후에 한스는 자신이 그 답을 말했습니다. '지금 같으면 있을 수 없는 일이다. 절대로 있을 수 없는 일이지. 나는 이미 성인이 되었으니까 이 꼴사나운 연 같은 것을 부모님께 드려버리고 싶어. 그러면 부모님은 매우 난처해지겠지. 하지만 어쨌든 부모가 자녀들에게 얘기를 해주는 것은 당연한 일이라고 생각해. 님프나, 난쟁이나, 왕자님이나 괴물이 있다는 등의 이야기를.'

'나한테는 할머니가 계셔.'라고 여자 아이가 말했습니다. '그 할머니는 이따금 얘기를 해주셨어.'

'맙소사.' 한스는 여자 아이의 말을 가로챘습니다. '거짓말을 밥먹듯 하는 할머니는 안 돼.'

이 대담하고 반발할 여지가 없는 주장에, 한 자리에 있던 아이들은 그만 겁을 먹게 되었습니다. 한스는 말을 계속했습니다.

'그런데 지금 우리가 생각하고 있는 것은 특히 양친에 대한 것이야. 양친은 얘기를 들려주어 우리들에게 사리를 가르쳐줄 의무가 어느 정도는 있으니까. 다른 사람들의 경우에는 호의적으로 얘기해줄 때가 많겠지. 다른 사람에게는 이쪽에서 얘기를 요구하지 않으니까. 하지만 잘 주의해서 보라구. 우리들의 부모들이 무엇을 하고 있는지. 그들은 언제나 무엇엔가 기분이 상해서

264

얼굴을 잔뜩 찡그리고 다니지. 무슨 일을 해도 마음이 후련해지지 않는 거야. 소리치거나 야단을 치거나 하지. 그러면서도 매사에 너무 무관심하지. 가령 세계가 멸망하는 일이 있더라도 그것을 느끼지 못할 거야. 부모들은 자기들 스스로 '이상(理想)'이라 이름붙이고 있는 것을 가지고 있지. 아마도 그것은 혼자 내팽개쳐둘 수 없는, 여러 가지로 신경이 쓰이게 하는 그런 종류의 아이들이야. 하지만, 만약 그렇다면 아이를 낳지 말아야 했을 거야. 그래서 나는 이런 생각을 하고 있어. 부모들이 우리를 보살펴주지 않는 것은 확실히 슬픈 일이다. 그러나 만약 그러한 상태가, 어른이 완전히 바보가 되거나 퇴보해가는 경향의 증거가 아니라면, 어떻든 참을 수 있다는 것이다. 우리는 어른 위주로 되어가는 것을 막을 수는 없다. 우리는 하루 종일 어른들의 생각에 영향을 줄 때가 없어. 우리가 학교에서 늦게 돌아오더라도, 앉아서 머리가 좋아지도록 가르쳐달라고 부탁하러 오는 어른은 없을 것이다. 우리만이 램프 아래 앉아서 공부하고 있는 것도, 생각해보면 가슴 아픈 일이지. 어머니는 피타고라스의 정리도 알지 못하니까. 세상이란 바로 이런 것이다. 그리하여 어른들은 점점 바보 멍청이가 되어가고 있지…… 하지만 그건 아무래도 좋아. 어른들이 그런다고 우리가 손해볼 일은 없을 테니까. 그런다고 해서 우리가 교양을 잃었던 것도 아니잖아. 성인들은 서로 모자를 벗고 대머리가 나타나면 웃음을 터뜨리지. 대개 성인들은 웃기만 하지. 우리가 이따금 기회를 보아 울지 않는다면 이러한 점에서 그들과 전혀 균형이 잡히지 않게 돼. 그런데도 어른들은 우쭐대기만 하지. 황제는 어른이라고 큰소리를 치고 있어. 그런데 신문을 보니 스페인의 임금님은 어린아이더군. 임금님이나 황제는 다 그렇다니까……그러니 어른이 하는 말에 너무 신경을 쓸 필요는 없어. 어른들은 여러 가지로 쓸데없는 말만 하지만 한 가지만은 우리가 결코 무관심해서는 안 될 것을 가지고 있지. 그것은 바로 하느님이야. 어느 어른을 보더라도 그들의 마음속에 하느님을 갖고 있을 법한 사람은 없어. ……바로 그 점이 이상하단 말이야. 어른들은 멍청하게 있거나, 일에 쫓기든가, 서두르거나 하다가 하느님을 잃은 것이 아닐까 하고 나는 가끔 생각해. 그러나 하느님이란 무슨 일이 있어도 없어서는 안 될 존재지. 하느님 없이는 시작할 수 없는 일은 여러 가지가 있어. 햇님도 뜨지 못해. 아이도 태어나지 않고……. 그리고 빵도 없게 돼. 빵은 제과점에서 만든다 하더라도, 하느님이 그 곁에 앉아서 큰 맷돌을 돌려주시니까 만들 수 있는 거야. 하느님이 꼭 있어야 한다는 이유는 그 밖에도 얼마든지 찾아볼 수 있지. 그러나 이것만은 확실해. 즉 어른들은 하느님에 관해서 전혀 신경을 쓰지 않아. 우리 어린이들이 그 일을 대신하지 않으면 안 돼. 그래서 말인데 내가 생각해낸 계획을 들어보라구. 지금 우리는 일곱 명이 함께 모여 있다. 우리 일곱 사람이 하루씩 하느님을 안고 다니는 거야. 그러면 하느님이 언제나 어디에 계신지 알 수 있거든.'

그러자 모두 당황해했습니다. 그런 일을 어떻게 할 수 있단 말인가. 과연 하느님을 갖고 다닐 수 있을까. 또 주머니에 넣을 수 있을까. 그러자 작은 사내 아이가 말했습니다.

'나는 혼자 방 안에 있은 적이 있어. 작은 램프 불이 내 곁에 켜져 있었어. 나는 침대에 걸터앉아, 저녁 기도를 올리고 있었지 —— 큰소리로 말이야. 그랬더니 합장한 손 안에서 무언가 움직이고 있었어. 그것은 부드럽고, 따뜻하고 작은 새 같은 느낌이었어. 나는 손을 열어볼 수가 없었어. 기도가 아직 끝나지 않았거든. 하지만 너무 궁금해서 빨리 중얼거리며 기도를 마쳤어. 그리고 아멘이라 말하면서 이렇게 했지(라고 말하면서 그 사내 아이는 두 손을 내밀며 손가락을 펼쳤습니다). 그런데 그 안에는 아무것도 없었어.'

그건 그럴 것이라고 모두 생각했습니다. 한스도 이때 뭐라고 말해줘야 좋을지 알지 못했습니다. 그들은 서로 얼굴만 쳐다보았습니다. 그러자 그가 갑자기 말했습니다. '그것은 바보 같은 짓이야. 어떤 것이든 하느님이 될 수 있어. 하지만 그 사실을 물체에게 말해주지 않으면 안 돼.' 그는 이렇게 말하면서 자기의 바로 옆에 서 있는 빨간 머리 사내 아이 쪽으로 향했습니다.

'동물은 하느님이 될 수 없어. 도망쳐버리거든. 하지만 물체는 움직이지 않아. 네가 언제 방에 들어가도, 낮이건 밤이건 물체는 놔둔 자리에 그대로 있지. 그러니까 물체는 하느님이 될 수 있을 거야.'

다른 아이들도 과연 그렇겠다고 생각하게 되었습니다. '하지만 우리는 어디든지 갖고 다닐 수 있는 작은 물건을 하나 사용하기로 하자. 그러지 않으면 아무런 의미도 없을 테니까. 자, 모두 주머니 안에 들어 있는 것을 전부 꺼내봐.' 그러자 묘한 것들이 많이 나왔습니다. 종이 쪽지. 작은 칼, 지우개, 펜촉, 끄나풀, 조약돌, 피리, 나무 조각, 그 밖에 여러 가지, 먼 데서는 잘 보이지 않는 물건, 또는 무엇인지 잘 알 수 없는 것 등 여러 가지가 많이 나왔습니다. 이러한 잡동사니가 아이들의 손 위에 놓여 있었습니다. 그 물건들은 갑자기 하느님이 될 수 있는 가능성이 생기자 깜짝 놀라, 그 물건들 중 조금이라도 빛을 낼 수 있는 것들은 한스의 마음에 들려고 열심히 빛을 발했습니다. 선발에는 꽤 시간이 걸렸는데 결국 여자 아이 레지가 갖고 있던 골무가 보였습니다. 이것은 어머니가 쓰던 것을 레지가 갖고 온 것이었습니다. 그 골무는 반짝거렸으며, 은으로 만든 것처럼 보였습니다. 그래서 결국 그 예쁘게 생긴 골무를 하느님으로 정하기로 결정했습니다. 맨처음에는 한스가 그 골무를 손가락에 끼었습니다. 순번을 한스부터 정하기로 했기 때문입니다. 아이들은 하루 종일 그의 뒤를 따라다니며 하느님이 된 골무를 자랑했습니다. 다만 내일은 누가 그 골무를 끼느냐로 의견이 일치하지 않았습니다. 그래서 한스는 여러 가지로 생각한 끝에 한 주 동안의 순번표를 짜서 싸움이 일어나지 않도록 했습니다.

이러한 방법은 매우 적절하다는 것을 알게 되었습니다. 하느님을 가질 차례가 될 아이는 한눈에 누구인지 알 수 있었습니다. 순번이 된 아이는 어딘지 걸음걸이가 어색하고 우쭐대는 것이었습니다. 그래서 일요일 같은 얼굴을 하고 있었습니다. 최초의 사흘 동안 아이들은 골무로 인해 시끄러웠습니다. 그리고 누군가 하느님을 보여달라고 요구하고 있었습니다. 그러나 골무는 대단한 영예를 입었으면서 아무런 변화도 보이지 않았는데, 그 골무라는 외형은 그 참다운 모습을 감싸고 있는 질소한 의복에 지나지 않는 것이라는 생각이 들었습니다. 순번표에 짜여진 대로 매사는 진행되었습니다. 수요일에는 파울이 골무를 끼고 있었습니다. 그리고 목요일에는 작은 안나가 순번이 되었습니다.

토요일이 되었습니다. 아이들은 술래잡기를 하면서 놀았습니다. 숨을 헐떡이면서 놀이에 정신이 팔려 쫓아다니고 있는데 한스가 갑자기 소리쳤습니다. '하느님을 갖고 있는 것은 누구?'—— 모두 멈추어 섰습니다.

그리고 서로의 얼굴을 쳐다보았습니다. 지난 이틀 동안 하느님을 본 아이는 아무도 없었습니다. 오늘이 누구의 차례인가 꼽아보고 나서야 알 수 있었습니다. 그날은 작은 마리의 차례였습니다. 그래서 아이들은 마리에게 하느님을 내보여달라고 졸랐습니다. 그러나 어쩌면 좋겠습니까? 어린 마리는 자기의 옷에 달린 주머니를 모두 다 뒤졌습니다. 그러는 사이에 겨우 생각해냈습니다. 확실히 그날 아침 골무를 넘겨받았다는 것을…….　그런데 그 골무가 어느 주머니에게도 없는 것입니다. 아마도 놀다가 잃어버린 모양입니다.

　아이들이 집으로 다 돌아간 다음, 마리는 들판에 남아서 골무를 찾아보았습니다. 풀이 상당히 큰 키로 자라 있었습니다. 두 번쯤 사람들이 지나가면서 무엇을 찾고 있느냐고 물었습니다. 그때마다 마리는 '골무요.' 라고 대답하면서 찾는 일을 계속했습니다. 그 사람들은 한참 동안 함께 찾았으나 허리를 굽히고 찾는 것이 무척 힘이 들었습니다. 한 사람이 허리를 펴면서 '그만 돌아가거라. 새 골무를 사 달라고 하지 그래.'라고 권했습니다. 그래도 마리는 찾는 일을 멈추지 않았습니다. 들판에는 차츰 어둠이 깔리고 음산한 느낌마저 들었습니다. 풀잎은 이슬이 내려 촉촉해졌습니다. 거기에 또 한 남자가 왔습니다. 그 사람은 마리를 보고 '무엇을 찾고 있니?' 하고 물었습니다. 마리는 눈물이 쏟아질 것 같았으나 이를 꽉 물고 대답했습니다. '하느님을 찾고 있어요.'……낯선 사나이는 빙그레 웃으면서 마리의 손을 잡았습니다. 마리는 그 사나이가 손을 잡아끄는 대로 따라갔습니다. 마치 너무 걱정하지 않아도 된다고 말하는 것 같았습니다. 걸으면서 그 사람은 말했습니다. '봐라' 오늘을 이처럼 예쁜 골무를 찾았잖니……?

　저녁 노을의 구름들은 아까부터 무척 초조해하고 있었습니다. 이때 두뇌가 명석한 구름의 우두머리가 제게로 시선을 돌렸습니다. 그는 어느새 뚱뚱해져 있었습니다.

　"미안하지만 그 나라의 이름을 가르쳐주실 수 없을까요? 당신의 발 아래 있다는 그 거짓 나라의……."

　하지만 다른 구름들은 웃으면서 하늘로 달려갔고, 그 노인도 데려가버렸습니다.

■ 죽음에 대한 이야기와
   미지의 사람이 쓴 부기(附記)

나는 천천히 사라져가는 저녁 노을이 타는 하늘을 바라보고 있었습니다. 그러자 누군가가 소리를 질렀습니다.

"당신은 저 위의 세계에 대해서 무척 흥미를 느끼시나 보군요."

나의 시선은 아래쪽으로 향했습니다. 그리고 나는 어느새 작은 묘지의 낮은 담장 근처에 와있음을 알게 되었습니다. 내가 걸어가는 쪽 담장 가까이에 팽이를 든 사나이가 미소를 지으며 서 있었습니다.

"지금 나는 이 아래 있는 나라에 흥미를 갖게 되었지요." 그 사나이는 이렇게 말하면서 검고 축축한 대지를 가리켰습니다. 수북이 쌓인 낙엽 사이로 여기저기서 흙이 얼굴을 내밀고 있었습니다. 그리고 그 낙엽들은 산들바람에 바스락거렸습니다. 나는 심한 혐오감에 빠져서 갑자기 말했습니다.

"당신은 그런 일을 하고 있습니까?"

무덤꾼은 여전히 미소를 짓고 있었습니다.

"이것도 밥을 빌어먹는 수단이지요……그리고 말씀드리지만 인간들이란 대개 같은 짓을 하고 있지 않습니까? 사람들은 천상에서 하느님을 매장하고 있지요. 제가 지상에서 인간을 매장하듯이 말입니다."

무덤꾼은 이렇게 말하면서 하늘을 가리키고 단호한 어조로 말했습니다.

"확실히 저것도 또한 큰 묘지지요. 여름이 되면 물망초가 자라나지요……."

이때 나는 그의 말을 가로막았습니다.

"인간들이 하느님을 하늘에 매장한 시대가 있었지요. 그것은 정말입니다……."

"그러면 지금은 그렇지 않다는 말인가요?"

무덤꾼은 기묘한 표정을 지으면서 물었습니다. 저는 계속해서 말했습니다.

"옛날에는 누구나 한 줌의 하늘을 하느님에게 뿌렸지요. 그것은 알고 있습니다. 그런데 그때 하느님은 거기에 없었던 게 아닐가요? 아니면……." 나는 말을 중단했습니다.

"아시겠습니까?" 나는 다시 말을 계속했습니다. "옛날에는 사람들이 이렇게 기도했지요."

이렇게 말하면서 나는 두 팔을 벌렸습니다. 그러자 나의 가슴은 자연히 커지는 것 같았습니다.

"그 무렵에는 하느님도 진지한 기도를 어둠으로 가득 찬 이 깊은 연못 같은 사람들의 가슴속으로 몸을 던져, 다시 하늘 위로 돌아갈 기분은 좀체로 나지 않았던 것입니다. 그래서 자기도 모르게 하늘을 대지 위로 가까이 끌어왔던 것입니다. 그런데 새로운 신앙이 시작되었습니다. 이 신앙은 사람들에게 낡은 신앙과 새로운 신앙은 어떤 점이 어떻게 다른지 확실하게 보여줄 수가 없었습니다(즉, 새로운 신앙이 하느님을 침이 마르게 찬양하면 사람들은 곧 거기에서 예로부터의 하느님을 보아버리는 것입니다). 그래서 새로운 신앙을 알려주는 사람은 기도하는 방법을 바꾸었던 것입니다. 그 사람은 두 손을 합장하고 기도하는 자세를 사람들에게 가르쳐주고, 결정을 내렸습니다. '보십시오. 우리들의 하느님은 이러한 기도를 받기를 원하십니다. 따라서 새로운 하느님은 당신들이 지금까지 팔로 안으려던 그 하느님과는 다릅니다.'……사람들은 과연 그렇구나 하고 생각했습니다. 팔을 벌리는 자세를 품위없는 무서운 자세로 생각하게 되었습니다. 후에 이 자세는 십자가에 매달리신 예수의 포즈로 채용되어 모든 사람들에게 고난과 죽음의 상징으로 변하였습니다.

그런데 그 후 하느님이 지상을 내려다보고 깜짝 놀라셨습니다. 합장한 많은 손과 아울러 고딕식 교회가 많이 세워져 있었습니다. 그리고 그 손이나 지붕이 하느님이 계신 하늘을 향하여 쭉 곧고 예리하게 마치 적의를 품고 있는 무기처럼 뻗쳐 있는 것이었습니다. 하느님의 용기는 우리들의 것과는 전혀 종류가 다릅니다. 하느님은 당신의 하늘로 돌아가셔서 탑이나 새로운 기도가 하느님의 뒤를 쫓아 뻗어가는 것을 보자, 다른 출구를 통해 천국 밖으로 나가, 이 추적을 피하셨습니다. 빛이 빛나는 고향의 천국 저편에는 어둠이 열려 있어 그것이 자기를 말없이 맞아주는 것을 알고, 하느님도 깜짝 놀라셨습니다. 하느님은 무언가 기묘한 느낌을 가지면서 이 어둠 속을 걸어오셨습니다. 그러는 사이에 이 어둠이 사람의 마음속을 생각케 하는 것을 알게 되었습니다. 이때 하느님은 비로소 인간의 머릿속은 밝지만 마음속은 이와 비슷한 어둠으로 가득 차 있을 것이라는 것에 생각이 미치게 되었습니다. 그래서 하느님은 동경에 사로잡혀 인간의 마음속에 살고 싶다, 인간의 머리의 맑고 냉정한 사고의 세계는 지나가고 싶지 않다고 생각하게 되었습니다.

하느님은 계속 길을 걸었습니다. 주위에서는 점점 어둠이 짙어지고, 하느님이 걷고 있는 밤은 비옥한 토양에서 솟아오르는 따뜻한 감촉을 포함하고 있습니다. 그리고 잠시 후에 나무 뿌리들이 하느님을 향하여 마구 뻗어 왔습니다. 그 뿌리들은 모두 손을 벌리고 그 옛날의 아름다운 기도하는 모습을 하고 있는 것입니다. 원처럼 현명한 도형은 없습니다. 하느님은 하늘에서 우리들 곁에서 빠져나가 이번에는 땅 속에서 우리들이 있는 곳까지 오시겠지요. 어쩌면 다른 사람이 아닌 당신이 하느님께서 나오실 문을 파게 될지도 모르지요……."

괭이를 든 사나이는 말했습니다.

"하지만 그것은 옛날 이야기지요?"

"우리들의 목소리에 실으면……." 하고 나는 작은 소리로 말했습니다. "무엇이건 옛이야기가 되지요. 입에 대기만 하는 것으로는 아무것도 일어난 것은 아니니까요."

무덤꾼은 잠시 멍하니 앞쪽을 바라보고 있었습니다. 그러더니 좀 난폭한 동작으로 상의를 입더니,

"함께 걸을까요?" 하고 물었습니다. 나는 이에 동의하면서 말했습니다.

"나는 집으로 돌아가는 길입니다. 마침 같은 방향이니까요. 그런데 당신은 여기서 살지 않습니까?"

그는 작은 격자문에서 나와 다시 문을 닫으며,

"아니오."라고 대답했습니다.

한참 걷는 사이에 무덤꾼은 차츰 긴장을 풀었습니다.

"조금 전에 당신이 말씀하신 것은 사실이군요. 저런 묘지 같은 데서 그런 일을 하려는 인간이 있다는 것은 이상한 이야기군요. 그러나 나이가 들고보니 여러 가지 일들을 생각하게 되었습니다. 그런데 그것은 엉뚱한 생각뿐입니다. 천국에 대한 것이나 그 밖에 여러 가지죠. 죽음에 대해서도. 우리는 죽음에 대해서 얼마나 알고 있을까요? 다 알고 있는 것 같으면서도 실은 아무것도 모르는 것은 아닐까요? 제가 일을 하고 있으면 아이들이(어느 아이인지는 잘 모르겠으나) 주위로 몰려올 때가 흔히 있습니다. 그럴 때 그런 생각이 떠오르지요. 그때 저는 짐승처럼 구덩이를 파고 제가 가지고 있는 여력을 저의 머릿속에서 완전히 빼버려 팔 안에서 다 써버리려 합니다. 무덤은 규정된 깊이를 훨씬 넘어서서, 묘혈 주위는 흙더미가 산처럼 쌓입니다. 하지만 어린이들은 제가 화난 표정으로 일하는 것을 보더니 어디론지 다 흩어져갔습니다. 제가 무슨 일로 화를 내고 있다고 아이들은 생각했나 봅니다."

그는 잠시 말을 멈추고 무엇인가 생각하고 있었습니다.

"아니, 이것이야말로 일종의 분노입니다. 인간의 감각이 둔해져갑니다. 이제 무슨 일이 있더라도 태연하게 생각하고 있지요. 그러면 갑자기…… . 어쩔 도리가 없게 됩니다. 죽음이란 정말 불가해한 것, 무서운 것입니다."

우리는 낙엽이 다 떨어진 긴 과수원 길을 걸어가고 있었습니다. 이윽고 우리들의 왼쪽에는 숲이 나타났습니다. 그것은 지금이라도 당장 우리의 머리 위로 덮쳐올 듯한 밤 같았습니다.

"당신에게 짧은 얘기 하나 해드리지요." 나는 말을 꺼냈습니다. "마침 마을에 닿을 때까지는 얘기를 다 끝낼 수 있을 것 같으니까요."

무덤꾼은 짧고 낡은 파이프에 불을 당기며 고개를 끄덕였습니다. 나는 이야기를 시작했습니다.

"옛날 어느 곳에 두 인간이 있었습니다. 남자와 여자였지요. 두 사람은 서로 사랑하고 있었습니다. 사랑한다는 것은 아무 데서도 받아들이지 않고

272

모든 것을 잊고 오직 한 인간으로부터 일체의 것을 받아들이는 것입니다. 그 사람이 이미 소유하고 있는 것이나 그 밖의 것들을 모두 받아들이는 것입니다. 두 사람은 그러한 것들을 서로 바라고 있었습니다. 그러나 시간의 흐름 속에서는, 하루하루의 생활 속에서 많은 사람들과 어울리다보니 미처 가까이 하기도 전에 지나쳐 가버립니다. 이러한 상태에서는 그러한 사랑을 도저히 실천할 수가 없습니다. 사방팔방에서 사건이 터지고, 게다가 뜻하지 않은 돌발적인 일들이 어느 문에서나 뛰쳐나오는 것입니다.

그래서 두 사람은 시간의 지배로부터 빠져나가 고독 속에 침잠하려고 결심했습니다. 시계의 지배를 받는 생활로부터도, 거리의 소음에서 멀리 떨어지기로 결심했습니다. 두 사람은 벽촌의 한 정원에 집을 한 채 세웠습니다. 그 집에는 두 개의 문이 있었는데 하나는 집의 오른쪽에 또 하나의 문은 왼쪽에 있었습니다. 그리고 오른쪽 문은 남자의 문으로 정하여, 남자들은 모두 이 문을 통하여 집 안으로 들어오게 했습니다. 왼쪽 문은 여자가 쓰는 문이며 여자가 좋아하는 것은 모두 이 문의 아치를 통과하지 않으면 안 된다고 정했습니다. 그래서 그대로 실행되었습니다. 아침이 되면 먼저 일어나는 것은 남자이고, 남자는 아래로 내려가서 자기의 문을 열었습니다. 그러면 그때부터 밤늦게까지, 그 집은 도로변에 있는 것도 아니었으나 온갖 것들이 문으로 들어왔습니다. 받아들이는 것을 알고 있는 사람의 집에는 풍경도 들어왔고 빛이나 향기로운 바람이나 그 밖에 여러 가지 것들이 들어옵니다. 흘러간 것들, 즉 인물이나 운명 같은 것도 이 두 개의 문으로 들어왔습니다. 이런 것들은 모두 차별 대우도 받지 않고 안으로 들어갈 수 있었으므로 모두 오래 전부터 이 외딴 집에 살고 있는 것처럼 생각했습니다. 이렇게 해서 오랜 세월이 흐르고 그 사이에 두 인간은 매우 행복했습니다. 왼쪽 문이 열리는 횟수가 좀더 많았지만 그 대신 오른쪽 문으로 들어가는 손님 쪽이 훨씬 더 다양했습니다.

이 오른쪽 문 앞에 어느 날 아침 기다리고 있던 것이 —— 죽음이었습니다. 사나이는 그것을 보자 당황하여 하루 종일 문을 닫은 채 있었습니다. 며칠 후, 이번에는 왼쪽 문 앞에 죽음이 나타났습니다. 여인은 몸을 떨면서 문을 닫고 큼직한 빗장을 걸었습니다. 두 사람 모두 이 일에 대해서는 상대방에게 아무 말도 하지 않았습니다. 그러나 두 사람 모두 문을 여는 횟수가 현저하게 줄어들고 집 안에 있는 것으로 어떻게든 버텨나가려 했습니다. 두 사람 모두 당연하지만 이전보다는 훨씬 질소한 생활을 하게 되었습니다. 비축했던 물건은 점점 줄어들고 여러 가지 걱정거리가 머리를 쳐들었습니다. 이런 잠 안 오는 긴 밤에, 두 사람은 같은 시간에 발을 질질 끄는 듯한 발자국 소리를 들었습니다. 그 소리는 벽 밖에서, 양쪽 문에서 거의 똑같은 거리에서 들려오는 것 같았습니다. 누군가가 돌을 잘라내어 벽 한가운데에 새로운 문을 들여미는 것처럼 들렸습니다. 두 사람은 내심 무척 아연해했는데 그래도 달라진 것은 아무 일도 아닌 체했습니다. 수다도 떨고 일부러 큰 소리로 웃었으나, 그들이 지쳐 있을 때 벽에 구멍을 뚫는 소리도 그쳤습니다. 그리고 두 문은 완전히 닫혀진 채 있었습니다. 두 사람은 죄인 같은 생활을 보냈습니다. 병이 날 것 같았으며 이따금 이상한 망상에 사로잡히기도 했습니다. 예의 그 소리는 이따금 들려왔습니다. 그러자 두 사람은 일부러 입가에 미소를 지었으나 심장은 너무나 불안하여 고동을 멈출 것 같았습니다. 구멍을 파는 듯한 그 소리는 점점 커지고 점점 뚜렷하게 들리는 것을 두 사람은 알았습니다. 그러자 이야기 소리도 자연히 점점 커지지 않을 수 없었으며, 탄력없는 목소리를 억지로 짜내어 웃으려 했습니다.”

나는 입을 다물었습니다.

“과연, 과연…….” 하고 걷고 있던 사나이는 말했습니다. “과연 그렇겠군요. 그것은 진짜 이야기입니다.”

“그 이야기는 오래된 책 속에서 읽었습니다.” 또 나는 이렇게 덧붙였습니다. “그런데 그 책을 읽었을 때 실로 묘한 일이 일어났던 것입니다. 죽음이 여자의 문 곁에도 나타났다는 것이 씌어져 있는 부분의 맨 마지막 행 다음에 색바랜 잉크로 별 표시가 되어 있었습니다. 구름 사이로 진짜 별이 얼굴을 내미는 듯한 생각이 들었습니다. 나는 그 순간 활자의 열이 흩어지면 그 배후 면에 별이 나타나는 것이 아닐까 하고 생각했습니다. 봄밤의 하늘이 화창하게 개어 있을 때는 그런 일도 있겠지요. 그러나 그때는 이 정도로 해두고 나는 그 일에 대해서는 다 잊고 있었습니다. 그런데 어느 땐가 그 책의 속표지에도 똑같은 별 표시가 호수에 비치는 별 그림자처럼 윤기 나는 종이 위에 떠 있는 것을 보았습니다. 더욱이 그 별 표시에 이어서 우아한 글씨체로 무언가 적혀 있었습니다. 그 글은 파릇한 거울 같은 종이 위에 잔물결처럼 달리고 있었습니다. 그 문자는 여러 부분이 잘 보이지 않게 바래져 있었으나 거의 전부 판독할 수 있었습니다. 거기에는 이런 것이 적혀 있었습니다.

'이 책을 몇 번이나 읽었다. 틈만 있으면 읽었다. 그리고 나 자신의 나의 추억담을 쓴 것 같은 생각이 든 적도 있었다. 하지만 만약 내가 쓴다면 이야기는 좀 다른 줄거리가 될 것이다. 그래서 이렇게 써두고 싶다. 여자는 죽음을 만난 적이 없었으므로 천진스럽게 죽음을 집 안으로 들여보내는 것이다. 하지만 죽음은 안절부절 못 하고 있었다. 무언가 나쁜 일을 하려는 사람 같은 표정으로 말했다. '이것을 당신의 바깥양반에게 주십시오.', 여자가 의아한 표정으로 그것을 보자 죽음은 서둘러 말했다. '이것은 씨앗입니다. 매우 좋은 씨앗이지요.' 그러더니 죽음은 두 번 다시 뒤도 돌아보지 않고 나가버렸다. 여자는 죽음이 주고 간 작은 봉지를 열어보았다. 그 안에는 정말로 씨앗 같은 것이 들어 있었다. 딱딱하고 볼품없는 씨앗이었다. 그래서 여자는 생각했다. 씨앗이란 거기에서 무언가가 태어나는 것, 미래에 속하는 것이다. 이 씨앗에서 무엇이 태어날지는 모른다. 이 볼품없는 씨앗을 그에게 줄 생각이 나지 않는다. 이것은 아무리 보아도 선물 같지가 않다. 차라리 정원의 화단에 심어 무엇이 싹트는지 보아야겠다. 그러면 그이를 데리고 가서 그 식물이 태어나기까지의 경위를 얘기해주자. 여자는 실제로 그렇게 했다. 그리고 두 사람은 전이나 다름없는 생활을 계속했다. 죽음이 자기의 집 문앞에 나타난 것이 아무래도 꺼림직해서 남자는 처음에는 움찔했지만 여자는 전이나 다름없이 명랑해 보였으며 다시 자기의 문을 활짝 열게 되었다. 그러자 많은 바람과 빛이 집 안으로 들어오게 되었다. 이듬 해 봄, 화단에는 빨간 백합들 사이에 어린 나무가 자라났다. 그것은 가늘고 거무스레한 잎이 달려 있었다. 약간 뾰족해서 월계수의 잎 비슷했다. 그 거무스레한 색깔에는 일종의 독특한 윤기가 있었다. 사나이는 이 식물이 어디서 난 것인지 물어보려고 매일 생각하고 있었으나 그때마다 물어볼 수가 없었다. 여자 역시 비슷한 기분이 들어 털어놓는 것을 하루하루 미루고 있었다. 그러나 남자는 묻고 싶은 것을 억제하고 있었기 때문에, 또 여자는 털어놓을 용기가 없었기 때문에 두 사람은 종종 이 나무가 있는 곳에서 얼굴을 마주쳤다. 그 나뭇잎의 검푸른 색깔은 정원 속의 다른 식물 속에서 이상하게 눈에 잘 띄었다. 어느 해 봄이 되자 그들은 다른 식물이나 마찬가지로 이 나무에도 거름을 주고 가꾸었지만 무럭무럭 자라는 다른 식물에 에워싸여 이 나무는 말없이 내려쪼이는 햇볕에 아무런 감응도 보이지 않고 서 있는 것을 보고 그들은 아연해했다. 그때 두 사람은 서로 입을 열지는 않았지만 삼 년째에는 이 나무에 전력을 기울여야겠다고 결심했다. 그래서 봄이 오자 두 사람 모두 마음에 결심한 것을 조용히 합심하여 실행에 옮겼다. 정원 전체는 눈에 띄게 황폐해지고 붉은 백합은 이전보다도 색깔이 엷어진 것 같았다. 그런데 언제부터인지 무겁고 답답하게 잔뜩 흐렸던 밤이 새고 아침의 밝은 햇빛이 가득 찬 정원으로 들어가서 그들을 알게 되었다. 그 미지의 나무의 거무틱틱한 잎 사이로 연푸른색 꽃이 완전무결한 형태로 피어 있었던 것을. 꽃망우리를 감싸고 있던 표피가 더이상 지탱하지 못하여 꽃망울을 터뜨렸던 것이다. 두 사람은 얼싸안고 말없이 그 앞에 서 있었다. 이제 와서 새삼스레 할 말이 없었다. 이제야말로 죽음이 꽃이 되어 피어난 것이 분명했다. 두 사람은 싱그러운 꽃향기를 맡으려고 함께 몸을 구부렸다. —— 그날부터 세상의 모든 것이 변해버렸다.'

이런 식으로 그 낡은 책 속표지에는 씌어 있었습니다."

나는 이렇게 얘기를 끝맺었습니다.

"그런데 그것은 어떤 사람이 썼지요 ? "라고 무덤꾼은 나에게 물었습니다.

"필적으로 보아 여자 같았습니다." 나는 그렇게 대답했습니다. "하지만 그것을 알아내려 해도 어쩔 수 없었을 것입니다. 필적은 아주 퇴색해 있었으며 옛 서체였습니다. 아마도 그 사람은 이미 고인이 되었을 것입니다."

무덤꾼은 무언가 깊은 생각에 잠겨 있는 것 같았습니다. 그러더니 마침내 고백하는 것이었습니다.

"짧은 이야기인데도 무언가 마음속에 깊게 와닿는 것이 있군요"

"그것은 이런 이야기를 전에 들어본 적이 없었던 때문일 것입니다."라고 나는 말해주었습니다.

"그렇겠군요." 그는 나에게 손을 내밀었습니다. 나는 그 손을 꽉 잡았습니다.

"저는 이 얘기를 다른 사람에게 해줄 작정입니다. 그래도 괜찮겠지요?"

나는 고개를 끄덕여보였습니다. 그러자 그는 갑자기 무엇인가 생각난 것이 있는 것 같았습니다.

"그렇지만 마땅한 상대가 없군요. 어떤 사람에게 들려주면 좋을까요?"

"그야 간단하지요. 아이들에게 들려주시지요. 이따금 당신이 일을 하는 것을 보러 오는 아이들에게요. 그 밖에 누가 또 있겠습니까?"

아이들은 이상의 세 가지 이야기를 듣게 되었습니다. 저녁 놀이 구름을 흩날리며 하는 이야기는 내가 들은 것이 정확하다면 극히 단편적으로밖에는 전달되지 않았던 것 같았습니다. 아이들은 너무 키가 작아서 우리 어른들보다 저녁 노을의 구름에서 멀리 떨어져 있기 때문이겠지요. 하지만 이 이야기의 경우에는 그것으로 좋았습니다. 한스의 연설은 너무 길고 매우 위압감을 주는 것이었으나, 그래도 아이들은 이 내용은 결국 자기들 차지라는 것을 알게 된 것입니다. 그래서 사정을 잘 아는 듯한 얼굴로 나의 얘기를 비판적으로 받아들일 것입니다. 아이들로서는 아무런 고통없이 간단히 할 수 있는 것을 우리 어른들은 온갖 고생을 하면서 체험을 하게 되는데, 그것을 일부러 사람들에게 알리지는 않을 것입니다.

■ 긴급한 필요에서 생겨난 협회

우리가 살고 있는 고장에도 일종의 예술가협회 같은 것이 있다는 말을 듣고 있습니다. 그것은 요전에 —— 쉽게 상상할 수 있는 일이지만 —— 매우 긴급한 필요에서 생긴 것입니다. 그리고 그 협회는 '번창하고 있다' 합니다. 무릇 협회라 하는 것은 무슨 일을 해야 좋을지 모를 때는 '번창하는' 법입니다. 진짜 실속 있는 협회가 되기 위해서는 이것만은 하지 않으면 안된다는 것을 귀가 따갑게 듣게 되기 때문입니다.

　말할 것도 없지만 바움 씨는 이 협회의 명예 회원이며, 창설자이며, 좌장 (座長)이며, 그 밖에도 여러 가지 역을 한 몸에 맡아, 그 많은 여러 가지 역을 수행하느라 고심하고 있습니다. 그는 나에게 젊은 사나이를 보내어, 협회가 주최하는 '밤'에 참가해달라고 초대하여주었습니다. 나는 그 젊은 사나이에게 정중하게 감사를 표하면서, 나의 활동은 지난 5년 전부터 전혀 반대 방향으로 향하고 있음을 상기시켰습니다.

　"시간은 쉬지 않고 흐르고 있지요. 생각해보십시오……." 나는 이렇게 그 자리에 어울리게끔 진지하게 설명했습니다.

　"나는 요즈음 어떠한 모임에서 발을 빼려고 노력하지 않을 때가 없습니다. 그래도 역시 발을 빼지 못하는 모임이 아직도 몇 개나 있습니다."

　그 젊은 사나이는 처음에 깜짝 놀란 듯한 표정을 짓더니, 다음에는 존경을 담은 동정의 기분을 나타내며 나의 발로 눈을 돌렸습니다. 그는 나의 발을 보면서 '발을 씻는 어려움'을 알아차렸음이 분명합니다. 나는 그때 외출을 해야 했으므로 잠시 함께 걷지 않겠느냐고 제의했습니다. 그리하여 우리는 거리를 함께 걸었으며, 거리를 빠져나가 역으로 향했습니다. 나는 그때 인근 마을까지 가야 할 일이 있었던 것입니다. 우리는 여러 가지 이야기를 나누었고 그 젊은 사나이가 음악가라는 것도 알게 되었습니다. 그는 그것을 무척 수줍어하면서 털어놓았습니다. 겉보기에는 별로 음악가처럼 보이지 않았으니까요. 이 사람의 특징으로서는 머리 숱이 많다는 것과 어떤 때든 눈치 빠르게 행동하는 매우 사교적인 성격인 것 같았습니다. 그다지 긴 거리는 아니었는데도 나의 장갑을 맡아주고, 내가 주머니 속에 손을 찔러넣고 무언가 찾으려 할 때는 우산을 받쳐주었습니다. 그리고 수염에 무언가 묻어 있군요라든가 코에 검댕이가 묻었군요 라고 말해 창피해서 얼굴이 빨개질 정도였습니다. 더욱이 그럴 때마다 그의 가느다란 손가락이 내게로 뻗어오는 것이었습니다. 그 손가락은 그렇게라도 해서 나의 얼굴이 접근하기를 간절하게 바라고 있는 것 같았습니다. 그런데 그 젊은이는 무엇에 정신을 빼앗겼는지 나보다 뒤처지곤 했습니다. 그러더니 나뭇가지에 달려 있는 마른 나뭇잎을 만족스러운 듯 따 모으곤 했습니다. 이렇게 마냥

278

걸음을 늦추다가는 예정된 기차 시간에 닿지 못할 것은 뻔한 일이었습니다
(역까지는 아직도 한참 가야 했습니다). 나는 한 꾀를 내어 이 친구에게
얘기를 들려주어 내 곁에 붙어 있게 하려고 결심했습니다. 나는 거침없이
얘기를 시작했습니다.

"실제상의 필요에서 어쩔 수 없이 창설하게 된다는 것을 저는 알고
있습니다. 그것도 당신은 아시겠지요. 그리 오래 전의 일은 아니지만 세
사람의 화가가 우연한 기회에 오래된 거리에서 만나게 되었습니다. 세
사람의 화가는 물론 예술에 관한 이야기는 하지 않았습니다. 적어도 그러한
이야기는 하지 않은 것처럼 보였습니다. 그들은 한 고가(古家)에서 그날
밤을 보내면서 여행의 모험담이나 체험담에 꽃을 피웠습니다. 그들의 이
야기는 점점 짧아지고, 쌀쌀해지고 마침내 마지막에는 몇 가지 익살을 주고
받을 뿐이었습니다. 오해를 피하기 위하여 말해두지만 이 사람들은 모두
진짜 예술가입니다. 아무튼 천성적인 예술가이며, 결코 우연히 예술가가
된 것은 아닙니다. 이 집 구석방에서의 하룻밤은 실로 황량한 것이었는데
그렇다고 해서 그들의 예술가로서의 질이 바뀌는 것은 아닙니다. 그 밤이
어떠한 경과를 거치게 되었는지 그 점에 대해서 지금 말하겠습니다.

다른 사람들, 속된 이 고장 사람들이 그 가게에 들어왔던 것입니다. 화가인
세 사람은 완전히 기분을 잡쳐서 밖으로 나가버렸습니다. 세 사람은 거리
한복판을 조금씩 간격을 두고 걸어가고 있었습니다. 그들의 얼굴에는 아직도
웃음의 흔적이 약간 남아 있기는 했지만 눈은 세 사람 모두 진지하게
무언가를 살피고 있었습니다. 가운데 서서 걷고 있던 사나이가 갑자기
오른쪽 사나이를 쿡 찔렀습니다. 찔린 사나이는 곧 그 의미를 이해했습니다.
앞쪽으로 거리가 보였던 것입니다. 그 거리는 좁고 따뜻하고 희미한 어둠에
차 있었습니다. 그 거리는 약간 오르막길이어서 원근의 조화가 잘 취해져
있는 것 같았습니다. 유달리 신비한 느낌이 들면서도 또한 동시에 친근
감마저 느끼게 했습니다. 세 사람의 화가는 한 순간 그 분위기를 충분히
마음속에 받아들였습니다. 아무도 입을 열지 않았습니다. 이것은 어떻게
말로 표현할 수 없다는 것을 알고 있었기 때문입니다. 세상에는 말로는
표현할 수 없는 것이 있는 법이라 그들은 화가가 되었던 것입니다. 거기에

갑자기 어느 쪽에선가 달빛이 비쳐와서 한 지붕을 은빛으로 반짝이게 했습니다. 어느 집 정원에서는 노랫소리도 들렸습니다. '못된 녀석 같으니라구…….' 하고 가운데 사나이가 투덜거렸고, 세 사람은 걸음을 재촉했습니다.

세 사람의 간격은 상당히 좁혀졌습니다. 그렇다고 길 폭이 좁아서 그렇게 걷는 것은 아니었습니다. 세 사람은 낯익은 광장까지 다다르게 되었습니다. 이번에 다른 사람에게 주의를 환기시킨 것은 오른쪽에 선 사나이였습니다. 이처럼 넓고 텅빈 장면에서 달은 조금도 방해가 되지 않을 뿐 아니라 꼭 있어야 할 것으로 되어 있습니다. 보도의 번쩍거리는 표면은 분수와 그 묵직한 그림자에 의해서 사정없이 절단되었습니다. 그 대담한 구도는 의외에도 세 사람의 화가에게 감명을 주었습니다. 세 사람은 몸을 가까이 대고, 말하자면 이 정경의 유방에서 젖을 먹는 것이었습니다. 그런데 거기에는 또 방해가 끼어들었습니다. 가벼운 발자국 소리가 다가왔는가 하면 다른 한쪽에서는 분수의 그늘 속에서 한 사나이가 모습을 나타냈습니다. 그리고 가까이 다가오는 그 발자국 소리의 주인공을 다소곳이 맞아주었습니다. 아름다운 광장은 다짜고짜 처참한 한 장의 삽화로 바뀌어버렸습니다. 세 사람의 화가는 일심동체인 양 일제히 거기에서 눈을 돌렸습니다. '하지만 이것은 너무나 분통이 터지는 소설적 구성이다.'라고 오른쪽 사나이가 큰소리로 말하면서 분수 옆의 연인들을 정확한 기법상의 표현을 사용하여 적합하게 파악했습니다.

투덜투덜 분노를 폭발시키면서 세 사람은 목적도 없이 거리를 걸어다녔습니다. 걸으면서도 연신 그림의 소재를 발견하고는 그때마다 어떤 귀찮은 방해물이 나타나서 모처럼 찾아낸 광경의 조용함과 소박함이 깨어져버려서 다시 화를 내는 것이었습니다. 밤중이 되어 그들은 숙소로 돌아왔습니다. 왼쪽에 서서 걷고 있던 가장 연하의 사나이가 든 방에 세 사람은 모였습니다. 잠을 잔다는 것은 생각할 수도 없었습니다. 밤의 산책이 그들의 마음속에 많은 계획이나 구상을 하게 했습니다. 또한 동시에 그들의 마음이 밝아진 것은 그들 세 사람이 기본적으로는 똑같은 정신을 갖고 있다는 것이었습니다. 그래서 그들은 극도로 관심을 기울여서 서로의 생각을 털어놓았습니다. 그들이 변명할 여지가 없는 표현을 했다고는 말할 수 없습니다. 세간의 일반 사람들에게는 의미를 알 수 없을 것 같은 말을 몇 마디 했을 뿐입니다. 그래도 그들 사이에서는 그것으로 충분히 의사를 소통할 수 있었습니다. 그래서 옆방 사람들은 새벽 네시까지 잠을 잘 수가 없었습니다. 그러나 장시간 그들이 이야기를 나눈 것은 구체적인 성과를 가져왔습니다. 하나의 모임 같은 것이 생기게 되었습니다. 즉 세 예술가들의 의도나 목표가 매우 비슷하다는 것을 알게 되었으며 서로 떨어지고 싶지 않은 기분이 되었을 때, 이미 그 모임은 태어났던 것입니다.

이 '모임'의 최초의 공동 결의는 즉각 실행으로 옮겨졌습니다. 세 시간쯤 떨어진 시골에 공동으로 한 채의 농가를 빌렸던 것입니다. 시내에 머물고 있는 것은 전혀 무의미한 짓이었습니다. 시내에서 벗어나서 자기의 '양식' 을 몸에 익히려 했습니다. 나아가서는 어떤 개인적인 안정감, 눈매, 손 등 그런 것들이 없이는 설사 살아 있다 하더라도 그림을 그리지는 못할 것 이라는 마음가짐을 각자 가지려 했습니다. 이러한 모든 수업에는 공동 작업이 도움을 줄 것입니다. '모임'을 결성하는 것은 좋은 일입니다 — — 특히 이 '모임'의 명예회원인 '자연'은 힘을 빌려줄 것입니다. '자연'의 경우 화가들은 하느님 자신이 만든 것만 아니라 경우에 따라서는 하느님이 만드셨다고 해도 좋은 것도 모두 포함하여 생각하는 것입니다. 가령 울 타리라든가 집이라든가, 샘물이라든가 — 이런 것들은 대개 사람의 손에 의해 만들어진 것입니다. 하지만 이러한 것들도 잠시 동안 풍경 속에 서 있으면, 나무나 수풀이나 그 밖에 주위의 것들에서 그 성질을 받아들이게 됩니다. 그러면 사람의 손으로 만든 것도 말하자면 하느님이 소유한 것 중에 끼게 되어 화가들의 손에도 들어오게 됩니다. 왜냐하면 하느님과 예술가는 똑같은 재산을 가지며, 경우에 따라서는 똑같은 가난함도 가지고 있지요. 그런데 공동으로 빌린 그 농가의 주위에 퍼져 있는 자연에 대해서, 하느님은 거기에 특별히 풍부한 재산이 있다고는 생각지 않고 있었습니다. 이 토지는 평탄했습니다. 그것은 부정할 수 없었습니다. 그러나 그 그림자의 깊이에 따라, 또는 그 빛의 고조에 따라 골짜기도 생기고 산도 생기는 것이었습니다. 또 골짜기와 산 사이에는 무수한 중간색조가 있어서, 그것이 넓은 초지와 경작지로 되고 그 지대를 갖가지 색깔로 물들였습니다. 따라서 이 토지는 마첼의 점(點)에서 말하자면 산악지대와 같은 가치를 나타내고 있는 것입니다. 나무는 극히 조금밖에 없으며, 식물학적으로 보자면 거의 같은 종류의 것이었습니다. 그럼에도 불구하고 나무 하나하나가 감정을 나타내고, 어떤 나뭇가지는 동경을 나타내고, 줄기는 느긋한 존경을 발휘하기도 했으며, 나무들은 개성적 존재의 모임이라는 표현을 하고 있었습니다. 갯버들도 저마다 개성을 나타내고 있어서, 그들의 성격이 다면적이고 깊다는 점에 화가들은 몇 번이고 놀라움을 금치 못했습니다. 감격은 실로 컸으며, 그림을 그리는 작업에 있어서 세 사람은 일체라는 것을 강력하게 느끼고 있었으므로 반 년 뒤에 세 사람 각자 자기의 집에서 나와 이곳에 살게 되었어도 그 사정은 조금도 달라지지 않았습니다. 그것은 한집에 사는 것은 너무 불편하다는 실제적인 사정에서 취해진 수단이었습니다.

그런데 여기서 조금 사정이 다른 이야기로 옮겨가지 않으면 안 됩니다. 세 사람의 화가는 '모임'을 결성하고 극히 짧은 기간에 굉장한 성과를 올렸기 때문에 모임이 결성된 1주년을 어떤 형태로든 축하하기로 했습니다. 그들은 축하 행사로 각자가 자기 이외의 사람이 살고 있는 집을 몰래 그려오기로 했습니다. 세 사람은 약속한 날에 각기 자기가 그린 그림을 가지고 모였습니다. 그러자 자연히 화제는 자기가 살고 있는 집에 관한 것, 집의 위치나 편리한 점에 대한 것이 되었습니다. 세 사람 모두 정신없이 떠들었으므로 자기가 갖고 온 유화에 대해서는 까맣게 잊고 밤늦게까지 끌러보지도 않고 도로 갖고 가게 되었습니다. 어떻게 그런 일이 있을 수 있었는지는 이해가 가지 않았습니다. 더구나 가까운 시일 안에 서로 그림을 나누어볼 기회마저 만들려 하지 않았습니다. 동료 중의 한 사람이 다른 사람의 집을 방문했을 때(일이 많아져서 이런 방문할 기회조차 적어지게 되었는데), 그는 친구의 캔버스 위에 그들이 아직 공동의 농가에 살고 있을 때의 그림이 있는 것을 보았습니다. 그런데 어느 날 오른쪽 사람이(그는 지금 또 오른쪽 집에 살고 있었기 때문에 계속 그렇게 불려지고 있었습니다) 내가 가장 연하의 사나이라고 부른 사람이 있는 곳에 있을 때, 조금 전에 말한 보이지 않았던 기념 그림 중의 하나를 보게 되었습니다. 오른쪽 사람은 한참 동안 그 그림을 걱정스럽게 보고 있더니 이윽고 그 그림을 밝은 곳으로 갖고 가서는 갑자기 웃음을 터뜨렸습니다. '정말 전혀 몰랐다. 우리 집을 썩 잘 그렸군. 아주 재기에 넘치는 캐리커처군. 형체고, 색깔이고, 이처럼 과장해서 약간 특색이 있는 박공만 하더라도, 우리 집 박공을 이처럼 대담하게 조형(造形)하다니,……정말 그 나름의 가치가 있다.' —— 최연소의 사나이는 기쁜 표정을 전혀 나타내지 않았습니다. 그 반대였습니다. 그래서 완전히 쇼크를 받은 그는 가운데 사람의 집으로 갔습니다. 가장 분별 있는 이 사람에게서 어떤 위안을 얻으려 생각했던 것이지요. 이 최연소의 사나이는 이런 일이 있을 때는 곧 의기소침해져서 자기의 재능에 곧잘 회의를 느끼는 것이었습니다. 그러나 그는 가운데 사나이를 만나지 못했습니다. 그는 아틀리에의 내부를 찾아보았습니다. 그러자 곧 한 장의 그림이 눈에 들어왔습니다. 그 그림은 집이었는데 아무리 보아도 그 집은 미치광이나 살고 있을 듯한 집이었습니다. 그 정면을 보면, 이것은 건축에 대해서는 전혀 문외한으로 자기 자신의 빈약한 화법을 멋대로 건물에 적용하고도 태연해하는 사람이나 지을 수 있는 그런 집이었습니다. 최연소의 사나이는 갑자기 손가락에 화상이라도 입은 듯이 그 그림을 내동댕이쳤습니다. 그 그림의 오른쪽에는 그 최초의 기념일이 적혀 있었고 그 한 구석에 '우리들의 최연소자의 집'이란 글씨가 보였습니다. 그는 물론 그 집 주인이 돌아오기를 더 이상 기다리지도 않고 화를 내면서 집으로 돌아가버렸습니다. 최연소의 사나이와 오른쪽 사람은 그때 이래로 조심성이 많아졌습니다. 그들은 가급적 서로 동떨어진 모티브를 찾으려 했으며, 이 유익한 모임의 창립 2주년의 기념 행사에 대해서는 당연히 특별한 계획 같은 것을 세울 마음이 없었습니다. 아무것도 모르는 가운뎃집 사람은 오른쪽 사람이 사는 집 바로 곁에 있는 하나의 모티브를 그리는 데 점점 열중했습니다. 오른쪽 사람이 살고 있는 집을 그림의 소재로 하는 것은 왠지 피하고 있었습니다. —— 그는 가까스로 완성된 그림을 오른쪽에 사는 사람에게 가져갔으나 오른쪽 사람은 묘하게 꺼리는 태도여서 그 그림을 힐끗 보고는 덤덤한 말을 두어 마디 했을 뿐이었습니다. 그러더니 한참 후에 또 말했습니다. '그런데 저는 전혀 몰랐습니다. 최근 당신이 그토록 먼 곳으로 여행한 것은.' '뭐? 멀리

여행했다고?' 가운뎃집 사람은 무슨 말인지 영문을 잘 몰라했습니다. '아
여기 훌륭한 작업이 있지 않습니까?' 하고 오른쪽 사람은 대답했습니다.
'이것은 분명히 네덜란드의 모티브겠지요?' 사려 깊은 가운뎃집 사람은
소리내어 웃었습니다. '이것은 멋있군. 이 네덜란드의 모티브가 당신의 집
앞에 있다는 것은!' 이렇게 말은 했지만 그는 좀체로 마음이 가라앉지
않았습니다. 그러나 상대방은 웃지 않았습니다. 억지로 미소를 짓더니 말
했습니다. '재미있는 위트군!' '아니야, 전혀 달라. 문을 열어봐. 지금
당장이라도 보여줄 테니까,' 가운뎃집 사람은 이렇게 말하고 문께로 발길을
옮겼습니다. '기다려.' 라고 그 집에 사는 사람이 명령했습니다. '나는 여
기서 선언한다. 나는 이런 경치를 본 적이 없으며 앞으로 결코 보게 될
일도 없을 것이다. 왜냐하면 이 경치는 나의 눈에는 존재할 수 없는 것
이니까.' '그러나…….' 하고 가운뎃집 사람은 어리둥절해서 중얼거렸습
니다. '자네는 자기의 생각을 바꿀 마음은 없는 모양이군.' 하고 오른쪽의
사람은 흥분하여 말을 계속했습니다. '좋아, 나는 오늘 중에 이곳에서
나가버리겠어. 당신이 나를 내쫓으니까 나는 그런 풍경이 있는 곳에서는
살고 싶지 않으니까. 알겠나?' —— 이것으로 우정도 끝장나버렸습니다.
그러나 모임이 소멸된 것은 아닙니다. 그 모임은 오늘에 이르기까지 규
약상으로는 해산되어 있는 셈이 아니므로 누구도 해산된다고는 생각지
않습니다. 그 모임이 전세계에 퍼지게 되었다고 말해봅시다. 그 표현도
완전히 올바릅니다."

  "과연……." 눈치 빠른 그 사나이는 여기서 나의 말을 가로막았습니다.
그는 아까부터 입술을 삐죽하게 내밀고 있었습니다.

  "이것도 그룹 활동의 위대한 성과 중 하나입니다. 틀림없이 뛰어난 많은
화가는 이러한 친밀한 연관에서 생겨난 것일 겁니다……."

  "실례지만." 하고 나는 부탁하듯이 말했습니다. 그러자 그는 나의 옷
소매를 털어주었습니다. "지금 말씀드린 것은 제 이야기 중 극히 일부의
전제에 지나지 않습니다. 이야기의 전제가 본론보다도 훨씬 복잡하지만
말입니다. 그래서 이 모임이 전세계로 흩어져 있다고 하시는군요. 그것은
사실입니다. 세 사람의 회원은 정말로 깜짝 놀라 친구와 마음이 맞지 않아

도망쳤습니다. 어디에 있든 그들은 침착할 수 없었습니다. 세 사람 모두 자기가 있는 토지의 일부를 다른 동료가 탈취하고 얼토당토않은 표현법에 의해서 엉망으로 만들어버리지는 않을까 하는 불안에서 항상 떨고 있었습니다. 세 사람은 마침내 각기 다른 세 방향으로 땅의 끝까지 갔으나, 거기에서도 역시 어쩔 수 없는 비참한 기분에 사로잡혔습니다. 즉 고생 끝에 자기의 방법으로 획득한 자기의 하늘이지만 역시 두 사람의 손길이 닿는 곳에 있음을 알고 절망감에 빠졌던 것입니다. 그런 생각에 아연해서 그들은 세 사람이 동시에 캔버스를 들고 뒷걸음질치기 시작했습니다. 그리하여 다섯 발자국만 더 나가면 대지의 끝에서 떨어져 무한 공간으로 들어가버리게 되고 지금쯤은 굉장한 스피드로 지구와 태양의 주위를 돌게 되었을 것입니다. 그러나 하느님의 배려로 세 사람은 이 무서운 운명을 모면할 수 있었습니다. 하느님은 위험하다는 것을 미리 아시고 최후의 순간에 하늘의 중앙으로 모습을 나타내셨던 것입니다.(달리 어떻게 하면 좋다는 것입니까. 하느님으로서는 역시 이 방법밖에는 도리가 없었습니다) 세 사람의 화가는 깜짝 놀랐습니다. 세 사람 모두 캔버스를 놓고 팔레트를 세트했습니다. 이러한 찬스를 놓치는 것은 용납할 수 없는 일입니다. 하느님은 매일 나타나는 것이 아니며 또한 누구에게나 나타나는 것이 아닙니다. 세 사람은 모두 자기 앞에만 하느님이 나타나주셨다고 믿고 있었습니다. 아무튼 세 사람은 이 흥미 깊은 제작에 더욱 몰두할 뿐이었습니다. 하느님이 다시 천국으로 돌아가려 하시자 그때마다 성 누가가 나와서 세 사람의 화가가 그림을 완성시킬 때까지 밖에서 기다려달라고 부탁했습니다."

"그러면 그 사람들은 그 그림을 전람회나 전시회 같은 곳에 출품했나요? 아니면 팔았나요?"라고 우리 음악가는 공손한 말씨로 물었습니다.

"웬걸요."라고 나는 항변했습니다. "세 사람은 아직도 하느님을 계속 그리고 있었지요. 아마도 죽을 때까지 하느님을 계속 그리겠지요. 그러나 만약(그런 일은 절대로 있을 수 없다고 생각하지만) 세 사람이 살아 있는 동안에 다시 한 번 만나서 그때까지 각자가 그린 하느님의 그림을 서로 나누어보는 일이 있다면 어떠했을까요? 세 사람의 그림은 누구의 그림인지 구별이 가지 않을 정도로 비슷해지지 않았을까요?"

여기까지 얘기했을 때 우리는 역에 도착해 있었습니다. 열차가 도착할 때까지 아직 5분은 남아 있었습니다. 내가 그 젊은이에게 동행해주어 고맙다는 인사를 하고, 이렇게 해서 그가 훌륭하게 대표하고 있는 이 갓 생긴 모임이 앞으로 잘 발전하기를 바란다고 말해주었습니다. 그는 작은 대합실의 창틀을 덮은 먼지를 오른손 집게손가락으로 튀기면서 무언가 생각에 잠겨 있었습니다. 정직하게 말하지만 그대 나는 나의 하찮은 이야기가 이 사람으로 하여금 이처럼 깊은 성찰에 잠기게 했다고 생각하니 무척 자랑스런 기분마저 들었습니다. 그는 헤어질 때 내 장갑에 묻어 있던 한 오라기의 빨간 실을 떼어주었습니다. 나는 감사하는 마음에서 그에게 "밭 가운데 나 있는 길로 질러가시오. 그러는 편이 훨씬 빠를 것입니다."라고 권했습니다.

"고맙습니다."라고 그 사나이는 상냥하게 말했습니다. "하지만 저는 왔던 길로 해서 돌아가겠습니다. 그 길을 완전히 기억해두기 위해서입니다. 왜냐하면 당신이 매우 소중한 것들을 들려주시는 동안 밭 가운데 허수아비가 서 있는 것을 본 것 같았습니다. 빨간 상의를 입고 한쪽 소매 —— 아마 왼쪽 소매였던 것으로 기억하는데 말뚝이 걸려 있었지요. 그때 저는 일종의 의무감에 사로잡히게 되었습니다. 즉 인류란 내가 생각하기로는 누구나가 자기 나름대로 어떤 일을 수행해야 할 일종의 협회 같은 것이라고 생각했습니다. 이 인류라는 협회의 공동 이익을 위하여 내 나름대로 사소한 공헌이라도 하고 싶었습니다. 그래서 그 허수아비의 왼쪽 소매에 본래의 기능을 회복시키는 것, 즉 바람에 펄럭일 수 있도록 함으로써 그 공헌을 세워야겠다고 생각했으므로……."

그 젊은 사람은 매우 인상이 좋은 미소를 짓더니 돌아가버렸습니다. 나도 조금만 늦었더라면 기차를 놓칠 뻔했습니다.

이 이야기는 그 젊은 사나이에 의해서 부분적으로 예의 협회의 '밤'에 노래되었습니다. 그러나 여기에 곡을 붙인 것인지는 알 수 없습니다. 좌장인 바움 씨가 이 노래를 아이들에게 선물로 가져갔습니다. 아이들은 그 중 몇 개의 멜로디를 외우고 있습니다.

■ 거지와 긍지 높은 아가씨

이런 일이 있었습니다. 우리들 —— 그것은 선생과 나입니다 —— 다음과 같은 사소한 일의 목격자가 되었던 것입니다. 우리가 살고 있는 고장에서는 숲 근처에 이따금 연로한 거지가 서 있곤 했습니다. 오늘도 역시 그 거지가 서 있었는데 전보다도 더욱 초라했고 비참해보였습니다. 보호색 덕분에 거지는 그가 기대고 있는 판자 울타리와 거의 구분이 되지 않았습니다. 그런데 거기에서 이런 일이 일어났습니다. 아직 어려 보이는 여자 아이가 거지에게로 가서 작은 화폐를 그에게 주었습니다. 그것만으로는 별로 이상한 일도 아니었습니다. 의외였던 것은 그 여자 아이가 거지에게 돈을 주는 방법이었습니다. 그 여자 아이는 무릎을 구부리고 거지에게 아무도 눈치채지 못하도록 얼른 돈을 건네주고 묵례를 하더니 황급히 그 자리를 떠났던 것입니다. 두 번이나 무릎을 굽히고 하는 묵례는 적어도 황제 앞에서 하는 것처럼 추호도 부끄럽지 않아하는 것 같았습니다. 그것을 보고 있던 선생은 버럭 화를 냈습니다. 선생은 서둘러서 거지가 있는 곳으로 갔습니다. 아마도 그 울타리에서 거지를 쫓아내려고 생각했던 모양입니다. 왜냐하면 사람들도 알고 있듯이 선생은 빈민구제협회의 이사였기 때문에 가두에서 구걸하는 것을 무척 못마땅하게 생각하고 있었던 것입니다. 나는 그를 제지했습니다.

"저들은 우리들의 원조를 받고 있지 않습니까? 그뿐 아니라 우리가 먹여 살리고 있다 해도 좋으니까요." 선생은 정색을 하면서 말했습니다. "그런데도 노상에서 구걸 행각을 하고 있다니 돼먹지 않았어요."

"선생!" 나는 그를 제지하려 했습니다. 선생은 내가 제지했음에도 불구하고 나를 잡아끌면서 숲 쪽으로 가려 했습니다.

"선생!" 나는 부탁하듯이 말했습니다.

"당신에게 할 얘기가 있습니다."

"그렇게 긴급한 일입니까?" 선생은 독기를 품은 듯이 반문했습니다.

나는 그래도 다소곳이 말했습니다.

"네, 지금 바로라야 합니다. 조금 전에 목격했던 그 장면을 잊어버리기 전에 말씀드리지 않으면 안 됩니다." 선생님은 이전에 내가 한 이야기를 들은 이래로 나를 신용하려 하지 않는 것 같았습니다. 그의 안색에서 그것을 알아차린 나는 다시 그를 무마하려 했습니다.

"하느님 이야기는 아닙니다. 이 이야기에 하느님은 등장하지 않습니다. 이것은 사실에 입각한 이야깁니다." 나는 이렇게 말하여 비로소 승리할 수 있었습니다. 어쨌든 '사실'이란 말만 입 밖에 내놓으면 되었습니다. 그렇게 말하면 어떤 교사라도 곧 귀를 쫑긋 세우면서 이야기를 들으려 하게 됩니다. '사실'이라 하는 것은 실로 존중할 만한 것, 확실한 것, 그리고 종종 교육상 이용 가치가 있는 법이니까요. 선생은 안경을 벗어서 닦고 있었습니다. 그것은 시력을 귀로 전환시켰음을 말해주는 것입니다. 이 순간을 잘 이용하는 데는 빈틈이 없어야 합니다. 그래서 나는 이야기를 시작했습니다.

"피렌체에서의 일이었습니다. 로렌초 데 메디치는 아직 젊어서 지배자는 아니었으며 〈바코와 아리안나의 승리〉라는 제명의 시를 막 만들어낸 때로, 이 시는 어느 정원에서나 불려지고 있었습니다. 그 당시는 노래도 살아 있었습니다. 시인의 어두운 내부에서 솟아나와 사람들의 목소리 속으로 들어가서 은으로 만든 조각배에 일렁이듯이 사람들의 목소리에 몸을 내맡겨 미지의 나라로 떠나는 것입니다. 시인은 시의 최초의 골격만 만들고 그것은 노래하는 사람들이 그 시를 완성해가는 것이었습니다. 〈바코와 아리안나의 승리〉에서는 그 무렵의 시들이 거의 다 그러했던 것처럼 생명이 구가되고 있습니다. 밝게 노래하는 현(絃)과 피가 웅성거리는 어두운 배경을 가진 바이올린의 가락에라도 비유할 수 있는 생명이 구가되고 있었습니다. 길이가 각기 다른 각 시의 연(連)을 따라 다리가 휘청거릴 듯한 기쁜 기분으로 고조되고, 거기서 숨이 끊기면 그때마다 짧고 간단한 리프레인이 등장하여 그것은 현기증이 날 정도로 높은 곳에서 아래쪽으로 몸을 기울여 깊은 계곡이 너무나 무서워서 눈을 감는 듯했습니다. 그 리프레인은 다음과 같은 것입니다.

즐거운 청춘은 멋지도다,
하지만 누가 그것을 묶어 멈추게 하리.
청춘은 발걸음도 빠르게 지나가고 후회만 남긴다.
즐거움을 바라는 자는 오늘 즐기라,
내일은 덧없는 세상.

이 시를 노래한 사람들이 매우 조급하게 모든 즐거움은 그날의 현재라는, 의지가 되는 단 하나의 바위 위에 쌓아올리려고 애썼다 하더라도 이상할 것은 없을 것입니다. 이러한 점에서 피렌체파 화가들의 그림에 많은 인물들이 북적거리고 있다는 것을 설명할 수 있을 것입니다. 이 화가들은 왕후도 여자들도 친구들도 모두 한 폭의 그림 속에 담으려고 고심했습니다. 왜냐하면 그림을 그린다고 하는 것은 매우 시간이 걸리는 일이었습니다. 그러니 다음 그림을 그리는 시기에도 모두 젊고, 싱싱하고 생각 또한 전이나 다름없이 건전할지 누가 장담할 수 있겠습니까. 이런 조급한 마음은 당연히도 젊은 사람들에게서 더욱 확실한 표현으로 나타났습니다. 그들 중에서도 특히 뛰어난 사나이들이 연회가 끝난 다음 팔라초 스트로치의 테라스에 모여 앉았습니다. 그리고 가까운 시일 내에 산타 크로체 교회 앞에서 공연될 유희에 대해서 얘기를 주고받았습니다. 조금 떨어진 발코니에는 팔라 델 알비치가 친구인 화가 토마소와 함께 있었습니다. 두 사람은 무언가 이야기를 나누면서 점점 흥을 돋구고 있었습니다. 그러더니 토마소가 갑자기 큰소리를 질렀습니다.

'자네는 그런 일은 하지 않을 거야. 이건 내기를 해도 좋아. 자네는 틀림없이 하지 않을 테니까.'

이것이 모여 있던 사람들의 주의를 끌게 되었습니다.

'도대체 무슨 얘기지?' 가에타노 스토로치가 이렇게 물으면서 몇 사람의 친구들과 함께 다가왔습니다. 그러자 토마소가 설명했습니다.

'파를라는 말이지, 축제 때 저 거만한 베아트리체 아르티키에리 앞에 무릎을 꿇고 그녀의 먼지 묻은 옷깃에 키스하게 해달라고 부탁하는 것이었어.' 그러자 모두 한바탕 웃었습니다. 리카르디 가문의 레오나르도는 말했습니다.

'파를라는 잘 생각해봐야겠어. 그로서는 아마도 일류 미인들도 보통때 같으면 다른 사람에게는 보이지 않는 미소를 그에게는 준비하고 있다는 것을 알고 하는 것이지만…….'

이때 다른 사람이 또 덧붙였습니다. '게다가 베아트리체는 아직 젊으니까. 그녀의 입술은 아직도 어린아이 같이 딱딱해서 웃음은 새어나오지 않아. 그래서 그처럼 자랑스럽게 보이는 거야.'

'아니야.'라고 팔라 델 알비치가 서슬이 퍼래져서 대답했습니다.

'그렇게 보이는 게 아니라 그녀는 긍지를 갖고 있어. 그것은 젊어서 그런 것이 아니야. 미켈란젤로의 손에 의해 다듬어지는 돌처럼 그 어떤 긍지를 갖고 있어. 마돈나의 상에 새겨진 꽃처럼 자랑스러운 것이야. 다이아몬드 위로 달리는 태양 광선처럼 자랑스러운 거야…….'

이때 가에타노 스트로치가 좀 거치른 어조로 그를 제지했다.

'그런데 파를라 군, 자네도 자랑스런 기분을 갖고 있는 것은 아닐까. 자네는 그 거지와 친구가 되려 하는 것이 아닌가 하는 생각이 드는군. 예의 산티시마 아눈치아타 사원의 안뜰에, 밤에 찾아와서 베아트리체 아르티키에리가 얼굴을 돌린 채 1솔드를 자선해주기를 기다리고 있는 그들의 친구가 되려 하는 것이 아닌가 하는 생각마저 드는군.'

'나도 그래보고 싶군!' 하고 파를라는 눈을 반짝이면서 소리쳤습니다. 그러더니 친구들 사이를 헤치고 나가 계단 쪽으로 곧바로 가서 모습을 감추어버렸습니다. 토마소가 그를 뒤쫓아가려 했습니다.

"내버려둬." 하면서 스트로치가 토마소를 제지했습니다. "내버려두는 것이 좋아. 그러면 곧 다시 제정신으로 돌아올 수 있을 거야."

그런 후 젊은이들은 정원 속으로 뿔뿔이 흩어져갔습니다.

산티시마 아눈치아타 사원의 앞뜰에는 그날 밤 근 스무 명 정도의 거지들이 몰려와서 저녁 근무가 시작되기를 기다리고 있었습니다. 베아트리체는 거지들의 이름을 모두 알고 있었으며, 때로는 산 니콜로 문 곁에 있는 거지들의 가난한 집에까지 가서 거지 아이들과 만나거나 환자를 문

병하기도 했는데 그는 길을 지나다가 그들 앞앞이 작은 은하를 던져주는 것이 습관으로 되어 있었습니다. 그녀는 오늘 조금 지각한 것 같았습니다. 이미 근행(勤行)을 알리는 종소리가 울리고 있었습니다. 다만 그 종소리의 여운이 저녁의 어둠을 뚫고 우뚝 솟은 탑 위에 뒤엉키고 있었습니다. 가난한 사람들은 술렁거리기 시작했습니다. 그것은 낯선 거지 한 사람이 교회의 문을 지나 어두컴컴한 건물 안으로 들어가자 일어난 것 같았습니다. 거지들은 부러운 생각에서 그 낯선 거지를 방해하려 한 순간, 젊은 아가씨가 거의 수녀처럼 검은 옷을 입고 앞뜰에 모습을 나타냈습니다. 아가씨는 자비심이 깊은 마음에서 한 사람 한 사람의 거지 앞에서 잠깐씩 걸음을 멈추었다가는 다시 발자국을 옮겼습니다. 그 곁에서 따라가던 여자 중 하나가 지갑을 열어 내밀면 아가씨는 거기에서 동전을 꺼내어 거지들에게 나누어주는 것이었습니다. 거지들은 무릎을 꿇고 눈물을 찔끔거렸습니다. 그리고 그들의 깡마른 손가락으로 1초 동안 자선을 베풀어주는 아가씨의 옷자락을 만지거나 또는 뭐라고 중얼거리며 젖은 입술로 옷깃에 입을 맞추거나 했습니다. 이렇게 해서 한 사람 한 사람을 끝마쳤습니다. 베아트리체가 잘 알고 있는 거지는 한 사람도 빠지지 않았습니다. 그러나 그녀의 문 곁에 누더기옷을 걸친 낯선 인물이 있는 것을 보자 깜짝 놀랐습니다. 그녀는 완전히 어찌할 바를 모르고 있었습니다. 자기가 알고 있는 거지들에 대해서는 어렸을 때부터 잘 알고 있었습니다. 이 사람들에게 자선을 베푸는 것은 그녀에게는 극히 당연한 일이었습니다. 가령, 그것은 어떤 교회에도 안으로 들어가면 문 옆에 대리석 수반이 놓여 있는데 그 안의 성수(聖水)에 손가락을 집어넣는 것과 같이 흔히 있는 동작이었습니다. 그런데 낯선 거지가 거기에 와 있을 줄은 생각지도 못했습니다. 그 사람들을 얼마쯤 알고 있다는 것은 가난한 자들의 신뢰를 얻을 수 있는 일이어서, 그런 일이 없다면 그러한 사람들에게 자선을 베풀 권리를 어떻게 가질 수 있겠습니까? 모르는 사람에게 희사를 한다면 그것은 당치도 않은 일이 되지 않을까요? 이처럼 흔들리는 감정으로 해서 태도를 결정치 못하고, 아가씨는 마침내 그 거지를 못 본 체하고 곁을 지나쳐, 빠른 걸음으로 교회의 본당으로 들어가버렸습니다. 그러나 교회 안에서 기도가 시작되자 아가씨는 기도의 문구를 한 마디도 생각해낼 수 없었습니다. 불안감이 그녀를 엄습해왔습니다. 그 가난한 사람은 예배가 끝난 다음에는 이미 문 곁에 있지 않을지도 모른다. 그의 고통을 덜어주기 위해서 아무 일도 해주지 않았었다. 더욱이 밤이 임박해왔고, 밤이 되면 가난한 사람은 낮보다도 훨씬 괴롭고 슬퍼지겠지. 아가씨는 돈주머니를 들고 있는 여자에게 눈짓을 했습니다. 그리고 함께 다시 문 곁으로 갔습니다. 문 곁에는 이제 사람도 없었으나 그 낯선 사나이도 여전히 기대어 서 있었습니다. 그리고 기묘하게 멀리서, 마치 천국에서 들려오는 듯한 교회 안에서 들려오는 노랫소리에 귀를 기울이고 있는 것 같았습니다. 그는 완전히 얼굴을 가리고 있었습니다. 나병 환자가 하고 있는 그런 자세였습니다. 나병 환자는 자기 앞에 사람이 나타나서 동정과 혐오가 모두 자기에게 유리하게 작용할 것이라는 것을 판단할 때 처음으로 추한 환부를 나타내는 것입니다. 베아트리체는 머뭇거렸습니다. 작은 돈주머니를 직접 들고 그 안에 든 돈을 만져보았습니다. 그는 서둘러 결심하고 거지에게로 다가가서 약간 노래하는 듯한 목소리로 눈을 내리깔고 말했습니다.

"결코 당신의 비위를 상하게 하려고 말하는 것은 아니지만,……나는 당신에 대해서 알고 있습니다. 나는 당신에게 빚이 있습니다. 당신의 아버님이라고 생각하는데, 당신의 아버님은 우리 집에 호화로운 난간을 달아주셨습니다. 쇠를 두들겨 만든 난간이었지요. 아시겠지요? 우리 집 계단을 장식한 난간이지요.……당신의 아버님이 우리 집에 와서 애써 일해준 방이었지요……이 돈주머니는 당신의 아버님이 빠뜨리고 간 것 같습니다……틀림없을 거예요.'

그러나 아가씨는 자기의 입술이 내뱉는 당치도 않은 거짓말을 더 이상 참을 수 없어서 그 낯선 거지 앞에 무릎을 꿇고 말았습니다. 그녀는 금실로 수놓은 돈주머니를 망토 자락에 덮힌 거지의 손에 억지로 쥐어주고 어물거리며 "용서하십시오."라고 말했습니다.

아가씨는 거지의 몸이 떨리고 있음을 느꼈습니다. 그리고 베아트리체는 깜짝 놀라 어찌할 바를 모르는, 수행하는 여자와 함께 도망치듯이 교회 안으로 돌아갔습니다. 잠시 열린 문 틈으로 환희의 노랫소리가 밖으로 새어나왔습니다. —— 이것으로 이야기는 끝났습니다. 파를라 델 알비치 씨는 그 후에도 계속 누더기옷을 걸치고 있었습니다. 그는 자기의 재산을 몽땅 희사하고 벌거숭이가 되어 무일푼의 몸으로 시골로 가버렸습니다. 그 뒤에는 스비아코 근처에서 살았다는 이야기입니다."

"시대입니다, 시대 탓입니다."라고 선생은 말했습니다. "여러 가지로 손을 써보았지만 결국 안 됐지요. 그 사나이는 인생이 다해가고 있었지요. 그럴 때 그런 일이 있었으니 부랑자가 되었겠지요. 기인(奇人)이 된 것이지요. 지금은 그 인물에 대해서 알고 있는 사람은 아무도 없습니다."

"천만의 말씀……." 나는 빈정대듯이 말했습니다. "이 사람의 이름은 카톨릭 교회의 연도(連禱) 때 종종 거론됩니다. 대표적인 기도자의 한 사람으로 되어 있으며, 즉 그는 성자의 반열에 올라 있지요."

아이들은 이 이야기도 들었습니다. 그러나 이 이야기에도 하느님이 나온다고 하면서 선생을 노하게 하였습니다. 나도 그 말을 듣고 좀 당황했습니다. 나는 선생에게 하느님이 나오지 않은 이야기를 해주겠다고 약속했으니까요. 그러나 물론 어린이들은 깊은 지혜를 가지고 있습니다.

■ 어둠에게 들려준 이야기

나는 망토를 입고 친구인 에바르트에게 가려고 생각하고 있었습니다. 그러나 책읽기에 열중해 있어서, 그것은 오래된 책이었는데, 그래서 나가는 것이 늦어져버렸습니다. 주위에는 러시아에 봄이 오는 것처럼 저녁 나절이 되어 있었습니다. 조금 전까지 방 안은 구석구석까지 밝아서 무엇이고 다 잘 보였는데, 이번에는 갑자기 모든 것이 저녁의 어두움밖에는 모르는 체하기 시작했습니다. 여기저기서 크고 검은 꽃이 피었습니다. 잠자리의 날개에 빛이 달리듯이 꽃의 비로드 같은 꽃잎 주위를 반짝거림이 스쳤습니다.

발이 아픈 친구도 예의 그 창가에서 모습을 감추었겠지. 나는 이렇게 생각하고 나가려는 것을 포기해버렸습니다. 그런데 나는 친구에게 무슨 이야기를 해주려 했던 것일까요? 아무리 생각해내려 해도 생각이 나지 않았습니다. 그러나 한참 후에 미아가 되어버린 그 이야기를 누군가 나에게서 듣고 싶어할 것이라고 느끼게 되었습니다. 누구라고 하는 것은 아마도 어딘가 먼 곳에서 어두워진 자기의 창가에 우두커니 앉아 있을 고독한 인간이든가 또는 나와 그 사람과 주위의 것들을 전부 감싸고 있는 이 어둠 자신일지도 모릅니다. 그래서 나는 어둠을 향해서 이야기를 하게 되었습니다. 어둠은 이야기를 들으면서 점점 내 곁으로 다가왔으므로 나는 차츰 목소리를 작게 해서 이야기할 수 있었습니다. 그러는 것이 또 이 이야기에는 어울릴 것입니다. 그런데 이것은 현대의 이야기입니다. 이야기는 이렇게 시작됩니다.

"오랫동안 집을 비운 다음 게오르크 라스만 박사는 좁고 답답한 고향 마을로 돌아왔습니다. 그가 고향에 남겨두었던 물건들은 많지 않았습니다. 고향 마을에 살고 있는 것은 이제 두 누님밖에는 없었습니다. 그 두 누님도 이미 결혼했습니다. 보아하니 행복한 결혼 생활을 하고 있는 것 같았습니다. 12년 만에 두 누님과 재회하려는 것이 그가 이번에 고향으로 돌아오는 이유였습니다. 그 자신은 그렇게 생각하고 있었습니다. 그러나 밤이 되어 만원 열차 안에서 잠도 자지 못한 채 멍청하게 있을 때 갑자기 자기는 자기의 소년 시절을 찾아서 고향으로 돌아가고 있다는 것을 확실히 알게 되었습니다. 옛날의 거리에서 무언가를 재발견하고 싶다는 희망을 그는 확실하게 의식하고 있었습니다. 문이라도 좋고, 탑이라도 좋고, 샘물이라도 좋으며, 기쁨이든, 슬픔이든 그것을 실마리로 해서 자기 자신을 재인식할 수 있는 심경에 도달하기 위하여 어떤 계기를 찾아내고 싶다고 생각했습니다. 그래서 라스만 박사의 가슴속에는 갖가지 것들이 되살아나고 있었습니다. 하인리히 거리에 있는 작은 집, 반짝반짝 빛나던 도어의 손잡이, 검게 칠한 복도, 소중하게 사용하던 가구, 그리고 그의 양친, 생활에 찌든 두 인간. 두 사람의 곁을 거의 정중한 몸짓으로 시간은 흘러갔다. 다그치는 듯한 어지러운 평일, 그리고 가구를 치운 텅빈 홀 같은 일요일. 이따금 찾아오는 방문객을 웃음과 당혹 속에 맞이한다. 음이 빗나간 피아노, 늙은 카나리아, 앉는 것이 금지된 조상 전래의 안락의자, 명명식 날, 함부르크의 아저씨, 인형극, 손풍금, 아이들의 모임, 그리고 누군가의 목소리가 들립니다. '클라라.'

박사는 막 잠이 들었습니다. 잠이 깨어보니 마침 차는 정차 중이었습니다. 등불이 몇 개나 지나가고 있었습니다. 덜컹거리는 차 바퀴를 차례차례 점검하며 가는 망치 소리가 들렸습니다. 그 울림은 '클라라, 클라라.'라고 말하는 것처럼 들렸습니다. 클라라가 누구더라? 이제는 완전히 잠에서 깨어난 박사는 생각했습니다. 그러자 곧 블론드의 치렁치렁한 머리의 귀여운 여자 아이의 얼굴이 떠오르는 것 같았습니다. 이렇게 생긴 얼굴이라고 확실하게 그려볼 수는 없지만 모든 것이 조용한 느낌, 어쩔 수 없는 온화한 느낌, 어린애같이 가는 어깨에 깨끗이 뺀 아동복을 입고 있어서 더욱 타이트한 감촉이 있었습니다. 거기에 맞추어 하나의 얼굴을 구성해보려 했습니다. —— 하지만 아무리 해도 만들어지지 않음을 알게 되었습니다. 이미 되어 있다 —— 아니 오히려 만들어져 있었습니다. 이렇게 해서 라스만 박사는 고심 끝에 한 여자 아이의 놀이 친구였던 클라라를 생각해냈습니다. 열 살 때쯤 학교의 기숙사로 들어가기 전까지, 자기 몸에 일어나는 모든 것을 클라라와 함께 나누어가지고 있었습니다. 아이들의 몸에 일어나는 것은 뻔한 일이지만(아니 어쩌면 그거야말로 대단한 일이겠지만). 클라라에게는 형제가 없었습니다. 그도 외톨이나 다름이 없었습니다. 그를 조금도 돌보아주지 않았던 것이었습니다. 하지만 기숙사로 들어간 이후, 그는 누구에게도 클라라에 대해서 물어보는 일이 없었습니다. 어떻게 그런 일이 가능했을까요? 그는 등받이에 등을 기댔습니다. 그 아이는 신앙심이 깊은 아이였지 하고 그는 다시 추억의 실을 풀었습니다. 그리고 그 아이는 그 후 어찌 되었었지? 그는 자문해보았습니다. 어쩌면 죽었을지도 모른다는 생각이 잠시 그에의 불안감을 조성했습니다. 말할 수 없는 공포가 답답한 차 안에 처박혀 있는 그를 엄습해왔습니다. 하나에서 열까지 모든 것이 이 생각이 옳다는 것을 증명해주고 있는 것 같다는 생각이 들었습니다. 클라라는 잔병 치레를 자주 하는 아이였습니다. 가정 환경도 별로 행복한 것 같지는 않았습니다. 그녀는 잘 울었습니다. 틀림없어. 그 아이는 이제

이 세상에는 없는 것이다. 박사는 그렇게 생각하자 좌불안석이 되었습니다. 그는 잠든 승객들의 잠을 방해하면서까지 열차의 통로로 나갔습니다. 통로로 나가자 창을 열었습니다. 그리고 어둠 속에 반짝거리는 빛에 춤추고 있는 밤 경치를 바라보았습니다. 그러는 사이에 기분이 달라졌습니다. 잠시 후 다시 자리로 돌아오자, 따분한 몸짓을 하면서도 마침내 잠이 들었습니다.

시집 간 두 누님의 재회는 별로 스무스하게 이루어지지 않았습니다. 세 사람은 피를 나눈 남매인데도, 전에는 마음이 맞은 적이 없었다는 것을 까맣게 잊고 있었습니다. 그는 처음에 남매답게 행동하려고 노력했습니다. 하지만 세 사람은 이심전심 어떠한 경우에도 무난하도록 남남끼리 하는 교제법이 만들어주는 사교적인 말로 도망쳐버릴 방침을 쓰게 되었습니다.

작은 누님의 집에서였습니다. 이 누님의 남편은 특히 좋은 환경에서 살고 있었는데 제실(帝室) 고문관이라는 칭호를 가진 공장주였습니다. 식사의 네 번째 코스가 끝났을 때 박사가 물었습니다. '가르쳐주시지요 조피, 클라라는 어찌 되었지요?' '어느 클라라 말이지?' '성은 잘 생각이 나지 않지만, 이웃에 살고 있던 작은 애 있었잖아요, 어렸을 때 나하고 잘 놀던 애 말이에요.' '아아, 클라라 제르나 말이군, 네가 말하는 것은…….' '맞아요, 제르나였어요. 이제야 생각이 나는군요. 그 늙은 제르나는 꽤나 무서운 사람이었지요……. 그런데 지금 클라라는 어떻게 지내지요?' 누님은 머뭇거리더니 말했습니다. '결혼했지……하지만 지금은 완전히 집 안에 처박혀서 살고 있는 모양이더라.' '그래 맞아.' 고문관도 맞장구를 쳤습니다. 그의 나이프가 접시 위에서 미끄러져 찌익 하고 소리를 냈습니다. '완전히 틀어박혀 지내지.' '매형도 그 여자를 아십니까?' 박사는 매형을 보면서 물었습니다. '으음 조금은……. 그 여자는 이곳에서는 꽤 유명한 사람이니까.' 누님 내외는 그 말이 틀림없다는 듯이 눈을 마주쳤습니다. 박사는 누님 부부가 어떠한 이유에서인지 그녀에 대해서 이야기하는 것을 탐탁해하지 않는 것을 알게 되자 그녀에 대해서 더 이상 질문하지 않기로 했습니다.

그 집 주부가 블랙 커피를 내놓고 두 남자를 남겨둔 채 자리를 뜬 다음, 이 화제에 각별히 흥미를 갖고 있다는 것을 고문관은 털어놓았습니다. '그 클라라 말인데…….' 하고 그는 교활한 웃음을 지으면서 말했습니다. 그리고 시가에서 은재털이에 떨어진 담뱃재를 응시했습니다. '그 여자는 어렸을 때는 말수가 적고, 게다가 볼품없는 아이였다지?' —— 박사는 묵묵히 있었습니다. 고문관은 비밀이라도 털어놓으려는 듯 바싹 박사의 곁으로 다가앉았습니다. '그것은 사소한 사건이었지……자네는 전혀 그것을 모르고 있었나?' '다른 사람들과 별로 이야기를 하지 않았으니까요.' '이야기를 별로 하지 않는다고?' 이렇게 말하면서 고문관은 품위있게 미소를 지었습니다. '신문에도 보도되었으니 읽었을 텐데…….' '뭐라구요?' 하고 박사는 초조해져서 방문했습니다.

'즉 사랑의 도피 행각을 벌였었네.' —— 공장주는 시가 연기 너머로 이 뜻밖의 말을 내뱉으며 더없이 우쭐한 기분으로 방금 자기가 한 말의 반응을 기다리고 있었습니다. 그러나 자기가 생각했던 만큼 효과가 없었던지, 그는 사무적인 표정이 되어 자세를 바로 하고 조금 전과는 전혀 다른 보고하는 듯한 말투로 말했습니다. '그 여자는 토목 기사이던 레어 씨와 결혼을 했었네. 자네는 그 사람에 대해서는 모르겠지. 노인은 아니고 나와 비슷한 연배였네. 돈도 많았고 아주 깔끔한 사람이었네. 그런데 그 여자는 무일푼인데다가 미인도 아니고 별로 배운 것도 없는 처지였네. 이 토목 기사는 명망있는 가문의 여성이 아니라 얌전하고 가정적인 주부를 얻기를 원했던 것이지. 그러나 어찌된 일인지 이 클라라는 사교계에서 가는 곳마다 대단한 환영을 받았었네. 모두 그 여자에게 호의를 보였었네……이렇게 해서 그 여자는 쉽사리 자기의 발판을 구축하게 되었네. 그런데 어느 날……결혼한 지 2년이 되었을까 말까 할 때 집을 나가고 말았네. 상상할 수 있겠는가. 집을 나갔단 말일세. 어디로냐구? 이탈리아였지. 관광 여행이었네. 물론 혼자는 아니였지. 우리 집에서는 이미 1년 전부터 그 여자는 초대하지 않았네.……아마도 그런 예감이 들었던 모양이지. 그 토목 기사는 나의 친구로 신사인데다 훌륭한 사나이였네.'

'그래서 클라라는?' 하고 박사는 고문관의 말을 가로막으며 일어섰습니다.

'아아 그렇지……뭐라고 할까, 천벌을 받았다고나 할가. 그 상대는 —

— 예술가라고들 했는데 —— 경박하기 그지없는 녀석으로, 두 사람은 이탈리아에서 돌아오자 사나이는 뮌헨에서 증발해버려 모습을 나타내지 않고 말았네. 그런데 그녀는 아이들을 데리고 어쩔 바를 몰라했다네.'

라스만 박사는 너무 흥분해서 방안을 왔다갔다했습니다.

'뮌헨이라 했지요?'

'그래 뮌헨.' 고문관은 대답하면서 자리에서 일어섰습니다. '매우 비참하게 생활하는 모양일세.'

'비참하다면 얼마나?'

'글쎄…….' 고문관은 자기의 시가를 응시했습니다. '금전적으로도 그렇고, 생활 전반이 그랬지. 그녀는 그렇게 살아가고 있겠지.'

그는 갑자기 잘 손질한 손을 처남의 어깨 위에 올려놓았습니다.

'그리고 소문에 의하면 그 여자는 생활을 위해서…….'

이때 박사는 홱 몸을 돌려 밖으로 나가버렸습니다. 고문관의 손은 처남의 어깨에서 미끄러져내렸습니다. 그 놀라움에서 회복되기까지에는 십분 정도나 걸렸습니다. 그러자 그는 아내에게로 가서 화를 내면서 말했습니다.

'언제나 말했지만 당신의 동생은 좀 별난 사람 같아.' —— 마침 꾸벅꾸벅 졸고 있던 아내는 하품을 하면서 말했습니다.

'그래요, 정말.'

그로부터 2주 후에 박사는 떠났습니다. 자기의 유년 시절을 찾아보기 위해서는 다른 곳으로 가지 않으면 안 된다는 생각이 문득 들었던 것입니다. 뮌헨에서 주소록을 뒤져보았습니다. '클라라 제르너, 슈바빙, 무슨 무슨 거리 몇 번지', 그는 방문 예고를 하고 찾아갔습니다. 늘씬한 여성이 빛과 온화함이 넘치는 방에서 그를 맞아주었습니다.

'게오르크 아직도 나를 기억하고 있었군요?'

박사는 눈이 뚱그레졌습니다. 그는 간신히 입을 열었습니다.

'역시 당신이었군, 클라라.'

그녀는 깨끗한 이마와 조용한 얼굴로 꼼짝도 하지 않고 있었습니다. 자기라는 것을 상대방에 알려주기 위하여 시간을 빌리고 있는 것 같았습니다. 그것은 꽤 오래 걸렸습니다. 박사는 마침내 자기 앞에 서 있는 사람이 어린 시절의 소꿉친구였다고 단정할 무언가를 찾아낸 것 같았습니다. 그는 다시 한 번 그녀의 손을 잡고 악수했습니다. 그리고는 천천히 손을 잡았습니다. 또 방 안을 둘러보았습니다. 방 안에는 불필요한 것은 무엇 하나 놓여 있는 것 같지 않았습니다. 창가에는 책장이 있었고 서류나 책이 꽂혀 있었습니다. 이 책상에는 조금 전까지 클라라가 앉아 있었을 것이 틀림없습니다. 의자가 젖혀진 채로 있었습니다, '무엇을 쓰고 있었습니까……' 라고 말하고 나서 바보 같은 질문을 했다는 생각이 들었습니다. 그러나 클라라는 스스럼없이 대답했습니다.

'번역을 하고 있어요.'

'인쇄할 건가요?'

'네.' 클라나는 간단히 대답했습니다. '어떤 출판사의 부탁을 받았어요.'

── 게오르크는 벽에 이탈리아의 사진을 붙여놓은 것을 보았습니다. 그 안에는 조르지오네의 〈콘체르토〉도 있었습니다.

'이 그림을 좋아하나요?' 그는 그 그림 가까이 다가갔습니다.

'당신은?'

'나는 실물을 본 적이 없습니다. 이것은 피렌체에 있지요?'

'비티 미술관에 있어요. 꼭 한번 가보세요.'

'이 그림을 보러?'

'그래요, 한번 가보세요.' 아주 자연스런 명랑함이 그녀의 얼굴에는 역력하게 떠올랐습니다. 박사는 무척 걱정스런 얼굴을 하고 있었습니다.

'왜 그러지요, 게오르크? 좀 앉으시지요.'

'나는 슬퍼지는군요.' 그는 머뭇거리듯이 말했습니다. '나는 여러 가지를 생각하고 있었어요……그런데 당신은 조금도 비참해보이지는 않는군요.' 갑자기 그런 말이 튀어나왔습니다. 클라라는 미소지었습니다.

'나에 대해서 묻고 있군요.'

'그래요, 말하자면……."

'글쎄요.' 하면서 클라라는 갑자기 그의 말을 가로막았습니다. 그녀는 그의 이마에 어두운 그림자가 드리운 것을 보았던 것입니다.

'세상 사람들은 사실을 왜곡해서 말하기를 좋아하지만 그것은 그 사람들의 책임이 아닙니다. 우리가 체험하는 것들이란 말로는 다 표현할 수 없는 일들이 많이 있어요. 그래서 그래도 말하려 하다보니 과오를 밤하게 되는 것은 당연하죠…….”

한참 후에 박사가 입을 열었습니다.

‘무엇이 그토록 당신을 관대하게 만들었을까요?’

‘모든 것들이지요.’ 그녀는 작은 목소리로 다정하게 말했습니다. ‘하지만 어찌하여 ‘관용’이란 표현을 쓰시는 거죠?’

‘아니, 그것은 저어……그것은 당신이 지금쯤 마음이 굳어 있을 것이라고 생각했기 때문이지요. 당신은 어렸을 때 무척 몸이 약했고 어리광이 심한 아이였지요. 그런 아이는 자라서 완고한 어른이 되거나 아니면…….’

“아니면 죽어버릴 것이다……라고 말하고 싶었겠지요? 그렇게 말하니까 말이지만 저는 이미 죽었습니다. 훨씬 전에 죽었지요. 최후로 당신을 만나고 싶었던 때부터 말입니다. 그것은 저의 내부에서였어요. 그때부터…….” 클라라는 책상에서 무언가를 들고 왔습니다. ‘보세요. 이것이 그 사람의 사진이에요. 이것은 실물보다는 훨씬 잘 나온 사진이지만 말입니다. 그 사람은 이처럼 잘생긴 얼굴은 아니었습니다. 하지만……훨씬 친근감을 가질 수 있는 소박한 느낌의 사람이지요. 그리고 우리 아이도 곧 보여드리겠어요. 지금 옆방에서 자고 있어요. 안젤로란 이름인데 그 사람과 이름이 똑같습니다. 그 사람은 지금 여행 중이에요. 먼 곳으로 여행을 떠났지요.’

‘그래서 당신은 혼자 사는군요.’ 박사는 여전히 사진에 시선을 떨군 채 방심한 듯이 중얼거렸습니다.

‘네, 아이와 나 단둘입니다. 그것으로 충분하지 않아요? 어째서 그렇게 되었는지 얘기해드리지요. 안젤로는 화가였습니다. 이름은 알려져 있지 않지만……. 이런 화가의 이름은 들어본 적도 없겠지요. 그 사람은 아주 최근까지 세간과 싸웠으며 여러 가지로 자기의 계획을 세우고, 자기 자신과 싸우고, 그리고 또 저와도 싸웠습니다. 그래요 저하고도 싸웠지요. 1년쯤 전에 그에게 여행을 떠나는 것이 어떻겠느냐고 몇 번이고 말했습니다. 여행이 그에게 얼마나 필요한 것인지 저는 느끼고 있었습니다. 어느 때 그는 반 농조로 ‘나와 아이 중 어느 쪽이 더 소중하지?’ 하고 묻기에

300

'아이가'라고 말했더니 마침내 여행을 떠났습니다.'

'그러면 언제 돌아올 예정이지요?'

'아이가 자기의 이름을 말할 수 있으면 돌아오겠다고 약속했지요……'

—— 그때 박사는 무언가 말하려 했습니다. 그런데 클라라가 깔깔거리며 웃는 것이었습니다.

'이것은 아주 어려운 이름이니까 돌아오려면 꽤나 시간이 걸리겠지요. 안젤로는 올 여름에 겨우 두 살이 되지요.'

'이상하군.' 하고 박사는 말했습니다.

'뭐가요, 게오르크?'

'당신은 인생에 대해서 아주 잘 이해하고 있군요, 아주 훌륭해졌소. 하지만 젊군요. 당신은 당신의 유년 시절을 어디에 팽개쳐버렸지요?…… 우리는 두 사람 모두 그처럼 철없는 어린 아이가 아니었던가요? 그것은 바꿀 수 없는 일이며 지워버릴 수도 없습니다.'

'그렇다면 당신은 우리가 어렸을 적에는 고생만 했다고 생각하는군요. 그것이 있어야 할 모습이라고 생각하시는군요.'

'그래요, 맞아요. 우리들의 배후에 있는 이 무겁고 답답한 어둠 사이에는 그저 막연한 유대밖에는 갖고 있지 않아요. 한 시기가 있어서 그때 우리들의 갖가지 싹, 모든 발단, 모든 신뢰, 아마도 장래에 가서나 열매를 맺을 모든 계기 등, 그러한 것들을 투입하는 것입니다. 그런데 어느 때 정신이 들어서 보니, 그때의 갖가지 새로운 싹들이 모두 하나의 바닷속에 가라앉아 버리고 다 없어져버렸다는 것조차 모르게 된 것입니다. 우리는 전혀 그것을 느끼지 못했습니다. 자기의 돈을 몽땅 긁어모아 그 돈으로 깃털을 하나 사서 모자에 꽂으면 바람이 불어와서 깃털은 날려보내는 그러한 경지지요. 어쩔 수 없이 깃털없이 집으로 돌아오지요. 그 후에 할 수 있는 일이라면 도대체 깃털이 언제 날아가버렸는지 기억을 더듬어보는 정도겠지요.'

'그런 것을 생각하고 있나요, 게오르크?'

'아니, 이제 생각하지 않는 것이 아니라 하지 않기로 했습니다. 지금의 나는 열 살 전후부터 시작되었으니까요. 기도를 그만둔 때부터였지요. 그 이전의 것들은 나의 손이 미치지 못하는 곳에 있습니다.'

‘그렇다면 어떻게 저에 대한 것들을 생각해냈지요?’

‘그래서 당신을 찾아온 것이 아닙니까? 당신은 손이 미치지 못하는 그 시대에 대한 단 한 사람의 증인입니다. 자기 안에서 아무리 찾아보아도 찾을 수 없는 것이 당신을 만나 당신의 속을 뒤져보면 찾을 수 있을지도 모른다고 생각했던 것이지요. 어떤 동작, 문득 하는 한 마디 말, 그 어떤 이름……그것을 실마리로 하여 무언가 알아낼 수 있는 것……활짝 눈이 뜨일 수 있는 것을 찾아낼 수 있을까 해서…….”

박사는 싸늘하고 거친 자기의 두 손에 얼굴을 파묻었습니다.

클라라 부인은 깊은 생각에 잠겼습니다.

‘나는 나의 어린 시절에 대해서는 거의 기억하지 못하고 있습니다. 지금과 그 시절 사이에는 수천 개의 인생이 있은 것 같은 느낌이에요. 하지만 당신이 옛날 일에 대해서 주의를 환기시켜주었기 때문에 머리에 되살아난 것이 있습니다. 어느 날 밤의 일이었습니다. 당신이 느닷없이 우리 집에 찾아 오셨지요. 부모님들이 연극을 보러 갔거나 한 것 같았어요. 집 안에는 환하게 온통 불을 켜놓고 있었지요. 아버님의 손님이 오시기로 되어 있었지요. 그 손님은 친척이었지요. 내가 기억하기로는 먼 곳에 살고 있는 돈많은 친척이었습니다. 어느 고을인지 기억할 수는 없지만 어쨌든 먼 곳에서 온다는 것이었습니다. 우리 집에서는 두 시간 전부터 준비를 끝내고 손님이 오시기를 기다리고 있었습니다. 문이란 문은 죄다 열어놓고 등도 다 켜놓 았습니다. 어머니는 이리저리 돌아다니면서 소파에 씌운 커버를 예쁘게 펴놓았습니다. 아버님은 창가에 서 있었습니다. 잘 정돈해놓은 의자에 위치가 비뚤어질까 봐 그 누구도 의자에 앉으려 하지 않았습니다. 그럴 때 당신이 우리 집에 나타났던 것입니다. 그래서 당신도 우리 식구와 함께 손님을 기다렸습니다. 우리 아이들은 문가에 나가 손님의 발자국 소리가 나기를 기다렸습니다. 늦어지면 늦어질수록 나타날 손님은 멋진 사람일 것만 같았습니다. 아니 그뿐 아니라 그는 나타나기 전에 1분마다 최고의 눈부심에 다가가고 싶었는데 그것이 최고의 절정에 도달하기도 전에 그 손님이 나타나지나 않을까 하고 불안에 떨기도 했습니다. 어쩌면 나타나지 않을지도 모른다는 걱정은 전혀 없었습니다. 그 손님이 온다는 것을 확실히 알고 있었습니다. 다만 그 손님이 크고 훌륭하게 나타나기 위해서 시간을 끌고 있는 것으로만 생각하고 있었지요.”

이때 박사는 갑자기 머리를 쳐들고 슬픈 어조로 말했습니다.

‘우리는 두 사람 모두 알고 있는 셈이군요. 손님은 끝내 오지 않았다는 것을……. 나도 그것은 잊고 있지 않았습니다.’

‘그랬군요.’라고 클라라는 그것을 보증했습니다. ‘손님은 오지 않았지요.’ 그러더니 잠시 뜸을 두었다가 ‘하지만 그때는 역시 멋졌어요.’

‘무엇이?’

‘그것 왜 기다리던 일……많은 불, 침을 삼키며 기다리던 일, 축복의 분위기.’

옆방에서는 무언가 움직이는 것 같았습니다. 클라라 부인은 손님에게 잠깐 실례한다면서 나갔습니다. 그러더니 밝은 표정으로 돌아오자 말했습니다.

‘자아, 안내하겠습니다. 막 눈을 뜨고 웃고 있어요……그런데 무언가 말하려 하셨지요?’

‘내가 생각하고 있던 것은 말이지요, 당신을 이렇게 자기 자신으로 돌아가게 해서 침착하게 자기를 지키게 할 수 없게 한 것은 무엇일까 하는 것이었지요. 인생은 당신을 괴롭혀왔을 텐데도 말입니다. 분명히 당신에게는, 나에게 없는 것이 있어서 그것이 당신에게 힘을 주었을 것입니다.’

‘그것은 도대체 무엇일까요, 게오르크?’

클라라는 그의 옆에 걸터앉았습니다. ‘참 이상하군요. 내가 처음으로 당신을 생각해냈을 때, 그것은 3주 전의 밤으로 여행 중이었는데 우선 머리에 떠오른 것은 당신이 신앙심이 깊은 아이였다는 것이었습니다. 지금 이렇게 만나고 보니 당신은 내가 생각하고 있던 것과는 전혀 다른 느낌이지만 그래도 역시, 자기 자신을 가지고 말하지만 인생의 모든 위험을 헤치고 당신을 이끌어온 것은 당신의 깊은 신앙심이었다고 생각합니다’

‘신앙심이 깊다고 하는 것은 무엇을 가리키는 것이지요?’

‘즉 하느님과의 유대, 하느님에 대한 사랑, 당신의 신앙입니다.’

클라라 부인은 눈을 감았습니다.

'하느님에 대한 사랑이라구요? 잘 생각해주시지요.'

── 박사는 기다렸다는 듯이 그녀를 지켜보았습니다. 그녀는 천천히 생각나는 대로 자기의 생각을 말하려는 모양이었습니다.

'어린 시절, 저는 하느님을 사랑하고 있었을까요? 그렇게는 생각하지 않아요. 아니 오히려 저는 전혀……아니, 하느님이 존재한다고 생각하는 것은 말하자면 미친 사람 같은 생각……이것은 적절한 표현은 아닙니다……그래요 극도로 죄악같이 생각되었습니다. 하느님이 있다고 생각하는 것은 내가 마치 하느님을 내 안에 이상하리만큼 긴 팔을 갖고 있는 허약한 아이의 내부에 갇혀 있는 일이 되지나 않을지, 그리고 또 브론즈의 벽걸이 접시가 종이로 만든 모조품이거나, 값비싼 레테르를 부착한 병에 싸구려 포도주가 담겨 있거나, 하나에서 열까지 거짓과 가짜로 뭉쳐져 있는 이 비참한 주거에 하느님이 갇혀 있는 것은 아닐까 하고 생각했습니다. 그래서 나중에야…….'

클라라 부인은 두 손으로 무언가를 방어하는 듯한 자세를 취했습니다. 그리고 눈은 마치 눈꺼풀을 통하여 무서운 것이 보이는 것을 두려워라도 하듯이 더욱 굳게 닫혀졌습니다.

'만약 그때 하느님이 내 안에 살고 있었다면 쫓아내지 않을 수 없었을 것입니다. 하지만 하느님에 대해서는 무엇 하나 아는 것이 없었습니다. 하느님 같은 것에 대한 것은 완전히 잊고 있었습니다. 모든 것을 잊고 있었습니다. 그런데 피렌체에 가보고 처음으로 난생 처음 보고 느끼고, 인식하고, 또한 동시에 그러한 일체의 것들에 대해서 감사의 기분을 갖는 것을 배웠는데 그때 다시 하느님에 대한 것을 생각했습니다. 피렌체에는 곳곳에 하느님의 발자취가 있었습니다. 모든 그림 속에 하느님의 미소의 흔적이 보였습니다. 사원이 종은 하느님의 목소리를 양식으로 하여 살아 있으며 조상(彫像)에는 하느님의 두 손의 모양이 새겨져 있었습니다.

'거기에서 하느님을 발견했나요?'

클라라는 크고 행복에 찬 눈으로 박사를 쳐다보았습니다.

'하느님이 전에 계셨다는 것은 느꼈습니다. 언젠가 아주 옛날에……하 지만 그 이상의 것을 느낄 필요가 어찌하여 있을까요? 이것만으로도

굉장한 체험이겠지요.'

박사는 자리에서 일어나 창가로 갔습니다. 창 밖으로는 한 줌의 밭이 보이고 작고 낡은 슈바빙 교회가 보이고, 그 위로는 하늘이 펴져 있고 이미 거의 어두워져 있었습니다. 라스만 박사는 갑자기 뒤돌아보면서 물었습니다.

'그런데 지금은?'

그러더니 대답도 하기 전에 창가에서 되돌아왔습니다.

'지금은…….' 하고 클라라는 박사가 눈 앞에 멈추어섰을 때 조심스럽게 말을 하면서 그에게 시선을 던졌습니다. '지금은 이따금 생각합니다. 언젠가는 하느님이 오실 것이라고.'

박사는 그녀의 손을 잡고 잠시 동안 그대로 있었습니다. 그리고 그는 멍청히 저쪽을 보고 있었습니다.

'무엇을 생각하고 있어요, 게오르크?'

'또 그대의 밤 같구나 하고 생각하고 있어요. 당신은 또 굉장한 존재를, 즉 하느님을 기다리고 있군요. 하느님이 오실 것을 알고 있군요. 그런데 뜻밖에도 내가 왔으니까요…….'

클라라 부인은 밝은 마음으로 사뿐히 일어섰습니다. 그녀는 무척 젊게 보였습니다.

'그러면 이번에도 올 때까지 기다리기로 하지요.' 그녀는 그 말을 명랑하고 태연하게 말했으므로 박사는 웃지 않을 수 없었습니다. 그리고 그녀는 아이가 있는 옆방으로 그를 안내했습니다.

이 이야기에는 아이들에게 들려줘서는 안 될 부분은 한 곳도 없습니다. 그런데 아이들은 이야기를 듣지 못했습니다. 나는 이 이야기를 어둠에 대고만 했으며 다른 누구에게도 들려주지 않았습니다. 게다가 아이들은 어두운 곳을 무서워해서 어둡다고 하면 달아나버렸습니다. 그리고 아무래도 어둠 속에 몸을 두어야 할 때는 눈을 딱 감고 귀를 틀어막습니다. 그러나 이런 아이들에게도 언젠가는 어둠을 사랑하게 될 때가 오겠지요. 그러면 어둠으로부터 이 이야기를 듣게 되겠지요. 그리고 또 그러는 편이 그들로서는 이 이야기를 훨씬 더 잘 이해하게 되리라 믿습니다.

원제 : Geschichten Lieben Gott

□ **작품 해설**

라이너 마리아 릴케(Rilke, Rainer Maria 1875∼1920)는 체코슬로바키아의 프라하에서 태어난 시인이다. 그는 여덟 살 전후부터 시를 썼다. 그는 체코 사람이지만 독일 문학권내에서 뿐만 아니라 세계 문학에 지대한 영향을 주었다. 제1차 세계대전 후 로베르트 므쥐르는 베를린에서 추도 강연을 통해, 릴케는 중세의 종교적 세계 감정에서 인문주의적 문화 이상을 초월하여 와야 할 세계상(世界像)과 통하는 도상에 있는 위인이라 평하고 있다.

릴케의 본질은 시인이지만《말테의 수기》는 시나 산문의 형식을 초월하여 확실히 그의 대표작의 하나일 것이다.

릴케는 일찍부터 시나 희곡을 발표해왔다. 당시의 프라하는 구 오스트리아·헝가리 제국의 지방 도시로, 중세의 신성 로마 제국의 영광은 과거의 것이 되고 말았지만 독일, 체코, 유태계의 다양한 종족과 전통으로 이루어진 이 도시에는 일종의 야릇한 분위기가 있었다. 릴케가 독일어 작가로서 독일 본토나 빈의 문학가들과 다른 감각을 가지고 있는 것은 이 도시에서 자랐기 때문일 것이다. 그러나 당시 프라하의 문학은 재래의 후기 낭만주의나 새로운 자연주의, 유미주의가 뒤섞여 있었는데 지방적인 무기력함에서 벗어나지 못하고, 릴케의 활발한 활동도 빈의 조숙한 호프만스탈의 눈부신 활동과는 비교도 되지 않았다. 릴케가 자기의 문학에 눈뜨게 되는 것은 뮌헨으로 나온 이후일 것이다.

그는 수많은 여행을 통해, 그리고 수많은 예술가와의 만남을 통해서 자기의 문학 세계를 구축해냈던 것이다.

《말테의 수기》

릴케의 유일한 장편 소설이며 독일 소설사에서도 중요한 위치를 차지하는 작품이다. 마르테 라우리츠 브릿게라는 덴마크의 젊은 시인이 고독한 생활을

306

하면서 쓴 수기 형식을 빌려 릴케 자신의 내적 체험을 극명하게 표현했다. 일기, 메모, 회상, 명상록 같은 71개의 단편을 모아놓아, 스토리 같은 것은 없으나 대도시의 비참한 생활의 실체, 말테의 유년 시절의 추억, 책이나 그림 등의 추억에서 떠오르는 옛날의 죽음이나 사랑의 실상 같은 것이 그 내용이다. 릴케 자신의 이 소설에 대한 설명을 여기에 인용해보자.

"인간은 수천 년 전부터 생이나 죽음에 대해서만(우리는 신에 대해서는 일체 언급하지 않기로 합시다) 생각해왔는데 그 가장 구극적이고, 엄밀하게 말해서 거의 유일한 과제이며 가장 중요한 것과 마주하려고(우리들에게 생과 사 이외에 또 관심을 가져야 할 일이 있겠습니까) 지금도 우리는 마치 신입생처럼 가슴을 두근거리며 공포에 질려버리거나 구차한 변명을 늘어놓거나 비참한 추태를 드러내고 있습니다. 과연 이런 일이 언제까지 계속될까요. 말테의 수기는 깊은 내부적 부담을 안고 씌어진 소설인데 나는 이런 근본적인 의문을 이 작품 속에서 완전히 털어놓지 못한 것을 부끄럽게 생각하고 있습니다. 생과 사는 끝내 알 수 없는 것일까요? 그렇게 생각하면 나의 의문은 더욱 아연한 놀라움으로 바뀌고, 말할 수 없는 불안에 빠지게 됩니다. 나는 이 불안의 그늘에는 매우 친근한 무언가가, 극도로 친근한 것이 가려져 있음을 알고 있습니다. 그러나 그 친근한 것은 나의 감정으로는 그것이 뜨거운지 차거운지도 판단하기 어렵습니다. 나는 수년 전《말테의 수기》를 읽고 무서운 이 소설의 유혹에서 헤어나지 못하는 한 독자에게 이런 의미의 내용을 써보낸 적이 있습니다.

'나는《말테의 수기》라는 소설을 凹형 주형(鑄型)이나 사진의 네거티브 필름이라 생각한다. 슬픔이나 절망이나 통렬한 상념 같은 것이 여기서는 하나의 깊은 웅덩이가 되고 있는 것이다. 그러나 이 주형에서 진짜 작품을 주조할 수 있다면(가령 청동 쇳물을 부어 포지티브한 입상을 만들 듯이), 아마도 매우 훌륭한 축복과 긍정적인 소설이 나올 것이 분명하다, 그것은 가장 명확한 면을 가졌으며 가장 안정된 '가장 큰 행복'이 될 것이다.'

이런 내용을 편지에 썼던 것입니다. 말하자면 우리는 하느님의 바로 등 뒤에 와 있는 것입니다……."

《하느님 이야기》

이 작품은 《시도시집(時禱詩集)》 제1부와 마찬가지로 러시아 여행의 체험을 통하여 러시아 민중의 소박하고 깊은 종교적 감정, 원시적이고 거대한 자연에서 받은 감동이 동기가 되어 릴케 특유의 탐구와 불안을 '어린이에게 들려주기 위하여 성인에게 얘기해준 것'이라는 초판의 부제가 말해주듯이 소박한 유머를 가진 민화풍의 신과 인간과의 이야기이다.

릴케 연보

1875년 12월 4일, 아명을 르네라고 한 라이너 마리아 릴케 프라하에서
　　출생, 아버지 요제프는 군인을 지망했으나 뜻을 이루지 못하고
　　철도회사에 근무, 어머니 조피아(또는 피아)는 양가 출신이었으나
　　이상한 여자여서 릴케 바로 위의 딸이 죽자 릴케는 다섯 살 때까지
　　여자 아이처럼 양육되었다.

1882년(7세) 카톨릭계 소학교에 입학. 성적은 양호했다.

1884년(9세) 어머니가 아버지와 별거.

1886년(11세) 장크트 베르텐 육군 유년 학교에 입학, 이곳에서의 생활은
　　릴케의 신경을 자극하여 후년 영향을 받는다.

1890년(15세) 9월, 메리슈 바이스키르헨 육군 고등 실과학교에 입학.

1891년(16세) 건강상의 이유로 퇴학.

1892년(17세) 연애 사건으로 퇴학하고 변호사인 백부의 도움으로 고등학교
　　자격시험을 치기 위해 개인 교수를 받음. 이 무렵부터 잡지에 시를
　　발표하기 시작함.

1893년(18세) 바렐리 폰 다비트 론펠트(통칭 바리)라는 연상의 여인을
　　사랑하여 3년에 걸쳐 많은 연애 편지와 시를 보냄.

1894년(19세) 처녀 시집 《생명과 노래》 발표.

1895년(20세) 프라하 대학에 입학. 12월 말 시집 《가신(家神)에의 헌정물》
　　출간.

1896년(21세) 시문집 《베크바르텐》 제1, 제2, 제3집 출간. 9월에 뮌헨
　　대학으로 옮김. 덴마크의 시인 옌스 페터 야콥센의 작품에서 많은
　　영향을 받게 된다. 12월에 시집 《꿈을 관(冠)으로》 발표, 시, 소품,
　　서평을 다수 발표.

1897년(22세) 뮌헨에 체재 중 니체의 제자이며 약혼자였던 루 안드레아스
　　살로메와 교제하게 됨. 7월에 희곡 《조춘》이 프라하에서 상연됨.

12월에 시집 《강림제》 출간.

1898년(23세) 3~5월 사이에 이탈리아 여행. 주로 피렌체에 머물렀으며 보티첼리에 감동하여 《피렌체 일기》를 씀. 북부 독일의 화가 하인리히 포겔러와 사귐. 단편집 《인생을 따라서》 출간.

1899년(24세) 3월, 《두 개의 프라하 이야기》 출간 4~6월, 제 1 회 러시아를 여행하여 톨스토이를 방문. 부활절 전야의 분위기에 강한 감동을 받음. 7월부터 9월 중순까지 마이닝겐에 머물면서 러시아 연구에 몰두. 베를린으로 돌아와서 9월 20일부터 10월 14일 사이에 《시도 (時禱) 시집》 제 1 부 《승원 생활의 서(書)》를, 11월 중순에 《하느님 이야기》를 씀. 《기수 크리스토프 릴케의 사랑과 죽음의 노래》도 출간. 12월 말 《나를 위한 축하》를 냄.

1900년(25세) 제 2 회 러시아 여행. 7월에 시극 《백의의 후작 부인》을 발표.

1901년(26세) 4월, 클라라 베스토프와 결혼 《시도시집》 제 2 부 《순례의 서》를 씀. 12월에 딸 루트 출생. 역시 12월에 베를린에서 희곡 《일상 생활》을 상연했으나 실패. 이후 희곡은 쓰지 않기로 함.

1902년(27세) 5월, 화가 평전 《볼프스베데》 씀. 7월, 《형상(形像) 시집》 초판에 융커 출판사에서 출간. 경제 사정으로 가정을 해체, 딸은 아내의 친정에 맡기고 파리로 향함. 12월 《로댕》 제 1 부 완성, 단편집 《최후의 완성》 탈고.

1903년(28세) 3~4월, 이탈리아의 알레조에 체재. 《시도시집》 제 3 부 《빈곤과 죽음의 서》를 씀. 7월, 클라라와 함께 그녀의 친정에 체재. 9월 이후 클라라와 함께 로마에 체재.

1904년(29세) 2월 8일, 로마에서 《말테의 수기》 착수. 야콥센, 키르케고르를 읽음. 6월 말~12월, 덴마크, 스웨덴 여행.

1905년(30세) 9월, 로댕의 권유로 비서가 되어 그의 집에 기거. 12월, 《시도시집》 전권을 인젤 사에서 출간.

1906년(31세) 3월, 아버지 요제프 프라하에서 사망. 5월 로댕과의 불화로 그의 집에서 나옴. 6월 《기수 크리스토프 릴케의 사랑과 죽음의 노래》를 세 번째로 개정하고 《형상 시집》에 신작시를 추가하여 융커 사에서 출간.

1907년(32세) 영국의 시인 브라우닝의 《포르투갈풍 소네트》를 번역. 망명
중인 러시아의 고리키를 만남. 《신시집》의 원고 완성. 《로댕》 제2
부를 탈고. 《말테의 수기》를 계속 집필. 10월, 세잔의 전람회를 보고
큰 감명을 받음.

1909년(34세) 5월, 《진혼가》와 《나를 위한 축복》을 개정한 《초기 시집》을
인젤 사에서 출간. 연말까지는 《말테의 수기》를 거의 완성.

1910년(35세) 《말테의 수기》 탈고. 6월에 인젤 사에서 이 수기를 출판.

1911년(36세) 모리스 드 게랑의 《켄타우로스》, 루이스 라베의 소네트,
《막달레나의 사랑》, 단테의 《신생(新生)》 등을 번역.

1912년(37세) 1월 《두이노의 비가》 제1, 제2 의 비가가 태어나고, 제3과
제10의 비가의 단편을 완성. 연작시 《마리아의 생애》를 씀.

1915년(40세) 제4 의 비가 완성. 피카소의 그림 《사르탄반크》에 매혹됨(제
5 의 비가의 주제). 11월, 국민군에 편입됨.

1916년(41세) 1월, 빈에서 2차 검사를 받고 육군 문서과에 배치되었으나
친구들의 도움으로 병역 면제를 받음.

1918년(43세) 계속해서 정신적 정체. 《리용의 여류 시인 루이스 라베의
소네트 24편》을 번역하여 인젤 사에서 출판.

1922년(47세) 2월 초 《어르포이스에게 바치는 소네트》 제1 부를 쓰고
중순에는 제7, 제8, 제6, 제9, 제10, 제5 의 비가를 썼으며 《두이노의
비가》 10편을 완성. 계속하여 《오르포이스에게 바치는 소네트》 제2
부 완성. 동시에 《젊은 노동자의 편지》도 씀. 5월에 딸 루트 결혼.
건강이 악화됨.

1923년(48세) 발레리의 시 번역. 3월, 《오르포이스에게 바치는 소네트》를
6월에는 《두이노의 비가》를 인젤 사에서 출간. 건강 악화로 스위스
각지에서 요양. 12월에 손녀 크리스티네 태어남. 월말에는 더욱
건강이 나빠져서 바르몬 요양소에 들어감.

1924년(49세) 1월 뮈조트로 돌아옴. 4월, 발레리의 방문을 받음. 11월, 다시
바르몬 요양소에 들어감. 프랑스어 시집 《과수원》, 《발레리의 4행시》

를 씀.

1925년(50세) 1월, 요양소에서 나와 파리로 가서 8월 중순까지 체재,
《말테의 수기》를 프랑스어로 번역 중인 모리스 베츠에게 풍부한
시사를 줌. 10월 파리를 떠나 뮈조트로 돌아감. 12월, 바르몬 요
양소로 들어감.

1926년(51세) 6~7월 바렐리의 《나르시스 단장》을 번역. 10월 장미의
가시에 찔린 상처로 급성 패혈증이 되어 11월 말, 바르몬 요양소로
들어가 12월 29일 세상을 떠났다. 이듬해 1월 2일, 그의 유언에
따라 라몬 묘지에 묻힘.

말테의 수기

발행 • 1994년 8월 20일   🅑 값 10,000원

- 저 자 / 릴   케
- 역 자 / 반   광   식
- 발행자 / 남   용
- 발행소 / 一信書籍出版社

주 소 : 121 - 110
　　　서울 마포구 신수동 177 - 3
등 록 : 1969. 9. 12. (No. 10 - 70)
전 화 : 703 - 3001～6
FAX : 703 - 3009
대체구좌 / 012245 - 31 - 2133577

ISBN 89-366-0344-2